Der Gutenacht Krimi

von
Dorothy Sayers

Scherz Krimi
Spannung mit Niveau

Der Gutenacht Krimi

von

Dorothy Sayers

Die exzentrischsten und raffiniertesten Fälle mit Lord Peter Wimsey

Scherz
Bern München Wien

Schutzumschlag unter Verwendung eines Fotos
von Hubertus Mall, Stuttgart

Inhalt

Feuerwerk 7

Ganz woanders 23

Das Perlenhalsband 40

Das Bild im Spiegel 53

Die abscheuliche Historie
vom Mann mit den Kupferfingern 83

Die phantastische Schauergeschichte
von der Katze im Sack 107

Die Anglerfarce vom gestohlenen Magen 123

Das unwürdige Melodram vom Zankapfel 148

Der Tote in der Badewanne 213

Quellenvermerk 382

Feuerwerk

»Na, alter Junge«, sagte Mr. Lamplough, »was kann ich für dich tun?«

»Der Brummer wird wohl in Aktion treten müssen«, meinte Lord Peter Wimsey, während er sich auf dem mit grünem Leder bezogenen Marterstuhl niederließ und mit einer Grimasse des Abscheus auf den Bohrer deutete. »Links oben ist mir ein Backenzahn abgebrochen, und ausgerechnet, als ich eine Omelette aß. Es ist mir schleierhaft, warum das bei solchen Gelegenheiten passiert. Wenn ich nun Nüsse geknackt oder auf einem Pfefferminzbonbon herumgekaut hätte . . .«

Mr. Lamplough machte eine besänftigende Bemerkung und zog mit magischem Griff einen Spiegel mit elektrischer Birne aus dem Zauberkasten zu Lord Peters Linken.

»Schmerzen?«

»Keine Schmerzen«, erwiderte Wimsey gereizt, »abgesehen von einer scharfen Kante, die mir fast die Zunge absägt. Ich frage mich nur: Was soll das? Ich habe dem Zahn doch nichts getan.«

»Nein?« sagte Mr. Lamplough in halb professionellem, halb freundschaftlichem Ton; denn er hatte auch die Winchester-Schule besucht und gehörte zu einem von Wimseys Clubs. In ihrer Jugend hatten sie häufig miteinander Kricket gespielt. »Wenn du mal eine Sekunde den Schnabel halten wolltest, könnte ich mir den Schaden ansehen. Aha!«

»Sag nicht ›Aha!‹ in diesem Ton, als ob du Paradentose und Kieferschwund entdeckt hättest und dich vor Freude nicht lassen könntest, alter Blutsauger. Bohr ihn aus, stopf die Füllung hinein, und fertig. Was hast du übrigens ausgefressen? Ich bin einem Polizeiinspektor auf deiner

Schwelle begegnet. Du brauchst gar nicht so zu tun, als sei er seines Gebisses wegen gekommen; ich habe nämlich gesehen, daß sein Wachtmeister draußen auf ihn wartete.«

»Ja, das ist eine ziemlich merkwürdige Angelegenheit«, sagte Mr. Lamplough, während er seinen Freund geschickt mit einer Hand knebelte und ihm mit der anderen Watte in den hohlen Zahn stopfte. »Eigentlich sollte ich nicht darüber reden; aber du würdest es ja doch aus deinen Freunden von Scotland Yard herauslotsen. Der Inspektor wollte die Bücher meines Vorgängers einsehen. Vielleicht hast du die Notiz in der Zeitung gelesen über einen Zahnarzt, der in einer brennenden Garage in Wimbledon tot aufgefunden wurde.«

»Ae-ä«, verneinte Lord Peter Wimsey mit aufgerissenem Mund.

»Gestern abend«, fuhr Mr. Lamplough fort, »brannte es auf einmal, gegen neun Uhr. Sie haben drei Stunden gebraucht, um das Feuer zu löschen. Es war eine dieser verdammten Holzgaragen, und sie hatten alle Hände voll zu tun, das Wohnhaus vor den Flammen zu schützen. Glücklicherweise liegt es ganz am Ende der Straße. Niemand war zu Hause; sie sind alle verreist. Offenbar war dieser Mr. Prendergast im Begriff, ebenfalls auszufliegen, und hat es dabei fertiggebracht, sich, seinen Wagen und seine Garage in Brand zu setzen. Als man ihn fand, war die Leiche so verkohlt, daß man ihn nicht mit Sicherheit identifizieren konnte. Daher will sich die Polizei seine Zähne ansehen.«

»Wirklich?« sagte Wimsey, während er zusah, wie Mr. Lamplough einen neuen Bohrer einsetzte. »Hat man denn nicht versucht, das Feuer zu löschen?«

»O ja, aber es war ein Holzschuppen, dazu voller Benzin, und brannte sofort lichterloh. Den Kopf bitte ein wenig nach hier. So ist's gut.« G-r-r-r s-s-s-s-g-r-r. »Man nimmt an, daß es sich um Selbstmord handeln könnte. Der Mann ist verheiratet und hat drei Kinder.« S-s-s g-r-r-r s-s-s. »Seine Familie ist in Worthing zu Besuch bei seiner Schwiegermutter. Sag mir, wenn's weh tut.« G-r-r. »Ich glaube, die Praxis ging nicht gut, dazu Eheschwierigkeiten und was weiß ich. Immerhin kann ihm auch einfach beim Auffüllen seines Tanks ein Unglück zugestoßen sein. Soviel ich verstand, wollte er gestern abend zu seiner Familie fahren.«

»A-ha-u-ai-u-u?« gurgelte Wimsey.

»Was ich damit zu tun habe?« interpretierte Mr. Lamplough korrekt. Lange Erfahrung hatte ihn zum Experten in der Deutung solcher Urlaute gemacht. »Nun, der Mann, dessen Praxis ich übernommen habe, hatte den Kollegen Prendergast zahnärztlich behandelt.« S-s-s-s. »Er ist inzwischen gestorben, hat mir aber damals seine Bücher zur Orientierung hinterlassen, falls einige seiner alten Patienten geneigt sein sollten, sich mir anzuvertrauen.« *G-r-r s-s-s.* »Hast du das gespürt? Tut mir leid. Tatsächlich suchen mich manche von ihnen auf. Die Menschen trotteln wohl instinktiv zur selben alten Stelle, wenn sie von Schmerzen gepeinigt werden. Genau wie die sterbenden Elefanten. Willst du bitte spülen?«

»So steht die Sache also«, meinte Wimsey, nachdem er die Splitter ausgespuckt und den verwüsteten Backenzahn mit der Zunge untersucht hatte. »Merkwürdig, daß einem diese Löcher immer so groß vorkommen. Mir ist, als könnte ich meinen Kopf hineinstecken. Aber du wirst ja wissen, was du tust. Und was ist nun mit Prendergasts Zähnen?«

»Hatte noch keine Zeit, die Bücher durchzusuchen; habe ihnen aber versprochen, nach Wimbledon zu fahren und die Sache an Ort und Stelle zu prüfen, sobald ich mit dir fertig bin. Es ist sowieso meine Mittagspause, und die nächste Patientin hat, Gott sei Dank, abgesagt. Etwas weiter aufmachen, wenn's geht.« *G-r-r.* »So ist's recht. Nun können wir eine provisorische Füllung einlegen. Bitte spülen.«

»Schön«, sagte Wimsey. »Aber nimm bloß nicht zuviel von diesem scheußlichen Nelkenöl. Du kannst dir nicht vorstellen, wie schauderhaft mit Nelken gewürzter Kaviar schmeckt.«

»Doch«, lachte Mr. Lamplough. »Bitte zusammenbeißen. Aufmachen. Gut. Jetzt bist du erlöst. Noch mal spülen? Bitte. Und wann kommst du wieder?«

»Unsinn«, sagte Wimsey, »ich komme mit. Nach Wimble-

don. Du bist zweimal so schnell da, wenn ich dich fahre. Eine Leiche in einer brennenden Garage habe ich noch nie gehabt und möchte etwas lernen.«
Der Anblick verkohlter Leichen ist alles andere als erfreulich. Trotz seiner Kriegserfahrungen vermochte Wimsey sich nicht mit dem Objekt anzufreunden, das da in der Polizeiwache vor ihm lag. Vor diesem grausigen Etwas, das überhaupt keine Ähnlichkeit mit einem menschlichen Wesen mehr hatte, erblaßte selbst der Polizeiarzt, während Mr. Lamplough so überwältigt war, daß er die mitgebrachten Bücher aus der Hand legen und sich ins Freie verziehen mußte. Unterdessen drehte Wimsey, der sich mit den Polizeibeamten bekannt gemacht hatte, nachdenklich den kleinen Haufen von geschwärzten Siebensachen um, der den Inhalt von Prendergasts Taschen darstellte. Es war nichts Bemerkenswertes darunter. Die lederne Brieftasche enthielt noch die Überreste eines ziemlich dicken Banknotenbündels – zweifellos Bargeld für die Ferien in Worthing. Die goldene Uhr war um sieben Minuten nach neun stehengeblieben. Wimsey machte eine Bemerkung über ihren guterhaltenen Zustand; er erklärte sich wohl aus ihrer geschützten Lage zwischen dem linken Arm und dem Körper.
»Es hat den Anschein, als ob die erste plötzliche Glut ihn regelrecht übermannt hätte«, meinte der Polizeiinspektor. »Er hat offensichtlich keinen Versuch gemacht, ins Freie zu kommen, ist einfach über das Steuerrad gefallen und mit dem Kopf auf das Armaturenbrett geschlagen. Deshalb ist das Gesicht so entstellt. Ich werde Ihnen nachher die Überreste des Wagens zeigen, Mylord. Wenn der andere Herr sich besser fühlt, wollen wir erst einmal die Leiche vornehmen.«
Die Leiche »vorzunehmen« erwies sich als eine ebenso langwierige wie unangenehme Aufgabe. Mr. Lamplough, der seine ganze Kraft zusammennahm, prüfte sorgfältig mit Zange und Sonde die Kiefer, welche durch die Hochofenhitze fast bis zur Knochenstruktur reduziert waren, während der Polizeiarzt den Befund mit den Eintragungen in den Büchern verglich. Mr. Prendergasts zahnärztli-

che Behandlung hatte sich über mehr als zehn Jahre erstreckt, und zwei oder drei Füllungen stammten noch aus einer früheren Periode, was bei seinem ersten Besuch bei Mr. Lamploughs Vorgänger vermerkt worden war.
Am Ende der langen Untersuchung blickte der Polizeiarzt von den Notizen, die er sich gemacht hatte, auf.
»Wir wollen das noch einmal kontrollieren«, schlug er vor. »Wenn wir berücksichtigen, daß alte Arbeiten erneuert worden sind, haben wir wohl ein ziemlich genaues Bild von der jetzigen Verfassung seines Gebisses. Es sollten im ganzen neun Füllungen vorhanden sein. Kleine Amalgamfüllung im rechten unteren Weisheitszahn; große Amalgamfüllung rechts unten erster hinterer Backenzahn; Amalgamfüllungen rechts oben im ersten und zweiten vorderen Backenzahn am Berührungspunkt; rechter oberer Schneidezahn Stiftkrone. Stimmt's?«
»Ich denke, ja«, erwiderte Mr. Lamplough. »Nur scheint der rechte obere Schneidezahn ganz zu fehlen. Aber vielleicht hatte sich die Krone gelockert und ist herausgefallen.« Er sondierte vorsichtig. »Der Kiefer ist sehr spröde – ich kann den Wurzelkanal nicht entdecken – aber es spricht nichts dagegen.«
»Die Krone finden wir vielleicht nachher in der Garage«, meinte der Inspektor.
»Linke Seite«, fuhr der Polizeiarzt fort. »Gebrannte Porzellanfüllung im oberen Eckzahn, Amalgamfüllungen oben erster vorderer Backenzahn, unten zweiter vorderer Backenzahn und unten zweiter hinterer Backenzahn. Das scheint alles zu sein. Weder fehlende noch künstliche Zähne. Wie alt war dieser Mann, Inspektor?«
»Ungefähr fünfundvierzig, Doktor.«
»Genau so alt wie ich. Ich wünschte, ich hätte so gute Zähne«, seufzte der Arzt, und Mr. Lamplough pflichtete ihm bei.
»Dann können wir also annehmen, daß es Mr. Prendergast ist«, meinte der Inspektor. »Bleibt nur noch die Frage, ob es sich um einen Unfall oder um Selbstmord handelt.«
»Ziemlich abgelegen für einen Zahnarzt«, bemerkte Mr.

Lamplough, als sie bei einigen verstreuten Häusern am Stadtrand anlangten.
Der Inspektor schnitt eine Grimasse.
»Ganz meine Meinung, Sir, aber Mrs. Prendergast überredete ihren Mann, sich hier draußen niederzulassen. So schön es für die Kinder ist, so ungünstig ist es für die Praxis. Ich sage Ihnen offen, daß Mrs. Prendergast einigen Anlaß zu der Selbstmordtheorie gab.«
Ein Menschenknäuel drängte sich vor dem Gartentor eines Einfamilienhauses am Ende einer Reihe ähnlicher Häuser. Von einem Trümmerhaufen im Garten wehte ein ekelhafter Brandgeruch herüber. Der Inspektor ging den anderen voran durch das Tor, begleitet von den Bemerkungen der Umstehenden.
»Aha, der Inspektor ... Das dort ist Dr. Maggs ... Das ist wohl auch ein Arzt, der mit der Tasche ... Wer kann denn das sein? ... Pah, wahrscheinlich der Versicherungsagent ...«
Wimsey grinste unschicklich vor sich hin, während sie den Gartenpfad hinuntergingen. Der Anblick des Wagengerippes inmitten der nassen, geschwärzten Überreste der Garage stimmte ihn wieder ernst. Zwei mit einem Sieb über Asche und Schutt gebeugte Polizisten richteten sich auf und grüßten.
»Kommen Sie gut voran, Jenkins?«
»Haben noch nicht viel gefunden, Sir. Nur eine Zigarettenspitze aus Elfenbein. Dieser Herr ...«, er deutete auf einen untersetzten Mann mit Glatze und Brille, »ist Mr. Tolley von der Autofabrik. Der Kommissar hat ihn hergeschickt, Sir.«
»Schön. Was ist Ihre Meinung, Mr. Tolley? Dr. Maggs kennen Sie wohl schon. Mr. Lamplough. Lord Peter Wimsey. Übrigens, Jenkins, Mr. Lamplough hat das Gebiß des Toten untersucht und hält Ausschau nach einem verlorenen Zahn. Sie können versuchen, ihn zu finden. Nun, Mr. Tolley, was sagen Sie?«
»Ich bin mir ziemlich klar darüber, wie es passiert ist«, erwiderte Mr. Tolley, der nachdenklich in den Zähnen stocherte. »Regelrechte Todesfallen, diese kleinen Limousi-

nen, wenn etwas unerwartet schiefgeht. Der Wagen hatte einen Vordertank, und es sieht ganz so aus, als ob es irgendwo hinter dem Armaturenbrett geleckt hätte. Vielleicht war eine Schweißnaht gesprungen, oder die Verbindung zur Benzinleitung hatte sich gelockert. Aus einem beschädigten Tank oder Rohr kann eine ganze Menge langsam heraussickern, und der Wagen war vorn anscheinend mit Kokosmatten verkleidet, weshalb es nicht gleich aufgefallen ist. Es hat natürlich nach Benzin gerochen, aber in diesen kleinen Garagen riecht es meistens nach Benzin, und Mr. Prendergast hatte mehrere Kanister Vorrat. Anscheinend hat er seinen Tank aufgefüllt – es stehen zwei leere Kanister neben der Haube –, ist eingestiegen, hat die Tür geschlossen, vielleicht den Wagen angelassen und sich eine Zigarette angezündet. Sind dann Benzindämpfe von irgendeinem Leck vorhanden, explodiert die ganze Chose – wumm!«

»Wie war die Zündung?«

»Abgestellt. Vielleicht hatte er sie gar nicht eingeschaltet; aber es ist ebenso denkbar, daß er sie wieder abgestellt hat, sobald die Flammen hochschlugen. Natürlich Unsinn, aber viele Leute machen das. Das Richtige wäre gewesen, den Benzinhahn abzudrehen und den Motor laufen zu lassen, damit der Vergaser sich entleert. Aber man denkt nicht immer scharf, wenn man bei lebendigem Leibe verbrennt. Vielleicht hat er auch die Absicht gehabt, die Benzinzufuhr abzustellen, und hat das Bewußtsein verloren, ehe er sie ausführen konnte. Der Tank ist hier, auf der linken Seite, sehen Sie.«

»Andererseits«, ließ sich Wimsey hören, »mag er Selbstmord begangen und den Unfall vorgetäuscht haben.«

»Schauderhafte Selbstmordart.«

»Und wenn er vorher Gift genommen hätte?«

»Er hätte lange genug am Leben bleiben müssen, um den Wagen in Brand zu setzen.«

»Allerdings. Und wenn er sich erschossen hätte, würde das Feuer der Pistole ... Nein, das ist Unsinn, in diesem Falle hätte man die Waffe gefunden. Oder eine Spritze? Nein, derselbe Einwand. Mit Blausäure hätte er es vielleicht geschafft – ich meine, er hätte eine Tablette nehmen können und gerade noch Zeit gehabt, den Wagen in Brand zu setzen. Blausäure wirkt schnell, aber nicht unbedingt sofort.«

»Ich werde auf jeden Fall Ausschau danach halten«, versprach Dr. Maggs.

Sie wurden von dem Polizisten unterbrochen.

»Entschuldigen Sie, Sir, aber ich glaube, wir haben den Zahn gefunden. Mr. Lamplough sagt, es sei der richtige.« Zwischen seinem schmutzigen Daumen und Zeigefinger hielt er einen kleinen, knochigen Gegenstand, aus dem ein Metallstift herausragte.

»Dem Aussehen nach zu urteilen, ist es die Richmondkrone eines rechten oberen Schneidezahns«, bestätigte Mr. Lamplough. »Der Zement hat sich wohl in der Hitze aufgelöst. Manche Zementsorten sind gegen Hitze empfindlich, manche gegen Feuchtigkeit. Nun, dadurch ist der Fall wohl geklärt, nicht wahr?«

»Ja – wir werden es der Witwe schonend beibringen müssen. Allerdings wird sie nicht mehr daran gezweifelt haben.«

Mrs. Prendergast – eine Dame mit zuviel Make-up und einem Gesicht, in das gewohnheitsmäßige Verdrießlichkeit tiefe Linien gegraben hatte – brach beim Empfang dieser Nachricht in lautes Schluchzen aus. Sobald sie sich genügend erholt hatte, teilte sie ihnen mit, daß Arthur stets nachlässig mit Benzin umgegangen sei; daß er zuviel geraucht habe; daß sie ihn oft vor der Gefährlichkeit kleiner Limousinen gewarnt und ihm geraten habe, sich einen größeren Wagen anzuschaffen, denn sein Wagen sei wirklich nicht groß genug für sie und die ganze Familie gewesen; daß er es nicht lassen konnte, nachts zu fahren, obgleich sie immer gesagt habe, es sei gefährlich, und daß dies niemals geschehen wäre, wenn er auf sie gehört hätte.

»Der arme Arthur war kein guter Fahrer. Erst letzte Woche, als er uns nach Worthing brachte, fuhr er den Wagen eine Böschung hinauf beim Versuch, einen Lieferwagen zu überholen.«

»Aha!« rief der Inspektor, »bei der Gelegenheit muß der

Tank undicht geworden sein.« Vorsichtig erkundigte er sich, ob Mr. Prendergast wohl einen Grund gehabt haben könnte, sich das Leben zu nehmen. Die Witwe war empört. Allerdings sei die Praxis in letzter Zeit ein wenig zurückgegangen, aber so etwas Entsetzliches hätte Arthur nie getan. Du liebe Güte, erst vor drei Monaten hatte er sich ja in Höhe von fünfhundert Pfund in eine Lebensversicherung eingekauft. Die hätte er nie durch einen Selbstmord aufs Spiel gesetzt. So rücksichtslos Arthur ihr gegenüber auch gewesen sei, wie sehr er sie auch als Frau verletzt habe, er hätte seine unschuldigen Kinder nicht beraubt.

Bei dem Wort »verletzt« spitzte der Inspektor die Ohren. Inwiefern hatte er sie verletzt?

Oh, sie hatte natürlich die ganze Zeit gewußt, daß Arthur sich mit dieser Mrs. Fielding abgab. Er konnte sie nicht täuschen mit all dem Gerede, daß die Zähne dieser Frau ständige Behandlung nötig hätten. Und es war ganz schön und gut zu sagen, daß Mrs. Fieldings Haus besser im Schuß sei als ihr eigenes. War das etwa erstaunlich bei einer reichen Witwe ohne Anhang und ohne alle Verpflichtungen? Mrs. Fielding fiel es natürlich nicht schwer, die Männer anzulocken, wo sie sich wie eine Modepuppe kleidete und einen solchen Lebenswandel führte. Sie, Mrs. Prendergast, hatte gesagt: »Wenn das nicht aufhört, lasse ich mich scheiden!« Seitdem hatte er alle seine Abende in London verbracht – und was mochte er dort nur ...

Der Inspektor unterbrach diesen Redefluß, indem er sich nach Mrs. Fieldings Adresse erkundigte.

»Die kann ich Ihnen nicht geben«, erwiderte Mrs. Prendergast. »Sie hat hier in Nummer 57 gewohnt, aber sie ist ins Ausland gegangen, nachdem ich ein für allemal klargestellt hatte, daß ich mir dies nicht mehr bieten lassen würde. Manche Leute haben es doch gut ... Ich bin seit unserer Hochzeitsreise – und die führte nur bis Boulogne – nie wieder ins Ausland gekommen.«

Nach dieser Unterredung legte der Inspektor Dr. Maggs nahe, bei seiner Suche nach Blausäure doch recht gründlich zu sein.

Die letzte Zeugenaussage stammte von Gladys, dem Alleinmädchen im Prendergastschen Haushalt. Sie hatte das Haus am Tage zuvor um sechs Uhr verlassen; sie sollte eine Woche Ferien nehmen, während die Prendergasts in Worthing waren. Mr. Prendergast hatte ihr in den letzten Tagen einen gequälten und nervösen Eindruck gemacht, doch das hatte sie nicht überrascht, weil sie wußte, daß er nur ungern bei der Familie seiner Frau weilte. Gladys hatte ihre Arbeit beendet, eine kalte Platte für den Hausherrn zurechtgemacht und war dann mit seiner Erlaubnis nach Hause gegangen. Mr. Prendergast hatte ihr auseinandergesetzt, daß er länger arbeiten werde – ein Patient aus Australien wollte vor seiner Heimreise rasch die Zähne in Ordnung bringen lassen –, sie brauche aber nicht auf ihn zu warten. Es stellte sich heraus, daß Mr. Prendergast sein Abendessen kaum angerührt hatte, da er es wohl eilig hatte, fortzukommen. Der erwähnte Patient war vermutlich die letzte Person gewesen, die Mr. Prendergast lebend gesehen hatte.
Als nächstes wurde das Anmeldebuch des Zahnarztes geprüft. Der Patient war dort eingetragen als »Mr. Williams 17.30«, er wohnte in einem kleinen Hotel in Bloomsbury. Von dem Geschäftsführer des Hotels erfuhr man, daß Mr. Williams sich dort eine Woche aufgehalten habe. Er habe keine nähere Adresse angegeben, nur Adelaide, und erwähnt, daß er die Heimat zum erstenmal nach zwanzig Jahren wieder besucht und keine Freunde in London habe. Leider könne man nicht mit ihm sprechen. Am Vorabend gegen halb elf habe er durch einen Boten seine Rechnung bezahlen und sein Gepäck abholen lassen, ohne eine Adresse für das Nachschicken der Post zu hinterlassen. Es sei kein konzessionierter Bote gewesen, sondern ein Mann mit einem Schlapphut und einem schweren dunklen Mantel. Der Nachtportier habe sein Gesicht nicht deutlich sehen können, da nur eine Lampe in der Halle brannte. Der Mann habe zur Eile gedrängt, da Mr. Williams den Zug nach Dover am Waterloo-Bahnhof erreichen wollte.
Nachfragen am Fahrkartenschalter ergaben, daß Mr. Williams tatsächlich diesen Zug benutzt hatte, und zwar mit

einer am gleichen Abend gelösten Fahrkarte nach Paris. Mr. Williams war also ins Blaue verschwunden, und selbst wenn sie ihn fanden, war es nicht mehr wahrscheinlich, daß er viel über Mr. Prendergasts Geistesverfassung unmittelbar vor dem Unglück aussagen konnte. Es schien zunächst ein wenig merkwürdig, daß ein in Bloomsbury wohnender Mr. Williams aus Adelaide nach Wimbledon fahren sollte, um seine Zähne behandeln zu lassen. Aber es gab eine einfache Erklärung dafür: Der einsame Mr. Williams hatte Prendergast vielleicht in einem Restaurant getroffen und seine Zahnsorgen erwähnt, so war die Bekanntschaft zustande gekommen.
Danach schien es, als ob der Coroner nur noch das Urteil »Tod durch Unfall« zu fällen und die Witwe ihren Anspruch bei der Versicherungsgesellschaft einzureichen brauchte, als Dr. Maggs plötzlich die ganze Sache über den Haufen warf mit der Ankündigung, daß er Spuren einer Hyoszyamin-Injektion im Körper entdeckt habe. Woraufhin der Inspektor die Bemerkung machte, daß er nicht überrascht sei, denn wenn je ein Mann Grund zum Selbstmord gehabt habe, so sei es Mrs. Prendergasts Gatte gewesen. Er schlug eine gründliche Durchsuchung der versengten Lorbeerbüsche vor, die um die ehemalige Garage standen, während Lord Peter Wimsey prophezeite, daß die Spritze nicht gefunden werden würde.
Lord Peter befand sich jedoch im Irrtum. Die Spritze wurde am nächsten Tag gefunden und Spuren des Giftes darin entdeckt. »Ein langsam wirkendes Gift«, bemerkte Dr. Maggs. »Zweifellos hat er die Spritze weggeworfen in der Hoffnung, daß niemand danach suchen würde. Ehe er das Bewußtsein verlor, ist er dann ins Auto geklettert und hat es in Brand gesetzt. Sehr ungeschickte Methode.«
»Eine verdammt geistreiche Methode«, bemerkte Wimsey. »Irgendwie glaube ich nicht so recht an diese Spritze.«
Er rief seinen Zahnarzt an: »Lamplough, altes Haus, ich möchte dich um einen Gefallen bitten. Untersuche die Zähne doch noch einmal. Nein – nicht meine, Prendergasts.«
»Ei verflucht!« sagte Lamplough unbehaglich.

»Mir liegt sehr viel daran«, versicherte ihm Seine Lordschaft.

Die Leiche war noch nicht begraben, und Mr. Lamplough fuhr abermals mit Wimsey nach Wimbledon, um sich von neuem dieser widerwärtigen Aufgabe zu unterziehen. Diesmal begann er auf der linken Seite.

»Links unten zweiter hinterer Backenzahn und zweiter vorderer Backenzahn mit Amalgam gefüllt. Im linken oberen Eckzahn plastische Porzellanfüllung auf der Vorderseite . . .«

»Eine Sekunde«, unterbrach Wimsey. »In Maggs' Notizen steht ›*gebrannte* Porzellanfüllung‹. Ist das ein und dasselbe?«

»Nein. Ein anderer Prozeß. Nun, es mag auch eine gebrannte sein – schwierig zu erkennen. Ich halte es jedoch für eine plastische.«

»Wollen mal im Buch nachsehen. Wenn Maggs doch nur die Daten hinzugefügt hätte! Wer weiß, wie weit wir zurückgreifen müssen.«

»Nicht sehr weit, wenn es sich um eine plastische handelt«, erklärte Dr. Lamplough. »Das Verfahren kam erst 1928 auf. Von Amerika. War damals große Mode, hat aber hier keinen Anklang gefunden. Manche Zahnärzte wenden es jedoch an.«

»Oh, dann kann es keine plastische Füllung sein«, meinte Wimsey. »Bis 1928 ist von Eckzähnen hier nicht die Rede. 27, 26, 25, 24, 23. Hier haben wir's. Eckzahn und so weiter.«

»Das ist er«, sagte Lamplough, der einen Blick über Wimseys Schulter warf. »Gebrannte Porzellanfüllung. Dann muß ich mich wohl geirrt haben. Es ist leicht festzustellen, wenn man die Füllung herausnimmt.«

»Dann nimm sie doch heraus.«

»Das läßt sich hier nicht gut machen.«

»Dann nimm die Leiche mit nach Hause. Verstehst du nicht, Lamplough, wie wichtig das ist? Wenn es eine plastische Füllung ist, kann sie nicht 1923 gemacht worden sein. Und wenn die gebrannte später ersetzt worden ist, muß es ein anderer Zahnarzt getan haben. Vielleicht hat er noch andere Arbeiten ausgeführt – und in dem Fall müß-

ten sie zu sehen sein. Sie sind es aber nicht. Siehst du das nicht ein?«
»Ich sehe, daß du sehr erregt bist. Aber ich weigere mich, dieses Ding mit in mein Sprechzimmer zu nehmen. Leichen sind in Harley Street nicht sehr beliebt.«
Letzten Endes wurde die Leiche in die Zahnklinik des Städtischen Krankenhauses geschafft, wo Mr. Lamplough unter Beistand von einem Zahnexperten, Dr. Maggs und der Polizei die Füllung aus dem Eckzahn entfernte.
»Wenn das keine *plastische* Porzellanfüllung ist«, rief er triumphierend, »ziehe ich alle meine Zähne ohne Betäubung und verschlinge sie. Was meinen Sie, Benton?«
Der Krankenhauszahnarzt gab ihm recht. Mr. Lamplough, der auf einmal lebhaftes Interesse für dieses Problem entwickelte, schob vorsichtig eine Sonde zwischen die oberen Backenzähne mit ihren angrenzenden Füllungen.
»Sehen Sie sich das einmal an, Benton. Würden Sie das nicht auch für eine neue Füllung halten? Hätte gestern gemacht sein können. Und hier – einen Augenblick, halten Sie mal den Unterkiefer. Geben Sie mir ein Stück Kohlepapier. Dieser Backenzahn müßte einen schauderhaften Biß hinterlassen. Die Füllung liegt bei weitem zu hoch. Wimsey, wann ist der erste hintere Backenzahn rechts unten gefüllt worden?«
»Vor zwei Jahren«, erwiderte Wimsey.
»Unmöglich!« riefen die beiden Zahnärzte wie aus einem Munde, und Benton fügte hinzu:
»Wenn Sie den Schmutz abkratzen, werden Sie sehen, daß es eine neue Füllung ist. Hat niemals darauf gebissen, möchte ich behaupten. Eine merkwürdige Geschichte, Mr. Lamplough.«
»Das kann man wohl sagen. Gestern habe ich mir nichts dabei gedacht. Sehen Sie sich dieses alte Loch an der Seite an. Warum hat er das nicht füllen lassen, als alles andere gemacht wurde? Es ist ziemlich tief und muß ihm Schmerzen verursacht haben. Ich würde gern noch ein paar Füllungen herausnehmen. Haben Sie etwas dagegen, Inspektor?«

»Nur zu«, sagte der Inspektor, »wir haben ja genug Zeugen.«
Während Benton den grausigen Patienten stützte, manipulierte Mr. Lamplough mit dem Bohrer, und im Nu war die Füllung eines hinteren Backenzahns heraus. »Mein Gott«, sagte Lamplough.
»Versuchen Sie es mit den vorderen Backenzähnen«, schlug Mr. Benton vor.
»Oder mit dem Siebener rechts unten«, fiel sein Kollege ein.
»Langsam« protestierte der Inspektor, »verderben Sie mir das gute Stück nicht ganz und gar.«
Mr. Lamplough bohrte, ohne auf ihn zu achten. Wieder kam eine Füllung zum Vorschein, und Mr. Lamplough rief abermals: »Mein Gott!«
»Schon gut«, meinte Wimsey grinsend, »Sie können den Haftbefehl ausstellen lassen, Inspektor!«
»Wie bitte, Mylord?«
»Mord«, antwortete Wimsey.
»Wieso?« fragte der Inspektor. »Wollen Sie etwa sagen, daß Mr. Prendergast zu einem neuen Zahnarzt gegangen ist, der ihn vergiftet hat?«
»Nein«, erklärte Mr. Lamplough, »nicht gerade vergiftet. Aber in meinem ganzen Leben habe ich noch keine solche Pfuscharbeit gesehen. An zwei Stellen hat der Mann nicht einmal die Karies entfernt, sondern einfach das Loch vergrößert und wieder gefüllt. Warum dieser Bursche nicht die fürchterlichsten Abszesse bekommen hat, ist mir ein Rätsel.«
»Vielleicht«, meinte Wimsey, »sind die Füllungen noch zu neu. Hallo, was gibt's nun?«
»Ein Zahn, der in Ordnung ist. Keinerlei Fäulnis. Scheint überhaupt keine vorhanden gewesen zu sein. Aber das läßt sich schwer sagen.«
»Ich möchte wetten, daß da keine war. Inspektor, heraus mit dem Haftbefehl!«
»Wegen Mordes an Mr. Prendergast? Und gegen wen?«
»Nein. Gegen Arthur Prendergast wegen Mordes an einem gewissen Mr. Williams und gleichzeitig wegen

Brandstiftung und versuchten Betrugs. Und auch gegen Mrs. Fieldings wegen Mittäterschaft, obgleich Sie ihr das vielleicht nicht nachweisen können.«

Als man Mr. Prendergast in Rouen festnahm, stellte es sich heraus, daß er alles lange im voraus geplant hatte. Er brauchte nur auf einen Patienten zu warten, der seine Größe, Statur und gute Zähne besaß und keine Freunde hatte. Als der unglückliche Williams ihm in die Hände fiel, waren nur noch wenige Vorbereitungen nötig. Mrs. Prendergast mußte nach Worthing geschickt werden und das Mädchen seine Ferien antreten. Dann wurden ein paar technische Vorbereitungen getroffen und das Opfer nach Wimbledon zum Tee eingeladen. Dann erfolgte der Mord – ein betäubender Schlag von hinten und die Injektion. Hinterher die langsame, gräßliche Arbeit, die Zähne des Opfers so herzurichten, daß sie Mr. Prendergasts eigenen glichen. Als nächstes wurden die Kleider gewechselt und die Leiche ins Auto getragen. Die Spritze wurde so versteckt, daß sie bei oberflächlicher Inspektion übersehen und doch gefunden werden konnte, falls das Vorhandensein von Gift entdeckt würde. Im ersteren Falle lautete das Urteil dann auf Unglücksfall und im zweiten auf Selbstmord. Nun wurde das Auto mit Benzin getränkt, die Benzinleitung beschädigt und etliche Kanister hingestellt. Fenster und Tür der Garage wurden offengelassen, um dem Ganzen einen glaubwürdigen Anstrich zu geben und Zugluft zu erzeugen; schließlich wurde der Wagen in Brand gesteckt. Dann Flucht zum Bahnhof durch die winterliche Dunkelheit und mit der Untergrundbahn nach London. Das Risiko, in der Bahn erkannt zu werden, war gering, da Prendergast Williams' Hut und Mantel trug und einen Schal um sein Kinn gewickelt hatte. Dann hieß es, Williams' Gepäck zu holen und den Zug nach Dover zu nehmen, um die reiche und verliebte Mrs. Fielding in Frankreich zu treffen. Danach hätten sie als Mr. und Mrs. Williams nach England zurückkehren können oder auch nicht, ganz nach Belieben.
»Ein gelehriger Student der Kriminologie«, bemerkte

Wimsey am Schluß dieses kleinen Abenteuers. »Er hat sich die Fehler seiner Vorgänger zunutze gemacht. Schade, daß ihm der Irrtum mit der plastischen Porzellanfüllung unterlaufen ist. Ging wohl schneller, nicht wahr, Lamplough? Eile mit Weile ist ein weiser Spruch. Was ich gern noch wissen möchte: Zu welchem Zeitpunkt bei all diesen Vorgängen mag Williams tatsächlich gestorben sein?«

»Halt den Mund«, gebot Mr. Lamplough. »Apropos, ich muß dir immer noch eine Füllung machen.«

Ganz woanders

Lord Peter Wimsey, Oberinspektor Parker vom C.I.D. und Inspektor Henley von der Baldocker Polizei saßen zusammen in der Bibliothek des Hauses »The Lilacs«.

»Du siehst also«, sagte Parker, »daß die Hauptverdächtigen zu der Zeit ganz woanders waren.«

»Was verstehst du darunter?« wollte Wimsey wissen. Er war in gereizter Stimmung, da Parker ihn ohne Frühstück hier nach Wapley geschleppt hatte. »Meinst du damit, daß sie den Mordschauplatz nicht erreichen konnten, ohne über hundertsechsundachtzigtausend Meilen pro Sekunde zu fahren? Wenn nicht, waren sie nicht ganz woanders, sondern nur relativ und scheinbar woanders.«

»Um Himmels willen, verschone uns mit deiner Wortklauberei. Jedenfalls waren sie nicht hier. Und nun, Inspektor, lassen wir sie am besten einzeln eintreten, damit ich mir ihre Aussagen noch einmal anhören kann. Zunächst den Butler.«

Der Inspektor steckte den Kopf zur Tür hinaus und rief: »Hamworthy!«

Der Butler war ein Mann mittleren Alters mit einem beachtenswerten Embonpoint. Sein breites Gesicht war blaß, und er sah angegriffen aus. Er legte ohne Zaudern los.

»Zwanzig Jahre habe ich in den Diensten des verstorbenen Mr. Grimbold gestanden, und er war für mich stets ein guter Gebieter, zwar streng, aber gerecht. Ich weiß, daß er als ein harter Geschäftsmann galt. Er war Junggeselle, aber er hat seine beiden Neffen, Mr. Harcourt und Mr. Neville, aufgezogen und war sehr gut zu ihnen. In seinem Privatleben würde ich ihn als freundlichen, rücksichtsvollen Mann bezeichnen. Sein Beruf? Nun ja, man könnte ihn wohl einen Geldverleiher nennen.

Die Vorgänge der letzten Nacht, Sir? Wie üblich verschloß ich das Haus um halb acht Uhr – Mr. Grimbold legte großen Wert auf Pünktlichkeit und Ordnung. Ich schloß alle Fenster im Erdgeschoß, die sämtlich diebessichere Schließhaken haben. Auch verriegelte ich die Haustür und legte die Kette vor.«
»Und die Tür zum Wintergarten?«
»Die hat ein Schnappschloß, Sir. Ich habe wohl darauf geachtet, daß die Tür geschlossen war, aber nicht den Sicherheitshebel herabgedrückt. Das war Usus, Sir, für den Fall, daß Mr. Grimbold länger durch Geschäfte in der Stadt aufgehalten wurde. Dann konnte er herein, ohne jemanden zu stören.«
»Gestern abend hatte er doch keine Geschäfte in der Stadt, wie?«
»Nein, Sir, aber das Schloß blieb immer so. Ohne Schlüssel konnte niemand herein, und den trug Mr. Grimbold an seinem Bund.«
»Existiert kein zweiter Schlüssel?«
»Ich glaube, Sir . . .«, der Butler hüstelte verlegen, »obgleich ich es nicht mit Sicherheit weiß, daß ein anderer im Besitz einer Dame ist, die augenblicklich in Paris weilt.«
»Aha. Mr. Grimbold war ungefähr sechzig Jahre alt, nicht wahr? Wie heißt diese Dame?«
»Mrs. Winter, Sir. Sie wohnt in Wapley, aber seit dem Tode ihres Gatten im letzten Monat hat sie, soweit ich unterrichtet bin, im Ausland gelebt.«
»Aha. Vielleicht notieren Sie das, Inspektor. – Und wie steht's mit den oberen Räumen und der Hintertür?«
»Die Fenster in den oberen Räumen waren ebenfalls verriegelt, außer in den Schlafzimmern von Mr. Grimbold, der Köchin und mir. Aber ohne Leiter konnte niemand einsteigen, und die Leiter ist im Schuppen verschlossen.«
»Das stimmt«, mischte sich Inspektor Henley ein. »Wir haben das gestern abend nachgeprüft. Der Schuppen war verschlossen, und außerdem hingen Spinngewebe zwischen der Leiter und der Wand. Die Schlösser an Türen und Fenstern waren ebenfalls in Ordnung. Weiter, Hamworthy.«

»Ja, Sir. Während ich durchs Haus ging, kam Mr. Grimbold nach unten in die Bibliothek, um sein Glas Sherry zu trinken. Um Viertel vor acht wurde die Suppe aufgetragen, und ich rief Mr. Grimbold zum Essen. Er saß, wie immer, am Ende der Tafel, gegenüber der Durchreiche.«

»Mit dem Rücken zur Bibliothekstür«, sagte Parker und machte ein Zeichen auf dem grob skizzierten Zimmerplan, der vor ihm lag. »War die Tür geschlossen?«

»Ja, Sir. Sämtliche Türen und Fenster waren geschlossen.«

»Anscheinend ein sehr zugiger Raum«, bemerkte Wimsey. »Zwei Türen und eine Durchreiche und zwei lange Glastüren zur Terrasse.«

»Jawohl, Mylord. Aber sie schließen alle sehr gut, und die Vorhänge waren zugezogen.«

Seine Lordschaft ging auf die Verbindungstür zu und öffnete sie.

»Ja«, meinte er, »eine gute, schwere Tür, die sich unheimlich leise in den Angeln bewegt. Diese dicken Teppiche gefallen mir, nur das Muster ist ein bißchen laut.« Er schloß die Tür geräuschlos und kehrte an seinen Platz zurück.

»Mr. Grimbold brauchte gewöhnlich fünf Minuten, um seine Suppe zu essen. Als er fertig war, servierte ich den Fisch. Ich brauchte den Raum nicht zu verlassen, da alles durchgereicht wurde. Der Wein für den ersten Gang stand schon auf dem Tisch. Dieser Gang bestand nur aus einer kleinen Portion Steinbutt, und Mr. Grimbold war auch hiermit in etwa fünf Minuten fertig. Dann brachte ich den Fasanenbraten und wollte Mr. Grimbold gerade das Gemüse servieren, als das Telefon klingelte. Mr. Grimbold sagte: ›Gehen Sie nur hin, ich bediene mich schon selbst.‹ Es war natürlich nicht Sache der Köchin, das Telefon abzunehmen.«

»Gibt es keine anderen Dienstboten?«

»Nur die Putzfrau, die tagsüber kommt, Sir. Ich ging also an den Apparat und machte die Tür hinter mir zu.«

»War es dieser Apparat oder der in der Diele?«

»Der in der Diele. Den benutze ich immer, außer ich bin gerade in der Bibliothek, wenn es klingelt. Der Anruf kam von Mr. Neville Grimbold aus London, Sir. Er und Mr.

Harcourt bewohnen eine Etage in der Jermyn Street. Mr. Neville, dessen Stimme ich erkannte, sagte: ›Sind Sie es, Hamworthy? Einen Augenblick. Mr. Harcourt möchte mit Ihnen sprechen.‹ Er legte den Hörer hin, und dann kam Mr. Harcourt. Er sagte: ›Hamworthy, ich möchte heute abend hinüberkommen, um mit meinem Onkel zu sprechen, wenn er zu Hause ist.‹ Ich erwiderte: ›Ja, Sir, ich will es ausrichten.‹ Die jungen Herren kamen oft für ein paar Nächte hierher, Sir, und wir halten ihre Zimmer stets bereit. Mr. Harcourt sagte, er werde sofort aufbrechen und gegen halb zehn hier sein. Während er sprach, hörte ich die große Standuhr in ihrer Wohnung acht schlagen. Unmittelbar darauf schlug unsere Uhr in der Diele, und dann hörte ich, wie das Amt sagte: ›Drei Minuten.‹ Also muß der Anruf um drei Minuten vor acht gekommen sein, Sir.«

»Dann besteht also kein Zweifel hinsichtlich der Zeit. Wenigstens ein Trost. Was geschah dann, Hamworthy?«

»Mr. Harcourt verlangte weitere drei Minuten, weil Mr. Neville noch etwas zu sagen habe, und dann war Mr. Neville wieder am Apparat. Er teilte mir mit, daß er bald nach Schottland fahre, und bat mich, einen Anzug, Strümpfe und Hemden zu senden, die er hier zurückgelassen hatte. Der Anzug sollte zuerst in die Reinigungsanstalt geschickt werden, und da er mir noch mehr Instruktionen erteilte, verlangte er weitere drei Minuten. Das war also um 8.03, Sir. Und etwa eine Minute später, während er noch sprach, klingelte die Haustürglocke. Da ich nicht vom Telefon fortgehen konnte, mußte der Besucher warten, und um fünf Minuten nach acht ertönte die Glocke abermals. Ich wollte Mr. Neville gerade bitten, mich zu entschuldigen, als ich die Köchin zur Haustür gehen sah. Mr. Neville bat mich, die Instruktionen zu wiederholen, und dann unterbrach uns das Amt wieder. Also beendete er das Gespräch, und als ich mich umdrehte, sah ich, wie die Köchin gerade die Tür zur Bibliothek schloß. Ich ging ihr entgegen, und sie sagte zu mir: ›Dieser Mr. Payne will wieder mal mit Mr. Grimbold sprechen. Ich habe ihn in die Bibliothek geführt, aber mir gefällt seine drohende Miene nicht.‹ Ich erwiderte: ›Ich werde ihn mir schon vornehmen‹, und die Köchin ging wieder in die Küche.«

»Einen Augenblick«, warf Parker ein. »Wer ist Mr. Payne?«

»Einer von Mr. Grimbolds Klienten, Sir. Er wohnt etwa fünf Minuten von hier entfernt und hat schon öfter Scherereien gemacht. Ich glaube, er schuldet Mr. Grimbold Geld und wünschte einen Zahlungsaufschub.«

»Er wartet draußen in der Diele«, fügte Henley hinzu.

»Ach?« sagte Wimsey. »Der unrasierte Bursche mit dem finsteren Gesicht, dem Eschenstock und dem blutbefleckten Rock?«

»Ganz richtig, Mylord«, bestätigte der Butler und wandte sich wieder an Parker. »Nun, Sir, ich wollte gerade in die Bibliothek gehen, als mir plötzlich einfiel, daß ich noch nicht den Rotwein ins Eßzimmer gebracht hatte, und ich befürchtete, daß Mr. Grimbold ärgerlich sein würde. Also holte ich den Wein aus der Anrichte, wo ich ihn zum Anwärmen vor das Feuer gestellt hatte. Es dauerte nicht länger als eine Minute, Sir, bis ich wieder im Eßzimmer war. Und dann, Sir . . .«, die Stimme des Butlers begann zu zittern, »dann sah ich, daß Mr. Grimbold vornüber auf den Tisch gefallen war, direkt über seinen Teller. Ich dachte, ihm sei schlecht geworden, und eilte auf ihn zu. Da entdeckte ich, daß er . . . daß er tot war, Sir, mit einer schrecklichen Wunde im Rücken.«

»Keine Waffe zu sehen?«

»Ich habe keine bemerkt, Sir. Die Wunde hatte stark geblutet. Ich wurde fast ohnmächtig und war zunächst völlig ratlos. Dann stürzte ich an die Durchreiche und rief nach der Köchin. Sie kam sofort und stieß einen fürchterlichen Schrei aus, als sie unseren Herrn sah. Dann erinnerte ich mich an Mr. Payne und öffnete die Tür zur Bibliothek. Er erkundigte sich sogleich, wie lange er noch warten müsse. Ich erwiderte: ›Etwas Entsetzliches ist geschehen! Mr. Grimbold ist ermordet worden!‹ Er drängte sich an mir vorbei ins Eßzimmer und fragte als erstes: ›Sind die Glastüren offen?‹ Er zog den Vorhang der Glastür, die der Bibliothek am nächsten ist, zurück, und sie stand tatsächlich offen. ›Auf diese Weise ist er entkommen‹, rief er und wollte hinauseilen. Ich sagte: ›Halt, bleiben Sie hier‹, weil ich glaubte, er wolle entfliehen, und hielt ihn fest. Er schimpfte und fluchte, und dann sagte er: ›Mein guter Mann, nehmen Sie Vernunft an. Der Kerl gewinnt ja einen zu großen Vorsprung. Man muß hinter ihm her!‹ Ich erwiderte: ›Nicht ohne mich‹, und er willigte ein. So gebot ich der Köchin, nichts anzurühren, sondern die Polizei anzurufen, holte meine Taschenlampe aus der Anrichte und ging mit Mr. Payne hinaus.«

»War Mr. Payne dabei, als Sie die Taschenlampe holten?«

»Ja, Sir. Wir haben dann den ganzen Garten durchsucht, aber wir konnten keine Fußspuren oder sonst einen Anhalt finden, weil der Weg, der um das Haus herum und dann zum Tor führt, asphaltiert ist. Auch entdeckten wir keine Waffe. Mr. Payne schlug dann vor, den Wagen zu nehmen und die Straßen abzusuchen, aber ich hielt es für zwecklos, da es nur eine Viertelmeile von unserem Tor bis zur Great North Road ist, und es war schon zuviel Zeit vergangen. Mr. Payne sah das ein, und wir kehrten ins Haus zurück. Dann erschien der Polizist aus Wapley und nach einer Weile der Inspektor hier und Dr. Crofts aus Baldoch. Sie untersuchten alles und stellten viele Fragen, die ich nach bestem Wissen beantwortete, und mehr kann ich Ihnen wirklich nicht sagen, Sir.«

»Haben Sie bemerkt«, fragte Parker, »ob Mr. Payne Blutflecken am Anzug hatte?«

»Nein, Sir. Als ich ihn zuerst sah, stand er hier im hellen Licht, und ich hätte es bestimmt gesehen.«

»Könnte jemand von oben gekommen sein, während Sie bei Mr. Grimbold im Eßzimmer waren?«

»Das wäre durchaus möglich, Sir. Aber dann müßte der Betreffende vor halb acht ins Haus gelangt sein und sich irgendwo versteckt haben. Das ist natürlich nicht ausgeschlossen. Die Hintertreppe kann er nicht benutzt haben, denn er hätte an der Küche vorbeigehen müssen, wo der Flur mit Fliesen belegt ist und die Köchin ihn auf jeden Fall gehört hätte. Aber die Vordertreppe – ja, ich weiß gar nicht, was ich dazu sagen soll.«

»So wird es schon gewesen sein«, meinte Parker. »Machen Sie sich nur keine Vorwürfe, Hamworthy. Man kann von Ihnen nicht erwarten, daß Sie jeden Abend alle Winkel und Ecken nach versteckten Verbrechern absuchen. Jetzt möchte ich mit den beiden Neffen sprechen. Sind sie gut mit ihrem Onkel ausgekommen?«

»Ja, sehr gut. Hatten nie Meinungsverschiedenheiten. Es war ein schwerer Schlag für sie, Sir. Sie waren ganz außer sich, als Mr. Grimbold im Sommer krank wurde . . .«

»Krank? Was fehlte ihm denn?«

»Herzgeschichten, Sir, im vergangenen Juli. Es ging ihm sehr schlecht, und wir mußten Mr. Neville kommen lassen. Aber danach hatte er sich wunderbar erholt, Sir, nur schien er seine gewohnte Heiterkeit eingebüßt zu haben. Vielleicht spürte er, daß er auch nicht mehr der Jüngste war. Aber niemand hätte gedacht, daß er auf diese Weise umkommen würde.«

»Wem hat er sein Geld hinterlassen?« erkundigte sich Parker.

»Das weiß ich nicht, Sir. Vermutlich den beiden jungen Herren, obwohl sie selbst auch Vermögen besitzen. Aber darüber wird Ihnen Mr. Harcourt Auskunft geben können. Er ist der Testamentsvollstrecker.«

»Na schön, wir werden ihn fragen. Verstehen sich die Brüder gut?«

»O ja, Sir. Sie sind sich sehr zugetan. Mr. Neville würde alles für Mr. Harcourt tun – und Mr. Harcourt sicher auch für ihn. Sehr angenehme Herren, Sir. Könnten nicht netter sein.«

»Danke, Hamworthy. Das wäre im Augenblick alles. Oder hat sonst noch jemand etwas zu fragen?«

»Wieviel hat Mr. Grimbold von dem Fasan gegessen, Hamworthy?«

»Wenig, Mylord. Nach der Portion zu urteilen, die ich ihm aufgegeben habe, hat er vielleicht drei oder vier Minuten gebraucht.«

»Und nichts deutete darauf hin, daß er zum Beispiel von jemandem an der Glastür unterbrochen wurde, daß er vielleicht aufstehen mußte, um diese Person hereinzulassen?«

»Nichts, Mylord, soviel ich sehen konnte.«
»Der Stuhl war dicht an den Tisch geschoben, als ich ihn fand«, warf der Inspektor ein. »Seine Serviette lag auf seinen Knien, und Messer und Gabel lagen ihm unter den Händen, als hätte er sie fallen lassen, als der Stoß kam. Wie man mir sagte, war die Leiche nicht angerührt worden.«
»Nein, Sir, ich habe sie nicht bewegt – nur, um festzustellen, ob er tot war. Obgleich ich eigentlich nicht zweifeln konnte, als ich die schreckliche Wunde im Rücken sah. Ich habe nur den Kopf gehoben und wieder fallen lassen. Auf dieselbe Stelle, Sir.«
»Na schön, Hamworthy. Rufen Sie bitte Mr. Harcourt herein.«
Mr. Harcourt Grimbold war ein energischer Mann von etwa fünfunddreißig Jahren. Er erklärte, daß er Börsenmakler und sein Bruder Beamter im Gesundheitsministerium sei. Seit ihrem elften beziehungsweise zehnten Lebensjahr seien sie von ihrem Onkel großgezogen worden. Ihm sei bekannt, daß sein Onkel viele Geschäftsfeinde hatte, aber er selbst habe nur Güte von ihm erfahren.
»Ich fürchte, ich kann Ihnen nicht viel über diesen schrecklichen Vorfall sagen, da ich gestern abend erst um Viertel vor zehn hier ankam, und da war natürlich schon alles vorbei.«
»Das war etwas später, als Sie einzutreffen hofften, nicht wahr?«
»Ja, ein wenig. Mein Rücklicht ging unterwegs aus, und ich wurde von einem Polizisten angehalten. Ich fuhr dann in eine Garage in Welwyn, wo man den Schaden reparierte, was natürlich einen Aufenthalt bedeutete.«
»Es sind ungefähr vierzig Meilen von hier nach London, ja?«
»Etwas mehr. Gewöhnlich rechne ich um diese Abendzeit eine Stunde und fünfzehn Minuten von Tür zu Tür. Ich bin kein Kilometerfresser.«
»Haben Sie den Wagen selbst gefahren?«
»Ja. Ich habe zwar einen Chauffeur, nehme ihn aber nicht immer mit.«
»Wann sind Sie von London abgefahren?«

»Gegen zwanzig nach acht, denke ich. Neville hat mir den Wagen aus der Garage geholt, während ich meine Zahnbürste und dergleichen einpackte.«
»Vor Ihrer Abfahrt wußten Sie also nichts von dem Tode Ihres Onkels?«
»Nein. Man hat erst nach meinem Aufbruch daran gedacht, bei mir anzurufen. Die Polizei versuchte später, Neville zu erreichen, aber er war in seinen Club gegangen. Ich habe ihn dann von hier aus selbst angerufen, und er ist heute morgen gekommen.«
»Mr. Grimbold, können Sie uns etwas über die Angelegenheiten Ihres verstorbenen Onkels berichten?«
»Sie meinen wohl sein Testament. Die Erben sind ich, Neville und Mrs. Winter. Haben Sie schon von ihr gehört?«
»Etwas, ja.«
»Und dann bekommt der alte Hamworthy natürlich ein hübsches kleines Nestei, und die Köchin wird bedacht. Ferner erhält der Prokurist meines Onkels ein Vermächtnis von fünfhundert Pfund. Aber der Hauptbetrag fällt an uns und Mrs. Winter. Aber wieviel es ist, davon habe ich nicht die leiseste Ahnung. Ich weiß nur, daß es sich um eine ziemlich beträchtliche Summe handelt. Der alte Herr hat keiner Menschenseele verraten, wieviel er wert war, und wir haben uns nie darum gekümmert. Ich habe ein ziemlich gutes Einkommen, und Nevilles Gehalt stellt eine schwere Last für das langmütige Publikum dar. Daher hatten wir nur ein mildes akademisches Interesse an dieser Frage.«
»Hat Hamworthy wohl gewußt, daß er ein Legat erhalten sollte?«
»O ja. Das war kein Geheimnis. Er sollte lebenslang jährlich zweihundert Pfund bekommen, vorausgesetzt, daß er beim Tode meines Onkels noch in dessen Diensten stand.«
»Und er war nicht gekündigt, oder?«
»N-nein. Nein. Nicht anders als gewöhnlich. Mein Onkel kündigte nämlich allen ungefähr einmal im Monat, um das Beste aus ihnen herauszuholen. Aber es blieb nur bei der Drohung.«
»Aha. Darüber müssen wir noch mal mit Hamworthy

sprechen. Nun zu dieser Mrs. Winter. Was wissen Sie über sie?«

»Sie ist eine nette Frau. Seit ... zig Jahren die Freundin meines Onkels. Aber ihr Mann hat praktisch seinen Verstand versoffen. Man kann es ihr daher nicht übelnehmen. Ich habe ihr heute morgen telegrafiert, und soeben ist ihre Antwort eingetroffen.«

Er reichte Parker ein aus Paris abgeschicktes Telegramm folgenden Wortlauts: »Äußerst betroffen und betrübt. Kehre sofort zurück. In tiefer Teilnahme, Lucy.«

»Sie stehen demnach in einem freundschaftlichen Verhältnis zu ihr?«

»Mein Gott, ja. Warum nicht? Sie hat uns immer sehr leid getan. Onkel William wäre am liebsten mit ihr woanders hingefahren, aber sie wollte Winter nicht verlassen. Jetzt, wo Winter endlich ins Gras gebissen hat, wollten sie eigentlich heiraten. Sie ist erst etwa achtunddreißig, und es ist Zeit, daß sie endlich etwas von ihrem Leben hat, die Ärmste.«

»Abgesehen von dem Geld, hatte sie also eigentlich nicht viel durch den Tod Ihres Onkels zu gewinnen, wie?«

»Gar nichts. Es sei denn, sie wollte einen jüngeren Mann heiraten und befürchtete, den Betrag zu verlieren. Aber ich glaube, sie war dem alten Knaben ehrlich zugetan. Jedenfalls kann sie ihn nicht ermordet haben, da sie in Paris ist.«

»Hm«, sagte Parker. »Das nehmen wir an. Aber wir vergewissern uns am besten. Ich werde beim Yard anrufen und in den Häfen nach ihr Ausschau halten lassen. Bekomme ich das Amt direkt über diesen Apparat? Oder muß ich mich in der Diele verbinden lassen?«

»Nein«, erwiderte der Inspektor. »Sie können auch von hier aus anrufen. Es sind Parallelanschlüsse.«

»Na schön, Mr. Grimbold, im Augenblick brauchen wir Sie nicht weiter zu bemühen. Ich will jetzt telefonieren, und dann kann der nächste Zeuge erscheinen. Die Zeit von Mr. Harcourts Anruf aus London haben Sie ja wohl nachgeprüft, Inspektor.«

»Jawohl, Mr. Parker. Das Gespräch wurde um 19.57 angemeldet und um 20 Uhr und 20.03 erneuert. Eine ziemlich teure Angelegenheit. Wir haben auch mit dem Schutzmann und der Garage wegen der Reparatur gesprochen. Er kam um 21.05 nach Welwyn und fuhr gegen 21.15 wieder weiter. Die Nummer des Wagens stimmt.«

Sobald Parker sein Telefongespräch mit Scotland Yard beendet hatte, ließ er Neville Grimbold kommen, der seinem Bruder sehr ähnlich sah. Er war nur etwas schlanker und wortgewandter, wie sich das für einen Beamten geziemt. Er hatte der Aussage seines Bruders nichts hinzuzufügen und erwähnte nur, daß er von 20.20 bis gegen 22 Uhr im Kino und anschließend in seinem Club war, so daß er erst später am Abend von der Tragödie hörte.

Als nächste Zeugin erschien die Köchin, die mit vielen Worten sehr wenig sagte. Zwar hatte sie zufällig nicht gesehen, wie Hamworthy den Rotwein aus der Anrichte holte, sonst aber bestätigte sie seine Aussage. Verächtlich wies sie die Idee zurück, daß sich jemand im oberen Stock hätte verstecken können, weil die Stundenfrau, Mrs. Crabbe, fast bis zum Abendessen im Hause gewesen war, um Kampferbeutel in alle Schränke zu hängen. Überhaupt hegte sie keinen Zweifel daran, daß »dieser Payne eine ekelhafte, mordende Bestie« sei und Mr. Grimbold erstochen habe. Danach blieb nur noch das Interview mit dem mörderischen Mr. Payne.

Mr. Payne war von einer fast aggressiven Offenheit. Er war von Mr. Grimbold sehr hart behandelt worden. Mit Wucherzinsen und Zinseszinsen hatte er bereits den fünffachen Betrag des ursprünglichen Darlehens bezahlt, und jetzt hatte Mr. Grimbold ihm einen weiteren Zahlungsaufschub verweigert und seine Absicht angekündigt, die Sicherheit – Mr. Paynes Haus und Land – für verfallen zu erklären. Dies war um so brutaler, als die Aussicht bestand, daß Mr. Payne die ganze Schuld in sechs Monaten abtragen konnte. Seiner Ansicht nach hatte der alte Grimbold so gehandelt, um die Rückzahlung zu verhindern, weil er den Besitz an sich reißen wollte. Grimbolds Tod hatte die Situation gerettet, weil die Bezahlung der Schuld nun bis zu dem genannten Zeitpunkt aufgeschoben wurde. Mit Vergnügen hätte Mr. Payne den alten Grimbold ermordet, aber dennoch war er nicht der Täter. Außerdem war er nicht der Mann, einen anderen von hinten zu erstechen. Wäre der Geldverleiher jünger gewesen, so hätte er, Payne, ihm alle Knochen im Leibe zerschlagen. So war es, mochten sie es glauben oder nicht. Wenn Hamworthy, dieser alte Dummkopf, ihm nicht in die Quere gekommen wäre, hätte er den Mörder geschnappt. Wenn Hamworthy überhaupt ein Dummkopf war, was er sehr bezweifelte. Blut? Jawohl, er hatte Blut am Rock. Das kam daher, weil Hamworthy ihn an der Glastür festgehalten hatte. Hamworthys Hände waren voller Blut, als er in der Bibliothek erschien. Zweifellos von der Leiche. Er, Payne, hatte seinen Anzug nicht gewechselt, weil sonst jemand auf den Gedanken kommen könnte, er habe etwas zu verbergen, und im übrigen war er seit dem Mord noch nicht wieder zu Hause gewesen. Außerdem wollte er Einspruch erheben gegen die unverhüllte Feindseligkeit, mit der die örtlichen Polizeibeamten ihn behandelt hatten, worauf Inspektor Henley erwiderte, daß Mr. Payne völlig im Irrtum sei.

»Mr. Payne«, fiel Lord Peter ein, »sagen Sie mir doch bitte eins. Als Sie den Klamauk im Eßzimmer hörten, warum sind Sie da nicht sofort hineingegangen, um die Ursache festzustellen?«

»Warum?« entgegnete Mr. Payne. »Weil ich überhaupt nichts davon gehört habe. Deswegen. Erst als dieser Butler schnatternd und händeringend in der Tür stand, erfuhr ich davon.«

»Aha!« meinte Wimsey. »Ich habe mir schon gedacht, daß es eine gute, solide Tür sei. Sollen wir die Frau vielleicht mal bitten, für uns im Eßzimmer zu schreien, und zwar bei offner Glastür?«

Der Inspektor führte diesen Auftrag aus, während die übrigen gespannt auf die Schreie warteten. Es geschah jedoch nichts, bis Henley seinen Kopf fragend zur Tür hereinstreckte.

»Nichts gehört«, sagte Parker.

»Ein gutgebautes Haus«, bemerkte Wimsey. »Jeder Ton,

der durch die Glastür dringt, wird durch den Wintergarten gedämpft. Na, Mr. Payne, wenn Sie die Schreie nicht hörten, ist es nicht überraschend, daß Sie den Mörder nicht gehört haben. Sind dies alle deine Zeugen, Charles? Ich muß nämlich nach London zurück und verlasse dich mit meinem Segen und zwei Vorschlägen. Nummer eins: Suche nach einem Wagen, der gestern abend zwischen 19.30 und 20.15 innerhalb eines Umkreises von einer Viertelmeile geparkt hat. Nummer zwei: Versammle alle Beteiligten heute abend im Eßzimmer und beobachte die Glastüren. Ich werde dich gegen acht anrufen. Übrigens, kannst du mir den Schlüssel zum Wintergarten leihen, Charles? Ich habe da eine gewisse Theorie.«
Der Oberinspektor überreichte ihm den Schlüssel, und Seine Lordschaft zog von dannen.

Die im Eßzimmer versammelte Gesellschaft war nicht gerade in geselliger Stimmung. Nur die Polizeibeamten plauderten miteinander und tauschten Anglererinnerungen aus, während Mr. Payne eine finstere Miene aufsetzte, die beiden Grimbolds eine Zigarette nach der anderen rauchten und die Köchin und der Butler nervös auf dem äußersten Rand ihres Stuhles hockten. Endlich läutete das Telefon.
Parker blickte auf seine Uhr, als er sich erhob. »Drei Minuten vor acht«, bemerkte er und sah, wie der Butler seine zuckenden Lippen mit dem Taschentuch abwischte. »Richten Sie den Blick auf die Glastüren.« Damit trat er in die Diele.
»Hallo!« rief er in den Apparat.
»Ist Oberinspektor Parker dort?« fragte eine ihm wohlbekannte Stimme. »Hier spricht Lord Peter Wimseys Diener aus der Wohnung Seiner Lordschaft in London. Wollen Sie bitte am Apparat bleiben? Seine Lordschaft wünscht mit Ihnen zu sprechen.«
Parker hörte, wie der Hörer hingelegt und dann wieder aufgenommen wurde. Dann ließ sich Wimseys Stimme vernehmen: »Hallo, alter Junge, hast du den Wagen schon gefunden?«

»Wir haben von einem Wagen gehört«, erwiderte der Oberinspektor vorsichtig, »der bei einem Gasthaus auf der Great North Road stand, ungefähr fünf Minuten von hier.«
»Lautete die Nummer ABJ 28?«
»Ja. Woher weißt du das denn?«
»Reine Vermutung. Dieser Wagen wurde gestern nachmittag um fünf Uhr von einer Londoner Garage gemietet und kurz vor zehn Uhr zurückgebracht. Seid ihr Mrs. Winter auf die Spur gekommen?«
»Ja. Sie kam heute abend mit dem Boot von Calais. Sie ist also offenbar o. k.«
»Das habe ich mir auch gedacht. Nun höre gut zu. Weißt du schon, daß Harcourt Grimbold sich in einer mißlichen Geschäftslage befindet? Im letzten Juli kam es beinahe zu einer Krise, aber irgend jemand ist eingesprungen – möglicherweise der gute Onkel. Meinst du nicht auch? Alles ziemlich faul, wie ich von meinem Berichterstatter höre. Und man hat mir im tiefsten Vertrauen verraten, daß er wieder einen neuen Schlag erlitten hat. Aber auf Grund von Onkels Testament wird es ihm nicht schwerfallen, einen Kredit aufzunehmen. Doch könnte ich mir vorstellen, daß die Geschichte im Juli Onkel William einen ziemlichen Schreck eingejagt hat. Ich nehme an . . .«
Er wurde durch ein kurzes, wohltönendes Glockenspiel unterbrochen, dem acht silbrige Schläge folgten.
»Hörst du das? Erkennst du es wieder? Das ist die große französische Uhr in meinem Wohnzimmer . . . Was? Aha, Amt, bitte noch einmal drei Minuten. – Bunter möchte noch mal mit dir sprechen.«
Der Hörer klapperte, und die verbindliche Stimme des Dieners meldete sich wieder.
»Seine Lordschaft läßt Sie bitten, Sir, das Gespräch sofort abzubrechen und direkt ins Eßzimmer zu gehen.«
Parker gehorchte. Als er den Raum betrat, hatte er zunächst den Eindruck, daß die sechs Menschen noch genauso dasaßen, wie er sie verlassen hatte: in einem erwartungsvollen Halbkreis, die Augen auf die Glastüren gerichtet. Dann öffnete sich die Türe zur Bibliothek geräuschlos, und Lord Peter Wimsey spazierte ins Zimmer.

»Großer Gott!« entfuhr es Parker. »Wie bist du denn hierhergekommen?« Die sechs Köpfe flogen herum.
»Auf dem Rücken der Lichtwellen«, erwiderte Wimsey und strich sich das Haar zurück. »Ich bin achtzig Meilen gereist, um bei dir zu sein, bei einer Geschwindigkeit von hundertsechsundachtzigtausend Meilen pro Sekunde.«

»Es war eigentlich ganz klar«, meinte Wimsey, nachdem sie Harcourt Grimbold (der sich verzweifelt wehrte) und seinen Bruder Neville (der zusammenbrach und mit Brandy wiederbelebt werden mußte) gefesselt hatten. »Es mußten diese beiden sein; sie waren so ausgesprochen woanders – fast wirklich woanders. Der Mord konnte nur zwischen 19.57 und 20.06 begangen worden sein, und es mußte ein Grund existieren für dieses ausgedehnte Telefongespräch, das sich auf Dinge bezog, die Harcourt sehr gut hätte regeln können, wenn er kam. Und der Mörder mußte vor 19.57 in der Bibliothek sein. Sonst wäre er in der Diele gesehen worden; es sei denn, Grimbold hätte ihn durch die Glastür hereingelassen.
Die Sache ist so vor sich gegangen: Harcourt brach gegen sechs Uhr abends in einem gemieteten Wagen von London auf und parkte ihn unter irgendeinem Vorwand bei dem Gasthaus an der Straße. Er war dort wohl nicht bekannt, wie?«
»Nein, es ist ein ganz neues Haus, wurde erst im letzten Monat eröffnet.«
»Aha! Dann ging er die letzte Viertelmeile zu Fuß und kam hier um 19.45 an. Es war dunkel, und er trug wahrscheinlich Gummischuhe, um auf dem Weg kein Geräusch zu machen. Dann hat er sich mit einem Nachschlüssel Zugang zum Wintergarten verschafft.«
»Wie hat er den bekommen?«
»Im vergangenen Juli, als sein Onkel krank war, hat er ihm den Schlüssel vom Ring geklaut. Der Schreck über die Nachricht, daß der teure Neffe in Nöten saß, hat wahrscheinlich die Krankheit heraufbeschworen. Harcourt weilte damals hier – wie Sie sich erinnern, brauchte man nur Neville herzurufen. Ich vermute, daß Onkel William

nur unter gewissen Bedingungen mit dem Geld herausrückte. Es erscheint zweifelhaft, ob er es noch einmal getan hätte, besonders da er daran dachte, sich zu verheiraten. Außerdem hat Harcourt wohl befürchtet, daß Onkel nach der Trauung das Testament ändern könne. Vielleicht gründete er sogar eine Familie, und was sollte der arme Harcourt dann anfangen? Von jedem Standpunkt aus war es besser, wenn der liebe Onkel das Zeitliche segnete. Also wurde der Nachschlüssel angefertigt und der Plan ausgeheckt. Bruder Neville wurde eingeweiht und mußte helfen. Ich neige zu der Ansicht, daß Harcourt noch mehr auf dem Kerbholz haben muß als einen Geldverlust, und Neville steckt vielleicht auch in Schwierigkeiten. Aber wo war ich stehengeblieben?«

»Wie er in den Wintergarten kam.«

»Ach ja – so bin ich heute abend auch hereingekommen. Er hielt sich im Schutz des Gartens auf und wußte, wann Onkel William ins Eßzimmer gehen würde; denn er sah ja das Licht in der Bibliothek ausgehen. Ihm waren die Gewohnheiten bekannt. Er kam im Dunkeln herein und schloß die äußere Tür hinter sich ab. Dann wartete er beim Telefon in der Bibliothek, bis Nevilles Anruf aus London kam. Sobald es aufhörte zu läuten, hob er den Hörer von der Gabel. Nachdem Neville seinen Vers heruntergeleiert hatte, setzte Harcourt das Gespräch fort. Niemand konnte ihn durch diese schalldichten Türen hören, und Hamworthy konnte nicht merken, daß Harcourts Stimme nicht aus London kam. Infolge des Parallelanschlusses kam sie ja auch über das Amt. Um acht Uhr schlug die Standuhr in der Jermyn Street – ein weiterer Beweis, daß die Londoner Leitung offen war. Sobald Harcourt das hörte, forderte er Neville auf, noch einmal zu sprechen. Während Neville den Butler mit seinen blödsinnigen Instruktionen aufhielt, schlich sich Harcourt ins Eßzimmer, erstach seinen Onkel und verschwand durch die Glastür. Er hatte reichlich fünf Minuten, um wieder zu seinem Auto zu gelangen. Hamworthy und Payne gaben ihm durch ihren gegenseitigen Verdacht einen noch größeren Vorsprung.«

»Warum ist er nicht wieder durch die Bibliothek und den Wintergarten verschwunden?«

»Er hoffte, daß alle annehmen würden, der Mörder sei durch die Glastür hereingekommen. Inzwischen fuhr Neville in Harcourts Wagen um 20.20 aus London ab und lenkte unterwegs sorgfältig die Aufmerksamkeit eines Polizisten und eines Mechanikers auf die Wagennummer. An einer verabredeten Stelle außerhalb Welwyns traf er Harcourt und instruierte ihn wegen des Rücklichts. Dann wechselten sie die Wagen. Neville fuhr mit dem gemieteten Wagen nach London, und Harcourt kehrte mit seinem eigenen Wagen hierher zurück. Aber ich fürchte, es wird einige Schwierigkeiten bereiten, die Waffe, den Nachschlüssel und Harcourts blutbefleckten Mantel und Handschuhe zu finden. Neville hat sie wahrscheinlich mit nach London genommen, und durch London fließt ein schöner, tiefer Fluß.«

Das Perlenhalsband

Sir Septimus Shale pflegte seine Autorität einmal – und nur einmal – im Jahr geltend zu machen. Er ließ seine junge, elegante Frau das Haus mit geometrischen Stahlrohrmöbeln anfüllen, sie konnte avantgardistische Maler und alogische Dichter sammeln, an Cocktails und Relativitätstheorie glauben und sich so extravagant kleiden, wie sie Lust hatte; aber er bestand darauf, daß Weihnachten auf altmodische Weise gefeiert wurde. Er hatte ein schlichtes Gemüt, an Plumpudding und Knallbonbonsprüchen wirklich Freude, und es erschien ihm unmöglich, daß diese Dinge anderen »im Grunde« nicht ebenso gut gefielen. So zog er sich zu Weihnachten unweigerlich auf sein Landhaus in Essex zurück; die Dienstboten mußten Stechpalmen- und Mistelzweige an die kubistischen Beleuchtungskörper hängen, er selbst belud das Stahlrohrbüfett mit Delikatessen und Naschwerk, drapierte Strümpfe über das Kopfteil der polierten Nußbaumbetten und ließ sogar für dies eine Mal die elektrischen Heizanlagen aus den Kaminen entfernen, damit man Holzfeuer und einen Julklotz anzünden konnte. Dann versammelte er seine Familie und seine Freunde um sich und stopfte sie mit so vielen guten Dingen voll, wie er ihnen nur aufzunötigen vermochte. Nach dem Weihnachtsschmaus dirigierte er sie in den Salon, um sie mit Scharaden und anderen Gesellschaftsspielen, etwa »Tier, Pflanze, Mineral«, zu unterhalten; auch Versteckspielen im ganzen Haus gehörte zu den gebotenen Vergnügungen. Weil Sir Septimus ein sehr reicher Mann war, stimmten seine Gäste diesem stets gleichen Programm zu, und wenn sie sich dabei langweilten, ließen sie doch nichts davon verlauten.

Ein weiterer reizender Brauch, an dem er festhielt, war,

daß er seiner Tochter Margharita zu jedem Geburtstag eine Perle schenkte – und dieser Geburtstag fiel mit dem Heiligen Abend zusammen. Inzwischen waren es zwanzig Perlen geworden, und die Kollektion erfreute sich allmählich einer gewissen Berühmtheit; verschiedene Gesellschaftsblätter hatten eine Abbildung gebracht. Obwohl die Perlen nicht ungewöhnlich groß waren – jede etwa wie eine Erbse –, besaßen sie doch beträchtlichen Wert. Sie hatten eine erlesen schöne Farbe, waren vollendet geformt und paßten haargenau zueinander. An diesem besonderen Weihnachtsabend hatte die Überreichung der einundzwanzigsten Perle Anlaß zu außergewöhnlichen Feierlichkeiten geboten. Man tanzte, und es wurden Reden gehalten. Am folgenden Abend fand die Feier im engeren Familienkreis bei Truthahn und viktorianischen Gesellschaftsspielen statt. Es waren elf Gäste, die mit Sir Septimus und Lady Shale und ihrer Tochter zusammensaßen, fast alle mit ihnen verwandt oder sonstwie verbunden: John Shale, ein Bruder, mit seiner Frau, seinem Sohn Henry und seiner Tochter Betty; Bettys Verlobter Oswald Truegood, ein junger Mann mit parlamentarischen Ambitionen; George Camphrey, ein Vetter von Lady Shale, etwa dreißigjährig und als Lebemann bekannt; Lavinia Prescott, Georges wegen eingeladen; Joyce Trivett, Henry Shales wegen eingeladen; Richard und Beryl Dennison, entfernte Verwandte von Lady Shale, die in der Stadt ein recht munteres und teures Leben führten, von dem niemand so recht wußte, wie sie es finanzierten; und schließlich Lord Peter Wimsey, der – eine geradezu rührend törichte Hoffnung – um Margharitas willen hergebeten worden war. Außerdem waren natürlich William Norgate, der Sekretär von Sir Septimus, und Miss Tomkins, die Sekretärin Lady Shales, anwesend; sie mußten dabeisein, weil ohne ihr Wirken im Hintergrund das Weihnachtsprogramm nicht hätte durchgeführt werden können.

Das Essen war vorüber – eine scheinbar endlose Folge von Suppe, Fisch, Truthahn, Roastbeef, Plumpudding, glasierten Früchten, Nüssen und fünferlei Wein, präsidiert von

Sir Septimus, ganz lächelnde Freundlichkeit, neben ihm Lady Shale, ganz mokante Geringschätzung, und Margharita, hübsch und gelangweilt, mit der Kette aus einundzwanzig Perlen, die sanft an ihrem schlanken Hals schimmerten.
Die Gesellschaft, die, mit vollem Magen, einzig nach horizontaler Lage verlangte, wurde in den Salon geführt, wo man »musikalische Stühle« (Miss Tomkins am Klavier), »Hasch den Pantoffel« (Pantoffel von Miss Tomkins und Mr. William Norgate) spielte.
Der hintere Salon – Sir Septimus hing an solch altmodischen Bezeichnungen – gab das Umkleidezimmer ab; Flügeltüren trennten ihn vom großen Hauptraum, wo das Publikum auf Leichtmetallstühlen saß und in der furchterregenden Helle des Lampenlichts, das von der Metalldecke zurückgeworfen wurde, unbehaglich auf dem schwarzspiegelnden Fußboden scharrte.
William Norgate regte nach einer kurzen Prüfung der Stimmungskurve bei Lady Shale an, etwas weniger Turbulentes zu spielen. Lady Shale war sogleich einverstanden und schlug, wie gewöhnlich, Bridge vor. Sir Septimus tat diesen Vorschlag, wie gewöhnlich, mit einer Handbewegung ab.
»Bridge? Unsinn! Spielt Bridge an jedem Abend eures Lebens. Aber heute ist Weihnachten. Etwas, das wir alle miteinander spielen können – wie wär's mit ›Tier, Pflanze, Mineral‹?«
Dieser intellektuelle Zeitvertreib stand bei Sir Septimus hoch in Gunst; er war recht geschickt, wenn es darauf ankam, bedeutungsschwere Fragen zu stellen. Nach kurzer Diskussion wurde es offensichtlich, daß dieses Spiel ein unvermeidlicher Programmpunkt war. Die Gesellsschaft stimmte also zu, und Sir Septimus ging als erster vor die Tür, um die Sache in Schwung zu bringen.
Kurz darauf hatten sie unter anderem die Fotografie von Miss Tomkins' Mutter geraten, dann eine Schallplatte mit »Ich möchte glücklich sein« (es brauchte dazu wissenschaftliche Forschungen über die genaue Zusammensetzung der Platten, von William Norgate aus der Encyclo-

paedia Britannica beigesteuert), dann den kleinsten Stichling im Bach am Ende des Gartens, außerdem den Planeten Pluto, den neuen Schal, den Mrs. Dennison trug (sehr schwierig, denn er war nicht aus Seide, was tierisch, oder Kunstseide, was pflanzlich gewesen wäre, sondern aus gesponnenem Glas, also mineralisch – ein sehr gescheit gewähltes Objekt); versagt hatten sie beim Erraten der Radioansprache des Premierministers, die etwas unfair klassifiziert wurde, da man sich nicht schlüssig werden konnte, ob sie als tierisch angesehen werden müsse oder als eine Art Gas. Schließlich kam man überein, noch eine weitere Runde zu spielen und dann auf Verstecken überzugehen. Oswald Truegood verschwand im hinteren Salon und schloß die Tür. Während die anderen über das nächste Wort verhandelten, unterbrach plötzlich Sir Septimus das Hin und Her. »Margy«, rief er seiner Tochter zu, »was hast du mit deiner Halskette gemacht?«

»Ich habe sie abgenommen, Papa, weil ich dachte, sie könnte bei der Scharade entzweigehen. Sie liegt drüben auf dem Tisch. Nein, da ist sie nicht. Hast du sie weggenommen, Mutter?«

»Nein. Aber wenn sie mir unter die Augen gekommen wäre, dann hätte ich's getan. Du bist ein unachtsames Kind.«

»Ich glaube, du selbst hast sie genommen, Papa. Du willst mich ärgern.«

Sir Septimus wies diese Beschuldigung energisch zurück. Alles geriet nun in Bewegung und begann herumzusuchen. Es gab in dem kahlen, blanken Raum nicht viele Stellen, an denen sich eine Halskette verstecken konnte. Nach zehn Minuten fruchtloser Jagd sah Richard Dennison, der am nächsten vom Tisch gesessen hatte, ziemlich unbehaglich drein.

»Peinlich, nicht wahr?« bemerkte er zu Wimsey.

In diesem Augenblick streckte Oswald Truegood den Kopf durch die Flügeltür und fragte, ob sie sich nicht endlich auf etwas geeinigt hätten, er werde nämlich langsam nervös.

Das lenkte die Aufmerksamkeit der Suchenden auf den

hinteren Raum. Margharita mußte sich irren: Sie hatte die Kette dorthin mitgenommen, und nun waren die Perlen irgendwie unter die Scharadenkostüme geraten. Das Zimmer wurde durchstöbert, jedes nur mögliche Ding hochgehoben und geschüttelt. Allmählich sah die Sache ernst aus. Nach einer halben Stunde verzweifelter Bemühungen wurde allen klar, daß die Perlen nirgends zu finden waren.

»Sie müssen irgendwie in diesen beiden Räumen sein«, sagte Wimsey.

»Der hintere Salon hat keine Tür nach außen, und aus dem vorderen Salon konnte sich niemand entfernen, ohne gesehen zu werden. Die Fenster allerdings ...«

Nein. Die Fenster waren alle an der Außenseite durch schwere Läden geschützt, zu deren Öffnen und Schließen zwei Diener benötigt wurden. Auf diesem Wege waren die Perlen nicht verschwunden. Eigentlich war überhaupt die Vorstellung, sie seien nicht mehr im Salon, sehr unangenehm. Denn ... denn ...

William Norgate, tüchtig wie immer, sah der Konsequenz solcher Überlegung kühl und kühn ins Gesicht.

»Ich glaube, Sir Septimus, es wäre für alle Anwesenden eine Erleichterung, wenn wir durchsucht werden könnten.«

Sir Septimus war entsetzt. Doch die Gäste stellten sich hinter Norgate. Die Tür wurde verschlossen und die Suchaktion durchgeführt – für die Damen im hinteren, für die Herren im vorderen Salon.

Sie erbrachte kein Resultat, ausgenommen ein paar sehr interessanten Informationen über die Besitztümer, die der Durchschnittsmann und die Durchschnittsfrau gewöhnlich mit sich herumtragen. Es schien noch natürlich, daß Lord Peter Wimsey eine Zange besaß, eine Taschenlupe und einen kleinen zusammenlegbaren Zollstock – war er nicht der Sherlock Holmes der vornehmen Welt? Aber daß Oswald Truegood zwei Leberpillen in einem Papiertütchen bei sich hatte und Henry Shale eine kleine Ausgabe der Oden des Horaz, das kam überraschend. Und warum füllte John Shale die Taschen seines Gesellschaftsanzuges mit einem Klumpen roten Siegellacks, einem häßlichen kleinen Talisman und einem Fünfshillingstück? George Comphrey hatte eine zusammenlegbare Schere und drei eingewickelte Zuckerstücke, wie sie in Restaurants und Speisewagen serviert werden – Beweis für eine nicht ungewöhnliche Form der Kleptomanie –, aber daß der ordentliche, penible Norgate sich mit einer Rolle weißen Zwirns, drei verschieden langen Stücken Bindfaden und zwölf Sicherheitsnadeln auf einem Kärtchen ausstaffierte, schien wirklich bemerkenswert, bis jemand sich daran erinnerte, daß er das Anbringen der Weihnachtsdekorationen beaufsichtigt hatte. Richard Dennison brachte unter verlegenem Lachen ein Damenstrumpfband, ein Döschen Compactpuder und eine halbe Kartoffel zutage; die letztere, sagte er, sei ein Vorbeugungsmittel gegen Rheumatismus (an dem er litt), die anderen Sachen gehörten seiner Frau. Bei den Damen waren die eindrucksvollsten Fundstücke ein Büchlein über Chiromantie, drei durchsichtige Haarnadeln und ein Babyfoto (Miss Tomkins), eine chinesische Zigarettendose mit Geheimfach (Beryl Dennison); ein sehr privater Brief und ein Instrument zum Aufnehmen von Laufmaschen (Lavinia Prescott) und schließlich eine Augenbrauenpinzette und ein Päckchen weißes Pulver, angeblich gegen Kopfschmerzen (Betty Shale). Ein paar aufregende Augenblicke folgten, als Joyce Trivett aus ihrer Handtasche eine dünne Perlenschnur herauszog – aber dann erinnerte man sich prompt, daß diese Perlen aus einem Knallbonbon stammten, und sie waren denn auch tatsächlich synthetisch. Kurzum, mit der allgemeinen Durchsuchung hatte man nichts erreicht als genierte Gesichter und das Unbehagen, das immer entsteht, wenn man sich zu ungewohnter Tageszeit hastig aus- und ankleiden muß.

Irgendwer ließ nun, widerwillig und zögernd, das schreckliche Wort »Polizei« fallen. Sir Septimus war natürlich außer sich über diese Idee. Er fand sie abscheulich. Nie würde er das erlauben. Die Perlen mußten irgendwo sein. Man brauchte nur die beiden Räume noch einmal zu durchsuchen. Und könnte nicht Lord Peter Wimsey, bei

seiner Erfahrung mit – hm – mysteriösen Ereignissen, ihnen irgendwie behilflich sein?
»Wie?« fragte Seine Lordschaft. »O ja, beim Himmel, gewiß, gewiß. Das heißt, vorausgesetzt, daß niemand meint – äh, nicht wahr? – ich will sagen, Sie wissen doch nicht, ob ich nicht selbst verdächtig bin, wie?«
Lady Shale schaltete sich nachdrücklich ein. »Wir glauben nicht, daß irgend jemand verdächtigt werden sollte«, sagte sie. »Aber wenn wir schon solche Gedanken hätten, wüßten wir, daß Sie es nicht sein können. Sie wissen viel zuviel von Verbrechen, als daß Sie Lust dazu hätten, selbst eins zu begehen.«
»Schön«, antwortete Wimsey. »Aber nach dem, wie die Räumlichkeiten durchwühlt worden sind ...« Er zuckte mit den Achseln.
»Ja, ich fürchte, Sie werden keinerlei Fußspuren finden können«, sagte Margharita. »Doch vielleicht haben wir etwas übersehen.«
Wimsey nickte.
»Ich will's versuchen. Bitte, bleiben Sie alle hier auf Ihren Stühlen im vorderen Salon sitzen. Alle bis auf einen von Ihnen – ich hätte lieber einen Zeugen für das, was ich tue oder finde. Sir Septimus – Sie sind der geeignetste, denke ich.«
Er dirigierte sie an ihre Plätze und begann einen langsamen Rundgang durch die beiden Räume; er untersuchte jede Möbelfläche, betrachtete die glattglänzende Metalldecke und kroch auf allen vieren in der bewährten Manier kreuz und quer über den schwarzen, spiegelnden Fußboden. Sir Septimus folgte ihm, er starrte mit, wenn Wimsey etwas anstarrte, er stützte die Hände auf die Knie, wenn Wimsey sich bückte, und schnaufte von Zeit zu Zeit laut vor Erstaunen und Kummer. So rückten sie langsam weiter wie ein Mann, der einen eifrig schnuppernden jungen Hund gemächlich auf der Gasse ausführt. Glücklicherweise erleichterte Lady Shales innenarchitektonischer Geschmack die Untersuchung; es gab kaum Winkel oder Ekken, in denen etwas versteckt sein konnte.
Sie kamen in den hinteren Salon, und hier wurden die

Scharadenkostüme noch einmal peinlich genau inspiziert, doch ohne Ergebnis. Schließlich legte sich Wimsey flach auf den Bauch, um unter einen Schrank zu spähen, eines der wenigen Möbelstücke, die kurze Beine hatten. Irgend etwas schien dort seine Aufmerksamkeit zu fesseln. Er krempelte den Ärmel hoch und streckte den Arm in den Spalt, zappelte krampfhaft im Bemühen, weiter zu reichen, als es menschenmöglich war, holte dann aus seiner Tasche den zusammenlegbaren Zollstock und fischte mit ihm unter dem Schrank herum. Schließlich glückte es ihm, hervorzuholen, was er gesucht hatte.
Es war etwas sehr Kleines – ein Nagel, ein Stift. Kein gewöhnlicher, sondern einer, wie ihn etwa die Entomologen benützen, um besonders kleine Schmetterlinge für ihre Sammlung aufzuspießen. Er war ungefähr zwei Zentimeter lang und so dünn wie eine sehr feine Nadel; er hatte eine scharfe Spitze und einen winzig kleinen Kopf.
»Meiner Seel!« sagte Sir Septimus. »Was ist das?«
»Sammelt hier zufällig jemand Schmetterlinge oder Käfer oder sonst was?« fragte Wimsey, während er, auf den Schenkeln hockend, den Stift besah.
»Ich bin ziemlich sicher: nein«, erwiderte Sir Septimus. »Aber ich will sie fragen.«
»Tun Sie's nicht.« Wimsey neigte den Kopf und starrte auf den Boden, von dem ihm sein eigenes Gesicht nachdenklich entgegenblickte.
»Ich hab's«, sagte Wimsey. »So ist es ausgeführt worden. Alles in Ordnung, Sir Septimus. Ich weiß, wo die Perlen sind, aber ich weiß nicht, wer sie genommen hat. Vielleicht wäre es ganz gut – zur allgemeinen Beruhigung –, das noch herauszufinden. Erzählen Sie niemand, daß wir diesen Stift da gefunden oder überhaupt etwas entdeckt haben. Schicken Sie alle zu Bett. Verschließen Sie die Salontür, und nehmen Sie den Schlüssel an sich; wir werden unseren Mann – oder unsere Frau – zur Frühstückszeit erwischen.«
»Du meine Güte«, sagte Sir Septimus äußerst verwirrt.
Lord Peter Wimsey überwachte in dieser Nacht sorgfältig die Salontür. Doch niemand näherte sich. Entweder ver-

mutete der Dieb eine Falle, oder er glaubte sicher, er könne die Perlen jederzeit wieder an sich nehmen. Wimsey aber hatte nicht den Eindruck, er vertue beim Warten seine Zeit. Er legte sich eine Liste der Leute an, die während des Spiels »Tier, Pflanze, Mineral« allein im hinteren Raum gewesen waren. Diese Liste lautete folgendermaßen:

Sir Septimus Shale
Lavinia Prescott
William Norgate
Joyce Trivett und Henry Shale (zusammen, weil sie behaupteten, sie seien ohne Hilfe unfähig zu raten)
Mrs. Dennison
Betty Shale
George Comphrey
Richard Dennison
Miss Tomkins
Oswald Truegood

Desgleichen machte er eine Liste der Leute, denen Perlen nützlich oder wünschenswert sein mochten. Leider stimmte diese zweite Liste fast ganz mit der ersten überein (Sir Septimus stets ausgenommen), und so half sie nicht viel weiter. Der Sekretär und die Sekretärin waren beide mit guten Referenzen engagiert worden, aber genau die hätten sie sich auch besorgt, wenn sie mit Hintergedanken hierhergekommen wären. Die Dennisons, das war bekannt, lebten von der Hand in den Mund. Betty Shale hatte mysteriöses weißes Pulver in der Handtasche, und man wußte, daß sie in der Stadt mit einer ziemlich fragwürdigen Clique verkehrte. Henry war ein harmloser Bursche, aber Joyce Trivett konnte ihn um den kleinen Finger wikkeln, und sie war, was Jane Austen »kostspielig und liederlich« zu nennen beliebte. Comphrey spekulierte. Oswald Truegood erschien ziemlich regelmäßig in Epsom und Newmarket. Die Suche nach Motiven war nur allzu leicht.

Als ein Hausmädchen und ein Diener zum Saubermachen im Flur auftauchten, gab Wimsey seinen Beobachterposten auf, kam aber zeitig zum Frühstück. Sir Septimus mit Frau und Tochter waren noch vor ihm da, und eine gewisse Spannung lag in der Luft. Wimsey, der vor dem Kamin stand, machte Konversation über Wetter und Politik. Nach und nach fand sich die ganze Gesellschaft ein, aber wie auf Verabredung wurde nicht von Perlen gesprochen, bis nach dem Frühstück Oswald Truegood den Stier bei den Hörnern packte.

»Nun«, sagte er, »wie kommt unser Detektiv voran? Haben Sie Ihren Mann erwischt, Wimsey?«

»Noch nicht«, antwortete dieser leichthin.

Sir Septimus sah Wimsey an, als erwarte er sein Stichwort, räusperte sich dann und griff in das Gespräch ein.

»Alles sehr unangenehm«, sagte er, »sehr unerfreulich. Hm. Bleibt nur die Polizei, fürchte ich. Ausgerechnet zu Weihnachten. Hm. Das ganze Fest verdorben. Kann das Zeug hier nicht mehr sehen« – er machte eine Handbewegung zu den Grüngirlanden und dem bunten Papierschmuck an den Wänden. »Wir nehmen alles herunter, hm, nicht wahr? Kein Herz mehr darin. Hm. Verbrennen das Ganze.«

»Wie schade, wir haben uns so viel Arbeit damit gemacht«, sagte Joyce.

»Ach, laß es, Onkel«, sagte Henry Shale. »Du regst dich zuviel auf über die Perlen. Ich bin sicher, sie kommen wieder zum Vorschein.«

»Soll ich nach James klingeln?« fragte William Norgate.

»Nein«, unterbrach Comphrey, »wir wollen es selbst tun. Das gibt uns Beschäftigung und lenkt von unangenehmen Gedanken ab.«

»Das stimmt«, sagte Sir Septimus. »Fangen Sie nur gleich an. Der Anblick ist mir zuwider.«

Wütend zerrte er einen großen Stechpalmenzweig vom Kaminsims und warf ihn in die aufprasselnden Flammen.

»Das ist das Richtige«, sagte Richard Dennison, »macht ein hübsches Feuerchen.« Er sprang vom Tisch auf und riß das Mistelgrün vom Kronleuchter. »Los also! Noch einen Kuß für jemand, bevor es zu spät ist!«

»Bringt es nicht Unglück, wenn man die Zweige vor Neujahr herunternimmt?« gab Miss Tomkins zu bedenken.

»Unglück hin oder her! Wir räumen alles ab. Auch von

den Treppen und im Salon. Jemand soll den Kram einsammeln.«
»Ist der Salon nicht zugesperrt?« fragte Oswald.
»Nein. Lord Peter sagt, die Perlen seien weiß der Himmel wo, aber nicht dort; so ist die Tür nicht mehr verschlossen. Stimmt's, Wimsey?«
»Gewiß. Die Perlen sind aus den beiden Räumen verschwunden. Ich kann noch nicht sagen, wie, aber ich bin dessen ganz sicher. Ich wette meinen guten Namen, daß sie – wo immer sie auch sein mögen – dort oben nicht mehr sind.«
»Gut«, antwortete Comphrey, »dann also los! Kommen Sie, Lavinia, Sie und Dennison bearbeiten den Salon, und ich übernehme den hinteren Raum. Mal sehen, wer schneller ist!«
»Aber wenn die Polizei kommt«, sagte Dennison, »sollte dann nicht alles so bleiben, wie es ist?«
»Zum Teufel mit der Polizei!« donnerte Sir Septimus. »Die legt keinen Wert auf Grünzeug!«
Oswald und Margharita entfernten schon mit lautem Gelächter die Stechpalmenzweige und Efeuranken im Treppenhaus. Die Gesellschaft verstreute sich. Wimsey ging rasch die Treppe hinauf und in den Salon, wo das Zerstörungswerk mit großer Geschwindigkeit fortschritt; George hatte mit den anderen beiden zehn Shilling gegen ein Sixpencestück gewettet, daß sie mit ihrer Arbeit nicht vor ihm fertig wären.
»Sie dürfen nicht helfen«, sagte Lavinia lachend zu Wimsey, »das wäre unfair.«
Wimsey erwiderte nichts, aber er wartete, bis der Salon leer war. Dann folgte er den anderen in die Halle hinunter, wo im Kamin das Feuer loderte und Funken versprühte. Er flüsterte mit Sir Septimus, der sich daraufhin in Bewegung setzte und Comphrey eine Hand auf die Schulter legte.
»Lord Peter möchte mit Ihnen sprechen, mein Junge«, sagte er.
Comphrey ging etwas widerstrebend, wie es schien, mit ihm.

»Mr. Comphrey«, sagte Wimsey, »ich denke, das hier dürfte Ihnen gehören.« Er hielt ihm die Handfläche entgegen, auf der zweiundzwanzig Stifte mit kleinen Köpfen lagen.

»Geistvoll«, sagte Wimsey, »aber etwas weniger Geistvolles hätte seinen Zwecken besser gedient. Es war sehr ungünstig, Sir Septimus, daß Sie die Perlen gerade zu diesem Zeitpunkt erwähnten. Selbstverständlich hoffte er, daß der Verlust erst entdeckt würde, nachdem wir mit den Ratespielen aufgehört hatten. Beim Verstecken hätten die Perlen irgendwo im Haus verlorengegangen sein können, die Salontür wäre nicht zugesperrt worden, und er hätte seine Beute im gegebenen Augenblick wieder an sich nehmen können. Offensichtlich dachte er schon an die Möglichkeit eines Diebstahls, als er hierherkam, deshalb brachte er die Stifte mit; daß Miss Shale die Kette abnahm zum Scharadespielen, bot ihm die erwünschte Gelegenheit.
Er hatte schon früher hier Weihnachten gefeiert und wußte genau, daß ›Tier, Pflanze, Mineral‹ zum Unterhaltungsprogramm gehören würde. Er brauchte nur die Halskette vom Tisch zu nehmen, als er an der Reihe war, in den hinteren Salon zu gehen, und er wußte auch, daß er mit mindestens fünf Minuten Alleinsein rechnen konnte, während wir alle über die Wahl des nächsten Wortes debattierten. So mußte er bloß die Perlen mit seinem Taschenscherchen von der Schnur schneiden, die Schnur im Kamin verbrennen und die Perlen mit den dünnen Stiften an dem Mistelzweig befestigen. Der Zweig hing oben am Kronleuchter, hübsch hoch, aber er konnte ihn leicht erreichen, wenn er auf den Glastisch stieg, der keinerlei Fußspuren verraten würde; und es war nahezu gewiß, daß niemand daran dachte, die Misteln nach ungewöhnlichen Beeren abzusuchen. Auch ich wäre nicht auf den Gedanken gekommen, wenn ich nicht diesen Stift gefunden hätte, der ihm hinuntergefallen war. Das brachte mich auf die Idee, daß die Perlen von der Schnur gelöst worden waren, und das übrige ergab sich dann leicht. Ich nahm die

Perlen während der Nacht herunter; auch das Schloß war da, zwischen den Stechpalmenblättern festgesteckt. Hier ist alles. Comphrey mußte heute morgen grausam erschrocken sein. Ich wußte, daß er unser Mann sei, als er vorschlug, die Gäste sollten selbst den Weihnachtsschmuck abräumen, und er wolle den hinteren Salon übernehmen – aber ich hätte gern sein Gesicht gesehen, als er zu dem Mistelzweig kam und die Perlen nicht mehr fand.«
»Und all das reimten Sie sich zusammen, als Sie den Metallstift fanden?« fragte Sir Septimus.
»Ja, da wußte ich, wohin die Perlen gewandert waren.«
»Aber Sie warfen nie auch nur einen Blick auf den Mistelzweig.«
»Ich sah sein Spiegelbild in dem schwarzglänzenden Fußboden, und es fiel mir auf, wie sehr die Mistelbeeren Perlen glichen.«

Das Bild im Spiegel

Der kleine Mann mit der Schmachtlocke schien so vertieft in das Buch, daß Wimsey es nicht über sich brachte, sein Eigentum zurückzufordern, sondern den anderen Sessel heranzog, sein Glas in Reichweite stellte und sich, so gut es ging, die Zeit mit dem Dunlop-Buch vertrieb, das, wie üblich, einen der Tische in der Halle zierte.
Der kleine Mann las, die Ellbogen auf die Armlehnen seines Sessels gestützt, den roten Krauskopf begierig über den Text gebeugt. Er atmete schwer, und als er eine Seite umblätterte, legte er den dicken Band auf die Knie und benützte dazu beide Hände. Nicht gerade das, was man einen Bücherwurm nennt, fand Wimsey.
Als der Mann mit der Geschichte zu Ende gekommen war, blätterte er umständlich zurück und las eine Stelle mit großer Aufmerksamkeit noch einmal. Dann legte er das geöffnete Buch auf den Tisch und begegnete dabei Wimseys Blick.
»Entschuldigen Sie, Sir«, sagte er mit ziemlich dünner Stimme und unverkennbarem Cockney-Akzent, »ist das Ihr Buch?«
»Das macht gar nichts«, antwortete Wimsey liebenswürdig, »ich kenne es schon auswendig. Ich habe es nur mitgebracht, weil es so angenehm ist, ein paar Seiten darin zu lesen, wenn man an einem Ort wie diesem für die Nacht festsitzt. Man kann es immer wieder aufschlagen und findet stets etwas Unterhaltsames darin.«
»Dieser Wells«, setzte der rothaarige Mann das Gespräch fort, »das ist doch ein sehr gescheiter Schriftsteller, nicht wahr? Großartig, wie er alles so wirklich und lebenswahr darstellt, und doch möchte man manche Sachen, die er erzählt, kaum für möglich halten. Nehmen Sie nur diese

Geschichte da; würden Sie sagen, Sir, so eine Sache könnte tatsächlich jemand passieren, etwa Ihnen – oder mir?«

Wimsey reckte den Hals, um einen Blick auf das Buch zu werfen.

»Das Plattner-Experiment«, sagte er, »das ist die Geschichte von dem Schulmeister, der in die vierte Dimension fortgeweht wurde, und als er zurückkam, waren seine rechte und linke Körperhälfte vertauscht. Nun, ich glaube nicht, daß sich so etwas im wirklichen Leben zuträgt, aber natürlich ist es sehr verlockend, mit der Vorstellung einer vierten Dimension zu spielen.«

»Na . . .« Der Mann stockte und sah schüchtern zu Wimsey auf. »Das mit der vierten Dimension verstehe ich nicht so recht. Ich wußte nicht, daß es so einen Ort gibt. Aber für Leute, die wissenschaftlich gebildet sind, macht er das zweifellos klar und einleuchtend. Doch diese Rechts- und Linksgeschichte – nun, von der weiß ich, daß sie Tatsache ist. Aus Erfahrung, wenn Sie mir glauben wollen.«

Wimsey hielt ihm seine Zigarettendose hin. Der kleine Mann machte eine instinktive Bewegung mit der Linken, schien sich dann zu korrigieren und streckte die rechte Hand danach aus.

»Da, sehen Sie. Ich bin immer linkshändig, wenn ich nicht daran denke. Genau wie dieser Plattner. Ich kämpfe dagegen an, aber anscheinend zwecklos. Doch das würde mir nichts ausmachen – es ist eine Kleinigkeit, eine Menge Leute sind Linkshänder und denken sich nichts dabei. Nein. Es ist die schreckliche Angst, daß ich nicht weiß, was ich tue, wenn ich in dieser vierten Dimension bin – oder was das nun ist.«

Er seufzte tief.

»Es quält mich. Es quält mich entsetzlich.«

»Wie wär's, wenn Sie es erzählen würden«, sagte Wimsey.

»Ich spreche nicht gern darüber, die Leute könnten glauben, bei mir ist eine Schraube locker. Aber es geht mir langsam ganz schön auf die Nerven. Jeden Morgen,

wenn ich aufwache, frage ich mich, was ich in der Nacht getrieben habe und ob es auch der Tag im Monat ist, der es von Rechts wegen sein sollte. Ich habe keine Ruhe, bis ich die Morgenzeitung sehe, und sogar dann kann ich nicht sicher sein ...
Gut, ich werde Ihnen erzählen, wenn Sie es nicht lästig oder aufdringlich finden. Das Ganze fing an ...« Er brach ab und blickte sich scheu um. »Es ist niemand zu sehen. Wenn es Ihnen nichts ausmacht, Sir, einen Augenblick Ihre Hand hierherzulegen ...«
Er knöpfte seine ziemlich kümmerliche zweireihige Weste auf und zeigte auf einen Teil seines Körpers, der gewöhnlich als Sitz des Herzens gilt.
»Gewiß«, sagte Wimsey und tat, worum er gebeten war.
»Fühlen Sie etwas?«
»Ich weiß nicht«, antwortete Wimsey. »Was soll ich denn fühlen? Eine Schwellung oder so etwas? Wenn Sie Ihren Pulsschlag meinen, dann ist das Handgelenk dafür besser geeignet.«
»Oh, Sie können ihn hier sehr gut spüren«, sagte der kleine Mann, »Sie brauchen es nur auf der anderen Seite des Brustkorbs zu probieren, Sir.«
Wimsey schob gehorsam seine Hand dorthin.
»Ich glaube, da spüre ich ein leichtes Schlagen.«
»Ja? Nun, Sie waren nicht darauf gefaßt, es *hier* zu finden, nicht wahr? Aber das ist es eben. Mein Herz ist auf die rechte Seite gerutscht – das wollte ich Sie selber fühlen lassen.«
»Ist das während einer Krankheit passiert?« fragte Wimsey teilnehmend.
»Gewissermaßen. Aber das ist nicht alles. Auch meine Leber ist auf die falsche Seite gewandert und die anderen Organe ebenso. Ich war bei einem Doktor, der hat mich untersucht und gesagt, bei mir sei alles umgekehrt. Mein Blinddarm zum Beispiel saß links – das heißt, bis man ihn mir herausnahm. Wenn wir jetzt zu Hause wären, könnte ich Ihnen die Narbe zeigen. Es war für den Chirurgen eine große Überraschung, als man ihm das von mir erzählte. Nachher sagte er, es sei ihm recht unangenehm gewesen,

sozusagen linkshändig an die Operation gehen zu müssen.«

»Das Ganze ist ungewöhnlich, gewiß«, sagte Wimsey, »aber ich glaube, solche Fälle kommen manchmal vor.«

»Nicht so wie bei mir. Es passierte bei einem Luftangriff.«

»Bei einem Luftangriff?« wiederholte Wimsey bestürzt.

»Ja – und wenn das alles gewesen wäre, was mir dabei geschah, würde ich's hinnehmen und noch dankbar sein. Achtzehn war ich damals und gerade eingezogen worden. Vorher hatte ich in der Packerei bei Crichton gearbeitet – Sie haben von der Firma sicher gehört –, Crichton, das Haus für gute Reklame, mit Geschäftsräumen in der Holborn Street. Meine Mutter wohnte in Brixton, und ich war vom Ausbildungslager auf Urlaub gekommen. Ich hatte mich mit ein paar alten Kumpeln getroffen und wollte den Abend mit einem Kinobesuch im ›Stoll‹ beschließen. Es war nach dem Abendessen – ich hatte gerade noch Zeit, zur letzten Vorstellung zurechtzukommen; so nahm ich den kürzesten Weg von Leicester Square über Covent Garden Market. Ich ging also ziemlich rasch, da – bums! – fiel eine Bombe offenbar mir genau vor die Füße, und um mich wurde für eine Weile alles schwarz.«

»War das der Angriff, der das Oldham-Haus wegrasierte?«

»Ja, am 28. Januar. Nun, wie ich sagte, für mich war alles weg. Das nächste, was ich weiß, ist, daß ich irgendwo im hellen Tageslicht dahinspazierte, um mich Rasen und Bäume und Wasser auf der einen Seite, und daß ich nicht mehr Ahnung hatte als der Mann im Mond, wie ich dahingekommen war.«

»Guter Gott!« sagte Wimsey. »Und das war die vierte Dimension, meinen Sie?«

»Nein, das nicht. Es war der Hyde Park, wie ich schließlich merkte, als ich meine fünf Sinne wieder beisammen hatte. Ich ging am Ufer der Serpentine entlang, und auf einer Bank saßen ein paar Frauen, und Kinder spielten darum herum.«

»Hatte die Explosion Sie verletzt?«

»Nichts zu sehen oder zu spüren, außer großen blauen

Flecken an der einen Hüfte und Schulter, als wenn ich gegen eine Wand oder so etwas geschleudert worden wäre. Ich fühlte mich ziemlich benommen. Der Luftangriff war völlig aus meinem Gedächtnis verschwunden, und ich konnte mir nicht vorstellen, wie ich hierhergekommen war und warum ich nicht bei Crichton arbeitete. Ich schaute auf meine Uhr, aber sie war stehengeblieben. Als ich in meine Tasche griff, fand ich etwas Geld, aber es war nicht so viel, wie ich eigentlich hätte haben müssen – bei weitem nicht. Doch ich verspürte Hunger, und so ging ich beim Marble-Arch-Tor zum Park hinaus und in ein Lyons-Restaurant. Ich bestellte zwei Spiegeleier auf Toast und eine Kanne Tee, und während ich wartete, nahm ich eine Zeitung zur Hand, die jemand auf dem Stuhl hatte liegenlassen. Und das gab mir den Rest. Meine letzte Erinnerung war, daß ich diesen Film hatte ansehen wollen, am 28., und auf der Zeitung stand das Datum vom 30. Januar! Irgendwo hatte ich einen ganzen Tag und zwei Nächte verloren!«

»Ein Schock«, stellte Wimsey fest. Der kleine Mann nahm diese Feststellung auf und gab ihr seine eigene Deutung.

»Ein Schock? Das will ich meinen. Ich war zu Tode erschrocken. Das Mädchen, das mir meine Eier brachte, muß gedacht haben, ich sei verdreht. Ich fragte sie, welchen Wochentag wir hätten, und sie sagte: ›Freitag.‹ Es gab keinen Zweifel mehr.

Na ja, ich will mich nicht zu lang dabei aufhalten, das ist nämlich bei weitem noch nicht das Ende. Irgendwie brachte ich mein Essen hinunter, und dann ging ich zu einem Doktor. Er fragte mich, woran ich mich als letztes erinnern könnte, und ich erzählte ihm, daß ich ins Kino gewollt hätte; darauf fragte er weiter, ob ich bei dem Luftangriff draußen gewesen sei. Ja, und da fiel es mir wieder ein, ich erinnerte mich an die explodierende Bombe, aber an weiter nichts. Er meinte, ich hätte einen Nervenschock erlitten und ein bißchen das Gedächtnis verloren; das geschehe oft, und ich brauchte mich deshalb nicht zu beunruhigen. Schließlich sagte er, er wolle mich untersuchen, ob ich nicht doch eine Verletzung davongetragen hätte. Er

fing also an, mit seinem Hörrohr zu hantieren, bis er plötzlich stutzte.
›Nanu, Sie haben ja das Herz auf der falschen Seite, mein Junge!‹
›Was?‹ antwortete ich. ›Das ist das erstemal, daß ich das höre.‹
Nun, er untersuchte mich gründlich, und am Ende sagte er dann, was ich Ihnen schon berichtet habe – daß bei mir innen alles vertauscht sei; er fragte mich auch über meine Familie aus. Ich erzählte ihm, daß ich das einzige Kind sei und meinen Vater als zehnjähriger Junge verloren hätte – ein Lastwagen hat ihn überfahren –, daß ich mit meiner Mutter in Brixton lebte und so weiter. Und er sagte, ich sei ein ungewöhnlicher Fall, aber es bestehe kein Anlaß zur Besorgnis. Abgesehen davon, daß bei mir alles verkehrt im Leibe sitzt, sei ich gesund wie ein Fisch im Wasser. Ich soll jetzt nach Hause gehen und mich ein paar Tage schonen. Das tat ich denn auch und dachte, damit sei die Sache erledigt. Ich hatte allerdings meinen Urlaub überschritten, und es kostete ein bißchen Mühe, meinem Vorgesetzten die Sache zu erklären. Ein paar Monate später wurde mein Regiment an die Front abkommandiert, und ich fuhr auf Abschiedsurlaub. Einmal trank ich eine Tasse Kaffee im Spiegelsaal vom Strand Corner House – Sie kennen ihn sicher, man geht die Treppe hinunter ...«
Wimsey nickte.
»Rundum an den Wänden die großen Spiegel. Zufällig schaute ich in den einen nahe bei meinem Platz und sah eine junge Dame, die mich anlächelte, als ob sie mich kannte. Das heißt – verstehen Sie mich recht –, ich sah ihr Spiegelbild. Ich begriff nicht, warum sie lächelte, denn ich hatte sie nie zuvor gesehen; so nahm ich keinerlei Notiz von ihr und dachte, sie habe mich mit jemand verwechselt. Außerdem glaubte ich, obwohl ich damals noch sehr jung war, diese Sorte Mädchen zu kennen, und meine Mutter hatte mich immer streng erzogen. Ich schaute also weg und trank weiter meinen Kaffee, doch plötzlich sagte eine Stimme ganz nah bei mir:
›Hallo, Rotfuchs, willst du mir nicht guten Abend sagen?‹

Ich sah auf, und da stand sie. Recht hübsch, wenn sie nicht so angemalt gewesen wäre. ›Es tut mir leid‹, antwortete ich ziemlich steif, ›ich habe nicht das Vergnügen, Sie zu kennen, Miss.‹
›O Rotfuchs‹, sagte sie, ›Mr. Duckworthy – und das nach Mittwoch nacht?‹ Sie hatte so eine etwas spöttische Art zu sprechen.
Daß sie mich Rotfuchs nannte, hätte mir nicht viel Kopfzerbrechen gemacht, denn so würde jedes Mädchen zu einem Jungen mit meiner Haarfarbe sagen; aber als ihr mein Name so glatt über die Lippen ging, da gab es mir einen Ruck, das kann ich Ihnen versichern. ›Sie scheinen zu glauben, Miss, wir seien miteinander bekannt‹, sagte ich.
›Nun, das kann man wohl behaupten, meinst du nicht?‹ antwortete sie.
Na ja, ich brauche nicht allzu genau darauf einzugehen. Aus ihren Worten mußte ich jedenfalls schließen, daß sie glaubte, sie hätte mich eines Abends getroffen und mit sich nach Hause genommen. Und was mich am meisten erschreckte: sie sagte, es sei am Abend des schweren Luftangriffs gewesen.
›Du *warst* es‹, sagte sie und starrte mir etwas verwirrt ins Gesicht. ›Natürlich warst du es. Ich erkannte dich gleich, als ich dich im Spiegel sah.‹
Selbstverständlich konnte ich nicht sagen, das sei nicht wahr. Ich wußte ja von allem, was ich in der Nacht getan hatte, nicht mehr als ein neugeborenes Kind. Aber es regte mich entsetzlich auf, denn ich war damals noch ein richtiges Unschuldslamm und nie mit einem Mädchen gegangen, und mir schien, wenn ich schon so etwas getan hätte, müßte ich es auch wissen. Ich hatte ein schlechtes Gewissen und gleichzeitig das Gefühl, für mein Geld nicht den vollen Gegenwert bekommen zu haben.
Ich brachte ein paar Ausflüchte vor, um das Mädchen loszuwerden. Mich beschäftigte die Frage, was ich wohl sonst noch getan hatte. Sie konnte es mir nur bis zum Morgen des 29. erzählen, und es beunruhigte mich, ob ich nicht noch andere faule Sachen gemacht hatte.«

»Sehr begreiflich«, sagte Wimsey und drückte auf die Klingel. Als der Kellner erschien, bestellte er zwei Drinks und machte sich bereit, auch noch den Rest von Mr. Duckworthys Abenteuern anzuhören.
»Trotzdem dachte ich nicht allzu lang darüber nach«, fuhr der kleine Mann fort, »wir kamen an die Front, ich sah die ersten Leichen und entging der ersten Granate und bekam die erste Portion Stellungskrieg ab; ich hatte wenig Zeit für das, was man Selbstbetrachtung nennt.
Die nächste seltsame Sache passierte mir im Lazarett in Ypern. Ich hatte im September bei Caudry während der Offensive von Cambrai einen Heimatschuß erwischt – bei einer Minenexplosion wurde ich halb verschüttet und lag wohl an die vierundzwanzig Stunden bewußtlos draußen. Als ich wieder zu mir kam, irrte ich irgendwo hinter den Linien herum, mit einem bösen Loch in der Schulter. Irgendwer hatte es verbunden, aber ich hatte keinerlei Erinnerung daran. Ich ging dahin, ohne zu wissen, wo ich war, bis ich schließlich auf einem Verbandsplatz landete. Die Sanitäter flickten mich zusammen und schickten mich dann in ein Etappenlazarett. Ich hatte ganz hübsch Fieber, und als nächstes weiß ich erst wieder, daß ich in einem Bett lag und die Schwester auf mich aufpaßte. Der Mann im Nachbarbett schlief. Ich fing ein Gespräch mit dem im übernächsten Bett an, und der sagte mir, wo ich war. Plötzlich wachte der andere Mann auf und sagte:
›Mein Gott‹, sagte er, ›du dreckiges, rothaariges Schwein, bist du's wirklich? Was hast du mit meinen Wertsachen gemacht?‹
Ich kann Ihnen sagen, ich war sprachlos. Hatte den Mann nie im Leben gesehen. Aber er hackte weiter auf mir herum und machte einen solchen Radau, daß die Schwester anrannte, um zu sehen, was los sei. Alle saßen in den Betten und hörten zu – so etwas haben Sie noch nie gesehen!
Als ich begriff, was der Kerl meinte, stellte sich, kurz gesagt, folgendes heraus: Er hatte mit einem, von dem er behauptete, ich sei es gewesen, in einem Granatloch gelegen und sich mit ihm erst eine Weile unterhalten; dann, als er

schwach und hilflos war, hatte der andere ihm Geld, Uhr, Revolver und was weiß ich noch abgenommen und war damit auf und davon gegangen. Ein übler, schmutziger Streich, und ich konnte den Mann begreifen, daß er deshalb einen solchen Spektakel veranstaltete – wenn die Geschichte stimmte. Aber ich sagte und blieb dabei, daß ich das nicht gewesen sei – vielleicht ein anderer gleichen Namens. Aber er behauptete, er erkenne mich, er und dieser Mensch hätten einen ganzen Tag miteinander verbracht, er kenne jeden Zug in seinem Gesicht und könne sich nicht irren. Anscheinend hatte der andere aber erzählt, er gehöre zu den Blankshires, und ich konnte durch meine Papiere beweisen, daß ich zu den Buffs gehörte, und am Ende entschuldigte sich mein Nachbar und sagte, er müsse sich doch getäuscht haben. Ein paar Tage später starb er, und wir waren uns alle einig, daß er wohl ein wenig irre geredet habe. Die beiden Divisionen kämpften Seite an Seite, und es war durchaus möglich, daß sie durcheinandergerieten. Ich versuchte später herauszufinden, ob ich vielleicht zufällig einen Doppelgänger bei den Blankshires hätte, aber ich wurde in die Heimat verlegt, und bevor ich wieder tauglich war, kam der Waffenstillstand, und ich ging der Sache nicht weiter nach.
Als der Krieg vorbei war, kehrte ich an meinen alten Arbeitsplatz zurück, und die Dinge schienen sich zu normalisieren. Mit einundzwanzig verlobte ich mich mit einem netten, ordentlichen Mädchen, und ich dachte, alles sei schön und gut. Und dann eines Tages – aus der Traum! Meine Mutter war damals schon tot, ich wohnte in Untermiete. Nun ja, ich bekam einen Brief von meiner Zukünftigen, sie habe mich am Sonntag in Southend gesehen, und das genüge ihr. Alles sei aus zwischen uns.
Zu allem Unglück hatte ich ihr für dieses Wochenende abgesagt, weil ich mit einer Grippe zu Bett lag. Ich hatte ein möbliertes Zimmer, wissen Sie, ohne Bedienung, und keine Menschenseele war zu mir gekommen, obwohl es mir ziemlich dreckig ging. Aber meine Verlobte, behauptete, sie habe mich in Southend gesehen mit einer anderen, und sie wollte keine Rechtfertigung gelten lassen.

Natürlich fragte ich, was *sie* denn ohne mich in Southend getan hätte, und das gab der Sache den Rest. Sie schickte mir ihren Ring zurück, und damit war, wie man so sagt, die Episode abgeschlossen.
Was mich aber am meisten aufregte, war meine innere Unsicherheit, ob ich nicht am Ende in Southend gewesen war, ohne es zu wissen. Ich bildete mir zwar ein, ich sei krank und im Halbschlaf in meinem Zimmer gelegen, doch das Ganze war für mich wie in einem Nebel. Und wenn ich an die Dinge dachte, die ich die anderen Male getan hatte – du liebe Zeit! Ich hatte keine deutliche Erinnerung, weder so noch so, nur an Fieberträume, etwa die unklare Vorstellung, ich sei irgendwo stundenlang umhergewandert und -geirrt. Ein Fiebertraum – aber vielleicht war ich auch als Schlafwandler unterwegs gewesen, nach dem, was ich von mir wußte. Ich hatte nicht den geringsten Anhaltspunkt, auf den ich mich stützen konnte. Es traf mich hart, daß ich meine Zukünftige auf diese Art verlor, aber ich wäre über die Sache weggekommen, wenn ich nicht immer Angst vor mir selbst gehabt hätte oder daß ich am Ende den Verstand verlieren würde.
Sie denken womöglich, das seien alles Hirngespinste und man hätte mich bloß mit einem verwechselt, der den gleichen Namen hatte und mir zufällig ähnlich sah. Aber jetzt werde ich Ihnen etwas erzählen.
Von dieser Zeit an hatte ich furchtbare Träume. Vor allem träumte ich etwas, das mich schon immer verfolgte – etwas, das mich als kleiner Kerl erschreckt hatte. Meine Mutter, obwohl sie eine fromme, rechtschaffene Frau war, ging gern dann und wann ins Kino. Natürlich waren damals die Filme nicht wie heutzutage, ich glaube, wir würden die alten Streifen ziemlich primitiv finden, wenn wir sie jetzt ansehen müßten, aber damals hielten wir sehr viel davon. Als ich so ungefähr sieben oder acht war, nahm sie mich mit in einen Film – ich weiß den Titel noch, ›Der Student von Prag‹ hieß er. Die Geschichte habe ich vergessen, aber es war etwas Historisches, von einem jungen Burschen an der Universität, der sich dem Teufel verkaufte; und eines Tages trat sein Spiegelbild selbständig aus dem

Glas heraus und ging herum und verübte abscheuliche Verbrechen, und alle dachten, das sei er. Wenigstens glaube ich, daß es so ungefähr war – ich habe die Einzelheiten vergessen, es ist schon so lange her. Was ich aber nicht so schnell vergessen werde, ist der Schauder, den es mir über den Rücken jagte, als ich die entsetzliche Gestalt aus dem Spiegel herauskommen sah. Es war so grausig, ich schrie und weinte, und nach einer Weile mußte mich meine Mutter hinausbringen. Monate und Jahre danach träumte ich noch davon: Ich schaute in einen großen, länglichen Spiegel – wie der Student in dem Film –, und nach kurzer Zeit sah ich mein Spiegelbild mich anlächeln. Ich ging mit ausgestreckter linker Hand auf den Spiegel zu und sah, wie ich mir entgegenkam, mit der ausgestreckten Rechten. Und gerade wenn das Bild mich erreicht hatte, plötzlich – das war der scheußliche Augenblick – drehte es mir den Rücken und ging wieder in den Spiegel zurück. Dabei grinste es mir über die Schulter zu. Und mit einmal wußte ich, daß *es* die wirkliche Person war und *ich* nur das Spiegelbild; ich schlug hinter ihm in das Glas, alles um mich wurde grau und verschwommen, und ich wachte in Schweiß gebadet auf.«
»Äußerst unangenehm«, sagte Wimsey. »Die Sage vom Doppelgänger ist eine der ältesten und verbreitetsten, und sie erschreckt mich immer wieder neu. Als *ich* noch ein Kind war, entsetzte mich immer eine Redensart meines Kindermädchens. Wenn wir von einem Spaziergang nach Hause kamen und gefragt wurden, ob wir jemand getroffen hätten, pflegte sie zu antworten: ›Nein, niemand Hübscheren als uns.‹ Ständig zottelte ich mit der Furcht hinter ihr her, wir könnten an der nächsten Ecke plötzlich auf ein grausig ähnliches Paar stoßen. Natürlich wäre ich eher gestorben, als daß ich einer Menschenseele erzählt hätte, wie mich die Sache ängstigte. Kinder sind schon komische Wesen.«
Der kleine Mann nickte gedankenvoll. Dann fuhr er fort: »Etwa von dieser Zeit an kam der Alptraum zurück. Zuerst, wissen Sie, nur in Abständen, aber er wurde immer mächtiger. Zuletzt war er jede Nacht da. Kaum hatte ich

die Augen geschlossen, da erschien schon der längliche Spiegel, und das Etwas kam mir grinsend entgegen, immer mit ausgestreckter Hand, als wollte es mich packen und durch das Glas zu sich ziehen. Manchmal wachte ich von dem Schock gleich wieder auf, aber manchmal ging der Traum weiter, und ich mußte stundenlang durch eine sonderbare Welt taumeln, lauter Nebel und Halbdunkel, und die Mauern waren alle krumm und gegeneinander geneigt wie in dem Film vom Dr. Caligari. Irr – genau das war es. Wie viele Male blieb ich die ganze Nacht aufrecht sitzen aus Angst vor dem Einschlafen. Ich wußte ja nicht ... sehen Sie, ich sperrte zwar die Schlafzimmertür zu und versteckte den Schlüssel, weil ich fürchtete ... nun, ich wußte ja nicht, was ich am Ende noch tat in meinem Traum. Aber dann las ich in einem Buch, daß Schlafwandler sich daran erinnern können, wohin sie die Sachen in wachem Zustand verräumt haben. So war das Verstecken also zwecklos.«
»Warum nahmen Sie nicht jemand zu sich ins Zimmer?«
»Das tat ich ja auch.« Er stockte. »Ich heiratete. Meine Frau war ein liebes junges Ding. Der Traum verschwand. Drei Jahre lang hatte ich Frieden. Ich war vernarrt in das Mädchen, weiß der Himmel, wie vernarrt. Dann starb sie.«
Er stürzte den Rest seines Whiskys hinunter und blinzelte. »Grippe. Dann Lungenentzündung. Es hat mich sozusagen umgeworfen. Hübsch war sie auch ...
Danach war ich wieder allein. Ich litt darunter. Ich konnte doch nicht – wollte nicht ... aber die Träume kamen zurück. Schlimmer. Ich träumte, ich täte alle möglichen Dinge – nun, das ist jetzt unwichtig.
Und eines Tages passierte es dann am hellen Tag ...
Ich ging um die Mittagszeit durch die Holborn Street, ich arbeitete immer noch bei Crichton. Chef der Packerei war ich inzwischen und stand mich sehr gut dabei. Es war ein elend feuchter Tag, erinnere ich mich, düster und immer wieder Nieselregen. Ich wollte mir die Haare schneiden lassen. Es gibt da einen Frisörladen, auf der Südseite, etwa auf halbem Weg – so einen, wo man durch eine Passage gehen muß, und am Ende ist dann eine Tür mit einem Spiegel, auf dem der Name steht, in Goldbuchstaben.

Dorthin also ging ich. In der Passage brannte ein Licht, so konnte ich ganz gut sehen. Als ich mich dem Spiegel näherte, sah ich mein Bild mir entgegenkommen, und plötzlich überfiel mich das scheußliche Traumgefühl. Ich sagte mir, das sei doch reiner Unsinn, und streckte die Hand nach der Türklinke aus – meine linke, denn die Klinke war auf dieser Seite, und ich reagierte noch immer leicht als Linkshänder, wenn ich nicht aufpaßte.
Das Spiegelbild streckte natürlich die rechte Hand aus – das war selbstverständlich nichts Besonderes – und ich sah meine eigene Gestalt mit dem alten, zerdrückten Hut und dem Regenmantel – aber mein Gesicht – großer Gott! Es grinste mich an! Und dann, genau wie im Traum, drehte mir das Spiegelbild plötzlich den Rücken und ging von mir weg, sah mich über die Schulter an ...
Meine Hand lag auf der Türklinke, die Tür öffnete sich, ich stolperte und fiel über die Schwelle.
Danach weiß ich nichts mehr. Als ich erwachte, lag ich in meinem Bett, und ein Doktor war bei mir. Er erzählte mir, ich sei auf der Straße ohnmächtig geworden; man habe ein paar Briefe mit meiner Adresse bei mir gefunden und mich so nach Hause bringen können.
Ich sagte dem Doktor alles, was dazu zu sagen war, und er meinte, ich sei sehr nervös. Es wäre gut, wenn ich eine andere Arbeit hätte und mehr an die frische Luft käme.
Bei Crichton waren sie sehr anständig zu mir. Sie beauftragten mich mit der Überwachung ihrer Außenreklame; da fährt man von Stadt zu Stadt, wissen Sie, und inspiziert die Litfaßsäulen und schaut, welche Plakate beschädigt oder schlecht plaziert sind, und berichtet darüber. Sie haben mir auch einen Morgan gestellt zum Herumfahren.
Mit den Träumen wurde es besser. Aber weg ist es nicht. Erst vor ein paar Nächten kam es wieder über mich. Einer der schlimmsten Träume, die ich je hatte. Ringkampf und Würgegriff irgendwo in Nacht und Nebel. Ich hatte den Teufel – mein anderes Ich – aufgespürt und überwältigt. Ich spürte noch, wie meine Finger seine Kehle packten – und ich mich selbst tötete.

Das war in London. In London geht es mir immer schlechter. Und dann kam ich hierher ...
Sie verstehen jetzt, warum mich das Buch interessiert hat. Die vierte Dimension ... nicht daß ich je davon gehört hätte, aber dieser Wells scheint sie genau zu kennen. Sie sind doch ein gebildeter Mann; möchte sagen, Sie waren auf dem College und so weiter. Was denken Sie über die Sache?«
»Ich würde sagen«, antwortete Wimsey, »es ist wahrscheinlicher, daß Ihr Doktor recht hatte. Nerven und so.«
»Ja, aber das erklärt nicht ausreichend, warum ich so tief in die Sache hineingeraten bin, nicht wahr? Sie sprachen von Sagen. Nun, manche meinen, die Leute im Mittelalter hätten doch eine ganze Menge gewußt. Ich will nicht sagen, daß ich an böse Geister und all das glaube, aber vielleicht sind ein paar von diesen Alten geplagt worden wie ich. Es ist für jeden vernünftigen Menschen klar, daß sie nicht so viel davon sprechen würden, wenn sie es nicht erfahren hätten – wenn Sie verstehen, was ich meine. Eins möchte ich allerdings gern wissen: Kann ich da nicht irgendwie heraus? Ich sage Ihnen, es liegt mir wie eine Last auf der Seele. Ich weiß ja nie ...«
»Ich würde mir an Ihrer Stelle nicht so viele Gedanken machen«, sagte Wimsey. »Und ich würde mich an die Frischluftkur halten. Und heiraten. Dann haben Sie eine Kontrolle über das, was Sie tun. Und die Träume verschwinden wieder.«
»Ja, ja. Ich habe auch schon daran gedacht. Aber – haben Sie neulich nicht von dem Mann gelesen? Hat seine Frau im Schlaf erwürgt! Angenommen, ich – es wäre doch schrecklich, wenn das einem Mann passierte, nicht? Diese Träume ...«
Er schüttelte den Kopf und starrte nachdenklich ins Feuer. Wimsey stand nach kurzem Schweigen auf und ging hinaus in die Bar. Die Wirtin und der Kellner und das Barmädchen standen beieinander, die Köpfe dicht über ein Zeitungsblatt gebeugt. Sie redeten lebhaft miteinander, verstummten jedoch plötzlich, als sie Wimseys Schritte hörten.

Zehn Minuten später kehrte Wimsey in die Halle zurück. Der kleine Mann war gegangen. Wimsey nahm seinen Automantel an sich, den er über einen Stuhl gelegt hatte, und ging dann die Treppe hinauf in sein Zimmer. Langsam und nachdenklich zog er sich aus, schlüpfte in seinen Schlafanzug und den Morgenmantel, dann nahm er ein Exemplar der »Evening News« aus der Automanteltasche und studierte aufmerksam eine Notiz auf der ersten Seite. Nach kurzem Überlegen schien er zu einem Entschluß zu kommen; er stand auf und öffnete vorsichtig seine Zimmertür. Der Gang lag menschenleer und dunkel da. Wimsey knipste seine Taschenlampe an und ging leise den Flur entlang, die Blicke auf den Boden geheftet. Vor einer der Türen blieb er stehen und betrachtete das Paar Schuhe, das zum Putzen hinausgestellt worden war. Sachte versuchte er die Tür zu öffnen. Sie war zugesperrt. Er klopfte behutsam. Ein rothaariger Kopf erschien.

»Darf ich einen Augenblick hineinkommen?« flüsterte Wimsey.

Der kleine Mann trat zurück, und Wimsey folgte ihm ins Zimmer.

»Was gibt's?« fragte Mr. Duckworthy.

»Ich möchte mit Ihnen sprechen«, sagte Wimsey. »Gehen Sie ruhig ins Bett zurück, es kann einige Zeit dauern.«

Der kleine Mann sah ihn erschrocken an, aber er tat, was Wimsey ihm gesagt hatte. Wimsey zog seinen Morgenmantel dichter um sich, klemmte das Monokel fester ins Auge und setzte sich auf dem Bettrand nieder. Ein paar Sekunden schaute er Duckworthy wortlos an. Dann begann er:

»Nun hören Sie mal. Sie haben mir heute abend eine etwas sonderbare Geschichte erzählt. Aus irgendwelchen Gründen glaube ich Ihnen. Vielleicht beweist das nur, was für ein einfältiger Narr ich bin, aber so bin ich nun einmal geboren, und jetzt ist es zu spät, für meine Änderung zu beten. Gutherzige, vertrauensvolle Natur und so weiter. Haben Sie heute abend in die Zeitung geschaut?«

Er gab Duckworthy die »Evening News« und richtete sein Monokel starr auf sein Gegenüber.

Auf der ersten Seite war eine Fotografie abgebildet; darunter stand ein fettgedruckter eingerahmter Artikel:
»Scotland Yard bemüht sich, mit dem auf diesem Foto abgebildeten Mann Verbindung aufzunehmen. Es wurde gefunden in der Handtasche von Miss Jessie Haynes, deren Leiche am vergangenen Donnerstagmorgen auf den Gemeindewiesen von Barnes entdeckt wurde. Das Foto trägt auf der Rückseite die Widmung ›Für J. H. in Liebe von R. D.‹ Wer das Foto kennt, wird gebeten, sich unverzüglich mit Scotland Yard in Verbindung zu setzen.«
Duckworthy starrte auf die Zeitung und wurde so weiß, daß Wimsey dachte, er werde ohnmächtig.
»Nun?« fragte Wimsey.
»Lieber Gott, Sir! Lieber Gott! Zuletzt ist es nun doch passiert.« Er wimmerte und stieß die Zeitung zitternd von sich. »Ich habe es immer gewußt, daß so etwas kommen würde. Aber so wahr ich lebe, ich habe keine Ahnung davon!«
»Das sind wirklich Sie, nehme ich an?«
»Auf dem Foto? Sicher. Obwohl ich nicht weiß, wie es zustande kam. Ich habe seit ewigen Zeiten keins mehr machen lassen, das schwöre ich – bloß einmal war ich auf einem Gruppenbild bei Crichton. Aber ich sage Ihnen auf Ehre und Gewissen, es gibt Zeiten, da weiß ich nicht, was ich tue.«
Wimsey prüfte das Porträt Zug um Zug.
»Ihre Nase – sie hat eine leichte Krümmung – entschuldigen Sie, wenn ich das erwähne – nach rechts, und genauso ist es auf dem Foto. Das linke Augenlid hängt ein wenig. Auch das stimmt. Die Stirn hier scheint auf der linken Seite einen ausgesprochenen Buckel zu haben – oder liegt das am Abzug?«
»Nein!« Duckworthy warf seine zerzauste Schmachtlocke zurück. »Es ist sehr auffällig – häßlich, habe ich immer gedacht; deshalb kämme ich das Haar darüber.«
Jetzt, mit der zurückgestrichenen roten Locke, war die Ähnlichkeit mit dem Foto noch bestürzender als zuvor.
»Auch mein Mund ist schief.«
»Stimmt. Links nach oben gebogen. Sehr anziehend finde

ich, so ein einseitiges Lächeln – auf einem Gesicht von Ihrem Typ. Ich habe auch schon erlebt, daß es ausgesprochen böse wirkte.«
Duckworthy lächelte ein zaghaftes, schiefes Lächeln.
»Kennen Sie dieses Mädchen, Jessie Haynes?«
»Nicht wenn ich bei Sinnen bin, Sir. Nie von ihr gehört – außer, natürlich, daß ich über den Mord in der Zeitung las. Erwürgt – mein Gott!« Er legte beide Hände vor sich auf die Decke und starrte sie unglücklich an.
»Was kann ich tun? Wenn ich fortginge ...«
»Das können Sie nicht. Unten in der Bar hat man Sie erkannt. Wahrscheinlich wird in wenigen Minuten die Polizei hier sein. Nein« – Duckworthy machte Anstalten, aus dem Bett zu springen –, »tun Sie das nicht. Es ist zwecklos und würde Sie nur in Schwierigkeiten bringen. Bleiben Sie ruhig, und beantworten Sie mir ein paar Fragen. Vor allem: Wissen Sie, wer ich bin? Nein, wie sollten Sie auch! Mein Name ist Wimsey, Lord Peter Wimsey ...«
»Der Detektiv?«
»Wenn Sie es so nennen wollen. Aber nun hören Sie. Wo haben Sie in Brixton gewohnt?«
Der kleine Mann gab die Adresse an.
»Ihre Mutter ist tot. Haben Sie sonst noch Verwandte?«
»Es gab eine Tante. Sie stammte, glaube ich, irgendwo aus Surrey. Tante Susan nannte ich sie. Ich habe sie seit meiner Kindheit nicht mehr gesehen.«
»Verheiratet?«
»Ja – Mrs. Susan Brown.«
»Gut. Waren Sie als Kind Linkshänder?«
»Ja, zuerst. Aber meine Mutter gewöhnte es mir ab.«
»Und die Neigung zeigte sich wieder nach dem Luftangriff. Weiter: Waren Sie als Kind irgendwann einmal krank? So, daß Sie einen Arzt brauchten, meine ich?«
»Ich hatte die Masern, als ich ungefähr vier war.«
»Erinnern Sie sich, wie der Arzt hieß?«
»Man brachte mich ins Spital.«
»Ach ja, natürlich. Besinnen Sie sich auf den Namen des Frisörs in der Holborn Street?«
Diese Frage kam so unerwartet, daß sie Duckworthys Er-

innerungsvermögen durcheinanderbrachte, aber nach einigem Nachdenken sagte er, der Name habe wohl Biggs oder Briggs gelautet.
Wimsey saß einen Augenblick in Gedanken versunken, dann sagte er:
»Ich glaube, das ist alles. Außer – o ja! Wie ist Ihr Vorname?«
»Robert.«
»Und Sie versichern mir, daß Sie, soweit Sie wissen, nichts mit dieser Sache zu tun haben?«
»Das«, sagte der kleine Mann, »das schwöre ich. Soweit ich weiß, natürlich. O mein Gott! Wenn ich nur ein Alibi beibringen könnte! Das ist meine einzige Chance. Aber ich habe solche Angst, sehen Sie, daß ich es vielleicht doch getan habe. Glauben Sie – man würde mich dafür hängen?«
»Nicht, wenn Sie beweisen können, daß Sie nichts davon wußten«, antwortete Wimsey. Daß sein neuer Bekannter selbst unter diesen Umständen wahrscheinlich den Rest seines Lebens im Zuchthaus verbringen würde, verschwieg er.
»Wissen Sie«, sagte Duckworthy, »wenn ich nun mein Leben lang herumgehen und Leute umbringen müßte, ohne davon zu wissen, dann wäre es immer noch besser, sie würden mich hängen, und damit Schluß. Es ist schrecklich, wenn man darüber nachdenkt.«
»Ja. Aber vielleicht haben Sie's auch nicht getan.«
»Das hoffe ich wirklich«, sagte Duckworthy. »Aber – was ist das?«
»Die Polizei, denke ich«, erwiderte Wimsey leichthin. Als es an die Tür klopfte, stand er auf und sagte kräftig: »Herein!«
Der Wirt, der als erster eintrat, schien etwas verblüfft über Wimseys Anwesenheit.
»Kommen Sie nur herein«, sagte Wimsey einladend zu dem Sergeanten und dem Polizisten. »Was können wir für Sie tun?«
»Machen Sie keinen Lärm«, sagte der Wirt, »wenn es irgend geht.«

Der Sergeant marschierte geradewegs auf das Bett zu und stellte sich vor den verschüchterten Duckworthy.
»Das ist der Mann«, sagte er. »Nun, Mr. Duckworthy, Sie werden diesen späten Besuch entschuldigen, aber wie Sie wohl aus den Zeitungen wissen, suchen wir jemand, der Ihrer Personenbeschreibung entspricht, und haben keine Zeit zu verlieren. Wir möchten ...«
»Ich hab's nicht getan«, schrie Duckworthy wild. »Ich weiß auch nichts darüber ...«
Der Polizist zog sein Notizbuch heraus und schrieb: »Bevor ihm eine Frage gestellt wurde, sagte er: ›Ich habe es nicht getan.‹«
»Sie wissen ja gut Bescheid«, sagte der Sergeant.
»Natürlich«, sagte Wimsey, »wir hatten eben einen zwanglosen kleinen Schwatz über die Sache.«
»So, hatten Sie? Und wer sind denn Sie ... Sir?«
»Es tut mir leid«, antwortete Wimsey, »ich habe gerade keine Visitenkarte bei mir. Ich bin Lord Peter Wimsey.«
»Ach, wirklich«, sagte der Sergeant. »Und darf ich fragen, Mylord, was Sie über diese Geschichte hier wissen?«
»Sie dürfen. Und ich werde auch antworten. Über den Mord weiß ich nichts, über Mr. Duckworthy, was er mir erzählt hat, mehr nicht. Ich glaube sicher, daß er auch Ihnen gegenüber sprechen wird, wenn Sie ihn in höflichem Ton fragen.«
Verärgert knurrte der Sergeant: »Es ist meine Pflicht, ihn zu fragen, was er über die Sache weiß.«
»Ich bin ganz Ihrer Meinung«, erwiderte Wimsey, »und als guter Bürger hat er die Pflicht, Ihnen zu antworten. Aber es ist finstere Nacht, eine scheußliche Zeit, finden Sie nicht? Warum nicht bis morgen warten? Mr. Duckworthy wird nicht weglaufen.«
»Davon bin ich nicht so überzeugt.«
»Aber ich. Ich verpflichte mich, ihn vorzuführen, wann immer Sie ihn sprechen wollen. Genügt das nicht? Er steht doch nicht unter Anklage, nehme ich an?«
»Noch nicht«, erklärte der Sergeant.
»Großartig. Dann hätten wir ja alles ganz freundschaftlich geregelt. Wie wär's mit einem Gläschen?«

Der Sergeant lehnte die liebenswürdige Einladung mit einer gewissen Schroffheit ab.
»Nicht auf der Höhe?« erkundigte sich Wimsey teilnehmend. »Pech. Nieren? Oder Leber?«
Der Sergeant gab keine Antwort.
»Nun, es war uns ein besonderes Vergnügen, Sie zu begrüßen«, fuhr Wimsey fort. »Sie werden uns morgen früh wieder aufsuchen, nicht wahr? Ich muß ziemlich zeitig in die Stadt zurück, aber ich werde auf dem Weg dahin bei der Polizei vorsprechen, Mr. Duckworthy können Sie hier in der Halle finden. Das ist auch für Sie bequemer als in Ihrem Büro. Müssen Sie gehen? Dann gute Nacht allerseits.«
Nachdem er die Polizei aus dem Haus geleitet hatte, kam Wimsey noch einmal zu Duckworthy zurück.
»Hören Sie«, sagte er, »ich werde in der Stadt tun, was ich kann. Ich schicke Ihnen gleich am Morgen einen Anwalt. Erzählen Sie ihm, was Sie mir erzählt haben, und erzählen Sie der Polizei, was er Ihnen rät, nicht mehr. Denken Sie daran, man kann Sie nicht zwingen, etwas zu sagen oder zum Polizeirevier zu gehen, solange Sie nicht unter Anklage stehen. Und wenn das passiert, gehen Sie ruhig mit, und reden Sie nichts. Auf keinen Fall dürfen Sie weglaufen – wenn Sie das tun, sind Sie erledigt.«

Wimsey kam am folgenden Nachmittag in die Stadt und machte sich in der Holborn Street auf die Suche nach dem Frisörgeschäft. Er fand es ohne große Schwierigkeiten. Der Laden lag, wie Duckworthy es geschildert hatte, am Ende einer schmalen Passage, und in der Ladentür war eine Spiegelscheibe mit dem Namen Briggs in querlaufenden, verschnörkelten Goldbuchstaben. Wimsey blickte voll Unbehagen sein Spiegelbild an.
»Niederlage Nummer eins«, sagte er, während er mechanisch seinen Schlips zurechtrückte. »Bin ich an der Nase herumgeführt worden? Oder ist es doch ein Fall von vierter Dimension? Aber es kann keinen Zweifel geben, die Tür hier ist eine Spiegelscheibe. Ich frage mich: War das immer so? Auf, Wimsey, auf! Noch einmal Rasieren ertrage ich nicht. Vielleicht geht es mit einem Haarschnitt.«

Er öffnete die Ladentür und behielt dabei sein Spiegelbild fest im Auge, damit es ihm keinen Streich spiele.
Aus seiner Unterhaltung mit dem Frisör, die sehr lebhaft verlief, verdient nur eine Stelle festgehalten zu werden.
»Es ist einige Zeit her, seit ich hier war«, sagte Wimsey. »Hinter den Ohren bitte kurz. Sie haben renoviert, nicht wahr?«
»Ja, Sir. Sieht ganz flott aus, nicht?«
»Der Spiegel außen an der Ladentür, der ist auch neu, oder?«
»O nein, Sir. Der war immer dran, seit wir das Geschäft übernommen haben.«
»Wirklich! Dann ist es länger her, als ich dachte. War es schon vor drei Jahren so?«
»O ja, Sir. Mr. Briggs ist seit zehn Jahren hier.«
»Und der Spiegel auch?«
»Ja, Sir.«
»Dann läßt mich mein Gedächtnis im Stich. Alterserscheinungen. Nein, danke, wenn ich grau werde, will ich es mit Anstand werden. Heute möchte ich kein Haarwasser, danke schön. Nein, nicht einmal Elektromassage. Ich habe genug Schocks abbekommen.«
Und doch ließ ihn die Sache nicht los. Sie beschäftigte ihn so sehr, daß er, als er wieder auf die Straße kam, ein paar Schritte zurückging. Plötzlich fiel sein Blick auf die Glastür einer Teestube. Auch sie lag am Ende einer düsteren Passage und trug quer über die Fläche einen Namen in Goldschrift. Er lautete »Bridgets Teestube«. Diese Tür jedoch war aus durchsichtigem Glas. Wimsey betrachtete sie kurze Zeit, dann trat er ein. Er ging nicht zu den Teetischen, sondern wandte sich an die Kassiererin, die an einem Glastisch bei der Tür saß.
Er kam gleich zur Sache und fragte, ob die junge Dame sich erinnere, wie vor ein paar Jahren hier in der Passage ein Mann ohnmächtig geworden sei.
Das Mädchen konnte ihm keine Auskunft geben; sie war erst seit drei Monaten da, aber sie meinte, eine der Kellnerinnen würde sich vielleicht daran erinnern. Diese wurde herbeigerufen, und nach einigem Nachdenken glaubte

sie, sich auf etwas Derartiges besinnen zu können. Wimsey dankte ihr, sagte, er sei Journalist – was man anscheinend als Entschuldigung für absonderliche Fragen gelten ließ –, wurde eine halbe Krone los und ging.
Sein nächster Besuch galt dem Carmelite House. Wimsey hatte fast in jeder Zeitungsredaktion in Fleet Street Freunde, und so gelangte er ohne Schwierigkeiten in das Fotoarchiv. Das Original der R.-D.-Porträts wurde ihm vorgelegt.
»Ein eigenes Foto?« fragte er.
»Nein, von Scotland Yard ausgegeben. Warum? Stimmt etwas nicht damit?«
»Keineswegs. Ich wollte den Namen des Fotografen wissen, das ist alles.«
»Ach so. Da werden Sie wohl dort nachfragen müssen. Kann ich sonst nichts für Sie tun?«
»Nein, danke.«
Bei Scotland Yard ging es ganz reibungslos. Chefinspektor Parker war Wimseys bester Freund. Auf eine Rückfrage von ihm erhielten sie sofort den Namen des Fotografen, der auf dem Abzug vermerkt war. Wimsey fuhr gleich los, um die Firma aufzusuchen. An Ort und Stelle sicherte ihm sein Name unverzüglich eine Unterredung mit dem Geschäftseigentümer.
Wie Wimsey es erwartet hatte, war vor ihm schon Scotland Yard dagewesen und hatte sich alle Auskünfte geholt, die die Firma geben konnte. Es waren sehr wenige. Das Foto war ein paar Jahre zuvor aufgenommen worden, über den Auftraggeber wußte man sonst nichts mehr. Das Geschäft war klein; es befaßte sich mit der raschen Herstellung billiger Porträts, ohne Anspruch auf künstlerische Gestaltung. Wimsey bat darum, das Negativ ansehen zu dürfen; es wurde nach einigem Suchen gebracht.
Er betrachtete es genau, legte es dann auf den Tisch und zog die Nummer der »Evening News« aus der Tasche, in der die Aufnahme erschienen war.
»Sehen Sie sich das an«, sagte er.
Der Eigentümer warf einen Blick auf die Zeitung, dann auf das Negativ.

»Nanu, ich bin platt«, sagte er, »das ist wirklich seltsam.«
»Es ist beim Vergrößern passiert, denke ich«, sagte Wimsey.
»Ja. Es muß falsch herum eingelegt worden sein. Seltsam. Wissen Sie, Sir, oft müssen wir unter großem Zeitdruck arbeiten, und ich vermute – aber das ist sehr schlampig. Ich werde der Sache nachgehen.«
»Machen Sie mir doch einen Abzug, der nicht seitenverkehrt ist«, bat Wimsey.
»Ja, gewiß, Sir. Sofort.«
»Und schicken Sie einen an Scotland Yard.«
»Jawohl, Sir. Sonderbar, daß es gerade bei dieser Aufnahme passiert sein soll, nicht wahr? Ich wundere mich, daß der Kunde es nicht gemerkt hat. Aber wir nehmen im allgemeinen drei oder vier verschiedene Stellungen auf, vielleicht hat er sich deshalb nicht erinnert.«
»Sehen Sie nach, ob Sie noch etwas von den übrigen Aufnahmen dahaben; ich möchte sie ebenfalls sehen.«
»Das habe ich schon getan, Sir, aber wir besitzen keine mehr. Zweifellos wurde diese eine ausgewählt, und die anderen haben wir vernichtet. Wir heben nämlich nicht alle abgelehnten Negative auf. Es fehlt uns an Platz. Aber ich werde sofort drei Abzüge machen lassen.«
»Schön«, antwortete Wimsey. »Und je schneller, desto besser. Beschleunigen Sie das Trocknen. Und machen Sie ja nichts an den Abzügen.«
»Nein, Sir. In ein bis zwei Stunden werden Sie sie haben. Aber es erstaunt mich doch, daß der Kunde nicht reklamierte.«
»Das ist nicht erstaunlich«, erwiderte Wimsey. »Er fand diese Aufnahme wahrscheinlich am ähnlichsten. Und das war sie auch – für ihn. Verstehen Sie nicht? Sein eigenes Gesicht bekam er immer nur wie auf diesem Foto zu sehen; so, mit vertauschter rechter und linker Seite, blickte es ihn tagtäglich aus dem Spiegel an. Es ist das einzige Gesicht, das er wirklich als das seine wiedererkennen kann.«
»Ja, das stimmt, Sir. Ich bin Ihnen sehr verbunden, daß Sie den Irrtum herausgefunden haben.«
Wimsey erinnerte noch einmal daran, daß die Abzüge

dringend gebraucht würden, und ging. Anschließend stattete er dem Somerset House einen kurzen Besuch ab, worauf er, zufrieden mit seinem Tagewerk, nach Hause zurückkehrte.

Die Nachforschungen in Brixton – in dem Haus, das Duckworthy als Adresse angegeben hatte, und in seiner Nachbarschaft – brachten Wimsey schließlich auf die Spur von Leuten, die Duckworthy und seine Mutter gekannt hatten. Eine alte Frau, die während der letzten vierzig Jahre in derselben Straße einen Gemüseladen betrieb, erinnerte sich genau an sie und ihre Verhältnisse. Sie wußte sogar das Datum, an dem die Familie eingezogen war.
»Zweiunddreißig Jahre sind es im nächsten Monat«, sagte sie. »An Michaelis kamen sie. Sie war eine nett aussehende junge Frau, und meine Tochter, die damals ihr Erstes erwartete, interessierte sich für den süßen kleinen Jungen.«
»Der Junge ist nicht hier geboren?«
»Aber nein, Sir. Irgendwo im Südteil der Stadt ist er auf die Welt gekommen, aber ich entsinne mich, daß sie nie recht sagte, wo – nur daß es irgendwo in der Nähe der neuen Eisenbahnlinie war. Sie war eine von den Stillen und hielt sich für sich. Keine, die klatscht, das tat sie nicht. Nicht einmal meiner Tochter, die doch gute Gründe für ihr Interesse hatte, erzählte sie viel darüber, wie sie durch ihre schwere Stunde kam. Chloroform hat sie bekommen, sagte sie – das weiß ich noch –, und sie erinnert sich an nichts, aber daß sie nicht gern daran denken mochte. Ihr Mann – er war ein netter Mann, nett wie sie –, der sagte zu mir: ›Erinnern Sie sie nicht daran, Mrs. Harbottle, tun Sie's nicht!‹ Ob sie Angst hatte oder bei der Sache einen Schaden davontrug, weiß ich nicht, aber sie bekam weiter keine Kinder. ›Mein Gott‹, sagte ich dann und wann zu ihr, ›Sie werden sich daran gewöhnen, wenn Sie erst mal neune gehabt haben wie ich.‹ Sie lächelte, aber sie bekam keins mehr, trotzdem.«
»Und wie alt war das Baby, als Mrs. Duckworthy nach Brixton kam?«
»Drei Wochen alt war's, Sir – ein süßes Kerlchen, mit einer

Menge Haare auf dem Kopf. Schwarz waren sie damals, aber später wurden sie brandrot, sahen aus wie die Karotten hier. Die Farbe war nicht so hübsch wie bei seiner Mama, aber doch recht ähnlich. Im Gesicht hatte der Junge wenig von ihr und auch nichts vom Vater. Sie sagte, er schlage jemand in ihrer Familie nach.«

»Lernten Sie einmal andere Angehörige kennen?«

»Nur ihre Schwester, Mrs. Susan Brown. Eine große, strenge Frau mit einem harten Gesicht war das – gar nicht wie ihre Schwester. Wohnte in Evesham, soviel ich mich erinnere, damals bezog ich nämlich meinen Spargel von dort. Ich kann heute noch kein Bund Spargel ansehen, ohne daß ich an Mrs. Susan Brown denke. Steif und gerade war sie, mit einem kleinen Kopf, genau wie ein Stangenspargel.«

Wimsey bedankte sich bei Mrs. Harbottle und nahm den nächsten Zug nach Evesham. Er begann sich zu fragen, wohin ihn seine Jagd noch führen würde, entdeckte dann aber zu seiner Erleichterung, daß Mrs. Susan Brown in der Stadt wohlbekannt und eine allseits geachtete Persönlichkeit war.

Sie hielt sich noch immer sehr aufrecht, ihr glattes, dunkles Haar war in der Mitte gescheitelt und straff nach hinten gezogen – eine Frau mit einem breiten Untergestell und schmalen Schultern, in der Tat einem Spargel nicht unähnlich. Sie empfing Wimsey mit strenger Höflichkeit, wollte jedoch vom Tun und Treiben ihres Neffen nichts wissen. Die Andeutung, er befinde sich in einer gewissen Verlegenheit, ja Gefahr, überraschte sie anscheinend nicht.

»Er hat schlechtes Blut in sich«, sagte sie. »Meine Schwester Hetty war viel gutherziger, als sie hätte sein sollen.«

»Ach!« erwiderte Wimsey. »Aber wir können nicht alle einen festen Charakter haben, obwohl das für diejenigen, die ihn besitzen, eine Quelle großer Befriedigung sein muß. Ich möchte Sie nicht belästigen, Madame, und ich weiß, daß ich ein wenig zum Schwatzen neige, da ich selbst eher zu den weniger Gefestigten gehöre – deshalb will ich gleich zur Hauptsache kommen. Ich ersehe aus dem Register im Somerset House, daß Ihr Neffe Robert

Duckworthy in Southwark geboren ist als Sohn von Alfred und Hester Duckworthy. Großartig geordnet ist das alles dort. Aber natürlich – wir sind ja nur Menschen – versagt das System dann und wann . . . nicht wahr?«

Sie legte die alten Hände übereinander, und Wimsey sah, wie ein Schatten über ihre scharfen dunklen Augen huschte.

»Wenn ich Ihnen nicht zuviel Mühe mache – auf welchen Namen wurde der andere angemeldet?«

Die Hände zitterten leicht, aber die Frau antwortete ruhig: »Ich verstehe Sie nicht.«

»Es tut mir entsetzlich leid. Ich wußte mich nie sehr gut auszudrücken. Es wurden damals Zwillinge geboren, nicht wahr? Unter welchem Namen hat man den anderen registriert? Es tut mir leid, daß ich Ihnen lästig falle, aber die Sache ist wirklich wichtig.«

»Was läßt Sie vermuten, daß es Zwillinge waren?«

»Oh, das *vermute* ich nicht. Wegen einer Vermutung hätte ich Sie nicht belästigt. Ich weiß, daß es einen Zwillingsbruder gab. Was aus ihm wurde – mehr oder weniger weiß ich es immerhin . . .«

»Er starb«, sagte sie hastig.

»Ich bedauere unendlich, daß ich Ihnen widersprechen muß«, antwortete Wimsey, »ein unschönes Benehmen. Aber das Kind ist nicht gestorben, es lebt heute noch. Nur den Namen möchte ich von Ihnen wissen.«

»Und warum sollte ich Ihnen etwas erzählen, junger Mann?«

»Weil – entschuldigen Sie, wenn ich etwas erwähne, was einem verfeinerten Geschmack recht unangenehm sein muß –, weil ein Mord begangen wurde und Ihr Neffe Robert der Tat verdächtigt wird. Ich weiß zufällig mit Sicherheit, daß sein Bruder der Mörder ist. Deshalb möchte ich dieses Bruders habhaft werden, verstehen Sie. Es wäre mir eine große Erleichterung – ich bin nämlich von Natur aus weich veranlagt –, wenn Sie mir helfen würden, ihn zu finden. Sonst muß ich zur Polizei gehen, und dann könnten Sie als Zeugin unter Strafandrohung vorgeladen werden; ich würde Sie ungern – wirklich ungern – bei einem Mord-

prozeß im Zeugenstand sehen. Sie würden so peinlich in die Öffentlichkeit gezerrt, nicht wahr? Wenn wir dagegen den Bruder schnell festsetzen können, bleiben Sie und Robert von der ganzen Sache verschont.«
»Gut«, sagte sie schließlich, »ich will es Ihnen erzählen.«

Ein paar Tage später berichtete Wimsey Chefinspektor Parker.
»Natürlich war die ganze Sache sonnenklar, wenn man von Freund Duckworthys seitenvertauschtem Innenleben wußte.«
»Zweifellos, zweifellos«, erwiderte Parker. »Nichts konnte einfacher sein. Aber gleichwohl brennen Sie darauf, mir zu erzählen, wie Sie zu Ihren Folgerungen kamen, und ich will gern etwas Neues dazulernen. Haben alle Zwillinge die Organe auf der falschen Seite? Und sind alle Leute, deren Organe auf der falschen Seite sitzen, Zwillinge?«
»Ja. Nein. Oder vielmehr: Nein, ja. Bei zweieiigen Zwillingen sind beide ganz normal. Bei eineiigen Zwillingen jedoch – die aus der Spaltung einer einzigen Eizelle entstehen – *kann* es geschehen, daß der eine wirklich als Spiegelbild des anderen erscheint, das heißt, daß bei ihm rechts und links vertauscht ist. Das hängt davon ab, wie sich die Eizelle spaltet. Man kann es bei Kaulquappen mit einem Roßhaar sogar künstlich hervorrufen.«
»Ich will eine Notiz machen, damit ich es nachher sofort versuchen kann«, sagte Parker ernsthaft.
»Irgendwo hatte ich gelesen, daß eine Person, deren Organe umgekehrt plaziert sind, sich so gut wie immer als eineiiger Zwilling entpuppt. Sie sehen also, während der arme Robert Duckworthy am ›Student von Prag‹ und der vierten Dimension herumspintisierte, rechnete ich mit dem Zwillingsbruder.
Augenscheinlich war folgendes geschehen: Es gab drei Schwestern mit Namen Dart: Susan, Hester und Emily. Susan heiratete einen Mann namens Brown, Hester einen namens Duckworthy; Emily war unverheiratet. Durch eine jener kleinen Ironien des Schicksals war die unverhei-

ratete Emily offensichtlich die einzige der Schwestern, die ein Kind bekommen konnte. Als Ausgleich brachte sie gleich Zwillinge zur Welt.
Als diese Katastrophe nahe bevorstand, vertraute sich Emily (vom Kindesvater natürlich im Stich gelassen) ihren Schwestern an; die Eltern waren tot. Susan reagierte ausgesprochen herzlos – sie hatte übrigens über ihren Stand geheiratet und kletterte auf der Leiter guter Werke immer höher. Sie ließ ein paar Bibelstellen los und wusch ihre Hände in Unschuld. Hester war eine gute Seele. Sie bot der Schwester an, das Kind nach der Geburt zu adoptieren und es als ihr eigenes aufzuziehen. Nun, das Baby kam, und, wie ich schon sagte, es waren Zwillinge.
Das schien Duckworthy ein bißchen zuviel. Einem Kind hatte er zugestimmt, aber Zwillinge waren mehr, als er gerechnet hatte. Hester durfte ihren Zwilling auswählen, und gutherzig, wie sie war, nahm sie den, der schwächer aussah – unseren Robert, den spiegelverkehrten Zwilling. Den anderen mußte Emily behalten. Als sie kräftig genug war, wanderte sie mit ihm nach Australien aus. Danach hörte man nichts mehr von ihr.
Emilys Zwilling wurde auf ihren Namen Dart registriert und Richard getauft. Robert wurde als Hester Duckworthys eigenes Kind eingetragen – damals gab es noch keine lästigen Vorschriften, die die Meldung einer Geburt durch Ärzte oder Hebammen verlangten, man konnte in diesen Dingen verfahren, wie man wollte. Die Duckworthys zogen als komplette Familie mit Baby nach Brixton, wo Robert als echter kleiner Duckworthy angesehen wurde.
Emily starb offenbar in Australien, und Richard, damals fünfzehn Jahre alt, kam nach London zurück, wobei er seine Überfahrt durch Arbeit an Bord verdiente. Er scheint kein besonders angenehmer Junge gewesen zu sein. Zwei Jahre später lief ihm sein Bruder Robert über den Weg; das führte zu der Episode nach dem Luftangriff.
Hester mag von der organischen Besonderheit Roberts gewußt haben, sicher ist es nicht. Jedenfalls hatte man ihm nichts davon erzählt. Ich denke, der Explosionsschock bewirkte, daß seine ursprüngliche Linkshänderveranlagung

wieder stärker zutage trat. Ebenso wurde durch diesen Schock eine Neigung zu zeitweisem Gedächtnisschwund unter ähnlichen Bedingungen hervorgerufen. Das nagte an Robert, er wurde immer geistesabwesender und hintersinniger. Richard nützte die Existenz eines Doppelgängers entsprechend aus. Das erklärt auch den höchst bedeutsamen Spiegelzwischenfall. Ich denke mir den Hergang so, daß Robert irrtümlich die Glastür der Teestube für den Eingang zum Frisörladen hielt. In Wirklichkeit war es Richard, der ihm entgegenkam und sich dann eilig wieder zurückzog aus Angst, gesehen und beachtet zu werden. Die Umstände spielten ihm dabei natürlich in die Hände – aber solch seltsame Zusammentreffen gibt es, und die Tatsache, daß sie beide Schlapphüte und Regenmäntel trugen, ist nicht erstaunlich an einem düsteren, regennassen Tag.
Und dann das Foto. Zweifellos stand am Anfang der Fehler des Fotografen, aber es sollte mich nicht wundern, wenn Richard diesen Fehler sehr begrüßt und die Aufnahme gerade deshalb herausgesucht hätte.
Allerdings würde das bedeuten, daß er von der ›Seitenverkehrtheit‹ Roberts wußte. Ich kann nicht sagen, wie er das möglicherweise in Erfahrung brachte, doch mag es für ihn schon Gelegenheiten dazu gegeben haben. In der Armee war es bekannt, und vielleicht gingen darüber Gerüchte um. Aber ich möchte auf diesen Punkt nicht allzuviel Gewicht legen.
Eines ist allerdings ziemlich seltsam: daß Robert diesen Traum vom Erwürgen gehabt haben soll genau in der Nacht – soweit man das feststellen konnte –, in der Richard wirklich Jessie Haynes auf diese Weise beiseite schafft. Es heißt, eineiige Zwillinge stehen immer in engem seelischem Kontakt – jeder wisse zum Beispiel, was der andere denke, oder er ziehe sich am selben Tag die gleiche Krankheit zu und so weiter. Richard war der stärkere von beiden, und vielleicht beeinflußte er Robert mehr als umgekehrt. Ich weiß es nicht. Es kann auch alles Blödsinn sein. Die Hauptsache ist, daß sie ihn gefunden haben.«

»Ja. Als wir einmal den richtigen Faden hatten, war das nicht mehr schwierig.«
»Schön, ziehen wir also ab ins Cri und genehmigen uns einen.« Wimsey stand auf und rückte vor dem Spiegel seinen Schlips zurecht.
»Trotzdem«, sagte er, »irgend etwas Sonderbares ist an Spiegeln. Etwas ist nicht ganz geheuer, meinen Sie nicht auch?«

Die abscheuliche Historie vom Mann mit den Kupferfingern

Der Egoistenclub ist einer der genialsten Orte in London. Dorthin kann man seine Schritte lenken, wenn man das Bedürfnis hat, den seltsamen Traum der vergangenen Nacht zu erzählen oder der Mitwelt zu verkünden, was für einen guten Zahnarzt man entdeckt hat. Man kann dort in Ruhe Briefe schreiben, wenn man will, oder auch das Temperament einer Jane Austen entfalten, denn es gibt keinen Raum, in dem Schweigepflicht herrscht. Beschäftigt oder in Gedanken vertieft zu erscheinen, wenn man von einem anderen Mitglied angesprochen wird, gilt als Verstoß gegen die Clubetikette. Zwei Gesprächsthemen sind allerdings tabu: Golf und Fischen. Und wenn der Antrag des Hon. Freddy Arbuthnot bei der nächsten Ausschußsitzung durchgeht, dann darf auch das Thema Radio nicht mehr angeschnitten werden. Im übrigen ist der Club nicht besonders exklusiv. Niemand ist von vornherein ausgeschlossen – mit Ausnahme von starken, schweigenden Männern. Die Kandidaten müssen jedoch bestimmte Proben bestehen. Welcher Art diese Proben sind, geht daraus hervor, daß ein gewisser hervorragender Forscher nicht aufgenommen wurde, weil er eine sehr starke Trichinopoly-Zigarre annahm und sie zu einem 63er Portwein rauchte. Dagegen wurde der gute alte Sir Roger Bunt (der Hökermillionär, der das Preisausschreiben einer Sonntagszeitung in Höhe von zwanzigtausend Pfund gewonnen und damit einen ungeheuren Restaurationsbetrieb in den Midlands gegründet hatte) sehr gerühmt und einstimmig gewählt, nachdem er offen erklärt hatte, daß ihm in dieser Hinsicht Bier und Pfeife völlig genügten. Wie Lord Peter bemerkte: »Niemand nimmt Anstoß an Roheit, aber bei Grausamkeit muß man die Grenze ziehen.«

An diesem besonderen Abend hatte Masterman (der kubistische Dichter) einen Gast mitgebracht, einen Mann namens Varden. Varden war zunächst Berufssportler gewesen, aber ein überfordertes Herz hatte ihn dazu gezwungen, eine glänzende Karriere aufzugeben und aus seinem gutgeschnittenen Gesicht und auffallend schönen Körper im Dienste der Filmkunst Kapital zu schlagen. Er war von Los Angeles nach London gekommen, um für seinen neuen großen Film *Marathon* die Werbetrommel zu rühren, und er entpuppte sich als eine durchaus angenehme, unverdorbene Persönlichkeit – zur großen Erleichterung des Clubs, da Mastermans Gäste manchmal ein gewisses Risiko darstellten.
Einschließlich Varden saßen nur acht Männer an diesem Abend im braunen Zimmer. Dieses war mit seinen getäfelten Wänden, dem gedämpften Licht und den schweren, blauen Vorhängen vielleicht das gemütlichste und angenehmste der kleinen Rauchzimmer, von denen der Club ungefähr ein halbes Dutzend aufwies. Die Unterhaltung war ganz zwanglos in Gang gekommen, als Armstrong einen merkwürdigen kleinen Zwischenfall erzählte, dessen Augenzeuge er am Nachmittag bei der U-Bahn-Station Temple gewesen war, und Bayes hatte daraufhin erklärt, daß das nichts sei im Vergleich zu der wirklich merkwürdigen Sache, die ihm persönlich eines Abends im dichten Nebel auf der Euston Road passiert sei.
Masterman behauptete, daß die abgelegenen Londoner Plätze einem Schriftsteller reiches Material lieferten, und führte als Beispiel seine eigene ungewöhnliche Begegnung mit einer weinenden Frau und einem toten Affen an, und dann griff Judson den Faden auf und schilderte, wie er einmal zu später Stunde in einer einsamen Vorstadt auf die Leiche einer Frau gestoßen sei, die mit einem Messer in der Seite auf dem Pflaster lag, während ein Polizist regungslos dabeistand. Er (Judson) habe gefragt, ob er irgendwie behilflich sein könne, aber der Polizist habe nur erwidert: »An Ihrer Stelle würde ich mich nicht einmischen, Sir, sie hat verdient, was sie bekommen hat.« Dann erwähnte Pettifer einen sonderbaren Fall aus seiner Arzt-

praxis: Ein ihm völlig unbekannter Mann habe ihn einmal zu einem Haus in Bloomsbury geführt, wo eine Frau an einer Strychninvergiftung litt. Dieser Mann habe ihm die ganze Nacht über in höchst intelligenter Weise geholfen und sei, sobald die Patientin außer Gefahr war, aus dem Haus marschiert und nie wiederaufgetaucht. Das Merkwürdige aber sei gewesen, daß ihm die Frau auf seine entsprechenden Fragen hin höchst überrascht geantwortet habe, sie habe den Mann nie zuvor gesehen und ihn für Pettifers Assistenten gehalten.

»Das erinnert mich«, erklärte Varden, »an etwas noch Seltsameres, das mir mal in New York passiert ist. Ich bin mir heute noch nicht klar darüber, ob es sich um einen Wahnsinnigen oder einen Possenreißer handelte, oder ob ich tatsächlich mit knapper Not davongekommen bin.«

Das klang vielversprechend, und man bestürmte den Gast, die Geschichte zum besten zu geben.

»Es liegt eigentlich schon ziemlich weit zurück«, sagte der Schauspieler, »sieben Jahre müssen es sein – kurz bevor Amerika in den Krieg eintrat. Ich war damals fünfundzwanzig und seit etwas über zwei Jahren beim Film. Zu der Zeit sprach man in New York viel von einem Mann namens Eric P. Loder, der ein sehr guter Bildhauer gewesen wäre, wenn er nicht mehr Geld gehabt hätte, als gut für ihn war. Das haben mir jedenfalls Leute erzählt, die von diesen Dingen etwas verstehen. Er pflegte die Galerien zu beschicken und veranstaltete viele Einzelausstellungen seiner Werke, die von Kunstinteressierten besucht wurden – er hat, glaube ich, viele Bronzen geschaffen. Vielleicht kennen Sie etwas von ihm, Masterman?«

»Ich habe keins seiner Werke gesehen«, erwiderte der Dichter, »aber ich erinnere mich an einige Fotografien davon in *The Art of Tomorrow*. Geistreich, aber etwas manieriert. Hat er nicht viel Statuen in Gold und Elfenbein ausgeführt? Wahrscheinlich um zu zeigen, daß er sich solche Materialien leisten konnte.«

»Ja, das klingt ganz nach ihm.«

»Natürlich – und dann hat er noch eine ebenso raffinierte wie häßliche realistische Gruppe, ›Lucina‹, geschaffen

und die Unverschämtheit besessen, sie aus massivem Gold gießen und in der Eingangshalle seines Hauses aufstellen zu lassen.«
»Ach, das Ding! Ja – einfach scheußlich in meinen Augen. Allerdings habe ich nie etwas Künstlerisches im Realismus sehen können. Für meine Begriffe soll ein Bild oder eine Statue einen ästhetischen Genuß bescheren. Einen anderen Zweck kann ich nicht darin sehen. Immerhin besaß Loder eine beträchtliche Ausstrahlung.«
»Wie haben Sie ihn eigentlich kennengelernt?«
»Er hatte mich in meinem kleinen Film *Apollo comes to New York* gesehen – vielleicht erinnern Sie sich noch daran. Es war meine erste Hauptrolle. Der Film drehte sich um eine zum Leben erweckte Statue – eine Statue des griechischen Gottes Apollo eben – und wie der Gott sich in einer modernen Stadt zurechtfindet. Der gute alte Reubenssohn hatte das Stück produziert. Es war alles so geschmackvoll gehalten, daß man von Anfang bis Ende nichts Anstößiges entdecken konnte, obwohl man im ersten Teil nur so eine Art Schleier trug – nach dem Vorbild der klassischen Statue, verstehen Sie.«
»Apoll von Belvedere?«
»Ich glaube, ja. Kurz und gut, Loder schrieb mir, daß er sich als Bildhauer sehr für mich interessiere, da ich gut gebaut sei und so weiter, und ob ich ihn wohl mal in New York besuchen würde, wenn ich Zeit hätte. Auf diese Weise lernte ich Loder kennen und kam zu der Überzeugung, daß er eine gute Reklame für mich sein könnte. Als dann mein Vertrag abgelaufen war und ich eine kleine Kunstpause einlegen konnte, fuhr ich nach New York und stattete ihm einen Besuch ab. Er war sehr nett zu mir und lud mich ein, ein paar Wochen bei ihm zu bleiben, während ich mich ein wenig umsah.
Er hatte ein großartiges, prachtvolles Haus, etwa fünf Meilen außerhalb der Stadt, das von oben bis unten mit Bildern, Antiquitäten und dergleichen vollgestopft war. Ich schätzte ihn auf ungefähr fünfunddreißig bis vierzig. Er war ein dunkler, geschmeidiger Typ mit schnellen, lebhaften Bewegungen und verstand es zu erzählen. Er schien

überall gewesen zu sein und alles gesehen zu haben. Von seinen Mitmenschen hatte er anscheinend keine allzu gute Meinung. Man konnte ihm stundenlang zuhören. Über jeden wußte er Anekdoten, vom Papst bis zum alten Phineas E. Groot vom Chicagoer Ring. Was ich nicht gern von ihm hörte, waren Zoten. Ich habe nichts gegen eine pikante Geschichte – ganz und gar nicht. Halten Sie mich um Gottes willen nicht für prüde. Aber wenn er so etwas erzählte, dann pflegte er einen dabei anzusehen, als hege er den Verdacht, man sei selbst darin verwickelt. So einen Blick habe ich bei Frauen erlebt; ich habe auch Männer gekannt, die ihn Frauen gegenüber anwandten, und beobachtet, wie diese sich vor Verlegenheit wanden. Aber er war der einzige Mann, der bei *mir* ein solches Gefühl auslöste. Abgesehen davon war Loder die fesselndste Persönlichkeit, die mir je über den Weg gelaufen ist. Wie gesagt, sein Haus war schön und seine Tafel erstklassig.

Nur das Beste war gut genug für ihn. Da war seine Geliebte, Maria Morano. Ich habe wohl nie eine Frau gesehen, die ihr das Wasser hätte reichen können, und wenn man beim Film arbeitet, stellt man ziemlich hohe Anforderungen an weibliche Schönheit. Sie war eines jener großen, gelassenen Geschöpfe mit schönen, langsamen Bewegungen und einem langsamen, breiten Lächeln. So etwas züchten wir nicht in den Staaten. Sie stammte aus dem Süden – eine Varietétänzerin, wie er sagte, und sie widersprach ihm nicht. Er war sehr stolz auf sie, und sie schien ihm auf ihre Art ergeben zu sein. Er pflegte sie im Atelier, nur mit einem Feigenblatt bekleidet, vorzuführen, sie neben einer der Figuren aufzustellen, die er dauernd von ihr machte, und sie Punkt für Punkt miteinander zu vergleichen. Anscheinend gab es an ihrem Körper buchstäblich nur einen halben Zoll, der vom Gesichtspunkt des Bildhauers aus nicht absolut vollkommen war – die zweite Zehe ihres linken Fußes war kürzer als die große Zehe. An ihren Statuen korrigierte er diesen Fehler natürlich immer. Sie selbst hörte sich das alles gewöhnlich mit einem gutmütigen Lächeln an, fühlte sich gewissermaßen geschmeichelt. Aber manchmal, glaube ich, hatte das arme Mädchen diese ewige Anglotzerei satt. Von Zeit zu Zeit fing sie mich nämlich ab und schüttete mir ihr Herz aus. Anscheinend war es ihre große Sehnsucht, ein eigenes Restaurant zu besitzen mit Show-Darbietungen und sehr vielen Köchen in weißen Schürzen und einer Unmenge glitzernder elektrischer Öfen. ›Und dann würde ich heiraten‹, eröffnete sie, ›und vier Söhne und eine Tochter haben‹, und sie zählte mir alle Namen auf, die sie für ihre Kinder gewählt hatte. Ich fand das rührend. Gegen Ende einer solchen Unterhaltung gesellte sich Loder einmal zu uns. Auf seinem Gesicht lag ein Grinsen. Ich schloß daraus, daß er uns belauscht hatte. Aber ich glaube nicht, daß er der Sache große Bedeutung beimaß, und das zeigt, daß er das Mädchen nie richtig verstanden hat. Er konnte sich wohl nicht vorstellen, daß eine Frau die Lebensweise über Bord werfen würde, die er ihr zu bieten vermochte. Aber wenn er sie auch als seinen Besitz ansah, so stellte er ihr doch niemals eine Rivalin an die Seite. Trotz all seines Geschwätzes und seiner häßlichen Statuen hatte sie ihn am Bändel, und das wußte sie auch.

Ich blieb einen Monat in seinem Hause und hatte ein herrliches Leben. Zweimal bekam Loder einen ›Kunstrappel‹. Dann schloß er sich in seinem Atelier ein, um zu arbeiten, und ließ tagelang niemanden zu sich. Er liebte solches Aufbauschen, und wenn seine Arbeitswut verraucht war, veranstaltete er eine Gesellschaft, bei der alle seine Freunde und Anhänger erschienen, um sich das Meisterwerk anzusehen. Er arbeitete damals gerade an der Figur einer Nymphe oder Göttin, die in Silber gegossen werden sollte, und Maria, die ihm als Modell diente, ließ sich mit ihm einschließen. Abgesehen von solchen Perioden ging er viel aus und zeigte mir alles, was es zu sehen gab.

Ich war ziemlich ärgerlich – das gebe ich unumwunden zu –, als die Sache zu Ende ging. Der Krieg wurde erklärt, und ich hatte bereits den Entschluß gefaßt, mich zu stellen, falls es soweit kommen sollte. Mein Herz schloß mich vom Schützengrabendienst aus. Aber ich rechnete mit irgendeinem Einsatz, wenn ich nicht lockerließ. Daher packte ich meinen Kram zusammen und zog los.

Ich hätte nicht geglaubt, daß es Loder so aufrichtig leid tun würde, mir Lebewohl zu sagen. Er betonte immer wieder, daß wir bald wieder zusammensein würden. Ich wurde dann tatsächlich als Sanitäter eingestellt und nach Europa geschickt. Und so kam es, daß ich Loder erst im Jahre 1920 wiedersah.
Er hatte mir vorher bereits geschrieben, aber ich mußte 1919 in zwei großen Filmen spielen und hatte keine Zeit. 1920 war ich jedoch wieder in New York, um Reklame für *The Passion Streak* zu machen, und da erhielt ich ein paar Zeilen von Loder, in denen er mich bat, ihn zu besuchen und ihm zu sitzen. Na, das war ja Reklame, die er selbst bezahlen würde. Also willigte ich ein. Ich hatte mich verpflichtet, mit der Filmgesellschaft Mystofilms Ltd. nach Australien zu fahren, um in *Jake of Dead Man's Bush* mitzuspielen – einem Pygmäenfilm, der bei den australischen Buschmännern an Ort und Stelle gedreht werden sollte. Ich telegrafierte ihnen, daß ich in der dritten Aprilwoche in Sydney zu ihnen stoßen würde, und zog mit Sack und Pack zu Loder.
Loder begrüßte mich sehr herzlich, aber ich hatte den Eindruck, daß er seit unserem letzten Beisammensein sehr gealtert sei. Nervöser war er auf jeden Fall geworden. Er wirkte – wie soll ich es ausdrücken? – intensiver, irgendwie natürlicher. Seine beliebten zynischen Redensarten klangen so, als spreche er aus tiefster Überzeugung, und er wurde immer anzüglicher dabei. Früher hatte ich angenommen, seine Art, alles anzuzweifeln, sei bloße Pose, aber ich spürte allmählich, daß ich ihm unrecht getan hatte. Er war tatsächlich unglücklich, das konnte ich wohl sehen, und bald entdeckte ich auch den Grund. Als wir mit dem Auto zu seinem Haus hinausfuhren, erkundigte ich mich nach Maria.
›Sie hat mich verlassen‹, lautete die Antwort.
Das kam mir wirklich sehr überraschend. Offen gestanden, hatte ich dem Mädchen soviel Initiative nicht zugetraut. ›Na‹, meinte ich, ›hat sie sich denn tatsächlich ihr Restaurant eingerichtet, das sie sich so sehr wünschte?‹
›Oh! Mit Ihnen hat sie also über Restaurants gesprochen?

Sie gehören wohl zu den Männern, denen die Frauen ihre Geheimnisse anvertrauen. Nein. Sie hat sehr dumm gehandelt. Sie ist fort.‹
Ich wußte nicht recht, was ich sagen sollte. Seine Eitelkeit war offenbar ebenso verletzt wie seine Gefühle. Ich spulte die üblichen Redensarten ab und fügte dann hinzu, daß es auch einen großen Verlust für seine Arbeit bedeute. Das gab er zu.
Ich fragte ihn, wann es passiert sei und ob er die Nymphe vollendet habe, an der er damals arbeitete. O ja, meinte er, die und etwas anderes – etwas sehr Originelles, das mir gefallen würde.
Na, wir kamen schließlich in seinem Haus an und dinierten. Loder erzählte mir, daß er in Kürze nach Europa fahren würde, und zwar wenige Tage nach meiner Abreise. Die Nymphe stand im Eßzimmer in einer besonderen, in die Wand eingelassenen Nische. Sie war wirklich schön, nicht so protzig wie die meisten seiner Werke, und besaß eine wunderbare Ähnlichkeit mit Maria. Loder wies mir einen Platz ihr gegenüber an, damit ich sie während des Essens sehen konnte, und es war mir tatsächlich fast unmöglich, meine Blicke von ihr loszureißen. Er schien sehr stolz darauf zu sein und versicherte mir immer wieder, wie froh er sei, daß sie mir gefalle. Es war mir nicht entgangen, daß er sich angewöhnt hatte, sich zu wiederholen.
Nach dem Essen gingen wir ins Rauchzimmer. Die Einrichtung war verändert, und das erste, das einem ins Auge fiel, war ein großes Ruhebett, das vor dem Kamin stand. Es erhob sich ein paar Fuß über den Boden und bestand aus einer Basis, die wie ein römisches Liegesofa gestaltet war, mit Kissen und einem ziemlich hohen Rücken, alles aus Eiche mit silberner Einlegearbeit, und obendrauf befand sich als eigentliche Sitzgelegenheit die große silberne Gestalt einer nackten Frau in voller Lebensgröße. Ihr Kopf lag im Nacken, und die Arme waren an den Seiten des Sofas ausgestreckt. Ein paar große, lose Kissen machten es möglich, das Ding überhaupt als Sitzgelegenheit zu benutzen, obwohl ich gestehen muß, daß man sich nie bequem und respektabel darauf niederlassen konnte. Als Bühnenrequi-

sit, um eine ausschweifende Szene anzudeuten, wäre diese Lagerstatt ausgezeichnet gewesen, aber wenn man sah, wie Loder an seinem eigenen Kamin sich darauf herumfläzte, konnte einem übel werden. Er schien jedoch sehr daran zu hängen.
›Ich habe Ihnen ja gesagt‹, meinte er, ›daß es etwas Originelles sei.‹
Dann schaute ich mir das Ganze etwas genauer an und entdeckte, daß es tatsächlich Marias Figur entsprach, wenn auch das Gesicht nur skizziert war. Bei einem Möbelstück hatte er wahrscheinlich eine weniger realistische Behandlung für angebrachter gehalten.
Als ich die Couch sah, kamen mir leichte Zweifel, ob Loder ganz normal sei. Und in den folgenden zwei Wochen wuchs mein Unbehagen in seiner Gegenwart ständig. Seine schon erwähnte anzügliche Art wurde von Tag zu Tag ausgeprägter, und manchmal, wenn ich für ihn saß, pflegte er die abscheulichsten Dinge zu erzählen, wobei er mich mit einem höchst widerlichen Blick fixierte, nur um zu sehen, wie ich wohl reagierte. Obwohl er mich fürstlich bewirtete, wurde mir allmählich klar, daß ich mich unter den Buschmännern behaglicher fühlen würde. Das kann ich Ihnen versichern.
Nun komme ich zu der merkwürdigen Begebenheit.«
Alle setzten sich in Positur und hörten noch aufmerksamer zu.
»Es war am Abend, bevor ich aus New York abreisen mußte«, fuhr Varden fort. »Ich saß . . .«
In diesem Augenblick öffnete jemand die Tür des braunen Zimmers und wurde sofort mit einem warnenden Zeichen von Bayes begrüßt. Der Eindringling sank lautlos in einen tiefen Sessel und goß sich mit äußerster Vorsicht einen Whisky ein, um den Sprecher nicht zu stören.
»Ich saß im Rauchzimmer«, begann Varden von neuem, »und wartete auf Loder. Ich war ganz allein im Haus, denn Loder hatte der Dienerschaft freigegeben, damit sie einen Film oder einen Vortrag besuchen konnte. Er selbst war damit beschäftigt, seine Sachen für die Europareise zu packen, und hatte außerdem noch eine Verabredung mit

seinem Manager. Ich mußte wohl eingeschlafen sein, denn es dämmerte schon, als ich mit einem Ruck zu mir kam und einen jungen Mann dicht neben mir stehen sah.
Er glich ganz und gar nicht einem Einbrecher und noch viel weniger einem Geist. Er sah – möchte ich fast sagen – außerordentlich gewöhnlich aus. Er trug einen grauen englischen Anzug und über dem Arm einen rehfarbenen Mantel. Einen weichen Hut und einen Stock hatte er in der Hand. Sein hellblondes Haar war glatt, und er besaß ein ziemlich stupides Gesicht mit einer langen Nase und einem Monokel vor dem Auge. Ich starrte ihn an; denn ich wußte, daß die Haustür abgeschlossen war. Doch bevor ich mich sammeln konnte, sprach er bereits. Er hatte eine merkwürdige, zaudernde, etwas heisere Stimme und einen starken englischen Akzent. Zu meiner Überraschung fragte er: ›Sind Sie Mr. Varden?‹
›Ich habe nicht die Ehre, Sie zu kennen‹, erwiderte ich.
Er sagte: ›Bitte entschuldigen Sie, daß ich hier so hereinplatze. Ich weiß, es sieht nach schlechten Manieren aus, aber ich rate Ihnen, sich sobald wie möglich aus diesem Haus zu entfernen.‹
›Was fällt Ihnen denn ein, zum Kuckuck noch mal?‹ protestierte ich.
›Sie dürfen es nicht als Impertinenz auffassen, aber Sie müssen sich klar darüber sein, daß Loder Ihnen niemals verziehen hat. Ich fürchte, er hat die Absicht, Sie in einen Hutständer oder eine Stehlampe oder dergleichen zu verwandeln.‹
Mein Gott! Ich kann Ihnen versichern, mir wurde ganz schwummrig zumute. Die Stimme klang ruhig, sein Benehmen war tadellos, und doch waren die Worte so sinnlos! Es fiel mir ein, daß Irrsinnige besonders stark sein sollen, und ich rückte unmerklich näher an die Klingel heran, bis mir der ernüchternde Gedanke kam, daß ich ja allein im Hause war.
›Wie sind Sie überhaupt hereingekommen?‹ fragte ich mit falschem Mut.
›Leider mit einem Dietrich‹, sagte er so ungezwungen, als ob er sich entschuldigte, daß er keine Visitenkarte bei sich

habe. ›Ich konnte ja nicht wissen, ob Loder schon zurück war. Aber ich möchte Ihnen wirklich raten, sich so rasch wie möglich aus dem Staube zu machen.‹

›Hören Sie mal zu‹, sagte ich, ›wer sind Sie eigentlich, und worauf wollen Sie hinaus? Was soll das heißen: Loder hat mir nie verziehen. Was nicht verziehen?‹

›Na‹, sagte er, ›wegen – Sie entschuldigen doch hoffentlich, daß ich Ihre Privatangelegenheit erwähne – wegen Maria Morano.‹

›Wieso ihretwegen, in drei Teufels Namen?‹ ereiferte ich mich. ›Was wissen Sie überhaupt von ihr! Sie ist fortgegangen, als ich noch im Krieg war. Was hat das mit mir zu tun?‹

›Oh‹, sagte der sehr merkwürdige junge Mann, ›ich bitte Sie um Verzeihung. Vielleicht habe ich mich zu sehr auf Loders Urteil verlassen. Verdammt töricht. Aber an die Möglichkeit, daß er sich geirrt haben könnte, habe ich nicht gedacht. Er bildet sich ein, daß Sie Maria Moranos Liebhaber waren, als Sie zuletzt hier weilten.‹

›Marias Liebhaber?‹ fragte ich erstaunt. ›Einfach lächerlich. Sie ist mit irgendeinem Mann auf und davon. Er mußte doch wissen, daß ich es nicht war.‹

›Maria hat dieses Haus nie verlassen‹, erklärte der junge Mann, ›und wenn Sie sich nicht bald auf die Socken machen, kann ich nicht dafür garantieren, daß *Sie* es je verlassen werden.‹

›In Gottes Namen‹, rief ich verzweifelt, ›was wollen Sie damit sagen?‹

Der Mann drehte sich um und warf die blauen Kissen vom Fußende der Couch.

›Haben Sie jemals die Zehen dieser Figur überprüft?‹ fragte er.

›Nicht eingehend‹, erwiderte ich mit wachsendem Staunen. ›Weshalb denn auch?‹

›Haben Sie jemals gesehen, daß Loder eine Skulptur von Maria gemacht hat mit der kurzen zweiten Zehe am linken Fuß?‹ fuhr er fort.

Na, ich habe mir den Fuß genauer angesehen, und es war, wie er sagte – der linke Fuß hatte eine kurze zweite Zehe.

›Sie haben recht‹, sagte ich, ›aber warum sollte er es nicht mal so machen?‹
›Ja, warum nicht?‹ meinte der junge Mann. ›Möchten Sie wissen, warum diese Statue die einzige ist, die die Füße der lebenden Frau hat?‹
Er hob den Feuerhaken auf.
›Sehen Sie her!‹ rief er.
Mit bedeutend mehr Kraft, als ich ihm zugetraut hatte, schlug er krachend auf die Silbercouch. Der Kopf des Feuerhakens traf einen Arm der Figur genau am Ellbogengelenk und riß ein zackiges Loch in das Silber. Der junge Mann manipulierte daran herum und brach den Arm schließlich ab. Er war hohl, und so wahr, wie ich hier sitze, befand sich ein langer, trockener Armknochen darin!«
Varden machte eine Pause und nahm einen großen Schluck von seinem Whisky.
»Na und?« riefen mehrere atemlose Stimmen.
»Ich schäme mich nicht«, sagte Varden, »zu bekennen, daß ich aus dem Hause sauste wie ein altes Karnickel, das den Mann mit dem Gewehr hört. Ein Wagen stand gerade vor der Tür, und der Fahrer öffnete den Schlag. Ich taumelte hinein, doch dann kam mir der Gedanke, daß das Ganze eine Falle sein könnte. Also taumelte ich wieder hinaus und rannte, bis ich zu einer Elektrischen kam. Aber am nächsten Tag fand ich mein Gepäck am Bahnhof, ordnungsgemäß nach Vancouver aufgegeben.
Als ich wieder zu mir kam, hätte ich gern gewußt, was Loder über mein plötzliches Verschwinden dachte. Aber keine zehn Pferde hätten mich in dieses gräßliche Haus zurückgebracht. Am nächsten Morgen reiste ich nach Vancouver, und von dem Tag an bis zu diesem Augenblick habe ich keinen der beiden Männer wiedergesehen. Bis heute habe ich nicht die leiseste Idee, wer der blonde junge Mann war oder was aus ihm geworden ist. Aber ich hörte auf Umwegen, daß Loder tot sei – ich glaube, er hat einen Unfall gehabt.«
Es trat eine Pause ein. Dann: »Eine verdammt gute Geschichte, Mr. Varden«, bemerkte Armstrong – er war ein begeisterter Bastler und hauptsächlich verantwortlich für

Mr. Arbuthnots Antrag, das Thema Radio zu verbieten –, »aber wollen Sie damit sagen, daß ein komplettes Skelett in dem Silberguß vorhanden war? Meinen Sie, daß Loder es in das Innere der Form steckte, als die Figur gegossen wurde? Das wäre sehr schwierig und gefährlich gewesen – der geringste Zufall hätte ihn in die Hände seiner Arbeiter geliefert. Und die Statue mußte überlebensgroß sein, damit das Skelett gut bedeckt war.«

»Mr. Varden hat Sie, ohne es zu wollen, irregeführt, Armstrong«, sagte eine ruhige, heisere Stimme plötzlich aus der Dunkelheit hinter Vardens Stuhl. »Die Figur war nicht aus Silber, sondern galvanisch versilbert auf einer direkt auf den Körper aufgetragenen Kupferbasis. Die Dame war also plattiert. Ich nehme an, daß ihre Weichteile durch Pepsin oder ein ähnliches Präparat aufgelöst worden sind, nachdem die Geschichte fertig war, aber ich kann es nicht mit Sicherheit behaupten.«

»Hallo, Wimsey«, rief Armstrong. »Waren Sie das, der gerade hereingekommen ist? Und woher diese zuversichtliche Erklärung?«

Wimseys Stimme hatte eine außerordentliche Wirkung auf Varden ausgeübt. Er schnellte aus dem Sessel und drehte die Lampe so, daß das Licht auf Wimseys Gesicht fiel.

»Guten Abend, Mr. Varden«, erklärte Lord Peters Stimme. »Es freut mich ungemein, Sie hier wiederzutreffen und Sie wegen meines nicht korrekten Benehmens anläßlich unserer letzten Begegnung um Entschuldigung bitten zu können.«

Varden nahm die dargebotene Hand, war aber völlig sprachlos.

»Wollen Sie etwa sagen, Sie verrückter Geheimniskrämer, daß *Sie* Vardens großer Unbekannter sind?« wollte Bayes wissen. »Na ja«, fügte er unhöflich hinzu, »dank seiner lebhaften Beschreibung hätten wir's eigentlich erraten müssen.«

»Da Sie nun einmal hier sind«, erklärte Smith-Hartington, Journalist bei *The Morning Yell,* »sollten Sie auch mit dem Rest der Geschichte herausrücken.«

»War es etwa nur ein Scherz?« fragte Judson.
»Selbstverständlich nicht«, unterbrach Pettifer, ehe Lord Peter Zeit hatte zu antworten. »Warum denn auch? Wimsey hat genug Merkwürdiges gesehen und brauchte seine Zeit nicht damit zu verschwenden, es zu erfinden.«
»Da haben Sie ein wahres Wort gesprochen«, meinte Bayes.
»Das kommt davon, wenn man ein gutes Kombinationsvermögen besitzt und immer seine Nase in Angelegenheiten steckt, die einen nichts angehen.«
»Das ist alles schön und gut, Bayes«, sagte Seine Lordschaft, »aber wenn ich an jenem Abend nicht mit Mr. Varden gesprochen hätte, wo wäre er wohl jetzt?«
»Ja, wo? Das wollen wir ja gerade wissen«, verlangte Smith-Hartington. »Nun mal los, Wimsey, hier wird sich nicht gedrückt. Wir müssen die Geschichte hören.«
»Und zwar die ganze Geschichte«, fügte Pettifer hinzu.
»Und nichts als die Geschichte«, erklärte Armstrong energisch und nahm Lord Peter mit einer geschickten Bewegung Whiskyflasche und Zigarren vor der Nase weg. »Also ran an den Speck, alter Knabe. Keinen Zug sollst du paffen, keinen Schluck sollst du trinken, bis die Geschichte zu Ende ist.«
»Scheusal!« jammerte Seine Lordschaft. »Tatsächlich«, fuhr er mit veränderter Stimme fort, »ist es keine Geschichte, die ich an die große Glocke hängen möchte. Sie könnte mich nämlich in eine sehr unangenehme Situation bringen – Totschlag wahrscheinlich, vielleicht sogar Mord.«
»Mein Gott!« sagte Bayes.
»Sie dürfen ganz beruhigt sein«, versicherte Armstrong ihm, »niemand wird darüber reden. Wir können es uns nämlich nicht leisten, daß der Club Sie verliert. Smith-Hartington muß eben seine Schreibsucht bezähmen.«
Nachdem ihm von allen Seiten Verschwiegenheit zugesichert worden war, lehnte Lord Peter sich zurück und begann zu erzählen.
»Die Geschichte von Eric P. Loder ist wieder einmal ein Beispiel für die seltsame Weise, in der eine Macht, die über

unseren kleinlichen Plänen steht, die menschlichen Angelegenheiten regelt. Nennen Sie es Vorsehung – nennen Sie sie Schicksal –«
»Wir nennen sie gar nichts«, erklärte Bayes. »Den Teil können Sie unter den Tisch fallenlassen.«
Lord Peter stöhnte und begann von neuem.
»Meine Neugierde in dieser Angelegenheit wurde zuerst durch eine zufällige Bemerkung geweckt, die ein Beamter im New Yorker Auswanderungsbüro machte, als ich dort gerade etwas zu tun hatte. Er fragte: ›Was in aller Welt will Eric Loder denn nur in Australien? Man sollte meinen, Europa würde ihn mehr reizen.‹
›Australien?‹ sagte ich erstaunt. ›Sie träumen wohl, alter Junge. Er hat mir vor kurzem noch erzählt, daß er in drei Wochen nach Italien fährt.‹
›Italien – dummes Zeug‹, entgegnete der andere. ›Er hat sich gerade heute noch hier breitgemacht und sich erkundigt, wie man nach Sydney komme und was für Formalitäten dafür zu erfüllen seien.‹
›Aha‹, sagte ich. ›Da nimmt er wohl die pazifische Route und macht unterwegs in Sydney halt.‹ Aber ich wunderte mich doch, daß er nichts davon erwähnt hatte, als wir uns am Tag zuvor getroffen hatten. Er hatte klipp und klar gesagt, daß er nach Europa reisen würde, zunächst nach Paris und dann nach Rom.
Ich war so furchtbar neugierig, daß ich Loder zwei Abende später aufsuchte.
Er schien sich über meinen Besuch zu freuen und war ganz erfüllt von einer bevorstehenden Reise. Ich erkundigte mich noch mal nach seiner Route, und er erklärte eindeutig, daß er als erstes nach Paris fahren werde.
Na schön, es ging mich ja auch nichts an, und wir plauderten über andere Dinge. Er erzählte mir, daß Mr. Varden vor seiner Abreise bei ihm wohnen würde und daß er hoffe, ihn dazu zu bewegen, ihm für eine Skulptur zu sitzen. Er habe noch nie einen Mann mit einer so vollendeten Figur gesehen. ›Ich wollte ihn schon früher dazu überreden‹, fügte er hinzu, ›aber da brach der Krieg aus, und Varden meldete sich freiwillig, bevor ich mit der Arbeit beginnen konnte.‹

Er rekelte sich dabei auf dieser scheußlichen Couch herum, und als ich ihn zufällig ansah, entdeckte ich in seinen Augen ein so widerliches Glitzern, daß ich einen ziemlichen Schrecken bekam. Er streichelte den Hals der Figur und grinste sie an.
›Hoffentlich wird es nicht wieder so eine plattierte Statue‹, bemerkte ich.
›Nun‹, entgegnete er, ›ich habe schon daran gedacht, hierzu eine Art Pendant zu machen. ‚Der schlafende Athlet', wissen Sie, oder dergleichen.‹
›Es wäre viel besser, sie gießen zu lassen‹, riet ich ihm. ›Warum haben Sie überhaupt den Kram so dick aufgetragen! Dadurch gehen die feinen Details verloren.‹
Das ärgerte ihn. An diesem Kunstwerk konnte er keinerlei Kritik vertragen.
›Es war nur ein Experiment‹, erklärte er. ›Die nächste Statue wird ein regelrechtes Meisterwerk. Das sollen Sie sehen.‹
Soweit waren wir gekommen, als der Butler eintrat und fragte, ob er ein Bett für mich herrichten solle, da das Wetter so schlecht sei. Uns war das nicht weiter aufgefallen, obgleich es bei meiner Abfahrt von New York schon etwas bedrohlich ausgesehen hatte. Jetzt blickten wir jedoch aus dem Fenster und sahen, daß es in Strömen goß. Das hätte mir nichts ausgemacht, wenn ich nicht ohne Mantel in einem kleinen, offenen Sportwagen hergekommen wäre. Und die Aussicht, fünf Meilen in diesem Platzregen zu fahren, war nicht allzu verlockend. Loder drängte mich zu bleiben, und ich willigte ein.
Ich war ziemlich abgekämpft und ging daher sofort zu Bett. Loder erklärte, er wolle noch ein wenig in seinem Atelier arbeiten, und ich sah, wie er den Korridor hinunterging.
Sie gestatten mir ja nicht, das Wort ›Vorsehung‹ in den Mund zu nehmen. Ich will daher nur sagen, daß es ein sehr bemerkenswerter Zufall war, daß ich um zwei Uhr morgens aufwachte und in einer Wasserlache schwamm. Der Butler hatte mir eine Wärmflasche ins Bett gesteckt, und das garstige Ding hatte sich entstöpselt. Zehn Minuten lag

ich in feuchter Misere da, bevor ich genügend Energie aufbrachte, um der Sache auf den Grund zu gehen. Dann entdeckte ich, daß die Situation hoffnungslos war – Bettücher, Decken, Matratzen, alles klatschnaß. Während ich mir den Sessel ansah, kam mir eine glänzende Idee. Ich erinnerte mich an den wunderbaren, breiten Diwan im Atelier, auf dem ein großes Fell und vier weiche Kissen lagen. Warum sollte ich den Rest der Nacht nicht dort verbringen? Ich nahm meine kleine elektrische Taschenlampe und marschierte los.

Das Atelier war leer. Ich nahm also an, daß Loder seine Arbeit beendet hatte und zu Bett gegangen war. Da stand denn auch mein Diwan, halb versteckt hinter einem Paravent. Ich wickelte mich in das Fell und schickte mich an, wieder einzuschlafen.

Gerade als ich so recht schön müde war, hörte ich Schritte, nicht im Gang, sondern offenbar auf der anderen Seite des Raumes. Ich war überrascht, da ich nicht wußte, daß sich in der Richtung ein Ausgang befand. Ich lag mucksmäuschenstill, und bald darauf erschien ein Lichtstreifen an dem Schrank, in dem Loder seine Werkzeuge aufbewahrte. Der Streifen wurde breiter, und siehe da! Loder erschien mit einer Taschenlampe in der Hand. Er machte die Schranktür sehr leise hinter sich zu und tapste durch das Atelier. Er blieb vor der Staffelei stehen und nahm die Hülle ab. Ich konnte ihn durch einen Spalt im Paravent beobachten. Einige Minuten lang betrachtete er eine Skizze auf der Staffelei, und dann stieß er ein so garstiges, girrendes Lachen aus, wie ich es nie zuvor gehört habe. Wenn ich auch vorher ernsthaft daran gedacht hatte, meine unbefugte Gegenwart zu proklamieren, so gab ich in diesem Moment die Idee völlig auf. Bald darauf verhüllte er die Staffelei wieder und ging durch die Tür hinaus, durch die ich hereingekommen war.

Ich wartete, bis seine Schritte verhallt waren, und stand dann auf – ungemein ruhig, kann ich Ihnen versichern. Auf Zehenspitzen schlich ich zur Staffelei, um mir das faszinierende Kunstwerk anzusehen. Ich sah sofort, daß es der Entwurf für die Gestalt des ›schlafenden Athleten‹

war. Während ich die Skizze so betrachtete, spürte ich, wie sich eine gräßliche Überzeugung in mir breitmachte. Es war eine Idee, die offenbar von meinem Magen ihren Ausgang nahm und sich langsam bis zu meinen Haarwurzeln emporarbeitete.
Meine Familie behauptete, ich sei zu neugierig. Ich kann nur sagen, daß zehn wilde Pferde mich nicht von der Untersuchung jenes Schrankes hätten abhalten können. Mit dem Gefühl, daß mir etwas ganz Abscheuliches ins Gesicht springen würde, ergriff ich heroisch den Türknopf.
Zu meinem Erstaunen war das Ding überhaupt nicht verschlossen. Die Tür öffnete sich sofort und enthüllte eine Reihe Regale, auf denen Loder unmöglich Platz gefunden haben konnte. Es kochte allmählich in mir, wie Sie sich denken können, und so suchte ich nach dem Federschloß, das unbedingt vorhanden sein mußte. Ich fand es auch ohne große Schwierigkeiten. Die Rückwand des Schrankes drehte sich geräuschlos nach innen, und ich stand oben an einer engen Treppe.
Ich war so schlau und vergewisserte mich erst, ob sich die Tür auch von innen öffnen ließ, ehe ich einen Schritt weiterging. Ferner nahm ich mir eine recht stabile Mörserkeule von einem Regal, um im Notfall eine Waffe zu haben. Dann schloß ich die Tür und tänzelte mit elfenhafter Leichtigkeit die geheimnisvolle Treppe hinab.
Am Ende der Treppe war wieder eine Tür, deren Geheimmechanismus ich sehr bald ergründete. In großer Erregung stieß ich sie mutig auf und umklammerte dabei angriffsbereit meine Mörserkeule.
Der Raum schien jedoch leer zu sein. Im Schein meiner Taschenlampe glänzte etwas Flüssiges, und dann fand ich den Lichtschalter.
Vor mir lag ein ziemlich großer, viereckiger Raum, der als Werkstatt eingerichtet war. Auf der Wand zu meiner Rechten befand sich ein großes Schaltbrett mit einer Bank darunter. In der Mitte der Decke hing ein riesiger Scheinwerfer, der eine über zwei Meter lange und ein Meter breite Glaswanne beleuchtete. Diese Wanne war mit einer dunkelbraunen Flüssigkeit angefüllt, die ich als das übliche

Gemisch von Zyanid und Kupfersulfat erkannte, das beim Verkupfern gebraucht wird.

Die Stangen hingen mit leeren Haken darüber. Aber an einer Seite des Raumes stand eine halbgeöffnete Packkiste. Als ich den Deckel zur Seite schob, konnte ich Reihen von Kupferanoden sehen – genug, um einen gut 6 mm dicken Überzug für eine lebensgroße Figur zu machen. Daneben stand eine kleinere, noch zugenagelte Kiste, die ihrem Gewicht und Aussehen nach Silber für den weiteren Prozeß enthielt. Ich suchte noch etwas und fand es auch bald – eine beträchtliche Menge von präpariertem Graphit und einen großen Behälter mit Firnis.

Natürlich war kein eigentlicher Beweis für eine Schurkerei vorhanden. Es stand Loder selbstverständlich frei, einen Gipsabguß zu machen und diesen zu versilbern, falls es ihn danach gelüstete. Aber dann entdeckte ich etwas, das nicht rechtmäßig dorthin gekommen sein konnte.

Auf der Bank lag eine ovale Kupferplatte, die nicht ganz vier Zentimeter lang war und wahrscheinlich Loders nächtliche Arbeit darstellte. Es war ein Klischee des amerikanischen Konsulatssiegels, mit dem man Ihr Paßbild stempelt, damit Sie es nicht abreißen und statt dessen das Bild Ihres Freundes Mr. Jiggs einkleben, der gern das Land verlassen möchte, weil er bei Scotland Yard so beliebt ist.

Ich setzte mich auf Loders Schemel und arbeitete dieses nette kleine Komplott in allen Einzelheiten aus. Das Ganze hing von drei Punkten ab. Erstens mußte ich ausfindig machen, ob Varden vorhatte, in Kürze nach Australien abzudampfen. Wenn er nicht die Absicht hatte, wurden alle meine schönen Theorien über den Haufen geworfen. Zweitens würde es gut passen, wenn er zufällig dunkles Haar hätte wie Loder, was ja, wie Sie sehen, der Fall ist – jedenfalls dunkel genug, um der Paßbeschreibung zu genügen. Ich hatte ihn nur in dem Apollo-Film gesehen, wo er eine blonde Perücke trug. Und drittens mußte ich natürlich herauszufinden versuchen, ob Loder einen berechtigten Groll gegen Varden hegte.

Na, es kam mir zum Bewußtsein, daß ich mich da unten in dem Raum länger aufgehalten hatte, als meiner Gesundheit zuträglich sein mochte. Loder konnte jeden Augenblick zurückkommen, und die Wanne voll Kupfersulfat und Zyankalium war ein höchst bequemes Mittel, um einen allzu neugierigen Gast loszuwerden. Ich kann nicht behaupten, daß ich großes Verlangen spürte, Loders Wohnung möblieren zu helfen. Ich habe nie Sachen gemocht, die etwas darstellen, was sie nicht sind – Bände von Dikkens, die sich als Keksdosen entpuppen, und dergleichen. Und wenn ich auch kein überwältigendes Interesse an meinem eigenen Begräbnis habe, so soll es doch einigermaßen geschmackvoll sein. Ich wischte also etwa hinterlassene Fingerabdrücke ab, kehrte ins Atelier zurück und brachte den Diwan in Ordnung. Ich hatte nicht das Gefühl, daß Loder über meinen Besuch da unten begeistert gewesen wäre.

Da war allerdings noch etws, das meine Neugierde erregte. Ich schlich auf Zehenspitzen zurück über den Flur und in das Rauchzimmer. Die Silbercouch schimmerte im Schein meiner Taschenlampe. Ich verabscheute sie noch fünfzigmal mehr als vorher. Aber ich nahm mich zusammen und warf einen prüfenden Blick auf die Füße der Figur. Ich hatte genug von Maria Moranos zweiter Zehe gehört.

Den Rest der Nacht verbrachte ich in meinem Sessel.

Ich war dann mit diesem und jenem so sehr beschäftigt, daß ich meine Einmischung in Loders kleine Intrigen ziemlich lange aufschieben mußte. Ich entdeckte, daß Varden, einige Monate bevor die schöne Maria Morano verschwand, Loders Gast gewesen war. Leider bin ich in dieser Beziehung ziemlich blöde gewesen. Ich dachte, es sei tatsächlich etwas vorgefallen.«

»Sie brauchen sich nicht zu entschuldigen«, sagte Varden lächelnd. »Filmschauspieler stehen ja bekanntlich in dem Ruf, unmoralisch zu sein.«

»Warum insistieren Sie?« fragte Wimsey, ein wenig verletzt. »Ich habe Sie doch bereits um Verzeihung gebeten. Jedenfalls kommt es, was Loder angeht, auf dasselbe heraus. Ein Beweismittel mußte ich mir allerdings noch verschaffen, um absolut sicher zu sein. Das Versilbern – besonders eine so heikle Arbeit, wie sie mir vorschwebte – war kein Unternehmen, das man in einer Nacht vollenden konnte. Andererseits erschien es notwendig, daß Varden bis zum Tag seiner geplanten Abreise lebend in New York gesehen wurde. Auch war es klar, daß Loder die Absicht hatte, beweisen zu können, daß ein Mr. Varden planmäßig aus New York abgefahren und tatsächlich in Sydney angekommen war. Daher sollte ein falscher Mr. Varden mit Vardens Papieren und Vardens Reisepaß, der mit einer neuen, ordnungsgemäß abgestempelten Fotografie ausgestattet war, abfahren und in aller Stille in Sydney verschwinden, um als Mr. Eric Loder wiederaufzutauchen, der mit einem ganz regulären eigenen Paß reiste. Nun, es lag ganz klar auf der Hand, daß in diesem Fall ein Kabel an die Mystofilms Ltd. geschickt werden mußte mit der Nachricht, daß Varden später als vereinbart eintreffen würde. Dieses ausfindig zu machen überließ ich meinem Diener Bunter, der ungewöhnlich tüchtig ist. Fast drei Wochen lang beschattete der treue Bursche Mr. Loder ständig, und zu guter Letzt, gerade an dem Tag von Mr. Vardens offizieller Abreise, wurde das Kabel von einem Telegrafenamt am Broadway abgeschickt, wo sie dank einer gütigen Vorsehung (wieder einmal!) außerordentlich harte Bleistifte im Gebrauch haben.«

»Wahrhaftig!« rief Varden. »Mir fällt jetzt ein, daß man bei meiner Ankunft von einem Kabel redete, aber ich habe es nie mit Loder in Verbindung gebracht. Ich hielt es für ein Versehen vom Telegrafenamt.«

»Ganz recht. Na, sowie ich das gehört hatte, sauste ich zu Loder, in der einen Tasche einen Dietrich, in der anderen einen Revolver. Der gute Bunter begleitete mich und hatte Anweisung, die Polizei zu benachrichtigen, falls ich nach einer bestimmten Zeit nicht wieder erschien. Alles war also ziemlich gesichert, wie Sie sehen. Bunter war der Chauffeur, der auf Sie wartete, Mr. Varden, aber Sie wurden plötzlich mißtrauisch – und ich kann es Ihnen nicht übelnehmen –, und so blieb uns nichts anderes übrig, als Ihr Gepäck zum Zug zu schicken.

Auf dem Weg zu Loder begegneten wir den Loderschen

Dienstboten, die mit dem Auto nach New York fuhren. Ein weiterer Beweis, daß wir auf der richtigen Spur waren. Außerdem vereinfachte es meine Aufgabe.
Über mein Gespräch mit Varden wissen Sie Bescheid. Ich könnte es bestimmt nicht besser erzählen. Nachdem ich Varden und seine Siebensachen in Sicherheit gebracht hatte, ging ich zum Atelier. Es war leer. Also öffnete ich die Geheimtür und sah, wie ich erwartet hatte, einen Lichtschein unter der Tür der Werkstatt.«
»Dann war Loder also die ganze Zeit über im Hause?«
»Natürlich. Ich nahm meine kleine Knallbüchse fest in die Hand und öffnete sehr leise die Tür. Loder stand zwischen dem Tank und der Schalttafel, schwer beschäftigt – so beschäftigt, daß er mich nicht hereinkommen hörte. Seine Hände waren von Graphit geschwärzt, von dem ein großer Haufen auf einem Bogen Papier am Boden ausgebreitet lag, und er hantierte emsig mit einer langen, federnden Rolle Kupferdraht, der mit dem Transformator verbunden war. Die große Packkiste war offen, und alle Haken waren in Gebrauch.
›Loder!‹ rief ich.
Er drehte sich um. Sein Gesicht war verzerrt. ›Wimsey!‹ schrie er. ›Zum Teufel noch mal, was tun Sie denn hier?‹
›Ich bin gekommen‹, erwiderte ich, ›um Ihnen zu sagen, daß ich weiß, wie der Apfel in den Kloß kommt.‹ Dabei zeigte ich ihm die Pistole.
Er schrie laut auf, stürzte sich auf das Schaltbrett und drehte das Licht aus, damit ich nicht zielen konnte. Ich hörte, wie er auf mich zusprang – dann ein Krachen aus der Dunkelheit und ein Platschen – und ein Schrei, wie ich ihn noch nie gehört habe – selbst nicht in den fünf Jahren Krieg – und auch niemals wieder hören möchte.
Ich tastete mich zum Schaltbrett. Natürlich drehte ich erst alle anderen Schalter an, ehe meine Hand den richtigen fand, aber schließlich hatte ich ihn – und ein grelles Licht strömte aus der Scheinwerferlampe über der Wanne.
Er lag darin, und seine Glieder zuckten nur noch schwach. Zyankalium ist nämlich das schnellste und schmerzhafteste Mittel, um ins Jenseits zu kommen. Bevor ich irgend

etwas tun konnte, wußte ich, daß er tot war – vergiftet, ertrunken und tot. Die Drahtrolle, über die er gestolpert war, hatte er mit in die Wanne gezogen. Gedankenlos faßte ich sie an und bekam einen Schlag, der mich beinahe umwarf. Dann wurde mir klar, daß ich den Strom angedreht haben mußte, als ich nach dem Lichtschalter suchte. Ich blickte noch einmal in die Wanne. Als er fiel, hatten sich seine sterbenden Hände an den Draht geklammert. Dieser hatte sich eng um seine Finger gewickelt, und der Strom lagerte vorschriftsmäßig einen Kupferüberzug auf seinen von Graphit geschwärzten Händen ab.
Ich war gerade schlau genug, um mir klarzumachen, daß ich gehörig in der Patsche saß, wenn diese Geschichte herauskam; denn ich hatte ihn ja mit einer Pistole bedroht.
Ich suchte nach einem Lötkolben, den ich schließlich auch fand. Dann ging ich nach oben und rief Bunter ins Haus, der seine zehn Meilen in Rekordgeschwindigkeit zurückgelegt hatte. Wir gingen ins Rauchzimmer und löteten den Arm der verfluchten Figur wieder an, so gut wir es vermochten, und brachten dann alles zurück in die Werkstatt. Wir wischten alle Fingerabdrücke fort und entfernten jede Spur unserer Gegenwart. Das Licht und die Schalttafel ließen wir so und kehrten auf großen Umwegen nach New York zurück. Das einzige, was wir mitnahmen, war das Faksimile des Konsulatsstempels, und das warfen wir in den Fluß.
Loder wurde am nächsten Morgen von seinem Butler gefunden. In den Zeitungen lasen wir, daß er bei einem Versilberungsversuch in die Wanne gefallen sei. Es wurde noch die gräßliche Tatsache erwähnt, daß die Hände des Toten dick mit Kupfer überzogen waren. Da man diesen Überzug nicht ohne pietätlose Gewalt entfernen konnte, wurde er damit begraben.
Damit ist die Geschichte zu Ende. Bitte, Armstrong, darf ich nun meinen Whisky und Soda haben?«
»Was ist aus der Couch geworden?« erkundigte sich Smith-Hartington nach einer Weile.
»Die habe ich erstanden, als Loders Sachen verkauft wurden«, entgegnete Wimsey. »Dann habe ich einen guten, al-

ten katholischen Priester, den ich kannte, aufgesucht und ihm die ganze Geschichte unter strengster Schweigepflicht erzählt. Er war ein sehr vernünftiger und teilnahmsvoller Kauz, und in einer Mondnacht schafften Bunter und ich das Ding im Wagen zu seiner kleinen Kirche, die ein paar hundert Meilen außerhalb der Stadt lag. Dort ließen wir ihm in einer Ecke des Friedhofs ein christliches Begräbnis zuteil werden. Das schien uns die beste Lösung zu sein.«

Die phantastische Schauergeschichte von der Katze im Sack

Wie ein flaches, stahlgraues Band schlängelte sich die Great North Road dahin. Mit der Sonne und dem Wind im Rücken bewegten sich zwei schwarze Flecke blitzschnell auf ihr entlang. Für den Bauern, der den Heuwagen lenkte, waren sie nur zwei von »diesen verdammten Motorradfahrern«, als sie kurz hintereinander an ihm vorbeiratterten und -knatterten. Der Familienvater, der weiter vorn sehr vorsichtig ein Motorrad mit einem zweisitzigen Beiwagen fuhr, grinste angesichts der wilden Jagd zwischen Norton und Scott. Er hatte sich in seinen Junggesellentagen ebenfalls an diesem ewigen Wettstreit beteiligt. Voller Bedauern seufzte er hinter den beiden Rennmaschinen her, als sie in nördlicher Richtung verschwanden.
Bei der abscheulichen und unerwarteten S-Kurve an der Brücke oberhalb von Hatfield drehte sich der Norton-Fahrer stolz und siegesgewiß um und winkte seinem Verfolger herausfordernd zu. In dieser Sekunde rollte vom Brückenkopf her ein riesiger, vollbesetzter Autobus auf ihn zu. Mit einer ungestümen Bewegung, die ihn ins Wanken brachte, wich die Norton aus, und die Scott, die melodramatisch in die Kurve ging, wobei ihre Fußstützen abwechselnd den Boden streiften, gewann triumphierend einige Meter. Die Norton fuhr mit Vollgas weiter. Mehrere Kinder stürzten, von plötzlicher Panik ergriffen, holterdiepolter quer über die Straße. Die Scott torkelte wie ein Betrunkener durch sie hindurch. Dann war die Straße wieder frei, und die wilde Jagd begann von neuem.
Meile für Meile rollte die Chaussee unter ihnen dahin. Mit bellender Hupe und knallendem Auspuff ging's in vollem Tempo durch die Ortschaften.
Der Constable in Eaton Socon hatte durchaus nichts gegen

Motorräder. Er war gerade von seinem Fahrrad gestiegen, um mit dem Mann vom Straßendienst, der an der Kreuzung Wache stand, ein paar Worte zu wechseln. Aber er war gerecht und gottesfürchtig. Der Anblick zweier Verrückter, die in mörderischem Tempo in sein Protektorat brausten, ging ihm über die Hutschnur. Daß er so etwas durchgehen ließ, konnte niemand von ihm verlangen, besonders nicht, wo der Friedensrichter des Ortes in diesem Augenblick zufällig in seinem Ponywagen daherkam. Er stellte sich also mitten auf die Straße und breitete majestätisch die Arme aus. Der Norton-Fahrer sah mit schnellem Blick, daß die Straße hinter dem Constable durch eine Straßenbaumaschine und einen Ponywagen versperrt war, und fügte sich ins Unvermeidliche. Er warf den Gashebel zurück, stampfte auf die quietschenden Bremsen und kam rutschend zum Stehen. Der Scott-Fahrer, der beizeiten Lunte gerochen hatte, kam zimperlich und wie ein zufriedenes Kätzchen schnurrend hinterher.

»Nein«, sagte der Constable in tadelndem Ton, »haben Sie denn gar keinen Verstand, daß Sie hier in der Stadt mit hundertfünfzig Sachen aufkreuzen? Das hier ist doch keine Rennbahn. So was ist mir noch nie vorgekommen. Muß Ihre Namen und Nummern notieren. Also bitte! Mr. Nadgett, Sie sind Zeuge, daß sie über hundertzwanzig gefahren sind.«

Der Mann vom Straßendienst warf einen schnellen Blick auf die Maschinen, um sich zu vergewissern, daß die schwarzen Schafe nicht zu seiner Herde gehörten. Dann gab er sich den Anschein unparteiischer Genauigkeit und erklärte: »Ungefähr neunundneunzigeinhalb würde ich sagen, wenn Sie mich vor Gericht fragten.«

»Hören Sie mal zu, Sie Affe«, redete der Scott-Fahrer voller Empörung den Norton-Mann an, »warum haben Sie eigentlich nicht gehalten, als Sie mich hupen hörten, zum Donnerwetter? Ich bin fast fünfzig Kilometer mit Ihrem dämlichen Koffer hinter Ihnen hergesaust. Warum können Sie sich nicht selbst um Ihr blödes Gepäck kümmern?« Er wies auf einen kleinen, robusten Koffer, der mit einer Schnur auf seinem Gepäckträger festgebunden war.

»Das Ding da?« fragte der Norton-Mann höhnisch. »Was wollen Sie denn überhaupt? Das ist nicht mein Eigentum. Habe den Koffer nie im Leben gesehen.«
Dieses schamlose Ableugnen drohte dem Scott-Fahrer die Sprache zu verschlagen.
»Das ist doch . . .« keuchte er. »Sie verdammter Idiot, Sie, ich habe doch gesehen, wie er gerade vor Hatfield herunterfiel. Ich habe geschrien und wie verrückt gehupt. Aber Ihre unten gesteuerten Ventile machen wohl so viel Krach, daß Sie nichts anderes mehr hören können. Ich mache mir die Mühe, das Ding aufzuheben und Ihnen nachzufahren, und Sie rasen wie ein Wahnsinniger davon und lassen mich bei der Polizei landen. Schöner Dank, den man erntet, wenn man sich bemüht, zu Dummköpfen auf der Straße anständig zu sein.«
»All dies Gerede führt zu nichts«, warf der Constable dazwischen. »Ihren Führerschein, bitte.«
»Hier haben Sie ihn«, sagte der Scott-Fahrer und zog ihn wütend aus seiner Brieftasche. »Mein Name ist Walters, und dies ist das letzte Mal, daß ich jemandem einen Gefallen tue. Darauf können Sie Gift nehmen.«
»Walters«, murmelte der Constable, während er die Einzelheiten umständlich in seinem Notizbuch vermerkte, »und Simpkins. Sie werden Ihre Vorladung zu gegebener Zeit bekommen. Wahrscheinlich in einer Woche. Montag oder so.«
»Wieder mal vierzig Shilling flöten«, brummte Mr. Simpkins, während er mit dem Gashebel spielte. »Na ja, das läßt sich wohl nicht ändern.«
»Vierzig Shilling«, schnaubte der Constable. »Haben *Sie* 'ne Ahnung! Gemeingefährliches Fahren, so nennt man das. Sie können sich freuen, wenn Sie mit fünf Pfund pro Nase davonkommen.«
»Verdammt noch mal!« zischte der andere und trat wütend auf den Kickstarter. Der Motor heulte auf. Aber Mr. Walters schwang seine Maschine geschickt quer über den Weg.
»O nein, noch nicht«, sagte er giftig. »Sie nehmen schön Ihren schmierigen Koffer, und zwar ohne weitere Ausreden. Ich sage Ihnen, ich habe ihn runterfallen sehen.«

»Mäßigen Sie Ihre Sprache«, begann der Constable, als er plötzlich merkte, daß der Mann vom Straßendienst den Koffer recht merkwürdig anstarrte und ihm Zeichen machte.

»Nanu«, fuhr er fort, »was ist denn los mit dem – schmierigen Koffer? So nannten Sie ihn doch, nicht wahr? Zeigen Sie mal her, ich möchte mir das Ding mal näher ansehen, Sir, wenn Sie nichts dagegen haben.«

»Ich habe nichts damit zu tun«, erklärte Walters und händigte ihn dem Schutzmann aus. »Ich habe ihn runterfallen sehen und ...« Seine Stimme versagte plötzlich, und er starrte wie gebannt auf eine Ecke des Koffers, wo etwas Feuchtes, Dunkles langsam durchsickerte. Gräßlich!

»Haben Sie diese Ecke hier bemerkt, als Sie ihn aufhoben?« fragte der Constable. Er tappte behutsam mit dem Finger darauf und betrachtete ihn hinterher.

»Ich weiß nicht – nein – nicht besonders«, stammelte Walters. »Ich habe nichts bemerkt. Vielleicht – vielleicht ist er geplatzt, als er auf die Straße knallte.«

Der Constable prüfte schweigend die geplatzte Naht. Dann wandte er sich eilig um und scheuchte ein paar junge Frauen fort, die stehengeblieben waren. Der Mann vom Straßendienst trat neugierig näher und fuhr dann zurück. Es wurde ihm beinahe übel.

»O Gott!« ächzte er. »Es ist ja lockig – Frauenhaar.«

»Ich war's nicht«, schrie Simpkins. »Ich schwöre bei Gott, daß er mir nicht gehört. Der Mann versucht, ihn mir aufzuhalsen.«

»Ich?« stieß Walters hervor. »Ich? Sie gemeiner, brutaler Mörder, ich sage Ihnen doch, ich habe ihn von Ihrem Gepäckträger fallen sehen. Kein Wunder, daß Sie ausgerissen sind, als Sie mich kommen sahen. Verhaften Sie ihn, Constable. Bringen Sie ihn ins Gefängnis ...«

»Hallo, Constable«, erklang eine Stimme hinter ihnen. »Warum so aufgeregt? Sie haben nicht zufällig einen Motorradfahrer vorbeifahren sehen, der einen Koffer auf seinem Gepäckträger hatte?«

Ein großer, offener Wagen mit einer unnatürlich langen Haube war leise und unbemerkt herangefahren. Die

ganze aufgeregte Gesellschaft wandte sich wie ein Mann dem Fahrer zu.
»Könnte es dieser hier sein, Sir?«
Der Autofahrer schob seine Schutzbrille hoch und enthüllte eine lange, schmale Nase und ein Paar zynisch dreinblickender, grauer Augen.
»Er sieht fast so aus . . .« begann er, und dann entdeckte er das fürchterliche Etwas, das sich da an einer Ecke herausdrängte. »In Gottes Namen«, fragte er, »was ist denn das?«
»Das möchten wir auch gern wissen«, antwortete der Constable.
»Hm«, meinte der Autofahrer, »ich scheine ja einen äußerst passenden Moment gewählt zu haben, um mich nach meinem Koffer zu erkundigen. Taktlos. Jetzt zu sagen, es sei nicht mein Koffer, ist zwar einfach, aber keineswegs überzeugend. Tatsächlich gehört er mir nicht, und ich darf wohl sagen, wenn es doch der Fall wäre, würde ich nicht so eifrig hinter ihm her rennen.«
Der Constable kratzte sich den Kopf.
»Diese beiden Herren . . .« begann er.
Die beiden Motorradfahrer brachen gleichzeitig in einen heftigen und leidenschaftlichen Wortschwall aus, mit dem sie alles abstritten. Inzwischen hatte sich eine kleine Zuschauermenge eingefunden, die der Mann vom Straßendienst zu verscheuchen suchte.
»Bitte, kommen Sie mit zur Wache«, erklärte der geplagte Constable. »Wir können hier kein Verkehrshindernis bilden. Aber keine Ausflüchte! Sie schieben Ihre Motorräder, und ich setze mich in Ihren Wagen, Sir.«
»Aber wenn ich nun davonsauste und Sie entführte, was dann?« fragte der Autofahrer grinsend. Darauf wandte er sich an den Mann vom Straßendienst: »Hier, können Sie mit diesem Ungetüm fertig werden?«
»Aber klar«, erwiderte der Mann, dessen Blicke liebevoll über das langgeschwungene Auspuffrohr und die rasanten Linien des Wagens glitten.
»Gut. Steigen Sie ein. Sie, Constable, können nun mit den anderen Verdächtigen dahinzockeln und ein wachsames Auge auf sie haben. Fabelhaft, wie ich so an alle Einzelhei-

ten denke. Nebenbei bemerkt, ist die Fußbremse ziemlich mitgenommen. Drangsalieren Sie sie nicht, sonst können Sie Ihr blaues Wunder erleben.«

Auf der Polizeiwache wurde der Koffer aufgebrochen, wobei eine Aufregung herrschte, wie sie das ruhige Eaton Socon nie zuvor gekannt hatte. Den fürchterlichen Inhalt legte man ehrerbietig auf einen Tisch. Außer einer ganzen Menge Gaze, in die er eingewickelt war, gab es keinerlei Aufschluß für dieses Rätsel.

»Nun«, fragte der Inspektor, »was wissen Sie über die Angelegenheit, meine Herren?«

»Gar nichts«, erklärte Mr. Simpkins mit kreidebleichem Gesicht. »Ich weiß nur, daß dieser Mann versucht hat, mir den Koffer anzudrehen.«

»Ich habe ihn vor Hatfield von seinem Gepäckträger fallen sehen«, wiederholte Mr. Walters mit fester Stimme, »und ich bin fünfzig Kilometer hinter ihm hergefahren, um ihn wieder abzuliefern. Mehr weiß ich darüber nicht, und ich wünschte von ganzem Herzen, daß ich das grauenhafte Ding nie angerührt hätte.«

»Auch ich weiß persönlich nichts darüber«, sagte der Autobesitzer, »aber ich glaube, ich weiß, was es ist.«

»Nanu?« fragte der Inspektor scharf.

»Ich glaube, es ist der Kopf des Finsbury-Park-Mordes. Aber wohlgemerkt, ich kann es nicht mit Bestimmtheit sagen.«

»Denselben Gedanken hatte ich auch«, pflichtete ihm der Inspektor bei und warf einen Blick auf die neben ihm liegende Tageszeitung, deren Schlagzeilen die finsteren Einzelheiten dieses schaurigen Verbrechens enthüllten. »Und wenn das der Fall ist, muß man Ihnen, Constable, zu einem wichtigen Fall gratulieren.«

»Danke vielmals, Sir«, sagte der Beamte und stand stramm.

»Jetzt möchte ich all Ihre Aussagen aufschreiben«, erklärte der Inspektor. »Nein, nein, zuerst kommt der Constable. Nun, Briggs?«

Nachdem der Constable, der Mann vom Straßendienst und die beiden Motorradfahrer ihre Version von der Ge-

schichte zu Protokoll gegeben hatten, wandte sich der Inspektor an den Autofahrer. »Und was haben Sie dazu zu sagen?« fragte er. »Zunächst einmal Ihren Namen und Ihre Adresse.«
Der Angeredete holte eine Karte hervor, die der Inspektor abschrieb und ihm ehrerbietig zurückreichte.
»Gestern wurde mir in Piccadilly ein Koffer mit wertvollem Schmuck aus dem Wagen gestohlen«, begann der Autofahrer. »Er ähnelt diesem Koffer sehr, hat aber ein Kombinationsschloß. Ich zog mit Hilfe von Scotland Yard Erkundigungen ein, und heute wurde mir mitgeteilt, daß ein ganz ähnlicher Koffer gestern nachmittag beim Handgepäck im Bahnhof Paddington abgegeben worden sei. Ich eilte sofort hin und erfuhr, daß der Koffer bereits von einem Motorradfahrer abgeholt worden sei, bevor die Polizeimeldung durchgegeben wurde. Das war vor ungefähr einer Stunde. Die Sache erschien natürlich hoffnungslos, da man nicht einmal darauf geachtet hatte, was für eine Maschine es war, von der Nummer gar nicht zu reden. Glücklicherweise war da ein kluges kleines Mädel, das vor dem Bahnhof gespielt und gehört hatte, wie ein Motorradfahrer sich bei einem Taxichauffeur nach dem schnellsten Wege nach Finchley erkundigte. Ich ließ die Polizei nach dem Taxichauffeur suchen und folgte selbst den Spuren des Motorradfahrers. In Finchley stieß ich auf einen intelligenten Pfadfinder. Er hatte einen Motorradfahrer gesehen, mit einem Koffer auf dem Gepäckträger, und ihn durch Winken und Rufen darauf aufmerksam gemacht, daß der Riemen sich gelockert habe. Der Fahrer war dann abgestiegen, hatte den Riemen festgezurrt und war in Richtung Chipping Barnet weitergefahren. Der Junge hatte aus der Entfernung die Maschine nicht identifizieren können. In Barnet vernahm ich die merkwürdige Geschichte von einem Mann im Automantel, der mit kreidebleichem Gesicht in eine Wirtschaft getorkelt sei, zwei doppelte Brandy getrunken habe und dann wie verrückt weitergefahren sei. Hinter Hatfield hörte ich von einem Wettrennen auf der Straße, und hier sind wir nun.«
»Es sieht so aus, Mylord«, bemerkte der Inspektor, »als ob

auch Sie nicht gerade im Schneckentempo gefahren seien.«
»Das gebe ich zu«, erwiderte der andere, »aber ich beantrage mildernde Umstände, da ich Frauen und Kinder verschont und nur auf offener Strecke aufs Gaspedal getreten habe. Der springende Punkt ...«
»Nun, Mylord«, unterbrach der Inspektor, »ich habe Ihre Aussage, die nötigenfalls durch Nachfragen in Paddington und Finchley bestätigt werden kann. Was aber diese beiden Herren angeht ...«
»Die Sache ist völlig klar«, fiel Mr. Walters ein, »der Koffer ist diesem Mann vom Gepäckträger gefallen, und als er mich damit ankommen sah, hielt er es für eine günstige Gelegenheit, mir die ganze Sache in die Schuhe zu schieben. Das ist doch sonnenklar.«
»Das ist eine Lüge«, erklärte Mr. Simpkins. »Dieser Mann ist in den Besitz des Koffers gekommen – wie, das weiß ich nicht, kann es mir aber denken –, und nun hat er die schlaue Idee, ihn bei mir abzuladen. Er kann ja gut sagen, das Ding sei von meinem Träger gefallen. Wo ist der Beweis? Wo ist der Riemen? Wenn seine Behauptung wahr wäre, müßte der Riemen doch noch an meiner Maschine hängen. Der Koffer war aber auf seiner Maschine, und zwar fest angebunden.«
»Ja, mit einem Bindfaden«, entgegnete er andere. »Wenn ich jemanden ermordet und mir den Kopf zum Andenken mitgenommen hätte, glauben Sie, ich würde so ein Esel sein und ihn mit einem armseligen Bindfaden festmachen? Der Riemen hat sich gelöst und ist irgendwo auf die Straße gefallen. Ganz einfach.«
»Hören Sie mal zu«, sagte der Mann, der mit »Mylord« angeredet worden war. »Ich habe eine Idee. Ob sie etwas taugt, weiß ich nicht. Wie wär's, wenn Sie, Inspektor, so viele Ihrer Leute zusammentrommelten, wie Sie brauchen, um ein wachsames Auge auf drei Schwerverbrecher zu haben, und wir dann alle zusammen nach Hatfield kutschierten. Wenn's sein muß, kann ich zwei in meinem Auto unterbringen, und Sie haben doch sicher einen Streifenwagen. Wenn dieses Ding wirklich vom Gepäckträger

gefallen ist, so lassen sich vielleicht noch andere Zeugen auftreiben außer Mr. Walters.«

»Das hat keiner gesehen«, erklärte Mr. Simpkins prompt.

»Es war niemand zu sehen in dem Moment«, bestätigte Mr. Walters. »Aber woher wissen *Sie* das denn? Ich dachte, Sie hätten von der ganzen Geschichte keine Ahnung.«

»Ich meinte, er ist nicht heruntergefallen, und infolgedessen *konnte* es niemand gesehen haben«, keuchte der andere.

»Mylord«, ließ sich der Inspektor vernehmen, »ich bin geneigt, Ihren Vorschlag zu akzeptieren, zumal er uns Gelegenheit bietet, auch Ihre Aussage zu überprüfen. Womit ich nicht sagen will, daß ich die anzweifle, besonders da ich weiß, wer Sie sind. Ich habe von Ihren Leistungen als Detektiv gelesen, Mylord, und war sehr angetan davon. Aber es ist meine Pflicht, nach Möglichkeit *alle* Aussagen von anderen bestätigen zu lassen.«

»Tadellos! Da haben Sie ganz recht«, rief Seine Lordschaft. »Also, die ganze Abteilung marsch! Wir schaffen es mit Leichtigkeit in – das heißt, bei dem gesetzlich vorgeschriebenen Tempo brauchen wir wohl nicht viel mehr als anderthalb Stunden.«

Eine dreiviertel Stunde später schaukelten der Sportwagen und das Polizeiauto friedlich nebeneinander in die Stadt Hatfield. Von hier ab fuhr der Viersitzer, in dem Walters und Simpkins saßen und sich wütende Blicke zuwarfen, voran. Bald darauf hob Walters die Hand, und beide Wagen kamen zum Stehen.

»Ungefähr an dieser Stelle fiel der Koffer herunter, soweit ich mich erinnere«, meinte er. »Natürlich kann man jetzt nichts mehr davon sehen.«

»Sind Sie ganz sicher, daß der Riemen nicht gleich mit abgefallen ist?« fragte der Inspektor.

»Es war kein Riemen vorhanden«, sagte Simpkins, bleich vor Zorn. »Sie haben kein Recht, solche Suggestivfragen zu stellen.«

»Einen Augenblick mal«, sagte Walters langsam. »Nein, der Riemen ist nicht heruntergefallen. Aber es kommt mir so vor, als hätte ich ungefähr dreihundert Meter weiter zurück etwas auf der Straße gesehen.«

»Das ist gelogen«, schrie Simpkins. »Das hat er sich ausgedacht.«

»Ungefähr da, wo wir vor einigen Minuten den Mann mit dem Beiwagen passierten«, stellte Seine Lordschaft fest. »Ich sagte Ihnen doch, Inspektor, wir hätten halten und ihn fragen sollen, ob wir ihm helfen können. Sie wissen doch, Höflichkeit auf der Landstraße und so weiter.«

»Der hätte uns auch nichts erzählen können«, erwiderte der Inspektor. »Er hatte wahrscheinlich gerade erst angehalten.«

»Da bin ich nicht so sicher«, meinte der andere. »Haben Sie nicht bemerkt, was er tat? Herrje, wo hatten Sie denn nur Ihre Augen? Aha! Hier kommt er ja.«

Er sprang auf die Straße und winkte dem Fahrer, der es beim Anblick von vier Polizisten für richtiger hielt, anzuhalten.

»Entschuldigen Sie, bitte«, sagte Seine Lordschaft, »wir wollten nur fragen, ob mit Ihrer Maschine alles in Ordnung ist. Wollte schon vorhin halten, aber ich konnte den Motor nicht abdrosseln. Sie hatten wohl eine kleine Panne, wie?«

»O ja, aber jetzt ist alles wieder in Ordnung, vielen Dank. Ich wäre allerdings froh, wenn Sie mir vier Liter Benzin überlassen könnten. Mein Tank hat sich gelöst. Verflixte Schweinerei. Glücklicherweise hat mir eine gütige Vorsehung einen abgerissenen Riemen auf den Weg gelegt. Damit konnte ich den Schaden kurieren. Die Schweißnaht ist etwas gerissen. Ein Glück, daß es keine Explosion gab. Aber Motorradfahrer haben eben einen besonderen Schutzengel.«

»Sie haben also einen Riemen gefunden, wie?« fragte der Inspektor. »Leider muß ich Sie bitten, ihn mir zu zeigen.«

»Was?« rief der Mann entrüstet. »Gerade, wo ich das vermuckte Ding wieder hingekriegt habe? Zum Do . . . Schon gut, meine Liebe, schon gut« – dies zu seiner Begleiterin. »Handelt es sich um etwas Wichtiges?«

»Leider ja, Sir. Es tut mir leid, Sie bemühen zu müssen.«

»Heda!« gellte einer der Polizisten und schnappte sich Mr. Simpkins mit einer geschickten Bewegung, als dieser gerade das Weite suchen wollte. »Das hat gar keinen Zweck. Man hat Sie erwischt, Bürschchen.«

»Zweifellos«, rief der Inspektor triumphierend, nachdem er den Riemen inspiziert hatte. »Sein Name steht sogar darauf: ›J. Simpkins‹, riesengroß in Tinte. Sehr verbunden, Sir. Sie haben dazu beigetragen, daß wir jetzt eine wichtige Verhaftung vornehmen können.«

»Nein! *Wer* ist es denn?« rief das Mädchen im Beiwagen. »Wie aufregend! Handelt es sich um einen Mord?«

»Schauen Sie morgen in Ihre Zeitung, Miss«, riet ihr der Inspektor, »da werden Sie alles Nähere erfahren. Hier, Briggs, Sie legen ihm am besten Handschellen an.«

»Und wie sollen wir von hier wegkommen?« fragte der Mann kläglich. »Ich gönne dir ja die Aufregung, Babs, aber du mußt aussteigen und schieben helfen.«

»Aber nein«, erklärte Seine Lordschaft. »Hier ist ein Riemen. Ein *viel* schönerer. Dem anderen weit überlegen. Und Benzin. *Und* eine Flasche Kognak. Alles, was ein junger Mann bei sich haben sollte. Und wenn Sie in London sind, besuchen Sie beide mich, nicht vergessen. Lord Peter Wimsey, 110A Piccadilly. Freut mich jederzeit, Sie zu sehen. Prost!«

»Prost!« echote der andere besänftigt und wischte sich die Lippen. »Es war mir ein Vergnügen, Ihnen behilflich sein zu können. Denken Sie bitte daran, Inspektor, wenn ich das nächste Mal die Höchstgeschwindigkeit überschreite und dabei geschnappt werde.«

»Wie gut, daß wir diesen Mann entdeckt haben«, bemerkte der Inspektor selbstgefällig, als sie wieder zurückfuhren. »Geradezu eine Fügung des Schicksals.«

»Ich will alles gestehen«, sagte der unglückliche Simpkins, als er gefesselt auf der Polizeiwache von Hatfield saß. »Ich schwöre bei Gott, daß ich nichts davon weiß – von dem Mord, meine ich. Ich kenne da einen Mann, der ein Juweliergeschäft in Birmingham hat. Das heißt, ich kenne ihn nicht sehr gut, habe ihn tatsächlich erst letzte Ostern in Southend kennengelernt, wo wir uns etwas anfreundeten.

Er heißt Owen – Thomas Owen. Gestern schrieb er mir, er habe versehentlich einen Koffer in der Gepäckaufbewahrung von Paddington zurückgelassen, und fragte mich, ob ich ihn wohl abholen – er hatte den Schein beigelegt – und das nächste Mal, wenn ich in seine Gegend käme, mitbringen würde. Ich bin nämlich beim Transportdienst, wie Sie aus meiner Karte ersehen, und komme überall herum. Zufällig fuhr ich mit dieser Norton gerade in die Gegend, und da habe ich das Ding um die Mittagszeit geholt. Ich habe nicht auf das Datum des Gepäckscheins geachtet. Es war keine Extragebühr zu bezahlen. Also konnte der Koffer nicht lange dort gelegen haben. Bis Finchley ging alles so, wie Sie es erzählten, und dort machte mich der Junge auf meinen lockeren Riemen aufmerksam. Ich stieg ab, um ihn enger zu schnallen. Und da entdeckte ich, daß die eine Ecke des Koffers geplatzt und ganz feucht war – und – und ich sah, was Sie gesehen haben. Ich bekam einen Schrekken und verlor den Kopf. Ich hatte nur noch einen Gedanken: das Ding so schnell wie möglich loszuwerden. Mir fiel ein, daß es auf der Great North Road viele einsame Strecken gab. Also schnitt ich den Riemen fast durch – das war, als ich bei der Wirtschaft in Barnet hielt –, und später, als ich dachte, daß niemand zu sehen sei, langte ich einfach zurück und zog kräftig an dem Riemen. Der Koffer fiel herunter – mitsamt dem Riemen, den ich nicht durch die Kerben gezogen hatte, und es war mir, als fiele mir ein schwerer Stein vom Herzen. In dem Augenblick muß Walters wohl um die Kurve gekommen sein. Ein paar Kilometer weiter mußte ich langsamer fahren, weil eine Schafherde in ein Feld einbog, und da hörte ich ihn hupen – und – o mein Gott!«

Stöhnend vergrub er den Kopf in den Händen.

»So, so«, bemerkte der Inspektor von Eaton Socon. »Das ist also Ihre Version. Na, und dieser Thomas Owen ...«

»Oh«, rief Lord Peter Wimsey dazwischen, »lassen Sie bloß Thomas Owen aus dem Spiel. Der hat nichts damit zu tun. Es ist wohl kaum anzunehmen, daß ein Bursche, der einen Mord begangen hat, sich von einem anderen den Kopf bis nach Birmingham nachtragen läßt. Es liegt doch klar auf der Hand, daß der Kopf im Gepäckraum bleiben sollte, bis der erfinderische Täter das Weite gesucht hatte oder das Gesicht unkenntlich geworden war. Im Gepäckraum von Paddington werden wir übrigens auch meinen Familienschmuck finden, den Ihr einnehmender Freund Owen mir aus dem Wagen geklaut hat. Mr. Simpkins, nun reißen Sie sich mal zusammen und sagen Sie uns, wer an der Gepäckausgabe dicht neben Ihnen stand, als Sie den Koffer holten. Denken Sie scharf nach; denn diese hübsche kleine Insel ist kein Platz für ihn, und er wird mit dem nächsten Schiff abdampfen, während wir hier stehen und schwatzen.«

»Ich kann mich nicht darauf besinnen«, stöhnte Simpkins. »Ich habe nicht darauf geachtet. Mir schwirrt der Kopf.«

»Macht nichts. Versetzen Sie sich zurück. Denken Sie ruhig nach. Stellen Sie sich vor, wie Sie von Ihrer Maschine abstiegen – sie gegen irgend etwas lehnten ...«

»Nein, ich habe den Ständer ausgeklappt.«

»Gut! Da kommen wir der Sache schon näher. Nun denken Sie weiter – Sie nehmen den Gepäckschein aus der Tasche – Sie gehen zum Schalter und versuchen, die Aufmerksamkeit des Beamten zu erregen.«

»Das ging vorerst nicht. Vor mir stand eine alte Dame, die einen Kanarienvogel aufgeben wollte. Dann war da noch ein äußerst eiliger Mann mit Golfschlägern. Der war ziemlich unhöflich zu einem ruhigen kleinen Mann mit – wahrhaftig, ja – mit einem Koffer wie diesem hier. Ja, so war's. Der schüchterne Mann hatte ihn ziemlich lange vor sich stehen, und der große Mann drängte den kleineren beiseite. Was dann eigentlich geschehen ist, weiß ich nicht, da mein Koffer mir gerade zugeschoben wurde. Der große Mann stellte sein Gepäck vor uns beide, so daß ich hinüberlangen mußte, und ich muß dann wohl den falschen Koffer gegriffen haben. Mein Gott! Wollen Sie etwa sagen, daß der schüchterne, kleine, nichtssagende Mann ein Mörder war?«

»Mancher Mörder erscheint nichtssagend«, warf der Inspektor von Hatfield ein. »Aber wie sah der Mann denn aus – schnell!«

»Er war etwa einen Meter fünfundsechzig groß und trug einen weichen Hut und einen langen, staubfarbenen Mantel. Eine ganz alltägliche Erscheinung mit ziemlich kurzsichtigen, vorstehenden Augen, glaube ich, aber ich bin nicht sicher, ob ich ihn wiedererkennen würde. Doch, warten Sie mal! Da fällt mir etwas ein. Er hatte eine merkwürdige, sichelförmige Narbe unter seinem linken Auge.«

»Dann besteht kein Zweifel mehr«, erklärte Lord Peter. »Ich hatte es mir schon halb gedacht. Haben Sie das – das Gesicht erkannt, als wir den Kopf herausnahmen, Inspektor? Nein? Aber ich. Es war die Schauspielerin Dahlia Dallmeyer, die angeblich in der letzten Woche nach Amerika gefahren ist. Und der kleine Mann mit der sichelförmigen Narbe ist ihr Mann, Philip Storey. Düstere Geschichte. Sie hat ihn ruiniert und wie Dreck behandelt. Außerdem war sie ihm untreu, aber er hat anscheinend das letzte Wort behalten. Und jetzt wird das Gesetz wohl bei ihm das letzte Wort haben. Nun gehen Sie rasch an den Apparat, Inspektor. Auch könnten Sie vielleicht Paddington anrufen und den Leuten dort Anweisungen geben, mir meinen Koffer auszuhändigen, bevor Thomas Owen dahinterkommt, daß eine kleine Panne passiert ist.«

»Na, jedenfalls«, meinte Mr. Walters und reichte dem niedergeschlagenen Mr. Simpkins großmütig die Hand, »war es ein erstklassiges Wettrennen – für das sich eine Vorladung schon gelohnt hat. Das müssen wir demnächst wiederholen.«

Früh am nächsten Morgen ging ein kleiner, unbedeutend aussehender Mann an Bord des Atlantikdampfers »Volucria«. Oben am Laufsteg rempelten ihn zwei Männer an. Der jüngere der beiden, der einen kleinen Koffer trug, drehte sich um und entschuldigte sich, wobei es wie ein Erkennen über seine Züge huschte.

»Nanu, wenn das nicht Mr. Storey ist!« rief er aus. »Wohin geht's denn? Ich habe Sie lange nicht mehr gesehen.«

»Leider«, sagte Philip Storey, »habe ich nicht das Vergnügen ...«

»Ach, tun Sie doch nicht so«, erwiderte der andere la-

chend. »Ich würde Ihre Narbe überall wiedererkennen. Fahren Sie in die Staaten?«
»Ja«, gab der andere zu, als er sah, daß das ungestüme Benehmen seines Bekannten Aufmerksamkeit erregte.
»Ich bitte um Verzeihung. Sie sind Lord Peter Wimsey, nicht wahr? Ja. Ich reise meiner Frau nach.«
»Und wie geht es ihr?« erkundigte sich Wimsey, während er den anderen in die Bar bugsierte, wo er sich mit ihm an einen Tisch setzte. »Sie ist schon vorige Woche gefahren, nicht wahr? Ich habe es in der Zeitung gelesen.«
»Ja. Sie hat mir gerade gekabelt, ich möchte nachkommen. Wir – hm – wollen unsere Ferien an – den Großen Seen verbringen. Sehr angenehm dort im Sommer.«
»So, sie hat Ihnen also gekabelt. Und wir reisen auf demselben Schiff. Merkwürdig, wie sich das oft so fügt, wie? Ich habe meinen Marschbefehl erst in der letzten Minute bekommen. Bin auf Verbrecherjagd – das ist nämlich mein Steckenpferd.«
»Tatsächlich?« Mr. Storey netzte sich die Lippen.
»Ja. Dies hier ist Inspektor Parker von Scotland Yard – ein guter Freund von mir. Ja. Sehr unangenehme Sache. Höchst verdrießlich. Der Koffer, der friedlich im Bahnhof Paddington stehen sollte, taucht plötzlich in Eaton Socon auf. Hat dort nichts zu suchen, wie?«
Er knallte den Koffer so heftig auf den Tisch, daß das Schloß aufsprang.
Mit einem Schrei fuhr Storey auf und warf seine Arme über den Koffer, als wolle er den Inhalt verbergen.
»Wie sind Sie dazu gekommen?« schrie er. »Eaton Socon? Das – ich habe niemals . . .«
»Es ist meiner«, sagte Wimsey ruhig, als der unglückliche Mann zurücksank, nachdem ihm zum Bewußtsein gekommen war, daß er sich verraten hatte. »Etwas Schmuck von meiner Mutter. Was dachten Sie denn?«
Inspektor Parker berührte den kleinen Mann behutsam an der Schulter.

»Die Frage brauchen Sie nicht zu beantworten«, sagte er. »Ich verhafte Sie, Philip Storey, wegen Mordes an Ihrer Frau. Alles, was Sie von nun an sagen, kann gegen Sie verwandt werden.«

Die Anglerfarce vom gestohlenen Magen

»Was, um alles in der Welt, ist denn das?« fragte Lord Peter Wimsey.

Thomas Macpherson schälte den hohen Glasbehälter aus seinen letzten Stroh- und Papierhüllen und stellte ihn behutsam aufrecht neben die Kaffeekanne.

»Das ist«, erwiderte er, »Großonkel Josephs Vermächtnis.«

»Und wer ist Großonkel Joseph?«

»Er war der Onkel meiner Mutter. Hieß Ferguson. Exzentrischer alter Kauz. Ich hatte einen besonderen Stein bei ihm im Brett.«

»Das merkt man. Ist das alles, was er dir vermacht hat?«

»Hm, ja. Er behauptete immer, eine gute Verdauung sei das Wertvollste, was ein Mensch besitzen könne.«

»Darin hat er nicht unrecht. Ist dies die seine? Besaß er eine gute?«

»Das kann man wohl sagen. Er ist fünfundneunzig geworden und nicht einen Tag krank gewesen.«

Wimsey betrachtete den Glasbehälter mit großem Respekt.

»Woran ist er denn gestorben?«

»Stürzte sich aus einem Fenster im sechsten Stock. Er hatte einen Schlaganfall erlitten, und die Ärzte gaben ihm zu verstehen – vielleicht hat er es auch selbst erraten –, daß das der Anfang vom Ende sei. Er hinterließ einen Brief, darin stand, er sei nie in seinem Leben krank gewesen und wolle jetzt nicht noch damit anfangen. Das Urteil lautete natürlich: vorübergehende geistige Umnachtung. Aber ich glaube, er hatte alle seine fünf Sinne beisammen.«

»Das scheint mir auch so. Was war er eigentlich von Beruf?«

»Geschäftsmann – Schiffsbau, glaube ich. Aber er hatte sich schon vor langer Zeit zur Ruhe gesetzt. Er war ein Einsiedler, wie es in den Zeitungen hieß. Lebte ganz für sich allein auf einer kleinen Etage im obersten Stockwerk eines Hauses in Glasgow und verkehrte mit niemandem. Verschwand oft tagelang, und niemand wußte wohin oder warum. Ich besuchte ihn gewöhnlich einmal im Jahr und brachte ihm eine Flasche Whisky mit.«

»Hatte er Geld?«

»Das wußte niemand. Er hätte eigentlich etwas haben müssen – er war ein reicher Mann, als er sich zur Ruhe setzte. Aber als wir seinen Nachlaß prüften, stellte sich heraus, daß er bei der Glasgower Bank nur ein Konto von etwa fünfhundert Pfund hatte. Anscheinend hat er vor ungefähr zwanzig Jahren fast alles abgehoben. Um die Zeit machten einige große Banken pleite, und da muß er es mit der Angst bekommen haben. Aber wo er das Geld gelassen hat, das mag der Kuckuck wissen.«

»Hat es wahrscheinlich in einen alten Strumpf gesteckt.«

»Ich denke mir, Vetter Robert erhofft das sehnlichst.«

»Vetter Robert?«

»Er erbt den Rest. Entfernter Verwandter von mir und der einzige, der noch den Namen Ferguson trägt. Er war schrecklich aufgebracht, als er entdeckte, daß er nur fünfhundert Pfund bekam. Ist ein ziemlich lebenslustiger Geselle, dieser Robert, und hätte gut ein paar tausend gebrauchen können.«

»Ach so. Na, wie wär's, wenn wir uns nun dem Frühstück zuwendeten. Du kannst Großonkel Joseph wohl woanders unterbringen. Der Anblick ist nicht gerade begeisternd.«

»Ich dachte, du hättest eine besondere Vorliebe für anatomische Präparate.«

»Habe ich auch, aber nicht auf dem Frühstückstisch. ›Ein Platz für alles und alles an seinem Platz‹, wie meine Großmutter zu sagen pflegte. Außerdem würde Maggie einen Schock bekommen, wenn sie das sähe.«

Macpherson lachte und stellte den Behälter in einen Schrank. »Maggie ist schockfest. Ich habe mir ein paar Knochen und dergleichen mitgebracht, um in den Ferien daran zu arbeiten. Ich steuere nämlich auf das Staatsexamen zu. Sie wird einfach denken, dieser Behälter gehöre auch mit dazu. Würdest du wohl eben auf die Klingel drücken, alter Junge? Wollen mal sehen, wie die Forellen schmecken.«

Die Haushälterin erschien in der Tür, in der einen Hand eine Schale mit gegrillten Forellen, in der anderen einen Teller mit gerösteten Haferkuchen.

»Das sieht appetitlich aus, Maggie«, lobte Wimsey und schnüffelte verständnisinnig, während er sich einen Stuhl heranzog.

»Ja, Sir, die Fische sind gut, nur viel zu klein.«

»Nicht ärgern«, mahnte Macpherson. »Sie sind das einzige Ergebnis eines höllischen Tages auf Loch Whyneon. Eine brennende Sonne und ein scharfer Ostwind haben mir bei lebendigem Leibe die Haut abgezogen. Ich hätte mich heute morgen beinahe nicht rasieren können.« Er strich sich in Erinnerung daran mit der Hand über sein rotes, sich schälendes Gesicht. »Au! Es wehte eine ziemlich steife Brise, und das Boot schaukelte dauernd hin und her wie im Golf von Biskaya.«

»Schauderhaft! Aber das Wetter ändert sich. Das Barometer ist gefallen. Der Regen wird nicht mehr lange auf sich warten lassen.«

»Wird auch höchste Zeit«, meinte Macpherson. »Die Bäche sind fast trocken, und der Fleet führt nur noch wenig Wasser.« Er blickte durchs Fenster auf den kleinen Fluß, der am unteren Ende des Gartens hell und lustig über die Steine plätscherte. »Wenn wir jetzt nur ein paar Tage Regen bekämen, würden wir großartig fischen können.«

»Natürlich gerade jetzt, wo ich abreisen muß«, bemerkte Wimsey.

»Ja. Kannst du denn nicht länger bleiben? Ich würde gern ein paar Seeforellen fangen.«

»Tut mir leid, alter Freund, es geht nicht. Ich muß Mittwoch in London sein. Macht nichts. Ich habe die frische Luft und das Golfspielen sehr genossen.«

»Du mußt wiederkommen. Ich bleibe noch einen Monat hier – muß Kräfte fürs Examen sammeln. Wenn du in der Zeit nicht kannst, schieben wir es bis August auf und schießen dann Waldhühner. Das Haus steht dir immer zur Verfügung, Wimsey.«

»Vielen Dank. Es ist möglich, daß ich eher mit meinen Angelegenheiten fertig werde, als ich denke, und wenn das der Fall wäre, würde ich hier wiederauftauchen. Wann ist dein Großonkel doch noch gestorben?«

Macpherson starrte ihn an.

»Irgendwann im April, soviel ich mich erinnern kann. Warum?«

»Nichts weiter – ich wollte es nur wissen. Du warst bei ihm gut angeschrieben, nicht wahr?«

»So ziemlich. Ich glaube, der alte Knabe mochte es ganz gern, daß ich von Zeit zu Zeit an ihn dachte. Alte Leute freuen sich nämlich über kleine Aufmerksamkeiten.«

»Hm. Na, es ist eine merkwürdige Welt. Wie war doch sein Name?«

»Ferguson – Joseph Ferguson, wenn du es ganz genau wissen willst. Onkel Joseph scheint dich ja außerordentlich zu interessieren.«

»Wo wir schon davon sprechen, dachte ich, ich könnte vielleicht einen Bekannten von mir aufsuchen, der ebenfalls mit dem Schiffsbau zu tun hat, und einmal hören, ob er etwas über den Verbleib des Geldes weiß.«

»Wenn du das fertigbringst, verleiht dir Vetter Robert eine Medaille. Aber wenn du wirklich deine Künste als Detektiv an dieses Problem verschwenden willst, hielte ich es für richtiger, wenn du die Etage in Glasgow durchsuchtest.«

»Gute Idee – wie ist die Adresse?«

Macpherson nannte sie ihm.

»Ich will sie mir notieren, und wenn mir etwas einfällt, werde ich mich mit Vetter Robert in Verbindung setzen. Wo hat er denn seine Zelte aufgeschlagen?«

»Oh, er arbeitet in London in einem Rechtsanwaltsbüro. Crosbie & Plump, irgendwo in Bloomsbury. Robert wollte eigentlich ein schottischer Barrister werden, aber er kam nicht zu Rande, und da haben sie ihn zu den Engländern abgeschoben. Sein Vater starb vor einigen Jahren – er war Rechtsanwalt in Edinburgh –, und ich glaube, Robert ist

seitdem ziemlich auf den Hund gekommen. Er ist da unten in eine fidele Gesellschaft geraten und hat den Rubel rollen lassen.«
»Schrecklich! Die Schotten dürften ihr Land eigentlich nicht verlassen. Was willst du mit Großonkel machen?«
»Ich weiß nicht so recht. Erst werde ich ihn wohl noch behalten. Ich mochte den alten Burschen recht gern und möchte ihn nicht wegwerfen. Er wird sich ganz gut in meinem Sprechzimmer machen, wenn ich mich niedergelassen habe. Meinst du nicht auch? Ich werde sagen, es ist ein Geschenk von einem dankbaren Patienten, an dem ich eine lebensrettende Operation ausgeführt habe.«
»Keine schlechte Idee. Magenverpflanzung. Ein Wunder der Operationskunst. Noch nie zuvor versucht. Großonkel wird die Leidenden in Scharen anlocken.«
»Der gute alte Großonkel – er stellt vielleicht doch noch ein Vermögen für mich dar.«
»Das kann gut möglich sein. Du hast wohl nicht zufällig eine Fotografie von ihm?«
»Eine Fotografie?« Macpherson starrte wieder. »Großonkel scheint eine Leidenschaft von dir zu werden. Ich glaube nicht, daß sich der alte Herr in den letzten dreißig Jahren hat fotografieren lassen. Eine Aufnahme wurde gemacht, als er sich zur Ruhe setzte, und die wird Robert wohl haben.«
»*Och aye* – ach ja«, sagte Wimsey in der Sprache des Landes.

Wimsey verließ Schottland noch am selben Abend. Auf dieser Nachtfahrt nach London dachte er scharf nach.
Am Montag morgen hatte er seine Angelegenheiten in der Stadt erledigt und seinen Denkprozeß beendet. Ein Besuch bei seinem Freund, dem Schiffsbauer, klärte ihn über Großonkel Josephs Vermögensverhältnisse auf, und durch den Londoner Vertreter der Glasgower Firma, zu der er gehört hatte, gelangte er in den Besitz seiner Fotografie. Es stellte sich heraus, daß der alte Ferguson zu seiner Zeit ein bedeutender Mann gewesen war. Das Bild zeigte ein feines, strenges, altes Gesicht mit langer Oberlippe und hohen Backen-

knochen – eines jener Gesichter, die sich im Laufe des Lebens wenig verändern. Wimsey betrachtete die Fotografie mit großer Befriedigung und ließ sie in die Tasche gleiten. Dann ging er schnurstracks nach Somerset House.
Hier wanderte er schüchtern in der Testamentsabteilung umher, bis ein uniformierter Beamter sich seiner erbarmte und ihn nach seinem Begehren fragte.
»Oh, ich danke Ihnen«, sagte Wimsey überschwenglich, »ich danke Ihnen tausendmal. An solchen Orten fühle ich mich immer so nervös. Alle diese großen Tische und dergleichen, wissen Sie, so ehrfurchtgebietend und geschäftsmäßig. Ja, ich möchte nur eben einen kurzen Blick auf ein Testament werfen. Mir wurde gesagt, man könne für einen Shilling jedes beliebige Testament einsehen. Ist das wirklich so?«
»Selbstverständlich, Sir. Hatten Sie an ein bestimmtes Testament gedacht, Sir?«
»Ja, natürlich. Eigentlich merkwürdig, daß nach dem Tod eines Menschen jeder Fremde in seinen Privatangelegenheiten herumschnüffeln kann – sehen kann, wieviel er wert war, was für Mätressen er hatte und so weiter. Nein. Ganz und gar nicht schön. Scheußlich indiskret.«
Der Beamte lachte.
»Ich glaube, wenn man tot ist, macht einem das nicht mehr viel aus, Sir.«
»Da haben Sie recht. Ja, natürlich, man ist dann ja tot, und es hat nichts mehr zu sagen. Vielleicht etwas peinlich für die Verwandten, wenn sie erfahren, was für ein schwarzes Schaf man gewesen ist. Aber es macht viel Spaß, die Verwandten zu ärgern. Ich selbst verpasse da keine Gelegenheit. Na, wobei waren wir doch stehengeblieben? Ach ja – das Testament (ich bin immer so zerstreut). Es handelt sich um einen alten Schotten namens Joseph Alexander Ferguson, der in Glasgow gestorben ist – Sie wissen ja, Glasgow, wo der Akzent so stark ist, daß selbst Schotten umfallen, wenn sie ihn hören – im April, im letzten aller Monate April. Wenn es Ihnen nicht zuviel Mühe macht, kann ich dann wohl für einen Shilling Joseph Alexander Ferguson haben?«

Der Beamte versicherte ihm, daß dies möglich sei, fügte aber die Warnung hinzu, daß er den Inhalt des Testaments auswendig lernen müsse und sich auf keinen Fall Notizen machen dürfe. Dann führte er Wimsey in eine abgelegene Ecke, wo ihm nach kurzer Zeit das Testament vorgelegt wurde.

Es war ein lobenswert kurzes, eigenhändig geschriebenes Dokument, das vom vorhergehenden Januar datiert war. Nach der üblichen Einleitung und dem Vermächtnis kleiner Summen und persönlicher Andenken an Freunde ging es dann folgendermaßen weiter:

> Ferner ordne ich an, nach meinem Tode meinen gesamten Ernährungs- und Verdauungsapparat von der Speiseröhre bis zum Darmausgang samt Inhalt aus meinem Körper zu entfernen, ihn an beiden Enden mit passenden Ligaturen zu verschließen, in einem Glasgefäß in Alkohol aufzubewahren und meinem Großneffen, Thomas Macpherson, Stone Cottage, Gatehouse-of-the-Fleet, Kirkcudbrightshire, der augenblicklich in Aberdeen Medizin studiert, zu übergeben. Und ich vermache ihm diese meine Organe mit Inhalt zu seiner Erbauung und Belehrung, nachdem sie mir fünfundneunzig Jahre in tadelloser Weise gedient haben, weil ich ihm einprägen möchte, daß kein Reichtum der Welt dem Besitz einer guten Verdauung gleichkommt. Und ich wünsche, daß er bei Ausübung seiner medizinischen Praxis sich bestens bemüht, seinen Patienten den Segen einer guten Verdauung ungeschwächt zu erhalten, daß er ihre Mägen nicht unnötig mit Drogen anfüllt aus Interesse für seine eigene Tasche, sondern sie zu einem nüchternen, mäßigen Leben anhält, wie es dem Plan einer Allmächtigen Vorsehung entspricht.

Nach dieser bemerkenswerten Stelle hieß es weiter, daß Robert Ferguson den Rest des Vermögens erben solle, ohne daß die Besitztümer im einzelnen aufgezählt wurden. Zum Schluß wurde ein Anwaltsbüro in Glasgow als Testamentsvollstrecker ernannt.

Wimsey dachte eine Weile über dieses seltsame Vermächtnis nach. Aus dem Stil schloß er, daß der alte Mr. Ferguson das Testament allein, ohne juristische Hilfe aufgesetzt hatte, und darüber war er froh; denn der Wortlaut gab ihm auf diese Weise wertvolle Aufschlüsse über Stimmung und Absicht des Erblassers. Er merkte sich drei Punkte: der »Ernährungs- und Verdauungsapparat samt Inhalt« war mit einer gewissen Betonung zweimal erwähnt worden. Er sollte oben und unten zugenäht werden. Und das Vermächtnis war von dem ausdrücklichen Wunsch begleitet, daß der Erbe die gewissenhafte Ausübung seiner Berufspflichten nicht durch finanzielle Interessen beeinflussen lassen möchte. Wimsey lachte vor sich hin. Großonkel Joseph war ihm sehr sympathisch.

Er stand auf, nahm Hut, Handschuhe und Stock und brachte dem Beamten das Testament zurück. Dieser unterhielt sich gerade mit einem jungen Mann, der ihm offenbar ernstlich Vorhaltungen machte.

»Es tut mir sehr leid, Sir«, erklärte der Beamte, »aber ich glaube nicht, daß es mit dem anderen Herrn sehr lange dauern wird. Ah!« rief er, als er Wimsey kommen sah, »da ist der Herr ja schon.«

Der junge Mann, der mit seinem rötlichen Haar, seiner langen Nase und seinen wäßrigen Augen wie ein ausschweifend lebender Fuchs aussah, begrüßte Wimsey mit einem unangenehmen Starren.

»Was ist los? Hier ist etwas sehr Merkwürdiges, Sir. Dieser Herr wünscht dasselbe Dokument zu sehen, das Sie studiert haben, Sir. Ich bin schon fünfzehn Jahre in dieser Abteilung, aber so etwas ist mir noch nie vorgekommen.«

»Das glaube ich wohl«, meinte Wimsey, »im allgemeinen besteht keine lebhafte Nachfrage nach Ihren Artikeln hier.«

»Es ist wirklich höchst merkwürdig«, ließ sich der Fremde vernehmen, und seine Stimme verriet deutliches Mißfallen.

»Familienmitglied?« erkundigte Wimsey sich.

»Ich *bin* ein Mitglied der Familie«, gab das Fuchsgesicht zur Antwort. »Darf ich fragen, ob *Sie* zu uns in verwandtschaftlicher Beziehung stehen?«

»Selbstverständlich«, erwiderte Wimsey huldvoll.
»Das glaube ich nicht. Ich kenne Sie gar nicht.«
»Nein, nein – ich meinte, Sie dürfen selbstverständlich fragen.«
Der junge Mann fletschte regelrecht die Zähne.
»Wollen Sie mir vielleicht verraten, wer Sie sind und warum Sie eine so verdammte Neugierde für das Testament meines Großonkels bezeugen?«
Wimsey zog eine Karte aus seiner Brieftasche und präsentierte sie mit einem Lächeln. Mr. Robert Ferguson wurde rot. »Wenn Sie Referenzen hinsichtlich meiner Person wünschen«, fuhr Wimsey liebenswürdig fort, »so wird Mr. Thomas Macpherson mit dem größten Vergr ügen Auskunft über mich erteilen. Ich bin neugierig – studiere die Menschheit. Ihr Vetter erwähnte mir gegenüber die merkwürdige Klausel, die sich auf den – hm – Magen und das Zubehör Ihres geschätzten Großonkels bezieht. Merkwürdige Klauseln sind meine Leidenschaft. Ich kam hierher, um sie einzusehen und meiner Sammlung merkwürdiger Testamente einzuverleiben. Ich bin damit beschäftigt, ein Buch zu schreiben über das Thema – *Klauseln und ihre Konsequenzen*. Meine Verleger sind der Ansicht, daß es einen großen Absatz finden wird. Ich bedaure, daß ich mit meinen beiläufigen Notizen Sie von Ihren zweifellos ernsthaften Studien abgehalten habe. Ich wünsche Ihnen einen sehr guten Morgen.«
Als er mit strahlendem Gesicht zur Tür hinausging, hörte Wimsey, der scharfe Ohren hatte, wie der Beamte den empörten Mr. Ferguson darüber informierte, daß er (Wimsey) »ein sehr komischer Herr ist, der nicht alle Tassen im Schrank habe«. Anscheinend war sein Ruf als Detektiv noch nicht bis in den ruhigen Winkel von Somerset House vorgedrungen. »Aber«, sagte Wimsey vor sich hin, »ich fürchte sehr, ich habe Vetter Robert einen Floh ins Ohr gesetzt.«

Angespornt durch diesen aufregenden Gedanken verschwendete Wimsey keine Zeit, sondern nahm ein Taxi nach Hatton Garden, um dort einem Freund einen Besuch

abzustatten. Nathan Abrahams begrüßte Lord Peter mit einer Freundlichkeit, die an Begeisterung grenzte.
»Hocherfreut, Sie zu sehen. Nehmen Sie Platz, und trinken Sie ein Gläschen. Sie sind wohl endlich gekommen, um die Diamanten für die zukünftige Lady Peter auszusuchen, wie?«
»Noch nicht«, entgegnete Wimsey.
»Nein? Das ist aber schade. Sie sollten sich beeilen und einen Hausstand gründen. Es wird höchste Zeit. Vor Jahren hatten wir doch ausgemacht, daß ich die Ehre haben sollte, die junge Frau für diesen glücklichen Tag zu schmücken. Ich muß immer daran denken, wenn besonders schöne Steine durch meine Hände gleiten. Ich sage dann: ›Das wäre das Richtige für meinen Freund Lord Peter.‹ Aber ich höre nichts und verkaufe sie an dumme Amerikaner, die nur an den Preis und nicht an die Schönheit denken.«
»Früh genug, an die Diamanten zu denken, wenn ich die Dame gefunden habe.«
Mr. Abrahams hob die Hände.
»O ja! Und dann wird alles überstürzt! ›Schnell, Mr. Abrahams! Ich habe mich gestern verliebt und heirate morgen.‹ Aber es kann Monate – Jahre dauern, bis man vollkommene Steine findet, die zusammenpassen. Das geht nicht von heute auf morgen. Ihre Braut wird am Hochzeitstag etwas Fertiges vom Juwelier tragen.«
»Wenn drei Tage für die Wahl einer Frau genügen«, meinte Wimsey lachend, »dann dürfte ein Tag für die Wahl einer Halskette ausreichen.«
»So machen es die Christen nun mal«, erwiderte der Diamantenhändler resigniert. »Sie nehmen es nicht so wichtig. Sie denken nicht an die Zukunft. Drei Tage, um sich eine Frau zu suchen. Kein Wunder, daß die Scheidungsanwälte soviel zu tun haben. Mein Sohn Moses heiratet nächste Woche. Das wurde bereits vor zehn Jahren arrangiert. Es ist Rachel Goldstein. Ein braves Mädchen, und ihr Vater hat eine sehr gute Position. Wir sind alle sehr zufrieden. Moses ist ein strebsamer Sohn, und ich werde ihn zum Partner machen.«

»Ich gratuliere ihnen«, sagte Wimsey herzlich. »Ich hoffe, sie werden sehr glücklich.«
»Danke, Lord Peter. Sie werden bestimmt glücklich. Rachel ist ein reizendes Mädchen und hat Kinder sehr gern. Sie ist auch hübsch. Hübsches Aussehen allein macht es nicht, aber es bedeutet heutzutage einen Vorteil für einen jungen Mann. Es ist leichter für ihn, einer hübschen Frau treu zu bleiben.«
»Stimmt«, sagte Wimsey. »Ich werde daran denken, wenn meine Zeit kommt. Auf die Gesundheit des jungen Paares, und mögen Sie bald ein Ahne werden. Apropos Ahnen, ich habe da so einen alten Krauter, über den Sie mir vielleicht etwas sagen können.«
»Gern. Es macht mir immer besondere Freude, Ihnen in irgendeiner Weise helfen zu können, Lord Peter.«
»Dieses Bild ist vor etwa dreißig Jahren gemacht worden, aber vielleicht erkennen Sie den Mann.«
Mr. Abrahams setzte sich eine Hornbrille auf und betrachtete Großonkel Josephs Foto ernst und aufmerksam.
»O ja, ich kenne ihn sehr gut. Was wollen Sie über ihn wissen?« Er warf Wimsey einen schnellen, vorsichtigen Blick zu.
»Nichts zu seinem Nachteil. Er ist sowieso schon tot. Ich nehme nur an, daß er kürzlich Edelsteine gekauft hat.«
»Es ist nicht Usus, über einen Kunden Auskunft zu geben.«
»Ich will Ihnen sagen, warum ich es wissen möchte.« Wimsey skizzierte Großonkel Josephs Laufbahn in groben Umrissen und fuhr dann fort: »Ich habe mir die Sache überlegt. Wenn jemand den Banken mißtraut, was macht er mit seinem Geld? Er legt es in irgendeinem Besitz an. Grundstücke oder Häuser – aber das bringt Mieten ein und bedeutet wieder Geld für die Bank. Es ist eher anzunehmen, daß er Gold oder wertvolle Steine kauft. Gold braucht verhältnismäßig viel Platz. Edelsteine nicht. Gewisse Umstände haben mich veranlaßt anzunehmen, daß er wohl Steine gewählt hat. Wenn wir nicht herausfinden können, was er mit dem Geld angefangen hat, bedeutet es einen großen Verlust für die Erben.«

»Ach so. Wenn die Sache so liegt, kann ich es Ihnen ja ruhig sagen. Ich weiß, daß Sie ein Ehrenmann sind, und für Sie will ich meine Regel brechen. Dieser Herr, Mr. Wallace ...«

»Wallace hat er sich genannt?«

»War das nicht sein Name? Sie sind schrullig, diese alten Herren mit ihrer Geheimniskrämerei. Aber das ist nichts Ungewöhnliches. Wenn sie Steine kaufen, fürchten sie oft, daß sie beraubt werden. Daher geben sie einen anderen Namen an. Na, dieser Mr. Wallace hat mich von Zeit zu Zeit aufgesucht. Ich hatte den Auftrag, ganz bestimmte Diamanten für ihn zu finden. Er suchte zwölf völlig gleichwertige Steine von hervorragender Qualität. Es dauerte ziemlich lange, bis ich sie beisammenhatte.«

»Natürlich.«

»Über einen Zeitraum von zwanzig Jahren habe ich ihm im ganzen sieben Steine verschafft. Andere Händler haben ihn auch beliefert. Er war in dieser Straße ziemlich bekannt. Den letzten Stein habe ich ihm, glaube ich, im vergangenen Dezember verkauft. Ein schöner Stein! Er zahlte siebentausend Pfund dafür.«

»Das muß ja ein fabelhafter Stein gewesen sein. Wenn sie alle so außerordentlich waren, muß die Sammlung einen beträchtlichen Wert haben.«

»O ja. Es ist natürlich schwer zu sagen, wieviel. Wie Sie wissen, sind zwölf zueinander passende Steine weit mehr wert als die Summe der für die einzelnen Diamanten gezahlten Preise.«

»Ganz recht. Würden Sie mir vielleicht verraten, auf welche Weise er sie im allgemeinen bezahlt hat?«

»Stets in englischen Banknoten. Cash auf die Hand. Er bestand auf einem Rabatt für Barzahlung.« Mr. Abrahams lachte vor sich hin.

»Er war ein Schotte«, erklärte Wimsey. »Na, die Sache scheint ziemlich klar zu sein. Er hatte zweifellos irgendwo einen Safe, und sobald er die Steine zusammenhatte, machte er sein Testament.«

»Aber was ist aus den Steinen geworden?« erkundigte sich Mr. Abrahams mit professioneller Besorgnis.

»Ich glaube, auch das weiß ich«, entgegnete Wimsey. »Ich

bin Ihnen ungeheuer dankbar, und sein Erbe wahrscheinlich auch.«
»Wenn sie wieder auf den Markt kommen sollten ...«, deutete Mr. Abrahams an.
»Dann werde ich dafür sorgen, daß Sie davon erfahren«, ergänzte Wimsey prompt.
»Das ist sehr freundlich von Ihnen. Geschäft ist Geschäft. Tue Ihnen stets gerne einen Gefallen. Schöne Steine – wunderbar. Wenn Sie sie kaufen wollen, würde ich Ihnen als Freund einen besonders günstigen Preis machen.«
»Danke«, sagte Wimsey, »aber wie Sie wissen, ist die Zeit für Diamanten noch nicht reif.«
»Schade, schade«, jammerte Mr. Abrahams. »Es hat mich gefreut, Ihnen helfen zu können. Sind Sie vielleicht an Rubinen interessiert? Nein? Ich habe hier nämlich etwas sehr Schönes.« Er griff mit der Hand nachlässig in eine seiner Taschen. Als er sie wieder herauszog und öffnete, funkelte darin ein karmesinrotes Feuer, das einem Miniatursonnenuntergang glich.
»Würde doch hübsch in einem Ring aussehen, nicht wahr?« meinte Mr. Abrahams. »In einem Verlobungsring zum Beispiel, wie?«
Wimsey lachte und suchte das Weite.
Es drängte ihn sehr, sofort nach Schottland zurückzukehren und die Sache mit Großonkel Joseph persönlich in die Hand zu nehmen. Aber der Gedanke an eine wichtige Bücherversteigerung am nächsten Tag hielt ihn davon ab. Es wurde ein Manuskript von Catull angeboten, das er leidenschaftlich gern besitzen wollte, und er vertraute seine Interessen niemals einem Händler an. Er begnügte sich damit, Thomas Macpherson ein Telegramm zu schicken:
»Rate, Großonkel Joseph sofort aufzuschneiden.«
Das Mädchen am Postschalter wiederholte die Botschaft laut und ein wenig ungläubig. »Durchaus richtig«, bestätigte Wimsey und war mit den Gedanken schon bei der Auktion.

Bei der Bücherauktion am nächsten Tag hatte er viel Spaß. Er fand einen Ring von Händlern auf dem Plan, die eifrig damit beschäftigt waren, die anderen Bieter auszutricksen. Nachdem er eine Stunde lang hinter einer Bildsäule auf der Lauer gelegen hatte, kam er plötzlich zum Vorschein, gerade als der Hammer auf den Catull niedersausen wollte bei einem Preis, der den zehnten Teil seines Wertes darstellte, und machte ein so großes und schallendes Überangebot, daß der Ring vor Entsetzen nach Luft schnappte. Scrymes – ein Händler, der Wimsey wegen eines früheren kleinen Scharmützels anläßlich eines Justinian ewige Feindschaft geschworen hatte – faßte sich rasch und bot fünfzig Pfund mehr. Dieses Angebot wurde von Wimsey prompt verdoppelt. Scrymes bot wieder fünfzig Pfund mehr. Wimsey ließ den Preis sofort um hundert emporschnellen, und zwar in einem Ton, als sei er willens, die Sache bis zum Jüngsten Gericht fortzusetzen. Scrymes blickte finster drein und schwieg. Irgend jemand bot fünfzig Pfund mehr. Wimsey verwandelte die Pfunde in Guineen, und der Hammer fiel. Von diesem Erfolg ermutigt und im Gefühl, heute eine glückliche Hand zu haben, stürmte er selig in den Kampf um den nächsten Posten, eine *Hyperotomachia*, die er schon besaß und nach der er gar kein Verlangen hatte. Der durch seine Niederlage verärgerte Scrymes biß die Zähne aufeinander und beschloß, Wimseys Bieterlaune auszunutzen und ihn für seine Tollkühnheit bezahlen zu lassen, bis er schwarz wurde.

Wimsey, wie berauscht, trieb mit Begeisterung die Preise himmelhoch. Die Händler, die seinen Ruf als Sammler kannten und glaubten, das Buch müsse etwas Ausgezeichnetes an sich haben, das sie übersehen hätten, beteiligten sich mit Inbrunst an der Preistreiberei, und es wurde schnell und wild geboten. Aber nach und nach hörten sie alle wieder auf und überließen Scrymes und Wimsey das Feld. Sobald Wimsey ein Zaudern in der Stimme des Händlers wahrnahm, zog er sich raffiniert aus der Affäre und ließ Mr. Scrymes die Sache ausbaden. Nach diesem Unheil wurde der Ring mürrisch und mutlos und hielt sich ganz aus dem Spiel. So kam's, daß ein schüchterner kleiner Außenseiter, der plötzlich in die Arena sprang, ganz billig zu einem feinen Missale aus dem vierzehnten Jahrhundert kam. Krebsrot vor Aufregung und Überraschung bezahlte er seinen Kauf und rannte wie ein Kaninchen aus dem Raum, wobei er das Missale ans Herz drückte, als erwartete er jeden Augenblick, daß es ihm entrissen würde. Daraufhin machte Wimsey sich ernstlich daran, ein paar schöne frühe Ausgaben zu erwerben, und als ihm das gelungen war, zog er sich, mit Lorbeeren und Haß bedeckt, aus der Arena zurück.

Als nach diesem wunderbaren und befriedigenden Tag kein überschwengliches Telegramm von Macpherson eintraf, fühlte er sich irgendwie verletzt. Er wollte nicht glauben, daß seine Folgerungen falsch gewesen seien, und nahm vielmehr an, Macphersons Begeisterung sei viel zu gewaltig für die knappe Ausdrucksweise eines Telegramms und werde sich in einem Brief austoben. Am nächsten Morgen um elf traf jedoch das erwartete Telegramm ein. Es lautete:

»Telegramm soeben erhalten – Was bedeutet es – Großonkel gestern abend gestohlen – Einbrecher entkommen – Erbitte ausführliche Nachricht.«

Wimsey äußerte sich kurz in einer Sprache, die gewöhnlich der Soldateska vorbehalten ist. Zweifellos hatte Robert sich des Großonkels bemächtigt, und selbst wenn man ihn des Einbruchs überführen konnte, so war das Erbteil inzwischen auf Nimmerwiedersehen verschwunden. Noch nie hatte Wimsey sich so gräßlich gefühlt. Er verwünschte sogar den Catull, der ihn daran gehindert hatte, gen Norden zu fahren und die Sache persönlich in die Hand zu nehmen.

Während er noch überlegte, was zu machen sei, traf ein zweites Telegramm folgenden Wortlauts ein:

»Großonkels Behälter zerbrochen im Fleet gefunden – Einbrecher hat ihn auf der Flucht verloren – Inhalt verschwunden – Was nun.«

Wimsey überlegte.

»Wenn der Dieb«, sagte er sich, »den Behälter einfach geleert und Großonkel Joseph in die Tasche gesteckt hat, sind wir natürlich die Angeschmierten. Oder wenn er einfach

Großonkel ausgenommen und den Inhalt in die Tasche gesteckt hat, haben wir ebenfalls das Nachsehen. Aber ›auf der Flucht verloren‹ klingt eher, als sei Großonkel samt Inhalt über Bord gegangen. Warum kann dieser blöde Schotte kein ausführlicheres Telegramm schicken. Es hätte nur ein paar Pennies mehr gekostet. Ich fahre am besten selbst hin. Mittlerweile wird ihm ein bißchen gesunde Beschäftigung nichts schaden.«
Er nahm sich ein Telegrammformular und schickte eine weitere Botschaft:
»War Großonkel im Behälter als er hinfiel dann Fluß absuchen – Wenn nein Einbrecher folgen – Wahrscheinlich Robert Ferguson – Scheue keine Mühe – Ich fahre heute abend nach Schottland – Ankunft frühmorgens – Unbedingt am Ball bleiben – Erklärung mündlich.«
Früh am nächsten Morgen setzte der Nachtexpreß Lord Peter Wimsey in Dumfries ab, und ein Mietauto brachte ihn gerade rechtzeitig zum Frühstück nach Stone Cottage. Maggie öffnete ihm die Tür und begrüßte ihn herzlich:
»Kommen Sie nur herein, Sir. Alles steht für Sie bereit, und Mr. Macpherson wird in ein paar Minuten zurück sein, denke ich. Nach der langen Reise sind Sie sicher müde und hungrig. Ja. Möchten Sie auch Haferbrei außer Eiern mit Speck? Heute gibt's keine Forellen, obwohl gestern ein guter Tag zum Fischen war. Mr. Macpherson ist mit meinem Jock den ganzen Tag im Fluß auf und ab gegangen, um eins seiner Präparate, wie er sie nennt, zu suchen, das der Dieb, der hier einbrach, fallen ließ. Ich weiß nicht, was für ein Ding das ist. Mein Jock sagt, es sehe aus wie Kalbsgekröse. So hat es ihm Mr. Macpherson beschrieben.«
»Du meine Güte!« sagte Wimsey. »Und wie war das mit dem Einbruch, Maggie?«
»Ja, das war wirklich sehr merkwürdig, Sir. Mr. Macpherson war den ganzen Montag und Dienstag fort; er fischte im großen See oben am Viadukt. Sonnabend und Sonntag hatte es nämlich tüchtig geregnet, und Mr. Macpherson sagte: ›Wir werden morgen großartig fischen können, Jock. Wir werden zum Viadukt gehen und die Nacht im Pförtnerhaus verbringen.‹ Am Montag hörte es auf zu reg-

nen, und es war ein schöner, warmer, milder Tag. Also gingen sie zusammen fort. Am Dienstag morgen kam ein Telegramm für ihn, und ich legte es auf den Kaminsims, damit er es sehen konnte, wenn er heimkam, aber ich habe seitdem gedacht, daß das Telegramm vielleicht etwas mit dem Einbruch zu tun haben könnte.«

»Ich möchte fast sagen, daß Sie recht hatten, Maggie«, erwiderte Wimsey ernst.

»Ja, Sir, das sollte mich nicht überraschen.« Maggie setzte dem Gast eine große Schüssel mit Eiern und Speck vor und nahm die Erzählung wieder auf.

»Am Dienstag abend saß ich da in meiner Küche und wartete auf Mr. Macpherson und Jock. Sie taten mir sehr leid, die armen Seelen, denn es goß wieder in Strömen, und die Nacht war so dunkel, daß ich fürchtete, sie könnten in ein Moorloch gestürzt sein. Ich horchte auf die Türklinke, als ich plötzlich ein Geräusch im Vorderzimmer hörte. Die Haustür war nicht abgeschlossen, wissen Sie, weil ich ja Mr. Macpherson zurückerwartete. Also sprang ich auf und dachte, sie wären vielleicht hereingekommen, ohne daß ich sie gehört hätte. Ich wartete noch eine Sekunde, um den Kessel aufs Feuer zu setzen, und dann hörte ich ein Krachen. Also kam ich heraus und rief: ›Sind Sie das, Mr. Macpherson?‹ Keine Antwort, aber noch ein anderes lautes Geräusch. Also rannte ich nach vorn, und da kam ein Mann schnell aus dem Vorderzimmer, sauste an mir vorbei, indem er mich mit einer Hand zur Seite schubste, und dann wie ein geölter Blitz zur Haustür hinaus. Im selben Augenblick stieß ich einen Schrei aus, und Jocks Stimme antwortete mir von der Gartenpforte her. ›Och!‹ rief ich, ›Jock! Hier ist ein Einbrecher im Haus gewesen!‹ Und ich hörte, wie der Kerl durch den Garten zum Fluß hinunterrannte und dabei den jungen Kohl und die Erdbeerbeete zertrampelte, dieser Schurke!«

Wimsey zeigte gebührende Anteilnahme.

»Ja, das war eine böse Sache. Und in der nächsten Sekunde waren Mr. Macpherson und Jock holterdiepolter hinter ihm her. Wenn Davie Murrays Kühe eingebrochen wären, hätten sie auch keine größere Verwüstung anrichten kön-

nen. Und dann hörte man ein Platschen und Krachen, und nach einer Weile kam Mr. Macpherson zurück und sagte: ›Er ist in den Fleet gesprungen und auf und davon. Was hat er gestohlen?‹ – ›Ich weiß nicht‹, sagte ich, ›denn es passierte alles so schnell, daß ich nichts sehen konnte.‹ – ›Gehen wir ins Haus und schauen, was fehlt‹, meinte er. Wir guckten in alle Ecken und konnten nichts entdecken. Nur die Schranktür im Vorderzimmer war aufgebrochen, und es fehlte nichts weiter als der Behälter mit dem Präparat.«
»Aha!« sagte Wimsey.
»Ah! Und beide sind dann mit Lichtern hinausgegangen, aber von dem Dieb war nichts mehr zu sehen. Also kam Mr. Macpherson zurück, und wir haben alle Türen und Fenster verriegelt und sind zu Bett gegangen, aber ich konnte kein Auge zutun.«
»Das kann man verstehen«, versicherte Wimsey ihr.
»Erst am nächsten Morgen«, fuhr Maggie fort, »hat Mr. Macpherson Ihr Telegramm geöffnet. Du meine Güte, war er aufgeregt. Dann ging's los mit den Telegrammen. Hin und her, hin und her zwischen Haus und Postamt. Und dann fanden sie die Scherben des Behälters, in dem das Präparat gewesen war, zwischen zwei Steinen im Fluß. Und wieder zogen Mr. Macpherson und Jock los mit ihren hohen Gummistiefeln und ein paar Fischhaken und stocherten an allen tiefen Stellen und unter den Steinen herum, um das Präparat zu finden. Und sie sind immer noch dabei.«
In diesem Augenblick bumste es dreimal heftig auf die Zimmerdecke. »Herrjemine!« rief Maggie. »Ich habe den armen Herrn ja ganz vergessen.«
»Was für einen Herrn?« erkundigte sich Wimsey.
»Den sie aus dem Fleet gefischt haben«, antwortete Maggie. »Entschuldigen Sie einen Augenblick, Sir.«
Sie rannte schleunigst nach oben.
Wimsey goß sich die dritte Tasse Kaffee ein und zündete seine Pfeife an.
Kurz darauf kam ihm ein Gedanke. Er trank erst seinen Kaffee aus – denn er versagte sich ungern einen Genuß –

und ging dann seelenruhig hinter Maggie her nach oben. Eine der Schlafzimmertüren stand halb offen – es war der Raum, den er während seines letzten Besuchs bewohnt hatte. Er stieß sie vollends auf. Im Bett lag ein rothaariger Herr, dessen langes, fuchsartiges Gesicht in keiner Weise verschönert wurde durch einen weißen Verband, der etwas verwegen über der linken Schläfe lag. Ein Frühstückstablett stand auf einem Tisch neben dem Bett. Wimsey trat mit ausgestreckter Hand ins Zimmer.

»Guten Morgen, Mr. Ferguson«, begrüßte er ihn. »Das ist aber ein unerwartetes Vergnügen.«

»Guten Morgen«, sagte Mr. Ferguson bissig.

»Bei unserer letzten Begegnung«, fuhr Wimsey fort, indem er sich aufs Bett setzte, »ahnte ich nicht, daß Sie beabsichtigten, meinen Freund Macpherson zu besuchen.«

»Gehen Sie von meinem Bett runter«, knurrte der Invalide. »Ich habe mir die Kniescheibe gebrochen.«

»Wie lästig! Äußerst schmerzhaft, nicht wahr? Und es heißt, es dauert Jahre, bis so was wieder in Ordnung ist – wenn es überhaupt wieder in Ordnung kommt. Ist es eine sogenannte Potts-Fraktur? Ich weiß zwar nicht, wer Potts war, aber es klingt so eindrucksvoll. Wie ist es passiert? Beim Fischen?«

»Ja. Bin in dem verdammten Fluß ausgerutscht.«

»Scheußlich. Kann aber jedem passieren. Sind Sie ein begeisterter Angler, Mr. Ferguson?«

»So lala.«

»Ich auch, wenn ich Gelegenheit dazu habe. Was für eine Fliege nehmen Sie am liebsten für diese Gegend? Ich selbst bin sehr für Greenaways Gadget. Haben Sie die mal ausprobiert?«

»Nein«, erwiderte Mr. Ferguson kurz angebunden.

»Manche ziehen die Pink Sisket vor, wie man mir erzählt hat. Benutzen Sie die auch? Haben Sie Ihr Fliegenalbum hier?«

»Ja – nein«, sagte Mr. Ferguson. »Ich habe es fallen lassen.«

»Schade. Aber sagen Sie mir doch, was Sie von der Pink Sisket halten.«

»Nicht übel«, meinte Mr. Ferguson. »Ich habe manchmal Forellen damit gefangen.«
»Das überrascht mich aber«, sagte Wimsey absolut ehrlich; denn er hatte die Pink Sisket erfunden und kaum erwartet, daß seine Improvisation durchgehen würde. »Na, durch diesen unseligen Unfall ist es mit Ihrer sportlichen Betätigung wohl für diese Saison aus. Verdammtes Pech. Sonst hätten Sie uns helfen können, dem Patriarchen zu Leibe zu rücken.«
»Was ist das? Eine Forelle?«
»Ja – ein schrecklich listiger alter Fisch. Lungert im Fleet herum. Man weiß nie, wo er zu finden ist. Jeden Augenblick kann er an einer tiefen Stelle auftauchen. Ich gehe heute mit Mac los und werde mein Heil versuchen. Er ist ein richtiges Kleinod. Wir haben ihm einen Spitznamen verliehen. Er heißt bei uns Großonkel Joseph. He! Wackeln Sie nicht so – sonst wird Ihr Knie schmerzen. Kann ich etwas für Sie tun?«
Wimsey grinste liebenswürdig und drehte sich um, als er jemanden auf der Treppe rufen hörte.
»Hallo! Wimsey! Bist du das?«
»Ich bin's. Wie steht's mit dem Sport?«
Macpherson stürmte die Treppe herauf, vier Stufen auf einmal nehmend. Auf dem Treppenabsatz stieß er mit Wimsey zusammen, als dieser aus dem Schlafzimmer kam.
»Weißt du auch, wer das ist? Es ist Robert.«
»Ich weiß. Ich habe ihn in London gesehen. Kümmere dich nicht um ihn. Hast du den Großonkel gefunden?«
»Nein, leider nicht. Was soll dieser mysteriöse Kram? Und was sucht Robert hier? Was meintest du eigentlich, als du schriebst, er sei der Einbrecher? Und warum ist Großonkel Joseph so wichtig?«
»Eins nach dem anderen. Wollen erst einmal den alten Knaben finden. Was hast du inzwischen getan?«
»Als ich deine merkwürdigen Botschaften bekam, dachte ich natürlich, du seist durchgedreht.« (Wimsey stöhnte vor Ungeduld.) »Dann dachte ich, wie komisch, daß jemand sich die Mühe machen sollte, Großonkel Joseph zu

stehlen, und kam zu dem Schluß, daß deine Faseleien doch Sinn und Verstand haben könnten.«

»Sehr gnädig von dir«, sagte Wimsey.

»Also bin ich hinausgegangen und habe ein wenig herumgestochert. Ich glaube zwar nicht, daß wir die geringste Chance haben, etwas zu finden, da der Fluß so angeschwollen ist. Na, ich war nicht sehr weit gekommen – habe übrigens Jock mitgenommen. Der denkt bestimmt, ich sei verrückt. Nicht daß er etwas sagt; diese Leute hier gehen nie aus sich heraus . . .«

»Zum Teufel mit Jock! Erzähl weiter.«

»Wie gesagt, ich war nicht sehr weit gekommen, da sahen wir einen Burschen mit Angelrute und Fischkorb im Fluß herumwaten. Ich achtete nicht besonders darauf, weil ich nämlich überlegte, was du wohl – na ja! Jock bemerkte ihn und sagte zu mir: ›Dahinten ist ein merkwürdiger Angler, wie mir scheint.‹ Also blickte ich hin und sah ebenfalls, wie der zwischen den Steinen herumstolperte und mit einem Fischhaken in den tiefen Stellen herumstocherte, während seine Fliege vor ihm den Fluß hinabtrieb. Ich rief ihn also an, und er drehte sich um. Dann legte er hastig den Fischhaken beiseite und begann, seine Angelschnur aufzudrehen. Er wurde überhaupt nicht damit fertig – eine furchtbare Pfuscherei«, fügte Macpherson mit großem Verständnis für solche Dinge hinzu.

»Das glaube ich gern«, meinte Wimsey. »Ein Mann, der zugibt, daß er Forellen mit einer Pink Sisket fängt, wird alles verpfuschen.«

»Einer Pink – was?«

»Nicht wichtig. Ich wollte damit nur sagen, daß Robert vom Angeln keine Ahnung hat. Weiter.«

»Die Schnur hatte sich irgendwo festgehakt, und er zog und zerrte mit aller Gewalt und machte ein fürchterliches Geplansche. Dann löste sie sich ganz plötzlich, und er schwenkte sie wie wild in der Luft herum und angelte mir den Hut vom Kopf. Das ärgerte mich maßlos, und ich ging auf ihn zu. Er sah sich nochmals um, und ich rief: ›Mein Gott, das ist ja Robert!‹ Da ließ er seine Angel fallen und machte sich aus dem Staube oder vielmehr aus dem Wasser. Dabei rutschte er auf den glatten Steinen aus und fiel krachend hin. Wir stürzten herbei, fischten ihn aus dem Wasser und brachten ihn nach Hause. Er hat sich scheußlich den Kopf gestoßen und die Kniescheibe gebrochen. Sehr interessant. Ich hätte am liebsten selbst mein Heil daran versucht. Aber das darf ich ja noch nicht. Also habe ich Strachan kommen lassen. Der ist ziemlich tüchtig.«

»Bisher hast du ein ungewöhnliches Glück in dieser Angelegenheit gehabt«, sagte Wimsey. »Nun brauchen wir nur noch Großonkel Joseph zu finden. Wie weit bist du im Fluß gekommen?«

»Nicht sehr weit. Die ganze Geschichte mit Robert hat uns sehr aufgehalten. Gestern konnten wir nicht mehr viel tun.«

»Dieser verfluchte Robert! Großonkel mag inzwischen ins Meer abgetrieben sein. Wollen uns gleich an die Arbeit machen.«

Er nahm einen Fischhaken aus dem Schirmständer und ging ihnen voran nach draußen. Die braune Flut des kleinen Flusses schäumte dahin und riß klappernde Kiesel und größere Steine mit sich. Jedes Loch, jeder Strudel mochte ein Schlupfwinkel für Großonkel Joseph sein. Wimsey blickte unschlüssig hierhin und dahin – und wandte sich plötzlich an Jock.

»Wo ist die nächste Landzunge, an der gewöhnlich alles angeschwemmt wird?« wollte er wissen.

»Nun ja! Da ist der Battery Pool, etwa eine Meile flußabwärts. Dort wird manchmal etwas angeschwemmt. Ei ja. Da ist eine tiefe Stelle und etwas Sand, wo der Fluß eine Biegung macht. Dort könnten Sie es vielleicht finden, wie mir scheint. Vielleicht auch nicht. Das kann ich nicht sagen.«

»Wollen uns den Platz auf jeden Fall mal ansehen.«

Macpherson, dem ein gründliches Durchkämmen des Flusses nicht besonders verlockend erschien, lebte bei diesem Vorschlag wieder etwas auf.

»Eine glänzende Idee. Wenn wir mit dem Auto etwa bis Gatehouse fahren, brauchen wir nur noch zwei Felder zu überqueren.«

Das Mietauto stand noch vor der Tür; der Chauffeur genoß die Gastfreundschaft des Hauses. Sie rissen ihn von Maggies Haferkuchen los und rollten dann die Straße nach Gatehouse hinab.
»Die Seemöwen dahinten scheinen sich emsig um etwas zu bemühen«, meinte Wimsey, als sie das zweite Feld überquerten. Die weißen Flügel flatterten über der gelben Sandbank auf und ab in immer enger werdenden Kreisen. Der Wind trug heisere Schreie zu ihnen herüber. Wimsey deutete schweigend mit der Hand. Ein langes, unansehnliches Ding lag wie ein gelblich-grauer Geldbeutel am Ufer. Die Möwen flogen höher und kreischten die Eindringlinge empört an. Wimsey lief voran, bückte sich, und als er sich wieder aufrichtete, baumelte der lange Sack an seinen Fingern.
»Großonkel Joseph, habe die Ehre«, sagte er und nahm mit altmodischer Höflichkeit den Hut ab.
»Die Möwen haben hier und da etwas daran herumgepickt«, bemerkte Jock. »Es ist wohl zu zäh für sie. Jawohl. Sie haben noch nicht viel Schaden angerichtet.«
»Willst du es denn nicht öffnen?« fragte Macpherson.
»Nicht hier«, entgegnete Wimsey. »Wir könnten etwas verlieren.« Er ließ es in Jocks Fischkorb fallen. »Wir wollen es erst einmal Robert zeigen.«
Robert begrüßte sie mit schlecht verhüllter Entrüstung.
»Wir sind angeln gewesen«, erklärte Wimsey heiter. »Sehen Sie sich unseren netten kleinen Fisch an.« Er wog den Fang in seiner Hand. »Was ist wohl in diesem kleinen Fisch drin, Mr. Ferguson?«
»Ich habe nicht die geringste Ahnung«, erwiderte Robert.
»Warum haben Sie dann danach gefischt?« fragte Wimsey vergnügt. »Hast du ein Skalpell da, Mac?«
»Ja – hier. Beeil dich.«
»Das will ich dir überlassen. Sei vorsichtig. Ich würde beim Magen anfangen.«
Macpherson legte Großonkel Joseph auf den Tisch und schlitzte ihn mit geübter Hand auf.
»Gott sei uns gnädig!« rief Maggie, die ihm über die Schulter blickte. »Was ist denn das?«

Wimsey schob vorsichtig Zeigefinger und Daumen in Großonkel Josephs Höhlungen. »Eins – zwei – drei –« Die Steine funkelten wie Feuer, als er sie auf den Tisch legte. »Sieben – acht – neun. Das scheint hier alles zu sein. Versuch es mal etwas weiter unten, Mac.«
Sprachlos vor Staunen sezierte Mr. Macpherson sein Erbteil.
»Zehn – elf«, zählte Wimsey. »Ich fürchte, die Möwen haben sich Nummer zwölf geschnappt. Tut mir leid, Mac.«
»Aber wie sind die nur da hineingekommen?« fragte Robert fassungslos.
»Nichts einfacher als das. Großonkel Joseph macht sein Testament, schluckt seine Diamanten ...«
»Er muß ein guter Pillenschlucker gewesen sein«, sagte Maggie mit Respekt.
»... und springt aus dem Fenster. Das wird jedem klar, der das Testament gelesen hat. Er gab dir deutlich zu verstehen, Mac, daß du den Magen studieren solltest.«
Robert Ferguson stieß einen Seufzer aus.
»Ich ahnte so etwas«, sagte er. »Deshalb habe ich mir ja das Testament angesehen. Und als ich *Sie* dort traf, wußte ich Bescheid. (Ha, dieses verfluchte Bein!) Aber nicht einen Augenblick lang habe ich mir träumen lassen ...«
Seine Augen glitten gierig abschätzend über die Diamanten.
»Und was sind diese Steine wohl so wert?« erkundigte sich Jock.
»Ungefähr siebentausend Pfund das Stück, wenn man sie einzeln nimmt. Mehr noch in der Gesamtheit.«
»Der Alte war verrückt«, sagte Robert zornig. »Ich werde das Testament anfechten.«
»Ich glaube nicht«, meinte Wimsey. »Es gibt nämlich ein Vergehen, das man Einbruchsdiebstahl nennt.«
»Mein Gott!« staunte Macpherson, der die Diamanten wie im Traum durch seine Hände gleiten ließ. »Mein Gott!«
»Siebentausend Pfund«, warf Jock dazwischen. »Habe ich Sie richtig verstanden, daß da jetzt eine Möwe herumfliegt, mit einem Diamanten im Wanst, der siebentausend Pfund wert ist? Ach, du liebes Leben! Der Gedanke ist ge-

radezu unerträglich. Guten Tag, die Herren. Ich will zu Jimmy McTaggert gehen und ihn bitten, mir sein Gewehr zu leihen.«

Das unwürdige Melodram vom Zankapfel

»Sie haben ja furchtbares Wetter mitgebracht, Lord Peter«, meinte Mrs. Frobisher-Pym schelmisch. »Wenn das so weitergeht, sieht es nicht gut aus für die Beerdigung.«

Lord Peter Wimsey blickte aus dem Fenster des Frühstückszimmers auf den durchweichten grünen Rasen und die Büsche, wo der Regen unbarmherzig über die Lorbeerblätter strömte, die steif und glänzend wie Regenmäntel aussahen.

»Man ist den Elementen einfach gräßlich ausgesetzt bei Begräbnissen«, stimmte er zu.

»Ja, die alten Leute tun mir dann immer leid. In einem so kleinen Dorf ist es praktisch das einzige Vergnügen, das sie im Winter haben. Es gibt ihnen wochenlang Gesprächsstoff.«

»Handelt es sich um ein besonderes Begräbnis?«

»Mein lieber Wimsey«, warf sein Gastgeber ein. »Man merkt, daß Sie aus dem kleinen London kommen; Sie sind ja überhaupt nicht im Bilde. Little Doddering hat noch nie eine solche Beerdigung erlebt. Es ist ein Ereignis.«

»Wirklich?«

»Meine Güte, ja. Können Sie sich noch an den alten Burdock erinnern?«

»Burdock? Warten Sie mal. Ist das nicht ein hiesiger Gutsbesitzer oder dergleichen?«

»Er war's«, korrigierte Mr. Frobisher-Pym. »Nun ist er tot – starb vor ungefähr drei Wochen in New York und wird jetzt hierher überführt. Die Burdocks haben Hunderte von Jahren in dem großen Haus gelebt und sind alle hier auf dem Friedhof begraben außer dem einen, der im Krieg gefallen ist. Burdocks Sekretär hat die Nachricht vom Tod seines Herrn telegrafiert und erwähnt, daß die Leiche nach der Einbalsamierung verschifft werden würde. Das Schiff legt heute morgen in Southampton an, denke ich. Jedenfalls wird die Leiche mit dem Zug, der um sechs Uhr dreißig von London abfährt, hier ankommen.«

»Gehst du zum Bahnhof, Tom?«

»Nein, meine Liebe. Ich glaube, das ist nicht nötig. Das ganze Dorf wird vertreten sein. Joliffes Leute sind in ihrem Element. Sie haben sich für diese Gelegenheit extra ein Paar Pferde vom jungen Mortimer ausgeliehen. Ich hoffe nur, daß sie nicht über die Stränge schlagen und den Leichenwagen umwerfen. Mortimers Gäule sind im allgemeinen etwas temperamentvoll.«

»Aber, Tom, wir müssen doch den Burdocks etwas Achtung zollen.«

»Wir gehen morgen zur Beerdigung, das ist weiß Gott genug. Das müssen wir wohl mit Rücksicht auf die Familie tun; denn was den Alten selbst angeht, so würde wohl kaum jemand auf den Gedanken kommen, ihm Ehre zu erweisen.«

»O Tom, er ist tot.«

»Wurde auch endlich Zeit. Nein, Agatha, es hat keinen Zweck, so zu tun, als sei der alte Burdock nicht ein gehässiger, übelgelaunter, schmutziger alter Lump gewesen, dem die Welt nicht nachzutrauern braucht. Nach dem letzten Skandal, den er sich geleistet hat, wurde ihm der Boden hier zu heiß. Er mußte das Land verlassen und nach Amerika gehen. Und wenn er nicht das Geld gehabt hätte, um die Leute zu beschwichtigen, wär er sogar ins Gefängnis gewandert. Deshalb ärgere ich mich so über Hancock. Ich habe ja nichts dagegen, daß er sich Priester nennt, wenn auch für den guten alten Weeks, der doch immerhin Stiftsherr war, die Bezeichnung ›Geistlicher‹ gut genug war. Auch nichts gegen seine Meßgewänder. Meinetwegen kann er sich in unsere Nationalflagge hüllen. Aber wenn er den alten Burdock, von Kerzen umgeben, im Südschiff aufbahren und Hubbard, den Wirt von der ›Red Cow‹, und Duggins' Jungen ihm die halbe Nacht über Gebete sprechen läßt, dann geht das doch etwas zu weit. Die Leute mögen das nämlich nicht – wenigstens die ältere Generation nicht. Die kannten Burdock schließlich zu gut. Simpson, der Armenpfleger, kam gestern abend noch ganz unglücklich deswegen zu mir. Ich versprach ihm, mit Hancock zu reden, und das habe ich heute morgen auch getan. Aber man kann genausogut mit dem Westportal der Kirche reden.«

»Mr. Hancock gehört zu den jungen Leuten, die sich einbilden, alles zu wissen«, erklärte seine Frau. »Ein vernünftiger Mann hätte auf dich gehört, Tom. Du bist in diesem Dorf Friedensrichter und hast dein ganzes Leben hier verbracht. Da liegt es doch auf der Hand, daß du bedeutend besser über die Gemeinde Bescheid weißt als er.«

»Er beharrte auf dem lächerlichen Standpunkt, daß ein Mann das Gebet um so nötiger habe, je sündiger er sei. Worauf ich erwiderte: ›Ich glaube, selbst wenn wir beide mit vereinten Kräften beteten, so könnten wir ihn doch nicht aus den Regionen holen, in denen er jetzt weilt.‹ Ha, ha! Darauf sagte er: ›Ganz meine Meinung, Mr. Frobisher-Pym; darum lasse ich auch acht Wächter die ganze Nacht für ihn beten.‹ Darauf konnte ich nichts mehr sagen, das gebe ich zu.«

»Acht Leute?« rief Mrs. Frobisher-Pym aus.

»Nicht alle zur gleichen Zeit, wie ich höre; sondern nach und nach, immer zwei auf einmal. Ich machte ihn natürlich darauf aufmerksam, daß er damit den Nonkonformisten eine Handhabe bieten würde, was er nicht abstreiten konnte.«

Wimsey nahm sich Marmelade. Die Nonkonformisten suchten anscheinend immer nach einer Handhabe. Da er jedoch in der Atmosphäre der Staatskirche aufgewachsen war, kannte er solche Meinungsverschiedenheiten und sagte einfach:

»Schade, daß man in einem so kleinen Dorf zu solchen Extremen neigt. Es stört die Vorstellung von den einfachen Dorfvätern, vom Dorfschmied mit seiner im Chor singenden Tochter, vom alten hundertsten Psalm und dergleichen. Hat die Familie Burdock sich nicht dazu geäußert? Es sind doch einige Söhne vorhanden, nicht wahr?«

»Nur noch zwei. Aldine ist ja gefallen, und Martin ist irgendwo im Ausland. Er ging weg nach dem Krach mit seinem Vater, und ich glaube nicht, daß er seitdem wieder in England gewesen ist.«

»Weshalb haben sie sich denn verkracht?«

»Oh, das war eine schreckliche Sache. Martin hatte ein Mädchen ins Unglück gebracht – eine Filmschauspielerin oder Stenotypistin oder etwas Ähnliches – und bestand darauf, es zu heiraten.«

»Oh?«

»Ja, furchtbar, nicht?« nahm die Dame des Hauses den Faden auf. »Wo er doch praktisch mit der einen Delaprime verlobt war – der mit der Brille, wissen Sie. Es gab einen schrecklichen Skandal. Fürchterlich vulgäre Leute kamen her, drängten sich ins Haus und wollten unbedingt den alten Mr. Burdock sprechen. Aber er hat sich ihnen gegenüber behauptet – er war kein Mann, der sich einschüchtern ließ. Er sagte ihnen glatt, daß das Mädchen selbst schuld habe, und sie könnten Martin verklagen, wenn sie Lust hätten – *er* lasse sich seines Sohnes wegen nicht erpressen. Der Butler hat natürlich an der Tür gelauscht und die Geschichte im ganzen Dorf herumgetragen. Und dann kam Martin Burdock nach Hause und stritt sich mit seinem Vater, daß man es meilenweit hören konnte. Er erklärte, daß das Ganze erstunken und erlogen sei und er das Mädchen sowieso heiraten wolle. Ich kann nicht verstehen, wie jemand in eine solche Erpresserfamilie einheiraten will.«

»Meine Liebe«, bemerkte Mr. Frobisher-Pym in sanftem Ton, »du tust da, glaube ich, Martin und den Eltern seiner Frau unrecht. Wie Martin mir erzählte, sind es recht brave Leute, allerdings nicht vom selben Stande, und sie kamen in guter Absicht, um zu hören, was für Pläne Martin habe. Du hättest genauso gehandelt, wenn es deine Tochter gewesen wäre. Der alte Burdock bildete sich natürlich ein, sie wollten ihn erpressen. Er war eben der Typ, der glaubt, alles könne mit Geld abgemacht werden. Auch er war der Ansicht, daß ein Sohn von *ihm* völlig berechtigt sei, ein junges Mädchen zu verführen, das für seinen Lebensunterhalt arbeitete. Ich will nicht behaupten, daß Martin im Recht war ...«

»Der Apfel fällt nicht weit vom Stamm, fürchte ich«, entgegnete die Dame des Hauses. »Er hat das Mädchen jedenfalls geheiratet, und warum hätte er das tun sollen, wenn er es nicht mußte?«

»Du weißt aber, daß sie nie Kinder gehabt haben«, warf Mr. Frobisher-Pym ein.

»Das mag sein, wie es will. Ich bin fest davon überzeugt, daß das Mädchen mit den Eltern unter einer Decke steckte. Und du weißt, daß die beiden seitdem immer in Paris gelebt haben.«

»Das stimmt«, gab ihr Mann zu. »Es war eine unglückselige Angelegenheit, wie man's auch dreht und wendet. Man hatte einige Schwierigkeiten, Martins Adresse ausfindig zu machen, aber er wird sicher bald kommen. Wie ich höre, ist er dabei, einen neuen Film zu drehen. Da kann er vielleicht nicht rechtzeitig zur Beerdigung hier sein.«

»Wenn er irgendwelche natürliche Gefühle hätte, ließe er sich nicht durch einen Film abhalten.«

»Meine Teuerste, es gibt so etwas wie Kontrakte mit sehr hohen Geldstrafen, wenn man sie bricht. Und ich glaube nicht, daß Martin es sich leisten kann, eine große Summe zu verlieren. Von seinem Vater wird er kaum etwas erben.«

»Dann ist Martin wohl der jüngere Sohn?« fragte Wimsey mehr aus Höflichkeit als aus Interesse an dem abgedroschenen Thema dieses dörflichen Melodrams.

»Nein, er ist der Älteste. Das Haus und der Besitz sind natürlich ein unveräußerliches Erblehen. Aber es steckt kein Geld in dem Land. Der alte Burdock hat sein Vermögen während der Hochkonjunktur in Gummi gemacht, und das Geld bekommt der, dem er es vererbt. Wer das ist, weiß keiner; denn bislang hat man noch kein Testament entdeckt. Wahrscheinlich hat er es Haviland hinterlassen.«

»Ist das der jüngere Sohn?«

»Ja. Er bekleidet einen Posten in der City – Direktor einer Gesellschaft –, hat etwas mit Seidenstrümpfen zu tun, soviel ich weiß. Niemand hat viel von ihm gesehen. Als er vom Tod seines Vaters erfuhr, kam er sofort her. Er wohnt bei den Hancocks. Das große Haus ist unbewohnt, seit-

dem der alte Burdock vor vier Jahren nach Amerika ging. Haviland hat es nicht der Mühe wert gefunden, es herrichten zu lassen, bevor man weiß, was Martin damit vorhat. Daher wird die Leiche auch gleich in die Kirche gebracht.«
»Bestimmt viel weniger Arbeit«, bemerkte Wimsey.
»O ja – aber meiner Ansicht nach sollte Haviland standesbewußter handeln. Wenn man bedenkt, was für eine Rolle die Burdocks hier immer gespielt haben, so konnten die Leute mit Recht einen angemessenen Empfang nach der Beerdigung erwarten. Das ist nun einmal so üblich. Aber diese Geschäftsleute halten weniger auf Tradition als wir hier. Und da Haviland bei den Hancocks zu Gast ist, kann er natürlich nicht viel sagen wegen der Kerzen und Gebete und so weiter.«
»Vielleicht nicht«, meinte Mrs. Frobisher-Pym, »aber es wäre schicklicher gewesen, wenn Haviland zu uns gekommen wäre; die Hancocks kennt er doch kaum.«
»Meine Liebe, du hast wohl die sehr unangenehme Auseinandersetzung vergessen, die ich mit Haviland hatte, weil er auf meinem Grund und Boden jagte. Nach der zwischen uns gewechselten Korrespondenz konnte ich ihm unmöglich meine Gastfreundschaft anbieten. Aber wir wollen Sie nicht mit unserem Dorfklatsch langweilen, Lord Peter. Was halten Sie von einem kleinen Inspektionsgang nach dem Frühstück? Es ist ein Jammer, daß es so stark regnet, und natürlich bietet der Garten um diese Jahreszeit nicht den allerbesten Anblick, aber ich habe da ein paar Schnepfenhunde, die Sie vielleicht interessieren.«
Lord Peter ging sofort auf diesen Vorschlag ein, und wenige Minuten später knirschten seine Schritte über den nassen Kiesweg, der zu den Hundezwingern führte.
»Geht nichts über ein gesundes Landleben«, meinte Mr. Frobisher-Pym. »Meiner Ansicht nach ist London im Winter deprimierend. Man kann nichts anfangen. Ein paar Tage lasse ich mir gefallen, um wieder einmal ins Theater zu gehen. Aber wie Sie es dort wochenlang aushalten können, geht einfach über meinen Horizont. Ich sollte unbedingt mit Plunkett über diesen Bogengang sprechen«, setzte er hinzu. »Der muß geschnitten werden.«

Er brach eine baumelnde Efeuranke ab. Die Pflanze schüttelte sich rachsüchtig und kippte Wimsey einen kalten Wasserfall in den Nacken.
Die Hundemutter hauste mit ihren Sprößlingen in einer bequemen, luftigen Hütte im Stallgebäude. Ein junger Mann in Kniehosen und Gamaschen kam zum Vorschein, um die Besucher zu begrüßen, und reichte ihnen ein paar kleine Hundebündel zur Besichtigung. Wimsey setzte sich auf einen umgestülpten Eimer und besah sich ein Bündel nach dem anderen mit ernsthafter Miene. Die Hündin knurrte ein wenig, kam aber nach vorsichtiger Beschnüffelung seiner Stiefel zu dem Schluß, daß er vertrauenswürdig sei, und besabberte freundschaftlich seine Knie.
»Na, wie alt sind sie denn nun?« fragte Mr. Frobisher-Pym.
»Dreizehn Tage, Sir.«
»Hat sie genug Milch?«
»Reichlich, Sir. Sie kriegt etwas von dem Malzpräparat. Scheint ihr gut zu bekommen, Sir.«
»Ach ja, richtig. Plunkett war nicht so ganz dafür. Aber es wurde mir sehr empfohlen. Plunkett hat für Experimente nicht viel übrig, und im allgemeinen gebe ich ihm recht. Wo ist er übrigens?«
»Er fühlt sich heute morgen nicht ganz wohl, Sir.«
»Das tut mir leid, Merridew. Wieder mal der leidige Rheumatismus?«
»Nein, Sir. Wie Mrs. Plunkett mir erzählte, hat er eine Art Schock erlitten.«
»Einen Schock? Was für einen Schock? Hat doch wohl nichts mit Alf oder Elsie zu tun?«
»Nein, Sir. Tatsächlich – ich meine, soviel ich weiß, hat er etwas gesehen, Sir.«
»Was soll das heißen: etwas gesehen?«
»Nun, Sir, wie er sagt, war's eine Art Warnung.«
»Eine Warnung? Gütiger Himmel, Merridew, solche Marotten darf er sich nicht in den Kopf setzen. Ich bin erstaunt über Plunkett. Ich habe ihn stets für einen vernünftigen Mann gehalten. Von was für einer Warnung hat er denn gesprochen?«

»Das weiß ich nicht, Sir.«
»Er hat doch bestimmt erwähnt, was er zu sehen glaubte.«
»Ich kann es wirklich nicht sagen, Sir.«
»So etwas geht ja nicht. Ich muß Plunkett unbedingt sprechen. Ist er in seinem Häuschen?«
»Ja, Sir.«
»Wir werden sofort hingehen. Sie haben doch nichts dagegen, Wimsey? Ich kann nicht einfach zusehen, wie Plunkett sich krank macht. Wenn er einen Schock gehabt hat, müssen wir einen Arzt holen. Also, machen Sie nur weiter, Merridew. Ich kann mir einfach nicht vorstellen«, fuhr er fort, als er Lord Peter an einem Gewächshaus vorbei zu einem schmucken Häuschen führte, das von einem eigenen Gemüsegarten umgeben war, »was für ein Ereignis Plunkett so aus dem Gleichgewicht gebracht haben könnte. Er wird natürlich auch älter, aber er dürfte doch nicht an solche Dinge wie Warnungen und Vorzeichen glauben. Es ist unwahrscheinlich, was für merkwürdige Ideen sich die Leute hier in den Kopf setzen. In Wirklichkeit ist er vermutlich im ›Weary Traveller‹ eingekehrt und hat auf dem Heimweg irgendwo Wäsche hängen sehen.«
»Keine Wäsche«, korrigierte Wimsey mechanisch. Er besaß einen logisch arbeitenden Verstand, der die Torheit einer Idee sogar dann registrierte, wenn die Sache ganz unwesentlich war. »Es goß gestern abend in Strömen. Und außerdem war's Donnerstag. Am Dienstag und Mittwoch war das Wetter schön. Also war die Wäsche längst trokken. Daher keine Wäsche.«
»Nun gut, dann war's eben etwas anderes – ein Pfosten oder der weiße Esel der alten Mrs. Giddens. Plunkett trinkt leider manchmal einen über den Durst, aber er versteht sich gut auf Hunde, und da übersieht man das eben. Die hiesigen Bewohner sind sehr abergläubisch und können einem merkwürdige Dinge erzählen, wenn man ihr Vertrauen genießt. Sie würden staunen, wenn Sie wüßten, wie weit wir hier von der Zivilisation entfernt sind. In Abbots Bolton, nur fünfzehn Meilen von hier, darf man keinen Hasen schießen, wenn einem das Leben lieb ist. Hexen, wissen Sie, und ähnlicher Zauber.«

»Das überrascht mich gar nicht. In manchen Teilen Deutschlands spricht man noch vom Werwolf.«
»Was Sie nicht sagen! Na, da wären wir.« Mr. Frobisher-Pym klopfte mit seinem Spazierstock laut an die Haustür und drückte die Klinke herunter, ohne auf eine Einladung zu warten.
»Sind Sie da, Mrs. Plunkett? Dürfen wir hereinkommen? Ah, guten Morgen. Hoffentlich stören wir nicht, aber Merridew erzählte mir, daß Plunkett nicht so ganz auf dem Damm sei. Dies ist Lord Peter Wimsey – ein sehr alter Freund von mir; das heißt, ich bin ein sehr alter Freund von *ihm*; ha, ha!«
»Guten Morgen, Sir; guten Morgen, Eure Lordschaft. Plunkett wird sich über Ihren Besuch sicher freuen. Bitte, treten Sie näher. Plunkett, Mr. Pym ist hier, um dich zu besuchen.«
Der ältere Mann, der zusammengekauert vor dem Feuer saß, wandte ihnen ein klägliches Gesicht zu und stand halb auf, während er zum Gruß einen Finger an die Stirn legte.
»Nun, Plunkett, wo zwickt's denn?« erkundigte sich Mr. Frobisher-Pym in der herzhaften Art, die sich die Landjunker zugelegt haben, wenn sie ihre Untergebenen am Krankenbett besuchen. »Tut mir leid, daß Sie nicht wohlauf sind. Wieder mal das alte Leiden, was?«
»Nein, Sir; nein, Sir. Dank der Nachfrage. Mir geht es an sich ganz gut. Aber ich habe eine Warnung bekommen und werde nicht mehr lange leben.«
»Nicht mehr lange leben? Unsinn, Plunkett. So dürfen Sie nicht reden. Es wird wohl eine kleine Verdauungsstörung sein. Da wird man immer gleich ganz trübsinnig. Mit mir ist auch nichts los, wenn ich eine Gallenkolik habe. Versuchen Sie es mal mit einer Dosis Rizinusöl oder mit einem alten probaten Hausmittelchen. Die sind nicht zu unterschätzen. Dann werden Sie nicht mehr von Warnungen und vom Sterben reden.«
»Gegen *meine* Krankheit ist kein Kraut gewachsen. Niemand, der das gesehen hat, was ich gesehen habe, ist je mit heiler Haut davongekommen. Aber da Sie und der Herr

gerade da sind, möchte ich Sie fragen, ob Sie mir wohl einen Gefallen tun würden?«

»Natürlich, Plunkett. Alles, was Sie wollen. Worum handelt es sich denn?«

»Nur um mein Testament, Sir. Der alte Pastor tat es gewöhnlich. Aber mit diesem neuen jungen Mann, mit seinen Kerzen und Geschichten, komm ich nicht klar. Ich weiß nicht, ob er alles so richtig nach dem Buchstaben des Gesetzes macht, Sir, und es soll keine Scherereien geben, wenn ich nicht mehr bin. Da mir nicht viel Zeit bleibt, wäre ich Ihnen dankbar, wenn Sie für mich klar und deutlich mit Tinte und Feder aufschreiben würden, daß das bißchen, was ich besitze, an Sarah und nach ihrem Tod zu gleichen Teilen an Alf und Elsie fallen soll.«

»Natürlich mache ich das für Sie, Plunkett, wenn Sie wollen. Aber es ist Unsinn, von Testamenten zu reden. Du meine Güte, es sollte micht nicht überraschen, wenn wir alle vor Ihnen stürben.«

»Nein, Sir. Ich bin ein gesunder, kräftiger Mann gewesen. Das will ich nicht bestreiten. Aber ich bin gerufen worden, Sir, und ich muß gehen. Ich weiß, es bleibt keiner verschont. Aber es ist doch furchtbar, wenn man den Totenwagen kommen sieht, der einen abholen wird, und weiß, daß die Toten darin sind, die nicht in ihrem Grabe ruhen können.«

»Na, na, Plunkett, Sie wollen mir doch wohl nicht erzählen, daß Sie an den alten Unsinn mit der Todeskutsche glauben. Ich habe Sie für einen aufgeklärten Mann gehalten. Was würde Alf wohl sagen, wenn er solchen Unsinn von Ihnen hörte?«

»Ach, Sir, junge Leute wissen auch nicht alles, und in Gottes Schöpfung gibt es noch viel mehr Dinge, als man in gedruckten Büchern findet.«

»Na ja«, meinte Mr. Frobisher-Pym, der dieser Gelegenheit nicht widerstehen konnte, »es gibt halt mehr Dinge zwischen Himmel und Erde, als unsere Schulweisheit sich träumen läßt . . . Ganz richtig. Aber das bezieht sich nicht auf heute«, fügte er etwas paradox hinzu. »Im zwanzigsten Jahrhundert gibt es keine Geister. Denken Sie einmal

ruhig über die Sache nach, und dann werden Sie entdekken, daß Sie sich geirrt haben. Es gibt wahrscheinlich eine ganz einfache Erklärung dafür. Du meine Güte! Wenn ich daran denke, wie Mrs. Frobisher-Pym eines Nachts in Angst und Nöten aufwachte, weil sie glaubte, jemand habe sich an unserer Schlafzimmertür erhängt. Ein törichter Gedanke; denn ich lag ja wohlbehalten neben ihr im Bett – schnarchte sogar, wie sie sagte, ha, ha! –, und wenn jemand das Verlangen gehabt hätte, sich aufzuknüpfen, wäre er wohl nicht in unser Schlafzimmer gekommen, um es zu tun. Na, sie umklammerte völlig aufgelöst meinen Arm, und als ich aufstand und die Sache näher untersuchte, was meinen Sie wohl, was es war? Meine Hose, die ich am Hosenträger aufgehängt hatte und aus der die Sokken noch herausbaumelten. Du lieber Gott! Was für Vorwürfe habe ich da bekommen, weil ich meine Sachen nicht ordentlich weggelegt hatte!«
Mr. Frobisher-Pym lachte, und Mrs. Plunkett sagte pflichtschuldigst: »Nein, so was.«
Ihr Mann schüttelte den Kopf.
»Das mag ja alles so sein, Sir, aber ich habe gestern nacht die Todeskutsche mit eigenen Augen gesehen. Die Kirchturmuhr schlug gerade Mitternacht, und da kam sie den Weg herauf, der an der Wand der alten Priorei entlangführt.«
»Und was machten Sie um Mitternacht noch da draußen?«
»Ich hatte meine Schwester besucht, Sir. Deren Sohn war gerade da. Er hatte Urlaub von seinem Schiff.«
»Und Sie haben natürlich tüchtig auf sein Wohl getrunken, nicht wahr, Plunkett?« Mr. Frobisher-Pym hob drohend den Zeigefinger.
»Nein, Sir. Ein paar Gläser Bier habe ich wohl getrunken, das will ich nicht abstreiten. Aber betrunken war ich nicht. Meine Frau kann Ihnen das bestätigen, daß ich ziemlich nüchtern war, als ich nach Hause kam.«
»Das stimmt, Sir«, mischte seine Frau sich ein. »Plunkett hatte gestern abend keinen Tropfen zuviel getrunken. Das kann ich beschwören.«
»Und was haben Sie denn gesehen, Plunkett?«

»Die Todeskutsche, wie ich Ihnen schon sagte. Geisterhaft weiß und völlig geräuschlos wie die Toten, die darin waren, Sir.«
»Ein Lastwagen, der nach Lymptree oder Herriotting fuhr.«
»Nein, Sir – es war kein Lastwagen. Ich habe die Pferde gezählt – vier weiße Pferde, und sie trabten vorbei ohne Hufschlag, ohne Klirren des Zaumzeugs. Und das war noch nicht ...«
»Vier Pferde! Nanu, Plunkett, Sie müssen wohl doppelt gesehen haben. Niemand in dieser Gegend würde mit vier Pferden fahren, höchstens Mr. Mortimer aus Abbotts Bolton, und der würde seine Gäule nicht um Mitternacht herumkutschieren.«
»Vier Pferde waren's, Sir. Ich habe sie deutlich gesehen. Und es war auch nicht Mr. Mortimer; denn er fährt einen Jagdwagen, und dies war eine große, schwere Kutsche ohne Lichter, die aber von sich aus leuchtete, als wäre sie mit Mondlicht übergossen.«
»Unsinn, Mann! Der Mond war gestern abend nicht zu sehen. Es war eine pechschwarze Nacht.«
»Ja, Sir. Aber die Kutsche leuchtete doch wie Mondlicht.«
»Und keine Lichter? Was würde die Polizei wohl dazu sagen.«
»Keine irdische Polizei hätte die Kutsche anhalten können«, entgegnete Plunkett verächtlich, »noch konnte ein Sterblicher den Anblick ertragen. Ich sage Ihnen, das war noch nicht das Schlimmste. Die Pferde ...«
»Fuhr die Kutsche langsam?«
»Nein, Sir. Im Galopp, nur berührten die Hufe den Boden nicht. Es war kein Laut zu hören, doch ich sah die schwarze Straße und die weißen Hufe etwa fünf bis zehn Zentimeter darüber. Und die Pferde hatten keine Köpfe.«
»Keine Köpfe?«
»Nein, Sir.«
Mr. Frobisher-Pym lachte.
»Na, na, Plunkett, Sie erwarten doch wohl nicht, daß wir das schlucken. Keine Köpfe? Wie könnte selbst ein Geist kopflose Pferde lenken? Wo lagen dann die Zügel?«

»Sie können ruhig lachen, Sir, aber wir wissen alle, daß bei Gott kein Ding unmöglich ist. Vier weiße Pferde waren es. Das habe ich deutlich gesehen. Aber über dem Kummet gab es keinen Hals und keinen Kopf, Sir. Ich sah die Zügel, die wie Silber schimmerten, und sie gingen bis zu den Ringen im Kummet, nicht weiter. Und wenn ich in dieser Sekunde tot umfallen sollte, es war so.«

»Gab es auch einen Kutscher bei diesem merkwürdigen Aufzug?«

»Ja, Sir, es gab auch einen Kutscher.«

»Etwa auch kopflos?«

»Ja, Sir, auch kopflos. Jedenfalls konnte ich nichts oberhalb des Mantels mit einer dieser altmodischen Schulterpelerinen sehen.«

»Na, ich muß schon sagen, Plunkett, Ihre Schilderung ist ja sehr plastisch. Wie weit war diese – hm – Erscheinung von Ihnen entfernt?«

»Ich ging gerade am Kriegerdenkmal vorbei, Sir, als ich sie den Weg heraufkommen sah. Also waren es nicht mehr als zwanzig oder dreißig Meter. Sie kam im Galopp vorbei und bog links bei der Friedhofsmauer ein.«

»Das klingt ja höchst merkwürdig. Aber es war eine dunkle Nacht, und bei der Entfernung mögen Ihre Augen Sie getäuscht haben. Wenn ich Ihnen einen Rat geben darf, dann schlagen Sie sich die ganze Sache aus dem Kopf.«

»Ach, Sir, das ist leicht gesagt, aber jeder weiß, daß der Mann, der die Todeskutsche der Burdocks gesehen hat, innerhalb einer Woche sterben muß. Dagegen kann man sich nicht auflehnen; das ist einfach so. Und wenn Sie mir den Gefallen mit dem Testament tun wollten, würde ich glücklicher sterben in dem Bewußtsein, daß Sarah und die Kinder auch zu ihrem bißchen Geld kommen.«

Mr. Frobisher-Pym setzte das Testament auf, obschon ziemlich widerwillig, und ermahnte und schalt abwechselnd beim Schreiben. Wimsey unterschrieb ebenfalls als einer der Zeugen und versuchte, Plunkett auf seine Art zu trösten:

»An Ihrer Stelle würde ich mich nicht so sehr über die Kutsche aufregen. Sie können sich darauf verlassen, wenn es die Burdock-Kutsche war, so wollte sie nur die Seele des alten Gutsbesitzers holen. Sie konnte ja deswegen nicht gut nach New York fahren, nicht wahr? Es war sozusagen nur eine Vorbereitung auf das Begräbnis morgen.«

»Das mag wohl sein«, stimmte Plunkett zu. »Man hat sie häufig in dieser Gegend gesehen, wenn jemand von den Burdocks gestorben war. Aber sie bringt dem, der sie sieht, furchtbares Unglück.«

Der Gedanke an das Begräbnis schien ihn jedoch ein wenig aufzuheitern. Die Besucher baten ihn nochmals, sich die Geschichte aus dem Kopf zu schlagen, und verabschiedeten sich von ihm.

»Ist es nicht erstaunlich«, fragte Mr. Frobisher-Pym, »was eine blühende Phantasie bei diesen Leuten fertigbringt? Und sie sind hartnäckig. Man kann sich den Mund fusselig reden.«

»Ja. Aber ich schlage vor, wir gehen einmal zur Kirche und sehen uns das Ganze an. Ich möchte gern wissen, wieviel er wirklich von seinem Standort aus sehen konnte.«

Die Pfarrkirche von Little Doddering steht, wie so viele Landkirchen, abseits von den Häusern. Die Hauptstraße von Herriotting, Abbotts Bolton und Frimpton führt am Westtor des Kirchhofs vorbei – es ist ein großer Friedhof mit vielen alten Grabsteinen. Auf der Südseite befindet sich ein schmaler, düsterer, von alten Ulmen überschatteter Weg, der die Kirche von den noch älteren Ruinen der Priorei von Doddering trennt. An der Hauptstraße, etwas weiter als der Punkt, wo der alte Prioreiweg einmündet, steht das Kriegerdenkmal, und von hier läuft die Straße in gerader Richtung nach Little Doddering. Um die übrigen zwei Seiten des Friedhofs schlängelt sich noch ein Weg, der im Dorf einfach »Hintergasse« genannt wird. Dieser zweigt etwa hundert Meter nördlich der Kirche von der Herriotting-Straße ab, mündet in das untere Ende des Prioreiwegs und läuft von da aus in Kurven nach Shootering Underwood, Hamsey, Thripsey und Wyck.

»Was Plunkett auch gesehen zu haben glaubt«, sagte Mr. Frobisher-Pym, »muß von Shootering gekommen sein. Die Hintergasse führt nur an ein paar Feldern und kleinen

Häusern vorbei, und es liegt klar auf der Hand, daß jeder, der von Frimpton gekommen wäre, die Hauptstraße gewählt haben würde. Die Gasse ist durch den vielen Regen in einem schlechten Zustand. Ich fürchte, daß sogar Sie, mein lieber Wimsey, trotz Ihrer vorzüglichen Eigenschaften als Detektiv es nicht fertigbringen, Wagenspuren auf diesen modernen Schotterstraßen zu entdecken.«

»Wohl kaum«, gab Wimsey zu, »besonders wenn es sich um eine Geisterkutsche handelt, die dahinrollt, ohne den Boden zu berühren. Aber Ihre Schlußfolgerung scheint wohlbegründet zu sein, Sir.«

»Wahrscheinlich waren es ein paar verspätete Lastwagen, die zum Markt fuhren«, setzte Frobisher-Pym hinzu. »Aberglaube und das hiesige Bier, fürchte ich, sind für den Rest verantwortlich. Aus dieser Entfernung hätte Plunkett nicht alle die Einzelheiten, die er erwähnte, erkennen können. Und wenn die Kutsche geräuschlos war, wie kam's, daß er sie überhaupt bemerkte, wo er doch schon über die Biegung hinaus war und in die andere Richtung ging? Verlassen Sie sich darauf, er hat nur die Räder gehört und sich den Rest eingebildet.«

»Wahrscheinlich«, sagte Wimsey.

»Wenn die Wagen allerdings ohne Lichter fuhren«, gab sein Gastgeber zu bedenken, »müßte man der Sache natürlich auf den Grund gehen. So etwas ist gefährlich, vor allem wo diese vielen Autos auf den Straßen so rasen. Ich mußte den Leuten deswegen schon streng ins Gewissen reden. Gerade neulich habe ich einem Mann dafür eine Geldbuße aufgebrummt. Möchten Sie vielleicht die Kirche besichtigen, wo wir schon mal hier sind?«

Lord Peter, der wußte, daß eine Kirchenbesichtigung auf dem Lande nun einmal mit dazugehört, ging bereitwilligst auf den Vorschlag ein.

»Heutzutage ist sie immer offen«, erklärte der Friedensrichter, während er auf das Westportal zuschritt. »Der Vikar vertritt den Standpunkt, daß Kirchen für Privatgebete immer offen sein sollten. Er kommt natürlich von einer Stadtpfarrei. Die Leute in dieser Gegend sind immer draußen auf den Feldern, und man kann von ihnen nicht erwarten, daß sie in Arbeitskleidung und schmutzigen Stiefeln in die Kirche kommen. Sie würden es als unehrerbietig betrachten, und außerdem haben sie etwas anderes zu tun. Auch habe ich den Vikar darauf hingewiesen, daß dadurch unerwünschtem Betragen Tür und Tor geöffnet sei. Aber er ist ein junger Mann und muß durch Erfahrung klug werden.«

Er stieß die Tür auf. Ein merkwürdiger, dumpfer Geruch von altem Weihrauch, Feuchtigkeit und Öfen schlug ihnen beim Eintritt entgegen – gewissermaßen ein konzentrierter Hochkirchenextrakt. Die beiden blumengeschmückten und vergoldeten Altäre, die sich wie grelle Flecken in den düsteren Schatten der bedrückenden Architektur dieser kleinen normannischen Kirche ausnahmen, strahlten dieselbe paradoxe Atmosphäre aus. Das Warme und Menschliche wirkte hier exotisch und fremd; das Kalte und Abstoßende schien dagegen dem Ort und den Leuten angemessen zu sein.

»Die Marienkapelle, wie Hancock sie nennt, im Südschiff, ist natürlich neu«, sagte Mr. Frobisher-Pym. »Sie stieß auf großen Widerstand, aber der Bischof ist nachsichtig mit den Anhängern der Hochkirche – zu nachsichtig, denken manche –, und was macht es schließlich aus? Ich kann meine Gebete genausogut verrichten, ob wir nun zwei Abendmahltische haben oder einen. Eins muß ich Hancock lassen: Er versteht es, mit den jungen Leuten umzugehen. In diesem Zeitalter der Motorräder will es schon was heißen, wenn jemand ein Interesse für die Religion in der Jugend erwecken kann. Dieses Gestell in der Kapelle ist wohl für den Sarg des alten Burdock bestimmt. Ah! Da kommt ja der Vikar.«

Ein dünner Mann in Soutane trat aus einer Tür neben dem Hochaltar, kam mit einem großen eichenen Kerzenleuchter in der Hand auf sie zu und hieß sie mit einem etwas professionellen Lächeln willkommen. Wimsey sah auf den ersten Blick, wen er vor sich hatte: einen ernsten, nervösen und nicht gerade hochintelligenten Mann.

»Die Kerzenleuchter sind eben erst angekommen«, bemerkte der Vikar nach der üblichen Begrüßung. »Ich

fürchtete schon, sie würden nicht rechtzeitig eintreffen. Aber jetzt ist alles in Ordnung.«
Er stellte den Leuchter neben das Gestell für den Sarg und steckte eine lange Kerze aus ungebleichtem Wachs auf die Messingspitze.
Mr. Frobisher-Pym erwiderte nichts darauf. Wimsey hielt es jedoch für angebracht, ein gewisses Interesse zu bekunden.
»Es ist höchst erfreulich«, meinte der so ermunterte Mr. Hancock, »wenn man sieht, daß die Leute sich wirklich für ihre Kirche zu interessieren beginnen. Ich habe eigentlich sehr wenig Schwierigkeiten gehabt, Leute zu finden, die heute nacht die Totenwache halten. Wir haben acht Wächter, die zu zweit von heute abend um zehn Uhr – bis dahin bin ich im Dienst – bis morgen früh um sechs, wenn ich die Messe lese, wachen werden. Die Männer werden bis zwei Uhr auf ihren Posten sein, dann lösen meine Frau und Tochter sie ab, und Mr. Hubbard und der junge Rawlinson haben sich bereit erklärt, die Stunden von vier bis sechs zu übernehmen.«
»Was für ein Rawlinson ist das?« erkundigte sich Mr. Frobisher-Pym.
»Mr. Grahams Schreiber aus Herriotting. Er gehört zwar nicht zu dieser Gemeinde, ist aber hier geboren und hat seine Dienste angeboten. Er kommt mit dem Motorrad herüber. Mr. Graham hat ja schließlich auch viele Jahre lang die Angelegenheiten der Familie Burdock verwaltet, und da wollte er wohl in irgendeiner Weise seine Achtung bezeugen.«
»Na, ich hoffe nur, daß er morgen früh seinen Pflichten nachkommen kann, wenn er sich die Nacht um die Ohren geschlagen hat«, brummte Mr. Frobisher-Pym. »Und was Hubbard angeht, so muß er ja wissen, was er tut. Es scheint mir allerdings eine merkwürdige Beschäftigung für einen Gastwirt zu sein. Nun, wenn's ihm Spaß macht und Sie damit zufrieden sind, läßt sich nichts weiter dazu sagen.«
»Sie haben hier eine sehr schöne alte Kirche, Mr. Hancock«, sagte Wimsey, der es nicht zum Disput kommen lassen wollte, ablenkend.

»Sie ist wirklich sehr schön«, pflichtete der Vikar ihm bei. »Haben Sie schon die Apsis gesehen? Es ist selten, daß eine Dorfkirche eine so vollkommene normannische Apsis hat. Betrachten Sie sie einmal aus der Nähe.« Er redete munter weiter, während sie zum Altar hinaufgingen, wobei er hin und wieder Wimseys Aufmerksamkeit auf hübsche Miserere-Stühle, eine schön gemeißelte Piscina oder herrlich geschnitzte Wandnischen lenkte. Wimsey half ihm dann noch, die übrigen Kerzenleuchter aus der Sakristei zu tragen. Sobald diese aufgestellt waren, verließ er mit Mr. Frobisher-Pym die Kirche.

»Sie erwähnten doch, daß Sie heute abend bei den Lumsdens zum Essen eingeladen seien«, sagte der Friedensrichter, als sie nach dem Lunch ihre Zigaretten rauchten. »Wie wollen Sie hinkommen? Möchten Sie mit dem Auto fahren?«
»Lieber wäre mir eines Ihrer Pferde«, erwiderte Wimsey. »In der Stadt habe ich so wenig Gelegenheit zum Reiten.«
»Aber gewiß doch, mein Lieber, gewiß doch. Ich fürchte nur, Sie werden ziemlich naß. Nehmen Sie Polly Flinders. Ihr täte etwas Bewegung gut. Ist Ihnen das auch wirklich lieber? Haben Sie Ihr Reitzeug mitgebracht?«
»Ja – ich habe ein Paar alte Hosen bei mir und einen Regenmantel. Da kann mir nichts passieren. Sie werden mich nicht im Abendanzug erwarten. Wie weit ist es bis Frimpton?«
»Neun Meilen auf der Hauptstraße, und den ganzen Weg leider Schotter, aber er ist von breiten Grasstreifen gesäumt. Auch können Sie etwa eine Meile abschneiden, wenn Sie über die Gemeindewiese reiten. Wann wollen Sie denn aufbrechen?«
»Gegen sieben, denke ich. Glauben Sie wohl, daß Mrs. Frobisher-Pym mich für sehr unhöflich halten wird, wenn ich etwas spät zurückkehre? Lumsden und ich sind alte Kriegskameraden, und wenn wir einmal die alten Zeiten beim Wickel haben, werden wir wahrscheinlich bis in die frühen Morgenstunden hinein schwatzen. Ich möchte natürlich Ihr Haus nicht als Hotel betrachten, aber . . .«

»Selbstverständlich nicht! Das geht völlig in Ordnung. Meine Frau hat absolut nichts dagegen. Sie sollen Ihren Aufenthalt hier genießen und tun, was Sie wollen. Ich gebe Ihnen einen Hausschlüssel mit und werde daran denken, nicht die Kette vorzulegen. Vielleicht machen Sie es dann selbst, wenn Sie nach Hause kommen, ja?«

»Selbstverständlich. Aber wie steht's mit dem Gaul?«

»Ich werde Merridew sagen, daß er nach Ihnen Ausschau halten soll. Er schläft über den Ställen. Wenn Sie nur besseres Wetter hätten! Das Barometer fällt leider. Ja. Du meine Güte! Für morgen sieht es schlecht aus. Sie werden wohl dem Trauergefolge vor der Kirche begegnen, wenn der Zug pünktlich ist.«

Der Zug war offensichtlich pünktlich, denn als Lord Peter auf das Westtor der Kirche zutrabte, sah er dort einen prunkvollen Leichenwagen stehen, der von einer kleinen Gruppe Leidtragender umgeben war. Zwei Trauerkutschen gehörten zum Gefolge. Der Kutscher der zweiten schien Schwierigkeiten mit den Pferden zu haben, und Wimsey schloß daraus ganz richtig, daß das wohl das Paar war, das man sich von Mr. Mortimer geliehen hatte. Während er Polly Flinders nach Kräften im Zaume hielt, stellte er sich in achtbarer Entfernung am Rande der Menge auf und beobachtete, wie der Sarg aus dem Leichenwagen gehoben und durch das Tor getragen wurde, wo ihn Mr. Hancock – in vollem Ornat, begleitet von einem Meßdiener und zwei Fackelträgern – erwartete. Die Wirkung wurde ein wenig verdorben durch den Regen, der die Kerzen ausgelöscht hatte. Aber in den Augen der Dorfbevölkerung war es dennoch ein erstklassiges Schauspiel. Ein massiver Mann, sehr korrekt in schwarzem Gehrock und Zylinder, begleitet von einer Frau in Pelzen und hübscher Trauerkleidung, veranlaßte die Umstehenden zu teilnahmsvollen Bemerkungen. Es war der durch seine Seidenstrümpfe berühmte Haviland Burdock, der jüngere Sohn des Verstorbenen. Eine ganze Reihe weißer Kränze wurden dann herausgereicht und mit einem beifälligen Gemurmel der Bewunderung registriert. Der Chor stimmte – etwas unrein – eine Hymne an, und die Prozession bewegte sich in die Kirche. Polly Flinders schüttelte kräftig den Kopf. Wimsey, der dies als Aufbruchssignal deutete, setzte seinen Hut wieder auf und trabte gemächlich in Richtung Frimpton davon.

Vier Meilen weit folgte er der Hauptstraße, die sich durch ein schön bewaldetes Gelände bis an den Rand der Gemeindewiese von Frimpton hinzog. Hier machte die Straße einen weiten Bogen um die Wiese und schlängelte sich in sanften Kurven in Richtung Frimpton. Wimsey zögerte einen Augenblick; es wurde dunkel, und er kannte weder den Weg noch das Tier, das er ritt. Ein ziemlich ausgeprägter Reitweg schien jedoch über die Wiese zu führen, und letzten Endes beschloß er, diesen zu wählen. Polly Flinders kannte ihn anscheinend sehr gut und trabte ohne Zaudern dahin. Nach anderthalb Meilen landeten sie ohne jeden Zwischenfall wieder auf der Hauptstraße. Hier verursachte eine Straßengabelung Verwirrung, aber Taschenlampe und Wegweiser lösten das Problem. Ein weiterer Ritt von zehn Minuten brachte den Reiter ans Ziel.

Major Lumsden war ein großer, heiterer Mann, der, obwohl er im Krieg ein Bein verloren hatte, von seiner Heiterkeit nichts eingebüßt hatte. Er besaß eine große, heitere Frau, ein großes, heiteres Haus und eine große, heitere Familie. Wimsey saß bald vor einem Feuer, das ebenso groß und heiter war wie der Rest des Haushalts, und tauschte über einem Whisky-Soda Klatsch und Tratsch mit seinen Gastgebern aus. Er beschrieb die Burdock-Prozession mit unehrerbietigem Spott und erzählte dann die Geschichte von der Geisterkutsche. Major Lumsden lachte.

»Es ist eine wunderliche Gegend«, gab er zu. »Der Polizist ist genauso schlimm wie die anderen. Erinnerst du dich noch daran, meine Liebe, wie ich einen Geist bannen mußte, da unten auf Pogsons Farm?«

»O ja«, erwiderte seine Frau mit Nachdruck. »Die Hausmädchen hatten eine herrliche Zeit. Trivett – das ist der Constable des Ortes – stürzte bei uns herein und schlug

in der Küche hin. Alle saßen heulend um ihn herum und stärkten ihn mit unserem besten Brandy, während Dan sich aufmachte, um die Sache zu untersuchen.«
»Hast du den Geist gefunden?«
»Nicht gerade den Geist, aber ein Paar Stiefel und eine halbe Schweinefleischpastete in dem leeren Haus. Wir haben daher alles auf einen Handwerksburschen geschoben. Ich muß gestehen, es passieren hier tatsächlich merkwürdige Dinge. Wenn ich nur an die Feuer denke, die wir im vergangenen Jahr auf der Gemeindewiese hatten. Dafür hat man nie eine Erklärung gefunden.«
»Zigeuner, Dan.«
»Mag sein, aber niemand hat welche gesehen. Die Feuer brannten unter den merkwürdigsten Umständen, manchmal im strömenden Regen, und ehe man an eins herankam, war es aus und nur noch ein durchweichter, nasser schwarzer Fleck war zu sehen. Es gibt da auch eine Stelle auf der Gemeindewiese, die die Tiere nicht leiden können – in der Nähe des sogenannten Totenmann-Pfostens. Meine Hunde meiden sie wie die Pest. Komische Viecher! Ich konnte dort nie etwas entdecken, aber selbst bei hellichtem Tag wollen sie nichts davon wissen. Die Wiese genießt keinen guten Ruf. Sie war früher ein idealer Platz für Straßenräuber.«
»Hat die Burdock-Kutsche etwas mit Straßenräubern zu tun?«
»Nein. Ich glaube mit einem wüsten, längst verblichenen Ahnen. Gehörte zum Höllenfeuerklub oder dergleichen. Die übliche Geschichte. Alle Leute in dieser Gegend glauben natürlich daran. In gewisser Beziehung ist das ganz gut. Da bleiben die Dienstboten wenigstens abends zu Hause. Wie wär's, wenn wir uns etwas zu Gemüte führten? Ich bin hungrig.«

»Erinnerst du dich noch an die verfluchte alte Mühle und die drei Ulmen beim Schweinestall?« fragte Major Lumsden.
»Na, und ob! Du hast sie ja sehr entgegenkommend aus der Landschaft gesprengt. Sie waren ein zu starker Blickfang.«

»Als sie fort waren, haben sie uns sehr gefehlt.«
»Gott sei Dank, daß du sie nicht verfehlt hast, als sie noch da waren. Etwas hast du aber verfehlt.«
»Was denn?«
»Die alte Sau.«
»Wahrhaftig, ja. Weißt du noch, wie der alte Piper sie hereinholte?«
»Das will ich meinen. Da fällt mir ein, du kanntest doch Bunthorne . . .«
»Ich sage gute Nacht«, erklärte Mrs. Lumsden, »und überlasse euch beide euren Erinnerungen.«
»Erinnerst du dich noch«, fragte Lord Peter, »an den unangenehmen Augenblick, als Popham überschnappte?«
»Nein. Ich war mit einer Gruppe von Gefangenen zurückgeschickt worden. Habe aber davon gehört. Was ist eigentlich aus ihm geworden?«
»Ich habe ihn nach Hause fahren lassen. Jetzt ist er verheiratet und lebt in Lincolnshire.«
»So? Er konnte wohl nichts dafür. War ja noch ein Kind. Was ist aus Philpotts geworden?«
»Oh, Philpotts . . .«
»Wo ist dein Glas, alter Knabe?«
»Hier, alter Knabe. Die Nacht ist noch jung . . .«
»Wirklich? Hör mal, warum bleibst du nicht über Nacht? Meine Frau würde sich freuen.«
»Tausend Dank. Aber ich muß mich nach Hause trollen. Ich hab versprochen, die Kette vorzulegen, weißt du.«
»Ganz wie du willst. Aber es regnet immer noch. Keine angenehme Nacht für einen Ritt.«
»Nächstes Mal komme ich in einer Chaise. Uns macht's nichts aus. Regen ist gut für die Haut – zaubert Rosen auf die Wangen. Weck bloß nicht deinen Diener. Ich kann das Pferd selbst satteln.«
»Aber das macht er doch gern.«
»Nein, wirklich nicht, alter Freund.«
»Ich komme mit und helfe dir.«
Ein nasser Windstoß fegte durch die Halle, als sie sich in die Nacht hinauskämpften. Es war nach ein Uhr. Noch einmal drängte Major Lumsden Wimsey zum Bleiben.

»Nein, wirklich nicht, danke. Die Dame des Hauses könnte beleidigt sein. Es ist auch nicht so schlimm – naß, ja, aber nicht kalt. Komm her, Polly, und laß dich satteln!«
Er schnallte den Riemen fest, während Lumsden die Laterne hielt. Die gefütterte und ausgeruhte Stute tänzelte mit vorgestrecktem Kopf und schnuppernden Nüstern aus dem warmen Stall.
»Also, auf Wiedersehen, alter Junge. Komm bald mal wieder. Es war herrlich.«
»Gern. Wahrhaftig, ja. Beste Empfehlung an deine Frau. Ist das Tor offen?«
»Ja.«
»Also, dann auf Wiedersehen!«
»Auf Wiedersehen!«
Jetzt, wo es nach Hause ging, legte sich Polly Flinders ins Zeug, um die neun Meilen Landstraße schnell hinter sich zu bringen. Vor den Toren schien die Nacht heller zu sein, obgleich es noch in Strömen regnete. Irgendwo hinter den sich zusammenballenden Wolken war der Mond verborgen, der sich hin und wieder als blasser Fleck am Himmel und noch blasserer Widerschein auf der schwarzen Straße zeigte. Wimsey, voll der Erinnerungen und des guten Whiskys, summte vor sich hin.
Als er die Gabelung erreichte, zögerte er einen Augenblick. Sollte er den Pfad über die Wiese nehmen oder doch lieber auf der Straße bleiben? Nach kurzer Überlegung beschloß er, die Wiese zu meiden – nicht wegen ihres bösen Rufs, sondern wegen der Rillen und Kaninchenlöcher. Er schüttelte die Zügel, sprach seiner Rosinante aufmunternd zu und blieb auf der Landstraße; auf der einen Seite dehnte sich die Wiese, auf der anderen Felder mit hohen Hecken, die etwas Schutz gegen den peitschenden Regen gewährten.
Er war über den höchsten Punkt hinweg und hatte gerade die Stelle passiert, wo der Reitweg auf die Landstraße mündete, als Polly Flinders durch ein leichtes Stolpern seine Aufmerksamkeit auf sich lenkte.
»Nicht schlafen, Polly«, sagte er mißbilligend.

Polly schüttelte den Kopf und versuchte, ihre leichte Gangart wiederaufzunehmen.
»Hallo!« Wimsey war beunruhigt und brachte sie zum Stehen.
»Hinkt mit dem linken Vorderfuß«, stellte er beim Absteigen fest. »Wenn du dir vier Meilen von zu Hause etwas verstaucht hast, mein Mädchen, wird Vater sich aber freuen.«
Jetzt erst fiel ihm ein, wie merkwürdig einsam die Straße war. Er hatte kein einziges Auto gesehen. Sie hätten ebensogut durch die afrikanische Wildnis reiten können.
Prüfend fuhr er mit der Hand am linken Vorderbein hinab. Der Gaul verhielt sich ganz ruhig, ohne zu zucken. Wimsey stand vor einem Rätsel.
»In der guten alten Zeit hätte ich angenommen, sie habe sich einen Stein in den Fuß getreten«, murmelte er vor sich hin.
Er hob ihren Fuß und untersuchte ihn sorgfältig mit Fingern und Taschenlampe. Seine Diagnose erwies sich als richtig. Eine Stahlschraube, die wohl von einem Auto gefallen war, hatte sich fest zwischen Hufeisen und Gabel eingeklemmt. Wimsey stöhnte und tastete nach seinem Messer. Glücklicherweise war es eins von jener ausgezeichneten altmodischen Sorte, die außer Klingen und Korkenzieher noch ein raffiniertes Gerät zum Entfernen von Fremdkörpern aus Pferdehufen besaß.
Das Pferd rieb ihn sanft mit der Nase, als er sich über seine Aufgabe beugte, die nicht ganz einfach war, da er sich die Taschenlampe unter den Arm klemmen mußte, um eine Hand für das Werkzeug und die andere für den Huf frei zu haben. Er fluchte leise vor sich hin, und als er zufällig die Straße hinabblickte, glaubte er, etwas Glänzendes zu sehen, das sich bewegte. Es war nicht gut zu erkennen, denn an dieser Stelle standen hohe Bäume zu beiden Seiten der Straße, die stark abschüssig war. Für ein Auto war das Licht zu schwach. Ein Wagen vielleicht, mit einer trüben Laterne. Doch schien das Gefährt sich schnell zu bewegen. Einen Augenblick lang zerbrach Wimsey sich darüber den Kopf und ging dann wieder an die Arbeit.

Als er sich nach einiger Zeit aufrichtete und seinen Blick über die Straße schweifen ließ, sah er es.
Aus dem triefenden Dunkel der Bäume kam es herauf und strahlte in schwachem Mondesglanz. Kein Klappern von Hufen, kein Rollen von Rädern, kein Geklirr des Zaumzeugs war zu vernehmen. Wimsey sah die weißen, glatten, leuchtenden Schultern der Pferde und die Kummets, die wie schwache feurige Ringe darauf ruhten und nichts umschlossen. Er sah die glänzenden Zügel, deren Enden in den Ringen hin und her glitten. Die Füße, die die Erde nie berührten, bewegten sich schnell – viermal vier geräuschlose Hufe, die die blassen Leiber, wie in Nebelglanz gehüllt, vorbeitrugen. Der nach vorn gebeugte Kutscher schwang die Peitsche. Er war ohne Gesicht, ohne Kopf, aber seine ganze Haltung verriet schreckliche Hast. Die Kutsche war in dem peitschenden Regen kaum sichtbar. Aber Wimsey sah verschwommen die sich schnell drehenden Räder und etwas Mattweißes, still und steif, am Fenster. Sie sausten im Galopp vorbei – kopfloser Kutscher, kopflose Pferde und lautloses Gefährt. Als die Kutsche sich entfernte, spürte Wimsey ein leichtes Vibrieren in der Luft – und plötzlich brüllte der Wind hinter ihr her, während im Süden der Himmel seine Schleusen zu einem Wolkenbruch öffnete.
»Mein Gott!« flüsterte Wimsey. Und dann: »Wie viele Whiskys haben wir denn eigentlich getrunken?«
Er wandte sich um und blickte mit angestrengten Augen die Straße entlang. Dann fiel ihm plötzlich die Stute ein. Ohne sich weiter mit der Taschenlampe abzuquälen, hob er ihren Huf hoch und hantierte nach Gefühl. Bald darauf fiel die Schraube in seine Hand, und Polly Flinders blies ihm, dankbar seufzend, ins Ohr.
Wimsey führte sie ein paar Schritte. Sie setzte die Hufe fest und stark auf. Die unverzüglich entfernte Schraube hatte keine wunde Stelle hinterlassen. Wimsey schwang sich in den Sattel und ließ sie laufen – dann riß er ihr plötzlich den Kopf herum.
»Ich will doch mal sehen«, erklärte er resolut. »Vorwärts, Polly! Wir lassen uns doch nicht von ein paar kopflosen

Pferden ins Bockshorn jagen. Gänzlich unanständig, ohne Kopf herumzulaufen. Schneller, alte Dame! Über die Wiese mit dir! Wir werden sie an der Gabelung schnappen.«

Ohne die geringste Rücksicht auf seinen Gastgeber oder dessen Eigentum lenkte er das Pferd wieder auf den Reitweg und ließ es galoppieren.

Zuerst glaubte er, auf der Straße etwas Flatterndes, Weißes zu erkennen. Aber als Straße und Reitweg sich voneinander entfernten, verlor er es aus den Augen. Doch er wußte, daß keine Seitenstraßen abzweigten. Wenn sein Pferd keinen Unfall hatte, mußte er die Kutsche an der Gabelung einholen. Polly Flinders, die auf die leiseste Berührung seiner Absätze reagierte, flog über den rauhen Pfad mit einer aus Vertrautheit geborenen Gleichgültigkeit dahin. Nach knapp zehn Minuten erklangen ihre Hufe wieder auf der Schotterstraße. Er brachte sie zum Stehen und blickte die Straße hinab, die nach Little Doddering führte. Noch konnte er nichts sehen. Entweder war er zu früh da oder sie war bereits mit unglaublicher Geschwindigkeit vorbeigefahren, oder aber ...

Er wartete. Nichts. Der heftige Regen hatte aufgehört, und der Mond kämpfte sich wieder durch die Wolken. Die Straße schien völlig verlassen zu sein. Er blickte über seine Schultern. Ein kleiner Lichtstrahl bewegte sich nahe am Boden, blitzte grün, rot und dann wieder weiß auf und kam auf ihn zu. Bald erkannte er, daß es ein Polizist war, der sein Rad neben sich führte.

»Eine schlechte Nacht, Sir«, bemerkte der Mann höflich, jedoch mit einem leicht fragenden Ton in der Stimme.

»Scheußlich«, bestätigte Wimsey.

»Mußte einen geplatzten Schlauch flicken. So was fehlt einem gerade in einer solchen Nacht noch«, fügte der Polizist hinzu.

Wimsey bezeugte seine Anteilnahme. Dann fragte er: »Sind Sie schon lange hier?«

»An die zwanzig Minuten.«

»Ist etwas an Ihnen vorbeigekommen von Little Doddering her?«

»Nichts, solange ich hier war. Was sollte es denn sein?«
»Ich dachte, ich hätte...« Wimsey zauderte. Er spürte kein allzu großes Verlangen, sich lächerlich zu machen. »Einen Wagen mit vier Pferden gesehen«, fuhr er zögernd fort. »Vor kaum einer Viertelstunde ist er auf dieser Straße an mir vorbeigekommen – unten am anderen Ende der Gemeindewiese. Ich – ich bin zurückgeritten, um zu sehen, was es war. Es war so merkwürdig...« Er spürte, daß sein Bericht sehr schwach klang.
Der Polizist sprach ziemlich scharf und schnell.
»Es ist nichts vorbeigekommen.«
»Bestimmt nicht?«
»Nein, Sir. Nehmen Sie's mir nicht übel, aber ich rate Ihnen, sich nach Hause zu begeben. Es ist eine einsame Gegend hier.«
»Ja, nicht wahr?« meinte Wimsey. »Gute Nacht, Constable.«
Langsam ritt er nach Little Doddering zurück. Er sah nichts, hörte nichts und kam an nichts vorbei. Die Nacht war jetzt heller, und er stellte noch einmal fest, daß es keine Seitenstraßen gab. Was das Ding, das er gesehen hatte, auch gewesen sein mochte, es war irgendwo am Rande der Gemeindewiese verschwunden; es hatte weder die Hauptstraße benutzt noch irgendeine andere Straße.

Wimsey kam reichlich spät am nächsten Morgen zum Frühstück herunter und fand seine Gastgeber in ziemlicher Aufregung vor.
»Es ist etwas ganz Ungewöhnliches passiert«, rief Mrs. Frobisher-Pym ihm entgegen.
»Himmelschreiend!« setzte ihr Mann hinzu. »Ich habe Hancock ja gewarnt – das kann er nicht abstreiten. Aber wie man auch über sein Getue denken mag, für ein so abscheuliches Betragen läßt sich keine Entschuldigung finden. Wehe, wenn ich die Burschen in die Finger bekomme, wer sie auch sein mögen...«
»Was ist denn los?« fragte Wimsey und nahm sich von den geschmorten Nieren, die auf dem Büfett standen.
»Einfach skandalös!« erklärte Mrs. Frobisher-Pym. »Der

Vikar ist sofort zu Tom gekommen – hoffentlich haben wir Sie nicht mit all dem Theater gestört. Als Mr. Hancock heute morgen um sechs Uhr zur Kirche kam, um den Frühgottesdienst zu halten ...«
»Nein, nein, meine Liebe, so kannst du nicht beginnen. Laß *mich* erzählen. Als Joe Grinch – das ist der Küster, wissen Sie, und er muß zuerst dasein, um die Glocken zu läuten –, als er ankam, fand er das Südportal weit offen und niemanden in der Kapelle, wo sie doch neben dem Sarg Wache halten sollten. Er war natürlich ganz bestürzt, dachte sich aber, daß Hubbard und der junge Rawlinson der Sache vielleicht überdrüssig geworden und nach Hause gegangen seien. Also ging er zur Sakristei, um die Meßgewänder und das alles zurechtzulegen, und hörte zu seinem Erstaunen Frauenstimmen darin, die ihm etwas zuriefen. Er war so verwirrt, daß er nicht mehr wußte, wo er sich befand. Dann ist er aber hingegangen und hat die Tür aufgeschlossen ...«
»Mit seinem eigenen Schlüssel?« fragte Wimsey.
»Der Schlüssel steckte in der Tür. In der Regel hängt er an einem Nagel unter einem Vorhang bei der Orgel. Aber diesmal steckte er im Schloß – wo er nichts zu suchen hat. Und drinnen fand er Mrs. Hancock und ihre Tochter, die vor Angst und Ärger halbtot waren.«
»Du lieber Himmel!«
»Das kann man wohl sagen. Sie hatten eine höchst seltsame Geschichte zu erzählen. Um zwei Uhr hatten sie die Wache abgelöst und waren, wie vorgesehen, am Sarg in der Marienkapelle niedergekniet, um die Gebete zu sprechen. Etwa zehn Minuten später hörten sie vom Hochaltar her ein Geräusch, als schleiche dort jemand herum. Miss Hancock besitzt ziemlich viel Mut. Sie erhob sich und ging im Dunkeln den Gang entlang. Mrs. Hancock folgte ihr, weil sie nicht allein bleiben wollte. Als sie bis zum Altargitter gekommen waren, rief Miss Hancock laut: ›Wer ist da?‹ Daraufhin hörte sie ein Rascheln und einen Laut, als sei etwas umgeworfen worden. Miss Hancock griff äußerst mutig nach einem Stab des Kirchenvorstehers, der am Chorgestühl befestigt war, und trat vor im Glauben,

daß jemand versuchte, etwas vom Altar zu stehlen. Es gibt da ein sehr schönes Kreuz aus dem fünfzehnten Jahrhundert ...«

»Laß das Kreuz aus dem Spiel, Tom. Das wurde jedenfalls nicht gestohlen.«

»Nein, aber Miss Hancock befürchtete es. Gerade als sie bei den Altarstufen anlangte und Mrs. Hancock, die dicht hinter ihr war, sie zur Vorsicht mahnte, stürzte jemand aus dem Chorgestühl, packte sie am Arm und stieß sie, wie sie sich ausdrückte, in die Sakristei. Bevor sie überhaupt Atem holen konnte, um zu schreien, wurde Mrs. Hancock ebenfalls hineingeschoben und die Tür zugeschlossen.«

»Herrje! In Ihrem Dorf geht es aber lebhaft zu.«

»Na, die beiden hatten natürlich furchtbare Angst; denn sie konnten doch nicht wissen, ob diese Schurken zurückkommen und sie umbringen würden. Auf jeden Fall nahmen sie an, daß ein Kirchendiebstahl geplant war. Aber die Fenster der Sakristei sind sehr schmal und außerdem vergittert. Es blieb ihnen also nichts anderes übrig, als abzuwarten. Sie versuchten zu lauschen, konnten aber nicht viel hören. Ihre einzige Hoffnung bestand darin, daß die Vier-Uhr-Wache früh kommen und die Diebe überraschen würde. Doch sie warteten und warteten und hörten es vier Uhr schlagen, dann fünf, und niemand kam.«

»Wo waren denn dieser Dingsda und Rawlinson geblieben?«

»Das konnte keiner sagen, auch Grinch nicht. Sie haben jedoch gründlich in der Kirche nachgesehen, und es schien nichts gestohlen oder in Unordnung gebracht worden zu sein. Dann kam der Vikar hinzu, dem sie den ganzen Vorgang berichteten. Er war natürlich ganz entsetzt, und sein erster Gedanke war – als er merkte, daß nichts gestohlen worden war –, daß jemand die Hostie aus dem – wie nennt man das Ding doch? – gestohlen haben könnte.«

»Tabernakel«, schlug Wimsey vor.

»Ganz recht, so heißt es. Der Gedanke beunruhigte ihn sehr. Er hat ihn dann aufgeschlossen und nachgesehen, aber die Hostie war noch da. Also schickte er Mrs. und Miss Hancock nach Hause und sah sich draußen vor der

Kirche um. Das erste, was er entdeckte, war das Motorrad des jungen Rawlinson, das im Gebüsch beim Südportal lag.«

»Aha!«

»Sein nächster Gedanke war daher, Rawlinson und Hubbard aufzustöbern. Er brauchte jedoch nicht lange zu suchen. Als er zum Heizungsraum an der Nordseite kam, hörte er einen fürchterlichen Radau. Es wurde geschrien und an die Tür gehämmert. Er holte also Grinch, und beide guckten durch das kleine Fenster hinein. Dort, bitte sehr, entdeckten sie dann Hubbard und den jungen Rawlinson, die schrien, tobten und die fürchterlichsten Ausdrücke gebrauchten. Es stellte sich heraus, daß man mit ihnen in derselben Weise verfahren war wie mit den beiden Frauen, aber ehe sie die Kirche betreten hatten. Rawlinson hatte den Abend mit Hubbard verbracht. Um die anderen Hausbewohner so früh nicht zu stören, hätten sie hinten in der Bar ein Nickerchen gemacht – so sagten sie jedenfalls, aber in Wirklichkeit werden sie sich wohl einen kräftigen Schluck genehmigt haben. Und wenn das Hancocks Vorstellung ist von einer geziemenden Vorbereitung für Kirche und Gebet, so kann ich nur sagen, ich teile sie nicht. Jedenfalls brachen sie kurz vor vier Uhr auf. Am Südtor, das zugeschoben war, mußten sie absteigen, und als Rawlinson das Rad den Weg hinaufschob, sprangen mehrere Männer hinter dem Gebüsch und den Bäumen hervor. Es gab ein kleines Handgemenge, aber da sie das Motorrad hatten und das Ganze so unerwartet kam, konnten sie nicht viel machen. Außerdem warfen ihnen die Männer Decken über die Köpfe. Dann wurden sie im Heizungsraum eingeschlossen. Wenn inzwischen der Schlüssel nicht gefunden wurde, sind sie wahrscheinlich immer noch dort. Es müßte eigentlich ein zweiter Schlüssel vorhanden sein, aber ich weiß nicht, wo der geblieben ist.«

»Dann haben sie ihn also diesmal nicht im Schloß stecken lassen, wie?«

»Nein. Man hat nach dem Schlosser geschickt. Ich will eben hingehen, um zu sehen, wie es steht. Möchten Sie mitkommen, wenn Sie fertig sind?«

Wimsey willigte ein. Alles, was nach Problem aussah, faszinierte ihn.
»Sie sind übrigens ziemlich spät nach Hause gekommen«, bemerkte Mr. Frobisher-Pym leutselig, als sie aus dem Hause gingen. »Haben wohl die alten Zeiten durchgehechelt, was?«
»Allerdings«, entgegnete Wimsey.
»Der alte Gaul hat sich doch wohl anständig benommen? Einsame Straße, nicht wahr? Sie haben hoffentlich nichts Schlimmeres gesehen als sich selbst, wie man so zu sagen pflegt.«
»Nur einen Polizisten«, log Wimsey. Er war sich noch nicht schlüssig, ob er über die Phantomkutsche reden sollte. Zweifellos würde Plunkett erleichtert sein, wenn er wüßte, daß er nicht der einzige war, der eine »Warnung« bekommen hatte. Aber war es auch wirklich die Geisterkutsche gewesen und nicht eine von Whisky und Erinnerungsseligkeit erzeugte Illusion? Bei Tageslicht besehen, war Wimsey seiner Sache nicht mehr so sicher.
Als sie bei der Kirche anlangten, fanden der Friedensrichter und sein Gast eine stattliche Schar versammelt. Ins Auge stachen der heftig gestikulierende Vikar in Soutane und Birett und der Constable, dessen Uniformrock schief zugeknöpft war und dessen Würde darunter litt, daß sämtliche Kinder des Dorfes sich an seine Beine klammerten. Er hatte soeben die Aussagen der Männer notiert, die endlich aus dem Kohlenkeller befreit worden waren. Der jüngere der beiden, ein frischer, kecker Bursche von etwa fünfundzwanzig Jahren, war gerade dabei, sein Motorrad in Gang zu bringen. Er begrüßte Mr. Frobisher-Pym freundlich. »Leider hat man uns ganz schön mitgespielt, Sir. Sie entschuldigen mich, nicht wahr? Ich muß schleunigst zurück nach Herriotting. Mr. Graham ist wenig erfreut, wenn ich zu spät ins Büro komme. Ich glaube, ein paar Typen haben sich einen Scherz mit uns erlaubt.« Er grinste, als er den Gashebel umlegte und in einer unnötig dicken Rauchwolke, die Mr. Frobisher-Pym zum Niesen brachte, davonsauste. Sein Mitopfer, ein großer, fetter Mann, der typische fidele Gastwirt, lächelte den Friedensrichter beschämt an.

»Na, Hubbard«, meinte letzterer, »ich hoffe, Sie haben Ihr Erlebnis genossen. Ich muß schon sagen, ich bin überrascht, daß ein Mann von Ihrem Format sich wie ein ungezogener Lausbub im Kohlenkeller einsperren läßt.«
»Ja, Sir, ich war selbst im Moment überrascht«, erwiderte der Gastwirt ziemlich gutmütig. »Als mir die Decke über den Kopf geworfen wurde, war ich der erstaunteste Mann im ganzen Lande. Ich habe ihnen aber ein paar vors Schienbein gegeben, damit sie an mich denken.« In Erinnerung daran mußte er lachen.
»Wie viele waren es denn?« fragte Wimsey.
»Drei oder vier, möchte ich wohl schätzen, Sir. Aber da ich sie nicht gesehen habe, kann ich nur nach ihrem Reden urteilen. Zwei haben mich geschnappt, das weiß ich ziemlich sicher, und der junge Rawlinson meinte, daß er nur von einem gepackt wurde. Der muß mächtig stark gewesen sein.«
»Wir müssen alle Hebel in Bewegung setzen, um die Namen dieser Leute ausfindig zu machen«, stieß der Vikar aufgeregt heraus. »Ah, Mr. Frobisher-Pym, kommen Sie und sehen Sie sich an, was die in der Kirche angerichtet haben. Es ist so, wie ich annahm: ein antiklerikaler Akt. Wir müssen dankbar sein, daß es nicht noch schlimmer gekommen ist.«
Damit führte er sie in die Kirche. Irgend jemand hatte ein paar Ampeln bei dem düsteren kleinen Altar angezündet. Auf diese Weise konnte Wimsey sehen, daß der Hals des Adlers am Lesepult mit einer ungeheuren rot-weiß-blauen Schleife geziert war und außerdem ein großes Plakat trug – offenbar aus einem Zeitungsbüro entwendet – »Vatikan verbietet unsittliche Kleidung«. Auf jedem Chorstuhl saß ein einfältig liebenswürdiger Teddybär, anscheinend darin vertieft, das Gesangbuch von unten nach oben zu lesen, während auf der Ablage vor jedem Stofftier das Exemplar eines Witzblattes aufdringlich ausgebreitet war. Auf der Kanzel hatte man einen papierenen Eselskopf angebracht, der aus einem eleganten Nachthemd herausragte und mit einem hübschen, aus Goldpapier gebastelten Heiligenschein gekrönt war.

»Schandbar, nicht wahr?« sagte der Vikar.
»Na, Hancock«, erwiderte Mr. Frobisher-Pym, »ich muß sagen, ich glaube, Sie haben sich das selbst zuzuschreiben, obgleich ich natürlich zugebe, daß so etwas unter keinen Umständen geduldet werden darf. Die Missetäter müssen gefunden und streng bestraft werden. Aber Sie sehen doch nun ein, daß viele Ihrer neuen Sitten diesen Leuten wie papistischer Unsinn vorkommen, wenn das auch keine Entschuldigung ist . . .«
Seine tadelnde Stimme dröhnte weiter.
Der Polizist hatte inzwischen die herumstehenden Dorfbewohner abgeschoben und stand nun neben Lord Peter am Eingang des Altargitters.
»Waren Sie das nicht, den ich heute morgen auf der Straße traf, Sir? Aha! Ich habe doch Ihre Stimme wiedererkannt. Sind Sie gut nach Hause gekommen, Sir? Ist Ihnen nichts mehr begegnet?«
Sein Tonfall verriet mehr als müßige Neugierde. Wimsey drehte sich schnell um.
»Nein, mir ist nichts – mehr begegnet. Wer fährt hier nachts in einer Kutsche mit vier weißen Pferden im Dorf herum, Sergeant?«
»Bin kein Sergeant, Sir – mit meiner Beförderung hat's noch gute Weile. Na, Sir, was die weißen Pferde angeht, so kann ich Ihnen keine rechte Auskunft geben. Mr. Mortimer drüben in Abbotts Bolton hat ein paar hübsche Grauschimmel, er ist der größte Pferdezüchter in dieser Gegend. Aber er würde bei einem so furchtbaren Regen nicht draußen herumkutschieren, nicht wahr, Sir?«
»Man sollte es nicht annehmen.«
»Nein, Sir. Und« – der Polizist beugte sich dicht zu Wimsey hinüber und flüsterte ihm zu – »und Mr. Mortimer ist ein Mann, der einen Kopf auf seinen Schultern hat – *und was noch wichtiger ist, seine Pferde ebenfalls.*«
»Na«, fragte Wimsey, ein wenig betroffen über die Bemerkung, »haben Sie je ein Pferd gesehen, das keinen Kopf auf den Schultern hatte?«
»Nein, Sir«, erwiderte der Polizist mit Nachdruck, »ein *lebendes* Pferd jedenfalls nicht. Aber das alles hat weder

Hand noch Fuß, wie man zu sagen pflegt. Was diese Kirchenangelegenheit betrifft, so ist das nur ein kleiner Schabernack, den sich die Jungen geleistet haben, weiter nichts. Sie haben sich nichts Böses dabei gedacht, Sir, sie machen eben gern mal einen Streich. Der Vikar hat gut reden, Sir, aber es waren keine religiös motivierten Täter, das kann ein Blinder sehen. Nur ein kleiner Ulk, weiter nichts.«

»Zu der Überzeugung bin ich auch gekommen«, sagte Wimsey interessiert. »Aber ich möchte gern wissen, was Sie zu dieser Ansicht gebracht hat.«

»Gütiger Himmel, Sir, ist das nicht sonnenklar? Wären es irgendwelche Fanatiker gewesen, hätten sie sich dann nicht über die Kreuze und Bilder und Lichter und – das da hergemacht?« Er wies mit einem schwieligen Finger auf den Tabernakel. »Nein, Sir, die Burschen, die dies taten, haben nichts von dem angerührt, was man Heiligtümer nennen könnte – und sie haben auch nicht den Abendmahlstisch berührt. Daher sage ich, das Ganze hat mit einem Glaubensstreit nichts zu tun; es ist nur ein kleiner Scherz. Außerdem haben sie Mr. Burdocks Leiche mit Respekt behandelt. Das deutet darauf hin, daß sie nichts Böses im Schilde führten. Leuchtet Ihnen das nicht ein?«

»Vollkommen«, entgegnete Wimsey. »Sie haben sich tatsächlich bemüht, nichts anzurühren, was ein Kirchenbesucher heilig hält. Wie lange sind Sie eigentlich schon im Dienst?«

»Im Februar werden es drei Jahre, Sir.«

»Haben Sie sich jemals mit dem Gedanken getragen, nach London zu gehen oder Detektiv zu werden?«

»Ja, Sir, das habe ich wohl. Aber es geht nicht immer so, wie man möchte.«

Wimsey nahm eine Karte aus seiner Brieftasche.

»Wenn Sie jemals ernstlich daran denken sollten«, sagte er, »dann geben Sie diese Karte Chefinspektor Parker und unterhalten Sie sich mit ihm über die Sache. Sagen Sie ihm, ich sei der Ansicht, daß Sie hier nicht genug Gelegenheit hätten, Ihre Fähigkeiten zu entfalten. Er ist ein guter Freund von mir und wird Ihnen sicher helfen. Das weiß ich.«

»Ich habe schon von Ihnen gehört, Mylord«, sagte der Polizist erfreut, »es ist sehr freundlich von Eurer Lordschaft. Na, jetzt muß ich aber wohl weiter. Überlassen Sie die Sache nur mir, Mr. Frobisher-Pym, wir werden ihr schon auf den Grund kommen.«

»Wollen's hoffen«, entgegnete der Friedensrichter. »Inzwischen, Mr. Hancock, werden Sie wohl eingesehen haben, wie wenig ratsam es ist, die Kirchentüren nachts offenzulassen. Kommen Sie, Wimsey, wir wollen jetzt gehen, damit man die Kirche für das Begräbnis in Ordnung bringen kann. Was haben Sie denn da entdeckt?«

»Nichts«, antwortete Wimsey, der auf den Fußboden der Marienkapelle gestarrt hatte. »Ich befürchtete, Sie hätten den Holzwurm hier, aber ich sehe, es ist nur etwas Sägemehl.« Mit diesen Worten wischte er sich die Finger ab und folgte Mr. Frobisher-Pym aus dem Gebäude.

Wenn man auf dem Dorf lebt, muß man an den Interessen und Vergnügungen der Bevölkerung teilnehmen. Daher beteiligte sich auch Lord Peter pflichtschuldigst an der Beerdigung des Gutsbesitzers Burdock und sah, wie der Sarg unversehrt in die Erde gelassen wurde. Trotz des Sprühregens hatte sich ein großes, ehrfürchtiges Gefolge eingefunden. Nach der feierlichen Handlung wurde Wimsey Mr. und Mrs. Haviland Burdock vorgestellt und fand seinen früheren Eindruck bestätigt, daß die Dame sich gut, beinahe zu gut kleidete, wie das ja auch von einer Frau zu erwarten war, deren Garderobe auf Seidenstrümpfen basierte. Sie war eine hübsche Person in einer auffallenden, kühnen Art, und seine Hand spürte ihre mit Brillanten bestückten Finger ziemlich schmerzhaft. Haviland war betont freundlich – ein Seidenwarenfabrikant hatte ja auch keine Veranlassung, sich reichen Herren aus altem Adel gegenüber anders zu verhalten. Er schien Wimseys Ruf als Antiquitäten- und Büchersammler zu kennen und lud ihn herzlich ein, das alte Haus zu besichtigen.

»Mein Bruder Martin ist noch im Ausland«, meinte er, »aber er würde sich bestimmt freuen, wenn Sie sich das

Haus ansähen. Es sollen einige sehr schöne alte Bücher in der Bibliothek sein. Wir werden bis Montag hierbleiben, falls Mrs. Hancock uns noch so lange behalten will. Wie wär's, wenn Sie morgen nachmittag kämen?«

»Mit dem größten Vergnügen«, erklärte Wimsey.

Hier mischte sich Mrs. Hancock ein und fragte, ob Lord Peter nicht vorher erst ins Pfarrhaus zum Tee kommen wolle.

»Sehr freundlich von Ihnen«, erklärte Wimsey.

»Es bleibt also dabei«, bemerkte Mrs. Burdock, »Sie und Mr. Pym kommen zum Tee, und dann werden wir uns alle das Haus ansehen. Ich bin selbst kaum darin gewesen.«

»Es lohnt sich schon«, meinte Mr. Frobisher-Pym. »Feiner alter Besitz. Kostet aber einiges Geld, ihn richtig instand zu halten. Hat man das Testament immer noch nicht gefunden, Mr. Burdock?«

»Immer noch nicht«, lautete die Antwort. »Es ist merkwürdig, weil Mr. Graham – das ist unser Rechtsanwalt, Lord Peter – bestimmt eins aufgesetzt hat, und zwar unmittelbar nach der unglücklichen Auseinandersetzung zwischen Martin und meinem Vater. Er kann sich noch ganz deutlich daran erinnern.«

»Auch an den Inhalt?«

»Gewiß. Aber die Etikette verbietet es ihm, darüber zu sprechen. Er ist noch einer vom guten alten Schlage. Der arme Martin nannte ihn immer einen alten Gauner, aber Martin war auch nicht gut bei ihm angeschrieben, und daher wohl kaum ganz objektiv. Außerdem ist das alles, wie Mr. Graham betont, schon etliche Jahre her, und es ist durchaus möglich, daß der alte Herr das Testament später vernichtet oder in Amerika ein neues gemacht hat.«

»Der ›arme Martin‹ scheint in dieser Gegend nicht sehr beliebt gewesen zu sein«, bemerkte Wimsey zu Mr. Frobisher-Pym auf dem Heimweg.

»N-nein«, gab der Friedensrichter zu. »Jedenfalls nicht bei Graham. Ich persönlich habe den Burschen ganz gern gemocht, wenn er auch ein bißchen leichtsinnig war. Zeit und Heirat werden ihn wohl vernünftiger gemacht haben. Merkwürdig, daß das Testament nicht zu finden ist. Aber wenn es nach dem Spektakel aufgesetzt wurde, muß es ja zu Havilands Gunsten sein.«

»Das denkt Haviland, glaube ich, auch«, meinte Wimsey. »Er trug eine nur mühsam unterdrückte Befriedigung zur Schau. Der diskrete Graham hat sicher durchblicken lassen, daß der abscheuliche Martin nicht der Begünstigte ist.«

Am nächsten Morgen war das Wetter schön, und Wimsey, der in Little Doddering Ruhe und frische Luft genießen wollte, bat noch einmal um Polly Flinders. Sein Gastgeber willigte mit Vergnügen ein und bedauerte nur, nicht mit ausreiten zu können, da er an einer Sitzung der Armenbehörde teilnehmen mußte.

»Sie könnten sich auf der Gemeindewiese ordentlich durchwehen lassen«, schlug er vor. »Reiten Sie über Petering Friars bis zum Totenmann-Pfosten und kommen Sie über die Frimpton Road zurück. Ein netter Rundritt – ungefähr neunzehn Meilen. Sie können bequem zum Lunch wieder zurück sein.«

Wimsey ging auf den Plan ein – zumal er seinem eigenen Vorhaben entsprach. Er wollte sich aus einem bestimmten Grunde die Frimpton Road mal bei Tageslicht ansehen.

»Seien Sie vorsichtig am Totenmann-Pfosten«, warnte Mrs. Frobisher-Pym etwas besorgt. »Die Pferde scheuen dort. Ich weiß nicht, warum. Man sagt natürlich . . .«

»Alles Unsinn«, schalt ihr Mann. »Die Dörfler mögen den Platz nicht, und das macht die Pferde nervös. Merkwürdig, wie die Gefühle eines Reiters sich auf sein Pferd übertragen. *Ich* habe nie Schwierigkeiten am Totenmann-Pfosten.«

Es war eine ruhige und selbst an diesem Novembertag hübsche Straße, die nach Petering Friars führte. Wimsey fühlte sich beruhigt und glücklich, als er so im Wintersonnenschein durch die Essex-Landschaft trabte. Ein strammer Galopp über das Gemeindeland regte seine Lebensgeister besonders an. Den Totenmann-Pfosten und seinen unheimlichen Ruf hatte er darüber ganz vergessen, bis eine plötzliche, heftige Bewegung des Pferdes, die ihn beinahe aus dem Sattel geworfen hätte, ihn wieder in die Ge-

genwart zurückriß. Mit einiger Mühe beruhigte er Polly Flinders und brachte sie zum Stehen.
Er befand sich am höchsten Punkt des Gemeindelandes auf einem Reitweg, der zu beiden Seiten mit Ginster und totem Farnkraut bewachsen war. Etwas weiter vorn schien ein anderer Reitweg in diesen einzumünden, und an der Kreuzung stand etwas, das er für einen verfallenen Wegweiser gehalten hatte. Es war allerdings ein wenig zu kurz und zu dick für einen Wegweiser und besaß auch keine Arme. Auf der ihm zugewandten Seite entdeckte er jedoch eine Inschrift.
Er redete der Stute gut zu und drängte sie sanft nach dem Pfosten hin. Sie machte auch ein paar zaudernde Schritte, sprang dann aber schnaubend und zitternd zur Seite.
»Merkwürdig!« murmelte Wimsey. »Wenn das wirklich mein Geisteszustand ist, der sich auf das Pferd überträgt, dann konsultiere ich am besten einen Arzt. Meine Nerven müssen ja völlig kaputt sein. Nur zu, altes Mädchen! Was ist denn los mit dir?«
Polly Flinders weigerte sich höflich, aber energisch, von der Stelle zu gehen. Er drängte sie sanft mit seinem Absatz. Sie tänzelte mit zurückgelegten Ohren zur Seite, und er sah das Weiße eines protestierenden Auges. Er glitt aus dem Sattel und versuchte, sie am Zügel zu führen. Nach einigen Überredungskünsten folgte ihm die Stute mit gestrecktem Hals, aber so, als ginge sie auf Eierschalen. Ein paar zaudernde Schritte, und sie blieb wieder stehen, am ganzen Leib zitternd. Er befühlte ihren Hals und entdeckte, daß er schweißnaß war.
»Verdammt noch mal!« rief Wimsey. »Ich möchte aber lesen, was da auf dem Pfosten steht. Wenn du nicht mitkommen willst, wirst du dann wenigstens stillstehn?«
Er ließ die Zügel fallen. Die Stute stand mit gesenktem Kopf ruhig da. Er ging vorwärts, blickte aber von Zeit zu Zeit nach ihr, um zu sehen, ob sie auch keine Anstalten machte, auszureißen. Sie stand aber ganz ruhig da, trat nur manchmal von einem Fuß auf den anderen.
Wimsey trat an den Pfosten heran, eine kräftige Säule aus uralter Eiche, die kürzlich weiß angestrichen worden war.

Die vor nicht langer Zeit schwarz aufgemalte Inschrift lautete:

An dieser Stelle
wurde
Georg Winter,
als er das Hab und Gut
seines Herrn verteidigte,
niederträchtig ermordet
vom schwarzen Ralph
aus Herriotting,
der hinterher am Tatort
in Ketten erhängt wurde.
9. November 1674
Fürchte die Gerechtigkeit

»Sehr schön«, sagte Wimsey. »Totenmann-Pfosten – der Name paßt zweifellos. Polly Flinders scheint dasselbe zu fühlen wie die Bevölkerung. Na, Polly, wenn dem so ist, sollst du deinen Gefühlen keinen Zwang antun. Aber wenn du dich bei einem einfachen Pfosten schon so anstellst, wie kommt's, daß du angesichts einer Totenkutsche mit vier kopflosen Pferden einen so unerschütterlichen Gleichmut bewahrt hast?«
Die Stute nahm die Schulter seiner Jacke sanft zwischen die Lippen und knabberte daran herum.
»Ganz recht. Ich verstehe vollkommen. Du möchtest, wenn du könntest, aber du kannst wirklich nicht. Doch jene Pferde, Polly – brachten sie keinen Schwefelpesthauch aus der Hölle mit sich? Sollte es möglich sein, daß sie wirklich nur einen rechtschaffenen, vertrauten Stallgeruch ausströmten?«
Er stieg wieder in den Sattel und ritt in einem weiten Bogen um den Pfosten herum und zurück zum Pfad.
»Eine übernatürliche Erklärung ist wohl ausgeschlossen. Nicht *a priori*. Das wäre unzuverlässig. Sondern aufgrund von Pollys Sinnen. Die einzigen Alternativen waren Whisky und Hokuspokus. Eine nähere Untersuchung scheint angebracht zu sein.«

Während die Stute sich ruhig vorwärtsbewegte, grübelte er weiter darüber nach.
»Nehmen wir einmal an, ich wollte aus irgendeinem Grund die Nachbarschaft mit einer solchen Erscheinung erschrecken. Dann würde ich zunächst eine dunkle, regnerische Nacht wählen. Und die hatten wir ja. Wenn ich dann schwarze Pferde nähme und ihre Leiber weiß anstriche – arme Teufel! Wie furchtbar für sie! Nein. Wie werden doch diese Kunststücke von Maskelyne und Devant gemacht, wo man den Leuten die Köpfe abschlägt? Weiße Pferde natürlich – und schwarze Filzhauben über die Köpfe. Da haben wir's! Und Leuchtfarbe auf dem Geschirr, hier und da auch auf den Leibern. Das gibt einen guten Kontrast und garantiert die Sicherheit. Ganz einfach. Sie müssen sich aber lautlos bewegen. Warum auch nicht? Vier starke schwarze Säcke, mit Kleie gefüllt und um die Fesseln gebunden, verschaffen jedem Pferd einen lautlosen Gang, besonders, wenn's etwas stürmisch ist. Ein paar Lappen um die Zügelringe, um das Klirren zu verhindern, ebenfalls um die Enden der Zugriemen, damit sie nicht quietschen. Dazu einen Kutscher mit weißem Mantel und schwarzer Maske, einen gutgeölten Wagen mit Gummirädern, den man mit etwas Phosphor beschmiert – und man hätte etwas hinreichend Geisterhaftes, um einen gutgetränkten Herrn morgens um halb drei auf einsamer Landstraße zu erschrecken.«
Dieser Gedanke gefiel ihm, und er klopfte heiter mit seiner Peitsche gegen seine Stiefel.
»Aber verdammt noch mal! Sie sind nicht wieder an mir vorbeigekommen. Wohin fuhren sie? Eine Kutsche mit Pferden kann sich nicht einfach in blauen Dunst auflösen. Es muß doch einen Seitenweg geben, oder du hast mich die ganze Zeit zum Narren gehabt, Polly Flinders.«
Der Reitweg mündete schließlich wieder bei der vertrauten Gabelung auf die Landstraße, wo Wimsey den Polizisten getroffen hatte. Während Polly langsam mit ihm nach Hause tänzelte, nahm Seine Lordschaft die Hecken zur Linken genau aufs Korn, um den Feldweg zu entdecken, der einfach vorhanden sein mußte. Aber seine Suche blieb

erfolglos. Eingezäunte Felder mit verschlossenen Gattern bildeten die einzige Unterbrechung der Hecken. Ehe er sich's versah, blickte er wieder die Baumallee hinab, durch die die Todeskutsche vor zwei Nächten heraufgaloppiert war.

»Verflixt noch mal!« knurrte Wimsey.

Zum erstenmal kam ihm der Gedanke, daß die Kutsche vielleicht umgekehrt und durch Little Doddering zurückgefahren sein mochte. Am Mittwoch war sie ja bei der Kirche gesichtet worden. Aber auch dann war sie in Richtung Frimpton davongaloppiert. Nach weiterer Überlegung kam Wimsey zu dem Schluß, daß sie von Frimpton gekommen, dann um die Kirche gefahren – natürlich in entgegengesetzter Uhrzeigerrichtung – und auf derselben Straße wieder zurückgekehrt sein mußte. Aber in dem Fall ...

»Zurück, marsch, marsch!« sagte Wimsey, und Polly Flinders wendete gehorsam mitten auf der Straße. »Durch eines dieser Felder ist sie gefahren, oder ich heiße Hans.«

Er ritt im Schritt auf dem Grasstreifen an der rechten Seite und starrte auf den Boden, als sei er ein Schotte, der einen Penny verloren hat.

Das erste Gatter führte auf ein geeggtes Feld, das mit Winterweizen besät war. Man konnte deutlich sehen, daß seit Wochen kein Rad darüber hinweggerollt war. Das zweite Gatter sah verheißungsvoller aus. Dahinter lag unbebautes Land, und der Eingang war voller Radspuren. Eine weitere Untersuchung ergab jedoch, daß dies das einzige Gatter zu diesem Feld war, und es schien unwahrscheinlich, daß die geheimnisvolle Kutsche auf ein Feld gefahren war, das keinen Ausgang hatte. Wimsey suchte also weiter.

Das dritte Gatter war in schlechtem Zustand. Es sackte stark; die Haspe war verschwunden und das Gatter mit Draht am Pfosten festgebunden. Wimsey stieg ab und prüfte den Draht, überzeugte sich aber bald, daß seine rostigen Windungen in letzter Zeit nicht angerührt worden waren.

Es blieben noch zwei Gatter bis zur Kreuzung. Eins davon

führte wieder auf ein gepflügtes Feld, dessen dunkle Furchen unberührt dalagen, aber beim Anblick des letzten Gatters hüpfte Wimseys Herz vor Freude.
Hier war ebenfalls gepflügtes Land, doch um das Feld herum lief ein breiter, ausgetretener Weg mit zahlreichen, teils unter Wasser stehenden Wagenspuren. Das Gatter war nur eingehängt, nicht verschlossen; Wimsey untersuchte die Anfahrt. Unter den breiten, von Farmwagen hinterlassenen Rillen sah er die Spur von vier eng zusammenstehenden Rädern und den unverkennbaren Abdruck von Gummireifen. Er stieß das Gatter auf und ritt hindurch.
Der Weg lief an zwei Seiten des Feldes entlang. Dann kam noch ein Gatter und ein anderes Feld, auf dem eine lange Futterrübenmiete und mehrere Scheunen standen. Beim Geräusch von Pollys Hufen kam ein Mann mit einem Malerpinsel in der Hand aus der nächsten Scheune und wartete, bis Wimsey herangeritten war.
»Morgen!« grüßte letzterer munter.
»Morgen, Sir.«
»Schöner Tag nach dem Regen.«
»Das ist wahr, Sir.«
»Ich bin doch hoffentlich nicht auf einem verbotenen Weg?«
»Wo wollen Sie denn hin, Sir?«
»Ich dachte – nanu!«
»Etwas nicht in Ordnung, Sir?«
Wimsey rückte im Sattel hin und her.
»Ich glaube, der Gurt ist etwas verrutscht. Er ist neu. Besser, ich sehe mal nach.«
Der Mann kam näher, um die Sache in Augenschein zu nehmen, aber Wimsey war bereits abgesprungen und zupfte, mit dem Kopf unter dem Bauch der Stute, an einem Riemen.
»Ja, er muß etwas enger geschnallt werden. Oh! Vielen Dank. Ist dies übrigens ein kürzerer Weg nach Abbotts Bolton?«
»Nicht zum Dorf, Sir, obgleich man von hier aus hinkommen kann. Dieser Weg führt zu Mr. Mortimers Ställen.«

»Ah, ja. Ist dies sein Land?«
»Nein, Sir, es gehört Mr. Topham. Aber Mr. Mortimer hat dieses und das benachbarte Feld gepachtet, um Viehfutter zu haben.«
»Ach so.« Wimsey lugte über die Hecke. »Luzerne. Oder Klee.«
»Klee, Sir. Und die Futterrüben sind für die Kühe.«
»Oh – hält Mr. Mortimer außer Pferden auch Kühe?«
»Ja, Sir.«
»Sehr schön. Zigarette?« Wimsey hatte sich interessiert bis an die Scheune herangeschlängelt und blickte geistesabwesend in das dunkle Innere. Dort standen einige Farmgeräte und ein antiker schwarzer Einspänner, der anscheinend gerade neu lackiert wurde. Wimsey zog ein paar Wachsstreichhölzer aus der Tasche. Die Schachtel war offenbar feucht; denn nach einigen vergeblichen Versuchen steckte er sie wieder ein und riß ein Streichholz an der Wand der Scheune an. Das Licht fiel auf den antiken Einspänner, und Wimsey sah, daß er ganz unpassend mit Gummireifen ausgestattet war.
»Wie ich gehört habe, hat Mr. Mortimer ein sehr feines Gestüt«, bemerkte Wimsey, ohne besonderes Interesse zu verraten.
»Ja, Sir, das stimmt.«
»Er hat wohl nicht zufällig ein paar Grauschimmel? Meine Mutter – eine imposante Frau mit viktorianischen Ideen – ist ganz versessen auf Schimmel. Hält sich eine zweispännige Equipage, wissen Sie.«
»So? Nun, ich glaube, Mr. Mortimer hätte bestimmt etwas Passendes für die Dame, Sir. Er hat mehrere Schimmel.«
»Wirklich? Dann muß ich ihn einmal aufsuchen. Ist es weit von hier?«
»Fünf bis sechs Meilen über die Felder, Sir.«
Wimsey blickte auf seine Uhr. »Das ist mir heute morgen leider zu weit. Ich habe fest versprochen, zum Lunch zurück zu sein. Vielleicht ein anderes Mal. Einstweilen vielen Dank. Sitzt der Gurt nun richtig? Tausend Dank. Hier, genehmigen Sie sich einen guten Schluck – und bestellen Sie Mr. Mortimer, er solle seine Schimmel nicht verkaufen,

bevor ich sie gesehen habe. Also, guten Morgen und verbindlichen Dank.«
Wimsey schwang sich aufs Pferd und trabte langsam davon. Erst als er außer Sichtweite war, brachte er Polly zum Stehen, beugte sich aus dem Sattel und prüfte nachdenklich seine Stiefel. Sie waren reichlich mit Kleie beschmiert.
»Die muß aus der Scheune stammen«, meinte Wimsey. »Merkwürdig, wenn's stimmt. Warum sollte Mr. Mortimer in tiefster Nacht das Letzte aus seinen Gäulen herausholen – noch dazu mit umwickelten Hufen und ohne Köpfe? Nicht gerade sehr freundlich. Das hat Plunkett in Angst und Schrecken versetzt und bei mir Zweifel an meiner Nüchternheit erweckt. Soll ich es der Polizei melden? Gehen mich Mr. Mortimers Streiche etwas an? Was meinst *du* dazu, Polly?«
Die Stute, die ihren Namen hörte, schüttelte heftig den Kopf.
»Du bist nicht der Meinung. Vielleicht hast du recht. Nehmen wir an, Mr. Mortimer hat es wegen einer Wette getan. Warum soll ich mich um seinen Zeitvertreib kümmern? Aber ich bin doch froh«, fügte Seine Lordschaft hinzu, »daß es nicht an Lumsdens Whisky lag.«

»Dies ist die Bibliothek«, erklärte Haviland seinen Gästen.
»Ein schöner Raum – und eine schöne Büchersammlung, wie es heißt, denn ich selbst verstehe nichts weiter von Literatur. Mein alter Herr hatte leider auch nicht viel dafür übrig. Es muß alles instand gesetzt werden, wie Sie sehen. Ich weiß nicht, ob Martin es machen lassen wird. Dazu braucht man natürlich Geld.«
Die Bibliothek, ein langer, modriger Raum im kalten neuklassischen Stil, war an dem sonnenlosen grauen Nachmittag melancholisch genug, auch ohne die Spuren der Vernachlässigung, die einem Bücherliebhaber das Herz im Leibe umdrehten. Die Wände waren bis zur halben Höhe mit Bücherschränken bedeckt. Die andere Hälfte bis zur Stuckdecke war getüncht. Feuchtigkeit

hatte groteske Figuren darauf hervorgezaubert, und hier und da zeigten sich häßliche Risse und abgeschuppte Stellen, von denen der Bewurf in gelblichen Blättern abfiel. Eine nasse Kälte schien den Büchern zu entströmen, den sich abschälenden Lederrücken, den grünlichen Schimmelflecken, die sich gräßlich von Band zu Band ausbreiteten. Der seltsam muffige Geruch von verdorbenem Leder und feuchtem Papier machte die ganze Atmosphäre noch trostloser.

»Ach, herrje!« stöhnte Wimsey, als er unglücklich in diese Gruft vergessener Gelehrsamkeit blinzelte. Mit hochgezogenen Schultern, langer Nase und halbgeschlossenen Augen glich er einem miesepetrigen Reiher, der über einer winterlichen Pfütze brütete.

»Was für ein eiskalter Raum!« rief Mrs. Hancock aus. »Sie sollten Mrs. Lovall wirklich schelten, Mr. Burdock. Als sie hier Hausverwalterin wurde, habe ich gleich zu meinem Mann gesagt – nicht wahr, Philip? –, daß Ihr Vater die faulste Frau in ganz Little Doddering ausgesucht hat. Sie hätte mindestens zweimal die Woche ein Feuer im Kamin machen sollen! Es ist wirklich schändlich, wie sie alles hat verkommen lassen.«

»Ja, nicht wahr?« pflichtete Haviland ihr bei.

Wimsey sagte nichts. Er schnüffelte an den Büchern, nahm hin und wieder einen Band heraus, um ihn sich näher anzusehen.

»Es war schon immer ein ziemlich deprimierender Raum«, fuhr Haviland fort. »Ich weiß noch, daß er mir als Kind geradezu Schrecken einflößte. Martin und ich pflegten in den Büchern herumzuwühlen, aber wir fürchteten immer, daß irgend etwas oder irgend jemand aus den dunklen Ecken auf uns zuschleichen würde. Was haben Sie denn da, Lord Peter? Oh, *Foxe's Book of Martyrs*. Mein Gott! Wie haben mich diese Bilder in den alten Tagen erschreckt! Da war noch ein Band von *Pilgrim's Progress* mit einem höchst aufregenden Bild von Apollyon, das mir immer Alpdrücken verursachte. Es stand in diesem Erker. Ja, hier ist es. Ist es übrigens wertvoll?«

»Eigentlich nicht. Aber diese Erstausgabe von Burton ist

kostbar. Und das hier ist ein außerordentlich feiner Boccaccio. Behandeln Sie ihn pfleglich.«
»John Boccaccio – *The Dance of Machabree.* Jedenfalls ein guter Titel. Ist das derselbe Boccaccio, der die anzüglichen Geschichten geschrieben hat?«
»Ja«, sagte Wimsey, etwas kurz angebunden. Ihm paßte diese Einstellung zu Boccaccio nicht.
»Habe sie nie gelesen«, erklärte Haviland, indem er seiner Frau zuzwinkerte, »aber ich glaube, der Vikar ist schokkiert.«
»Durchaus nicht«, entgegnete Mr. Hancock mit einer sorgfältig zur Schau getragenen Toleranz. ›*Et ego in Arcadia*‹ – mit anderen Worten: Man wird nicht Pfarrer ohne eine klassische Ausbildung und ohne Bekanntschaft mit weltlicheren Autoren, als selbst Boccaccio es ist. Diese Holzschnitte erscheinen meinem Laienauge als sehr schön.«
»Das sind sie auch«, stimmte Wimsey zu.
»Da fällt mir noch ein anderes altes Buch ein mit fabelhaften Bildern«, sagte Haviland. »Eine Art Chronik – wie war doch gleich der Name – nach einer deutschen Stadt genannt, wo der Henker herkam. Gerade neulich wurde sein Tagebuch veröffentlicht. Wie hieß doch noch der Ort?«
»Nürnberg?« schlug Wimsey vor.
»Richtig – die *Nürnberger Chronik.* Ob die wohl noch am alten Platz steht? Wenn ich mich recht erinnere, war sie hier am Fenster.«
Er führte sie zu einer Nische. Hier hatte die Feuchtigkeit verheerenden Schaden angerichtet; denn in dem nahe liegenden Fenster war eine Scheibe zerbrochen, durch die der Regen eindrang.
»Na, wo ist sie denn nur geblieben? Es war ein dickes Buch mit gepreßtem Ledereinband. Die alte Chronik würde ich gern mal wieder in die Hand nehmen. Ich habe sie ewig lange nicht mehr gesehen.«
Sein Blick glitt vage über die Regale. Wimsey mit dem Instinkt des Buchliebhabers war der erste, der die *Chronik* entdeckte. Er schob seine Finger hinter den Buchrücken, um das Buch herunterzuziehen. Als er jedoch spürte, daß das verrottete Leder bei der leisesten Berührung zerbrök-

kelte, entfernte er ein benachbartes Buch und zog sie mit der ganzen Hand sanft heraus.
»Hier haben wir sie – leider in ziemlich schlechtem Zustand. Nanu!«
Als er das Buch von der Wand zog, fiel ihm ein gefaltetes Stück Pergamentpapier vor die Füße. Er bückte sich und hob es auf.
»Sagen Sie mal, Burdock – ist das nicht das Dokument, das Sie gesucht haben?«
Haviland Burdock, der auf einem der unteren Regale herumgewühlt hatte, richtete sich rasch auf. Sein Gesicht war vom Bücken rot angelaufen.
»Wahrhaftig!« rief er, wobei sein Gesicht vor Erregung zuerst noch roter und dann ganz blaß wurde. »Sieh mal, Winnie. Es ist das Testament. Wie merkwürdig! Wer hätte wohl daran gedacht, es ausgerechnet hier zu suchen?«
»Ist es wirklich das Testament?« rief Mrs. Hancock.
»Zweifellos«, bemerkte Wimsey kühl. »Letzter Wille und Testament von Simon Burdock.« Er stand da und drehte das schmutzige Dokument in den Händen.
»Wie seltsam!« sagte Mr. Hancock. »Es ist beinahe wie eine göttliche Vorsehung, daß Sie das Buch herausgenommen haben.«
»Was steht denn drin?« fragte Mrs. Burdock etwas aufgeregt.
»Verzeihung«, sagte Wimsey und reichte ihr das Dokument. »Ja, wie Sie schon bemerkten, Mr. Hancock, es sieht tatsächlich so aus, als ob ich es finden sollte.« Er blickte wieder auf die *Chronik* und zeichnete voll Kummer mit dem Finger einen feuchten Fleck nach, der den Deckel verrottet, sich bis auf die inneren Seiten ausgedehnt und den Kolophon fast ausgelöscht hatte.
Haviland Burdock hatte unterdessen das Testament auf einem nebenstehenden Tisch ausgebreitet. Seine Frau blickte ihm über die Schulter. Die Hancocks, die ihre Neugierde kaum bezähmen konnten, standen dabei und warteten auf weitere Enthüllungen. Wimsey tat so, als ob ihn diese Familienangelegenheit nichts angehe, und untersuchte die Wand, an der die *Chronik* gestanden hatte. Er

betastete die feuchten Stellen, die wie ein grinsendes Gesicht aussahen, und verglich sie mit dem Fleck auf dem Buch. Dann schüttelte er traurig den Kopf.
Mr. Frobisher-Pym, der schon vor langem seine eigenen Wege gegangen war und sich in ein uraltes Buch über Roßarzneikunde vertieft hatte, kam nun herbei und erkundigte sich nach dem Grund der Aufregung.
»Hören Sie mal her!« rief Haviland. Obwohl seine Stimme ruhig klang, war doch ein verdeckter Triumph durchzuhören, und es glitzerte in seinen Augen. »›Ich vermache meinen ganzen Besitz‹ – hier folgt eine eingehende Aufstellung, die im Moment nicht von Bedeutung ist – ›meinem ältesten Sohn Martin.‹«
Mr. Frobisher-Pym pfiff vor sich hin.
»Hören Sie! ›Meinem ältesten Sohn Martin für so lange, wie meine Leiche sich über der Erde befindet. Aber sobald ich begraben bin, soll dieser ganze Besitz bedingungslos auf meinen jüngeren Sohn Haviland übergehen.‹«
»Mein Gott!« stieß Mr. Frobisher-Pym hervor.
»Es steht noch viel mehr darin«, sagte Haviland, »aber das ist das Wesentlichste.«
»Darf ich sehen?« bat der Friedensrichter.
Er nahm das Testament in Empfang und las es mit gerunzelter Stirn durch.
»Ganz richtig«, bemerkte er dann. »Es besteht nicht der geringste Zweifel. Martin hat seinen Besitz gehabt und wieder verloren. Wie seltsam! Bis gestern hat ihm alles gehört, ohne daß jemand etwas davon wußte. Jetzt ist es Ihr Eigentum, Burdock. Dies ist bestimmt das eigenartigste Testament, das ich je gesehen habe. Man stelle sich das vor! Martin der Erbe bis zum Begräbnis und nun – na, Burdock, meinen Glückwunsch.«
»Danke«, erwiderte Haviland. »Das kommt ganz unerwartet für mich.« Er lachte etwas unsicher.
»Aber was für eine merkwürdige Idee!« rief Mrs. Burdock. »Wenn Martin nun zu Hause gewesen wäre! Es ist beinahe ein Segen, daß er nicht da war, nicht wahr? Es wäre alles so peinlich gewesen. Was wäre zum Beispiel passiert, wenn er versucht hätte, das Begräbnis zu verhindern?«

»Ja«, meinte Mrs. Hancock. »Hätte er etwas unternehmen können? Wer entscheidet solche Dinge?«
»Im allgemeinen die Testamentsvollstrecker«, erwiderte Mr. Frobisher-Pym.
»Wer sind die Testamentsvollstrecker in diesem Fall?« erkundigte sich Wimsey.
»Ich weiß es nicht. Woll'n mal sehen.« Mr. Frobisher-Pym las das Dokument noch einmal. »Aha, hier haben wir's. ›Ich ernenne meine beiden Söhne, Martin und Haviland, gemeinsam zu Testamentsvollstreckern dieses meines Letzten Willens.‹ Was für eine ungewöhnliche Bestimmung!«
»Ich nenne es eine böse, unchristliche Bestimmung«, rief Mrs. Hancock. »Sie hätte Unheil anrichten können, wenn das Testament nicht verlorengegangen wäre!«
»Pst, meine Liebe!« mahnte ihr Gatte.
»Leider«, sagte Haviland grimmig, »war es die Idee meines Vaters. Es ist sinnlos, so zu tun, als sei er nicht boshaft gewesen. Das war er ganz entschieden, und ich glaube, er hat Martin und mich bis aufs Blut gehaßt.«
»Das dürfen Sie nicht sagen«, flehte der Vikar.
»Ich tue es aber. Er hat uns das Leben zur Hölle gemacht, und offenbar wollte er das nach seinem Tod fortsetzen. Hätten wir uns gegenseitig die Gurgel durchgeschnitten, hätte er einen Mordsspaß gehabt. Es hat keinen Zweck zu heucheln. Er haßte unsere Mutter und war eifersüchtig auf uns. Das ist überall bekannt. Der Gedanke, daß wir uns um seine Leiche streiten würden, hat wahrscheinlich seinen unangenehmen Sinn für Humor gereizt. Glücklicherweise hat er sich selbst übertroffen, als er das Testament hier versteckte. Nun ist er begraben, und das Problem ist gelöst.«
»Sind Sie dessen ganz sicher?« fragte Wimsey.
»Aber natürlich«, erwiderte der Friedensrichter. »Der Besitz geht auf Haviland Burdock über, sobald die Leiche seines Vaters unter der Erde ist, und sein Vater wurde gestern begraben.«
»Aber sind Sie *davon* überzeugt?« wiederholte Wimsey. Er sah sie der Reihe nach merkwürdig an, wobei ein schwaches Grinsen um seine Lippen spielte.
»Davon überzeugt?« rief der Vikar aus. »Mein lieber Lord

Peter, Sie haben doch selbst an der Beerdigung teilgenommen und mit eigenen Augen gesehen, wie er beigesetzt wurde.«
»Ich sah, wie sein Sarg beigesetzt wurde«, entgegnete Wimsey ganz ruhig. »Daß seine Leiche darin war, ist nur eine unbewiesene Folgerung.«
»Für meine Begriffe«, meinte Mr. Frobisher-Pym, »ist dies ein ziemlich unpassender Scherz. Es besteht kein Grund zu der Annahme, daß die Leiche nicht im Sarg war.«
»Ich habe sie im Sarg gesehen«, erklärte Haviland, »und meine Frau ebenfalls.«
»Ich auch«, betonte der Vikar. »Ich war zugegen, als sie aus dem zeitweiligen Sarg, in dem sie von den Staaten übers Meer geschickt worden war, in den endgültigen, mit Blei ausgeschlagenen Eichensarg gelegt wurde, den Joliffe geliefert hatte. Und wenn weitere Zeugen erforderlich sind, so kann man leicht Joliffe und seine Leute holen, die die Leiche eingesargt und den Deckel zugeschraubt haben.«
»Ganz recht«, gab Wimsey zu. »Ich bestreite nicht, daß die Leiche im Sarg war, als er in die Kapelle gestellt wurde. Ich bezweifle ja nur, ob sie noch darin war, als er in die Erde gesenkt wurde.«
»Das ist eine ganz unerhörte Idee, Lord Peter«, kritisierte Mr. Frobisher-Pym mit einiger Strenge. »Darf ich fragen, ob Sie eine Begründung für diese Annahme haben? Und vielleicht würden Sie uns auch verraten, wo sich die Leiche Ihrer Meinung nach befindet, wenn sie nicht im Grab ist.«
»Aber selbstverständlich«, antwortete Wimsey. Er schwang sich auf die Kante des Tisches, ließ seine Beine baumeln und blickte auf seine Hände herab, als er die einzelnen Punkte an den Fingern abzählte.
»Meiner Ansicht nach beginnt die ganze Geschichte mit dem jungen Rawlinson. Er ist Schreiber bei Mr. Graham, der das Testament aufsetzte, und ich nehme stark an, daß er über die Bestimmungen Bescheid weiß. Mr. Graham natürlich auch. Aber irgendwie habe ich ihn nicht im Verdacht, an dieser Angelegenheit beteiligt zu sein. Nach

dem, was ich über ihn gehört habe, schlägt er sich auf keine Seite, bestimmt nicht auf die Mr. Martins.
Als die Nachricht von Mr. Burdocks Tod aus Amerika telegrafiert wurde, sind dem jungen Rawlinson wohl die Testamentsbestimmungen eingefallen, und er kam zu der Überzeugung, daß Mr. Martin durch seinen Aufenthalt im Ausland ziemlich benachteiligt war. Rawlinson muß übrigens sehr an Ihrem Bruder hängen ...«
»Es ist immer Martins Art gewesen, Taugenichtse aufzulesen und seine Zeit mit ihnen zu verschwenden«, gab Haviland zu. Der Vikar hatte offenbar das Gefühl, daß diese Behauptung ein wenig gemildert werden müsse, und murmelte, daß er immer gehört habe, wie gut Martin es verstand, mit den Dorfburschen umzugehen.
»Ganz recht«, meinte Wimsey. »Na, ich glaube, der junge Rawlinson wollte Martin die gleiche Chance geben, sich das Erbteil zu sichern, verstehen Sie. Also beschloß er, die Leiche zu stehlen, damit sie über der Erde bleibt, bis Martin nach Hause kommt und selbst nach dem Rechten sehen kann.«
»Das ist eine ungewöhnlich schwere Beschuldigung«, begann Mr. Frobisher-Pym.
»Möglicherweise habe ich mich geirrt«, gab Wimsey zu. »Aber es ist nun einmal meine Idee, und es reimt sich alles tadellos zusammen. Als Rawlinson merkte, daß er die Aufgabe unmöglich allein bewältigen konnte, schaute er sich nach Helfern um und entschied sich für Mr. Mortimer.«
»Mortimer?«
»Ich kenne Mr. Mortimer nicht persönlich, sondern nur vom Hörensagen. Aber er soll kein Spielverderber sein, und außerdem besitzt er manche Vorteile, die nicht jeder hat. Der junge Rawlinson und Mortimer steckten die Köpfe zusammen und entwarfen einen Schlachtplan. Sie, Mr. Hancock, haben ihnen natürlich mit Ihrer Aufbahrungsidee tüchtig geholfen. Ich weiß nicht, ob sie es ohne diese günstige Gelegenheit geschafft hätten.«
Mr. Hancock schnalzte verwirrt mit der Zunge.
»Die Idee war folgende: Mortimer sollte einen alten Wa-

gen mit vier weißen Pferden stellen und alles mit Leuchtfarbe und schwarzen Tüchern so herrichten, daß das Gespann die Todeskutsche der Burdocks darstellte. Dieser Plan hatte den Vorteil, daß niemand ein Verlangen spüren würde, dieses Gefährt zu inspizieren, wenn er es zu nächtlicher Stunde aus der Nähe auf dem Kirchhof stehen sähe. Inzwischen mußte Rawlinson dafür sorgen, daß er sich an der Totenwache in der Kapelle beteiligen durfte und einen Gefährten fand, der mit ihm die Wache teilte und die Sache mitmachte. Er verabredete sich mit dem Gastwirt und erzählte Mr. Hancock dies und jenes, damit er die Wache von vier bis sechs bekam. Schien es Ihnen nicht merkwürdig, Mr. Hancock, daß er unbedingt eigens von Herriotting herüberkommen wollte?«

»Ich bin gewohnt, daß die Mitglieder meiner Gemeinde Einsatzbereitschaft zeigen«, erwiderte Mr. Hancock gezwungen.

»Ja, aber Rawlinson gehört nicht zu Ihrer Gemeinde. Jedenfalls war alles geplant, und Mittwoch nacht fand eine Generalprobe statt, die den guten Plunkett zu Tode erschreckte.«

»Wenn ich wüßte, daß das wahr ist . . .«, sagte Mr. Frobisher-Pym.

»Donnerstag nacht«, fuhr Wimsey fort, »waren die Verschwörer startbereit und versteckten sich um zwei Uhr morgens beim Altar. Sie warteten, bis Mrs. und Miss Hancock ihren Platz eingenommen hatten, und machten dann Lärm, um die Aufmerksamkeit der beiden auf sich zu ziehen. Als die Damen mutig näher kamen, um herauszufinden, was los war, sprangen sie hervor und schoben sie in die Sakristei.«

»Meine Güte!« rief Mrs. Hancock dazwischen.

»Um diese Zeit sollte die Todeskutschenimitation am Südportal vorfahren. Sie kam wohl durch die Hintergasse, ich weiß es aber nicht genau. Dann nahmen Mortimer und die beiden anderen die einbalsamierte Leiche aus dem Sarg und legten statt dessen Säcke mit Sägemehl hinein. Ich weiß, daß es Sägemehl war; denn ich fand am Morgen Spuren davon auf dem Fußboden der Marienkapelle. Sie schafften die Leiche in den Wagen, und Mortimer fuhr damit los. Um halb drei Uhr kamen sie auf der Herriotting-Straße an mir vorbei, müssen sich also sehr beeilt haben. Mortimer mag allein gewesen sein, kann aber auch jemanden bei sich gehabt haben, der sich um die Leiche kümmerte, während er mit einer schwarzen Maske den kopflosen Kutscher spielte. Das kann ich nicht genau sagen. Sie fuhren durch das letzte Gatter, bevor man zu der Gabelung bei Frimpton kommt, dann über die Felder zu Mortimers Scheune. Dort ließen sie den Wagen stehen – das weiß ich zufällig, weil ich ihn gesehen habe. Auch habe ich die Kleie entdeckt, die sie zur Umwicklung der Pferdehufe benutzten. Von da aus haben sie die Leiche wohl in einem Auto weiterbefördert und die Pferde am nächsten Tag geholt. Ich weiß allerdings nicht, wo sie die Leiche gelassen haben. Aber wenn Sie Mortimer danach fragten, würde er Ihnen versichern können, daß sie noch über der Erde ist.«

Wimsey machte eine Pause. Mr. Frobisher-Pym und die Hancocks blickten nur verwirrt und zornig drein, aber Havilands Gesicht war grün. Bei Mrs. Haviland zeigte sich ein abgezirkelter roter Fleck auf jeder Backe, und ihr Mund sah verhärmt aus. Wimsey nahm die *Nürnberger Chronik* in die Hand und strich nachdenklich über den Einband, während er fortfuhr:

»Inzwischen besorgten natürlich der junge Rawlinson und sein Gefährte die Tarnung in der Kirche, um eine antiklerikale Ausschreitung vorzutäuschen. Sobald sie alles hübsch und nett hergerichtet hatten, brauchten sie sich nur noch in den Heizungsraum einzuschließen und den Schlüssel aus dem Fenster zu werfen. Dort werden Sie ihn wahrscheinlich finden, Mr. Hancock, wenn Sie Lust haben, nachzusehen. Erschien Ihnen die Geschichte eines Angriffs durch zwei oder drei Männer nicht etwas fadenscheinig? Hubbard ist groß und stämmig, und Rawlinson ist auch nicht gerade schwach auf der Brust – und doch wurden sie, wie sie selbst sagten, hilflosen Kindern gleich in einen Kohlenraum geschubst, ohne eine Schramme abzubekommen. Suchen Sie einmal die Männer, die nicht vorhanden sind, mein lieber Sir!«

»Hören Sie zu, Wimsey«, sagte Mr. Frobisher-Pym, »phantasieren Sie auch bestimmt nicht? Man müßte natürlich klare Beweise haben, ehe man ...«
»Gewiß«, erwiderte Wimsey. »Holen Sie sich vom Innenministerium eine Genehmigung und lassen Sie das Grab öffnen. Dann werden Sie schon sehen, ob die Geschichte wahr oder nur ein Produkt meiner krankhaften Phantasie ist.«
»Für meine Begriffe ist die ganze Unterhaltung ekelhaft«, erklärte Mrs. Burdock. »Hör nicht darauf, Haviland. Ich kann mir einfach nichts Herzloseres vorstellen, als einen Tag nach Vaters Begräbnis hier zu sitzen und eine so abstoßende Geschichte zu erfinden. Sie ist es nicht wert, daß man ihr auch nur eine Sekunde Aufmerksamkeit schenkt. Du wirst doch wohl nicht gestatten, daß die Totenruhe deines Vaters gestört wird. Es ist schrecklich. Es ist eine Entweihung.«
»Es ist allerdings sehr unangenehm«, gab Mr. Frobisher-Pym mit ernster Miene zu. »Aber wenn Lord Peter allen Ernstes diese erstaunliche Theorie aufstellt, der ich kaum Glauben schenken kann ...«
Wimsey zuckte die Schultern.
»... dann fühle ich mich verpflichtet, Sie darauf aufmerksam zu machen, Mr. Burdock, daß Ihr Bruder bei seiner Rückkehr auf einer Untersuchung bestehen mag.«
»Das kann er doch nicht!« protestierte Mrs. Burdock.
»Natürlich kann er das«, stieß ihr Mann wütend hervor. »Er ist doch einer der Testamentsvollstrecker. Er ist ebenso berechtigt, den alten Herrn ausgraben zu lassen, wie ich, es zu verbieten. Sei doch nicht so töricht.«
»Wenn Martin einen Funken von Anstand hat, wird er es nicht wollen«, erklärte Mrs. Burdock.
»Na ja«, warf Mrs. Hancock ein, »so unerhört es auch klingen mag, man muß doch die Geldfrage berücksichtigen. Mr. Martin betrachtet es vielleicht als eine Pflicht seiner Frau und seinen Kindern gegenüber – wenn er jemals welche haben sollte.«
»Das Ganze ist einfach lächerlich«, sagte Haviland resolut. »Ich glaube kein Wort davon. Wenn das der Fall wäre,

würde ich als allererstes entsprechende Schritte unternehmen – nicht nur, um Martin Gerechtigkeit widerfahren zu lassen, sondern auch meinetwegen. Aber wenn ich glauben soll, daß ein verantwortungsbewußter Mann wie Mortimer eine Leiche gestohlen und eine Kirche entweiht hat – mein Gott, man braucht es bloß in Worte zu fassen, um zu sehen, wie absurd und undenkbar die Sache ist. Vielleicht findet Lord Peter Wimsey, der sich ja viel mit Verbrechen und Polizeibeamten abgeben soll, die Vorstellung nachvollziehbar. Ich jedenfalls nicht. Es tut mir leid, daß sein Herz sich gegen jedes anständige Gefühl so abgestumpft hat. Damit basta. Guten Tag.«

Mr. Frobisher-Pym sprang auf.

»Na, na, Burdock, so dürfen Sie es nicht auffassen. Ich bin überzeugt, daß Lord Peter keine Unhöflichkeit beabsichtigte. Meiner Ansicht nach hat er völlig unrecht. Aber du meine Güte, in den letzten Tagen ist im Dorf so viel Aufregendes passiert, daß ich nicht überrascht bin, wenn jemand glaubt, es stecke etwas dahinter. Denken wir nicht mehr daran – und wäre es nicht besser, wenn wir diesen schrecklichen Raum endlich verließen? Es ist beinahe Essenszeit. Gütiger Himmel, was wird Agatha von uns denken?«

Wimsey reichte Burdock die Hand, der sie zögernd nahm.

»Es tut mir leid«, erklärte Wimsey. »Meine Phantasie geht leicht mit mir durch, wissen Sie. Wahrscheinlich Überreizung der Schilddrüse. Achten Sie nicht auf mich. Ich bitte nochmals um Entschuldigung.«

»Ich glaube, Lord Peter«, stichelte Mrs. Burdock, »Sie sollten Ihre Phantasie nicht auf Kosten des guten Geschmacks ins Kraut schießen lassen.«

Wimsey folgte ihr etwas verwirrt aus dem Zimmer. Ja, er war so verstört, daß er die *Nürnberger Chronik* mitnahm, was unter diesen Umständen etwas merkwürdig war.

»Ich bin tief bestürzt«, sagte Mr. Hancock.

Er war nach dem Abendgottesdienst am Sonntag zu den Frobisher-Pyms herübergekommen und saß mit vor Besorgnis gerötetem Gesicht aufrecht auf seinem Stuhl.

»Das hätte ich von Hubbard niemals erwartet. Es war ein schwerer Schock für mich. Es ist nicht nur die schwere Sünde, einen Leichnam aus dem Bereich der Kirche zu stehlen, obwohl das schwerwiegend genug ist. Nein, es ist vor allen Dingen die traurige Heuchelei seines Verhaltens – das Verspotten heiliger Dinge, das Ausnutzen heiliger religiöser Bräuche für weltliche Zwecke. Mit allen Zeichen der Trauer und des Respekts nahm er an der Beerdigung teil, Mr. Frobisher-Pym. Selbst jetzt kommt ihm offenbar die Sündhaftigkeit seines Betragens noch nicht zum Bewußtsein. Es geht mir sehr nahe als Priester und als Seelsorger, wirklich sehr nahe.«

»Nun ja, Hancock«, entgegnete Mr. Frobisher-Pym, »Sie müssen eben etwas Nachsicht üben. Hubbard ist kein schlechter Kerl, aber von einem Menschen seines Standes können Sie kein Zartgefühl erwarten. Der springende Punkt ist: Was sollen wir machen? Mr. Burdock muß es natürlich gesagt werden. Es ist eine sehr peinliche Situation. Meine Güte! Hubbard hat also das ganze Komplott eingestanden? Wie kam er dazu?«

»Ich habe ihn bezichtigt«, erwiderte der Pfarrer. »Als ich über Lord Peter Wimseys Bemerkungen nachdachte, war ich innerlich sehr beunruhigt. Ich hatte das Gefühl – warum, weiß ich nicht –, es könnte etwas Wahres an der Geschichte sein, so phantastisch sie auch klang. Ich habe mir so viele Gedanken darüber gemacht, daß ich gestern abend die Marienkapelle selbst ausgekehrt habe, und ich entdeckte eine Menge Sägemehl im Kehricht. Das bewog mich, nach dem Schlüssel des Heizungsraums zu suchen, und ich fand ihn im Gebüsch – tatsächlich in Wurfweite des Fensters. Ich suchte Zuflucht im Gebet und auch bei meiner Frau, auf deren Urteil ich sehr viel gebe – und faßte dann den Entschluß, nach der Messe mit Hubbard zu reden. Es war mir eine große Erleichterung, daß er nicht zur Frühmesse erschien. Angesichts meiner Gefühle hätte ich doch einige Skrupel gehabt.«

»Ganz recht, ganz recht«, bemerkte der Friedensrichter ein wenig ungeduldig. »Sie bezichtigten ihn also, und er bekannte Farbe?«

»Ja. Leider zeigte er überhaupt keine Reue. Er lachte sogar. Eine höchst peinliche Unterredung.«
»Das kann ich mir lebhaft vorstellen«, versicherte ihm Mrs. Frobisher-Pym teilnahmsvoll.
»Wir müssen unbedingt Burdock aufsuchen«, erklärte der Friedensrichter und erhob sich. »Ganz gleich, was der alte Burdock mit seinem ungerechten Testament beabsichtigt haben mag, es liegt klar auf der Hand, daß Hubbard, Mortimer und Rawlinson nicht so handeln durften. Ich weiß wahrhaftig nicht, ob Leichenraub ein strafbares Vergehen ist. Ich muß einmal nachschlagen. Aber ich glaube es bestimmt. Wenn eine Leiche einen Besitz darstellt, so muß sie der Familie oder den Testamentsvollstreckern gehören. Auf jeden Fall ist es ein Kirchenraub, ganz zu schweigen von dem Skandal in der Gemeinde. Ich muß schon sagen, Hancock, die Nonkonformisten werden sich ins Fäustchen lachen; der Meinung sind Sie sicher auch. Na, es ist eine unangenehme Aufgabe, und je eher wir sie in Angriff nehmen, desto besser. Ich gehe mit Ihnen ins Pfarrhaus und helfe Ihnen. Wimsey, Sie hatten also doch recht, und meiner Ansicht nach muß sich Burdock bei Ihnen entschuldigen.«
»Ich will mit der Sache nichts mehr zu tun haben«, antwortete Wimsey. »Ich werde nicht gerade hoch im Kurs stehen bei den Burdocks; denn für Haviland und seine Frau bedeutet es doch eine ziemlich herbe Geldeinbuße.«
»Das stimmt. Höchst unangenehm. Na, vielleicht haben Sie recht. Kommen Sie, Hancock.«
Wimsey und seine Gastgeberin saßen am Feuer und hatten die Angelegenheit etwa eine halbe Stunde lang diskutiert, als Mr. Frobisher-Pym plötzlich seinen Kopf durch die Tür steckte und sagte:
»Hören Sie mal, Wimsey – wir wollen alle zu Mortimer gehen, und es wäre mir lieb, wenn Sie mitkämen und den Wagen fahren würden. Merridew hat sonntags immer frei, und ich setze mich nachts nicht gern ans Steuer, besonders nicht bei diesem Nebel.«
»Selbstverständlich«, lautete die Antwort. Wimsey rannte nach oben und kam nach wenigen Sekunden wieder her-

unter in einem schweren ledernen Fliegermantel und mit einem Paket unter dem Arm. Er begrüßte die Burdocks kurz, kletterte auf den Fahrersitz und steuerte den Wagen vorsichtig durch den Nebel die Herriotting-Straße entlang.
Er lächelte etwas grimmig vor sich hin, als sie die mit Bäumen bestandene Straße hinauffuhren und zu der Stelle kamen, wo die Geisterkutsche an ihm vorübergefahren war. Als sie das Gatter passierten, durch das die sinnreich erdachte Gespensterkutsche verschwunden war, ließ er es sich nicht nehmen, darauf hinzuweisen, und hörte mit Befriedigung, wie Haviland knurrte. Bei der altvertrauten Gabelung wählte er die rechte Biegung nach Frimpton und fuhr in gleichmäßigem Tempo etwa sechs Meilen weiter, bis ihn ein Warnruf von Mr. Frobisher-Pym auf den Seitenweg zu Mortimers Haus aufmerksam machte.
Mr. Mortimers Haus stand mit seinen ausgedehnten Stallungen und Scheunen etwa zwei Meilen abseits der Hauptstraße. In der Dunkelheit konnte Wimsey wenig erkennen, aber es fiel ihm auf, daß die Fenster des Erdgeschosses alle hell erleuchtet waren, und als auf das gebieterische Klingeln des Friedensrichters hin die Tür geöffnet wurde, deutete ein schallendes Gelächter aus dem Innern darauf hin, daß Mr. Mortimer seine Missetaten nicht allzu ernst nahm.
»Ist Mr. Mortimer zu Hause?« fragte Mr. Frobisher-Pym im Ton eines Mannes, der nicht mit sich spaßen läßt.
»Ja. Sir. Wollen Sie bitte eintreten?«
Sie kamen in eine große, altmodische, hell erleuchtete Halle, die durch eine vor der Haustür aufgestellte Schutzwand aus schwerer Eiche recht gemütlich wirkte. Als Wimsey aus der Dunkelheit blinzelnd ins Helle trat, sah er einen großen, beleibten Mann mit rötlichem Gesicht und ausgestreckten Händen auf sie zukommen.
»Frobisher-Pym! Wahrhaftig. Wie schön, daß Sie gekommen sind! Es sind ein paar gute Freunde von Ihnen hier. Oh!« (in etwas verändertem Ton) »Burdock! Das ist ja . . .«
»Zum Teufel mit Ihnen!« rief Haviland Burdock und

stürzte wütend am Friedensrichter vorbei, der ihn zurückzuhalten versuchte. »Zum Teufel, Sie Schwein! Hören Sie auf mit dieser verdammten Farce. Was haben Sie mit der Leiche gemacht?«

»Leiche?« fragte Mr. Mortimer und trat etwas verlegen zurück.

»Ja, verflucht noch mal! Ihr Freund Hubbard hat alles gestanden. Also hat es keinen Zweck, die Sache abzustreiten. Zum Kuckuck, was soll das eigentlich heißen? Die Leiche haben Sie sicher hier versteckt. Wo ist sie? Heraus damit!« Er schritt drohend um die Schutzwand herum ins Lampenlicht. Ein großer, schlanker Mann erhob sich unerwartet aus einem tiefen Sessel und trat ihm entgegen.

»Nicht so hastig, alter Knabe!«

»Lieber Gott!« Haviland fuhr zurück und trat Wimsey dabei heftig auf die Zehen. »Martin!«

»Sicher«, erwiderte der andere. »Hier bin ich. Unkraut vergeht nicht. Wie geht's dir denn?«

»*Du* bist also die treibende Kraft in dieser Angelegenheit!« tobte Haviland. »Das hätte ich mir ja denken können. Du verdammter Hund. Bildest du dir vielleicht ein, daß es anständig ist, deinen Vater aus dem Sarg zu zerren und ihn wie eine Zirkusattraktion im Lande herumzuschleifen? Es ist entwürdigend. Es ist ekelhaft. Es ist abscheulich. Du bist anscheinend eines anständigen Gefühls nicht mehr fähig. Du willst die Sache doch wohl nicht etwa abstreiten?«

»Hören Sie mal, Burdock!« protestierte Mortimer.

»Halten Sie Ihren Mund, verflucht noch mal!« schimpfte Haviland. »Sie kommen schon noch an die Reihe. Nun hör zu, Martin, ich habe von diesem schändlichen Theater genug. Du wirst sofort die Leiche herausrücken und ...«

»Einen Augenblick mal«, entgegnete Martin. Er stand, ein wenig lächelnd, da und hatte die Hände in den Taschen seines Smokings vergraben. »Diese Auseinandersetzung scheint ja reichlich öffentlich vor sich zu gehen. Wer sind alle diese Leute? Oh, der Pfarrer, wie ich sehe. Ich fürchte, wir schulden Ihnen eine kleine Erklärung. Und – hm ...«

»Dies ist Lord Peter Wimsey«, schaltete sich Mr. Frobisher-Pym ein. »Er entdeckte Ihr – ich fürchte, Burdock, ich

muß auch die Bezeichnung Ihres Bruders wählen und sagen – Ihr ekelhaftes Komplott.«
»Du liebe Zeit!« rief Martin. »Mortimer, Sie haben wohl nicht gewußt, daß Sie es mit Lord Peter Wimsey zu tun hatten, wie? Kein Wunder, daß die Katze aus dem Sack ist. Dieser Mann ist ein regelrechter Sherlock Holmes. Da bin ich offenbar im entscheidenden Moment nach Hause gekommen. Diana, darf ich dir Lord Peter Wimsey vorstellen – meine Frau.«
Eine hübsche junge Frau im schwarzen Abendkleid begrüßte Wimsey mit scheuem Lächeln und wandte sich bittend an ihren Schwager.
»Haviland, wir wollen dir erklären ...«
Er schenkte ihr keine Aufmerksamkeit.
»Also, Martin, ich glaube, das Spiel ist aus.«
»Ich auch, Haviland. Aber warum dieser ganze Spektakel?«
»Spektakel! Das ist ja wunderbar. Dabei stiehlst du die Leiche deines eigenen Vaters aus dem Sarg ...«
»Nein, nein, Haviland. Davon habe ich nichts gewußt. Das kann ich beschwören. Ich habe die Nachricht von seinem Tod erst vor wenigen Tagen erhalten. Wir waren weit ab vom Schuß, drehten einen Film in den Pyrenäen. Sobald ich weg konnte, bin ich hergeeilt. Mortimer hier hat mit Rawlinson und Hubbard die ganze Sache inszeniert. Ich habe nichts davon gewußt, bis ich gestern morgen in meiner alten Wohnung in Paris einen Brief von ihm vorfand. Ehrlich gesagt, Haviland, ich habe nichts damit zu tun. Warum auch? Ich hatte dergleichen ja gar nicht nötig.«
»Was willst du damit sagen?«
»Na, wenn ich hiergewesen wäre, hätte ich doch bloß den Mund aufzumachen brauchen, um die Beisetzung zu verbieten. Warum in aller Welt hätte ich mir die Mühe machen sollen, die Leiche zu stehlen? Ganz abgesehen von der Pietätlosigkeit und so weiter. Als Mortimer mir davon berichtete, war ich sogar ein wenig empört, obgleich ich ihnen ihren guten Willen und die Mühe, die sie sich meinetwegen gemacht hatten, hoch anrechnete. Mr. Hancock hat wohl am meisten Grund, zornig zu sein. Aber Mortimer ist so

vorsichtig wie möglich gewesen, Sir – ganz bestimmt. Er hat den alten Herrn ganz ehrerbietig und hochanständig in der früheren Kapelle untergebracht, ihn mit Blumen umgeben und alles. Sie werden bestimmt zufrieden sein.«

»Ja, ja«, stimmte Mortimer zu. »Es war keine Pietätlosigkeit beabsichtigt. Das dürfen Sie mir glauben. Besuchen Sie ihn einmal.«

»Es ist schrecklich«, erklärte der Vikar hilflos.

»Während meiner Abwesenheit mußten sie eben tun, was in ihren Kräften stand. Das sehen Sie doch ein, nicht wahr? Sobald ich kann, werde ich die nötigen Anordnungen für eine passende Gruft treffen – oberhalb der Erde natürlich. Oder vielleicht wäre es ebenso richtig, ihn verbrennen zu lassen.«

»Was!« keuchte Haviland. »Bildest du dir etwa ein, daß ich meinen Vater unbeerdigt lasse nur wegen deiner widerlichen Geldgier?«

»Mein lieber Bruder, denkst du etwa, ich gestatte dir, ihn unter die Erde zu bringen, nur damit du meinen Besitz einheimsen kannst?«

»Ich bin sein Testamentsvollstrecker, und ich sage, er muß begraben werden, ob es dir paßt oder nicht!«

»Und ich bin auch sein Testamentsvollstrecker – und ich sage, er wird nicht begraben. Er kann ganz anständig oberhalb der Erde aufbewahrt werden, und das soll auch geschehen.«

»Hören Sie doch mal einen Moment zu«, warf der Pfarrer ein, der ganz verstört zwischen diesen beiden Kampfhähnen stand.

»Ich will wissen, was Graham dazu sagt«, kreischte Haviland.

»Ach ja – dieser ehrliche Rechtsanwalt«, höhnte Martin. »*Er* wußte, was im Testament stand, nicht wahr? Er hat es wohl nicht zufällig *dir* gegenüber erwähnt, wie?«

»Das hat er nicht getan«, erwiderte Haviland. »Er hat überhaupt nichts davon gesagt, weil er nur zu gut wußte, was für ein Kotzbrocken du bist. Nicht damit zufrieden, daß du durch deine elende, erpresserische Heirat Schande über uns gebracht hast . . .«

»Mr. Burdock, Mr. Burdock ...«
»Nimm dich in acht, Haviland!«
»Du bist so schamlos ...«
»Schweig!«
»... daß du die Leiche deines Vaters und mein Geld stiehlst, damit du und deine verdammte Frau euren lockeren Lebenswandel mit einem Haufen Filmschauspielern und Tänzerinnen fortsetzen könnt ...«
»Ich rate dir eins, Haviland. Laß meine Frau und meine Freunde aus dem Spiel. Wie ist es denn bei euch bestellt? Mir hat jemand gesagt, daß Winnie das Geldausgeben auch ziemlich gut versteht – du bist doch beinahe bankrott, nicht wahr? Durch die Pferdchen, die Spieltische und wer weiß was noch! Kein Wunder, daß du deinen Bruder um sein Geld betrügen willst. Ich habe nie eine hohe Meinung von dir gehabt, Haviland, aber bei Gott ...«
»Einen Moment!«
Mr. Frobisher-Pym war es endlich gelungen, sich durchzusetzen, teils, weil er gewohnt war, Autorität auszuüben, teils, weil die Brüder sich heisergeschrien hatten.
»Einen Moment, Martin. Ich will Sie so nennen, weil ich Sie lange gekannt habe und Ihren Vater ebenfalls. Ich verstehe Ihren Zorn über das, was Haviland gesagt hat. Es war unverzeihlich, und ich bin überzeugt, daß er das einsehen wird, wenn er zu Verstande kommt. Aber Sie müssen daran denken, daß er – ebenso wie wir alle – durch diese sehr, sehr peinliche Angelegenheit im höchsten Grade schockiert ist. Und es ist auch nicht gerecht zu behaupten, daß Haviland versucht habe, Sie um Ihr Geld zu betrügen. Er hat von diesem boshaften Testament nichts gewußt, und er hat einfach dafür gesorgt, daß die üblichen Vorkehrungen für die Beerdigung getroffen wurden. Sie müssen sich auf gütlichem Wege einigen, wie Sie das auch getan haben würden, wenn das Testament nicht zufällig verlegt worden wäre. Also, Martin, und auch Haviland, überlegen Sie sich die Sache. Meine lieben Jungen, dieser Auftritt ist einfach entsetzlich. So etwas darf nicht vorkommen. Sie können den Besitz doch freundschaftlich unter sich aufteilen. Es ist schrecklich, daß die Leiche eines

alten Mannes, nur des elenden Mammons wegen, einen Zankapfel zwischen seinen eigenen Söhnen darstellt.«
»Ich bitte um Entschuldigung«, sagte Martin. »Ich bin zu weit gegangen. Sie haben vollkommen recht, Sir. Hör mal, Haviland, vergiß die ganze Geschichte. Ich will dir die Hälfte des Geldes überlassen ...«
»Die Hälfte des Geldes! Aber es gehört doch alles mir. *Du* willst mir die Hälfte des Geldes überlassen? Wie verdammt großzügig von dir! Mein eigenes Geld!«
»Nein, alter Knabe. Im Augenblick gehört es mir. Der alte Herr ist noch nicht begraben, weißt du. Das ist doch korrekt, nicht wahr, Mr. Frobisher-Pym?«
»Ja, im Augenblick gehört das Geld gesetzlich Ihnen. Das müssen Sie doch einsehen, Haviland. Aber Ihr Bruder bietet Ihnen die Hälfte an, und ...«
»Die Hälfte! Ich wäre verrückt, wenn ich die Hälfte nähme. Der Mann hat versucht, mich zu betrügen. Ich werde die Polizei holen und ihn ins Gefängnis werfen lassen wegen Kirchenraubs, das kann ich Ihnen versichern. Wo ist das Telefon?«
»Entschuldigen Sie, bitte«, ließ Wimsey sich hören. »Ich wollte mich ja eigentlich nicht mehr in Ihre Familienangelegenheiten mischen, aber ich rate Ihnen wirklich ab, die Polizei kommen zu lassen.«
»So, *Sie* raten mir davon ab. Was hat das mit Ihnen zu tun, zum Kuckuck noch mal?«
»Nun«, sagte Wimsey eindringlich, »wenn diese Testamentsangelegenheit vor Gericht kommt, werde ich wahrscheinlich eine Aussage machen müssen, da ich schließlich derjenige war, der das Ding gefunden hat.«
»Ja, und?«
»Man könnte mich fragen, wie lange das Testament wohl in dem Versteck gelegen hat.«
Haviland schien einen Kloß im Hals zu haben, der seine Sprache beeinträchtigte.
»Und was täte das zur Sache?«
»Es ist ziemlich merkwürdig, wenn man es sich genau überlegt. Ich meine, Ihr verstorbener Vater muß das Testament im Bücherschrank versteckt haben, bevor er ins

Ausland ging. Das war – vor drei Jahren? Vor fünf Jahren?«

»Vor etwa vier Jahren.«

»Na, also. Und seitdem hat Ihre gescheite Hausverwalterin die Feuchtigkeit in die Bibliothek eindringen lassen, nicht wahr? Kein Feuer, ein zerbrochenes Fenster und so weiter. Verheerend für die Bücher. Sehr traurig für Leute wie mich. Nun ja. Nehmen wir einmal an, man würde diese Frage stellen – und Sie würden antworten, es habe vier Jahre im Feuchten gelegen. Würde man es nicht komisch finden, wenn ich aussagte, daß sich am Ende des Bücherregals ein großer, feuchter Fleck befindet, der wie ein grinsendes Gesicht aussieht, daß ein entsprechendes großes, grinsendes Gesicht auf der alten *Nürnberger Chronik* zu finden ist und überhaupt kein Fleck auf dem Testament, das vier Jahre lang zwischen beiden gesteckt haben soll?«

Mrs. Haviland schrie plötzlich: »Haviland! Du Dummkopf! Du großer Dummkopf!«

»Halt deinen Mund!«

Mit einem Wutschrei fuhr Haviland auf seine Frau los, die in einem Sessel zusammenbrach und sich die Hand vor den Mund hielt.

»Danke vielmals, Winnie«, sagte Martin. »Nein, Haviland, du brauchst keine Erklärungen abzugeben. Winnie hat alles verraten. Du wußtest also Bescheid – du *kanntest* das Testament. Hast es absichtlich versteckt und alles für die Beerdigung vorbereitet. Ich bin dir unendlich dankbar – beinahe so dankbar wie dem diskreten Graham. Gilt das Verstecken von Testamenten als Unterschlagung oder als Komplott oder als was? Mr. Frobisher-Pym wird's wissen.«

»Ach, du liebe Zeit!« sagte der Friedensrichter. »Sind Sie Ihrer Sache auch sicher, Wimsey?«

»Ganz sicher«, erwiderte Wimsey und zog die *Nürnberger Chronik* hervor. »Hier ist der Fleck – Sie können sich selbst überzeugen. Verzeihen Sie, daß ich Ihr Eigentum entliehen habe, Mr. Burdock. Ich fürchtete aber, Mr. Haviland könnte in den stillen Stunden der Nacht über diese kleine

Abweichung nachdenken und den Entschluß fassen, die *Chronik* zu verkaufen oder zu verschenken, oder zu der Ansicht gelangen, daß sie ohne Deckel besser aussähe. Gestatten Sie, daß ich sie Ihnen zurückgebe, Mr. Martin, und zwar intakt. Sie werden mir vielleicht verzeihen, wenn ich sage, daß ich keine der Rollen in diesem Melodram sehr bewundere. Es wirft, wie Mr. Pecksniff sagen würde, ein trauriges Licht auf die menschliche Natur. Aber besonders habe ich mich über die Art und Weise geärgert, in der man mich zum Bücherregal lotste und zum gescheiten, unabhängigen Zeugen machte, der das Testament fand. Ich mag ein Narr sein, Mr. Haviland Burdock, aber ich bin kein Erznarr. Gute Nacht. Ich werde im Wagen warten, bis alle fertig sind.«

Wimsey schritt würdevoll hinaus.

Bald folgten ihm der Vikar und Mr. Frobisher-Pym.

»Mortimer bringt Haviland und seine Frau zum Bahnhof«, berichtete der Friedensrichter. »Sie kehren sofort nach London zurück. Sie können ihnen das Gepäck morgen nachschicken, Hancock. Wir machen am besten, daß wir fortkommen.«

Wimsey drückte auf den Anlasser.

Im selben Augenblick rannte ein Mann eilig die Treppe hinunter und trat zu ihm an den Wagen. Es war Martin.

»Hören Sie«, murmelte er. »Sie haben mir einen großen Gefallen getan – den ich eigentlich nicht verdiene. Sie müssen mich für ein Schwein halten. Aber ich werde dafür sorgen, daß der alte Herr anständig begraben wird, und ich werde das Vermögen mit Haviland teilen. Sie dürfen ihn auch nicht zu sehr verurteilen. Seine Frau ist ein schreckliches Wesen. Sie hat ihn bis über die Ohren in Schulden gebracht und sein Geschäft ruiniert. Ich sorge dafür, daß alles in Ordnung kommt. Verstehen Sie? Ich möchte nicht, daß Sie zu schlecht von uns denken.«

»So ist's recht!« sagte Wimsey.

Er legte den Gang ein und verschwand im nassen, weißen Nebel.

Der Tote in der Badewanne

1

»Ei, verflixt!« sagte Lord Peter Wimsey am Piccadilly Circus.

»He, Chauffeur!«

Der Taxichauffeur, den es ärgerte, angerufen zu werden, während er gerade das schwierige Werk vollbrachte, an einem Autobus und einem Radfahrer vorbei in die Lower Regent Street einzubiegen, lieh ihm ein unwilliges Ohr.

»Ich habe den Katalog vergessen«, sagte Lord Peter. »Würden Sie mich bitte zurückfahren?«

»Zum Savile Club, Sir?«

»Nein, Piccadilly 110 a, gleich dahinter. Besten Dank.«

»Dachte, Sie hätten es eilig«, brummte der Chauffeur.

Das neue Haus mit den vortrefflichen und teuren Wohnungen, wo Lord Peter im zweiten Stock wohnte, stand genau gegenüber dem Green-Park. Als Lord Peter seine Wohnungstür aufschloß, hörte er in der Bibliothek die Stimme seines Dieners; sie erhob sich zu der gepreßten Schärfe, die gutgeschulte Dienstboten bei Telefongesprächen anwenden.

»Ich glaube, da kommt Seine Lordschaft eben ... wenn Durchlaucht einen Augenblick am Apparat bleiben wollen ...«

»Was gibt's, Bunter?«

»Ihre Durchlaucht hat gerade aus Denver angerufen, Mylord. Ich sagte, Eure Lordschaft seien zur Auktion gegangen, als ich Eure Lordschaft an der Türe hörte.«

»Danke. Holen Sie mir bitte meinen Katalog? Ich glaube, ich habe ihn im Schlafzimmer liegengelassen oder auf dem Schreibtisch.«

Er setzte sich mit höflicher Gelassenheit ans Telefon, als sei ein Besuch für ein Plauderstündchen gekommen.
»Hallo, Mutter?«
»Oh, da bist du ja, mein Lieber«, antwortete die Herzoginwitwe. »Ich fürchtete schon, ich hätte dich verfehlt.«
»Ich war auf dem Wege zur Auktion bei Brocklebury, um ein paar Bücher zu erstehen, aber ich mußte zurückkommen, weil ich den Katalog vergessen hatte. Was ist los?«
»Etwas Seltsames ist passiert«, erwiderte die Herzogin. »Ich dachte, ich müßte es dir sagen. Du kennst doch Mr. Thipps?«
»Thipps?« wiederholte Lord Peter. »Ach ja, der Architekt, der das Kirchendach renoviert. Ja. Was ist mit ihm?«
»Mrs. Throgmorton war vorhin bei mir – ganz aufgeregt.«
»Entschuldige, Mutter, ich verstehe nicht. Wer?«
»Mrs. Throgmorton, die Frau des Pfarrers.«
»Oha, Mrs. Throgmorton. Ja, und?«
»Mr. Thipps rief heute morgen bei ihnen an. Er hätte nämlich zu ihnen kommen sollen.«
»Ja, und?«
»Er rief an, um zu sagen, er könne nicht kommen. Er war ganz aus dem Häuschen, der arme Kerl. Er hat in seiner Badewanne eine Leiche gefunden.«
»Was hat er gefunden?«
»Eine Leiche, mein Junge, in seiner Badewanne.«
»Was? Was für eine Leiche?«
»Ein toter Mann, der nichts anhatte außer einem Zwicker. Mrs. Throgmorton wurde tatsächlich rot, als sie es mir erzählte. In ländlichen Pfarrhäusern werden die Menschen leider etwas prüde.«
»War es jemand, den er kannte?«
»Nein, ich glaube nicht. Sie sagte, er sei ganz verstört gewesen. Daß er nun die Polizei im Haus hat und so weiter, macht ihm wirklich Kummer.«
»Sehr peinlich für ihn. Er wohnt in Battersea, nicht?«
»Ja, Queen Caroline Mansions 59, gegenüber dem Park. In dem großen Haus an der Ecke vom Krankenhaus. Ich dachte, du würdest vielleicht gern zu ihm gehen. Ich fand den Mann immer so nett.«

»Oh, sicher«, antwortete Lord Peter und lächelte ins Telefon. Die Herzogin leistete ihm bei seinem Steckenpferd, kriminalistischen Untersuchungen, stets große Hilfe, obwohl sie nie darauf Bezug nahm und sich höflich den Anschein gab, als ob es nicht vorhanden sei.
»Wann war das, Mutter?«
»Ich glaube, er fand die Leiche heute früh. Mrs. Throgmorton kam kurz vor dem Essen zu mir – ärgerlich, ich mußte sie zum Bleiben auffordern. Zum Glück war ich allein. Es macht mir nichts, mich zu langweilen; aber ich schätze es nicht, wenn meine Gäste angeödet werden.«
»Du Ärmste! Tausend Dank, daß du mir Bescheid gesagt hast. Ich glaube, ich werde Bunter zur Auktion schicken und gleich nach Battersea fahren, um zu sehen, ob ich den armen Kerl trösten kann. Auf Wiedersehen.«
»Auf Wiedersehen, mein Junge.«
»Bunter!«
»Bitte sehr, Mylord.«
»Ihre Durchlaucht erzählte mir, daß ein ehrbarer Architekt in Battersea einen Toten in seiner Badewanne entdeckt hat.«
»Wirklich, Mylord? Das ist sehr erfreulich.«
»Sehr, Bunter. Haben Sie den Katalog gefunden?«
»Hier ist er, Mylord.«
»Danke. Ich fahre sofort nach Battersea. Ich möchte, daß Sie für mich zur Auktion gehen. Ich habe die Bücher angestrichen, die ich haben will. Bieten Sie gegen jeden. Zum Abendessen bin ich wieder hier.«
»Sehr wohl, Mylord.«
»Nehmen Sie mein Taxi, und sagen Sie dem Chauffeur, er soll sich beeilen. Kann ich bei Thipps in Frack und Zylinder erscheinen?« Lord Peter musterte sich in dem Spiegel aus dem achtzehnten Jahrhundert, der über dem Kamin hing. »Ich glaube nicht. Ich wette, er wird mich für den Leichenbestatter halten. Ein grauer Anzug, denke ich; adrett, aber nicht zu elegant, und ein Hut, der dazu paßt, das wird besser zu meinem anderen Ich passen. Der Bibliophile geht ab; neues Motiv, intoniert durch ein Solofagott; Sherlock Holmes tritt auf, als spazierengehender

Edelmann verkleidet. Da zieht Bunter von hinnen. Ein unschätzbarer Mensch – macht sich nie erbötig, seine Arbeit zu erledigen, wenn man ihn angewiesen hat, etwas anderes zu tun. Hoffentlich bekommt er die Bücher. Sonst findet man sie vielleicht anderswo, wohingegen eine Leiche in einer Badewanne nicht mehr als einmal im Leben vorkommt. Jedenfalls keine, die nur einen Zwicker anhat. Du meine Güte! Es ist ganz verwirrend, zwei Stekkenpferde zu reiten.«

Alfred Thipps war ein kleiner, nervöser Mann, dessen Flachshaar allmählich den ungleichen Kampf mit dem Geschick aufgab. Man könnte sagen, daß sein einziges hervorstechendes Merkmal eine große Beule über der linken Braue war. Fast im gleichen Atemzug mit der Begrüßung entschuldigte er sich deswegen verlegen und murmelte etwas davon, er sei im Dunkeln gegen die Eßzimmertür geprallt. Er war fast zu Tränen gerührt, daß Lord Peter auf den Gedanken gekommen war, ihn aufzusuchen.

»Das ist wirklich sehr liebenswürdig von Eurer Lordschaft«, wiederholte er zum zehnten Male. »Ich weiß es sehr zu schätzen, und meiner Mutter würde es ebenso ergehen, nur ist sie so schwerhörig, daß ich Sie nicht damit bemühen möchte, es ihr verständlich zu machen. Es war ein schlimmer Tag«, fügte er hinzu, »mit den Polizisten im Hause und all dem Betrieb. Daran sind meine Mutter und ich nicht gewöhnt; wir leben sehr zurückgezogen. Wirklich, Mylord, ich bin froh, daß meine Mutter nichts versteht; denn sie würde sich sicher sehr aufregen, wenn sie Bescheid wüßte. Zuerst war sie entsetzt; aber inzwischen hat sie sich eine eigene Erklärung zurechtgelegt, und das ist bestimmt am besten.«

Die alte Dame, die strickend am Kamin saß, beantwortete einen Blick ihres Sohnes mit einem grimmigen Nikken.

»Ich sagte immer, du solltest dich wegen des Bades beschweren, Alfred«, sagte sie unvermittelt mit der hochgeschraubten Stimme der Schwerhörigen. »Jetzt wird der

Hauswirt ja hoffentlich nachsehen. Meiner Meinung nach hättest du das erreichen können, ohne die Polizei zu holen.«

»Da sehen Sie's«, erklärte Mr. Thipps abbittend. »Es ist ganz gut, daß sie die Sache so anschaut; sie weiß nämlich, daß wir das Badezimmer abgeschlossen haben. Aber für mich war es ein arger Schrecken. So etwas ist noch nie geschehen, noch nie habe ich so etwas erlebt. Ich wußte kaum, wie ich aus dem gräßlichen Badezimmer hinaus sollte und wie die Polizei anrufen.«

»Es muß sicher sehr schlimm gewesen sein«, sagte Lord Peter mitfühlend, »zumal wenn man so etwas vor dem Frühstück erlebt. Ich hasse alles Unangenehme vor dem Frühstück. Dann ist man so im Nachteil, nicht wahr?«

»Ganz recht, ganz recht«, pflichtete Thipps eifrig bei. »Als ich die Leiche in meiner Badewanne liegen sah, splitterfasernackt noch dazu, bis auf einen Zwicker, ich versichere Ihnen, Mylord, da drehte sich mir der Magen um, wenn Sie den Ausdruck entschuldigen wollen. Ich bin nicht sehr kräftig, und ich leide manchmal morgens an Übelkeit, und wie so alles zusammenkam, ja, da mußte ich Gladys einen Kognak holen lassen – ich weiß nicht, was sonst geschehen wäre. Ich fühlte mich so elend, obwohl ich im allgemeinen nicht sehr für Alkohol bin. Trotzdem mache ich es mir zur Regel, immer Kognak im Hause zu haben, für den Notfall, verstehen Sie?«

»Sehr klug von Ihnen«, sagte Lord Peter fröhlich.

»Gladys ist ein gutes Mädchen. Und wirklich sehr vernünftig. Sie erschrak natürlich, das ist ja verständlich. Aber wenn's brenzlig wird, erweist sie sich als ein sehr hilfreicher, energischer Mensch. Ich betrachte es als ein großes Glück, heutzutage ein gutes, anständiges Dienstmädchen zu haben, wenn sie auch in Kleinigkeiten etwas nachlässig und vergeßlich ist; aber das ist ja nur natürlich. Es tat ihr wirklich sehr leid, daß sie das Badezimmerfenster offengelassen hatte, und obwohl ich zuerst böse war, als ich sah, was sich daraus ergeben hatte, war es nicht der Rede wert, nicht unter gewöhnlichen Umständen, wie man sagen könnte. Ich sagte bloß: ›Man hätte einbrechen

können. Denken Sie daran, wenn Sie das nächstemal ein Fenster zuzumachen vergessen. Diesmal war es ein Toter, und das ist schon unangenehm genug; aber das nächstemal könnten es Einbrecher sein, und dann werden wir alle im Bett ermordet werden.‹ Der Polizeiinspektor hingegen – Inspektor Sugg heißt er, von Scotland Yard – war sehr streng mit dem armen Mädchen. Er jagte ihr richtig Angst ein und ließ sie annehmen, daß er sie in irgendeinem Verdacht habe. Ich kann mir zwar nicht vorstellen, was für einen Vorteil das arme Mädchen von einer Leiche haben könnte, und das sagte ich auch dem Inspektor. Er war sehr grob zu mir, Mylord – ich muß sagen, sein Benehmen gefiel mir gar nicht.«
»Echt Sugg«, bestätigte Lord Peter, »ich kenne ihn. Wenn er nicht weiter weiß, wird er grob. Es ist ja klar, daß Sie und Ihr Mädchen keine Leichen sammeln. Wer würde sich mit einer Leiche belasten wollen? Gewöhnlich besteht die Schwierigkeit darin, sie loszuwerden. Sind Sie übrigens diese Leiche schon los?«
»Sie ist immer noch im Badezimmer. Inspektor Sugg sagte, nichts dürfe angerührt werden, bis seine Leute sie holen kämen. Wenn es Eure Lordschaft interessiert, einen Blick hineinzuwerfen . . .«
»Sehr gern, wenn es Ihnen nicht unangenehm ist.«
»Ganz und gar nicht«, sagte Mr. Thipps. Als er durch den Flur voranging, überzeugte sein Benehmen Lord Peter von zwei Dingen: erstens genoß er, so schauerlich sein Schaustück auch war, die Bedeutung, die es auf ihn und seine Wohnung ausstrahlte; und zweitens hatte Inspektor Sugg ihm verboten, es irgendeinem Menschen zu zeigen. Die zweite Annahme wurde durch Mr. Thipps' Handlungsweise bekräftigt. Er ging nämlich in sein Schlafzimmer, um den Schlüssel zu holen, und sagte, er mache es sich zur Regel, zu jeder Tür zwei Schlüssel zu haben – für den Notfall.
Das Badezimmer hatte nichts Auffallendes. Es war lang und schmal; das Fenster befand sich genau über dem Kopfende der Wanne. Die Scheiben bestanden aus Milchglas; der Rahmen war groß genug, daß ein menschlicher

Körper hindurch konnte. Lord Peter öffnete das Fenster und blickte hinaus.
Die Wohnung lag im obersten Stock des Hauses, ungefähr in der Mitte der Häuserreihe. Das Badezimmerfenster führte nach hinten auf den Hof hinaus, auf dem es verschiedene kleine Nebengebäude, Kohlenschuppen und Garagen gab. Auf der andern Seite waren die Hinterhöfe einer parallelen Häuserreihe. Zur Rechten erhob sich das große St.-Lukas-Krankenhaus auf seinem Grundstück; durch einen überdachten Weg war es mit der Wohnung Sir Julian Frekes verbunden, des berühmten Chirurgen, der die chirurgische Abteilung des neuen Krankenhauses leitete und außerdem in der Harley Street als ausgezeichneter Neurologe mit ganz individuellen Ansichten bekannt war.
All dies erfuhr Lord Peter des langen und breiten von Mr. Thipps, der zu finden schien, daß die Nachbarschaft eines so hervorragenden Mannes gewissermaßen einen Schimmer des Ruhmes über Queen Caroline Mansions ergoß.
»Er war heute morgen hier«, sagte er, »wegen dieser schrecklichen Sache. Inspektor Sugg dachte, vielleicht hätte einer der jungen Ärzte im Krankenhaus die Leiche spaßeshalber hergebracht, da sie dort ja immer Leichen zum Sezieren haben. Deshalb ging Inspektor Sugg zu Sir Julian, um sich zu erkundigen, ob eine Leiche fehlte. Sir Julian war sehr freundlich, obwohl er gerade im Seziersaal arbeitete. Er schaute in den Büchern nach, um die Leichen nachzuzählen, und kam dann liebenswürdigerweise her. Er sagte, leider könne er uns nicht dienlich sein; im Spital fehle keine Leiche und diese hier stimme mit den dortigen Beschreibungen nicht überein.«
»Hoffentlich auch mit keiner Beschreibung eines Patienten«, bemerkte Lord Peter beiläufig.
Diese grausige Andeutung ließ Mr. Thipps erblassen. »Ich hörte Inspektor Sugg nicht fragen«, erwiderte er mit leichter Erregung. »Wie entsetzlich wäre das . . . daran dachte ich überhaupt nicht.«
»Nun, wenn dort ein Patient fehlt, wird man es inzwischen wahrscheinlich entdeckt haben.« Lord Peter

klemmte sich das Monokel ins Auge und fügte hinzu: »Ich sehe, Sie haben Ärger mit hereingewehtem Ruß. Unangenehm, nicht? Das hatte ich auch – alle meine Bücher wurden verdorben. Drehen Sie sich um, wenn Sie lieber nicht zuschauen wollen.« Er nahm aus Thipps' widerstrebender Hand das Leintuch, das über die Badewanne gebreitet war, und schlug es zurück.

Der Tote in der Wanne war ein großer, breiter Mann von etwa fünfzig Jahren. Sein dichtes schwarzes, natürlich gelocktes Haar war von Meisterhand geschnitten und gescheitelt und strömte schwaches Veilchenparfüm aus. Der Mann hatte ein breites, fleischiges Gesicht mit ausgeprägten Zügen, vorstehende dunkle Augen, eine lange Nase und ein festes Kinn. Die Lippen waren voll und sinnlich, und der hinuntergesunkene Kiefer enthüllte tabakbefleckte Zähne. Der schöne Goldkneifer spottete des Todes mit grotesker Eleganz; das feine Goldkettchen ringelte sich auf der bloßen Brust. Die Beine lagen steif ausgestreckt nebeneinander. Lord Peter hob den einen Arm in die Höhe und betrachtete die Hand mit leichtem Stirnrunzeln.

»Ein bißchen ein Geck, unser Besucher, was?« murmelte er.

»Parmaveilchen und Maniküre.« Er bückte sich abermals und griff unter den Kopf. Der absurde Zwicker fiel klirrend in die Wanne, und das Geräusch war für Thipps' Nerven zuviel.

»Wenn Sie mich entschuldigen wollen«, flüsterte er, »ich fühle mich nicht gut.«

Kaum war er hinausgeschlüpft, so drehte Lord Peter den Toten flink aber behutsam um und betrachtete ihn mit schräg geneigtem Haupt, wobei er sein Monokel benutzte, als ob er eine seltene Orchidee begutachtete. Hierauf holte er seine silberne Zündholzdose hervor, legte den Kopf des Toten über seinen Arm und steckte die Dose vorsichtig in den offenen Mund. Er machte »Tz, tz«, bettete die Leiche in die Wanne, nahm den geheimnisvollen Zwicker, betrachtete ihn, setzte ihn sich auf die Nase und blickte durch die Gläser. Dann brachte er den Zwicker wieder an den Platz, um keine Spuren der Einmischung zum Ärger des Inspektors zurückzulassen, ging wieder zum Fenster, wo er sich hinauslehnte und mit seinem Spazierstock nach oben und seitwärts tastete. Da diese Untersuchungen zu nichts führten, schloß er das Fenster und gesellte sich auf dem Flur zu Mr. Thipps.

Thipps, den diese mitfühlende Anteilnahme seitens eines Herzogssohnes rührte, bot ihm auf dem Rückweg zum Wohnzimmer eine Tasse Tee an. Lord Peter, der zum Fenster geschlendert war und die Aussicht auf den Battersea-Park bewunderte, wollte schon annehmen, als am Ende der Prince of Wales Road eine Ambulanz in Sicht kam. Ihr Erscheinen erinnerte Lord Peter an eine wichtige Verabredung, und mit einem hastigen »Himmel!« verabschiedete er sich von Thipps.

»Meine Mutter läßt grüßen«, sagte er und drückte Thipps herzlich die Hand. Der alten Dame schrie er freundlich »Auf Wiedersehen, Mrs. Thipps« ins Ohr.

Als er aus dem Haus trat, fuhr die Ambulanz vor, und Inspektor Sugg tauchte mit zwei Polizisten auf. Der Inspektor warf einen argwöhnischen Blick auf Lord Peters Rükken.

»Der liebe alte Sugg«, schmunzelte Lord Peter, »wie er mich haßt, der alte Knabe.«

2

»Ausgezeichnet, Bunter«, sagte Lord Peter und sank mit einem Seufzer in einen luxuriösen Sessel. »Ich hätte es selbst nicht besser machen können. Ich bin selig über die beiden Bücher, und dabei haben Sie mir noch sechzig Pfund gespart – das ist großartig. Wofür wollen wir das Geld ausgeben, Bunter? Eigentlich gehört es Ihnen. Was wünschen Sie sich? Etwas für Ihre Wohnung?«

»Oh, Mylord, wenn Eure Lordschaft so gütig sind . . .« Der Diener brach ab und schenkte alten Kognak in ein Glas.

»Heraus mit der Sprache!«

»Es gibt einen Vergrößerungsapparat mit Ersatzlinsen, Mylord«, antwortete Bunter fast mit religiösem Eifer. »Wenn es sich nun um eine Fälschung handeln würde oder um Fußspuren, könnte ich die Vergrößerungen auf der Stelle machen. Die breitwinkligen Linsen wären auch nützlich. Es ist, als ob die Kamera hinten Augen hätte. Schauen Sie, Mylord, ich habe es gerade hier.« Er zog einen Katalog aus der Tasche.

Lord Peter las langsam die Beschreibung. Seine Mundwinkel hoben sich in einem schwachen Lächeln. »Das sind für mich böhmische Dörfer«, sagte er. »Fünfzig Pfund scheint mir ein lächerlicher Preis für ein bißchen Glas. Wahrscheinlich finden Sie, daß 750 Pfund etwas abwegig sind für ein schmutziges altes Buch in einer toten Sprache, nicht wahr?«

»Es steht mir nicht an, so etwas zu sagen, Mylord.«

»Ja, Bunter, ich zahle Ihnen 200 Pfund im Jahr, damit Sie Ihre Gedanken für sich behalten. Sagen Sie mir, Bunter, in diesen demokratischen Zeiten, finden Sie das nicht ungerecht?«

»Nein, Mylord.«

»Möchten Sie mir nicht offen sagen, warum Sie es nicht ungerecht finden?«

»Offen gestanden, Eure Lordschaft haben das Einkommen eines Edelmannes, um mit Lady Worthington essen zu gehen, und die unzweifelhafte Schlagfertigkeit Eurer Lordschaft in Zaum zu halten.«

Lord Peter überlegte dies. »Das ist also Ihre Ansicht, Bunter? *Noblesse oblige* – ich glaube, Sie haben recht. Dann sind Sie besser dran als ich, weil ich mich Lady Worthington gegenüber anständig benehmen müßte, auch wenn ich keinen Penny besäße. Bunter, wenn ich Sie jetzt entlassen würde, würden Sie mir dann sagen, was Sie von mir denken?«

»Nein, Mylord.«

»Sie hätten durchaus das Recht, Bunter, und wenn ich Sie entlassen würde, obwohl Sie so wunderbar Kaffee machen, hätte ich verdient, was Sie über mich sagen würden. Sie können Ihre schielenden Linsen kaufen.«

»Danke, Mylord.«
»Sind Sie im Eßzimmer fertig?«
»Noch nicht ganz.«
»Kommen Sie wieder, wenn Sie fertig sind. Ich habe Ihnen viel zu erzählen. – Nanu, wer ist denn das?«
Die Türglocke hatte heftig geläutet.
»Wenn es nichts Interessantes ist, bin ich nicht zu Hause.«
»Sehr wohl, Mylord.«
Lord Peters Arbeitszimmer gehörte zu den schönsten Junggesellenzimmern in London. Es war in Schwarz und blassem Gelbgrün gehalten. Die Wände waren mit seltenen Ausgaben bedeckt. In einem Winkel stand ein kleiner schwarzer Flügel. Ein Holzfeuer brannte in einem breiten, altmodischen Kamin, und die Sèvres-Vasen auf dem Sims waren mit rötlichbraunen und goldenen Chrysanthemen gefüllt. Den Augen des jungen Mannes, der aus dem rauhen Novembernebel hereingeführt wurde, erschien das Zimmer nicht nur kostbar und unerreichbar, sondern auch gemütlich und anheimelnd.
Lord Peter sprang auf. »Mein Lieber, ich bin entzückt, Sie zu sehen. Ein abscheulicher Nebelabend, nicht wahr? Bunter, noch mehr von Ihrem bewundernswerten Kaffee und noch ein Glas und die Zigarren. Parker, hoffentlich sind Sie vollgefüllt mit Verbrechen – nichts weniger als Brandstiftung oder Mord tut's für uns heute abend . . .«
»Aha«, sagte Parker. »Sie waren in Queen Caroline Mansions. Ich war auch dort, und ich traf Sugg, der mir sagte, er habe Sie gesehen. Er war böse. Ungebührliche Einmischung nannte er es.«
»Das dachte ich mir«, antwortete Lord Peter. »Ich bringe den lieben alten Sugg gern in Unruhe, er ist immer so grob. Ich lese es in den Sternen, daß er sich das Mädchen, Gladys Soundso, vorgeknöpft hat. Aber was haben Sie denn dort getrieben?«
»Die Wahrheit zu sagen, ich ging hin, um zu schauen, ob der semitisch aussehende Fremde in Mr. Thipps' Badewanne zufällig Sir Reuben Levy war. Aber er war's nicht.«
»Sir Reuben Levy? Warten Sie, davon las ich etwas. Richtig, ja, eine Schlagzeile: ›Geheimnisvolles Verschwinden

eines berühmten Bankiers.‹ Was ist damit los? Ich las es nicht sorgfältig.«

»Nun ja, es ist ein bißchen sonderbar, obgleich es nichts Richtiges ist – der alte Bursche wird wohl aus irgendwelchen Gründen verschwunden sein, die nur er kennt. Es geschah allerdings heute morgen, und niemand hätte sich etwas dabei gedacht, wenn es nicht zufällig der Tag gewesen wäre, an dem er an einer sehr wichtigen Sitzung teilnehmen und ein Millionengeschäft abwickeln sollte – ich weiß nicht alle Einzelheiten. Hingegen weiß ich, daß er Feinde hat, die es gern gesehen hätten, wenn das Geschäft nicht zustande gekommen wäre. Deshalb lief ich, als ich Wind von dem Mann in der Badewanne bekam, gleich hin, um ihn mir anzuschauen. Es dünkte mich nicht wahrscheinlich; aber in unserem Beruf gibt es ja noch unwahrscheinlichere Dinge. Das Merkwürdige ist, daß sich der alte Sugg in die Idee verrannt hat, er sei es wirklich, und er telegrafierte wild Lady Levy herbei, damit sie ihn identifiziere. In Tat und Wahrheit ist der Mann in der Badewanne so wenig Sir Reuben Levy, wie Adolf Beck, der arme Teufel, John Smith war. Immerhin seltsam, er wäre Sir Reuben wirklich auffallend ähnlich, wenn er einen Bart hätte, und da Lady Levy mit der Tochter im Ausland ist, könnte jemand sagen, er wäre es, und Sugg wird eine hübsche Theorie aufbauen, die wie der Turm von Babel zum Einsturz verurteilt ist.«

»Sugg ist ein Esel«, sagte Lord Peter. »Nun, ich weiß nichts von Levy; aber ich habe die Leiche gesehen, und in Anbetracht dessen finde ich den Gedanken grotesk. Wie schmeckt Ihnen der Kognak?«

»Unglaublich – gehört zu den Dingen, bei denen man sich im Himmel wähnt. Aber ich möchte Ihre Geschichte hören.«

»Haben Sie etwas dagegen, wenn Bunter auch zuhört? Ein unschätzbarer Mensch, der Bunter, erstaunlich mit einer Kamera. Merkwürdigerweise ist er immer zur Stelle, wenn ich mein Bad oder meine Schuhe will. Bunter!«

»Ja, Mylord?«

»Lassen Sie die Herumfummelei dort drinnen, holen Sie

sich was zum Trinken, und mischen Sie sich unter die fröhliche Menge.«

»Gern, Mylord.«

»Mr. Parker hat einen neuen Trick: Der verschwindende Bankier. Absolut keine Täuschung. Hereinspaziert, meine Herrschaften!«

»Leider habe ich nicht viel zu erzählen«, sagte Parker. »Sir Reuben Levy aß gestern abend mit drei Freunden im Ritz. Nach dem Essen gingen seine Freunde ins Theater. Er wollte nicht mitgehen, weil er eine Verabredung hatte. Diese Verabredung konnte ich noch nicht verfolgen; jedenfalls aber kam er um zwölf nach Hause – Park Lane 9 a.«

»Wer sah ihn?«

»Die Köchin, die gerade zu Bett gehen wollte, sah ihn vor dem Hause und hörte ihn eintreten. Er ging hinauf, ließ seinen Mantel am Haken in der Halle und den Regenschirm im Ständer – Sie wissen ja, gestern abend regnete es. Er zog sich aus und legte sich zu Bett. Am Morgen war er nicht da. Das ist alles«, schloß Parker unvermittelt mit einer Handbewegung.

»Die Geschichte ist noch nicht fertig, erzählen Sie weiter«, bat Lord Peter.

»Doch, sie ist fertig. Als sein Diener ihn wecken wollte, war er nicht da. Das Bett war benutzt. Sein Pyjama und alle seine Kleider waren da; sonderbar war nur, daß sie unordentlich auf die Ottomane am Fuß des Bettes geworfen waren und nicht ordentlich zusammengelegt auf dem Stuhl lagen, wie es Sir Reubens Gewohnheit war – das sah aus, als ob er aufgeregt gewesen wäre oder sich schlecht fühlte. Es fehlte nichts. Die Schuhe, die er getragen hatte, standen wie üblich im Ankleideraum. Er hatte sich gewaschen, die Zähne geputzt und alles wie sonst getan. Das Mädchen machte um halb sieben in der Halle sauber, und es schwört, daß danach niemand kam oder ging. Man muß also annehmen, daß ein ehrbarer jüdischer Bankier mittleren Alters entweder zwischen Mitternacht und sechs Uhr morgens verrückt wurde und in einer Novembernacht im Adamskostüm aus dem Hause ging oder fortgezaubert wurde.«

»War die Haustür von innen verriegelt?«

»Nein, im Gegensatz zur üblichen Gepflogenheit hat die Haustür nur ein Yale-Schloß. Andererseits hatten einige Hausangestellte Ausgang gehabt, und Sir Reuben hat möglicherweise die Tür nicht abgeschlossen, weil er annahm, sie wären noch nicht heimgekommen. So etwas ist schon öfters geschehen.«

»Und das ist wirklich alles?«

»Wirklich alles. Abgesehen von einem ganz harmlosen Umstand.«

»Ich liebe harmlose Umstände«, sagte Lord Peter mit kindlicher Freude. »Viele Menschen sind wegen harmloser Umstände gehängt worden.«

»Sir Reuben und Lady Levy, die eine sehr gute Ehe führen, schlafen immer im gleichen Zimmer. Lady Levy hält sich augenblicklich aus Gesundheitsgründen in Menton auf. Während ihrer Abwesenheit schläft Sir Reuben wie gewöhnlich in dem Ehebett, und zwar auf seiner Seite, auf der äußeren Seite des Bettes. Vorige Nacht legte er die beiden Kissen zusammen und schlief in der Mitte, genauer gesagt, etwas näher zur Wand. Das Zimmermädchen, ein höchst intelligentes Geschöpf, bemerkte das, als es das Bett machen wollte, und unterließ es mit bewundernswertem Instinkt, das Bett anzurühren, obwohl die Polizei erst später benachrichtigt wurde.«

»War niemand im Hause, außer Sir Reuben und den Dienstboten?«

»Nein; Lady Levy war mit ihrer Tochter und ihrer Zofe fort. Diener, Köchin, Zimmermädchen, Wirtschafterin und Küchenmädchen waren die einzigen Menschen im Hause und verloren natürlich ein bis zwei Stunden mit Gerede und Gefasel. Ich traf gegen zehn dort ein.«

»Was haben Sie seither getan?«

»Ich versuchte, Sir Reubens gestriger Verabredung auf die Spur zu kommen; denn abgesehen von der Köchin ist der Mensch, mit dem Sir Reuben sich gestern abend verabredete, der letzte, der ihn vor seinem Verschwinden gesehen hat. Es mag ja eine einfache Erklärung geben; aber mir fällt beim besten Willen keine ein.«

»Vielleicht hat er sich verkleidet.«

»Daran dachte ich auch schon – es scheint tatsächlich die einzig mögliche Erklärung zu sein. Trotzdem höchst sonderbar. Ein bedeutender Geschäftsmann, der eine wichtige Transaktion vorhat, verschwindet spurlos und läßt seine Uhr, seine Brieftasche, sein Scheckbuch und – was am geheimnisvollsten und schwerwiegendsten ist – seine Brille zurück, ohne die er keinen Schritt tun kann, da er sehr kurzsichtig ist. Er ...«

»Das ist wirklich bedeutsam«, fiel Lord Peter ein. »Wissen Sie genau, daß er keine Ersatzbrille hatte?«

»Sein Diener steht dafür ein, daß er nur zwei Brillen besaß; die eine wurde auf dem Toilettentisch gefunden, die andere in dem Schubfach, wo Sir Reuben sie immer aufbewahrte.«

Lord Peter pfiff durch die Zähne. »Da stecke ich fest, Parker. Selbst wenn er fortgegangen wäre, um Selbstmord zu verüben, hätte er seine Brille mitgenommen.«

»Das sollte man meinen, oder der Selbstmord hätte sich bei der ersten Straßenüberquerung ergeben. Immerhin habe ich diese Möglichkeit nicht übersehen. Ich ließ mich über alle heutigen Verkehrsunfälle unterrichten. Sir Reuben ist nicht darunter. Außerdem nahm er seinen Hausschlüssel mit.«

»Haben Sie die Herren gesprochen, mit denen er gegessen hat?«

»Zwei traf ich im Klub. Er sei bei bester Gesundheit und sehr vergnügt gewesen, habe sich darauf gefreut, Lady Levy zu treffen – vielleicht an Weihnachten –, und mit großer Befriedigung auf die für heute morgen geplante geschäftliche Transaktion hingewiesen, an der einer von ihnen – er heißt Anderson of Wyndham – ebenfalls beteiligt ist.«

»Folglich hat er bis gegen neun Uhr weder die Absicht gehabt noch erwartet, daß er verschwinden würde.«

»Falls er kein glänzender Schauspieler ist. Das Geschehnis, das seine Sinnesänderung bewirkte, muß durch die geheimnisvolle Verabredung nach dem Essen eingetreten sein oder zwischen zwölf und halb sechs, als er im Bett lag.«

»Nun, Bunter, was halten Sie davon?« fragte Lord Peter.
»Da bin ich nicht zuständig, Mylord. Ich finde es nur merkwürdig, daß ein Herr, der sich nicht die Zeit nahm oder zu elend war, um seine Kleider wie gewöhnlich ordentlich zusammenzulegen, daran dachte, sich die Zähne zu putzen und seine Schuhe hinauszustellen. Gerade das wird häufig vergessen.«
»Wenn Ihre Worte persönlich gemeint sind, Bunter«, erwiderte Lord Peter, »so sind sie Ihrer nicht würdig. Eine rätselhafte Sache, mein lieber Parker. Hören Sie, ich will mich ja nicht einmischen, aber ich würde sehr gern morgen das Schlafzimmer sehen. Nicht etwa, daß ich Ihnen mißtraue ...«
»Natürlich können Sie sich's ansehen – wahrscheinlich werden Sie viele Dinge finden, die ich übersehen habe«, antwortete Parker unangefochten.
»Parker, Sie gereichen Scotland Yard zur Ehre. Was hält übrigens Sugg von der Leiche?«
»Sugg sagt«, antwortete Parker betont, »daß der Tod auf einen Schlag auf den Hinterkopf zurückzuführen ist. Der Arzt hat das festgestellt. Der Mann soll seit ein oder zwei Tagen tot sein. Es ist ein wohlhabender Jude von ungefähr fünfzig Jahren. Sugg sagt, es wäre lächerlich, anzunehmen, daß er durchs Fenster in die Wohnung kam, ohne daß jemand etwas gemerkt hätte. Wahrscheinlich sei er zur Haustür hereingekommen und dann ermordet worden. Er hat das Mädchen verhaftet, weil es klein und zart ist und ganz ungeeignet, einen großen, kräftigen Mann mit einem Feuerhaken niederzuschlagen. Er hätte auch Thipps verhaftet; aber Thipps war gestern und vorgestern in Manchester und kam erst gestern abend spät nach Hause – ja, er wollte ihn tatsächlich verhaften, bis ich ihn daran erinnerte, daß Thipps den Mord nicht gestern abend um halb elf begangen haben konnte, wenn der Mann schon seit ein oder zwei Tagen tot war.«
»Na, es freut mich, daß Thipps ein Alibi hat«, gab Lord Peter zurück. »Allerdings darf man sein Vertrauen nicht auf Totenstarre, Leichenverwesung und dergleichen bauen, sonst kann einem der Staatsanwalt einen schönen Strich

durch den medizinischen Augenschein machen.« Wimsey ging zu einem Büchergestell und nahm ein gerichtsmedizinisches Werk heraus. Er las: »Rigor mortis – Totenstarre – Viele Faktoren bestimmen das Ergebnis. Durchschnittlich beginnt die Starre – Hals und Kiefer – fünf bis sechs Stunden nach dem Tod. In den meisten Fällen ist sie nach sechsunddreißig Stunden beendet. Unter gewissen Umständen kann sie aber ungewöhnlich früh eintreten oder ungewöhnlich lang ausgedehnt werden.‹ Nützlich, nicht wahr, Parker? ›Modifizierende Faktoren: Alter, Muskelzustand, Fieberkrankheiten, Temperatur der Umgebung‹ ... und so weiter.« Er stellte das Buch wieder an seinen Platz. »Kehren wir zu den Tatsachen zurück. Was hielten Sie von der Leiche?«

»Offen gestanden, sie war mir ein Rätsel. Ich würde sagen, ein reicher Mann, aber aus eigener Kraft emporgekommen, der sein Vermögen erst kürzlich erworben hat.«

»Aha, die Schwielen an den Händen sind Ihnen aufgefallen. Ich dachte mir schon, daß Sie das nicht übersehen würden.«

»An beiden Füßen hatte er arge Blasen. Er hat zu enge Schuhe getragen.«

»Und ist einen langen Weg damit gegangen. Sonst bekommt man nicht solche Blasen.«

»Auf dem Rücken und an einem Bein hatte er kleine rote Flecke, die ich mir nicht erklären konnte.«

»Ich sah sie auch.«

»Was meinen Sie dazu?«

»Das sage ich Ihnen nachher. Fahren Sie fort.«

»Er war sehr weitsichtig – auffallend weitsichtig für einen Menschen im besten Mannesalter. Die Gläser waren wie für einen Greis. Übrigens hing der Kneifer an einer sehr schönen Kette mit ziselierten flachen Gliedern. Da könnte man vielleicht eine Spur finden.«

»Ich habe schon ein Inserat in der ›Times‹ aufgegeben«, sagte Lord Peter. »Weiter.«

»Er besaß den Kneifer schon längere Zeit – an zwei Stellen war er geflickt.«

»Glänzend, Parker, glänzend! Ist Ihnen die Bedeutung dieser Tatsache klar?«
»Nicht unbedingt, leider – warum?«
»Lassen Sie nur. Weiter.«
»Er war vermutlich mürrisch und böse – seine Nägel waren ganz abgefeilt, als ob er sie immer knabberte, auch die Finger waren abgebissen. Ein starker Raucher, der keine Zigarettenspitze benützte. Auf seine persönliche Erscheinung legte er besonderen Wert.«
»Haben Sie das Badezimmer untersucht? Ich hatte dazu keine Gelegenheit.«
»Es fiel mir ein deutlicher Fleck am Kopfende der Wanne auf, als ob dort etwas Feuchtes gestanden hätte. Einen Abdruck könnte man das kaum nennen.«
»Es hat gestern die ganze Nacht geregnet.«
»Ja. Sahen Sie auch, daß der Ruß auf dem Fensterbrett verwischt war?«
»Ja«, antwortete Wimsey, »aber ich konnte mir nichts dabei denken, außer daß irgend etwas auf dem Fensterbrett gewesen sein muß. Ich schaute mir die Sache genau mit diesem kleinen Ding an.« Er zog sein Monokel hervor und reichte es Parker.
»Donnerwetter, das ist eine starke Linse.«
»Und sehr nützlich, wenn man sich etwas genau anschauen will.«
»Sugg und ich untersuchten den Hof«, fuhr Parker fort, »aber dort war keine Spur.«
»Das ist interessant. Haben Sie sich auch das Dach vorgenommen?«
»Nein.«
»Wir werden es morgen nachholen. Das Fenster ist knapp einen Meter von der Dachrinne entfernt. Ich habe mit meinem Stock Maß genommen. Er ist in Zentimeter eingeteilt. Manchmal sehr nützlich. Innen ist ein Degen, und im Knauf sitzt ein Kompaß. Ich ließ ihn mir eigens anfertigen. Noch etwas?«
»Leider nicht.«
»Nun, ich glaube, Sie haben die meisten Punkte aufgezählt. Wir haben es nur noch mit ein paar Widersprüchen

zu tun. Da ist also ein Mann, der einen kostbaren goldgeränderten Kneifer trägt, und zwar lange genug, daß er zweimal geflickt werden mußte. Seine Zähne sind aber nicht nur verfärbt, sondern auch in einem schlimmen Zustand und sehen aus, als ob er sie nie im Leben geputzt hätte. Auf der einen Seite fehlen vier Backenzähne, auf der anderen drei, und ein Vorderzahn ist abgebrochen. Er legt auf seine äußere Erscheinung Wert, wie Haare und Hände bezeugen. Was sagen Sie dazu?«

»Oh, diese Emporkömmlinge niedriger Herkunft halten nicht viel von Zahnpflege und haben Angst vor dem Zahnarzt.«

»Stimmt, aber der eine Backenzahn hat eine so scharfe abgebrochene Kante, daß sich die Zunge daran gescheuert haben muß. Nichts ist unangenehmer. Wollen Sie mir einreden, daß ein Mensch sich das gefallen läßt, wenn er es sich leisten kann, sich die Zähne schleifen zu lassen?«

»Ja nun, die Menschen sind sonderbar. Ich habe Leute kennengelernt, die lieber Qualen erduldeten, als über die Schwelle eines Zahnarztes zu gehen. Wie haben Sie das festgestellt, Wimsey?«

»Schaute in den Mund – mit einer Taschenlampe«, erklärte Lord Peter. »Ein nützliches kleines Instrument. Sieht aus wie eine Zündholzschachtel. Jedenfalls wollte ich Sie darauf aufmerksam machen. Zweiter Punkt: Ein Herr mit veilchenduftendem Haar und manikürten Händen und allem übrigen wäscht sich nie die Ohren. Voller Ohrenschmalz. Abscheulich.«

»Da haben Sie mich geschnappt, Wimsey. Das ist mir entgangen. Immerhin – alte Gewohnheiten läßt man nicht.«

»Richtig! Dritter Punkt: Ein Herr mit Maniküre und Brillantine und allem übrigen hat Flöhe.«

»Wahrhaftig, Sie haben recht! Flohstiche. Das kam mir überhaupt nicht in den Sinn.«

»Nicht daran zu zweifeln, alter Knabe. Die Stiche waren schwach und alt, aber unverkennbar.«

»Natürlich! Immerhin, das kann jedem passieren. Ich ließ in der vorletzten Woche im besten Hotel von Lincoln

einen Floh zurück. Hoffentlich hat er meinen Nachfolger tüchtig gebissen!«
»Oh, all diese Dinge können jedem passieren – gesondert. Vierter Punkt: Ein Herr, der Parmaveilchen fürs Haar verwendet und so weiter, wäscht seinen Körper mit starker Karbolseife – mit so starker, daß der Geruch noch vierundzwanzig Stunden in der Luft hängt.«
»Karbol ist ein Mittel gegen Flöhe.«
»Sie haben auf alles eine Antwort. Sechster und letzter Punkt: Dieser Herr mit den zweifelhaften Gewohnheiten kommt mitten in einer Regennacht an, anscheinend durchs Fenster, nachdem er schon seit vierundzwanzig Stunden tot ist, und legt sich in aller Seelenruhe in Mr. Thipps' Badewanne, der Jahreszeit wenig entsprechend nur mit einem Zwicker bekleidet. Kein Haar auf seinem Kopf ist gekrümmt – die Haare sind erst vor kurzer Zeit geschnitten worden, so daß lauter kleine Härchen auf seinem Nacken und an der Badewanne kleben, und er wurde erst vor so kurzer Zeit rasiert, daß auf seiner Wange etwas angetrocknete Seife ist ...«
»Wimsey!«
»Warten Sie – und getrocknete Seife in seinem Mund.«
Bunter stand auf und erschien plötzlich neben dem Detektiv, jeder Zoll der respektvolle Diener. »Noch etwas Kognak, Sir?« murmelte er.
»Wimsey«, sagte Parker, »Sie machen mir eine Gänsehaut.«
Er leerte sein Glas. »Seife in seinem – Quatsch! Es war etwas anderes ... irgendeine Verfärbung ...«
»Nein«, widersprach Lord Peter, »es waren auch Haare da. Borstige. Er hat einen Bart gehabt.«
Er holte seine Uhr hervor und entnahm ihr zwei längliche, steife Haare, die er zwischen den inneren und den äußeren Deckel gelegt hatte.
Parker drehte und wendete sie ein paarmal zwischen den Fingern. »Soll das etwa heißen, Wimsey, daß ein Mensch sich mit offenem Munde den Bart abnimmt ...« er lachte rauh, »... und dann mit dem Mund voller Haare getötet wird? Sie sind nicht bei Trost.«

»Das habe ich nicht behauptet«, erwiderte Wimsey. »Nein, er wurde rasiert, nachdem er tot war. Hübsch, nicht wahr? Ich will Ihnen etwas sagen, Parker. Wir haben es mit einem Verbrecher zu tun, der ein Künstler in seinem Fach ist, mit einem phantasievollen Verbrecher großen Stils. Ich habe meine Freude daran, Parker.«

3

Lord Peter beendete eine Sonate von Scarlatti und blickte nachdenklich auf seine Hände. Seine Finger waren lang und muskulös, mit breiten Gelenken und stumpfen Enden.

»Das ist ein wundervolles Instrument«, sagte Parker.

»Es ist nicht schlecht, aber Scarlatti erfordert ein Spinett. Haben Sie schon irgendwelche Schlußfolgerungen gezogen?«

»Der Mann in der Badewanne«, sagte Parker methodisch, »war *kein* wohlhabender Mann, der sein Äußeres pflegte. Es ist ein stellungsloser Arbeiter, der aber erst vor kurzer Zeit arbeitslos wurde. Er lief herum und suchte Arbeit, als er sein Ende fand. Jemand tötete ihn, wusch und parfümierte ihn und rasierte ihn, um seine Identität zu verhüllen und ihn in Thipps' Badewanne zu legen, ohne eine Spur zu hinterlassen. Folgerung: Der Mörder ist ein kräftiger Mann, da er ihn mit einem einzigen Schlag auf den Hinterkopf tötete, ein Mann mit kühlem Kopf und hohem Intellekt, da er bei diesem häßlichen Werk keine Spur hinterließ, ein reicher, kultivierter Mann, da er alle notwendigen Toilettengegenstände zur Hand hatte, ein Mann von bizarrer, geradezu perverser Phantasie, was sich daraus erhellt, daß er den Toten in die Badewanne legte und ihn mit einem Kneifer schmückte.«

»Er ist ein Dichter auf dem Gebiet des Verbrechens«, sagte Wimsey. »Übrigens, das Rätsel mit dem Kneifer ist gelöst. Offensichtlich gehörte der Kneifer dem Toten gar nicht.«

»Daraus ergibt sich nur ein neues Rätsel. Man kann doch

nicht annehmen, daß der Mörder uns auf diese Weise mit einem Hinweis dienen wollte.«
»Kaum. Leider besitzt dieser Mann, was den meisten Verbrechern fehlt: Sinn für Humor.«
»Ein ziemlich makabrer Humor.«
»Stimmt. Ein greulicher Kerl. Was mag er mit dem Toten in der Zeit zwischen dem Mord und der Ablage bei Thipps gemacht haben? Es gibt noch mehr Fragen. Wie schaffte er ihn dorthin? Und warum? Wurde der Tote zur Haustür hineingebracht, wie unser lieber Sugg meint? Oder durchs Fenster, wie wir nach den nicht sehr stichhaltigen Spuren auf dem Fensterbrett annehmen? Hatte der Mörder Helfershelfer? Ist Thipps wirklich mit im Spiel oder das Mädchen? Ich möchte die letzte Frage nicht ohne weiteres ablehnen, nur weil Sugg sie bejaht. Sogar Idioten geben manchmal zufällig eine Wahrheit von sich. Wenn nicht, warum wurde gerade Thipps für einen so abscheulichen Streich ausgewählt? Hegt irgend jemand einen Groll gegen Thipps? Wer wohnt sonst noch im Hause? Das müssen wir feststellen. Verflixt noch mal, Parker, es muß ja irgendein Motiv vorliegen. Ein Verbrechen ohne Motiv mag ich nicht, wie Sie wissen.«
»Ein Verrückter . . .«
»Der bei aller Verrücktheit sehr methodisch vorgeht. Jedenfalls ist es nicht Levy – darin haben Sie recht. Wir haben wirklich nichts, woran wir uns halten könnten. Wenn ich bloß irgendeinen guten Vorwand hätte, um mich mit diesem Mordfall offiziell zu befassen!«
Das Telefon klingelte. Der stumme Bunter, den die beiden andern fast vergessen hatten, ging zum Apparat.
»Es ist eine ältere Dame, Mylord«, meldete er. »Mir scheint, sie ist taub.«
Lord Peter ergriff den Hörer und schrie ein »Hallo!« in die Muschel, das den Apparat hätte sprengen können. Er lauschte ein paar Minuten mit ungläubigem Lächeln, das sich allmählich zu freudigem Grinsen verbreiterte. Schließlich rief er: »Gut! Gut!« und hängte ein.
»Wahrhaftig, ein großartiges Frauenzimmer!« verkündete er strahlend. »Es war die alte Mrs. Thipps. Stocktaub. Hat

noch nie vorher telefoniert. Weiß aber, was sie will. Der unvergleichliche Sugg hat etwas entdeckt und Thipps verhaftet. Die alte Dame ist ganz allein in der Wohnung. Thipps' letzter Schrei war: ›Sag Lord Peter Wimsey Bescheid.‹ Oh, Parker, ich könnte sie küssen! Ich werde ihr statt dessen schreiben – oder nein, wir gehen gleich hin, Parker. Bunter, holen Sie Ihre Teufelsmaschine und das Blitzlicht. Wissen Sie was, wir machen ein Kompaniegeschäft – wir legen die beiden Fälle zusammen und arbeiten sie gemeinsam aus ...«

Als sie in die Dämmerung und den Glanz von Piccadilly eintauchten, blieb Wimsey mit einem kleinen Ausruf stehen.

»Einen Augenblick«, sagte er. »Mir ist etwas eingefallen. Wenn Sugg da ist, wird er uns Schwierigkeiten bereiten. Ich muß ihn überspielen.«

Er lief zurück, und die beiden andern benutzten die paar Minuten seiner Abwesenheit, ein Taxi zu besorgen.

Inspektor Sugg und ein untergeordneter Zerberus waren auf Wacht im Hause Queen Caroline Mansions 59. Parker konnten sie zwar nicht gut abweisen; Lord Peter hingegen machte vergebens geltend, Mrs. Thipps habe ihn wegen ihres Sohnes angestellt.

»Angestellt!« knurrte Inspektor Sugg verächtlich. »Würde mich gar nicht wundern, wenn sie selbst hinter all dem steckt.«

»Hören Sie, Inspektor«, sagte Lord Peter, »was hat es für einen Zweck, mich zu hindern? Sie wissen ja, daß ich zum Schluß doch hineinkomme.«

»Es ist meine Pflicht, alle Unbefugten fernzuhalten«, entgegnete Sugg finster, »und dabei bleibt's.«

»Ich sagte kein Wort davon, daß Sie das unterlassen sollen«, sagte Lord Peter leichthin und setzte sich auf die Treppe, um die Angelegenheit bequemer ins reine zu bringen.

»Ich habe keine Lust, länger mit Ihnen zu reden«, erwiderte Sugg aufgebracht. »Es ist schon schlimm genug ... oh, da läutet das Telefon. He, Cawthorne, gehen Sie hin

und schauen Sie, was es ist, wenn der alte Drache Sie ins Zimmer läßt. Schließt sich dort ein und schreit, das genügt, daß man den Polizeiberuf an den Nagel hängen und Landwirtschaft treiben möchte.«
Der Wachtmeister kam zurück. »Ein Anruf vom Yard, Sir«, meldete er mit verlegenem Hüsteln. »Der Chef sagt, Lord Peter Wimsey sollten alle Erleichterungen gewährt werden.« Er räusperte sich.
»Fünf Asse«, sagte Lord Peter fröhlich. »Der Chef ist ein lieber Freund meiner Mutter. Nun los, Sugg, es hat keinen Zweck, sich zu sträuben; Sie haben ein volles Haus. Ich werde es noch etwas voller machen.«
Er ging mit seinem Gefolge hinein.
Die Leiche war vor einigen Stunden fortgeschafft worden, und nachdem das Badezimmer und die ganze Wohnung von Augen und Kamera durchforscht waren, lag es klar zutage, daß Mrs. Thipps das eigentliche Problem bildete. Ihr Sohn und das Mädchen waren fort, und es stellte sich heraus, daß die Thipps in London keine Freunde hatten, abgesehen von einigen Geschäftsverbindungen des Architekten, deren Adresse die alte Dame nicht kannte. Die übrigen Mieter im Hause waren eine siebenköpfige Familie, die sich für den Winter ins Ausland begeben hatte, ein älterer Oberst von heftigem Temperament, der allein mit seinem indischen Diener lebte, und eine höchst ehrbare Familie im dritten Stock, die wegen der Störung über ihren Köpfen wütend war. Das Familienoberhaupt zeigte zwar, als Lord Peter sich an es wandte, eine kleine menschliche Schwäche; aber Mrs. Appledore, die plötzlich in einem warmen Morgenrock erschien, befreite es von den Schwierigkeiten, in die es achtlos getappt war.
»Bedaure«, sagte sie, »wir können uns da leider gar nicht einmischen. Das Ganze ist sehr unangenehm, Mr. . . . ich habe Ihren Namen leider nicht verstanden, und wir haben es von jeher besser gefunden, nichts mit der Polizei zu tun zu haben. Natürlich, wenn die Thipps unschuldig sind, und hoffentlich sind sie's, haben sie großes Pech gehabt; aber ich muß sagen, die Umstände kommen mir recht verdächtig vor . . .«

»Das ist Lord Peter Wimsey, meine Liebe«, fiel Theophilus Appledore sanft ein.
Ihr machte das keinen Eindruck. »Ach so, ich glaube, Sie sind mit meinem verstorbenen Vetter, dem Bischof von Carisbrooke, entfernt verwandt. Der Ärmste! Er fiel immer auf Betrüger herein; er starb, ohne aus seinen Erfahrungen eine Lehre zu ziehen.«
»Soviel ich weiß, ist er nur ein angeheirateter Verwandter«, sagte Lord Peter. »Entschuldigen Sie, daß ich mitten in der Nacht bei Ihnen hereingeplatzt bin, obgleich es ja, wie Sie sagen, in der Familie bleibt. Machen Sie sich keine Sorgen. Ich glaube, es wird am besten sein, wenn ich die alte Dame zu meiner Mutter bringe und Ihnen aus dem Wege schaffe, sonst könnten eines schönen Tages Ihre christlichen Gefühle die Oberhand gewinnen, und nichts richtet die häusliche Bequemlichkeit mehr zugrunde als christliche Gefühle.«
Um zwei Uhr nachts kam Lord Peter Wimsey im Auto eines Freundes beim Wohnsitz der Herzoginwitwe, Schloß Denver, an, in Begleitung einer schwerhörigen alten Dame und einer uralten Reisetasche.

»Wie nett, dich zu sehen, Junge«, sagte die Herzoginwitwe friedlich. Sie war eine kleine, rundliche Frau mit weißem Haar und schönen Händen. Äußerlich glich sie ihrem zweiten Sohn ebensowenig wie im Wesen; ihre dunklen Augen zwinkerten fröhlich, und ihr Benehmen und ihre Bewegungen wurden durch klare, knappe Entschiedenheit gekennzeichnet. Sie trug einen entzückenden Umhang von Liberty und sah zu, wie Lord Peter kalten Braten und Käse aß, als ob seine Ankunft unter solch ungereimten Umständen und in solcher Begleitung das Gewöhnlichste von der Welt wäre, was es für ihn ja auch war.
»Hast du die alte Dame zu Bett gebracht?« erkundigte sich Lord Peter.
»O ja, mein Lieber. Sie ist sehr tapfer. Der arme Thipps – wie kommt dein Freund, der Inspektor, nur darauf, er könnte einen Mord begangen haben?«
»Mein Freund, der Inspektor, will unbedingt beweisen,

daß der Eindringling in Mr. Thipps' Badezimmer Sir Reuben Levy ist, der vorige Nacht auf geheimnisvolle Weise aus seinem Hause verschwunden ist. Er begründet das folgendermaßen: Es ist ein Herr mittleren Alters ohne Kleider in Battersea gefunden worden. Darum ist es ein und derselbe, punktum, und so steckte er Thipps ins Loch.«

»Warum mußte Mr. Thipps verhaftet werden, selbst wenn es ein und derselbe ist?«

»Sugg hatte unbedingt jemand zu verhaften«, antwortete Lord Peter. »Aber es hat sich etwas herausgestellt, das viel dazu beiträgt, Suggs Theorie zu unterstützen; nur weiß ich durch das, was ich mit eigenen Augen gesehen habe, daß es nichts nützt. Gestern abend ging eine junge Frau gegen Viertel nach neun auf der Battersea-Park Road spazieren, zu einem Zweck, den sie selbst am besten weiß, und da sah sie einen Herrn im Pelzmantel und mit Zylinder unter einem Regenschirm daherschlendern, und dieser Herr beguckte die Straßenschilder. Da sie kein schüchternes Mädchen ist, verstehst du, trat sie auf ihn zu und sagte: ›Guten Abend.‹ Worauf der geheimnisvolle Fremde fragte: ›Können Sie mir bitte sagen, ob diese Straße zur Prince of Wales Road führt?‹ Sie bejahte und fragte ihn dann neckisch, was er denn so allein treibe und so weiter. Diesen Teil der Unterhaltung schilderte sie nicht sehr ausführlich. Jedenfalls erklärte der alte Knabe, er könne sich ihr gerade nicht widmen, weil er eine Verabredung habe. ›Ich muß einen Mann treffen, mein Kind‹, soll er zu ihr gesagt haben, und damit ging er durch die Alexandra Avenue zur Prince of Wales Road. Sie schaute ihm nach, immer noch ziemlich verdutzt, als eine Freundin von ihr zu ihr kam und sagte: ›Es hat keinen Zweck, mit ihm Zeit zu verschwenden. Das ist Levy – ich kenne ihn von Westend her; dort nannten ihn die Mädchen den meergrünen Unbestechlichen.‹ Die junge Dame vergaß das Ganze, bis der Milchmann ihr heute früh von der Aufregung in Queen Caroline Mansions erzählte. Da ging sie hin, obwohl sie die Polizei im allgemeinen nicht schätzt. Das ist ihre Geschichte. Sugg ist natürlich begeistert, und deshalb verhaftete er Thipps.«

»Du meine Güte«, rief die Herzogin. »Hoffentlich gerät das arme Mädchen nicht in Schwierigkeiten.«
»Glaube ich nicht«, antwortete Lord Peter. »Thipps ist derjenige, der es abbekommen wird. Er hat übrigens etwas Dummes gemacht. Auch das erfuhr ich von Sugg, obwohl er mit Informationen geizte. Offenbar hat sich Thipps in bezug auf den Zug, mit dem er von Manchester zurückkam, verhaspelt. Zuerst sagte er, er sei um halb elf heimgekommen. Dann wurde Gladys Horrocks ausgepumpt, die verlauten ließ, er sei erst nach Viertel vor zwölf gekommen. Als Thipps daraufhin ersucht wurde, die Unstimmigkeit zu erklären, geriet er ins Stammeln und sagte, er habe den Zug versäumt. Sugg forschte nun im St.-Pancras-Bahnhof nach und entdeckte, daß er dort um zehn einen Koffer eingestellt hatte. Als Thipps wieder um eine Erklärung gebeten wurde, stotterte er noch mehr und sagte, er sei ein paar Stunden spazierengegangen. Könne nicht sagen, wann er nach Hause gekommen ist und woher die Beule an seiner Stirn stamme. Kurz, könne gar nichts erklären. Gladys Horrocks wurde nochmals verhört. Diesmal sagte sie, Thipps sei um halb elf heimgekommen. Dann bekannte sie, ihn überhaupt nicht gehört zu haben. Warum sie ihn nicht gehört hatte, vermochte sie nicht zu sagen. Konnte nicht sagen, warum sie zuerst ausgesagt hatte, sie habe ihn gehört. Brach in Tränen aus. Widersprach sich. Alle schöpften Verdacht. So wurden die beiden verhaftet.«
»Wie du es darstellst«, sagte die Herzogin, »klingt alles sehr verwirrend und nicht ganz anständig. Der arme Thipps würde sich über alles, was nicht anständig ist, arg aufregen.«
»Ich möchte wissen, was er angestellt hat. Ich glaube wirklich nicht, daß er einen Mord begangen hat. Außerdem glaube ich, daß dieser Knabe schon ein oder zwei Tage tot war, obwohl ich auf die ärztliche Aussage nicht viel gebe. Es ist ein unterhaltsames kleines Rätsel.«
»Sehr sonderbar, Junge. Aber so traurig – die Sache mit Sir Reuben. Ich muß Lady Levy ein paar Zeilen schreiben; ich kannte sie recht gut, von Hampshire her, weißt du, als sie

noch ein junges Mädchen war. Christine Ford hieß sie damals, und ich erinnere mich gut, was für einen Aufruhr es gab, als sie einen Juden heiraten wollte. Das war natürlich, bevor er im amerikanischen Ölgeschäft so viel Geld verdiente. Ihre Eltern wünschten, daß sie Julian Freke heiratete, dem es später so gut ging und der mit der Familie verwandt war; aber sie verliebte sich in diesen Mr. Levy und ging mit ihm durch. Er war damals sehr schön, mußt du wissen, auf eine fremdländische Weise; aber er hatte kein Geld, und die Fords schätzten seine Religion nicht. Natürlich sind wir heutzutage alle judenfreundlich. Kurzum, so war es, und es war viel besser für das Mädchen, ihn zu heiraten, wenn sie ihn wirklich liebte, obwohl ich glaube, daß der junge Freke ihr aufrichtig zugetan war, und sie sind immer noch sehr gute Freunde. Nicht etwa, als ob es jemals zu einer richtigen Verlobung gekommen wäre, nur zu einer gewissen Verständigung mit ihrem Vater; aber er hat nie geheiratet, verstehst du, und lebt ganz allein in dem großen Haus beim Krankenhaus. Jetzt ist er sehr reich und auch distinguiert, und ich kenne viele Leute, die ihn sich gern geangelt hätten – Lady Mainwaring zum Beispiel wollte ihn gern für ihre älteste Tochter, obwohl ich einmal sagen hörte, es wäre sinnlos zu erwarten, daß ein Chirurg von einer ausgestopften Figur eingenommen sein könnte – Ärzte haben ja soviel Gelegenheit, sich ein Urteil zu bilden.«

»Lady Levy hat es offenbar heraus, Herzen zu brechen«, bemerkte Lord Peter. »Siehe den meergrünen Unbestechlichen.«

»Das stimmt, Jungchen. Sie war ein entzückendes Mädchen, und ihre Tochter soll ihr ähnlich sein. Ich verlor sie aus den Augen, als sie heiratete, und du weißt ja, dein Vater machte sich nicht viel aus Kaufleuten; aber ich weiß, daß alle immer sagten, sie seien ein Musterehepaar. Es war sogar sprichwörtlich, Sir Reuben sei im eigenen Hause so beliebt wie verhaßt außerhalb.«

»Ja, man kann wohl behaupten, daß er sich ein paar Feinde gemacht hat.«

Die Herzogin schaute auf die Uhr, die auf fünf Minuten vor drei zeigte.
»Ich schicke dir den Tee um halb sieben hinauf, Jungchen. Hoffentlich ist alles in Ordnung. Ich sagte, man solle dir eine Wärmflasche ins Bett legen. Die Leintücher sind immer so kalt. Du kannst die Wärmflasche ja hinauswerfen, wenn sie dich stört.«

4

»So steht es also, Parker«, sagte Lord Peter, seine Kaffeetasse beiseite schiebend, und zündete sich seine Nachfrühstückspfeife an. »Vielleicht finden Sie, daß es Sie weiterführt, mich führt es mit meinem Badezimmer-Rätsel jedenfalls nicht weiter. Haben Sie noch etwas ausgerichtet, nachdem wir uns trennten?«
»Nein, ich war nur heute morgen auf dem Dach.«
»Haben Sie etwas gefunden?«
»Nicht sehr viel. Ich hielt natürlich nach Fußspuren Ausschau; aber bei all dem Regen gab es natürlich keine. Ich schaute mir die Dächer ringsum an und kam zu dem Schluß, daß alle Leute in der Häuserreihe es getan haben könnten. Alle Treppen gehen auf das Dach, und die Dächer sind flach – man kann darauf spazierengehen wie auf der Shaftesbury Avenue. Immerhin habe ich einen Beweis, daß die Leiche auf diesem Wege ins Badezimmer gekommen ist.«
»Was für einen?«
Parker holte seine Brieftasche hervor und entnahm ihr ein paar Fäden, die er seinem Freund hinlegte.
»Einer hatte sich in der Dachtraufe gerade über Thipps' Badezimmerfenster verfangen, ein anderer in einer Spalte der steinernen Brustwehr darüber, und das übrige stammt von dem Schornstein dahinter, wo es an einer Stütze hing. Was meinen Sie dazu?«
Lord Peter betrachtete die Fäden sehr sorgfältig durch sein Monokel.

»Sehr interessant«, sagte er. »Haben Sie die Platten schon entwickelt, Bunter?« fragte er, als dieser diskrete Gehilfe mit der Post hereinkam.
»Jawohl, Mylord.«
»Etwas gefunden?«
»Ich weiß nicht, ob ich es so bezeichnen soll, Mylord«, antwortete Bunter zweifelnd. »Ich werde die Abzüge bringen.«
»Tun Sie das«, sagte Wimsey. »Hallo! Da ist ja unser Inserat wegen der Goldkette in der ›Times‹ . . . sieht sehr nett aus: Schreiben, anrufen oder sich melden bei Piccadilly 110a.«
»Aber Sie glauben doch wohl nicht, daß der Kerl, der die Kette bei der Leiche ließ, sich verrät, indem er herkommt und danach fragt?«
»Das glaube ich nicht«, entgegnete Lord Peter. »Deshalb möchte ich ja den Juwelier ausfindig machen, der die Kette ursprünglich verkauft hat. Begriffen?« Er wies auf das Inserat. »Es ist keine alte Kette – kaum abgenutzt. Oh, vielen Dank, Bunter. Schauen Sie, Parker, da sind die Abdrücke, die Ihnen gestern auf dem Fensterbrett und am Kopfende der Badewanne auffielen. Ich übersah sie; Sie haben das alleinige Verdienst an der Entdeckung.«
Die drei Männer betrachteten die Fotografien.
Lord Peter sagte erbittert: »Der Verbrecher kletterte über das Dach und machte sich natürlich die Finger rußig. Er legte den Toten in die Badewanne und wischte alle Spuren auf, bis auf zwei, die er uns netterweise ließ, um uns zu zeigen, wie wir vorgehen sollen. Wir erfahren durch einen Flecken am Boden, daß er Gummisohlen hatte, und durch diese schönen Fingerabdrücke am Rande der Wanne, daß er normal große Hände hat und Gummihandschuhe trug.«
Er schob die Fotos beiseite und kehrte zur Untersuchung der Fäden in seiner Hand zurück. Plötzlich pfiff er leise vor sich hin.
»Können Sie damit etwas anfangen, Parker?«
»Es scheinen Fäden von einem rauhen Baumwollstoff zu sein – ein Bettlaken vielleicht oder ein improvisiertes Seil.«

»Ja«, sagte Lord Peter, »ja ... Es kann ein Fehler sein – es kann *unser* Fehler sein. Ich frage mich. Glauben Sie etwa, daß ein so dünner Stoff stark genug ist, daß ein Mensch daran baumeln kann?«
Er schwieg; seine großen Augen wurden zu Schlitzen hinter dem Rauch seiner Pfeife.
»Was schlagen Sie vor, was heute vormittag getan werden soll?« fragte Parker.
»Mir scheint es an der Zeit, daß ich mich in Ihre Arbeit einschalte«, antwortete Lord Peter. »Gehen wir zur Park Lane und schauen wir, was Sir Reuben Levy vorige Nacht im Bett getrieben hat.«

»Und nun, Mrs. Pemming, wenn Sie so freundlich sein wollen, mir eine Decke zu geben«, sagte Mr. Bunter, als er in die Küche hinunterkam. »Und erlauben Sie mir, ein Leintuch über den unteren Teil dieses Fensters zu hängen und hier die Jalousie herunterzulassen, damit es keine Spiegelung gibt, Sie verstehen ... Dann können wir an die Arbeit gehen.«
Sir Reuben Levys Köchin, der Mr. Bunters herrenmäßige und gutgekleidete Erscheinung nicht entging, beeilte sich, alles Nötige zu holen. Ihr Besucher stellte auf den Tisch einen Korb, der eine Wasserflasche, eine silberne Haarbürste, ein Paar Schuhe, eine kleine Rolle Linoleum und die in Leder gebundenen »Briefe eines Selfmade-Kaufmanns an seinen Sohn« enthielt. Er zog einen Schirm unter dem Arm hervor und fügte ihn der Sammlung hinzu. Dann schleppte er eine mächtige Kamera herbei und stellte sie in der Küche auf. Er breitete eine Zeitung über den fleckenlos geschrubbten Tisch. Nun krempelte er seine Ärmel auf und zog sich Gummihandschuhe an. Sir Reuben Levys Diener, der in diesem Augenblick eintrat und ihn so beschäftigt fand, schob das Küchenmädchen fort, das von einem Parkettplatz aus zugesehen hatte, und betrachtete kritisch den Apparat. Mr. Bunter nickte ihm vergnügt zu und entkorkte ein Fläschchen mit grauem Pulver.
»Eine ulkige Nummer, Ihr Herr, nicht?« sagte der Diener leichthin.

»Ganz eigenartig, ja«, antwortete Mr. Bunter. »Nun, meine Liebe«, sagte er schmeichelnd zu dem Zimmermädchen, »könnten Sie wohl ein bißchen von diesem grauen Pulver über die Flasche schütten, während ich sie halte, und auch über die Schuhe ... hier, an dieser Stelle ... vielen Dank, Miss ... wie heißen Sie? Price? Aber Sie haben doch noch einen andern Namen außer Price, nicht? Mabel, ah? Das ist ein sehr hübscher Name. Sehr schön gemacht – Sie haben eine ruhige Hand, Miss Mabel. Sehen Sie das? Das sind die Fingerabdrücke – hier drei und da zwei und an zwei Stellen verwischt. Nein, nicht anfassen, mein Kind, sonst geht das Beste ab. Wir wollen sie hierher stellen, bis sie zur Porträtaufnahme bereit sind. So, als nächstes kommt die Haarbürste an die Reihe. Vielleicht sind Sie so gut, Mrs. Pemming, und heben sie sorgfältig an den Borsten hoch.«

»An den Borsten, Mr. Bunter?«

»Wenn ich bitten darf, Mrs. Pemming ... und legen Sie sie hierher. Nun, Miss Mabel, noch eine kleine Vorführung Ihrer Geschicklichkeit, bitte sehr. Nein ... diesmal wollen wir Lampenruß verwenden. Ausgezeichnet. Hätte es selbst nicht besser machen können. Oh, das ist ein prächtiger Abdruck. Diesmal ist nichts verwischt. Das wird Seine Lordschaft interessieren. Jetzt das kleine Buch – ich nehme es selbst – mit diesen Handschuhen, sehen Sie, und nur am Rande. Ich bin ein sehr vorsichtiger Verbrecher, Mrs. Pemming, ich will keine Spuren hinterlassen. Bestäuben Sie den ganzen Deckel, Miss Mabel. Jetzt die andere Seite ... so macht man es. Viele Abdrücke und alle klar. Wie es sich gehört. O bitte, Mr. Graves, Sie dürfen das Buch nicht anfassen ... es ist um mich geschehen, wenn es angerührt wird.«

»Haben Sie oft derlei zu tun?« erkundigte sich Mr. Graves von einem überlegenen Standpunkt aus.

»Sehr oft«, antwortete Mr. Bunter mit einem Stöhnen, das darauf abzielte, Mr. Graves' Herz zum Schmelzen zu bringen und sein Vertrauen zu erringen. »Wenn Sie so freundlich sein wollen und dieses Stückchen Linoleum am einen Ende halten, Mrs. Pemming. Ich halte es am anderen Ende, während Miss Mabel sich betätigt. Ja, Mr. Graves, es ist ein hartes Leben, tagsüber Diener und nachts Fotograf – Morgentee jederzeit von halb sieben bis elf, und kriminelle Untersuchungen zu allen Stunden. Es ist phantastisch, was für Ideen sich diese reichen Herren in den Kopf setzen, die nichts zu tun haben.«

»Es wundert mich, wie Sie das aushalten«, sagte Mr. Graves. »So etwas gibt es hier nicht. Ein ruhiges, geordnetes, häusliches Leben hat viel für sich, Mr. Bunter. Regelmäßige Mahlzeiten, anständige, achtbare Familien zu Gast – keins von den angemalten Weibern – und keine Nachtarbeit, das hat sehr viel für sich. Ich halte im allgemeinen nichts von Neureichen, und natürlich verstehe ich es, Mr. Bunter, daß Sie es vorteilhaft finden, in einer adligen Familie zu dienen; aber heutzutage findet man das als nichts Besonderes mehr, und ich muß sagen, daß niemand Sir Reuben vulgär nennen könnte, obwohl er sich aus eigenem emporgearbeitet hat, und meine Dame ist auf jeden Fall von vornehmem Geblüt. Eine Miss Ford war sie früher, von den Fords aus Hampshire, und beide sind immer sehr rücksichtsvoll.«

»Ich bin ganz Ihrer Meinung, Mr. Graves. Seine Lordschaft und ich waren nie dafür, engherzig und kleinlich zu sein ...

O ja, mein Kind, natürlich ist es eine Fußspur, das ist ja ein Stück vom Linoleum unter dem Waschbecken. Sir Reuben ist in seinem Geschmack sehr einfach, nicht wahr? Für einen so reichen Mann, meine ich.«

»Ja, sehr einfach«, sagte die Köchin. »Das Essen, das er und die gnädige Frau bestellen, wenn sie mit Miss Rachel allein sind ... na, wenn nicht die Gesellschaften wären, wo es immer sehr gutes Essen gibt, so wären meine Begabung und meine Ausbildung hier für die Katz.«

Mr. Bunter fügte den Griff des Regenschirms seiner Sammlung hinzu und machte sich daran, unterstützt von dem Zimmermädchen, ein Leintuch vors Fenster zu spannen.

»Großartig«, sagte er. »So, wenn ich nun um die Decke dort auf dem Tisch bitten dürfte und um ein Handtuchgestell oder etwas Ähnliches für den Hintergrund ... sehr freundlich von Ihnen, Mrs. Pemming. Ach, ich wünschte, Seine Lordschaft verlangte keine Nachtarbeit. Oft sitze ich bis drei oder vier Uhr auf, und dann muß ich in aller Frühe wieder hinaus, um ihn zu wecken, weil er ans andere Ende des Landes fahren will. Und der Schmutz, den er sich an Kleidern und Schuhen holt!«

»Das ist sicher bitter, Mr. Bunter«, sagte Mrs. Pemming herzlich. »So etwas finde ich gemein. Meiner Ansicht nach ist Polizeiarbeit keine geeignete Beschäftigung für einen vornehmen Herrn, ganz zu schweigen, von einem Lord.«

»Alles wird auch erschwert«, sagte Mr. Bunter, der edelmütig den Charakter seines Arbeitgebers und seine eigenen Gefühle um einer guten Sache willen opferte. »Die Schuhe in den Winkel geworfen, die Kleider am Boden . . .«

»Das trifft man oft bei Menschen, die von vornehmer Herkunft sind«, bestätigte Mr. Graves. »Da ist Sir Reuben ganz anders; er hat seine guten altmodischen Gewohnheiten nie aufgegeben. Die Kleider werden ordentlich zusammengelegt, die Schuhe ins Ankleidezimmer gestellt, so daß man sie morgens holen kann, und alles wird einem leichtgemacht.«

»Vorgestern abend hat er sie aber vergessen.«

»Die Kleider, nicht die Schuhe. Sir Reuben denkt immer an andere. Ach, hoffentlich ist ihm nichts zugestoßen!«

»Nein, hoffentlich nicht, der arme gnädige Herr«, stimmte die Köchin ein. »Und was das Gerede betrifft, er habe sich aus dem Hause gestohlen, um etwas Verbotenes zu tun, oh, das würde ich niemals von ihm glauben, Mr. Bunter, und wenn ich auf dem Totenbett darauf schwören müßte.«

»Ah!« rief Mr. Bunter, indem er seinen Scheinwerfer aufstellte und mit dem nächsten elektrischen Schalter verband, »das ist mehr, als die meisten von uns von den Leuten sagen können, die uns bezahlen.«

»Ein Meter zweiundsechzig«, sagte Lord Peter, »und kein Zentimeter darüber.« Er betrachtete zweifelnd den Eindruck im Bett und maß ihn zum zweitenmal mit seinem Allerweltsstock.

Parker trug diese Feststellung in ein adrettes Notizbuch ein.
»Ich nehme an«, bemerkte er, »daß ein Mann, der eins siebenundachtzig groß ist, einen Eindruck von ein Meter zweiundsechzig hervorrufen kann, wenn er sich zusammenrollt.«
»Da schwitze ich mir das Gehirn aus, um einen wirklich sensationellen Beigeschmack in Ihre langweilige und schimpfliche kleine polizeiliche Untersuchung zu bringen, und Sie zeigen keinen Funken von Begeisterung.«
»Es hat keinen Zweck, zu schnell Schlußfolgerungen zu ziehen.«
»Zu schnell? Sie geben nicht einmal angesichts einer Schlußfolgerung Ihr Schneckentempo auf. Ich glaube, wenn Sie eine Katze mit dem Kopf im Rahmtopf erwischen würden, dann würden Sie sagen, man könnte ja auch annehmen, der Rahmtopf sei leer gewesen, als sie den Kopf hineinsteckte.«
»Nun, das wäre immerhin annehmbar, nicht wahr?«
»Zum Kuckuck mit Ihnen«, sagte Lord Peter. Er klemmte sich das Monokel ins Auge und beugte sich, den Atem anhaltend, über das Kopfkissen. »Geben Sie mir bitte die Pinzette«, bat er plötzlich. Dann zwickte er etwas beinahe Unsichtbares von dem Leinen auf.
»Was haben Sie da?« fragte Parker.
»Ein Haar«, antwortete Wimsey, dessen harte Augen noch härter geworden waren. »Gehen wir und schauen wir uns Levys Hüte an, ja? Und klingeln Sie bitte nach dem Diener – Graves heißt er.«
Als der herbeigerufene Graves das Ankleidezimmer betrat, hockte Lord Peter Wimsey auf dem Fußboden vor einer Reihe Hüte, die er umgekehrt vor sich angeordnet hatte.
»Da sind Sie ja«, sagte Lord Peter fröhlich. »Passen Sie auf, Graves, dies ist ein Rätsel-Wettbewerb. Hier sind neun Hüte, einschließlich drei Zylinder. Gehören alle diese Kopfbedeckungen Sir Reuben Levy? Ja? Sehr gut. Jetzt darf ich dreimal raten, was er an dem Abend, an dem er verschwand, aufgehabt hat, und wenn ich richtig rate,

habe ich gewonnen; wenn nicht, haben Sie gewonnen. Verstanden? Bereit? Übrigens nehme ich an, daß Sie die Antwort schon wissen?«

»Wenn ich Eure Lordschaft richtig verstehe, so fragen mich Eure Lordschaft, welchen Hut Sir Reuben trug, als er am Montag abend ausging?«

»Nein, Sie verstehen es ganz falsch«, entgegnete Lord Peter. »Ich frage, ob Sie es wissen – Sie sollen es mir nicht sagen, ich will raten.«

»Ich weiß es«, sagte Mr. Graves vorwurfsvoll.

»Schön. Als er zum Essen ins Ritz ging, trug er einen Zylinder. Hier sind drei Zylinder. Bei dreimaligem Raten muß ich ja den richtigen treffen, nicht wahr? Das wäre also sehr ungerecht. Ich werde so nur einmal raten. Es war dieser.« Er wies auf den Zylinder, der dem Fenster am nächsten war. »Stimmt's, Graves? Habe ich gewonnen?«

»Das ist der richtige Hut, Mylord«, antwortete Mr. Graves ungerührt.

»Danke«, sagte Lord Peter. »Mehr wollte ich nicht wissen. Bitten Sie Bunter, herzukommen, ja?«

Mr. Bunter kam mit bekümmerter Miene herein; sein sonst so ordentliches Haar war von dem Kameratuch zerzaust.

»Oh, da sind Sie ja, Bunter«, sagte Lord Peter. »Schauen Sie . . .«

»Ja, da bin ich, Mylord«, fiel Mr. Bunter mit respektvollem Vorwurf ein. »Aber mit Verlaub zu sagen, ich sollte unten sein, wo all die jungen Frauenzimmer sind – sie werden an den Beweisstücken herumfummeln, Mylord.«

»Ich bitte um Gnade«, erwiderte Lord Peter, »aber ich habe mit Mr. Parker hoffnungslos gestritten und den geschätzten Graves verwirrt, und ich möchte von Ihnen hören, was für Fingerabdrücke Sie gefunden haben. Vorher kann ich nicht glücklich sein – seien Sie also nicht hart mit mir, Bunter.«

»Eure Lordschaft wissen wohl, daß ich sie noch nicht fotografiert habe; doch ich will nicht leugnen, daß sie interessant aussehen. Das kleine Buch auf dem Nachttisch trägt nur Abdrücke von einem Menschen – am rechten Daumen ist eine kleine Narbe, so daß sie leicht zu erkennen sind.

Auch die Haarbürste hat nur dieselben Abdrücke. Der Schirm, das Zahnputzglas und die Schuhe haben alle zweierlei Abdrücke: Die Hand mit der Daumennarbe – das ist vermutlich Sir Reubens Hand – und darüber verwischte Abdrücke, die, wenn ich so sagen darf, von derselben Hand in Gummihandschuhen stammen könnten oder auch nicht. Ich kann es genauer sagen, wenn ich die Aufnahmen gemacht und nachgemessen habe, Mylord. Das Linoleum vor dem Waschbecken ist sehr ergiebig. Außer den Spuren von Sir Reubens Schuhen, die Eure Lordschaft festgestellt haben, trägt es den Abdruck eines nackten Männerfußes – viel kleiner, Mylord, nicht größer als fünfundzwanzig Zentimeter, würde ich sagen, wenn Sie mich fragen.«

Lord Peters Gesicht erstrahlte geradezu in Verzückung. »Ein Fehler«, hauchte er, »ein kleiner Fehler; aber er kann ihn sich nicht leisten. Wann wurde der Linoleumboden das letztemal aufgewaschen, Bunter?«

»Montag morgen, Mylord. Das Zimmermädchen wusch auf und dachte daran, es zu erwähnen. Die einzige Bemerkung, die sie bis jetzt gemacht hat, und sie ist treffend. Die andern Angestellten ...« Bunters Züge drückten Verachtung aus.

»Was habe ich gesagt, Parker? Ein Meter zweiundsechzig und kein Zentimeter größer. Und er wagte die Haarbürste nicht zu benutzen. Wunderschön. Aber er mußte es mit dem Zylinder wagen. Ein Herr kann spät nachts im Regen nicht ohne Kopfbedeckung herumlaufen, verstehen Sie, Parker. Was halten Sie nun davon? Zweierlei Fingerabdrücke auf allem außer auf dem Buch und der Bürste, zweierlei Fußabdrücke auf dem Linoleum und zweierlei Haare in dem Hut!« Lord Peter hob den Zylinder ans Licht und holte die Beweisstücke mit der Pinzette heraus. »Stellen Sie sich vor, Parker, an die Haarbürste zu denken und den Hut zu vergessen – die ganze Zeit an die Hände zu denken und den einen gedankenlosen Schritt auf das Linoleum zu machen ... Da sind sie, sehen Sie, schwarze Haare und rote Haare – schwarze Haare in der Melone und im Strohhut, schwarze und rote im Zylinder von ge-

stern abend. Und dann, nur damit wir sicher sind, daß wir auf der richtigen Fährte sind, auf dem Kopfkissen ein einziges rotes Haar, das nicht dorthin gehört. Das bringt mir beinahe Tränen in die Augen.«
»Wollen Sie damit sagen ...«, begann der Detektiv langsam.
»Ich will damit sagen«, unterbrach ihn Lord Peter, »daß der Mann, den die Köchin gestern nacht an der Haustür sah, nicht Sir Reuben Levy war. Es war ein anderer, vielleicht einen Kopf kleiner, der in Levys Kleidern herkam und sich mit Levys Hausschlüssel Einlaß verschaffte. Oh, es war ein kühner, schlauer Teufel, Parker. Er hatte Levys Schuhe an und trug Gummihandschuhe, die er überhaupt nicht auszog, und er tat alles, um den Anschein zu erwekken, daß Levy vorige Nacht hier schlief. Er ließ es auf ein Wagnis ankommen und gewann. Er ging hinauf, zog sich um, wusch sich sogar und putzte sich die Zähne, benutzte hingegen nicht die Haarbürste, um ja keine roten Haare zu hinterlassen. Er mußte erraten, was Levy mit seinen Kleidern und Schuhen anfing; in einem Punkt riet er daneben. Das Bett mußte aussehen, als ob Levy darin geschlafen hätte; deshalb legte er sich im Pyjama seines Opfers hinein. In aller Frühe, wahrscheinlich in der stillsten Stunde zwischen zwei und drei, stand er auf, zog seine eigenen Sachen an, die er in einem Koffer mitgebracht hatte, und schlich hinunter. Wenn jemand aufwachte, wäre er verloren gewesen; aber er war kühn und ließ es darauf ankommen. Er öffnete die Haustür, die er beim Hereinkommen nicht versperrt hatte, lauschte auf Schritte und schlüpfte hinaus. Auf seinen Gummisohlen ging er schnell davon.«
Nach einer Pause fügte Lord Peter hinzu: »Entweder hat er Sir Reuben Levy wegen eines albernen Spaßes fortgezaubert, oder der Mann mit dem rotbraunen Haar hat einen Mord auf sein Gewissen geladen.«
»Himmel!« rief der Detektiv. »Sie sehen das Ganze sehr dramatisch an.«
Lord Peter strich sich mit einer etwas müden Gebärde übers Haar. »Das ist die richtige Einstellung, mein Freund. Es ist um so sonderbarer, als der gute alte Levy sicher kei-

ner Fliege etwas zuleide getan hätte. Wissen Sie, Parker, im Grunde kümmert mich dieser Fall nicht sehr.«
»Welcher, dieser oder Ihrer?«
»Beide. Sagen Sie, Parker, wollen wir ruhig nach Hause wandern und essen und dann ins Coliseum gehen?«
»Tun Sie's, wenn Sie wollen«, erwiderte der Detektiv, »aber Sie vergessen, daß ich mich wegen des täglichen Brotes mit diesen Dingen befasse.«
»Und ich habe nicht einmal diese Entschuldigung«, sagte Lord Peter. »Also, wie ist der nächste Zug? Was würden Sie an meiner Stelle tun?«
»Ich würde aller Arbeit, die Sugg jemals geleistet hat, mißtrauen und bei allen Bewohnern der Queen Caroline Mansions Familienforschung betreiben. Ich würde ihre sämtlichen Abstellkammern und Dachluken untersuchen, würde mit ihnen eine Unterhaltung anknüpfen und plötzlich die Wörter ›Leiche‹ und ›Zwicker‹ einfließen lassen und schauen, wie sie darauf reagieren, genau wie es die modernen Psychiater machen.«
»Das würden Sie tun?« Lord Peter lächelte. »Ziehen Sie also los und tun Sie's. Ich werde mir's bei Wyndham gutgehen lassen.«
Parker schnitt eine Grimasse. »Sie werden nie ein Berufsdetektiv werden, solange Sie die Kleinarbeit ablehnen, Wimsey. Wie steht's mit dem Mittagessen?«
»Ich bin auswärts eingeladen«, erwiderte Lord Peter großartig. »Ich laufe schnell und ziehe mich im Klub um. In diesen Lumpen kann ich mit Freddy Arbuthnot nicht essen gehen.«

Lord Peter und der ehrenwerte Freddy Arbuthnot, die zusammen wie eine Reklame für Herrenkleidung aussahen, betraten den Speisesaal bei Wyndham.
»Hab' dich seit einem Jahrhundert nicht mehr gesehen«, sagte der ehrenwerte Freddy. »Was hast du gemacht?«
»Och, mich herumgetrieben«, antwortete Lord Peter matt.
»A la crème oder klar?« fragte der Kellner den ehrenwerten Freddy.

»Was möchtest du, Peter?« Damit wälzte Freddy die Last des Wählens auf seinen Gast ab. »Beides ist gleich giftig.«
»Je nun, klare Suppe ist leichter aus dem Löffel zu lecken«, entschied Lord Peter.
»Klar«, bestellte der ehrenwerte Freddy.
»Consommé polonais«, nickte der Kellner. »Ist ausgezeichnet, Sir.«
Die Unterhaltung erlahmte, bis der ehrenwerte Freddy in dem Seezungenfilet eine Gräte fand und den Oberkellner kommen ließ, um das Vorhandensein der Gräte zu erklären. Als diese Angelegenheit erledigt war, brachte Lord Peter die Energie auf, zu sagen: »Tut mir leid, was ich von deinem Vater hörte, alter Freund.«
»Ja, der Ärmste«, antwortete Freddy. »Es heißt, er wird es nicht lange überleben. Was? Oh, der Montrachet Jahrgang 1908. In diesem Lokal gibt es nichts Passendes zu trinken«, fügte er düster hinzu.
Nach dieser Beleidigung eines edlen Jahrgangs gab es wieder eine Pause, bis Lord Peter sagte: »Wie steht die Börse?«
»Mies«, lautete die Antwort. Freddy bediente sich mit Wildragout.
»Kann ich irgend etwas tun?« erkundigte sich Lord Peter.
»O nein, danke. Sehr anständig von dir; aber es wird mit der Zeit alles gut werden.«
»Das ist kein schlechtes Ragout«, bemerkte Lord Peter.
»Ich habe schon schlechtere gegessen«, stimmte sein Freund zu.
»Was ist mit diesen Argentiniern?« fragte Lord Peter. »He, Kellner, da ist ein Stückchen Kork in meinem Glas.«
»Kork?« rief der ehrenwerte Freddy mit einer Gemütsbewegung, die einem Temperamentsbeweis nahekam. »Das werden Sie noch zu hören bekommen, Kellner. Erstaunlich, daß ein Mensch, der dafür bezahlt wird, nicht einmal imstande ist, eine Flasche zu entkorken. Was sagtest du? Argentinier? Alle zum Teufel gegangen. Da der alte Levy plötzlich von der Bildfläche verschwunden ist, hat die Börse den Boden unter den Füßen verloren.«
»Was du nicht sagst«, antwortete Lord Peter. »Was glaubst du, was ist dem Alten zugestoßen?«

»Tja, wenn ich das wüßte. Hat von den Baissiers eins auf den Kopf bekommen, würde ich meinen.«
»Vielleicht ist er verduftet. Doppelleben, weißt du. Manche Geschäftsleute sind verteufelte Lebemänner.«
»O nein«, entgegnete der ehrenwerte Fredy leicht entrüstet. »Nein, Peter, das darfst du nicht sagen. Er ist ein anständiges altes Haus, und seine Tochter ist ein entzückendes Mädchen. Außerdem sitzt er fest genug im Sattel. Der alte Anderson ist nun bös daran.«
»Wer ist Anderson?«
»Ein Mann, der da draußen einen Besitz hat. Er wollte Levy am Dienstag treffen. Er befürchtet, daß die Eisenbahnleute jetzt einsteigen werden, und dann ist alles aus.«
»Wer leitet denn die Eisenbahngesellschaft hier?« fragte Lord Peter.
»Ein Amerikaner namens John P. Milligan. Er hat eine Option oder behauptet es wenigstens. Diesen Gesellen kann man nie trauen.«
»Kann sich Anderson nicht halten?«
»Anderson ist nicht Levy. Hat nicht genug Geld. Zudem steht er allein. Levy beherrscht die Lage – er könnte Milligans eklige Eisenbahn boykottieren, wenn er wollte. Da hat er den Druck ausgeübt, verstehst du.«
»Ich glaube, ich habe Milligan irgendwo einmal kennengelernt«, sagte Lord Peter nachdenklich. »Ist er nicht ein Hüne mit schwarzem Haar und Bart?«
»Du verwechselst ihn«, versetzte Freddy. »Milligan ist nicht größer als ich – und hat eine Glatze.«
Lord Peter überlegte dies beim Gorgonzola. Dann sagte er: »Ich wußte gar nicht, daß Levy eine entzückende Tochter hat.«
»O doch«, erwiderte Freddy mit auffallender Gelöstheit. »Ich lernte sie und die Mama voriges Jahr im Ausland kennen. Dadurch kam ich mit dem Alten zusammen. Er war sehr anständig. Er machte es mir möglich, bei diesem argentinischen Geschäft einzusteigen, wußtest du das nicht?«
»Na ja«, sagte Lord Peter, »du könntest noch schlimmer daran sein. Geld ist Geld, nicht? Und Lady Levy ist ein

recht wertvoller Punkt. Wenigstens kannte meine Mutter ihre Familie.«

»Oh, sie ist in Ordnung«, stimmte Freddy zu. »Und der Alte ist kein Mensch, dessen man sich heutzutage schämen müßte. Er gibt nicht vor, etwas anderes als ein Selfmademan zu sein. In keiner Weise. Rachel – das ist die Tochter – lacht immer über die Sparsamkeit ihres Alten.«

»Ich nehme an, man hat Lady Levy kommen lassen«, bemerkte Lord Peter.

»Vermutlich«, pflichtete sein Freund bei. »Ich gehe wohl am besten hin. Sähe nicht gut aus, wenn ich's unterließe, was meinst du? Aber es ist verflucht peinlich. Was sagt man in einem solchen Fall?«

»Ich glaube, es spielt keine große Rolle, was du sagst«, antwortete Lord Peter hilfsbereit. »Ich würde fragen, ob du irgend etwas tun könntest.«

»Danke«, sagte der Verliebte. »Das werde ich machen. Als tatkräftiger junger Mann auftreten.«

Mr. John P. Milligan, der Londoner Vertreter der großen Milligan-Eisenbahn-und-Schiffsgesellschaft, diktierte gerade in seinem Büro an der Lombard Street seinem Sekretär, als ihm eine Visitenkarte gebracht wurde.

Mr. Milligan ärgerte sich über die Störung; aber wie viele seiner Landsleute hatte er einen schwachen Punkt, und das war die englische Aristokratie. Er verschob die Ausmerzung einer bescheidenen, aber vielversprechenden Farm auf der Karte um einige Minuten und befahl, den Besucher hereinzuführen.

»Guten Tag«, sagte Lord Peter, ungezwungen eintretend. »Es ist sehr freundlich von Ihnen, mir Ihre Zeit zu opfern und mich ohne weiteres zu empfangen. Ich will mich möglichst kurz fassen, obwohl es nicht meine Begabung ist, zur Sache zu kommen. Mein Bruder wollte nie zulassen, daß ich für die Grafschaft aufgestellt wurde – er sagte, ich machte immer solche Umschweife, daß niemand weiß, wovon ich eigentlich rede.«

»Freut mich, Sie kennenzulernen, Lord Wimsey«, sagte Mr. Milligan. »Wollen Sie nicht Platz nehmen?«

»Danke«, antwortete Lord Peter. »Aber ich bin kein Pair, müssen Sie wissen – das ist mein Bruder Denver. Mein Name ist Peter. Ein alberner Name, finde ich, so brav und tugendhaft. Aber wir haben immer einen Peter, nach dem dritten Herzog, der irgendwann um die Zeit der Kriege zwischen den Rosen fünf Könige verriet; es besteht also bei näherem Zusehen kein Grund, darauf stolz zu sein. Immerhin, man muß das Beste daraus machen.«
Mr. Milligan, der auf diese Weise den Nachteil hatte, welcher mit Unwissenheit verbunden ist, kämpfte um eine bessere Stellung und bot dem Störenfried eine Corona an.
»Herzlichen Dank«, sagte Lord Peter, »aber Sie dürfen mich wirklich nicht verführen, den ganzen Nachmittag hier zu vertrödeln. Wahrhaftig, Mr. Milligan, wenn Sie den Leuten derartige Sessel und solche Zigarren anbieten, wundert es mich, daß Sie nicht in Ihrem Büro Hütten bauen.« Im stillen fügte er hinzu: »Ich wünschte, ich könnte dir deine Schuhe ausziehen. Wie soll ein Mensch die Größe deiner Füße feststellen? Und ein Kopf wie eine Kartoffel.«
»Sagen Sie nun, Lord Peter«, begann Mr. Milligan, »womit kann ich Ihnen dienen?«
»Es handelt sich um meine Mutter. Eine wunderbare Frau; doch es ist ihr nicht klar, was es heißt, einem vielbeschäftigten Manne wie Ihnen die Zeit wegzunehmen. Wir haben es hier nicht so eilig, müssen Sie wissen, Mr. Milligan.«
»Nicht der Rede wert«, sagte Mr. Milligan. »Es würde mich freuen, der Herzogin einen Gefallen zu tun.«
»Tausend Dank – sehr liebenswürdig. Meine Mutter, eine höchst tatkräftige, selbstlose Frau, geht mit dem Gedanken um, diesen Winter in Denver eine Art Wohltätigkeitsbasar zu eröffnen, zugunsten des Kirchendachs, verstehen Sie. Eine sehr traurige Sache, Mr. Milligan, schöne antike Fenster, frühenglisch, und ein mit Engeln ausgeschmücktes Dach, alles verfällt, und es regnet hinein und so weiter ... Man hat einen Mann angestellt, der es machen soll – ein kleines Kerlchen namens Thipps – lebt mit seiner alten Mutter in Battersea, ein ordinärer kleiner Geselle, soll sich aber auf Engeldächer und dergleichen verstehen.«
Bei diesem Punkt beobachtete Lord Peter seinen Ge-

sprächspartner scharf; da er aber feststellte, daß dieses Geschwätz keine erschütterndere Reaktion auslöste als höfliches, mit schwacher Verwirrung gefärbtes Interesse, ließ er von diesem Untersuchungsverfahren ab und fuhr fort: »Entschuldigen Sie, ich bin leider entsetzlich weitschweifig. Kurzum, meine Mutter will diesen Basar eröffnen, und sie meinte, es würde wohl sehr interessant sein, wenn sie nebenher Vorträge veranstalten würde, kleine Plaudereien, verstehen Sie, die von hervorragenden Geschäftsleuten aus aller Herren Länder gehalten werden sollen. Von der Art ›Wie es mir gelang‹, verstehen Sie. ›Ein Tropfen Öl von einem Petroleumkönig‹ – ›Geld, Gewissen und Gewinn‹ und so weiter. Das würde die Leute dort ungeheuer interessieren. Sehen Sie, alle Bekannten meiner Mutter werden kommen, und keiner von uns hat Geld – ich meine, was Sie Geld nennen würden –, vermutlich könnten wir mit unserem Vermögen nicht einmal Ihre Telefonrechnung bezahlen, nicht wahr? Aber wir hören für unser Leben gern von Leuten, die wirklich Geld machen können. Das hebt gewissermaßen unsere Gefühle, verstehen Sie. Nun, jedenfalls meine ich, meine Mutter würde sich riesig freuen und wäre Ihnen sehr dankbar, Mr. Milligan, wenn Sie kommen und ein paar Worte als Vertreter Amerikas sprechen würden. Es braucht nicht länger als ungefähr zehn Minuten zu dauern, weil die Bevölkerung dort übers Schießen und Jagen hinaus nicht viel begreift, und die Bekannten meiner Mutter können sich nicht länger als zehn Minuten auf etwas konzentrieren; aber wir wüßten es sehr zu schätzen, wenn Sie ein bis zwei Tage zu uns kommen würden und ein paar treffende Worte über den allmächtigen Dollar vom Stapel lassen.«
»Gewiß«, antwortete Mr. Milligan, »das werde ich gern tun, Lord Peter. Sehr freundlich von der Herzogin, mich vorzuschlagen. Es ist sehr traurig, wenn diese schönen Antiquitäten in die Brüche gehen. Ich komme mit großem Vergnügen. Und vielleicht sind Sie so freundlich und nehmen einen kleinen Zuschuß zum Restaurierungsfonds an.«
Diese unerwartete Entwicklung brachte Lord Peter bei-

nahe aus der Fassung. Einen liebenswürdigen Herrn, den man eines besonders abgefeimten Mordes zu bezichtigen geneigt ist, auszuhorchen und von ihm im Verlauf der Maßnahmen einen großen Scheck für ein wohltätiges Unternehmen entgegenzunehmen, das hat für jeden außer dem abgehärteten Kriminalbeamten etwas Unangenehmes. Lord Peter paßte sich den Umständen an:

»Das ist sehr großzügig von Ihnen«, erwiderte er. »Man wird Ihnen bestimmt sehr dankbar sein. Aber besser geben Sie den Scheck nicht mir. Ich könnte ihn ausgeben oder verlieren. Ich bin leider nicht allzu zuverlässig. Der Pfarrer ist die geeignete Person – Pfarrer Constantine Throgmorton, St.-Johns-Pfarrhaus bei Schloß Denver, wenn Sie ihn dorthin senden wollen.«

»Werde ich«, sagte Mr. Milligan. »Stellen Sie den Scheck bitte gleich auf tausend Pfund aus, Scoot, sonst vergesse ich es später.«

Der Sekretär, ein rothaariger junger Mann mit langem Kinn und ohne Augenbrauen, tat schweigend, wie ihm geheißen. Lord Peter blickte von dem kahlen Schädel Mr. Milligans zu dem roten Kopf des Sekretärs, verhärtete sein Herz und versuchte es nochmals.

»Oh, ich bin Ihnen unendlich dankbar, Mr. Milligan, und meine Mutter wird es ebenfalls sein, wenn ich es ihr erzähle. Ich werde Ihnen Bescheid geben, wann der Basar eröffnet wird – das Datum steht noch nicht fest, und ich muß mich noch mit einigen anderen Geschäftsleuten in Verbindung setzen. Ich dachte daran, einen Chef der Inseratenabteilung einer großen Zeitung aufzufordern, als Vertreter der britischen Reklame-Begabung, was meinen Sie dazu? Und ein Freund von mir hat mir einen führenden deutschen Bankier versprochen, und ich muß noch jemand finden, der den jüdischen Standpunkt vertritt. Ich wollte Levy bitten; aber er ist dummerweise verschwunden.«

»Ja«, nickte Mr. Milligan, »das ist eine merkwürdige Sache. Allerdings gebe ich zu, daß es mir in den Kram paßt. Er hatte etwas gegen meine Eisenbahnfirma; aber ich hatte persönlich nichts gegen ihn, und wenn er wieder-

auftaucht, nachdem ich mein Geschäft zum Abschluß gebracht habe, werde ich ihn mit Freuden begrüßen.«
Ein Bild erstand vor Lord Peters geistigem Auge: Sir Reuben, der irgendwo gefangengehalten wurde, bis eine Finanzkrise vorüber war. Das wäre durchaus möglich und weitaus angenehmer als seine frühere Mutmaßung; es stimmte auch besser mit dem Eindruck überein, den er von Mr. Milligan gewonnen hatte.
»Tja, es ist rätselhaft«, sagte er, »aber er hatte wohl seine Gründe. Viel besser, nach den Gründen der Leute nicht zu fragen, nicht wahr? Zumal ein Freund von mir, der bei der Polizei ist und mit dem Fall zu tun hat, behauptet, er habe sich die Haare gefärbt, bevor er fortging.«
»Er hat sich die Haare gefärbt?« wiederholte Mr. Milligan.
»Rot gefärbt«, erklärte Lord Peter.
Der Sekretär blickte auf.
»Das Sonderbare ist«, fuhr Lord Peter fort, »daß man die Flasche mit dem Haarfärbemittel nicht finden kann. Da stimmt doch etwas nicht, meinen Sie nicht auch?«
Das Interesse des Sekretärs schien verdampft zu sein. Er legte ein neues Blatt in seinen Ordner ein und übertrug darauf einige Ziffern von der vorhergehenden Seite.
»Ich glaube, es ist nichts daran«, sagte Lord Peter und stand auf, um zu gehen. »Also, es war sehr liebenswürdig von Ihnen, sich so von mir belästigen zu lassen, Mr. Milligan. Meine Mutter wird sich riesig freuen. Sie wird Ihnen noch wegen des Datums schreiben.«
»Es war mir ein Vergnügen, Ihre Bekanntschaft zu machen«, sagte Mr. Milligan.
Mr. Scoot stand schweigend auf, um die Türe zu öffnen. Dabei enthüllte er erstaunlich lange und dünne Beine, die bisher unter dem Schreibtisch verborgen gewesen waren. Mit einem stillen Seufzer schätzte Lord Peter ihn auf einen Meter zweiundneunzig.
»Schade, daß ich Scoots Kopf nicht auf Milligans Schultern setzen kann«, sagte sich Lord Peter, als er in den Wirbel der City eintauchte. »Und was wird Mutter sagen?«

5

Mr. Parker war Junggeselle und hauste in einer georgianischen, aber ungemütlichen Wohnung an der Great Ormond Street Nr. 12a, für die er wöchentlich ein Pfund zahlte.
Er erwachte vom Geruch nach verbranntem Haferbrei. Durch sein Schlafzimmerfenster, das hygienischerweise geöffnet war, wallte langsam ein rauher Nebel herein, und der Anblick einer wollenen Unterhose, die er am vorigen Abend hastig über einen Stuhl geworfen hatte, verdroß ihn, weil er ihn an die Lächerlichkeit der menschlichen Gestalt erinnerte. Das Telefon läutete, und er kroch ärgerlich aus dem Bett und lief ins Wohnzimmer, wo Mrs. Munns, die tagsüber bei ihm tätig war, gerade den Tisch deckte. Schnaubend ging sie hinaus.
Mr. Bunter meldete sich.
»Seine Lordschaft läßt sagen, daß er sich sehr freuen würde, wenn Sie zum Frühstück kommen könnten, Sir.«
Wenn der Duft nach Nieren und Speck durch den Draht getrieben wäre, hätte Mr. Parker kein stärkeres Gefühl des Trostes empfinden können.
»Richten Sie Seiner Lordschaft bitte aus, daß ich in einer halben Stunde bei ihm sein werde«, antwortete er dankbar. Er stürzte ins Badezimmer, das auch die Küche war, und teilte Mrs. Munns, die soeben Tee mit nicht mehr kochendem Wasser aufgoß, mit, daß er auswärts frühstükken werde.
»Sie können den Haferbrei mit heimnehmen«, fügte er boshaft hinzu und warf seinen Schlafrock mit solcher Entschiedenheit ab, daß Mrs. Munns nur mit einem Schnaufer davonschlurfen konnte.
Ein Autobus setzte ihn bloß eine Viertelstunde später, als sein sanguinischer Impuls ihm eingegeben hatte, am Piccadilly ab, und Mr. Bunter tischte ihm vor einem flammenden Holz- und Kohlenfeuer köstliches Essen, unvergleichlichen Kaffee und die »Daily Mail« auf. Eine ferne Stimme, die das »Et iterum venturus est« aus Bachs b-Moll-Messe sang, verkündete, daß der Wohnungsbesitzer mindestens

einmal im Tag Sauberkeit und Frömmigkeit verband, und plötzlich brauste Lord Peter herein, feucht und verbenenduftend, in einem Bademantel, der mit unnatürlich bunten Pfauen gemustert war.
»Morgen, alter Knabe«, grüßte er. »Scheußliches Wetter, nicht? Sehr lieb von Ihnen, sich herzubemühen. Ich habe nämlich einen Brief erhalten, den ich Ihnen zeigen wollte, und ich brachte die Energie nicht auf, mich zu Ihnen aufzumachen. Bunter und ich haben die ganze Nacht geschwelgt.«
»Was steht denn in dem Brief?« fragte Parker.
»Nehmen Sie sich von der Marmelade – und dann zeige ich Ihnen meinen Dante; er wurde mir gestern abend gebracht. Was muß ich heute morgen lesen, Bunter?«
»Lord Eriths Sammlung wird versteigert, Mylord. Es steht eine Notiz darüber in der ›Morning Post‹. Ich denke, Eure Lordschaft sollte sich die Rezension von Sir Julian Frekes neuem Buch ›Die physiologischen Grundlagen des Gewissens‹ in der literarischen Beilage der ›Times‹ anschauen. Dann gibt es einen sehr sonderbaren kleinen Einbruch im ›Chronicle‹, Mylord, und einen Angriff auf adlige Personen im ›Herald‹ – ziemlich schlecht geschrieben, mit Verlaub zu sagen, aber nicht ohne ungewollten Humor, den Eure Lordschaft schätzen werden.«
»Gut, geben Sie mir das und den Einbruch«, sagte Seine Lordschaft.
»Ich habe die andern Zeitungen durchgelesen«, fuhr Mr. Bunter fort und wies auf einen ansehnlichen Haufen, »und die Lektüre für Eure Lordschaft nach dem Frühstück angestrichen.«
Stille trat ein; man hörte nur Toast knacken und Papier rascheln.
»Wie ich sehe, hat man die gerichtliche Untersuchung verschoben«, bemerkte Parker unvermittelt.
»Es blieb nichts anderes übrig«, erwiderte Lord Peter. »Aber Lady Levy ist gestern abend spät angekommen. Sie wird wohl heute vormittag hingehen und zu Suggs Gunsten den Toten nicht identifizieren.«
»Wird auch Zeit«, sagte Parker kurz.

Wieder herrschte Schweigen.
»Von Ihrem Einbruch halte ich nicht viel, Bunter«, sagte Lord Peter nach einer Weile. »Gekonnt, aber ohne Phantasie. Von einem Verbrechen verlange ich Phantasie. Wo ist die ›Morning Post‹?«
Nach einer weiteren Pause sagte Lord Peter: »Lassen Sie doch bitte den Auktionskatalog kommen, Bunter. Dieser Apollonios Rhodios könnte sich lohnen. Nein, ich denke nicht daran, mich durch die Buchbesprechung hindurchzuarbeiten; aber Sie können das Buch auf der Liste der Buchhandlung anstreichen, wenn Sie wollen. Sein Buch über Verbrechen war an sich recht unterhaltend; aber der Mann hat einen Floh im Ohr. Er denkt, Gott sei eine Sekretion der Leber – zur Abwechslung gut und schön; doch es ist nicht nötig, darauf herumzureiten. Man kann alles beweisen, wenn der Horizont begrenzt ist. Siehe Sugg.«
»Entschuldigung«, sagte Parker, »ich habe nicht recht zugehört. Die Argentinier werden etwas fester, wie ich sehe.«
»Milligan«, erklärte Lord Peter.
»Öl steht schlecht. Da hat Levy etwas ausgemacht. Der sonderbare kleine Boom in Peruanern, den es kurz vor seinem Verschwinden gab, ist verebbt. Möchte wissen, ob er da beteiligt war. Wissen Sie das zufällig?«
»Ich werde es feststellen«, antwortete Lord Peter. »Was war das?«
»Ach, ein ganz nebensächliches Unternehmen, von dem man jahrelang nichts gehört hatte. Vorige Woche belebte es sich plötzlich etwas. Ich bemerkte es zufällig, weil meine Mutter vor langer Zeit zweihundert Aktien kaufte. Sie warfen nie Dividenden ab. Jetzt ist die Sache wieder versandet.«
Wimsey schob seinen Teller fort und zündete sich die Pfeife an. »Da wir fertig sind, habe ich nichts dagegen, ein bißchen zu arbeiten. Sind Sie gestern vorwärtsgekommen?«
»Nein«, antwortete Parker. »Ich schnüffelte in den Wohnungen herum, in meiner eigenen Gestalt und in zwei verschiedenen Verkleidungen. Ich war ein Gasmann und ein

Bittgänger für ein Hundeheim, und ich erfuhr gar nichts. Nur ein Dienstmädchen in der obersten Wohnung am Ende der Häuserreihe an der Battersea Bridge Road sagte, sie glaube, eines Nachts ein Bumsen auf dem Dach gehört zu haben. Als ich sie fragte, in welcher Nacht, konnte sie keine näheren Angaben machen. Ich sah auch Ihre Freunde, Mr. und Mrs. Appledore, die mich kalt empfingen, aber über Thipps nicht wirklich klagen konnten. Der angloindische Oberst im ersten Stock polterte, war aber unerwartet freundlich. Er setzte mir indischen Curryreis zum Abendbrot vor und guten Whisky; aber er ist eine Einsiedlernatur und wußte mir nichts anderes zu erzählen, als daß er Mrs. Appledore nicht ertrage.«

»Haben Sie bei Levy nichts gefunden?«

»Nur sein Privattagebuch. Ich habe es mitgebracht. Hier ist es. Man erfährt nicht viel daraus. Lauter Eintragungen wie: ›Tom und Annie zum Essen bei uns‹, und: ›Geburtstag meiner lieben Frau; schenkte ihr einen alten Opalring‹; ›Mr. Arbuthnot kam zum Tee; er möchte Rachel heiraten, aber ich hätte gern einen standhafteren Mann für mein Kleinod.‹ Immerhin können Sie daraus ersehen, wer im Haus verkehrte und dergleichen. Offenbar machte er jeden Abend seine Eintragungen. Am Montag ist keine Eintragung gemacht worden.«

»Ich glaube, es wird nützlich sein«, sagte Lord Peter und blätterte in der Agenda. »Der arme Kerl. Wissen Sie, ich bin jetzt nicht mehr so sicher, daß er umgebracht worden ist.« Er berichtete Parker die Einzelheiten des Tagewerks.

»Arbuthnot?« fragte Parker. »Ist das der gleiche Arbuthnot im Tagebuch?«

»Ich nehme es an. Ich traf mich mit ihm, weil ich wußte, daß er sich gern an der Börse herumtreibt. Was Milligan betrifft, so macht er einen guten Eindruck; aber ich glaube, er kann als Geschäftsmann ziemlich rücksichtslos sein, und man weiß ja nie. Dann ist da der rothaarige Sekretär – ein Rechengenie mit einem Gesicht wie ein Fisch, hüllt sich eisern in Schweigen. Milligan hätte jedenfalls ein recht gutes Motiv, Levy für ein paar Tage aus dem Wege zu schaffen. Und dann hätten wir den neuen Mann.«

»Was für einen neuen Mann?«
»Von dem ich den Brief erhielt, den ich vorhin erwähnte. Wo habe ich ihn hingesteckt? – Da ist er ja. Gutes holzfreies Papier, Briefkopf einer Anwaltsfirma in Salisbury und beigelegte Briefmarke. Handschrift eines älteren Geschäftsmannes mit altmodischen Gepflogenheiten.«
Parker nahm den Brief und las:

»Crimplesham und Wicks, Rechtsanwälte
Milford Hill, Salisbury
17. November 192 . . .

Sehr geehrter Herr,
bezugnehmend auf Ihr heutiges Inserat in der ›Times‹ erlaube ich mir, Ihnen mitzuteilen, daß der fragliche Kneifer mit Kette der gleiche sein könnte, den ich vorigen Montag verloren habe, als ich in London zu Besuch weilte. Ich fuhr mit dem Zug 17 Uhr 45 vom Victoria-Bahnhof ab und bemerkte den Verlust erst bei meiner Ankunft in Balham. Dieser Hinweis und das Rezept des Augenarztes, das ich beilege, sollten genügen, um die Augengläser zu identifizieren und meine Glaubwürdigkeit zu verbürgen. Sollte es sich erweisen, daß es sich um meinen Kneifer handelt, so wäre ich Ihnen sehr verbunden, wenn Sie ihn mir eingeschrieben senden würden, da die Kette ein Geschenk von meiner Tochter ist und zu meinen liebsten Besitztümern gehört.
Mit dem besten Dank für Ihre Liebenswürdigkeit zum voraus und dem Bedauern, daß ich Sie bemühen muß, zeichne ich

mit vorzüglicher Hochachtung
Thos. Crimplesham.«

»Du meine Güte«, sagte Parker, »das hätte ich wirklich nicht erwartet.«
»Entweder ist es ein außergewöhnliches Mißverständnis«, meinte Lord Peter, »oder Mr. Crimplesham ist ein sehr kühner und schlauer Bösewicht. Oder es handelt sich natürlich um einen anderen Kneifer. Wir sollten diesen

Punkt gleich untersuchen. Ich vermute, daß der Kneifer jetzt in Scotland Yard ist. Rufen Sie doch bitte dort an und sagen Sie, man möchte sofort den Bescheid eines Optikers einholen. Sie können auch gleichzeitig fragen, ob es ein ganz gewöhnliches Rezept ist.«

»Recht haben Sie«, antwortete Parker und nahm den Hörer ab.

»Und nun«, sagte sein Freund, als das Telefongespräch beendet war, »kommen Sie mit mir in die Bibliothek.«

Auf dem Tisch in der Bibliothek hatte Lord Peter mehrere Abzüge ausgebreitet.

»Die kleinen hier sind die Originale unserer Aufnahmen«, erklärte Lord Peter, »und die großen dort Vergrößerungen in genau gleichem Maßstab. Das ist die Fußspur auf dem Linoleum; wir lassen sie vorläufig noch beiseite. Diese Fingerabdrücke hier können in fünf Serien eingeteilt werden. Ich habe die Abzüge numeriert, sehen Sie? – und eine Liste gemacht:

A. Fingerabdrücke von Levy; an dem Buch auf dem Nachttisch und an der Haarbürste. Hier und hier – die kleine Narbe am Daumen ist nicht zu verkennen.

B. Die verwischten Abdrücke von den behandschuhten Fingern des Mannes, der Montag nacht in Levys Zimmer geschlafen hat. Man sieht sie deutlich auf der Wasserflasche und den Schuhen – über Levys Fingerabdrücken. Auf den Schuhen sind sie besonders klar – erstaunlich für behandschuhte Hände, und ich leite daraus ab, daß es Gummihandschuhe waren, die vor kurzem erst in Wasser gelegen haben.

Hier ist noch ein interessanter Punkt. Wie wir wissen, war Levy am Montag abend im Regen draußen, und diese dunklen Flecken sind Schmutzspritzer. Sie sehen, sie liegen auf jeden Fall *über* Levys Fingerabdrücken. Nun schauen Sie: Auf dem linken Schuh finden wir den Daumenabdruck des Fremden *über* dem Schmutzfleck oberhalb des Absatzes. Eine merkwürdige Stelle für einen Daumenabdruck auf einem Schuh, nicht? Das heißt, wenn Levy sich die Schuhe selbst auszog. Aber es ist die Stelle, wo man sie zu finden erwartet, wenn ihm ein anderer die

Schuhe ausgezogen hätte. Wieder liegen die meisten Fingerabdrücke des Fremden *über* den Schmutzflecken; aber hier ist ein Schmutzspritzer, der zuoberst liegt. Was mich zu dem Schluß bringt, daß der Fremde sich nach Park Lane mit Levys Schuhen an den Füßen zurückbegab, in einem Taxi oder im eigenen Wagen; aber irgendwo ging er ein paar Schritte zu Fuß, gerade genug, um in eine Pfütze zu treten und einen Spritzer abzubekommen. Was sagen Sie dazu?«

»Sehr hübsch«, antwortete Parker. »Ein bißchen verwikkelt, und die Spuren sind nicht alle so, wie ich mir Fingerabdrücke wünschte.«

»Nun, es stimmt mit unseren früheren Annahmen überein. Nun kommen wir zu:

C. Die Abdrücke, die mein eigener, besonderer Bösewicht auf dem oberen Ende von Thipps' Badewanne gefälligerweise hinterlassen hat, wo Sie sie entdeckt haben. Ich sollte geprügelt werden, daß ich sie übersehen habe. Die linke Hand, wie Sie sehen, der untere Teil des Handtellers und die Finger, aber nicht die Fingerspitzen. Das sieht aus, als hätte er sich auf den Rand der Wanne gestützt, während er sich bückte, um unten irgend etwas zu befestigen, den Kneifer vielleicht. Handschuhe, wie Sie sehen, aber ohne Saum und ohne Naht. Ich sage, Gummihandschuhe. Weiter:

D und E stammen von meiner Visitenkarte. Da in der Ecke steht ein F, das Sie nicht zu beachten brauchen. Auf dem Original ist es ein klebriger Daumenabdruck von dem Jüngling, der mir die Karte abnahm, nachdem er sich mit den Fingern Kaugummi aus den Zähnen gebohrt hatte, um mir mitzuteilen, daß Mr. Milligan vielleicht in einer Sitzung sei. D und E sind die Daumenabdrücke von Mr. Milligan und seinem rothaarigen Sekretär. Ich weiß nicht, wer welcher ist; aber ich sah den Jüngling mit dem Kaugummi die Karte dem Sekretär geben, und als ich ins Allerheiligste kam, hielt John P. Milligan sie in der Hand, so daß es der eine oder der andere ist, und vorläufig spielt es keine Rolle, wer welcher ist. Ich nahm die Karte vom Tisch, als ich fortging.

Ja, Parker, das hat Bunter und mich bis in den Morgen hinein in Atem gehalten. Ich habe immerzu abgemessen, bis sich mir der Kopf drehte, und die Fotos angestarrt, bis ich beinahe blind war; aber ich kann mir keinen Vers machen. Erste Frage: Ist C mit B identisch? Zweite Frage: Ist D oder E mit B identisch? Man kann sich an nichts halten außer an Größe und Form, und die Abdrücke sind so schwach. Was meinen Sie?«

Parker schüttelte zweifelnd den Kopf. »Ich glaube, E könnte ausgeschaltet werden. Es ist ein so außergewöhnlich langer und schmaler Daumen. Aber zwischen der Spanne von B auf der Wasserflasche und C auf der Badewanne scheint mir eine ausgesprochene Ähnlichkeit zu bestehen. Und ich sehe keinen Grund, warum D nicht derselbe Abdruck wie B sein sollte; nur ist so wenig vorhanden, wonach es sich beurteilen ließe.«

»Ihre rohe Schätzung und meine Messungen haben uns zur gleichen Schlußfolgerung gebracht – falls man es eine Schlußfolgerung nennen kann«, sagte Lord Peter bitter.

»Noch etwas«, fiel Parker ein. »Warum müssen wir überhaupt B mit C verbinden? Die Tatsache, daß wir beide befreundet sind, macht es doch nicht notwendig, anzunehmen, daß die zwei Fälle, für die wir uns zufällig interessieren, eine organische Verbindung miteinander haben. Warum sollten sie? Der einzige Mensch, der das glaubt, ist Sugg, und nach ihm kann man sich nicht richten. Die Sache sähe anders aus, wenn der Mann in der Badewanne Levy wäre; aber wir wissen ja, daß das nicht zutrifft. Es ist lächerlich, vorauszusetzen, daß ein und dieselbe Person am gleichen Abend zwei Verbrechen begangen hat, eins in Battersea und eins am Park Lane.«

»Wir dürfen aber nicht vergessen, daß Levy zu dem Zeitpunkt in Battersea war, und da wir jetzt wissen, daß er nicht um Mitternacht heimkam, wie es zuerst hieß, brauchen wir nicht anzunehmen, daß er Battersea überhaupt verließ.«

»Stimmt. Aber in Battersea gibt es noch mehr Orte außer Thipps' Badezimmer. Das ist übrigens der einzige Ort im Weltall, wo Levy bestimmt nicht gewesen ist. Was hat also Thipps' Badewanne damit zu tun?«

»Ich weiß nicht«, sagte Lord Peter. »Na, vielleicht bekommen wir heute einen besseren Fingerzeig.« Er lehnte sich in seinem Stuhl zurück und las rauchend die Zeitungsartikel, die Bunter ihm angestrichen hatte. »Man hat Sie ins Scheinwerferlicht gerückt«, bemerkte er nach einer Weile. »Gottlob haßt mich Sugg zu sehr, um für mich Reklame zu machen. Oh, da läutet's. Fein, es ist die Antwort von Scotland Yard.«

Der Bericht von Scotland Yard besagte, daß das Rezept des Augenarztes mit der Bestimmung des Optikers übereinstimmte. Außerdem hieß es, es seien besonders starke Augengläser, und zwischen der Sehkraft des rechten und des linken Auges bestehe ein auffallender Unterschied.

»Das genügt«, sagte Parker.

»Ja«, nickte Wimsey. »Die dritte Möglichkeit ist also ausgeschaltet. Es bleibt die erste: Zufall oder Mißverständnis, und die zweite: Absichtliche Spitzbüberei eines beachtlich kühnen und berechnenden Menschen. Betrachten wir einmal ernsthaft die zweite Möglichkeit. Man kann sie wiederum in zwei oder mehr Hypothesen unterteilen. Erste Hypothese: Der Verbrecher, den wir als X bezeichnen wollen, ist mit Crimplesham nicht identisch, sondern benutzt dessen Namen als Schild. Diese Hypothese kann in zwei weitere Alternativen gegliedert werden. Alternative A: Crimplesham ist ein ahnungsloser und unschuldiger Helfershelfer, und X ist bei ihm beschäftigt. X schreibt unter Crimpleshams Namen auf dessen Briefpapier und verlangt, daß der fragliche Gegenstand, das heißt der Kneifer, an Crimpleshams Adresse geschickt werden soll. Er ist in der Lage, das Päckchen in Empfang zu nehmen. Um festzustellen, ob es sich um Crimpleshams Putzfrau, Kanzleigehilfen, Sekretärin oder Hauswart handelt, müßte man mit Crimplesham reden und herausfinden, ob er den Brief abgesandt hat, und wenn nicht, wer Zugang zu seinen Briefschaften hat. Alternative B: Crimplesham steht unter X' Einfluß oder in dessen Macht und ist gezwungen worden, den Brief zu schreiben. In diesem Falle kann X ein gewichtiger Verwandter oder Freund sein, ein Gläubiger, ein Erpresser oder ein Meuchelmörder. Crimplesham seinerseits ist entweder bestechlich oder dumm, dann bestünde die Untersuchung ebenfalls in einer Unterredung mit Crimplesham, bei der man ihm die Tatsache vor Augen hält und ihm mit den einschüchterndsten Ausdrücken versichert, daß er ein höchst unangenehmes Strafgericht zu gewärtigen hat. Nachdem Sie mir soweit gefolgt sind, wollen wir zur zweiten Hypothese übergehen, zu der ich persönlich mehr neige und nach der X mit Crimplesham identisch ist.

In diesem Falle hat Crimplesham wohlüberlegt angenommen, daß wir keinesfalls erwarten werden, daß der Verbrecher selbst sich auf das Inserat melden wird. Demgemäß blufft er kühn. Er erfindet eine Geschichte, wie er den Kneifer verloren hat, und erbittet ihn zurück. Wenn er den Sachverhalt erfährt, wird niemand erstaunter sein als er. Er wird Zeugen anführen, die beweisen, daß er mit dem angegebenen Zug nach Balham gefahren ist und am Montag abend mit einem angesehenen Bürger in Balham Schach gespielt hat.

Zum Schluß will ich offen auf den schwachen Punkt all dieser Hypothesen hinweisen: Daß nämlich keine erklärt, warum der besagte Gegenstand auf der Nase des Toten saß.«

Parker hatte den Vortrag mit lobenswerter Geduld angehört. »Könnte nicht X ein Feind von Crimplesham sein, der den Anwalt in Verdacht bringen will?« regte er an.

»Möglich. In diesem Falle wäre er leicht zu entdecken, da er in nächster Nachbarschaft von Crimplesham und dem Kneifer leben müßte und Crimplesham aus Angst um sein Leben ein Verbündeter für die Nachforschungen wäre.«

»Wie steht es denn mit der ersten Möglichkeit: Mißverständnis oder Zufall?«

»Ach, das ist nichts für eine Diskussion.«

»Jedenfalls scheint es auf der Hand zu liegen, daß man nach Salisbury fahren muß«, sagte Parker.

»Das muß wohl sein«, nickte Lord Peter.

»Na, schön«, sagte der Detektiv. »Sie oder ich oder beide zusammen?«

»Ich!« sagte Lord Peter. »Ich bin beauftragt – von der alten

Mrs. Thipps, vor der ich den größten Respekt habe –, mich mit diesem Fall zu befassen, und ich lasse nur aus Liebenswürdigkeit zu, daß Sie auch damit zu tun haben.«
Mr. Parker stöhnte. »Werden Sie wenigstens Bunter mitnehmen?« fragte er.
»Aus Rücksicht auf Ihre Gefühle werde ich Bunter mitnehmen, obwohl er viel nützlicher wäre, wenn er hier Aufnahmen machen oder meine Garderobe nachsehen würde. Wann geht ein guter Zug nach Salisbury, Bunter?«
»Ein ausgezeichneter Zug geht um zehn Uhr fünfzig, Mylord.«
Als leichte Reiselektüre nahm Lord Peter Sir Reuben Levys Tagebuch mit. Es war ein einfaches und im Licht der neueren Tatsachen ziemlich rührendes Dokument. Der gefürchtete Börsianer, der mit einem Nicken eine Baisse oder eine Hausse bewirken konnte, dessen Atem ganze Gebiete mit Hungersnot verseuchte oder Geldpotentaten von ihrem Sitz fegte, enthüllte sich in seinem Privatleben als freundlich, häuslich, unschuldig stolz auf sich selbst und seine Besitztümer, vertrauensvoll, großzügig und ein bißchen langweilig. Seine eigenen kleinen Ausgaben waren pflichtschuldigst eingetragen neben extravaganten Geschenken an seine Frau und seine Tochter. Geringfügige Haushaltungsangelegenheiten erschienen wie: »Heute wurde das Dach repariert« oder: »Der neue Diener (Simpson), den mir die Goldbergs empfohlen haben, ist heute gekommen. Ich glaube, er wird gut sein.« Alle Besucher und gesellschaftlichen Unternehmungen waren aufgezählt, von einem großartigen Essen für Lord Dewsbury, den Außenminister, und für Dr. Jabez K. Wort, dem amerikanischen Gesandten, über eine Folge diplomatischer Gastmahle für hervorragende Bankiers bis zu intimen Familienfesten, deren Teilnehmer mit dem Vornamen oder mit einem Spitznamen aufgeführt waren. Vom Mai ab wurden Lady Levys Nerven erwähnt. Im September stand da: »Freke kam, um meine liebe Frau zu untersuchen, und riet zu vollständiger Ruhe und Luftveränderung. Sie denkt daran, mit Rachel ins Ausland zu gehen.« Der Name des berühmten Nervenspezialisten tauchte ungefähr ein-

mal im Monat bei einem Essen auf, und es kam Lord Peter in den Sinn, daß Freke der geeignete Mensch wäre, den man nach Levy selbst fragen könnte. »Manche Leute vertrauen sich ihrem Arzt an«, murmelte er vor sich hin. »Und wahrhaftig, wenn Levy am Montag abend einfach nur zu Freke ging, dann hätte er ja mit dem Battersea-Fall gar nichts zu tun.« Er nahm sich vor, Sir Julian aufzusuchen, und blätterte weiter. Am achtzehnten September war Lady Levy mit ihrer Tochter nach Südfrankreich gefahren. Dann plötzlich, unter dem Datum vom fünften Oktober, fand Lord Peter, was er gesucht hatte: »Goldberg, Skriner und Milligan zum Abendessen.«

Da war der Beweis, daß Milligan in Levys Haus gewesen war. Es war ein formelles, gesellschaftliches Zusammenkommen gewesen – eine Begegnung, als ob zwei Duellanten vor dem Zweikampf einander die Hände drückten. Skriner war ein bekannter Kunsthändler. Lord Peter stellte sich vor, daß man nach dem Essen hinaufgegangen war, um die beiden Corot im Salon anzuschauen, auch das Porträt der ältesten Tochter Levys, die mit sechzehn Jahren gestorben war. Augustus John hatte es gemalt, und es hing im Schlafzimmer. Der Name des rothaarigen Sekretärs war nirgends erwähnt, es sei denn, das Initial S., das bei einer anderen Eintragung vorkam, bezog sich auf ihn. Im September und Oktober war Anderson (der junge Wyndham) ein häufiger Gast gewesen.

Lord Peter schüttelte den Kopf und lenkte seine Gedanken auf das Geheimnis von Battersea-Park. Während es im Fall Levy ganz leicht war, ein Motiv für das Verbrechen zu finden, falls ein Verbrechen vorlag, und die Schwierigkeit darin bestand, die Ausführungsmethode und den Aufenthaltsort des Opfers zu entdecken, lag die Hauptschwierigkeit bei den Nachforschungen im andern Fall darin, daß kein denkbares Motiv vorhanden war. Obwohl sämtliche Zeitungen des Landes die Nachricht gebracht hatten und an alle Polizeistationen eine Beschreibung des Toten ergangen war, hatte sich merkwürdigerweise niemand gemeldet, um den geheimnisvollen Benutzer von Thipps' Badewanne zu identifizieren. Allerdings war die Beschrei-

bung, die die glattrasierte Haut, den eleganten Haarschnitt und den Kneifer erwähnte, ziemlich irreführend; doch andererseits war es der Polizei gelungen, die Zahl der fehlenden Backenzähne anzugeben, und Größe, Hautfarbe und andere Einzelheiten waren durchaus richtig angeführt, auch der mutmaßliche Zeitpunkt des Todes. Es schien jedoch, als ob der Mann von der Bildfläche abgetreten wäre, ohne eine Lücke oder das geringste Wellengekräusel zu hinterlassen. Das Motiv für einen Mord an einem Menschen nachzuweisen, der weder Verwandte noch Bekannte hatte, ja nicht einmal Kleider, das war, als wollte man sich die vierte Dimension vergegenwärtigen – eine wunderbare Übung für die Vorstellungskraft, aber schwierig und zu nichts führend. Selbst wenn die Unterredung mit Crimplesham dunkle Flecken in seiner Vergangenheit oder seinem jetzigen Leben ergab, wie sollten sie mit einem Menschen in Verbindung gebracht werden, der anscheinend keine Vergangenheit hatte und dessen Gegenwart sich auf ein Badezimmer und das Leichenschauhaus beschränkte?
»Bunter«, sagte Lord Peter, »ich bitte Sie, mich in Zukunft davon zurückzuhalten, zwei Hasen gleichzeitig laufen zu lassen. Diese Fälle zehren an meiner Gesundheit. Der eine Hase hat keinen Ausgangspunkt, der andere kein Ziel. Wenn es überstanden ist, werde ich den polizeilichen Nachrichten abschwören und mich nur noch beschwichtigender Lektüre widmen.«

Die Nähe von Milford Hill bewog Lord Peter, im Hotel zum Münster zu Mittag zu essen, statt im Roten Ochsen oder einem andern malerisch gelegenen Gasthof. Das Essen war nicht danach angetan, seine Laune zu bessern; wie in allen Städten mit einer Kathedrale schien die Nahrung mit Gebetbüchern gewürzt zu sein. Während er betrübt die langweilige blasse Substanz verzehrte, die ohne nähere Angabe als »Käse« bezeichnet wird (denn es gibt Käsesorten, die offen zu ihrer Herkunft stehen, wie Camembert, Gruyère, Edamer, Emmentaler oder Gorgonzola, wohingegen »Käse« Käse ist und überall dasselbe), fragte er den Kellner nach Mr. Crimpleshams Büro.

Der Kellner wies ihn zu einem etwas weiter entfernten Haus und setzte hinzu: »Jeder kann Ihnen da Bescheid geben, Sir; Mr. Crimplesham ist hier sehr bekannt.«
»Er ist wohl ein guter Anwalt?« erkundigte sich Lord Peter.
»O ja, Sir«, antwortete der Kellner, »Sie könnten keinen besseren finden als Mr. Crimplesham. Manche Leute nennen ihn altmodisch; aber ich würde meine Angelegenheiten lieber Mr. Crimplesham anvertrauen als einem dieser schneidigen jungen Männer. Mr. Crimplesham wird sich zwar bald zur Ruhe setzen, glaube ich; denn er muß nahe an die Achtzig sein; aber dann führt eben der junge Mr. Wicks das Büro weiter, und das ist ein seher netter, seriöser junger Herr.«
»Ist Mr. Crimplesham wirklich schon so alt? Du meine Güte! Er muß noch sehr rüstig sein für seine Jahre. Ein Freund von mir hatte erst vorige Woche in London mit ihm geschäftlich zu tun.«
»Wunderbar rüstig, Sir«, pflichtete der Kellner bei, »noch dazu mit seinem steifen Bein – Sie würden staunen. Aber ich denke oft, wenn man erst einmal über ein gewisses Alter hinaus ist, dann wird man um so zäher, je älter man wird, und bei den Frauen ist das ebenso oder sogar noch ausgeprägter.«
»Ja, das stimmt«, sagte Lord Peter und verabschiedete das geistige Bild eines Achtzigjährigen mit einem steifen Bein, der zu mitternächtlicher Stunde einen Toten über das Dach einer Wohnung in Battersea trug. »Er ist zäh, Sir, zäh ist der alte Joey Bagstock, zäh und teuflisch schlau«, fügte er gedankenlos hinzu.
»Wirklich, Sir?« gab der alte Kellner zurück. »Das würde ich gewiß nicht sagen.«
»Entschuldigung«, sagte Lord Peter. »Ich zitierte Dickens. Sehr dumm von mir. Ich gewöhnte mir das auf dem Mutterschoß an und kann es nicht lassen.«
»Danke bestens, Sir«, sagte der Kellner und steckte ein großzügig bemessenes Trinkgeld ein. »Sie werden das Haus leicht finden. Kurz bevor Sie zur Pennyfarthing Street kommen, nach zwei Querstraßen, rechts auf der andern Seite.«

»Leider scheidet Crimplesham-X damit aus«, bemerkte Lord Peter. »Das tut mir eigentlich leid; er war eine so schöne düstere Figur, wie ich ihn mir vorstellte. Immerhin, er könnte das Hirn hinter der Hand sein – die bejahrte Spinne, die unsichtbar mitten in dem zitternden Netz sitzt, verstehen Sie, Bunter.«

»Jawohl, Mylord«, antwortete Bunter.

Sie gingen zusammen über die Straße.

»Dort ist das Büro«, stellte Lord Peter fest. »Ich glaube, Bunter, Sie gehen am besten in diesen kleinen Laden und kaufen eine Sportzeitung, und wenn ich nicht aus der Höhle des Löwen in . . . sagen wir dreiviertel Stunden zurückkomme, können Sie die Schritte unternehmen, die Ihnen Ihr Scharfsinn vorschreibt.«

Mr. Bunter betrat, wie geheißen, den Laden, und Lord Peter überquerte den Fahrdamm und läutete entschlossen bei der Anwaltsfirma.

»Die Wahrheit, die Wahrheit und nichts als die Wahrheit scheint mir hier angebracht«, murmelte er, und als die Tür von einem Kanzlisten geöffnet wurde, gab er seine Karte mit entschiedener Haltung ab.

Er wurde sofort in ein Vertrauen erweckendes Büro geführt, das offensichtlich in den ersten Jahren der Regierung der Königin Victoria eingerichtet und seither nie mehr geändert worden war. Ein schlanker, gebrechlich aussehender alter Herr erhob sich munter aus seinem Stuhl und hinkte ihm entgegen.

»Mein lieber Sir«, rief der Anwalt, »wie außerordentlich liebenswürdig von Ihnen, persönlich herzukommen! Wirklich, ich schäme mich, Ihnen soviel Mühe zu machen. Ich hoffe, daß Ihr Weg Sie ohnehin hier vorbeigeführt hat und daß mein Kneifer Ihnen nicht allzu große Ungelegenheiten bereitet hat. Nehmen Sie bitte Platz, Lord Peter.« Er äugte dankbar auf den jungen Mann über einen Kneifer hinweg, der offensichtlich ein Gegenstück desjenigen war, welcher jetzt ein Aktenstück in Scotland Yard schmückte.

Lord Peter setzte sich. Der Anwalt setzte sich. Lord Peter nahm einen gläsernen Briefbeschwerer vom Schreibtisch und wog ihn mit der Hand. Unbewußt bemerkte er, was

für prachtvolle Fingerabdrücke er darauf zurückließ. Er setzte ihn genau auf die Mitte des Briefstapels.
»Es ist alles in Ordnung«, sagte er. »Ich hatte hier geschäftlich zu tun. Es freut mich sehr, Ihnen zu Diensten zu sein. Sehr ärgerlich, wenn man die Brille verliert, Mr. Crimplesham.«
»Ja«, stimmte der Anwalt zu. »Ich versichere Ihnen, ich fühle mich ganz verloren. Ich habe noch diesen Kneifer; aber er paßt nicht richtig auf meine Nase – außerdem hat die Kette für mich einen großen persönlichen Wert. Ich war ganz bestürzt, als ich bei meiner Ankunft den Verlust bemerkte. Ich fragte beim Fundbüro der Bahn an, doch vergeblich. Ich befürchtete schon, der Kneifer wäre mir gestohlen worden. Auf dem Victoria-Bahnhof herrschte ein solches Gedränge, und bis Balham war der Zug überfüllt. Haben Sie ihn im Zug gefunden?«
»Nein«, erwiderte Lord Peter. »Ich fand ihn an einem ziemlich ungewöhnlichen Ort. Würden Sie so gut sein und mir sagen, ob Sie Ihre Mitreisenden wiedererkennen würden?«
Der Anwalt starrte ihn an. »Keine Seele«, antwortete er. »Warum fragen Sie?«
»Nun ja, ich dachte, vielleicht hat die Person, die ihn fand, ihn spaßeshalber an sich genommen.«
Der Anwalt machte ein verwirrtes Gesicht. »Behauptete die Person, mich zu kennen? Ich kenne eigentlich niemand in London außer dem Freund, bei dem ich in Balham war, Doktor Philpots, und ich würde mich sehr wundern, wenn er sich mir gegenüber einen Scherz erlauben würde. Er wußte recht gut, wie unglücklich ich über den Verlust war. Ich fuhr nach London, um einer Aktionärsversammlung der Medlicott's Bank beizuwohnen; aber die Herren, die dort waren, kannte ich persönlich nicht, und ich kann mir nicht vorstellen, daß einer von ihnen sich eine solche Freiheit herausnehmen würde. Jedenfalls«, fügte er hinzu, »da der Kneifer jetzt hier ist, will ich nicht zu neugierig sein. Ich bin Ihnen für Ihre Bemühungen zutiefst verbunden.«
Lord Peter zögerte.
»Bitte, verzeihen Sie mir meine scheinbare Zudringlich-

keit«, sagte er, »aber ich muß Sie noch etwas fragen. Es klingt ziemlich kinohaft. Wissen Sie, ob Sie irgendeinen Feind haben, ich meine, einen, der einen Gewinn davon hätte, wenn Ihnen ein Unglück zustieße?«

Mr. Crimplesham saß zu steinerner Überraschung und Mißbilligung erstarrt. »Darf ich mich nach der Bedeutung dieser ungewöhnlichen Frage erkundigen?« entgegnete er steif.

»Ja, die Umstände sind etwas ungewöhnlich. Sie erinnern sich vielleicht, daß mein Inserat sich an den Juwelier wandte, der die Kette verkauft hat.«

»Das wunderte mich, als ich es las«, sagte Mr. Crimplesham, »aber ich finde, daß Ihr Inserat ebenso sonderbar ist wie Ihr Benehmen.«

»Das stimmt«, antwortete Lord Peter. »In Wirklichkeit erwartete ich gar nicht, daß sich jemand auf mein Inserat melden würde. Mr. Crimplesham, Sie haben sicher in der Zeitung von dem Geheimnis in Battersea-Park gelesen. Ihr Kneifer ist derjenige, der bei der Leiche gefunden wurde, und er liegt jetzt in Scotland Yard, wie Sie hieraus ersehen können.« Er legte dem Anwalt den Bericht von Scotland Yard vor.

»Großer Gott!« stieß Mr. Crimplesham hervor. Er blickte auf das Papier und sah dann Lord Peter mit gerunzelter Stirn an. »Sind Sie bei der Polizei?«

»Nicht offiziell«, erwiderte Lord Peter. »Ich untersuche die Angelegenheit privat, im Interesse einer Partei.«

Mr. Crimplesham stand auf. »Mein guter Mann«, sagte er, »das ist ein unverschämter Versuch; aber Erpressung ist ein Verbrechen, und ich rate Ihnen, mein Büro zu verlassen, ehe ich Sie verklage.« Er läutete die Glocke.

»Ich befürchtete, daß Sie es so auffassen würden«, gab Lord Peter zurück. »Es scheint, als hätte mein Freund Detektiv Parker diese Arbeit doch übernehmen sollen.« Er legte Parkers Karte neben den Polizeibericht und fügte hinzu: »Wenn Sie mich vor morgen früh wiedersehen wollen, Mr. Crimplesham, finden Sie mich im Hotel zum Münster.«

Mr. Crimplesham hielt es für unter seiner Würde, noch

eine Antwort zu geben, sondern wies den eintretenden Kanzlisten nur an, »den Herrn hinauszuführen«.
Beim Ausgang prallte Peter beinahe mit einem großen jungen Mann zusammen, der gerade das Haus betreten wollte und der ihn mit einer Miene überraschten Erkennens anstarrte. Sein Gesicht erweckte jedoch keine Erinnerungen in Lord Peters Gedächtnis, und der verächtlich Behandelte rief Bunter aus dem Zeitungsladen und begab sich zu seinem Hotel, um ein Ferngespräch mit Parker anzumelden.
Inzwischen wurde im Anwaltsbüro der entrüstete Mr. Crimplesham in seinem Sinnen durch den Eintritt seines jüngeren Partners unterbrochen.
»Sagen Sie«, hob Dr. Wicks an, »hat endlich jemand etwas wirklich Schlimmes verbrochen? Was sonst könnte einen so hervorragenden Amateur-Kriminalisten in unsere nüchterne Bude bringen?«
»Ich war das Opfer eines gemeinen Erpressungsversuchs«, erwiderte Mr. Crimplesham. »Ein Individuum, das sich als Lord Peter Wimsey ausgab . . .«
»Aber das war ja Lord Peter Wimsey«, unterbrach ihn Mr. Wicks. »Er ist unverkennbar. Ich sah ihn einmal im Zeugenstand. Er ist auf seine Weise ein großes Tier und geht mit dem Direktor von Scotland Yard fischen.«
»Ach, du meine Güte«, sagte Mr. Crimplesham.

Das Schicksal fügte es, daß Mr. Crimpleshams Nerven an diesem Nachmittag auf die Probe gestellt wurden. Als er, von Mr. Wicks begleitet, ins Hotel zum Münster kam, erfuhr er vom Portier, daß Lord Peter Wimsey ausgegangen sei und erwähnt habe, er wolle der Vesper beiwohnen. »Aber sein Diener ist hier«, fügte der Portier hinzu, »falls Sie ihm etwas ausrichten lassen wollen, Sir.«
Mr. Wicks fand es im ganzen genommen gut, etwas ausrichten zu lassen. Nachdem sie sich erkundigt hatten, fanden sie Mr Bunter neben dem Telefonapparat, wo er auf eine Fernverbindung wartete. Als Mr. Wicks ihn anredete, klingelte das Telefon, und Mr. Bunter nahm, sich höflich entschuldigend, den Hörer ab.

»Hallo!« rief er in die Muschel, »ist dort Scotland Yard? – Ist Herr Inspektor Parker da? – Kann ich mit ihm sprechen? – Entschuldigen Sie, meine Herren, daß ich Sie warten lassen muß; ich bin gleich fertig. – Hallo! Sind Sie's, Mr. Parker? Lord Peter wäre Ihnen sehr dankbar, wenn Sie nach Salisbury kommen würden. – O nein, Sir, es geht ihm gesundheitlich ausgezeichnet; er ist nur gerade zur Vesper gegangen, Sir. – O nein, ich glaube, es genügt durchaus, wenn Sie morgen kommen. – Besten Dank, Sir.«

6

An sich paßte es Parker gar nicht, London zu verlassen. Am späten Vormittag hatte er Lady Levy aufsuchen müssen, und infolgedessen war sein ganzer Stundenplan umgeworfen worden, zumal es sich dann herausstellte, daß die verschobene gerichtliche Untersuchung am Nachmittag stattfinden sollte, da Inspektor Suggs Nachforschungen zu nichts zu führen schienen. Beamte und Zeugen waren für drei Uhr aufgeboten worden. Mr. Parker hätte das Ereignis ganz versäumt, wenn er am Vormittag nicht mit Sugg in Scotland Yard zusammengestoßen wäre und ihm die Informationen extrahiert hätte, wie man einen widerstrebenden Zahn zieht. Inspektor Sugg betrachtete nämlich Parkers Tätigkeit als störende Einmischung; zudem stand er auf sehr gutem Fuße mit Lord Peter Wimsey, und Inspektor Sugg hatte keine Worte für Lord Peters Quertreibereien. Auf unverblümte Fragen hin konnte er jedoch nicht abstreiten, daß die gerichtliche Untersuchung am Nachmittag stattfinden würde, und ebensowenig konnte er es verhindern, daß Parker von seinem Recht als britischer Staatsbürger Gebrauch machte, der Verhandlung beizuwohnen. Kurz vor drei war Parker also zur Stelle und unterhielt sich damit, die Bemühungen all jener Personen zu beobachten, die erschienen, als der Saal schon gesteckt voll war, und sich durch Bestechung oder hochfahrendes Benehmen einen Platz ergattern wollten. Der

Kronanwalt, ein Mediziner von starrer Pedanterie und phantasieloser Anschauung, trat pünktlich auf und ließ alle Fenster öffnen, so daß ein Strom feuchten Nebels über die Köpfe der Unglücklichen ging, die auf dieser Seite saßen. Dadurch gab es Bewegung und unwillige Bemerkungen, die der Kronanwalt abbremste, indem er streng erklärte, daß ungelüftete Räume bei der herrschenden Grippe eine Todesfalle seien; im übrigen stehe es einem jeden frei, den Saal zu verlassen, wenn ihm die offenen Fenster nicht paßten, und falls es Störungen gäbe, würde er den Saal räumen lassen. Hierauf steckte er sich ein Formamint in den Mund und rief nach den üblichen einleitenden Worten vierzehn brave und gesetzestreue Personen auf, die schwören mußten, ein gerechtes Urteil zu fällen in bezug auf den Tod des Herrn mit dem Kneifer. Nachdem die Einwände eines weiblichen Mitglieds der Jury – einer bebrillten älteren Frau, die ein Schokoladengeschäft besaß und zu wünschen schien, sie wäre schon wieder dort – von dem Kronanwalt samt und sonders abgetan worden waren, entfernte sich die Jury, um die Leiche zu besichtigen. Mr. Parker blickte sich um und entdeckte den unglücklichen Mr. Thipps und Gladys, die unter grimmiger polizeilicher Bewachung aus einem Nebenzimmer hereingeführt wurden. Bald folgte ihnen eine magere alte Dame, die einen Mantel und ein Häubchen trug. Mit ihr ging in einem wunderbaren Pelzmantel und einer Automütze von faszinierendem Schnitt die Herzoginwitwe von Denver, deren flinke, dunkle Augen dahin und dorthin über die Menge glitten. Sogleich erspähten sie Mr. Parker, der mehrmals bei ihr im Hause gewesen war, und sie nickte ihm zu und sprach dann mit einem Polizisten. Binnen kurzem öffnete sich wie durch ein Wunder ein Weg durch das Gewühl, und Mr. Parker fand sich auf einem Platz vorne gleich hinter der Herzogin, die ihn liebenswürdig begrüßte und sagte: »Was ist mit dem armen Peter los?« Parker begann zu erklären, und der Kronanwalt schaute gereizt in ihre Richtung. Jemand trat zu ihm und flüsterte ihm etwas ins Ohr, worauf er hüstelte und noch ein Formamint nahm.

»Wir sind mit dem Auto gekommen«, sagte die Herzogin. »So beschwerlich – ganz schlechte Straßen zwischen Denver und Gunbury St. Walters – und ich hätte Gäste zum Mittagessen haben sollen – ich mußte den Leuten absagen – ich konnte die alte Dame doch nicht allein gehen lassen, nicht wahr? Übrigens, so etwas Sonderbares hat sich beim Fonds der Kirchenrestaurierung ergeben – der Pfarrer – ach, du meine Güte, da kommen diese Leute schon zurück – na, ich erzähle es Ihnen später. Schauen Sie nur, wie entsetzt die Frau dort aussieht, und das junge Mädchen im Tweed versucht sich den Anschein zu geben, als ob es jeden Tag unbekleidete Herren sähe – das meinte ich nicht, sondern Leichen natürlich. Ein gräßlicher Mensch, der Kronanwalt, nicht? Er erdolcht mich mit seinen Blicken – glauben Sie, daß er mich hinauswerfen wird?«

Der erste Teil der Verhandlung war für Mr. Parker nicht sehr interessant. Der unglückselige Mr. Thipps, der sich im Untersuchungsgefängnis eine Erkältung geholt hatte, erklärte krächzend, wie er die Leiche entdeckt hatte, als er um acht Uhr morgens hatte baden wollen. Er hatte einen solchen Schrecken erlitten, daß er sich setzen und das Mädchen um Kognak bitten mußte. Er hatte den Toten noch nie zuvor gesehen. Er ahnte nicht, woher er kam.

Ja, er war am Vortag in Manchester gewesen. Er war um zehn Uhr am St.-Pancras-Bahnhof angekommen. Er hatte seinen Koffer dort abgestellt. An diesem Punkt wurde Mr. Thipps sehr rot, unglücklich und schaute nervös umher.

»Hören Sie, Mr. Thipps«, sagte der Kronanwalt energisch, »wir müssen über Ihre Unternehmungen genau Bescheid wissen. Sie müssen sich über die Bedeutung klar sein. Sie haben sich bereit erklärt, auszusagen, wozu Sie nicht gezwungen wurden; aber nun ist es am besten, wenn Sie genaue Auskunft geben.«

»Ja«, antwortete Mr. Thipps leise.

»Haben Sie diesen Zeugen gewarnt, Herr Inspektor?« fragte der Kronanwalt Inspektor Sugg.

Der Inspektor erwiderte, er habe Mr. Thipps darüber aufgeklärt, daß alle seine Aussagen gegen ihn verwendet werden könnten. Mr. Thipps wurde aschfahl und sagte

mit krächzender Stimme, er habe nichts Unrechtes tun wollen.
Diese Bemerkung rief eine leichte Sensation hervor, und der Kronanwalt wurde noch säuerlicher.
»Vertritt jemand Mr. Thipps?« erkundigte er sich gereizt. »Nein? Haben Sie ihm nicht erklärt, daß er einen Rechtsvertreter haben sollte? Aber, aber, Herr Inspektor! Wußten Sie nicht, Mr. Thipps, daß Ihnen das Recht zusteht, einen Rechtsberater zur Seite zu haben?«
Mr. Thipps klammerte sich an seine Stuhllehne, um sich zu stützen, und verneinte mit kaum hörbarer Stimme.
»Unglaublich«, sagte der Kronanwalt, »daß die sogenannten Gebildeten so wenig von den Rechtsverhältnissen in ihrem Vaterland wissen. Das bringt uns in eine peinliche Lage. Ich bezweifle, Herr Inspektor, ob ich den Häftling – Mr. Thipps – überhaupt aussagen lassen soll. Es ist eine heikle Lage.«
Auf Mr. Thipps' Stirn brach der Schweiß aus.
»Bewahre uns vor unseren Freunden«, flüsterte die Herzogin Parker zu. »Wenn dieses Hustenbonbons lutschende Geschöpf die vierzehn Leute offen angewiesen hätte – was für unfertige Gesichter sie haben, so bezeichnend für die Mittelschicht, finde ich immer, fast wie Schafs- oder Kalbsköpfe (gekocht, meine ich) – den armen kleinen Mann vorsätzlichen Mordes zu bezichtigen, hätte er es nicht besser machen können.«
»Er darf nicht zulassen, daß er sich selbst belastet«, antwortete Parker.
»Dummes Zeug! Wie kann der Mensch sich selbst belasten, wenn er gar nichts getan hat? Ihr Männer denkt immer so bürokratisch.«
Inzwischen hatte Mr. Thipps sich die Stirn mit einem Taschentuch abgewischt und Mut gefaßt. Er stand mit einer gewissen schwachen Würde da, wie ein kleines weißes Kaninchen, das von Hunden gestellt worden ist.
»Ich möchte lieber aussagen«, erklärte er, »obwohl es für einen Menschen in meiner Lage ziemlich unangenehm ist. Aber ich hätte wirklich keinen Augenblick gedacht, daß ich dieses schreckliche Verbrechen begangen haben

könnte. Ich versichere Ihnen, meine Herren, das könnte ich nicht ertragen. Nein. Ich möchte lieber die Wahrheit sagen, obwohl ich dadurch in eine ziemlich ... also, ich will es Ihnen sagen.«
»Sie begreifen doch wohl den Ernst einer solchen Aussage, Mr. Thipps?« fragte der Kronanwalt.
»Durchaus. Es ist gut ... Dürfte ich um ein Glas Wasser bitten?«
»Lassen Sie sich Zeit«, sagte der Kronanwalt, der diesen Worten alle Überzeugungskraft nahm, indem er gleichzeitig auf die Uhr blickte.
»Besten Dank, Sir«, sagte Mr. Thipps. »Also, es ist wahr, daß ich um zehn Uhr am St.-Pancras-Bahnhof ankam. Aber im gleichen Abteil wie ich war ein Mann gefahren. Er war in Leicester eingestiegen. Zuerst erkannte ich ihn nicht; aber dann entpuppte er sich als ein alter Schulkamerad von mir.«
»Wie heißt dieser Herr?« fragte der Kronanwalt mit gezücktem Bleistift.
Mr. Thipps schrumpfte sichtlich zusammen. »Das kann ich Ihnen leider nicht sagen«, versetzte er. »Sehen Sie ... das heißt, Sie werden es sehen ... er würde in Schwierigkeiten geraten, und das kann ich nicht zulassen – nein, ich könnte es wirklich nicht, und wenn mein Leben davon abhinge. Nein!« fügte er hinzu, als ihm die unheilvolle Bedeutung des letzten Satzes aufging, »ich könnte es gewiß nicht.«
»Gut, gut«, warf der Kronanwalt ein.
Die Herzogin wandte sich wieder zu Parker. »Ich fange an, den kleinen Kerl zu bewundern.«
Mr. Thipps fuhr fort: »Als wir am Bahnhof ankamen, wollte ich nach Hause gehen; aber mein Freund sagte nein. Wir hätten uns lange nicht mehr gesehen, und wir sollten das Ereignis feiern, wie er sich ausdrückte. Ich war leider schwach und ließ mich überreden, ihn zu begleiten. Ich gab meinen Koffer ab, weil er fand, wir sollten uns nicht damit belasten, und dann fuhren wir in einem Taxi zur Ecke Tottenham Court Road und Oxford Street. Wir gingen ein kleines Stück und bogen in eine Seitenstraße ein

(ich weiß nicht mehr, in welche), wo eine Türe offenstand, durch die Licht herausfiel. Dort war ein Mann an einer Kasse, und mein Freund kaufte Eintrittskarten. Ich hörte den Mann an der Kasse etwas über ›Ihren Freund‹ sagen, womit er mich meinte, und mein Freund sagte: ›O ja, er war schon früher hier. Nicht wahr, Alf?‹ (So wurde ich in der Schule genannt.) Aber ich versichere Ihnen, Sir«, hier wurde Mr. Thipps sehr ernst, »ich war noch nie dort gewesen, und nichts in der Welt würde mich dazu bringen, wieder ein solches Lokal aufzusuchen.

Wir gingen in einen Kellerraum hinunter, wo Alkohol ausgeschenkt wurde, und mein Freund trank mehrere Gläser und veranlaßte mich, auch ein paar zu nehmen – obwohl ich in der Regel sehr mäßig bin –, und er sprach mit einigen Männern und jungen Mädchen – es waren sehr gewöhnliche Leute, fand ich, obwohl ich sagen muß, daß einige der jungen Damen sehr hübsch aussahen. Eine von ihnen setzte sich meinem Freund auf den Schoß, nannte ihn einen langweiligen alten Knacker und sagte, er sollte doch mitkommen – so gingen wir denn in einen anderen Raum, wo eine Menge Leute diese modernen Tänze tanzten. Mein Freund tanzte, und ich saß auf einem Sofa. Eine der jungen Damen kam zu mir und fragte, ob ich nicht tanzen wolle, und als ich verneinte, sagte sie, ob ich ihr dann nicht ein Gläschen spendieren wolle. Ich meinte, es sei schon zu spät; aber sie erklärte, das spiele keine Rolle. Also bestellte ich etwas zu trinken – denn ich mochte nicht nein sagen; die junge Dame schien es zu erwarten, und ich hätte es unritterlich gefunden, ihre Bitte abzuschlagen. Aber es ging mir gegen das Gewissen – sie war noch so jung – und sie umarmte mich nachher und gab mir einen Kuß, gerade als ob sie mir das Gläschen vergelten wollte – und das rührte mich wirklich«, sagte Mr. Thipps ein wenig dunkel, aber mit ungewöhnlichem Nachdruck.

Hier sagte jemand im Hintergrund: »Prost!«, und man hörte ein Geräusch wie von schmatzenden Lippen.

»Entfernen Sie die Person, die sich da so unanständig benommen hat«, befahl der Kronanwalt mit großer Entrüstung. »Fahren Sie bitte fort, Mr. Thipps.«

»Also«, sagte Mr. Thipps, »gegen halb eins, schätze ich, begann es ziemlich lebhaft zuzugehen, und ich schaute mich nach meinem Freund um, um ihm gute Nacht zu sagen, weil ich nicht länger bleiben wollte, was Sie wohl verstehen werden; denn als ich ihn mit einer der jungen Damen sah, schienen sie allzu gut miteinander zu stehen. Mein Freund zog ihr nämlich die Träger von den Schultern, und die junge Dame lachte – und so weiter«, sagte Mr. Thipps hastig. »Deshalb wollte ich still hinausschlüpfen; doch da hörte ich eilige Schritte und einen Ruf, und ehe ich wußte, was los war, erschienen ein halbes Dutzend Polizisten, und die Lichter gingen aus, und alles stob auseinander und schrie – es war gräßlich. Ich wurde in dem Wirrwarr umgeworfen und stieß mich unangenehm an einem Stuhl – daher habe ich die Beule, nach der ich gefragt wurde –, und ich hatte große Angst, daß ich niemals fortkommen und daß ich vielleicht in der Zeitung genannt würde. Da packte mich jemand – ich glaube, es war die junge Dame, der ich zu trinken gegeben hatte –, und sie sagte: ›Hier durch‹ und schob mich durch einen Gang und dann durch eine Hintertür hinaus. Daraufhin rannte ich durch einige Straßen, bis ich zur Goodge Street kam, und dort fand ich ein Taxi und fuhr nach Hause. Ich las später von der Razzia in der Zeitung und ersah daraus, daß mein Freund entronnen war, und da das Dinge waren, die ich nicht an die Öffentlichkeit bringen wollte, und um ihm auch keine Schwierigkeiten zu bereiten, sagte ich nichts davon. Aber das ist die Wahrheit.«

»Schön, Mr. Thipps«, nickte der Kronanwalt. »Wir werden imstande sein, Ihren Bericht zu beglaubigen. Der Name Ihres Freundes . . .«

»Nein«, unterbrach ihn Mr. Thipps fest, »um keinen Preis.«

»Sehr gut«, antwortete der Kronanwalt. »Können Sie uns nun sagen, um wieviel Uhr Sie nach Hause kamen?«

»Gegen halb zwei, würde ich annehmen. Ich war aber so aufgeregt . . .«

»Gewiß. Gingen Sie gleich zu Bett?«

»Ja, ich trank erst mein Glas Milch und aß ein Brötchen. Ich

dachte, das würde mich innerlich beruhigen«, fügte der Zeuge abbittend hinzu, »da ich es nicht gewöhnt bin, so spät abends Alkohol zu mir zu nehmen, noch dazu auf leeren Magen.«
»Gewiß. War niemand mehr auf, um auf Sie zu warten?«
»Niemand.«
»Wie lange brauchten Sie, um zu Bett zu gehen?«
Mr. Thipps meinte, es könnte eine halbe Stunde gewesen sein.
»Gingen Sie vorher noch ins Badezimmer?«
»Nein.«
»Und hörten Sie nichts in der Nacht?«
»Nein. Ich schlief bald ein. Ich war immer noch aufgeregt; deshalb nahm ich ein Schlafmittel, und durch die Müdigkeit, die Milch und das Schlafmittel schlief ich gleich ein und erwachte erst, als Gladys bei mir anklopfte, um mich zu wecken.«
Das weitere Verhör ergab wenig. Ja, das Fenster im Badezimmer war offen gewesen, als er am Morgen hineinging; in diesem Punkt war er sicher, er hatte deshalb dem Mädchen den Kopf gewaschen. Er war bereit, jede Frage zu beantworten; er wäre nur zu glücklich, wenn diese schreckliche Angelegenheit ganz ergründet würde.
Gladys Horrocks sagte aus, daß sie seit ungefähr drei Monaten bei Mr. Thipps in Stellung war. Ihre früheren Arbeitgeber könnten über ihre Vorzüge Auskunft geben. Es lag ihr ob, abends, nachdem sie um zehn Uhr Mrs. Thipps zu Bett gebracht hatte, die Runde in der Wohnung zu machen. Ja, sie erinnerte sich, das am Montag abend getan zu haben. Sie hatte in alle Zimmer geschaut. Ob sie sich erinnerte, das Badezimmerfenster an dem Abend geschlossen zu haben? Nein, das könnte sie nicht beschwören; aber als Mr. Thipps sie am Morgen ins Badezimmer rief, da stand es entschieden offen. Sie war nicht im Badezimmer gewesen, bevor Mr. Thipps hineingegangen war. Ja, es war schon vorher vorgekommen, daß sie das Fenster nicht geschlossen hatte, wenn jemand am Abend gebadet und die Jalousie unten gelassen hatte. Mrs. Thipps hatte am Montag abend gebadet; sie pflegte montags immer zu baden. Sie

befürchtete sehr, das Fenster dann nicht geschlossen zu haben.
Hier brach die Zeugin in Tränen aus und erhielt ein Glas Wasser, während der Kronanwalt sich mit einer dritten Pille erfrischte.
Nachdem die Zeugin sich erholt hatte, sagte sie aus, daß sie vor dem Zubettgehen bestimmt in alle Zimmer geschaut hätte. Nein, ausgeschlossen, daß eine Leiche in der Wohnung versteckt war, ohne daß sie sie gesehen hätte. Sie war den ganzen Abend in der Küche gewesen, und dort war kaum Platz, um das Essen anständig anzurichten, geschweige denn für eine Leiche. Die alte Mrs. Thipps hatte im Wohnzimmer gesessen. Ja, sie war sicher, daß sie auch im Eßzimmer gewesen war. Wieso? Weil sie dort die Milch und die Brötchen für Mr. Thipps bereitgestellt hatte. Dort war nichts gewesen – das konnte sie beschwören. Ebensowenig in ihrer eigenen Kammer oder im Vorraum. Ob sie den Schrank im Schlafzimmer und die Besenkammer durchsucht hatte? Je nun, durchsucht eigentlich nicht; sie hatte nicht die Gewohnheit, jeden Abend bei andern Leuten nach Geheimnissen zu schnüffeln. Ein Mann hätte sich also in der Besenkammer oder in einem Schrank verstecken können? Sie nahm an, daß das möglich gewesen wäre. Auf die Frage einer Geschworenen: Ja, sie war mit einem jungen Mann aus gewesen. Williams hieß er, Bill Williams – nun ja, William Williams, wenn man darauf bestand. Er war Glaser von Beruf. Ja, er war manchmal in der Wohnung gewesen. Ja, man könnte wohl sagen, daß er die Wohnung kannte. Ob sie jemals ... nein, niemals, und wenn sie gewußt hätte, daß einem anständigen Mädchen eine solche Frage gestellt würde, hätte sie sich nicht zur Aussage bereit erklärt. Der Pfarrer von St. Mary würde für sie eintreten und auch für Mr. Williams. Vor vierzehn Tagen war Mr. Williams das letztemal in der Wohnung gewesen.
Nein, da hatte sie Mr. Williams nicht das letztemal gesehen. Ja, das letztemal am Montag abend. Nun, wenn sie die Wahrheit sagen mußte, so mußte sie wohl die Wahrheit sagen. Ja, man hatte sie gewarnt; aber es war nichts Schlim-

mes daran, und es war besser, die Stelle zu verlieren, als gehängt zu werden, obwohl es eine Schande war, daß ein junges Mädchen kein bißchen Vergnügen haben konnte, ohne daß eine gräßliche Leiche zum Fenster hereinkam und sie in Schwierigkeiten brachte. Nachdem sie Mrs. Thipps zu Bett gebracht hatte, war sie hinausgeschlüpft, um zum Ball der Glaser und Spengler im »Schwarzen Widder« zu gehen. Mr. Williams hatte sie abgeholt und nach Hause gebracht. Er konnte bezeugen, wo sie gewesen und daß nichts Schlimmes daran war. Sie war vor dem Ende des Balles heimgegangen. Es mochte zwei Uhr gewesen sein, als sie zurückkam. Sie hatte sich die Schlüssel aus Mrs. Thipps' Kommode geholt, als Mrs. Thipps nicht schaute. Sie hatte um Ausgangserlaubnis gebeten, aber nicht erhalten, weil Mr. Thipps an dem Abend nicht zu Hause war. Es tat ihr bitterlich leid, das getan zu haben; sicher würde sie dafür bestraft werden. Sie hatte beim Heimkommen nichts Verdächtiges gehört. Sie war stracks zu Bett gegangen, ohne sich in der Wohnung umzuschauen.

Nein, Mr. und Mrs. Thipps hatten fast nie Besuch; sie lebten sehr zurückgezogen. Am Morgen war die Wohnungstür wie gewöhlich verriegelt gewesen. Niemals hätte sie von Mr. Thipps etwas Böses gedacht.

Dann kam Mrs. Thipps an die Reihe. Sie sorgte mehr für Unterhaltung als für Aufklärung, da sich ihr Verhör als ein glänzendes Beispiel für das Spiel »Fragen und verkehrte Antworten« erwies. Nach viertelstündigem Leiden, sowohl in stimmlicher Beziehung als auch in seelischer, gab der Kronanwalt den Kampf auf und ließ der alten Dame das letzte Wort.

»Sie brauchen mich nicht anzuschnauzen, junger Mann«, sagte die Achtzigjährige forsch. »Sitzen da und verderben sich den Magen mit Ihren gräßlichen Hustenbonbons.«

An diesem Punkt erhob sich ein junger Mann im Saal und bat, eine Aussage machen zu dürfen. Nachdem er erklärt hatte, daß er William Williams sei, Glaser, wurde er vereidigt und bestätigte, daß Gladys Horrocks am Montag abend im »Schwarzen Widder« gewesen war. Sie waren, glaubte er, vor zwei Uhr zurückgekehrt, sicher später als halb zwei. Es tat ihm leid, daß er Miss Horrocks überredet hatte, mit ihm auszugehen, obwohl sie keine Ausgangserlaubnis gehabt hatte. Er hatte weder beim Abholen noch beim Heimbringen in der Prince of Wales Road irgend etwas Verdächtiges bemerkt.

Inspektor Sugg sagte aus, daß er am Dienstag morgen um halb neun benachrichtigt worden war. Er hatte das Benehmen des Mädchens verdächtig gefunden und es verhaftet. Nach späterer Information, die zu dem Verdacht führte, daß der Unbekannte am Abend vorher ermordet worden war, hatte er auch Mr. Thipps verhaftet. Er hatte in der Wohnung keine Spuren gefunden, die auf einen Einbruch schließen ließen. Auf dem Fensterbrett des Badezimmers waren Abdrücke, die darauf hinwiesen, daß jemand auf diesem Wege eingedrungen war. Im Hof waren keine Fußspuren, auch keine Spuren einer Leiter; der Hof war asphaltiert. Er hatte das Dach untersucht, dort jedoch nichts gefunden. Seiner Meinung nach war die Leiche früher in die Wohnung geschafft und unter Beihilfe des Mädchens bis zum Abend versteckt worden, und zwar von einer Person, die sich in der Nacht durch das Badezimmerfenster entfernt hatte.

Warum hatte das Mädchen in diesem Falle den Betreffenden nicht zur Tür hinausgelassen? Nun, das wäre auch möglich. Ob er Spuren in der Wohnung gefunden hatte, die darauf schließen ließen, daß sich hier ein Mensch oder eine Leiche oder beides versteckt hätten? Nichts ließ darauf schließen, daß sie dort *nicht* versteckt gewesen sein könnten.

Auf Grund welcher Beweise nahm er an, daß der Tod am Montag abend erfolgt war? Hierauf schien es dem Inspektor unbehaglich zumute zu sein; er zog es vor, sich hinter seiner beruflichen Würde zu verschanzen. Doch als man ihm zusetzte, räumte er ein, daß es dafür keine Beweise gab.

Einer der Geschworenen: »Hatte der Verbrecher irgendwelche Fingerabdrücke zurückgelassen?«

An der Badewanne waren Abdrücke gefunden worden; aber der Verbrecher hatte Handschuhe getragen.

Der Kronanwalt: »Folgern Sie aus dieser Tatsache etwas in bezug auf die Erfahrung des Verbrechers?«
Inspektor Sugg: »Es sieht ganz so aus, als ob er ein alter Kunde wäre, Sir.«
Der Geschworene: »Stimmt das überein mit der Anklage gegen Alfred Thipps?«
Der Inspektor schwieg.
Der Kronanwalt: »Halten Sie angesichts der soeben gehörten Aussagen die Anklage gegen Alfred Thipps und Gladys Horrocks immer noch aufrecht?«
Inspektor Sugg: »Ich betrachte die ganzen Umstände als höchst verdächtig. Thipps' Aussage läßt sich nicht nachprüfen, und was die Horrocks betrifft, woher sollen wir wissen, ob dieser Williams nicht auch beteiligt ist?«
Williams: »Na, hören Sie! Ich kann Zeugen beibringen.«
Der Kronanwalt: »Bitte Ruhe! Es wundert mich, Herr Inspektor, daß Sie so weit gehen. Das ist ganz ungerechtfertigt. Übrigens, können Sie uns sagen, ob am Montag abend tatsächlich in einem Nachtlokal in der Nähe von St. Giles' Circus eine polizeiliche Razzia stattgefunden hat?«
Inspektor Sugg (finster): »Ich glaube, es hat etwas Derartiges gegeben.«
Der Kronanwalt: »Sie werden dieser Angelegenheit zweifellos nachgehen. Mir ist, als hätte ich davon in der Zeitung gelesen. Besten Dank, Herr Inspektor, das genügt.«
Nachdem mehrere Zeugen über Charakter und Leumund von Mr. Thipps und Gladys Horrocks einvernommen worden waren, tat der Kronanwalt seine Absicht kund, den medizinischen Sachverständigen anzuhören.
»Sir Julian Freke.«
Es gab beträchtliche Bewegung im Saal, als der große Spezialist vortrat, um seine Aussage zu machen. Er war nicht nur ein distinguierter Mann, sondern auch eine auffallende Erscheinung mit seinen breiten Schultern, seiner aufrechten Haltung und dem Löwenhaupt. Die Art, wie er die ihm vorgelegte Bibel zu dem üblichen Gemurmel eines Beamten küßte, war die eines heiligen Paulus, der sich herabläßt, dem Hokuspokus abergläubischer Korinther zu willfahren.

»So schön, finde ich immer«, raunte die Herzogin Mr. Parker zu, »ganz genau wie William Morris mit dieser Haarmähne und dem Bart und den faszinierenden Augen. Ein echter Wissenschaftler. Wenn ich nervenkrank wäre, würde ich bestimmt zu Sir Julian gehen, nur um ihn anzuschauen – Augen, über die man nachdenken muß, und gerade das brauchen diese Leute ja – ich meine, die Nervenkranken. Finden Sie nicht auch?«

»Sie sind Sir Julian Freke«, sagte der Kronanwalt, »und wohnen im St.-Lukas-Spital, Prince of Wales Road, Battersea. Sie leiten die chirurgische Abteilung des Krankenhauses?«

Sir Julian stimmte dieser Definition seiner Persönlichkeit kurz zu.

»Sie sahen als erster Mediziner den Toten?«

»Ja.«

»Und nachher haben Sie zusammen mit Doktor Grimbold von Scotland Yard die Untersuchung vorgenommen?«

»Ja.«

»Sie sind sich über die Todesursache einig?«

»Im allgemeinen, ja.«

»Wollen Sie Ihre Eindrücke bitte der Jury bekanntgeben?«

»Ich war gerade im Seziersaal des St.-Lukas-Spitals mit Forschungsarbeiten beschäftigt, als mir am Dienstag morgen gegen neun Uhr mitgeteilt wurde, daß Inspektor Sugg mich zu sprechen wünschte. Er sagte mir, daß man in dem Hause Queen Caroline Mansions 59 unter geheimnisvollen Umständen einen Toten gefunden habe. Er fragte mich, ob es sich wohl um einen dummen Streich irgendwelcher Studenten im Spital handeln könnte. Ich war in der Lage, ihm auf Grund einer Nachprüfung der Spitalbücher zu versichern, daß im Seziersaal keine Leiche fehlte.«

»Wem unterstehen diese Leichen?«

»William Watts, dem Wärter im Seziersaal.«

»Ist William Watts anwesend?« fragte der Kronanwalt.

William Watts war anwesend und konnte einvernommen werden, wenn der Kronanwalt es nötig fand.

»Ich nehme an, daß ohne Ihr Wissen, Sir Julian, kein Toter ins Spital geschafft werden kann?«

»Gewiß nicht.«
»Danke. Wollen Sie bitte fortfahren.«
»Inspektor Sugg bat mich dann, einen Arzt zu schicken, der sich den Toten ansehen sollte. Ich sagte, ich würde selbst kommen.«
»Warum erklärten Sie sich dazu bereit?«
»Ich muß gestehen, aus gewöhnlicher menschlicher Neugier, von der auch ich nicht frei bin.«
Gelächter von einem Medizinstudenten im Hintergrund des Saales.
»Als ich in die Wohnung kam, fand ich den Toten auf dem Rücken in der Badewanne liegen. Ich untersuchte ihn und stellte fest, daß der Tod durch einen Schlag in den Nacken verursacht war. Der vierte und der fünfte Halswirbel waren luxiert, das Rückgrat verletzt, eine innere Blutung und teilweise Lähmung des Gehirns hatten stattgefunden. Ich nahm an, daß der Tod vor mindestens zwölf Stunden eingetreten war, möglicherweise früher. Am Körper bemerkte ich keinerlei Spuren einer Gewalttätigkeit. Der Tote war ein kräftiger, wohlgenährter Mann von fünfzig bis fünfundfünfzig Jahren.«
»Konnte er sich die Verletzungen Ihrer Meinung nach selbst beigebracht haben?«
»Ausgeschlossen. Sie stammten von einem schweren, stumpfen Instrument. Der Schlag war von hinten geführt, mit großer Kraft und beträchtlicher Berechnung.«
»Konnte es ein Unfall gewesen sein?«
»Das ist natürlich möglich.«
»Wenn der Mann zum Beispiel aus dem Fenster geschaut hätte und die Jalousie heftig auf ihn niedergesaust wäre?«
»Nein, in diesem Falle hätte man Erstickungsanzeichen und eine Quetschung am Hals gefunden.«
»Aber er könnte durch ein zufällig niederfallendes schweres Gewicht umgekommen sein?«
»Er könnte.«
»Ist der Tod Ihrer Ansicht nach sofort eingetreten?«
»Das läßt sich schwer sagen. Ein solcher Schlag kann sofortigen Tod bewirken; der Patient kann aber auch eine Zeitlang in teilweiser Lähmung liegen. Im gegebenen Fall

neige ich zu der Ansicht, daß der Mann noch einige Stunden am Leben war. Diese Ansicht gründet sich auf den Zustand des Gehirns, der sich bei der Autopsie ergab. Ich muß jedoch sagen, daß Doktor Grimbold und ich in diesem Punkt verschiedener Meinung sind.«

»Soviel ich weiß, sind Andeutungen über die Identität des Toten gemacht worden. Sie sind wohl nicht in der Lage, ihn zu identifizieren?«

»Gewiß nicht. Ich habe ihn noch nie vorher gesehen. Die Andeutung, auf die Sie anspielen, ist grotesk und hätte nie gemacht werden dürfen. Ich erfuhr davon erst heute; sonst wäre ich der Sache entgegengetreten, und ich möchte meiner Mißbilligung Ausdruck verleihen, daß man einer Dame, mit der bekannt zu sein ich die Ehre habe, unnötigen Schrecken und Kummer bereitet hat.«

»Es war nicht meine Schuld, Sir Julian«, sagte der Kronanwalt. »Ich hatte nichts damit zu tun. Ich stimme mit Ihnen überein, daß es ein Unglück war, Sie nicht beizuziehen.«

Die Journalisten kritzelten emsig, und die Leute im Saal fragten einander, was gemeint sei, während die Geschworenen sich bemühten, ein Gesicht zu machen, als ob sie Bescheid wüßten.

»Betreffs der Brille, die der Tote trug, Sir Julian . . . gibt sie einem Mediziner irgendwelchen Aufschluß?«

»Es sind ungewöhnliche Augengläser. Ein Augenarzt könnte sich dazu entschiedener äußern. Ich persönlich möchte sagen, daß ich sie eher bei einem älteren Menschen erwartet hätte.«

»Würden Sie als Arzt, der ja den menschlichen Körper näher kennt, aus der Erscheinung des Toten irgendwelche Schlüsse auf seine persönlichen Gepflogenheiten ziehen?«

»Ich würde sagen, daß seine Lebensverhältnisse gut waren, daß er aber erst kürzlich zu Geld gekommen ist. Seine Zähne waren in schlechtem Zustand, und seine Hände verrieten, daß er noch vor kurzem manuelle Arbeit verrichtet hat.«

»Ein australischer Kolonist zum Beispiel, der zu Geld gekommen ist?«

»Etwas dergleichen. Ich kann es nicht genau sagen.«

»Natürlich nicht. Besten Dank, Sir Julian.«
Dr. Grimbold, der dann aufgerufen wurde, bestätigte alle Aussagen seines geschätzten Kollegen, nur daß seiner Ansicht nach der Tod erst mehrere Tage nach dem Schlag eingetreten war. Mit ausgesprochenem Zögern wich er in diesem Punkt von Sir Julian Freke ab, und er betonte, daß er sich irren könnte. Jedenfalls ließ es sich schwer entscheiden, und als er die Leiche sah, war der Mann seines Erachtens schon seit mindestens vierundzwanzig Stunden tot.
Wieder wurde Inspektor Sugg aufgerufen. Würde er bitte der Jury mitteilen, was für Schritte zur Identifizierung des Mannes unternommen worden waren?
Alle Polizeistationen und sämtliche Zeitungen hatten eine Beschreibung erhalten. Waren auch in Anbetracht der von Sir Julian Freke angedeuteten Möglichkeiten alle Häfen benachrichtigt worden? Jawohl. Ohne Ergebnisse? Ganz ohne Ergebnisse. Hatte sich niemand gemeldet, den Toten zu identifizieren? Doch, viele Leute hatten sich gemeldet; aber niemand hatte ihn identifizieren können. Hatte man sich bemüht, die durch den Kneifer gegebene Spur zu verfolgen? Inspektor Sugg bat, ihn im Interesse der weiteren Nachforschungen von der Beantwortung dieser Frage zu entheben. Konnte die Jury den Kneifer sehen? Der Kneifer wurde den Geschworenen ausgehändigt.
William Watts, der als nächster aufgerufen wurde, bestätigte die Aussagen Sir Julian Frekes in bezug auf die Verhältnisse im Seziersaal. Er erklärte das System der Leicheneinlieferung. Gewöhnlich stammten sie aus den Armenhäusern und kostenlosen Volksspitälern. Sie unterstanden allein seiner Obhut. Die jungen Herren konnten unmöglich an die Schlüssel gelangen. War Sir Julian Freke oder einer der andern Spitalärzte im Besitz der Schlüssel? Nein, nicht einmal Sir Julian Freke. Hatte er die Schlüssel am Montag abend gehabt? Ja. Jedenfalls war diese Frage wohl irrelevant, da ja keine Leiche fehlte oder jemals gefehlt hatte? Das stimmte.
Der Kronanwalt wandte sich dann an die Geschworenen und erinnerte sie mit einiger Schärfe daran, daß sie nicht darüber zu reden hätten, wer der Tote sein könnte oder

nicht sein könnte, sondern ihre Meinung über die Todesursache kundgeben sollten. Er ermahnte sie, in Anbetracht des medizinischen Gutachtens zu überlegen, ob es sich um Unfall, vorsätzlichen Mord oder Selbstmord handelte. Wenn sie die Beweise in dieser Beziehung ungenügend fänden, könnten sie den Wahrspruch offenlassen. Jedenfalls dürften sie mit ihrem Wahrspruch keine Personen belasten; wenn er auf »Mord« lautete, müßten alle Indizien oder Beweise erst noch einmal dem Richter unterbreitet werden. Hierauf entließ er sie mit dem verblümten dringenden Ersuchen, sich zu beeilen.

Sir Julian Freke hatte nach seiner Einvernahme den Blick der Herzogin eingefangen und ging nun zu ihr, um sie zu begrüßen.

»Ich habe Sie seit einer Ewigkeit nicht mehr gesehen«, sagte sie. »Wie geht es Ihnen?«

»Viel Arbeit«, antwortete der Spezialist. »Gerade ist mein neues Buch herausgekommen. So etwas kostet Zeit. Haben Sie Lady Levy schon gesprochen?«

»Nein – die Ärmste. Ich kam nur heute wegen dieser Verhandlung her. Mrs. Thipps ist mein Gast – eine von Peters Überspanntheiten. Die arme Christine! Ich muß bald zu ihr gehen. Das ist Mr. Parker«, fügte sie bei. »Er befaßt sich mit diesem Fall.«

»Oh«, sagte Sir Julian und machte eine Pause. »Wissen Sie«, sagte er dann mit leiser Stimme zu Parker, »es freut mich, Sie kennenzulernen. Haben Sie schon mit Lady Levy gesprochen?«

»Ja, heute vormittag.«

»Hat sie Sie gebeten, Ihre Nachforschungen fortzusetzen?«

»Ja«, erwiderte Parker. »Sie meint«, setzte er hinzu, »Sir Reuben könnte in den Händen eines Konkurrenten sein oder vielleicht von irgendwelchen Schurken festgehalten werden, die Lösegeld fordern wollen.«

»Ist das auch Ihre Meinung?« erkundigte sich Sir Julian.

»Ich halte es für sehr wahrscheinlich«, gab Parker offen zurück.

Sir Julian zögerte wieder. »Ich wünschte, Sie würden mit mir kommen, wenn das hier fertig ist.«

»Mit dem größten Vergnügen«, sagte Parker.
In diesem Augenblick kamen die Geschworenen wieder und nahmen ihre Plätze ein. Es gab ein Geraschel und Zischen. Der Kronanwalt wandte sich an den Vorsitzenden der Geschworenen und fragte, ob sie in ihrem Wahrspruch übereingekommen wären.
»Wir sind übereingekommen, daß der Unbekannte an den Folgen eines Schlages in den Nacken gestorben ist. Um aber zu bestimmen, wie diese Verletzung entstanden ist, dazu liegen unseres Erachtens nicht genügend Beweise vor.«

Mr. Parker und Sir Julian Freke gingen zusammen über die Straße.
»Ich hatte nicht die geringste Ahnung, bis ich Lady Levy heute früh sprach«, sagte der Arzt, »daß man diese Angelegenheit mit dem Verschwinden von Sir Reuben verknüpft. Das ist einfach eine ungeheuerliche Idee, die nur im Kopf dieses lächerlichen Polizeibeamten entstanden sein kann. Hätte ich etwas davon gewußt, so hätte ich ihn eines Besseren belehren können, und dann wäre all dies vermieden worden.«
»Ich gab mir alle Mühe«, erwiderte Parker, »sowie ich bei dem Fall Levy zugezogen wurde . . .«
»Wer hat Sie zugezogen, wenn ich fragen darf?«
»Nun, zuerst die Dienerschaft, und dann schrieb mir Sir Reubens Onkel, Mr. Levy vom Portman Square, ich sollte mit den Nachforschungen fortfahren.«
»Und jetzt hat Lady Levy diese Anordnungen bestätigt?«
»Gewiß«, antwortete Parker mit einiger Verwunderung.
Sir Julian schwieg.
»Ich fürchte, ich war derjenige, der Inspektor Sugg den Gedanken in den Kopf gesetzt hat«, sagte Parker ein wenig schuldbewußt. »Als Sir Reuben verschwand, ging ich sofort daran, alle Verkehrsunfälle, Selbstmorde und so weiter nachzuprüfen, die an dem Tag gemeldet worden waren, und im Rahmen dieser Nachforschungen ging ich auch nach Battersea-Park, um mir den Toten dort anzusehen. Natürlich fand ich es gleich lächerlich, als ich dort

war; aber Sugg hielt an dem Gedanken fest – es stimmt ja auch, daß zwischen dem Toten und den Bildern, die ich von Sir Reuben gesehen habe, eine gewisse Ähnlichkeit besteht.«
»Eine stark oberflächliche Ähnlichkeit«, pflichtete Sir Julian bei. »Die obere Gesichtshälfte zeigt nichts Auffälliges, und da Sir Reuben einen Vollbart trug und keine Möglichkeit bestand, Mund und Kinn zu vergleichen, kann ich verstehen, daß man auf solch einen Gedanken verfällt. Aber man müßte ihn sofort aufgeben. Ich bedaure es«, fügte er hinzu, »weil die ganze Angelegenheit für Lady Levy peinlich war. Sie müssen wissen, Mr. Parker, ich bin ein alter Freund der Levys, wenn ich mich auch nicht als intimen Freund bezeichnen möchte.«
»Das hörte ich schon.«
»Ja. Als ich noch jung war, hätte ich gern . . . kurzum, Mr. Parker, ich hegte einmal die Hoffnung, Lady Levy zu heiraten.« (Mr. Parker ließ das übliche teilnahmsvolle Gemurmel hören.) »Ich habe nie geheiratet, wie Sie wissen«, fuhr Sir Julian fort. »Wir sind gute Freunde geblieben. Ich habe immer alles getan, was ich konnte, ihr Kummer zu ersparen.«
»Glauben Sie mir, Sir Julian«, sagte Parker, »ich fühle sehr mit Ihnen und Lady Levy, und ich habe mir alle Mühe gegeben, Inspektor Sugg von seiner Idee abzubringen. Der unglückliche Zufall, daß Sir Reuben am Montag abend in der Battersea-Park Road gesehen wurde . . .«
»Ach ja«, fiel Sir Julian ein. »Oh, da sind wir ja schon angelangt. Vielleicht kommen Sie einen Augenblick mit hinein, Mr. Parker, und trinken Tee oder Whisky-Soda oder sonst etwas.« Parker nahm die Einladung prompt an, da er das Gefühl hatte, daß noch mehr zu sagen wäre.
Die beiden Männer betraten eine geräumige, schön ausgestattete Halle mit einem Kamin auf der gleichen Seite wie die Tür und einer gegenüberliegenden Treppe. Die Eßzimmertür stand offen zu ihrer Rechten, und als Sir Julian läutete, erschien ein Diener am anderen Ende der Halle.
»Was hätten Sie gern?« erkundigte sich der Arzt.
»Nach dieser schrecklichen Kälte in dem Saal hätte ich am

liebsten literweise heißen Tee«, antwortete Parker, »falls Sie als Nervenspezialist nicht ganz dagegen sind.«
»Vorausgesetzt, daß Sie ihn mit Zitrone nehmen, habe ich nichts dagegen einzuwenden«, sagte Sir Julian im selben Ton. »Tee in der Studierstube«, wies er den Diener an und ging die Treppe voraus.
»Außer dem Eßzimmer benutze ich die unteren Räume nicht viel«, erklärte er, indem er seinen Gast in eine kleine, aber fröhliche Studierstube im ersten Stock eintreten ließ. »Dieses Zimmer steht mit meinem Schlafzimmer in Verbindung und ist bequemer. Ich halte mich hier nur teilweise auf; aber es ist sehr praktisch für meine Forschungsarbeit im Spital. Das ist dort meine Haupttätigkeit. Es ist eine fatale Sache für einen Theoretiker, die praktische Arbeit zu vernachlässigen, Mr. Parker. Sezieren ist die Grundlage aller guten Theorie und aller richtigen Diagnosen. Hand und Auge müssen in Übung bleiben. Dieses Zimmer ist für mich viel wichtiger als die Harley Street, und eines Tages werde ich meine Sprechstunde ganz aufgeben und mich hier niederlassen, um mich meinen Forschungen zu widmen und meine Bücher in Frieden zu schreiben. So viele Dinge in diesem Leben sind Zeitverschwendung, Mr. Parker.«
Mr. Parker stimmte zu.
»Sehr oft kann ich für meine Forschungsarbeit – die schärfste Beobachtung und stärkste Konzentration erfordert – nur nachts Zeit finden, nach einem langen Tagewerk und bei künstlichem Licht, das die Augen mehr anstrengt als Tageslicht, da die Lampen im Seziersaal sehr stark sind. Zweifellos müssen Sie Ihre Arbeit unter noch anstrengenderen Umständen erledigen.«
»Ja, manchmal«, erwiderte Parker. »Aber die Umstände bilden ja gewissermaßen einen Teil meiner Arbeit.«
»Ganz recht, ganz recht«, nickte Sir Julian. »Sie meinen, daß der Einbrecher zum Beispiel seine Methoden nicht im Lichte des Tages vorführt oder seine Fußspuren nicht mitten auf einem feuchten Sandfleck anbringt, so daß Sie sie analysieren könnten.«
»In der Regel nicht«, sagte der Detektiv, »aber ich be-

zweifle nicht, daß viele Ihrer Krankheiten ebenso hinterlistig sind wie die Einbrecher.«
»Wahrhaftig«, lachte Sir Julian, »und genau wie Sie setze ich meinen Stolz darein, sie zum Wohl der Menschheit aufzuspüren. Die Neurosen sind besonders geschickte Verbrecher – sie vermummen und verkleiden sich und verwischen ihre Spuren kunstvoll. Aber wenn man eine wirkliche Untersuchung vornehmen kann, wenn man den Toten seziert oder, was vorzuziehen ist, den Lebenden mit dem Skalpell öffnet, findet man die Spuren immer, die Wahnsinn, Krankheit, Trunksucht oder eine ähnliche Pest hinterlassen hat. Die Schwierigkeit besteht nur darin, sie zurückzuverfolgen, indem man lediglich die oberflächlichen Symptome bemerkt – Hysterie, Hang zum Verbrecherischen, religiösen Fanatismus, Angst, Gehemmtheit, übertriebenes Gewissen, oder was es sonst sein mag. Genau wie Sie einen Diebstahl oder einen Mord bemerken und die Spuren des Täters suchen, so bemerke ich einen hysterischen Anfall oder einen Frömmigkeitsausbruch und jage dann dem kleinen mechanischen Reiz nach, der ihn hervorgerufen hat.«
»Betrachten Sie alle diese Dinge als körperlich bedingt?«
»Unbedingt. Ich weiß wohl, daß es eine andere Anschauung gibt, Mr. Parker; aber ihre Vertreter sind meistens Scharlatane oder Selbstbetrüger. Sie haben sich so sehr hineingeheimnißt, daß sie wie das Medium Sludge ihren eigenen Unsinn glauben. Ich würde gern ihr Gehirn erforschen, Mr. Parker; dann könnte ich Ihnen die kleinen Fehler und Verschiebungen in den Zellen zeigen – die falschen Verbindungen und Kurzschlüsse der Nerven, die diese Anschauungen und Abhandlungen hervorrufen. Wenn ich sie Ihnen heute nicht zeigen kann«, fügte er hinzu, seinen Gast düster ansehend, »so werde ich wenigstens morgen dazu in der Lage sein – oder in einem Jahr – oder vor meinem Tode.«
Er blickte eine Weile ins Feuer, während das rote Licht auf seinem lohfarbenen Bart spielte und in seinen zwingenden Augen antwortende Lichter entfachte.
Parker trank schweigend seinen Tee und betrachtete ihn.

Im großen ganzen interessierten ihn die Ursachen nervöser Erscheinungen wenig, und seine Gedanken glitten zu Lord Peter ab, der sich jetzt in Salisbury mit dem zweifelhaften Crimplesham befaßte. Lord Peter wünschte, daß er nachkam; dies bedeutete, daß entweder Crimplesham sich als widerspenstig erwiesen hatte, oder daß eine Spur verfolgt werden sollte. Bunter hatte jedoch gesagt, daß es genüge, wenn Parker morgen käme, und das war gut. Die Battersea-Affäre war ja nicht sein Fall; er hatte mit dem Besuch einer zu nichts führenden gerichtlichen Einvernahme schon wertvolle Zeit verloren, und er mußte endlich mit seiner eigentlichen Arbeit vorwärtskommen. Er mußte noch Levys Sekretär vornehmen und die kleine Angelegenheit mit dem peruanischen Öl untersuchen. Er schaute auf seine Uhr.

»So leid es mir tut ... wenn Sie mich entschuldigen wollen ...«, murmelte er.

Mit einem Ruck kehrte Sir Julian in die Wirklichkeit zurück. »Ihre Arbeit ruft Sie wohl?« lächelte er. »Nun, das kann ich verstehen; ich will Sie nicht zurückhalten. Aber ich möchte Ihnen noch etwas in bezug auf Ihre gegenwärtige Untersuchung sagen ... ich weiß nur nicht recht ... ich würde ungern ...«

Parker setzte sich wieder und verbannte jeden Hinweis auf Eile in seiner Miene und Haltung. »Ich bin Ihnen sehr dankbar für jede Hilfe«, sagte er.

»Leider handelt es sich eher um ein Hindernis«, erwiderte Sir Julian mit einem kurzen Auflachen. »Ich werde Ihnen ein Indiz vernichten und meinerseits einen Vertrauensbruch begehen. Aber da zufällig einiges herausgekommen ist, sollte vielleicht besser alles herauskommen.«

Mr. Parker gab den ermutigenden Laut von sich, der sozusagen das auffordernde »Ja, mein Sohn?« des Priesters ersetzt.

»Sir Reuben Levys Besuch am Montag abend galt mir«, erklärte Sir Julian.

»Ja?« gab Mr. Parker ausdruckslos zurück.

»Er hatte Ursache, sich wegen seiner Gesundheit ernstlich zu sorgen«, fuhr Sir Julian langsam fort, als ob er abwägte, wieviel er einem Fremden anstandshalber verraten dürfte. »Er zog es vor, zu mir zu kommen, statt zu seinem Hausarzt, weil er besonders darauf bedacht war, die Sache vor seiner Frau geheimzuhalten. Wie ich Ihnen schon sagte, er kannte mich ziemlich gut, und Lady Levy hatte mich im Sommer wegen einer Nervenstörung konsultiert.«

»Hatte er sich mit Ihnen verabredet?« fragte Parker.

»Wie bitte?« versetzte der andere zerstreut.

»Hatte er sich mit Ihnen verabredet?«

»Verabredet? O nein! Er erschien plötzlich am Abend nach dem Nachtessen, ohne daß ich ihn erwartete. Ich führte ihn hier herauf und untersuchte ihn, und er ging, glaube ich, so gegen zehn Uhr fort.«

»Darf ich nach dem Ergebnis der Untersuchung fragen?«

»Warum möchten Sie das wissen?«

»Es könnte erklären ... nun, man könnte dann in bezug auf sein nachfolgendes Benehmen Mutmaßungen anstellen«, antwortete Parker vorsichtig. Diese Geschichte schien mit allem übrigen wenig Zusammenhang zu haben, und er überlegte, ob es wohl nur ein Werk des Zufalls gewesen sein mochte, daß Sir Reuben am gleichen Abend verschwunden war.

»Ich verstehe«, bemerkte Sir Julian. »Also, im Vertrauen gesagt, ich erkannte ernste Verdachtsmomente, aber vorläufig noch keine Gewißheit einer Schädigung.«

»Besten Dank. Sir Reuben ging um zehn Uhr fort?«

»Um zehn herum. Ich erwähnte zuerst nichts davon, weil es Sir Reuben so viel daran lag, seinen Besuch bei mir geheimzuhalten, und ein Unfall auf der Straße steht ja außer Frage, da er um Mitternacht unversehrt nach Hause kam.«

»Ganz recht«, nickte Parker.

»Es ist ein Vertrauensbruch«, sprach Sir Julian weiter, »und ich erzähle es Ihnen auch nur, weil Sir Reuben zufällig gesehen wurde und weil ich es Ihnen lieber privatim mitteile, als daß Sie sich hier zu schaffen machen und meine Angestellten ausfragen. Entschuldigen Sie meine Offenheit, Mr. Parker.«

»O bitte«, erwiderte Parker. »Ich verteidige die Maßnahmen meines Berufes nicht, Sir Julian. Ich bin Ihnen sehr verbunden, daß Sie mir dies gesagt haben. Ich hätte sonst wertvolle Zeit mit falschen Nachforschungen verloren.«

»Ich brauche Sie gewiß nicht darum zu bitten, die Sache Ihrerseits vertraulich zu behandeln«, sagte der Arzt. »Wenn es an die Öffentlichkeit käme, wäre Sir Reuben damit nur geschadet, seine Frau hätte Kummer, und ich stünde außerdem vor meinen Patienten in einem sonderbaren Licht.«

»Ich verspreche Ihnen, es für mich zu behalten«, antwortete Parker. »Nur muß ich natürlich«, fügte er hastig hinzu, »meinen Kollegen informieren.«

»Sie bearbeiten diesen Fall zusammen mit einem Kollegen?«

»Ja.«

»Was ist das für ein Mensch?«

»Er wird vollkommen diskret sein, Sir Julian.«

»Ist es ein Polizeibeamter?«

»Sie brauchen nicht zu befürchten, daß Ihre vertrauliche Mitteilung in die Akten von Scotland Yard gelangt.«

»Ich sehe, Sie wissen, wie man diskret ist, Mr. Parker.«

»Wir haben auch unsere Berufsetikette, Sir Julian.«

Nach der Rückkehr in die Great Ormond Street fand Parker ein Telegramm vor, in dem stand: »Herkommen unnötig. Alles gut. Eintreffe morgen. Wimsey.«

7

Als Lord Peter am folgenden Vormittag nach einigen bestätigenden Nachforschungen in Balham und am Victoria-Bahnhof vor der Essenszeit heimkehrte, wurde er an der Wohnungstür von Mr. Bunter (der von Waterloo aus schnurstracks nach Hause gegangen war) mit einer telefonischen Meldung und ernster Kindermädchenmiene begrüßt.

»Lady Swaffham hat angeläutet, Mylord, und gesagt, sie hoffe, Sie hätten nicht vergessen, daß Sie bei ihr zum Mittagessen eingeladen sind.«

»Ich habe es vergessen, Bunter, und ich will es auch vergessen. Ich vertraue darauf, daß Sie ihr gesagt haben, ich wäre pötzlich an Enzephalitis lethargica erkrankt. Von Blumenspenden bitte abzusehen.«

»Lady Swaffham sagte, sie zähle auf Sie, Mylord. Sie hat gestern die Herzogin von Denver getroffen ...«

»Wenn meine Schwägerin dort ist, gehe ich nicht hin, das ist ja klar«, fiel Lord Peter ein.

»Verzeihung, Mylord, die Herzoginwitwe.«

»Was tut sie denn in der Stadt?«

»Ich nehme an, sie kam wegen der gerichtlichen Untersuchung her, Mylord.«

»Ach ja – das haben wir verpaßt, Bunter.«

»Jawohl, Mylord. Ihre Durchlaucht wird bei Lady Swaffham essen.«

»Bunter, ich kann nicht. Ich kann wirklich nicht. Sagen Sie, ich läge mit Keuchhusten im Bett, und bitten Sie meine Mutter, nach dem Essen herzukommen.«

»Sehr wohl, Mylord. Mrs. Tommy Frayle wird bei Lady Swaffham sein, Mylord, und Mr. Milligan ...«

»Mr. wer?«

»Mr. John P. Milligan, Mylord, und ...«

»Lieber Gott, Bunter, warum haben Sie das nicht gleich gesagt? Habe ich noch Zeit, vor ihm dort zu sein? Gut. Ich renne. Mit einem Taxi kann ich gerade ...«

»Nicht in diesen Beinkleidern, Mylord«, widersprach Bunter und vertrat ihm mit achtungsvoller Festigkeit den Weg zum Ausgang.

»Ach, Bunter, lassen Sie mich – nur dieses eine Mal«, flehte Lord Peter. »Sie wissen ja nicht, wie wichtig es ist.«

»Um keinen Preis, Mylord. Es geht um meine Ehre.«

»Die Beinkleider sind ganz in Ordnung, Bunter.«

»Nicht für Lady Swaffham, Mylord. Außerdem vergessen Eure Lordschaft den Mann, der in Salisbury mit einer Milchkanne gegen Sie gerannt ist.« Und Bunter wies mit anklagendem Finger auf einen Fettfleck, der sich auf dem hellen Stoff zeigte.

»Ich wünschte zu Gott, ich hätte Sie niemals zu einem privilegierten Bevollmächtigten auswachsen lassen

sollen«, sagte Lord Peter bitter und stieß seinen Spazierstock in den Schirmständer. »Sie haben keine Ahnung, was meine Mutter anrichten könnte.«
Mr. Bunter lächelte grimmig und schleppte sein Opfer ab.
Als ein untadeliger Lord Peter, ziemlich verspätet fürs Mittagessen, in Lady Swaffhams Salon geführt wurde, saß die Herzoginwitwe von Denver auf einem Sofa, vertieft in eine angeregte Unterhaltung mit Mr. John P. Milligan aus Chicago.
»Es freut mich sehr, Sie kennenzulernen, Herzogin«, waren die Eröffnungsworte dieses Finanzmanns gewesen. »So kann ich Ihnen doch für Ihre außerordentlich freundliche Einladung danken. Ich versichere Ihnen, das ist ein Kompliment, das ich sehr zu schätzen weiß.«
Die Herzogin strahlte ihn an, während sie schnell ihre geistigen Streitkräfte aufmarschieren ließ. »Setzen Sie sich zu mir, Mr. Milligan«, sagte sie. »Ich unterhalte mich so gern mit bedeutenden Geschäftsleuten – warten Sie, Sie sind ein Eisenbahnkönig – oder so etwas wie einer, der Kämmerchen vermietet – ich meine das natürlich nicht so genau; aber dieses Spiel spielten wir als Kinder – so dumm und so schrecklich laut, aber wunderbar geeignet, das Eis zu brechen unter ziemlich steifen Leuten, die einander nicht kennen – es ist sehr schade, daß es aus der Mode ist.«
Mr. Milligan setzte sich.
»Ja, ja«, sagte er, »für uns Geschäftsleute ist es sicher ebenso interessant, englische Aristokraten kennenzulernen, wie für die Engländer, amerikanische Eisenbahnkönige, Herzogin. Und sicher werde ich ebenso viele Fauxpas begehen wie Sie, wenn Sie in Chicago Weizen zur Verteuerung aufkaufen wollten. Stellen Sie sich vor, neulich nannte ich Ihren prächtigen Sohn Lord Wimsey, und er dachte, ich hätte ihn für seinen Bruder gehalten. Da kam ich mir ziemlich dumm vor.«
Das war ein unverhofftes Leitseil. Die Herzogin griff es vorsichtig auf. »Der liebe Junge«, lächelte sie. »Es freut mich, daß Sie ihn kennengelernt haben, Mr. Milligan. Meine beiden Söhne sind mir ein großer Trost. Gerald ist allerdings konventioneller – gerade der Richtige für das

Oberhaus, wissen Sie, und ein glänzender Landwirt. Peter paßt nicht so gut nach Denver, hingegen unternimmt er in der Stadt immer die rechten Dinge, und manchmal ist er sehr amüsant.«

»Lord Peters Vorschlag war mir eine große Ehre«, fuhr Mr. Milligan fort. »Soviel ich weiß, stecken Sie dahinter, und ich komme gern, wenn es Ihnen paßt, obwohl ich finde, daß Sie mir allzusehr schmeicheln.«

»Na ja«, sagte die Herzogin, »ich weiß nicht, ob Sie das beurteilen können, Mr. Milligan. Nicht etwa, als ob ich vom Geschäftsleben etwas verstünde«, fügte sie hinzu. »Ich bin ziemlich altmodisch für die heutige Zeit, müssen Sie wissen, und ich kann nicht mehr vorgeben, als einen netten Menschen zu erkennen, wenn ich ihn vor mir habe; in allen andern Dingen verlasse ich mich auf meinen Sohn.«

Die Betonung dieser Worte war so schmeichelhaft, daß Mr. Milligan beinahe hörbar schnurrte. »Sehen Sie, Herzogin, da hat eine Dame mit wirklicher, schöner, altmodischer Seele diesen modernen jungen Schwätzerinnen etwas voraus – es gibt nicht viele Menschen, die zu ihr nicht nett sein würden, und auch dann kann sie sie durchschauen, wenn sie nicht ganz durchtrieben sind.«

»Da bin ich genauso klug als wie zuvor«, dachte die Herzogin. »Ich glaube«, sagte sie laut, »ich sollte Ihnen im Namen des Pfarrers von Denver für Ihren sehr großzügigen Scheck danken, den er gestern für den Fonds der Kirchenrenovierung erhielt. Er war so erfreut und überrascht, der liebe alte Herr.«

»Ach, das ist nichts«, antwortete Mr. Milligan, »bei uns gibt es keine schönen alten Gebäude, die restauriert werden müßten; darum ist es eine Ehre, ein bißchen Petroleum in die alten Bohrlöcher gießen zu dürfen, wenn man hört, daß in der Alten Welt ein Gebäude an Altersschwäche leidet. Als Ihr Sohn mir von der Kirche in Denver erzählte, nahm ich mir also die Freiheit, mich zu beteiligen, ohne den Basar abzuwarten.«

»Das ist wirklich sehr lieb von Ihnen«, sagte die Herzogin. »Sie kommen doch zum Basar?« fuhr sie fort und sah ihn bittend an.

»Ganz sicher«, gab Mr. Milligan ohne Pause zurück. »Lord Peter sagte mir, Sie würden mir das genaue Datum noch mitteilen. Für ein gutes Werk hat man immer Zeit. Natürlich hoffe ich, daß es mir möglich sein wird, von Ihrer freundlichen Einladung Gebrauch zu machen und länger zu bleiben; auch wenn ich in Hetze bin, werde ich es auf jeden Fall einrichten, daß ich komme, mein Sprüchlein aufsage und wieder gehe.«
»Ach ja, hoffentlich können Sie bleiben. Ich muß schauen, was sich mit dem Datum machen läßt ... natürlich kann ich nichts versprechen ...«
»Nein, nein«, fiel Mr. Milligan ein. »Ich weiß, wie schwierig es ist, solche Dinge festzusetzen. Es handelt sich ja auch nicht nur um mich – all die übrigen großen Tiere von Europa, die Ihr Sohn erwähnte, müssen ja berücksichtigt werden.«
Die Herzogin wurde blaß bei dem Gedanken, daß eine dieser illustren Personen irgendwann einmal in einem Salon auftauchen könnte; aber inzwischen hatte sie sich bequem eingegraben und konnte sogar ihre Linie finden.
»Ich kann Ihnen gar nicht sagen, wie dankbar ich Ihnen bin«, bemerkte sie. »Es wird großartig werden. Verraten Sie mir doch, worüber Sie sprechen werden.«
»Also ...«, begann Mr. Milligan.
Plötzlich stand jemand auf, und eine schuldbewußte Stimme erklang: »Ich bitte kniefällig um Vergebung ... hoffentlich verzeihen Sie mir, Lady Swaffham. Liebe Lady, hätte ich Ihre Einladung überhaupt vergessen können? Tatsache ist, ich mußte mit einem Mann in Salisbury sprechen – absolut wahr, mein Ehrenwort – und der Kerl wollte mich nicht weglassen. Ich bin untröstlich, Lady Swaffham. Soll ich gehen und in einem Winkel mein Essen verzehren?«
Gnädig verzieh Lady Swaffham dem Schuldigen.
»Ihre liebe Mutter ist hier«, sagte sie.
»Guten Tag, Mutter«, grüßte Lord Peter verlegen.
»Wie geht's dir, Junge?« fragte die Herzogin. »Du hättest wahrhaftig nicht gerade jetzt zu kommen brauchen. Mr. Milligan wollte mir soeben erzählen, was für eine interes-

sante Rede er für den Basar vorbereitet, und da kommst du und unterbrichst uns.«

Beim Essen wandte sich die Unterhaltung – keineswegs unnatürlich – der Battersea-Untersuchung zu, und die Herzogin schilderte auf lebendige Weise, wie Mrs. Thipps verhört worden war.

»›Hörten Sie in der Nacht etwas Ungewöhnliches?‹ schrie der Kronanwalt sie an und lehnte sich vor. Ganz rot war er im Gesicht, und seine Ohren standen ab – genau wie bei dem Cherub in dem Gedicht vonTennyson – oder ist ein Cherub blau? Vielleicht meine ich einen Seraph – jedenfalls wissen Sie, was ich meine – ganz Augen mit kleinen Flügeln am Kopf. Und die gute alte Mrs. Thipps sagte: ›Natürlich, immer in all diesen achtzig Jahren‹, und es gab eine solche Sensation im Saal, bis sich herausstellte, daß sie verstanden hatte: ›Schlafen Sie in der Nacht ohne Licht?‹ Und alle lachten, und dann sagte der Kronanwalt ziemlich laut: ›Zum Teufel mit diesem Weib‹, und das hörte sie, wieso, weiß ich nicht, und sie sagte: ›Fluchen Sie nicht, junger Mann, wenn Sie da im Angesicht Gottes sitzen. Ich weiß nicht, was aus den jungen Leuten heutzutage werden soll ...‹ Dabei ist er sechzig, müssen Sie wissen.«

Infolge einer natürlichen Gedankenverbindung erwähnte Mrs. Tommy Frayle den Mann, der gehängt worden war, weil er drei Frauen in der Badewanne ermordet hatte.

»Das fand ich immer sehr einfallsreich«, sagte sie und blickte Lord Peter seelenvoll an. »Und stellen Sie sich vor, als das geschah, hatte Tommy gerade eine Lebensversicherung für mich abgeschlossen, und ich bekam solche Angst, daß ich morgens nicht mehr badete, sondern nachmittags, wenn er nicht zu Hause war.«

»Meine Gnädigste«, erwiderte Lord Peter vorwurfsvoll, »ich erinnere mich deutlich, daß alle diese Frauen ganz und gar reizlos waren. Aber es war ein sehr einfallsreiches Verfahren – das erstemal – nur hätte er es nicht wiederholen dürfen.«

»Heutzutage verlangt man etwas mehr Originalität, auch von Mördern«, sagte Lady Swaffham. »Wie bei den Dramatikern – zu Shakespeares Zeiten war es viel einfacher, nicht wahr? Immer dasselbe Mädchen, als Mann verkleidet, und auch das war von Boccaccio oder Dante oder sonst einem andern entlehnt. Ich bin sicher, wenn ich eine Shakespearische Heldin gewesen wäre, hätte ich beim ersten Blick auf einen schlanken Pagen gesagt: ›Herrje, da ist das Mädchen schon wieder!‹.«

»Genau das ist auch in Wirklichkeit geschehen«, antwortete Lord Peter. »Sehen Sie, Lady Swaffham, wenn Sie jemals einen Mord begehen wollen, müssen Sie unbedingt vermeiden, daß die Leute Gedankenassoziationen bekommen. Die meisten Menschen haben keine – ihre Gedanken rollen einfach durcheinander wie Erbsen auf einem Tablett, vollführen großen Lärm und gelangen nirgendshin; aber wenn man erst einmal zuläßt, daß sie ihre Erbsen auf ein Halsband aufziehen, dann wird es stark genug, daß man sie daran aufknüpfen kann.«

»Du meine Güte!« rief Mrs. Tommy Frayle mit einem kleinen Aufschrei. »Was für ein Segen, daß keiner meiner Freunde solche Gedanken hat!«

»Schauen Sie«, sagte Lord Peter und balancierte stirnrunzelnd einen Bissen Ente auf seiner Gabel, »nur in Detektivgeschichten denken die Menschen logisch zu Ende. Wenn uns etwas Abwegiges erzählt wird, sagen wir gewöhnlich nur ›Wahrhaftig!‹ oder: ›Wie traurig!‹ und belassen es dabei. Eine halbe Stunde später haben wir es vergessen, falls dann nicht irgend etwas auftaucht, das es wiedererweckt. Zum Beispiel sagte ich Ihnen doch, Lady Swaffham, ich sei in Salisbury gewesen, und das stimmt auch, nur nehme ich an, daß es Ihnen keinen großen Eindruck gemacht hat. Und ich nehme auch an, daß es Ihnen keinen großen Eindruck machen wird, wenn Sie morgen in der Zeitung von der tragischen Entdeckung eines toten Anwalts in Salisbury lesen werden; aber wenn ich nächste Woche wieder nach Salisbury führe und man fände tags darauf einen toten Arzt in Salisbury, so könnten Sie anfangen zu denken, ich wäre ein böses Omen für die Einwohner von Salisbury; und wenn ich die Woche darauf abermals nach Salisbury ginge, und Sie hörten am folgenden Tage, daß der Bischofsstuhl von Salisbury frei geworden wäre, dann fra-

gen Sie sich vielleicht, was ich in Salisbury immerzu zu suchen hätte, und warum ich früher nie davon gesprochen habe, daß ich dort Freunde habe, nicht wahr, und Sie kämen vielleicht auf den Gedanken, selbst nach Salisbury zu fahren und dort alle möglichen Leute zu fragen, ob sie zufällig einen jungen Mann mit blauen Socken am Bischofspalast herumlungern sahen.«
»Das würde ich wohl tun«, meinte Lady Swaffham.
»Ganz recht. Und wenn Sie dann erfahren, daß der Anwalt und der Arzt früher in Poggleton lebten, zu einer Zeit, als der Bischof dort Pfarrer war, dann fällt Ihnen auf einmal ein, daß ich vor langer Zeit nach Poggleton gefahren war. Sie schlagen dort das Pfarregister nach und entdecken, daß ich in Poggleton unter einem angenommenen Namen von dem Pfarrer mit der Witwe eines reichen Landwirts getraut wurde, die dann plötzlich an Bauchfellentzündung starb, wie der Arzt bescheinigt hat, nachdem sie mir in einem vom Anwalt beglaubigten Testament all ihr Geld vermacht hatte. Und dann fangen Sie an zu denken, ich könnte allen Grund haben, solch vielversprechende Erpresser wie den Anwalt, den Arzt und den Bischof aus dem Wege zu räumen. Hätte ich keine Gedankenassoziation in Ihnen ausgelöst, indem ich sie alle am gleichen Ort um die Ecke brachte, so wären sie niemals auf die Idee verfallen, nach Poggleton zu fahren, und Sie hätten sich nicht erinnert, daß ich einmal dort war.«
»Waren Sie wirklich einmal dort?« fragte Mrs. Tommy gespannt.
»Ich glaube nicht«, entgegnete Lord Peter. »Der Name reiht keine Perlen in meinem Kopf auf. Aber es könnte eines Tages sein.«
»Aber wenn man ein Verbrechen untersucht«, sagte Lady Swaffham, »muß man doch mit den üblichen Dingen beginnen, würde ich annehmen – feststellen, was die Person getan hat, wer bei ihr gewesen ist, und ein Motiv suchen, nicht wahr?«
»O ja«, antwortete Lord Peter, »doch die meisten von uns hätten viele Motive, alle möglichen harmlosen Leute zu

ermorden. Ich würde gern eine ganze Menge umbringen, Sie nicht auch?«
»Haufenweise«, stimmte Lady Swaffham zu. »Da ist dieser gräßliche ... vielleicht sage ich es lieber nicht, sonst erinnern Sie sich am Ende später daran.«
»Ich würde es an Ihrer Stelle auch nicht sagen«, erwiderte Lord Peter liebenswürdig. »Man kann nie wissen. Es wäre arg peinlich, wenn der Betreffende morgen plötzlich sterben würde.«
»Die Schwierigkeit bei dem Battersea-Geheimnis ist wohl«, knüpfte Mr. Milligan wieder an, »daß niemand eine Gedankenverbindung mit dem Herrn in der Badewanne hat.«
»So schwer für den armen Inspektor Sugg«, sagte die Herzogin. »Er tat mir beinahe leid, als er dastand und lauter Fragen beantworten mußte, obwohl er gar nichts vorzubringen hatte.«
Lord Peter widmete sich dem Entenbraten, da er etwas ins Hintertreffen geraten war. Plötzlich hörte er jemand die Herzogin fragen, ob sie schon mit Lady Levy gesprochen habe. »Sie hat große Sorge«, setzte die Dame, die gesprochen hatte, eine Mrs. Freemantle, hinzu, »obwohl sie sich an die Hoffnung klammert, daß er auftauchen wird. Ich nehme an, Sie kannten ihn, Mr. Milligan – kennen ihn, sollte ich sagen; denn hoffentlich ist er ja noch am Leben.«
Mrs. Freemantle war die Gattin eines hervorragenden Eisenbahndirektors und berühmt für ihre Unkenntnis der Finanzwelt. Ihre Fauxpas in dieser Beziehung belebten die Teegesellschaften der Damen, die mit Geschäftsleuten verheiratet waren.
»Nun ja, ich habe mit ihm gegessen«, erwiderte Mr. Milligan gutmütig. »Ich glaube, wir haben uns beide alle Mühe gegeben, einander zu ruinieren, Mrs. Freemantle. Wenn wir hier in den Staaten wären«, fügte er hinzu, »würde man mich wohl stark verdächtigen, Sir Reuben an einen sicheren Ort gebracht zu haben. Aber in der Alten Welt kann man auf diese Weise nicht Geschäfte machen.«
»In Amerika muß das Geschäftsleben aufregend sein«, warf Lord Peter ein.

»Das ist es auch«, nickte Mr. Milligan. »Ich glaube, meine Kollegen haben es jetzt dort gut. Ich werde bald wieder bei ihnen sein, sobald ich hier auf dieser Seite ein paar Sachen für sie erledigt habe.«
»Sie dürfen aber nicht vor meinem Basar abreisen«, sagte die Herzogin.

Den Nachmittag verbrachte Lord Peter mit einer vergeblichen Suche nach Mr. Parker. Er fand ihn schließlich nach dem Abendessen an der Great Ormond Street.
Parker saß in einem ältlichen, aber bequemen Lehnstuhl; die Füße stützte er auf den Kaminsims, während er seinen Geist mit einer modernen Deutung des Galaterbriefes entspannte. Er empfing Lord Peter mit stiller Freude, nicht mit hingerissener Begeisterung, und mischte ihm einen Whisky-Soda. Peter nahm das Buch, das sein Freund hingelegt hatte, und blätterte darin.
»Alle diese Leute haben Vorurteile, so oder so«, sagte er. »Sie finden, was sie suchen.«
»Ja«, stimmte der Detektiv zu, »aber das lernt man fast automatisch abziehen. Als ich studierte, stand ich ganz auf der anderen Seite – bei Conybeare, Robertson, Drews und diesen Männern, bis ich merkte, daß sie alle gewissermaßen so viel damit zu tun hatten, einen Einbrecher zu suchen, den niemand jemals gesehen hatte, daß sie die Spuren der Hausbewohner nicht erkennen konnten. Dann verbrachte ich zwei Jahre damit, Vorsicht zu lernen.«
»Hm«, machte Lord Peter, »demnach muß Theologie eine gute Übung für den Kopf sein; denn Sie sind wohl der vorsichtigste Teufel, den ich kenne. Aber lesen Sie ruhig weiter – es ist eine Schande, daß ich herkomme und Sie so aus Ihrer Freizeitbeschäftigung reiße.«
»Schon gut, alter Freund«, erwiderte Parker.
Die beiden Männer schwiegen eine Weile. Dann fragte Lord Peter: »Lieben Sie Ihren Beruf?«
Der Detektiv dachte darüber nach und antwortete: »Ja – ja, ich liebe ihn. Ich weiß, daß er nützlich ist und daß ich dazu tauge. Ich mache meine Sache ganz gut – vielleicht nicht mit Inspiration, aber genügend gut, um stolz auf meine

Leistungen zu sein. Er ist abwechslungsreich, und er zwingt mich, mich zusammenzunehmen und mich nicht gehenzulassen. Und er hat eine Zukunft. Ja, ich liebe ihn. Warum?«

»Ach, nichts weiter. Für mich ist es ein Steckenpferd, verstehen Sie. Ich begann es zu reiten, als mir das Leben schal vorkam, weil es eine so spannende Beschäftigung ist, und diese Spannung genieße ich bis zu einem gewissen Grade. Wenn alles auf dem Papier stünde, würde ich sie ganz auskosten. Ich liebe den Anfang einer Aufgabe – wenn man noch keine Ahnung hat und alles nur aufregend und unterhaltend ist. Aber wenn es soweit ist, daß man einen lebendigen Menschen überführt hat und der arme Kerl nun gehängt oder eingesperrt werden soll, dann scheint es mir keine Entschuldigung für meine Einmischung zu geben, da ich davon meinen Lebensunterhalt nicht zu bestreiten brauche. Und ich habe das Gefühl, daß ich es nie mehr unterhaltend finden würde. Aber das ist es dann doch wieder.«

Parker hatte dieser Rede aufmerksam zugehört. »Ich verstehe«, sagte er.

»Da ist zum Beispiel der alte Milligan«, fuhr Lord Peter fort. »In einem Buch wäre nichts lustiger, als den alten Milligan einzufangen. Aber wenn man mit ihm spricht, ist er ein anständiger, netter Kerl. Mutter hat ihn gern. Für mich hat er eine Vorliebe gefaßt. Es ist höchst unterhaltend, ihm alles mögliche über einen Basar zu wohltätigen Zwecken vorzuschwatzen; aber wenn er sich dann so darüber freut, komme ich mir gemein vor. Angenommen, der alte Milligan hat Levy die Kehle durchgeschnitten und ihn in der Themse versenkt. Es geht mich ja nichts an.«

»Es geht Sie ebenso an wie jeden«, entgegnete Parker. »Es ist nicht besser, es gegen Bezahlung zu tun, als es umsonst zu tun.«

»Doch«, sagte Peter eigensinnig. »Für den Lebensunterhalt zu sorgen, ist die einzige Entschuldigung für eine solche Tätigkeit.«

»Aber ich bitte Sie!« rief Parker. »Wenn Milligan den armen alten Levy umgebracht hat, nur um sich zu bereichern, sehe ich nicht ein, warum er sich loskaufen will, indem er tausend Pfund für das Kirchendach von Denver hergibt, oder warum man ihm vergeben soll, bloß weil er kindisch eitel oder kindisch snobistisch ist.«

»Das ist häßlich ausgedrückt.«

»Also gut, wenn Sie wollen, sogar weil er für Sie eine Vorliebe hat.«

»Nein, aber ...«

»Sagen Sie, Wimsey – glauben Sie, daß er Levy wirklich ermordet hat?«

»Nun ja, es könnte sein.«

»Aber glauben Sie es?«

»Ich mag es nicht glauben.«

»Weil er eine Vorliebe für Sie hat?«

»Das beeinflußt mich natürlich ...«

»Ich finde das einen berechtigten Einfluß. Sie glauben wohl nicht, daß ein bösartiger Mörder eine Vorliebe für Sie hegen würde?«

»Je nun ... außerdem habe ich auch eine Zuneigung zu ihm gefaßt.«

»Auch das wird wohl berechtigt sein. Sie haben ihn beobachtet und aus Ihren Beobachtungen unbewußt Schlüsse gezogen, und das Ergebnis ist, daß Sie ihn nicht verdächtigen. Nun, warum nicht? Sie dürfen das ruhig in Betracht ziehen.«

»Vielleicht irre ich mich aber, und er hat es doch getan.«

»Warum lassen Sie dann Ihren eitlen Stolz auf Ihre Menschenkenntnis der Entlarvung des kaltblütigen Mordes an einem unschuldigen und liebenswerten Menschen im Wege stehen?«

»Ich weiß – aber ich finde, daß ich nicht anständig spiele.«

»Schauen Sie, Peter«, sagte Parker ziemlich ernst, »treiben Sie sich doch einmal diesen Etoner Spielkomplex aus. Es scheint kein großer Zweifel zu bestehen, daß Sir Reuben Levy etwas Unangenehmes zugestoßen ist. Nennen wir es Mord, um der Sache mehr Nachdruck zu verleihen. Wenn man Sir Reuben ermordet hat, ist es dann ein Spiel? Und ist es richtig, es als ein Spiel zu betrachten?«

»Deshalb schäme ich mich ja auch«, antwortete Lord Pe-

ter. »Für mich ist es ein Sport, den ich fröhlich betreibe, und dann merke ich plötzlich, daß jemand etwas abbekommen wird, und ich möchte damit aufhören.«
»Ja, ja, ich weiß; aber das liegt daran, daß Sie an Ihre Einstellung denken. Sie möchten Sie selbst sein, Sie möchten hübsch aussehen, Sie möchten entweder artig durch eine Komödie tänzeln oder würdig durch eine Tragödie stelzen. Aber das ist kindisch. Wenn Sie der Gesellschaft nützlich sein wollen, indem Sie die Wahrheit über Morde herausfinden, müssen Sie sich so einstellen, wie es die Gelegenheit verlangt. Sie möchten elegant und locker sein? Das ist gut und schön, wenn Sie die Wahrheit auf diese Weise herausfinden; doch an sich hat es keinen Wert. Sie möchten würdig und fest wirken? Was hat das damit zu tun? Sie möchten um des Sportes willen einen Mörder jagen und ihm dann die Hand drücken und sagen: ›Gut gespielt – Pech – morgen sollen Sie Ihre Revanche haben!‹ Nein, das geht nicht. Das Leben ist kein Fußballmatch. Sie möchten ein Sportsmann sein. Sie können kein Sportsmann sein. Sie sind ein Mensch mit Verantwortung.«
»Ich glaube, Sie sollten nicht so viele theologische Bücher lesen«, erwiderte Lord Peter. »Das hat einen verrohenden Einfluß.« Er stand auf und ging im Zimmer auf und ab, wobei er müßig über die Bücherregale blickte. Dann setzte er sich wieder, stopfte seine Pfeife, zündete sie an und sagte: »Ich will Ihnen nun von dem wütenden, starrköpfigen Crimplesham erzählen.«
Er schilderte seinen Besuch in Salisbury. Nachdem Mr. Crimplesham sich seiner *bona fides* versichert hatte, war er aufgetaut und hatte ihm alle Einzelheiten von seinem Londoner Aufenthalt berichtet.
»Ich habe alles nachgeprüft«, seufzte Lord Peter, »und wenn er nicht halb Balham bestochen hat, besteht kein Zweifel, daß er dort übernachtet hat. Den Nachmittag hat er tatsächlich mit den Bankleuten verbracht. Und die Hälfte der Einwohner von Salisbury scheint ihn abreisen gesehen zu haben. Außer seinen Angehörigen und dem jungen Wicks würde niemand einen Gewinn von seinem Tode haben. Und selbst wenn der junge Wiks ihn gern aus

dem Wege hätte, so wäre es ziemlich weit gegangen, einen Unbekannten in Thipps' Wohnung zu ermorden, um ihm Crimpleshams Kneifer auf die Nase zu setzen.«

»Wo war Wicks am Montag?« fragte Parker.

»Auf einem Ball beim Kantor«, antwortete Lord Peter wütend. »David – er heißt David – tanzte vor den Augen des Domkapitels.«

Es entstand eine Pause.

»Erzählen Sie mir von der Gerichtsverhandlung«, bat Wimsey.

Parker kam dem Ersuchen mit einer zusammenfassenden Darlegung der Ereignisse nach.

»Glauben Sie, daß man die Leiche doch in der Wohnung hätte verstecken können?« fragte er. »Wir haben zwar nachgeschaut, aber vielleicht ist uns etwas entgangen.«

»Möglich. Aber Sugg hat auch nachgeschaut.«

»Sugg!«

»Sie sind ungerecht gegen Sugg«, tadelte Lord Peter. »Wenn etwas auf Thipps' Beteiligung an dem Verbrechen hingedeutet hätte, dann hätte Sugg es gefunden.«

»Wieso?«

»Wieso? Weil er darauf aus war. Er ist wie Ihre Kommentatoren des Galaterbriefes. Er meint, daß entweder Thipps oder Gladys Horrocks oder Gladys Horrocks' Freund der Täter ist. Darum fand er Spuren auf dem Fensterbrett, wo Gladys Horrocks' Freund eindringen oder Gladys etwas aushändigen konnte. Auf dem Dach fand er keine Spuren, weil er dort keine suchte.«

»Aber er schaute vor mir auf dem Dach nach.«

»Ja, doch nur um zu beweisen, daß dort keine Spuren waren. Er überlegt folgendermaßen: Gladys Horrocks' Freund ist Glaser. Darum hatte Gladys Horrocks' Freund schon eine Leiter. Darum kam Gladys Horrocks' Freund auf einer Leiter. Darum werden auf dem Fensterbrett Spuren sein und auf dem Dache keine. Auf dem Boden unten findet er keine Spuren; aber er meint, er hätte welche finden können, wenn der Hof nicht zufällig asphaltiert wäre. Ebenso meint er, Mr. Thipps kann die Leiche im Abstellraum oder sonstwo versteckt haben. Sie können darum sicher sein, daß er den Abstellraum und alle andern Orte auf Benutzungszeichen untersucht hat. Wären dort Spuren gewesen, so hätte er sie gefunden, weil er sie suchte. Folglich: Wenn er sie nicht fand, so deshalb, weil keine da waren.«

»Gut«, sagte Parker. »Hören Sie auf. Ich glaube Ihnen.« Er berichtete nun von dem medizinischen Augenschein.

»Übrigens«, sagte Lord Peter, »um einen Augenblick auf den andern Fall umzuschalten, ist es Ihnen eingefallen, daß Levy am Montag abend vielleicht zu Freke ging?«

»Er ging tatsächlich hin«, bestätigte Parker ziemlich unerwartet und erzählte von seinem Gespräch mit dem Nervenspezialisten.

»Hm«, machte Lord Peter. »Finden Sie nicht auch, daß das sonderbare Fälle sind? Jede Nachforschung scheint im Sande zu verlaufen. Bis zu einem gewissen Punkt ist es sehr spannend, und dann kommt nichts dabei heraus. Wirklich wie bei Flüssen, die versickern.«

»Ja«, nickte Parker. »Noch einer ist heute vormittag versikkert.«

»Was denn?«

»Oh, ich pumpte Levys Sekretär wegen dieses Unternehmens aus. Ich erfuhr nichts Wichtiges außer weiteren Einzelheiten über die argentinischen Aktien. Dann dachte ich, ich könnte mich in der Geschäftswelt auch nach den peruanischen Ölaktien erkundigen; aber Levy hat davon nicht einmal gehört, soviel ich festzustellen vermochte. Ich stöberte die Makler auf und fand viel Geheimnisvolles und Verborgenes, was ja immer der Fall ist, wie Sie wissen, wenn jemand die Kurse beeinflußt hat, und schließlich merkte ich, daß ein einziger Name hinter all dem steckt. Aber nicht Levy.«

»Nein? Wer denn sonst?«

»Seltsamerweise Freke. Es sieht geheimnisvoll aus. Er kaufte vorige Woche eine Menge Aktien, ziemlich im geheimen, einige davon in seinem eigenen Namen, und dann verkaufte er sie still am Dienstag mit einem kleinen Gewinn – ein paar hundert Pfund. Man sollte meinen, das lohnte all die Mühe nicht.«

»Ich hätte nicht gedacht, daß er überhaupt spekuliert.«
»In der Regel tut er es auch nicht. Das ist das Sonderbare.«
»Na, man kann nie wissen«, sagte Lord Peter. »Die Menschen tun so etwas, nur um sich oder einem andern zu beweisen, daß sie auf diese Weise ein Vermögen erwerben könnten, wenn sie wollten. Ich habe das im kleinen auch schon gemacht.«
Er klopfte seine Pfeife aus und erhob sich, um zu gehen.
»Hören Sie, alter Freund«, begann er unvermittelt, als Parker ihn hinausbegleitete. »Haben Sie gemerkt, daß Frekes Geschichte gar nicht mit dem zusammenpaßt, was Anderson von Levys guter Laune beim Nachtessen am Montag abend sagte? Wären Sie guter Laune, wenn Sie wüßten, daß mit Ihnen etwas nicht stimmt?«
»Nein«, erwiderte Parker. »Aber«, fügte er mit seiner üblichen Vorsicht hinzu, »manche Menschen machen im Wartezimmer des Zahnarztes Witze. Sie zum Beispiel.«
»Na ja, das ist wahr«, sagte Lord Peter und ging.

8

Lord Peter kam gegen Mitternacht nach Hause; er fühlte sich ungewöhnlich wach und unternehmungslustig. In seinem Kopf summte und schwirrte es wie in einem Bienenkorb, der mit einem Stock aufgestöbert worden ist. Es war ihm zumute, als stünde er vor einem schwierigen Rätsel, dessen Lösung man ihm einmal gesagt, er aber hätte sie vergessen und wäre immerzu nahe daran, sich zu erinnern.
»Irgendwo«, sagte Lord Peter zu sich, »irgendwo habe ich den Schlüssel zu diesen beiden Dingen. Ich weiß, ich habe ihn, nur fällt mir nicht ein, was es ist. Jemand hat es mir gesagt. Vielleicht habe ich's gesagt. Ich kann mich nicht erinnern, wo, aber ich weiß, daß ich den Schlüssel habe.«
Laut sagte er: »Gehen Sie zu Bett, Bunter. Ich werde noch ein wenig aufbleiben. Ich ziehe nur schnell meinen Schlafrock an.«

In seinem Pfauenschlafrock ließ er sich dann mit der Pfeife im Mund beim Kamin nieder. Er verfolgte diese und jene Linie der Nachforschungen – lauter Flüsse, die im Sande versickerten. Sie entsprangen dem Gedanken an Levy, der zuletzt um zehn Uhr in der Prince of Wales Road gesehen worden war. Sie liefen zurück von dem Bilde des grotesken Toten in Mr. Thipps' Badezimmer – sie liefen über das Dach und verloren sich – verloren sich im Sande – Flüsse, die im Sand versickerten – Flüsse, die unterirdisch strömten, sehr tief unten ...

Dort strömte Alph, der heil'ge Fluß
Durch Höhlen, unermeßlich für den Menschen,
Hinab zu einem sonnenlosen Meer ...

Indem Lord Peter den Kopf senkte, dünkte es ihn, als könnte er sie hören, ganz schwach, wie sie irgendwo in der Dunkelheit murmelten und rauschten. Aber wo? Er war überzeugt, daß irgend jemand es ihm einmal gesagt hatte; nur hatte er es vergessen.

Er stand auf, warf ein Holzscheit aufs Feuer und ergriff ein Buch, das der unermüdliche Bunter, mitten in der Aufregung besonderer Aufgaben auch seine Alltagspflichten erfüllend, vom Times-Bücherclub geholt hatte. Zufällig waren es Sir Julian Frekes »Physiologische Grundlagen des Gewissens«, deren Besprechung tags zuvor erschienen war.

»Das sollte ein gutes Schlafmittel sein«, dachte Lord Peter. »Wenn ich diese Probleme nicht in meinem Unterbewußtsein lassen kann, werde ich morgen schlapp wie ein nasser Waschlappen sein.«

Er schlug das Buch langsam auf und überflog unaufmerksam das Vorwort.

»Ich möchte wissen, ob es wahr ist, daß Levy krank war«, dachte er und ließ das Buch sinken. »Es scheint mir unwahrscheinlich. Und doch – zum Kuckuck damit, ich will nicht mehr daran denken.«

Entschlossen las er eine Weile.

»Ich glaube nicht, daß Mutter mit den Levys viel verkehrt

hat«, war der nächste zudringliche Gedankengang. »Vater mochte Neureiche nicht und wollte sie nicht in Denver haben. Und der gute Gerald führt die Tradition weiter. Möchte wissen, ob sie Freke damals gut kannte. Mit Milligan scheint sie gut auszukommen. Ich kann mich auf Mutters Menschenkenntnis recht gut verlassen. Die Sache mit dem Basar hat sie großartig gemacht. Ich hätte sie warnen sollen. Sie sagte einmal etwas ...«
Ein paar Minuten lang erging er sich in Erinnerungen, bis alles mit einem spöttischen Schwanzwedeln verschwand. Er nahm seine Lektüre wieder auf.
Plötzlich zuckte ihm ein anderer Gedanke durch den Kopf, den die Fotografie eines chirurgischen Experiments erweckt hatte.
»Wenn Frekes und Watts' Aussagen nicht so positiv gewesen wären«, sagte er sich, »hätte ich nicht übel Lust, mich mit diesen Fäden am Schornstein näher zu befassen.«
Er dachte darüber nach, schüttelte den Kopf und las entschlossen weiter.
Geist und Materie waren ein und dasselbe, das war das Thema des Arztes. Die Materie konnte in Ideen ausbrechen. Man konnte Leidenschaften mit dem Messer in das Gehirn schnitzen. Man konnte eine Vorstellung mit Rauschmitteln ausmerzen und eine veraltete Gewohnheit wie eine Krankheit heilen. »Das Wissen um Gut und Böse ist eine beobachtete Erscheinung; es beruht auf einer bestimmten Verfassung der Gehirnzellen, die sich ausmerzen läßt.« So lautete ein Satz; und weiter:
»Das Gewissen des Menschen kann tatsächlich mit dem Stachel einer Biene verglichen werden, der, weit davon entfernt, zum Wohlbefinden des Besitzers beizutragen, nicht einmal einen einzigen Augenblick funktionieren kann, ohne dessen Tod herbeizuführen. Sein Wert vom Standpunkt des Überlebens ist infolgedessen jedenfalls rein sozialer Art; und wenn die Menschheit von ihrer jetzigen Phase der sozialen Entwicklung jemals zu der eines höheren Individualismus übergeht, wie manche unserer Philosophen zu hoffen wagen, dürfen wir annehmen, daß

dieses interessante geistige Phänomen allmählich verschwinden wird, genau wie die Muskeln und Nerven, mit denen früher die Bewegungen unserer Ohren und unserer Kopfhaut bei allen Menschen mit Ausnahme einiger zurückgebliebener Individuen der Atrophie anheimgefallen und nur noch für den Physiologen von Interesse sind.«

»Wahrhaftig!« dachte Lord Peter müßig, »das ist eine ideale Doktrin für den Verbrecher. Ein Mensch, der glaubte, würde niemals ...«

Und da trat es ein – das Ereignis, das er halb unbewußt erwartet. So plötzlich, so unmißverständlich trat es ein wie der Sonnenaufgang. Es fiel ihm ein – nicht etwas Bestimmtes oder eine logische Folge von Dingen, sondern alles, das Ganze, vollkommen und in allen Dimensionen, als ob er außerhalb der Welt stünde und es im unendlichen dimensionalen Raume aufgehängt sähe. Er brauchte überhaupt nicht mehr zu überlegen oder darüber nachzudenken. Er wußte es.

Es gibt eine Rätselart, bei der man die Aufgabe hat, bestimmte Buchstaben umzustellen und daraus ein Wort zu bilden. Zum Beispiel:

PATEPNARK

Auf langsame Weise löst man dieses Rätsel, indem man es der Reihe nach mit allen Buchstabenkombinationen versucht und alle unmöglichen Verbindungen ausschaltet wie:

KRETP

Ein anderes Verfahren besteht darin, die zugeordneten Elemente so lange anzustarren, bis sich ohne einen faßbaren logischen Prozeß, vielleicht infolge einer zufälligen äußeren Anregung, die Buchstabenfolge.

TARNKAPPE

ganz von selbst ergibt. Danach braucht man die Buchstaben gar nicht mehr zu ordnen. Das Rätsel ist gelöst.

Ebenso formten sich die verstreuten Elemente zweier grotesker Rätsel, die in Lord Peters Kopf wie Kraut und Rüben durcheinandergeflogen waren, ganz plötzlich von selbst, so daß die Lösung mit einem Schlage da war. Ein Geräusch auf dem Dach des letzten Hauses – Levy in einer

Regenpfütze, der mit einer Prostituierten in der Battersea Road sprach – ein einzelnes rötliches Haar – Scharpiefäden – Inspektor Sugg, der den bedeutenden Chirurgen aus dem Seziersaal des Spitals herbeirief – Lady Levy mit einer Nervenstörung – der Geruch nach Karbolseife – die Stimme der Herzogin – »keine richtige Verlobung, nur eine gewisse Verständigung mit ihrem Vater« – peruanische Ölaktien – die dunkle Haut und das krumme, fleischige Profil des Mannes in der Badewanne – Dr. Grimbolds Aussage: »Meiner Ansicht nach ist der Tod erst mehrere Tage nach dem Schlag eingetreten« – Gummihandschuhe – sogar die schwache Stimme des Mr. Appledore: »Er kam einmal mit einer Kampfschrift gegen die Vivisektion« – alle diese Dinge und noch viele andere klangen zusammen und ergaben einen Ton, sie schwangen zusammen wie Glocken in einem Kirchturm, mit dem starken Tenor, der das Getöse übertönte: »Das Wissen um Gut und Böse ist eine Erscheinung des Gehirns und läßt sich ausmerzen, ausmerzen, ausmerzen. Das Wissen um Gut und Böse läßt sich ausmerzen.« Lord Peter Wimsey war kein Mensch, der sich gewohnheitsmäßig sehr ernst nahm; aber diesmal war er richtig entsetzt. »Es ist unmöglich«, sagte seine Vernunft matt, *»credo quia impossibile«*, sagte seine innere Stimme mit unerschütterlicher Selbstgewißheit. »Gut«, sagte das Gewissen, das sich sogleich mit dem blinden Glauben verbündete, »was gedenkst du nun zu tun?«
Lord Peter stand auf und schritt im Zimmer auf und ab. »Lieber Gott!« sagte er. »Lieber Gott!« Er nahm »Who 's Who« von dem kleinen Bücherbord über dem Telefonapparat und suchte Trost in diesem Nachschlagewerk.

Freke, Sir Julian, Dr. med. Oberarzt am St.-Lukas-Spital, Battersea. Geb. 16. März 1872 in Gryllingham, einziger Sohn von Edward Curzon Freke. *Bildungsgang:* Harrow und Trinity College in Cambridge. Ehemals Mitglied des Medizinischen Militäramtes. *Publikationen:* Anmerkungen über die pathologischen Aspekte des Genies, 1892; Statistische Beiträge zum Studium der Kinderlähmung in England und Wales, 1894; Funktionelle Störungen des Nervensystems, 1899; Cerebrospinale Erkrankungen, 1904; Das Grenzgebiet der Geisteskrankheiten, 1906; Untersuchung der Behandlung mittelloser Geisteskranker in England, 1906; Moderne Entwicklung der Psychotherapie, 1910; Kriminelle Geistesgestörtheit, 1914; Anwendung der Psychotherapie bei der Behandlung von Nervenerschütterung, 1917; Strukturelle Modifikationen bei Neurosen, 1920; *Clubs:* White's, Oxford und Cambridge, Alpine usw. *Freizeitbeschäftigung:* Schach, Bergsteigen, Angelsport. *Adresse:* 282 Harley Street und St.-Lukas-Spital, Prince of Wales Road, Battersea-Park, S. W. 11.

Er warf das Buch fort: »Bestätigung!« stöhnte er. »Als ob ich sie noch brauchte!«

Er setzte sich wieder und vergrub das Gesicht in den Händen. Ganz plötzlich fiel ihm ein, wie er vor Jahren vor dem Frühstückstisch in Schloß Denver gestanden hatte – ein kleiner, schmaler Knabe in blauer Hose, mit heftig klopfendem Herzen. Die andern waren noch nicht heruntergekommen. Auf dem Tisch stand ein großer Silberkessel mit einem Spirituskocher, und das Wasser brodelte in der Kaffeemaschine. Er hatte an der Tischtuchecke gezupft – zupfte noch stärker, und der Kessel kippte, und alle Teelöffel klirrten. Er packte das Tischtuch mit festem Griff und zog kräftig – noch jetzt fühlte er die Spannung, als der Kessel und die Kaffeemaschine und das ganze Rosenthal-Service mit gewaltigem Krachen niederstürzten – er erinnerte sich an das entsetzte Gesicht des Dieners und an den Aufschrei einer zu Gast weilenden Dame.

Ein Holzscheit zerbrach und sank in eine weiße Ascheflocke zusammen. Ein später Lastwagen ratterte am Fenster vorbei. Mr. Bunter, der den Schlaf des braven und getreuen Dieners schlief, wurde in tiefer Nacht von einem heiseren Geflüster geweckt: »Bunter!«

»Ja, Mylord?« sagte Bunter, richtete sich auf und knipste das Licht an.

»Machen Sie das Licht aus, Sie Wahnsinniger!« sagte die Stimme. »Horchen Sie ... da drüben ... können Sie's hören?«

»Es ist nichts, Mylord«, entgegnete Bunter, stieg rasch aus dem Bett und faßte nach seinem Herrn. »Es ist gut; gehen Sie schnell zu Bett, ich bringe Ihnen ein paar Tropfen Brom. Oh, Sie zittern ja ... Sie haben zu lange aufgesessen.«
»Pscht! Nein, nein – es ist das Wasser«, sagte Lord Peter mit klappernden Zähnen. »Es steht ihnen da unten bis zu den Hüften, den armen Teufeln. Aber horchen Sie! Hören Sie's nicht? Peng, peng, peng – sie unterminieren uns – aber ich weiß nicht, wo – ich kann es nicht hören – ich kann nicht. Horchen Sie doch! Da ist es wieder – wir müssen es finden – wir müssen es aufhalten ... Horchen Sie! O Gott! Ich kann es nicht hören – ich höre nichts wegen des Gewehrlärms. Können sie nicht mit dem Schießen aufhören?«
»Du meine Güte!« sagte Bunter zu sich selbst. »Nein, nein – es ist gut, Herr Major – machen Sie sich keine Sorgen.«
»Aber ich höre es«, widersprach Peter.
»Ich auch«, antwortete Mr. Bunter mannhaft. »Man hört es gut, Mylord. Das sind unsere eigenen Sappeure, die im nächsten Schützengraben arbeiten. Regen Sie sich deshalb nicht auf, Sir.«
Lord Peter packte seinen Arm mit fieberheißer Hand. »Unsere eigenen Sappeure? Bestimmt?«
»Ganz bestimmt«, bekräftigte Mr. Bunter fröhlich.
»Sie werden den Turm umlegen«, sagte Lord Peter.
»Sicher, und zwar sehr sauber. Kommen Sie nur und ruhen Sie sich ein bißchen aus, Sir – die andern haben diesen Abschnitt hier übernommen.«
»Ist es wirklich nicht gefährlich, ihn zu verlassen?«
»Ganz ungefährlich, Sir«, beschwichtigte Mr. Bunter, zog den Arm seines Herrn unter den seinen und führte ihn aus seinem Zimmer.
Lord Peter ließ sich ohne weiteren Widerstand zu Bett bringen und ein Mittel eingeben. Mr. Bunter, der in seinem gestreiften Pyjama und mit dem zerzausten dunklen Haar ganz und gar nicht bunterhaft aussah, saß neben ihm und betrachtete grimmig die scharfen Backenknochen seines Herrn und die roten Flecken unter den Augen.

»Dachte, wir hätten diese Anfälle überstanden«, sagte er zu sich. »Hat sich überanstrengt. Schläft er?« Ein liebevoller Ton kam in seine Stimme: »Kleiner Dummkopf!« sagte Wachtmeister Bunter.

9

Als Mr. Parker, der nach Piccadilly 110 a gerufen worden war, am nächsten Morgen dort ankam, stellte er fest, daß die Herzoginwitwe die Zügel ergriffen hatte. Sie begrüßte ihn liebenswürdig.

»Ich nehme den dummen Jungen übers Wochenende nach Denver«, sagte sie und wies auf Lord Peter, der gerade schrieb und den Eintritt seines Freundes nur mit einem kurzen Nicken zur Kenntnis nahm. »Er hat sich übernommen – ist in Salisbury und überall herumgelaufen und nie mehr zu Bett gegangen – Sie sollten ihn wirklich nicht dazu ermuntern, Mr. Parker, das ist sehr unrecht von Ihnen. Da weckt er den armen Bunter mitten in der Nacht mit Schreckgesichten aus dem Krieg auf, als ob das nicht seit Jahren vorbei wäre. Ewig hat er keinen solchen Anfall mehr gehabt; aber nun haben wir's! Nerven sind etwas Sonderbares, und Peter litt schon an Angstträumen, als er noch ganz klein war. Oft wollte er natürlich bloß sein kleines Kopfkissen haben; aber 1918 war er ja so schlimm daran, wie Sie wissen, und ich glaube, in ein paar Jahren lassen sich die Schrecknisse eines Krieges nicht vergessen. Eigentlich sollte ich ja dankbar sein, daß meine beiden Söhne mit dem Leben davongekommen sind. Immerhin, ein wenig Frieden und Ruhe in Denver werden ihm nichts schaden.«

»Tut mir leid, daß es Ihnen schlechtging, alter Freund«, sagte Parker unbestimmt mitfühlend. »Sie sehen etwas angegriffen aus.«

»Charles«, sagte Lord Peter mit völlig ausdrucksloser Stimme, »ich gehe zwei Tage fort, weil ich Ihnen in London doch nichts nützen kann. Was augenblicklich zu tun ist, das wird viel besser von Ihnen erledigt als von mir. Bringen Sie das hier bitte sofort nach Scotland Yard« – er faltete sein Schreiben und steckte es in einen Umschlag – »und lassen Sie es an alle Armenhäuser, Spitäler, Polizeistationen, Männerherbergen und dergleichen in London gehen. Es ist die Beschreibung des Toten in der Badewanne, wie er aussah, bevor er rasiert und gewaschen wurde. Ich möchte wissen, ob irgendein Mann, auf den die Beschreibung paßt, in den letzten vierzehn Tagen, tot oder lebendig, irgendwo aufgenommen worden ist. Sprechen Sie mit Sir Andrew Mackenzie persönlich, er soll das Schriftstück sofort hinausgehen lassen. Sagen Sie ihm, Sie hätten die Probleme von dem Mord an Levy und dem Battersea-Geheimnis gelöst« – Mr. Parker stieß einen Ruf der Verwunderung aus, den sein Freund nicht beachtete – »und bitten Sie ihn, einen Haftbefehl auszustellen, damit Sie einen sehr gefährlichen und wichtigen Verbrecher jederzeit verhaften können. Wenn die Antworten auf dieses Schriftstück einlaufen, achten Sie auf jede Erwähnung des St.-Lukas-Spitals oder irgendeiner Person, die mit dem St.-Lukas-Spital zusammenhängt, und benachrichtigen Sie mich dann sofort. Inzwischen knüpfen Sie – wie, ist mir gleich – mit einem der Studenten im St.-Lukas-Spital Bekanntschaft an. Aber sagen Sie dort nichts von Morden und Haftbefehlen, sonst landen Sie in einer Zwangsjacke. Ich komme zurück, sobald ich von Ihnen höre, und ich erwarte, daß ich zu meiner Begrüßung einen lieben, begabten Knochensäger vorfinden werde.« Er lächelte schwach.

»Soll das heißen, daß Sie der Sache auf den Grund gekommen sind?« fragte Parker.

»Ja. Ich kann mich irren. Hoffentlich irre ich mich; aber ich weiß, daß es stimmt.«

»Sie wollen es mir wohl nicht sagen?«

»Lieber nicht, offen gestanden. Wie gesagt, ich könnte mich irren, und dann wäre mir zumute, als ob ich den Erzbischof von Canterbury verleumdet hätte.«

»Verraten Sie mir wenigstens – ist es ein Geheimnis, oder sind es zwei?«

»Eins.«

»Sie sprachen von dem Mord an Levy. Ist Levy tot?«
»Lieber Gott – ja!« sagte Peter schaudernd.
Die Herzogin, die den »Tatler« las, blickte auf und fragte: »Peter, bekommst du wieder Schüttelfrost? Worüber ihr beide auch reden mögt, hört sofort damit auf, wenn es dich aufregt. Außerdem ist es Zeit, daß wir gehen.«
»Schön, Mutter«, sagte Peter. Er wandte sich an Bunter, der mit einem Mantel und einem Koffer respektvoll an der Türe stand. »Sie wissen doch, was Sie zu tun haben, nicht wahr?«
»Durchaus, Mylord. Der Wagen ist soeben vorgefahren, Durchlaucht.«
»Und Mrs. Thipps sitzt darin«, sagte die Herzogin. »Sie wird sich freuen, dich wiederzusehen, Peter. Du erinnerst sie an Mr. Thipps. Auf Wiedersehen, Bunter.«
»Auf Wiedersehen, Durchlaucht.«
Parker begleitete sie hinunter.
Als sie abgefahren waren, betrachtete er verständnislos den Umschlag in seiner Hand. Doch dann fiel ihm ein, daß Samstag war, weswegen Eile not tat, und er rief ein Taxi an. »Scotland Yard!« wies er den Chauffeur an.

Am Dienstag morgen streiften Lord Peter und ein Mann in Manchesterjoppe fröhlich durch Rübenfelder, die schon vom frühen Frost gelb angetönt waren. Ein Stückchen vor ihnen verriet eine wellenförmige Bewegung unter den Blättern die unsichtbare, doch immer nahe Gegenwart eines jungen Setters des Herzogs von Denver. Plötzlich flog ein Rebhuhn mit einem Lärm wie von einer Knarre auf, und Lord Peter schoß es ab – sehr zielsicher für einen Menschen, der vor einigen Tagen erst eingebildete deutsche Sappeure gehört hatte. Der junge Setter sprang vergnügt durch die Rüben und brachte den toten Vogel.
»Braver Hund«, lobte Lord Peter.
Dadurch ermutigt, machte der Hund einige lächerliche Freudensprünge und bellte.
»Ein dummes Tier«, sagte der Mann in der Manchesterjoppe. »Kann sich nicht still verhalten. Zu nervös, Mylord. Einer von Black Lass' letztem Wurf.«

»Du meine Güte«, erwiderte Lord Peter, »lebt die alte Hündin immer noch?«
»Nein, Mylord, wir mußten sie im Frühling abtun.«
Peter nickte. Er behauptete immer, er hasse das Landleben und sei froh, nichts mit dem Familiengut zu tun zu haben; aber an diesem Morgen hatte er die prickelnde Luft und die um seine blankgeputzten Stiefel zischenden Blätter genossen. In Denver ging alles seinen ordentlichen Gang; niemand starb plötzlich oder erlitt einen gewaltsamen Tod, außer bejahrten Hunden – und Rebhühnern, um genau zu sein. Mit Vergnügen atmete er die Herbstgerüche ein. In der Tasche hatte er einen Brief, der mit der Morgenpost gekommen war; aber er wollte ihn noch nicht lesen. Parker hatte nicht telegrafiert; es eilte also nicht.

Er las den Brief nach dem Mittagessen im Rauchzimmer. Sein Bruder war zugegen, über der »Times« dösend – ein rechter, sauberer Engländer, festgeformt und konventionell, ähnlich wie Heinrich VIII. in seiner Jugend; Gerald, der sechzehnte Herzog von Denver. Der Herzog fand seinen jüngeren Bruder ziemlich entartet und nicht ganz gute Klasse; er hegte eine Abneigung gegen dessen Vorliebe für das Polizeiwesen.
Der Brief war von Mr. Bunter.

Mylord,
ich schreibe, um Eure Lordschaft, wie gewünscht, vom Ergebnis meiner Untersuchungen in Kenntnis zu setzen.
Ich hatte keine Schwierigkeiten, mit Sir Julian Frekes Diener Bekanntschaft zu schließen. Er verkehrt im selben Klub wie der Diener des ehrenwerten Frederick Arbuthnot, mit dem ich befreundet bin und der gern bereit war, mich vorzustellen. Er nahm mich gestern abend (Sonntag) in den Klub mit, und wir aßen mit dem Mann, der John Cummings heißt, und nachher lud ich Cummings zu einem Getränk und einer Zigarre in die Wohnung ein. Eure Lordschaft werden entschuldigen, daß ich das getan habe; es ist ja nicht meine Gewohnheit, aber ich habe immer die Erfahrung gemacht, daß man das Vertrauen eines

Dieners am besten gewinnt, wenn man ihn glauben läßt, daß man sich die Abwesenheit des Vorgesetzten zunutze macht.
(»Ich hatte schon immer den Verdacht, daß Bunter die menschliche Natur studiert«, dachte Lord Peter.)
Ich setzte ihm den besten alten Portwein vor (»Du Teufelskerl!« dachte Lord Peter), da ich Sie und Mr. Arbuthnot darüber reden gehört hatte (»Hm«, machte Lord Peter).
Die Wirkung entsprach ganz meiner Erwartung hinsichtlich meines Vorhabens; aber ich muß zu meinem Bedauern sagen, daß er dazu eine Zigarre rauchte (eine von Ihren Villary Villars). Eure Lordschaft werden begreifen, wenn ich mich dazu jetzt nicht weiter äußere; aber Eure Lordschaft werden mit mir fühlen. Darf ich bei dieser Gelegenheit meine dankbare Schätzung dafür ausdrücken, daß Eure Lordschaft in bezug auf Essen, Trinken und Kleidung einen so ausgezeichneten Geschmack haben? Es ist, mit Verlaub zu sagen, mehr als ein Vergnügen, Eurer Lordschaft zu dienen – es ist bildend.

Lord Peter neigte ernst das Haupt.
»Was treibst du eigentlich, Peter, sitzt und nickst und grinst wie ein ich weiß nicht was?« fragte der Herzog, der plötzlich aus seinem Nickerchen aufgefahren war. »Angenehme Nachrichten, was?«
»Sehr angenehme.«
Der Herzog betrachtete ihn zweifelnd. »Hoffentlich geht er nicht hin und heiratet eine Ballettratte«, sagte er im stillen und kehrte zu seiner »Times« zurück.

Beim Essen hatte ich mich bemüht, Cummings' Vorlieben herauszubekommen, und festgestellt, daß er eine Schwäche für Operette und Varieté hat. Beim ersten Glas lenkte ich das Gespräch auf dieses Gebiet, da Eure Lordschaft mir freundlicherweise Gelegenheit gegeben hatten, alle Vorstellungen in London zu sehen, und ich sprach freier, als ich es sonst für schicklich halte, um mich bei ihm beliebt zu machen. Ich muß sagen, daß seine Ansichten über Frauen und über die Bühne so sind, wie sie bei einem

Manne, der zum Portwein Eurer Lordschaft raucht, zu erwarten sind.
Beim zweiten Glas berührte ich die Tätigkeit Eurer Lordschaft. Um Zeit zu sparen, werde ich unser Gespräch in Dialogform beschreiben, möglichst genau so, wie es sich abgewickelt hat. Cummings: Sie scheinen viel Gelegenheit zu haben, vom Leben etwas zu sehen, Mr. Bunter.
Bunter: Dazu hat man immer Gelegenheit, wenn man weiß, wie man sie findet.
Cummings: Oh, Sie haben leicht reden, Mr. Bunter. Erstens einmal sind Sie nicht verheiratet.
Bunter: Da weiß ich Besseres, Mr. Cummings.
Cummings: Ich auch – jetzt, nachdem es zu spät ist. (Er seufzte tief, und ich schenkte ihm nach.)
Bunter: Lebt Ihre Frau mit Ihnen in Battersea?
Cummings: Ja, wir sind beide bei meinem Herrn tätig. So ein Leben! Ich kann Ihnen sagen, es ist langweilig, so ganz unter uns in der verdammten Vorstadt Battersea zu leben.
Bunter: Natürlich nicht sehr praktisch für den Besuch der Operette.
Cummings: Glauben Sie mir, Sie haben's gut hier am Piccadilly, mittendrin, könnte man sagen. Und Ihr Herr ist wohl oft den ganzen Abend weg?
Bunter: Oh, häufig, Mr. Cummings.
Cummings: Dann machen Sie sich wohl die Gelegenheit zunutze, auch jedesmal auszufliegen, was?
Bunter: Na, was meinen Sie wohl, Mr. Cummings?
Cummings: Aha, da haben wir's! Aber was kann man machen, wenn man einen dummen Zankteufel zur Frau hat und einen verfluchten Wissenschaftler zum Vorgesetzten, der den ganzen Abend Leichen aufschneidet und mit Fröschen experimentiert?
Bunter: Sicher geht er doch auch manchmal aus.
Cummings: Nicht oft. Und immer kommt er vor zwölf zurück. Und wehe, wenn er läutet und man nicht zur Stelle ist! Ich gebe Ihnen mein Wort, Mr. Bunter.
Bunter: Wird er wütend?
Cummings: Nei . . . ein – aber er schaut einen eklig an, als ob man auf seinem Operationstisch läge und er wollte

einen aufschneiden. Nichts, worüber man sich wirklich beklagen könnte, Mr. Bunter, nur unangenehme Blicke. Er ist immer korrekt. Entschuldigt sich, wenn er rücksichtslos war. Aber was nützt das, wenn er es war und einem den Schlaf geraubt hat?

Bunter: Wie denn? Müssen Sie lange aufbleiben?

Cummings: O nein, mitnichten. Um halb elf wird das Haus geschlossen, und alle gehen zu Bett. Das ist die Regel. Diese Regelmäßigkeit ist trübselig. Aber wenn ich zu Bett gehe, möchte ich wenigstens meine Ruhe haben.

Bunter: Was tut er denn? Läuft er im Haus herum?

Cummings: Und wie! Die ganze Nacht. Zur Privattür hinaus ins Spital und zurück.

Bunter: Soll das heißen, Mr. Cummings, daß ein bedeutender Spezialist wie Sir Julian Freke Nachtbesuche im Spital macht?

Cummings. Nein, nein. Er erledigt seine eigene Arbeit – Forschungsarbeit, wie man sagt. Seziert Leichen. Da soll er sehr viel können. Wie ein Uhrwerk kann er Sie oder mich auseinandernehmen, Mr. Bunter, und wieder zusammensetzen.

Bunter: Schlafen Sie denn unten, daß Sie ihn so deutlich hören?

Cummings: Nein, unser Schlafzimmer ist ganz oben. Aber, mein Gott! was nützt das? Er knallt mit den Türen, daß man es im ganzen Hause hört.

Bunter: Oh, darauf muß ich Lord Peter oft aufmerksam machen. Und Gerede die ganze Nacht. Und Bäder.

Cummings: Jawohl, Bäder! Neben dem Zimmer, wo meine Frau und ich schlafen, ist die Wasserleitung. Ein Lärm, daß Tote erwachen würden. Zu jeder Stunde. Wann, meinen Sie, hat er vorigen Montag abend gebadet, Mr. Bunter?

Bunter: Ich kenne solche, die um zwei Uhr nachts baden, Mr. Cummings.

Cummings: So? Na, das war um drei. Um drei Uhr nachts wurden wir dadurch geweckt. Mein Ehrenwort.

Bunter: Was Sie nicht sagen, Mr. Cummings!

Cummings: Er seziert herum, und dann mag er nicht zu

Bett gehen, ehe er die Bazillen abgewaschen hat, wenn Sie mich verstehen. Das ist ja ganz natürlich. Aber ich finde, mitten in der Nacht sollte man sich nicht mit Krankheiten befassen.
Bunter: Große Leute haben ihre eigene Anschauung.
Cummings: Na, ich kann nur sagen, ich habe eine andere. (Das glaubte ich gern, Mylord. Cummings hat nichts von Größe, und seine Beinkleider sind nicht so, wie ich sie bei einem Menschen seines Berufes sehen möchte.)
Bunter: Wird es bei ihm immer so spät, Mr. Cummings?
Cummings: Nein, nicht in der Regel, könnte man sagen. Er entschuldigte sich auch am Morgen und sagte, er würde die Wasserleitung nachsehen lassen – das ist meiner Meinung nach wirklich notwendig; denn in die Rohre dringt Luft ein, und das Gurgeln und Rauschen ist fürchterlich. Wie ein Niagara, wenn Sie mich verstehen, Mr. Bunter, mein Ehrenwort.
Bunter: Nun, das ist doch ganz in Ordnung, Mr. Cummings. Mit einem Herrn, der so viel Lebensart hat, sich zu entschuldigen, kann man viel machen. Manchmal können sie natürlich nichts dafür. Da bekommen sie unerwarteten Besuch, der lange bleibt.
Cummings: Das stimmt, Mr. Bunter. Richtig, nun fällt's mir ein, am Montag abend war tatsächlich Besuch da. Er kam zwar nicht spät; aber er blieb ungefähr eine Stunde, und dadurch geriet Sir Julian vielleicht ins Hintertreffen.
Bunter: Sehr wahrscheinlich. Darf ich Ihnen noch Portwein einschenken, Mr. Cummings? Oder etwas von Lord Peters altem Kognak?
Cummings: Etwas Kognak. Besten Dank, Mr. Bunter. Vermutlich sind Sie hier der Kellermeister. (Er zwinkerte mir zu.) »Darauf können Sie sich verlassen«, sagte ich, und ich holte ihm den Napoleon. (Ich versichere Eurer Lordschaft, es ging mir nahe, ihn einem solchen Menschen vorzusetzen. Doch da ich sah, daß wir ihn auf dem richtigen Weg hatten, fand ich es keine Verschwendung.)
»Ich wünschte, hier kämen abends immer nur Herren her«, sagte ich (Eure Lordschaft werden diese Andeutung wohl entschuldigen).

(»Lieber Gott«, dachte Lord Peter, »wenn Bunter doch in seinen Methoden weniger gründlich wäre.«)
Cummings: Oh, so ist Seine Lordschaft, ja? (Er kicherte und stieß mich in die Seite. Ich unterschlage hier einen Teil des Gesprächs, der Eure Lordschaft ebenso verletzen könnte, wie er mich verletzt hat. Er fuhr dann fort:) Nein, bei Sir Julian gibt's nichts dergleichen. Sehr wenig Gäste abends und immer Herren. Sie gehen in der Regel auch immer früh wie der, den ich erwähnte.
Bunter: Das ist doch schön, Mr. Cummings. Ich finde nichts ermüdender, als aufbleiben zu müssen, um die Gäste zur Türe zu begleiten.
Cummings: Oh, ich habe den Besucher nicht hinausbegleitet. Sir Julian brachte ihn selbst so gegen zehn Uhr. Ich hörte den Herrn »Gute Nacht« rufen, und dann ging er.
Bunter: Tut Sir Julian das immer?
Cummings: Das hängt davon ab. Wenn er mit den Besuchern unten sitzt, läßt er sie selbst hinaus; wenn er sie oben im Arbeitszimmer empfängt, klingelt er nach mir.
Bunter: Mit diesem Gast saß er also unten?
Cummings: Ja. Sir Julian machte ihm auf, wie ich mich erinnere. Er arbeitete zufällig gerade in der Halle. Doch da fällt mir ein . . . nachher gingen sie ins Arbeitszimmer hinauf. Das ist komisch. Ich weiß, sie gingen hinauf; denn ich trug Kohlen in die Halle, und da hörte ich sie oben. Außerdem läutete Sir Julian ein paar Minuten später im Arbeitszimmer nach mir. Jedenfalls hörten wir den Besucher um zehn gehen oder vielleicht etwas früher. Er war nicht einmal dreiviertel Stunden geblieben. Aber wie gesagt, dann knallten die ganze Nacht die Türen, um drei Uhr badete Sir Julian, und um acht wollte er schon sein Frühstück haben – das ärgert mich. Wenn ich so reich wäre wie er . . . verflucht noch mal, dann würde ich nicht mitten in der Nacht an Leichen herumfummeln. Ich wüßte mit meiner Zeit Besseres anzufangen, was, Mr. Bunter . . .
Ich brauche von seinen Reden nichts mehr zu wiederholen, da sie unerfreulich und zusammenhanglos wurden, und ich konnte ihn nicht mehr auf die Ereignisse vom Montag abend zurückbringen. Es war unmöglich, ihn vor

drei Uhr loszuwerden. Er fiel mir weinend um den Hals und sagte, ich sei ein Glückspilz und Sie wären der richtige Herr für ihn. Er sagte, Sir Julian würde sehr böse auf ihn sein, weil er so spät nach Hause käme; aber sonntagabends habe er frei, und wenn es Vorwürfe absetzte, wollte er kündigen. Ich glaube, es wäre nicht ratsam, wenn er das täte; denn er ist kein Diener, den ich mit gutem Gewissen empfehlen könnte, wenn ich an Sir Julian Frekes Stelle wäre. Es fiel mir auf, daß seine Absätze etwas schiefgelaufen waren. Als Lob für den Keller Eurer Lordschaft möchte ich noch hinzufügen, daß ich, obwohl ich genötigt war, eine etwas große Quantität sowohl vom Cockburn 1868 als auch vom Napoleon 1800 zu genehmigen, heute morgen kein Kopfweh oder sonst welche Beschwerden habe.
In der Hoffnung, daß Eure Lordschaft sich in der Landluft gut erholen und daß sich die kleine Information, die ich zu erlangen vermochte, als befriedigend erweisen wird, verbleibe ich mit untertänigsten Grüßen an alle Angehörigen

Ihr sehr ergebener
Mervyn Bunter.

»Wahrhaftig«, sagte Lord Peter nachdenklich zu sich selbst, »manchmal habe ich das Gefühl, daß Mervyn Bunter sich über mich lustig macht.« Er fuhr auf: »Was gibt's, Soames?«
»Ein Telegramm, Mylord.«
»Von Parker«, sagte Lord Peter und riß das Telegramm auf. Darin stand:
»Armenhaus Chelsea Beschreibung erkannt. Unbekannter Landstreicher vorige Woche Mittwoch bei Verkehrsunfall verletzt. Starb Montag Armenhaus. Auf Frekes Wunsch gleichen Abends ins Lukas-Spital überführt. Mir rätselhaft. Parker.«
»Hurra!« rief Lord Peter, dessen Augen plötzlich blitzten. »Freut mich, daß ich Parker Rätsel aufgebe. Das verleiht mir Selbstvertrauen. Dadurch fühle ich mich wie Sherlock Holmes. ›Ganz einfach, Watson.‹ Trotzdem – zum Kuckuck mit allem! Es ist eine abscheuliche Sache. Immerhin, Parker steht vor einem Rätsel.«

»Was ist los?« fragte der Herzog und stand gähnend auf.
»Marschorder«, antwortete Lord Peter. »Ich muß in die Stadt zurück. Vielen Dank für deine Gastfreundschaft, Alter – ich fühle mich viel, viel besser. Bin wieder zu allen Schandtaten bereit.«
»Ich wünschte, du würdest dich von den Polizeigeschichten fernhalten«, knurrte der Herzog. »Es ist so peinlich für mich, einen Bruder zu haben, der sich hervortut.«
»Tut mir leid, Gerald. Ich weiß, ich bin ein schlimmer Flekken auf dem Wappenschild.«
»Warum heiratest du nicht, wirst seßhaft, führst ein ruhiges Leben und tust etwas Nützliches?« fragte der Herzog unbesänftigt.
»Weil das einen Mißerfolg gäbe, wie du recht gut weißt«, versetzte Lord Peter. »Außerdem«, fügte er fröhlich hinzu, »tue ich immerzu etwas Nützliches. Vielleicht brauchst du mich eines Tages selbst, man kann nie wissen. Wenn dich einmal jemand erpreßt, Gerald, oder wenn deine erste Frau unerwartet aus Westindien auftaucht, wird dir klar werden, wie gut es ist, einen Privatdetektiv in der Familie zu haben. ›Delikate Angelegenheiten werden mit Takt und Diskretion erledigt. Untersuchungen aller Art. Spezialität Scheidungsgründe. Alle Garantie!‹ Komm jetzt.«
»Esel!« sagte Lord Denver und warf die Zeitung heftig in seinen Sessel. »Wann willst du den Wagen haben?«
»Fast gleich. Höre, Jerry, ich nehme Mutter mit.«
»Warum muß sie denn auch hineinverwickelt werden?«
»Ach, ich brauche ihre Hilfe.«
»Ich finde das unschicklich«, sagte der Herzog.
Die Herzoginwitwe aber erhob keinen Einwand.
»Ich kannte sie recht gut, als sie noch Christine Ford war«, sagte sie. »Warum, Jungchen?«
»Weil man ihr eine schreckliche Neuigkeit über ihren Mann mitteilen muß«, antwortete Lord Peter.
»Ist er tot?«
»Ja; und sie muß ihn identifizieren.«
»Die arme Christine.«
»Unter sehr abstoßenden Umständen, Mutter.«
»Ich komme mit dir, Jungchen.«

»Vielen Dank, Mutter, du bist ein Prachtskerl. Hast du etwas dagegen, sofort deine Sachen zusammenzupacken und gleich mit mir zu fahren? Ich erzähle dir alles unterwegs.«

10

Mr. Parker, ein getreuer, jedoch ungläubiger Thomas, hatte sich pflichtschuldigst seines Medizinstudenten versichert, eines großen jungen Mannes gleich einem überstreckten Welpen mit unschuldigen Augen und sommersprossigem Gesicht. Er saß auf dem Sofa vor Lord Peters Kaminfeuer in der Bibliothek, gleichermaßen verwirrt durch seinen Auftrag, seine Umgebung und das Getränk, welches er in sich aufnahm. Sein Gaumen, obzwar ungeschult, war natürlich gut, und er war sich darüber klar, daß es Frevel gewesen wäre, diese Flüssigkeit einfach als alkoholisches Getränk zu bezeichnen – diesen Ausdruck benutzte er gewöhnlich für billigen Whisky, Nachkriegsbier oder ein zweifelhaftes Glas Claret in einem Restaurant in Soho; dies war etwas außerhalb seiner normalen Erfahrung: Ein Genius in einer Flasche.
Der Mann namens Parker, den er am vergangenen Abend zufällig in der Wirtschaft an der Ecke der Prince of Wales Road kennengelernt hatte, schien ein guter Kerl zu sein. Er hatte darauf bestanden, ihn zu seinem Freund mitzunehmen, der prächtig am Piccadilly wohnte. Parker war ganz verständig; er hielt ihn für einen Staatsbeamten oder vielleicht irgendeinen Geschäftsmann. Dieser Freund hingegen war rätselhaft; erstens einmal war es ein Lord, und sein Anzug war gewissermaßen ein Vorwurf für die Welt im allgemeinen. Er redete den tollsten Unsinn, aber auf verwirrende Weise. Er schöpfte einen Scherz nicht aus, sondern machte ihn leichthin, sozusagen im Vorbeigehen, und schaltete auf etwas anderes um, ehe man eine Entgegnung bereit hatte. Er hatte einen wahrhaft gräßlichen Diener – die Sorte, von der man in Büchern liest –, der einem

mit seiner stummen Kritik das Mark in den Knochen gefrieren ließ. Parker schien die Anspannung gut zu ertragen, und deshalb stieg Parker in der Achtung; er mußte an den Umgang mit den Großen mehr gewöhnt sein, als man nach seinem Aussehen gedacht hätte. Man fragte sich, was der Teppich gekostet haben mochte, auf dem Parker achtlos Zigarrenasche verstreute – der Vater war Tapezierer, Mr. Piggott von der Firma Piggott & Piggott in Liverpool –, und man verstand genug von Teppichen, um zu wissen, daß man bei diesem den Preis nicht einmal erraten konnte. Wenn man den Kopf auf dem üppigen Seidenkissen im Sofawinkel bewegte, verspürte man den Wunsch, man hätte sich öfter und sorgfältig rasiert. Das Sofa war ein Ungeheuer – trotzdem schien es kaum groß genug, einen Menschen zu fassen. Dieser Lord Peter war nicht sehr groß – ja, er war eher ein kleiner Mann; aber er wirkte nicht klein. Er sah richtig aus; er vermittelte einem das Gefühl, daß es ordinär wäre, eins sechsundachtzig zu sein. Aber alle verhielten sich sehr anständig, niemand sagte etwas, das man nicht verstand, oder rümpfte die Nase. Ringsum auf den Gestellen standen erschreckend tiefsinnig aussehende Bücher, und man hatte in einen Dante-Band geblickt, der auf dem Tisch lag; aber der Gastgeber sprach ganz vernünftig und normal über die Bücher, die man selbst las – gute Liebesgeschichten und Kriminalromane. Deren hatte man eine Menge gelesen, so daß man sich darüber äußern konnte, und die andern hörten zu, was man zu sagen hatte, obwohl Lord Peter auch eine sonderbare Art hatte, über Bücher zu reden, als ob der Autor sich ihm vorher anvertraut und ihm erzählt hätte, wie die Geschichte zusammengesetzt war und welchen Teil er zuerst geschrieben hatte. Das erinnerte an die Art und Weise, wie der alte Freke eine Leiche in Bestandteile zerlegte.

»Was ich gegen die Detektivgeschichten einzuwenden habe«, sagte Mr. Piggott, »das ist die Fähigkeit der Leute, sich an jedes kleine bißchen zu erinnern, das sie in den letzten sechs Monaten erlebt haben. Sie wissen immer über die Tageszeit Bescheid, ob es geregnet hat oder nicht, und was sie an dem und dem Tage getrieben haben. Sie

haspeln es ab wie ein Gedicht. Im wirklichen Leben geht es aber nicht so zu, finden Sie nicht auch, Lord Peter?«
Lord Peter lächelte, und der junge Piggott, den sogleich Verwirrung ergriff, wandte sich an seinen älteren Bekannten: »Sie wissen, was ich meine, Parker. Also. Ein Tag gleicht dem andern so sehr, daß ich bestimmt nicht mehr wüßte ... na schön, ich kann mich vielleicht an gestern erinnern, aber ich wüßte sicher nicht mehr, was ich vorige Woche getan habe, und wenn ich deshalb erschossen würde.«
»Ja«, stimmte Parker zu, »und die Aussagen bei der Einvernahme klingen ebenso unmöglich. In Wirklichkeit geht es ja auch nicht so zu. Ich meine, ein Mensch sagt nicht einfach: ›Vorigen Freitag ging ich um zehn Uhr ein Kalbskotelett kaufen. Als ich in die Mortimer Street einbog, sah ich ein etwa zweiundzwanzigjähriges junges Mädchen mit schwarzem Haar und braunen Augen, bekleidet mit grünem Pullover, kariertem Rock, Strohhut und schwarzen Schuhen, auf einem Royal-Sunbeam-Fahrrad mit ungefähr fünfzehn Stundenkilometer Geschwindigkeit bei der St.-Simons-Kirche auf der falschen Straßenseite zum Marktplatz fahren!‹ Darauf läuft es zum Schluß natürlich hinaus, aber das wird durch eine Reihe von Fragen allmählich hervorgeholt.«
»Und in knappgefaßten Romanen muß es in Tatsachenform dargestellt werden«, fiel Lord Peter ein, »weil der wahre Dialog zu lang und verwickelt wäre, und niemand hätte die Geduld, das zu lesen. Schriftsteller müssen an ihre Leser denken.«
»Ja«, sagte Mr. Piggott, »aber ich wette, die meisten Leute hätten allerhand Mühe, sich zu erinnern, auch wenn man sie befragt. Mir würde es so gehen ... allerdings bin ich ein bißchen langsam im Kopf; doch das sind schließlich die meisten, nicht wahr? Sie wissen schon, was ich meine. Zeugen sind keine Detektive, sie sind einfach Durchschnittsidioten wie Sie und ich.«
»Ganz recht«, antwortete Lord Peter und lächelte, als die Bedeutung des letzten Satzes dem unglückseligen Frevler aufging. »Sie meinen, wenn ich Sie ganz allgemein

fragen würde, was Sie ... sagen wir, heute vor einer Woche getan haben, dann könnten Sie es mir nicht so ohne weiteres sagen?«

»Sicher nicht.« Mr. Piggott überlegte. »Ich war im Spital wie gewöhnlich, glaube ich, und da es ein Dienstag war, hatte ich wohl irgendeine Vorlesung – verflixt, ich weiß nicht, welche – und abends ging ich mit Tommy Pringle aus – nein, das muß am Montag gewesen sein – oder war es Mittwoch? Ich sage Ihnen, ich könnte nichts beschwören.«

»Sie tun sich selber unrecht«, erwiderte Lord Peter ernst. »Ich bin überzeugt, Sie wissen zum Beispiel noch, was Sie an dem Tage im Seziersaal gemacht haben.«

»Himmel, nein! Nicht bestimmt. Das heißt, vielleicht fällt es mir ein, wenn ich lange nachdenke; aber ich könnte es nicht vor Gericht beschwören.«

»Ich wette mit Ihnen um eine halbe Krone gegen sechs Pence, daß es Ihnen in fünf Minuten einfällt«, sagte Lord Peter.

»Ich kann es sicher nicht.«

»Wir werden ja sehen. Führen Sie Buch über Ihre Sezierarbeit? Notizen, Zeichnungen oder etwas Ähnliches?«

»O ja.«

»Denken Sie daran. Was war Ihre letzte Eintragung?«

»Das ist leicht, weil ich sie erst heute vormittag machte. Es waren Beinmuskeln.«

»Aha. Wen sezierten Sie?«

»Eine alte Frau, die an Pneumonie gestorben war.«

»Aha. Blättern Sie in Gedanken Ihr Heft zurück. Was kam davor?«

»Ach, einige Tiere – immerzu Beine. Ich befasse mich augenblicklich mit den motorischen Muskeln. Ja, da war Cunninghams Demonstration über vergleichende Anatomie. Es gelang mir einiges mit einem Hasen- und einem Froschbein und mit den Rudimentärbeinen einer Schlange.«

»Aha. An welchem Tag hält Mr. Cunningham Vorlesung?«

»Freitags.«

»Freitag also. Blättern Sie weiter zurück. Was kam davor?«
Mr. Piggott schüttelte den Kopf.
»Fangen Ihre Beinzeichnungen auf einer rechten oder auf einer linken Seite an? Sehen Sie die erste Zeichnung vor sich?«
»Ja – ja – ich sehe das Datum oben. Es ist ein Schnitt eines Froschbeins auf der rechten Seite.«
»Aha. Denken Sie an das aufgeschlagene Heft. Was ist gegenüber?«
Das erforderte einige geistige Konzentration.
»Etwas Rundes – Farbiges – richtig, ja, eine Hand.«
»Aha. Sie kamen von den Hand- und Armmuskeln zu Bein- und Fußmuskeln?«
»Ja, das stimmt. Ich habe eine ganze Reihe von Armzeichnungen gemacht.«
»Aha. Haben Sie sie am Donnerstag gemacht?«
»Nein. Donnerstags bin ich nie im Seziersaal.«
»Vielleicht am Mittwoch?«
»Ja; ich muß sie am Mittwoch gemacht haben. Ja, stimmt. Ich ging in den Seziersaal, nachdem wir am Morgen die Tetanuspatienten gesehen hatten. Ich machte sie am Mittwochnachmittag. Ich weiß noch, ich ging zurück, weil ich sie beenden wollte. Ich arbeitete sehr angespannt – ganz allein. Daher weiß ich es noch.«
»Aha, Sie gingen zurück, um die Arbeit zu beenden. Wann hatten Sie sie denn angefangen?«
»Na, am Tag vorher.«
»Am Tag vorher. Das war am Dienstag, nicht?«
»Ich habe nicht mehr nachgezählt – ja, der Tag vor Mittwoch – ja, Dienstag.«
»Aha. Waren es Männer- oder Frauenarme?«
»Oh, Männerarme.«
»Aha. Vorigen Dienstag, heute vor einer Woche, haben Sie im Seziersaal den Arm eines Mannes seziert. Sechs Pence, bitte.«
»Wahrhaftig!«
»Warten Sie einen Augenblick. Sie wissen noch viel mehr. Sie haben keine Ahnung, wieviel Sie wissen. Sie wissen auch, was für ein Mann es war.«

»Oh, ich sah ihn gar nicht ganz, verstehen Sie. Ich kam damals etwas verspätet, wie ich mich erinnere. Ich hatte mir eigens einen Arm erbeten, weil ich in Armen etwas schwach war, und Watts – das ist der Wärter – hatte mir versprochen, mir einen aufzuheben.«
»Aha. Sie kamen zu spät, und Ihr Arm wartete auf Sie. Sie sezierten ihn – nahmen Ihre Schere und schlitzten die Haut auf und klammerten sie zurück. War es junge, straffe Haut?«
»O nein – nein. Gewöhnliche Haut, glaube ich – mit dunklen Haaren – ja, das stimmt.«
»Aha. Ein magerer, sehniger Arm vielleicht ohne Fett?«
»Ach nein – darüber ärgerte ich mich ein wenig. Ich wollte einen guten, muskulösen Arm haben; aber er war ziemlich armselig entwickelt, und das Fett war mir im Wege.«
»Aha, ein Mann mit sitzender Lebensweise, der keine manuelle Arbeit geleistet hat.«
»Das ist richtig.«
»Sie sezierten zum Beispiel die Hand und machten eine Zeichnung davon. Schwielen wären Ihnen wohl aufgefallen.«
»Davon war nichts vorhanden.«
»Aber würden Sie sagen, daß es der Arm eines jungen Mannes war? Festes junges Fleisch und lockere Gelenke?«
»Nein – nein.«
»Alt und sehnig vielleicht?«
»Nein. Von mittlerem Alter – rheumatisch. Ich meine, in den Gelenken hatte sich Kalk abgelagert, und die Finger waren etwas geschwollen.«
»Aha. Ein etwa fünfzigjähriger Mann.«
»Da herum.«
»Arbeiteten noch andere Studenten an derselben Leiche?«
»O ja.«
»Und sie machten wohl alle die üblichen Witze darüber?«
»Ich nehme es an – o ja!«
»Sie erinnern sich an einige. Wer ist bei Ihnen der Witzbold?«
»Tommy Pringle.«
»Was machte Tommy Pringle?«

»Das weiß ich nicht mehr.«
»Wo arbeitete Tommy Pringle?«
»Drüben beim Instrumentenschrank – im Abschnitt C.«
»Stellen Sie sich Tommy Pringle dort vor.«
Piggott lachte. »Jetzt weiß ich es wieder. Tommy Pringle sagte, der alte Beau ...«
»Warum nannte er ihn einen Beau?«
»Das weiß ich nicht. Ich weiß aber, daß er ihn so nannte.«
»Vielleicht sah er so aus. Sahen Sie seinen Kopf?«
»Nein.«
»Wer hatte denn den Kopf?«
»Ich weiß nicht – ach, doch. Der alte Freke sackte den Kopf selbst ein, und der kleine Bouncible Binns war deshalb wütend, weil man ihm einen Kopf versprochen hatte, den er bei Scrooger vornehmen wollte.«
»Ich verstehe. Was machte Sir Julian mit dem Kopf?«
»Er rief uns zu sich und ließ eine Rede vom Stapel über Spinalhämorrhagie und Nervenläsionen.«
»Aha. Kehren wir zu Tommy Pringle zurück.«
Tommy Pringles Scherz wurde wiederholt, nicht ohne einige Verlegenheit.
»War das alles?«
»Nein. Der Student, der mit Tommy zusammen arbeitete, sagte, so etwas käme von Völlerei.«
»Vermutlich interessierte sich Tommy Pringles Kollege für den Verdauungstrakt.«
»Ja; und Tommy sagte, wenn er wüßte, daß man im Armenhaus so ernährt würde, ginge er auch dorthin.«
»Der Mann war also ein armer Schlucker aus dem Armenhaus?«
»Nun, das muß er wohl gewesen sein, nehme ich an.«
»Sind die Armenhausinsassen gewöhnlich dick und wohlgenährt?«
»Ach nein – wenn ich mir's überlege, in der Regel nicht.«
»Tommy Pringle und seinem Freund fiel es demnach auf, daß sich dieses Objekt von den üblichen Armenhausleichen unterschied?«
»Ja.«
»Und wenn der Verdauungstrakt für diese Herren so un-

terhaltsam war, dann war das Objekt wohl kurz nach einer üppigen Mahlzeit gestorben?«
»Ja – o ja – das muß er wohl, nicht wahr?«
»Ach, ich weiß nicht«, sagte Lord Peter. »Das schlägt ja in Ihr Gebiet. Sie würden es aber nach dem, was Ihre Kollegen sagten, annehmen?«
»O ja. Zweifellos.«
»Sie würden zum Beispiel solche Bemerkungen nicht erwarten, wenn der Mann lange krank gewesen und mit Krankensuppen ernährt worden wäre?«
»Natürlich nicht.«
»Da sehen Sie, wieviel Sie in Wirklichkeit von ihm wissen. Vorigen Dienstag sezierten Sie die Armmuskeln eines rheumatischen Juden mittleren Alters, der eine sitzende Lebensweise geführt hat, der kurz nach einer schweren Mahlzeit gestorben ist, und zwar infolge einer Verletzung, die Spinalhämorrhagie und Nervenläsionen und so weiter hervorrief, und der angeblich aus dem Armenhaus kam.«
»Ja.«
»Könnten Sie einen Eid auf diese Tatsachen leisten, wenn es nötig wäre?«
»Nun ja, wenn man's so nimmt, könnte ich das wohl.«
»Natürlich könnten Sie's.«
Mr. Piggott saß eine Weile in Gedanken versunken.
»Hören Sie«, sagte er schließlich, »das wußte ich tatsächlich alles, wie?«
»O ja, Sie wußten es – wie Sokrates' Sklave.«
»Wer ist das?«
»Eine Gestalt in einem Buch, das ich einmal als Kind las.«
»Oh ... kommt er in den ›Letzten Tagen von Pompeji‹ vor?«
»Nein, in einem andern Buch. Sie kennen es wahrscheinlich nicht. Es ist ziemlich langweilig.«
»Ich las als Kind nicht sehr viel außer Indianerbüchern. Ich habe also ein recht gutes Gedächtnis, nicht wahr?«
»Sie haben ein besseres Gedächtnis, als Sie sich selbst zutrauen.«
»Warum kann ich mir dann all das medizinische Zeug nicht merken? Da ist mein Kopf wie ein Sieb.«

»Tja, warum geht das nicht?« erwiderte Lord Peter, der vor dem Kamin stand und lächelnd seinen Gast betrachtete.
»Nun ja«, sagte der junge Mann, »die Professoren, die uns prüfen, stellen nicht auf die gleiche Weise Fragen wie Sie.«
»Nein?«
»Nein, sie überlassen das Erinnern uns allein. Und das ist ekelhaft schwer. Gar kein Anhaltspunkt, verstehen Sie? Aber sagen Sie, woher wußten Sie eigentlich, daß Tommy Pringle unser Witzbold ist, und daß ...«
»Ich wußte es gar nicht; Sie sagten es mir.«
»Aber woher wußten Sie, daß er überhaupt da war, als Sie fragten? Ich meine ...« Mr. Piggott verwirrte sich durch Einflüsse, die mit seinem eigenen Verdauungstrakt zusammenhingen. »Sind Sie eigentlich sehr schlau, oder bin ich sehr dumm?«
»Nein, nein«, erwiderte Lord Peter, »ich stelle immer so dumme Fragen, daß jeder denkt, ich müßte damit etwas Besonderes meinen.«
Das war zu verwickelt für Mr. Piggott.
»Macht nichts«, beschwichtigte Parker, »er ist immer so. Sie müssen es nicht beachten. Er kann nichts dafür. Das ist eine vorzeitige Senilität, die man bei alten Geschlechtern oft beobachtet. Gehen Sie, Wimsey, und spielen Sie uns die ›Dreigroschenoper‹ vor oder sonst etwas.«
»Das genügt, was?« sagte Lord Peter, als der beglückte Mr. Piggott nach einem wirklich genußvollen Abend gegangen war.
»Ich fürchte«, antwortete Parker. »Aber es dünkt mich fast unglaublich.«
»Es gibt nichts Unglaubliches in der menschlichen Natur«, sagte Lord Peter, »wenigstens nicht beim gebildeten Menschen. Haben Sie den Exhumierungsbefehl?«
»Ich bekomme ihn morgen. Ich wollte mich mit den Leuten vom Armenhaus für morgen nachmittag verabreden. Ich muß erst mit ihnen sprechen.«
»Da haben Sie recht. Ich werde meiner Mutter Bescheid sagen.«
»Es geht mir wie Ihnen, Wimsey. Mir gefällt diese Arbeit nicht.«

»Mir gefällt sie jetzt viel besser.«
»Sind Sie wirklich sicher, daß Sie sich nicht irren?«
Lord Peter war zum Fenster geschlendert. Der Vorhang war nicht ganz zugezogen, und er blickte durch den Spalt auf den erleuchteten Piccadilly hinaus.
»Wenn wir uns irren«, sagte er, »dann werden wir's morgen erfahren, und dann ist nichts Böses geschehen. Aber ich glaube, Sie werden auf dem Heimweg eine gewisse Bestätigung finden. Hören Sie, Parker, an Ihrer Stelle würde ich hier übernachten. Ich habe ein Gastzimmer, ich kann Sie gut unterbringen.«
Parker starrte ihn an. »Glauben Sie, daß man mich überfallen wird?«
»Ich halte es für sehr wahrscheinlich.«
»Ist jemand auf der Straße?«
»Jetzt nicht. Vor einer halben Stunde war jemand da.«
»Als Piggott fortging?«
»Ja.«
»Hoffentlich ist der Junge nicht in Gefahr.«
»Deshalb ging ich mit hinunter. Ich glaube nicht. Man wird wohl nicht annehmen, daß wir Piggott ins Vertrauen gezogen haben. Aber ich glaube, wir beide sind in Gefahr. Wollen Sie nicht bleiben?«
»Verdammt will ich sein, Wimsey, warum soll ich kneifen?«
»Unsinn!« sagte Peter, »Sie würden kneifen, wenn Sie mir glauben würden! Und warum auch nicht? Sie glauben mir eben nicht. Ja, Sie zweifeln immer noch, daß ich auf der richtigen Spur bin. Gehen Sie meinetwegen; aber sagen Sie nicht, ich hätte Sie nicht gewarnt.«
»Mit meinem letzten Atemzug werde ich einen Brief diktieren, daß ich überzeugt war.«
»Gehen Sie aber nicht zu Fuß – nehmen Sie ein Taxi.«
»Gut, das will ich tun.«
»Und lassen Sie niemand einsteigen.«
»Nein.«
Es war eine rauhe, unfreundliche Nacht. Ein Taxi setzte nebenan eine Ladung Leute ab, die aus dem Theater zurückkehrten, und Parker sicherte sich den Wagen. Er

wollte dem Chauffeur gerade seine Adresse angeben, als ein Herr hastig aus einer Seitenstraße herbeigeeilt kam. Er war in Frack und Überzieher. Er winkte heftig.
»Sir! Sir! Du meine Güte, das ist ja Mr. Parker. Was für ein Glück! Würden Sie so freundlich sein – wurde aus dem Club weggerufen – ein kranker Freund – wenn ich mit Ihnen das Taxi teilen dürfte – Sie fahren doch nach Bloomsbury? Ich muß zum Russell Square – wenn ich mich erkühnen darf – es geht um Leben und Tod.«
Er sprach mit abgehacktem Keuchen, als ob er schnell und weit gelaufen wäre. Parker stieg prompt aus dem Wagen aus.
»Es ist mir ein Vergnügen, Ihnen zu Diensten zu sein, Sir Julian«, sagte er. »Nehmen Sie mein Taxi. Ich selbst will zur Graven Street; aber ich habe keine Eile. Bitte benutzen Sie den Wagen.«
»Das ist sehr liebenswürdig von Ihnen«, erwiderte der Arzt. »Ich schäme mich . . .«
»Geht in Ordnung«, fiel Parker fröhlich ein. »Ich kann warten.« Er half Freke in das Taxi. »Welche Nummer? Russell Square 24, Chauffeur, und fahren Sie bitte schnell.«
Der Wagen fuhr ab. Parker erstieg wieder die Treppe und läutete bei Lord Peter.
»Danke, alter Freund«, sagte er. »Ich möchte doch hier übernachten.«
»Treten Sie ein«, sagte Wimsey.
»Haben Sie das gesehen?« fragte Parker.
»Ich sah etwas. Was war eigentlich los?«
Parker schilderte sein Erlebnis. »Offen gestanden«, schloß er, »ich hielt Sie für ein bißchen verrückt, aber jetzt bin ich nicht mehr so sicher.«
Peter lachte. »Gesegnet sind, die nicht gesehen und dennoch geglaubt haben. Bunter, Mr. Parker übernachtet bei uns.«
»Hören Sie, Wimsey, schauen wir uns die Sache noch einmal an. Wo ist der Brief?«
Lord Peter brachte Bunters Bericht in Dialogform herbei. Parker las ihn eine Weile schweigend.

»Wissen Sie, Wimsey, mir widerstrebt dieser Gedanke zuinnerst.«
»Mir auch, alter Freund. Darum möchte ich ja unseren Chelsea-Landstreicher ausgraben. Aber bringen Sie nur Ihre Einwände vor.«
»Also . . .«
»Ich maße mir keineswegs an, alle offenen Fragen beantworten zu können. Aber wir haben zwei geheimnisvolle Vorfälle in einer Nacht und eine lückenlose Kette, die beide miteinander verbindet, und zwar durch eine bestimmte Person. Es ist grausig, aber nicht undenkbar.«
»Ja, das alles weiß ich. Es sind aber auch ein paar ganz entschiedene Steine des Anstoßes vorhanden.«
»Gewiß. Doch passen Sie auf. Einerseits verschwand Levy, nachdem er zuletzt um neun Uhr auf der Suche nach der Prince of Wales Road gesehen worden war. Am folgenden Morgen um acht Uhr wurde ein Toter, der ihm im großen ganzen nicht unähnlich war, in einem Badezimmer der Queen Caroline Mansions gefunden. Levy wollte, wie Freke selbst zugegeben hat, Freke aufsuchen. Durch das Armenhaus in Chelsea haben wir erfahren, daß ein Toter, auf den die Beschreibung der Battersea-Leiche in ihrem natürlichen Zustand paßt, an diesem Tage Freke übergeben wurde. Wir haben Levy mit einer Vergangenheit und keiner Zukunft, einen unbekannten Landstreicher mit einer Zukunft (auf dem Friedhof) und keiner Vergangenheit, und Freke steht zwischen Zukunft und Vergangenheit der beiden.«
»Das sieht ganz richtig aus . . .«
»Ja. Nun weiter: Freke hat ein Motiv, Levy loszuwerden: Alte Eifersucht.«
»Sehr alt – kein sehr starkes Motiv.«
»So etwas ist schon vorgekommen. Sie meinen wohl, alte Eifersucht könnte nicht zwanzig Jahre lang wachbleiben. Die primitive, brutale Eifersucht vielleicht nicht. Aber die verletzte Eitelkeit wurmt weiter. Die Demütigung nagt. Und wir haben alle eine empfindliche Stelle, die keine Berührung verträgt. Ich habe sie, und Sie haben sie. Jeder Mann ist verletzlich, wenn er als Mann verschmäht wird –

die Enttäuschung nimmt man hin, aber die Demütigung nicht. Ich kannte einmal einen Mann, der von seiner Verlobten verletzt worden war. Er sprach recht nett von ihr. Ich fragte ihn, was aus ihr geworden sei. ›Ach‹, sagte er, ›sie hat den andern geheiratet.‹ Und dann platzte er heraus – konnte sich nicht mehr halten: ›Himmel, ja! Wenn ich daran denke! Wegen eines Schotten den Laufpaß zu erhalten!‹ Ich weiß nicht, was er gegen die Schotten hatte, aber das war für ihn der Stachel. Schauen Sie sich Freke an. Ich habe seine Bücher gelesen. Er greift seine Gegner wild an. Dabei ist er ein Wissenschaftler. Aber er kann keine Opposition ertragen, nicht einmal bei seiner Arbeit, auf einem Gebiet also, wo jeder bedeutende Mann höchst vernünftig und großzügig ist. Glauben Sie, er könnte es hinnehmen, auf einem Nebengebiet von einem andern geschlagen zu werden? Auf dem empfindlichsten Nebengebiet des Mannes? Da sind die Menschen besonders von sich eingenommen und hartnäckig. Ich sehe rot, wenn man meine Beurteilung von Büchern anzweifelt. Und Levy – der vor zwanzig Jahren ein Niemand war – bricht ein und entführt Frekes Schatz vor dessen Nase. Es ist nicht die Frau, derentwegen Freke sich grämt, sondern die Tatsache, daß er, der Aristokrat, von einem kleinen jüdischen Niemand ausgestochen worden ist. – Noch etwas. Freke hat noch ein Nebengebiet. Er liebt das Verbrechen. In seinem kriminologischen Buch befaßt er sich mit einem abgebrühten Mörder. Ich habe es gelesen, und mir ist die Bewunderung zwischen den Zeilen aufgefallen, sooft er über ein abgefeimtes, mit Erfolg verübtes Verbrechen schreibt. Er spart seine Verachtung für die Opfer oder die Reuigen oder für die Menschen, die den Kopf verlieren und sich erwischen lassen. Seine Helden sind Edmond de la Pommerais, der seine Geliebte überredete, an ihrer eigenen Ermordung mitzuwirken, und der für seine Badewannenmorde berühmte George Joseph Smith, der seine Frau nachts leidenschaftlich liebte und seinen Plan ausführte, um sie am Morgen zu ermorden. Er findet ja, das Gewissen sei eine Art Wurmfortsatz. Weg damit, und man fühlt sich viel besser. Freke läßt sich von den üblichen Gewissensbissen nicht anfechten. Davon zeugen seine eigenen Bücher. Nun zurück. Der Mann, der Levys Stelle einnahm, kannte das Haus, Freke kannte das Haus. Er war rothaarig, kleiner als Levy, aber nicht sehr viel kleiner, da er Levys Kleider tragen konnte, ohne lächerlich zu wirken. Sie haben Freke gesehen, Sie kennen seine Größe – etwa eins dreiundsechzig, schätze ich – und seine rotbraune Mähne. Wahrscheinlich trug er die Gummihandschuhe eines Arztes. Freke ist Arzt. Er war ein methodischer, kühner Mann: Chirurgen müssen sowohl methodisch als auch kühn sein. Betrachten Sie nun die andere Seite. Der Mann, der die Battersea-Leiche bei Thipps ablieferte, mußte Zugang zu Leichen haben. Er mußte sich auf die schnelle, kaltblütige Behandlung einer Leiche verstehen. All das trifft auf Chirurgen zu. Er mußte stark sein, um den Toten über die Dächer in Thipps' Badewanne zu schaffen. Freke verfügt über Bärenkräfte und ist Mitglied des Alpenclubs. Wahrscheinlich trug er Gummihandschuhe und ließ die Leiche mittels einer Bandage vom Dach hinunter. Auch das weist auf einen Arzt hin. Zweifellos wohnte der Täter in der dortigen Gegend. Das eine Dienstmädchen, mit dem Sie sprachen, hörte auf dem Dach des letzten Hauses in der Reihe einen Bums. Das ist das Haus neben Freke. Von welcher Seite wir Freke auch betrachten, immer führt er uns irgendwohin, während Milligan, Thipps, Crimplesham und alle andern, die wir mit unserm Verdacht beehrt haben, nirgendshin führen.«

»Ja, aber es ist nicht ganz so einfach, wie Sie meinen. Was machte Levy auf diese heimliche Weise bei Freke am Montag abend?«

»Da haben Sie ja Frekes Erklärung.«

»Unsinn, Wimsey. Sie sagten selbst, das genügt nicht.«

»Folglich hat Freke gelogen. Und wieso lügt er, wenn er keinen Grund hat, die Wahrheit zu verbergen?«

»Aber wozu erwähnt er es dann überhaupt?«

»Weil Levy entgegen aller Erwartung an der Ecke der Straße gesehen worden ist. Das war für Freke ein unangenehmer Zufall. Er hielt es für das beste, mit einer Erklärung zuvorzukommen. Er rechnete natürlich damit, daß

niemand Levy mit Battersea-Park in Verbindung bringen würde.«
»Wir kommen also zur ersten Frage zurück: Warum ging Levy dorthin?«
»Das weiß ich nicht; aber er muß einen Grund gehabt haben. Warum kaufte Freke all die peruanischen Ölaktien?«
»Das weiß ich nicht«, antwortete Parker seinerseits.
»Jedenfalls erwartete Freke ihn«, fuhr Wimsey fort, »und traf Vorbereitungen, ihn selbst einzulassen, so daß Cummings den Besucher nicht sah.«
»Der Besucher ging aber um zehn Uhr fort.«
»O Charles! Das hätte ich von Ihnen nicht gedacht. Das ist ja die reinste Suggerei! Wer sah ihn fortgehen? Jemand sagte ›Gute Nacht‹ und ging die Straße hinunter. Und Sie glauben, daß es Levy war, weil Freke sich nicht die Mühe gab, zu erklären, er wäre es nicht gewesen.«
»Meinen Sie, Freke wäre fröhlich nach Park Lane gegangen und hätte Levy zurückgelassen – tot oder lebendig –, so daß Cummings ihn finden konnte?«
»Wir haben Cummings' Wort, daß dem nicht so war. Nachdem sich die Schritte vom Hause entfernt hatten, läutete Freke einige Minuten später im Arbeitszimmer und trug Cummings auf, für die Nacht abzuschließen.«
»Dann . . .«
»Das Haus wird wohl eine Seitentür haben, nehme ich an. Sie wissen ja, daß man von dort ins Spital gelangt – Cummings sagte es Ihnen.«
»Nun ja . . . und wo war Levy?«
»Levy ging in das Arbeitszimmer hinauf und kam nie mehr hinunter. Sie waren in Frekes Arbeitszimmer. Wo hätten Sie ihn versteckt?«
»Nebenan im Schlafzimmer.«
»Dann hat Freke ihn dort versteckt.«
»Aber wenn Cummings hineingegangen wäre, um das Bett zurechtzumachen?«
»Betten werden vor zehn Uhr von der Haushälterin zurechtgemacht.«
»Ja . . . Aber Cummings hörte Freke die ganze Nacht im Haus.«

»Er hörte ihn zwei-, dreimal aus- und eingehen. Das war für ihn nichts Neues.«
»Soll das heißen, daß Freke die ganze Arbeit vor drei Uhr nachts erledigt hatte?«
»Warum nicht?«
»Schnelle Arbeit.«
»Nun, nennen Sie es schnelle Arbeit. Außerdem, wieso um drei Uhr? Cummings sah ihn erst wieder, als Freke um acht Uhr sein Frühstück haben wollte.«
»Aber er nahm um drei ein Bad.«
»Ich behaupte nicht, daß er nicht vor drei von Park Lane zurückkam. Aber ich nehme nicht an, daß Cummings durchs Schlüsselloch guckte, um zu sehen, ob Freke im Bad war.«
Parker überlegte wieder. »Und was ist mit Crimpleshams Kneifer?« fragte er dann.
»Das ist ein bißchen geheimnisvoll«, räumte Lord Peter ein.
»Und warum Thipps' Badezimmer?«
»Tja, warum? Reiner Zufall vielleicht – oder reine Teufelei.«
»Glauben Sie, Wimsey, daß dieser ganze verwickelte Plan in einer Nacht ausgeheckt werden konnte?«
»Mitnichten. Er wurde geschmiedet, als der Mann, der eine oberflächliche Ähnlichkeit mit Levy hatte, in das Armenhaus kam. Es blieben Freke mehrere Tage.«
»Ich verstehe.«
»Freke verriet sich beim Verhör. Er und Grimbold waren in bezug auf die Krankheitsdauer verschiedener Meinung. Wenn ein kleiner Mann wie Grimbold (im Verhältnis gesehen) gegenüber einem Manne wie Freke eine andere Ansicht zu äußern wagt, fühlt er sich seiner Sache sicher.«
»Dann hat Freke – wenn Ihre Theorie stimmt – einen Fehler gemacht.«
»Ja, einen leichten. Er hütete sich mit unnötiger Vorsicht, in irgendeinem Kopf – sagen wir, im Kopf des Armenhaus-Arztes – einen Gedankengang zu wecken. Bis dahin hatte er mit der Tatsache gerechnet, daß die Menschen

kein zweites Mal über etwas nachdenken (sagen wir, über eine Leiche), dem schon einmal Rechnung getragen worden ist.«
»Wodurch hat er den Kopf verloren?«
»Durch eine Kette unvorhergesehener Zufälle. Levy ist erkannt worden – meiner Mutter Sohn hat törichterweise durch ein Inserat in der ›Times‹ seine Beziehung zu der Battersea-Seite des Geheimnisses bekanntgegeben – Inspektor Parker (dessen Bild in letzter Zeit von der Presse hervorgehoben wurde) sprach während der Untersuchung mit der Herzogin von Denver. Sein Lebensziel bestand darin, zu verhindern, daß die beiden Seiten des Rätsels miteinander verkettet würden. Und da waren zwei Glieder – buchstäblich nebeneinander. Viele Verbrecher verderben sich alles durch Übervorsicht.«
Parker schwieg.

11

»Eine richtige Erbsensuppe, wahrhaftig«, sagte Lord Peter. Parker knurrte und kämpfte sich gereizt in seinen Mantel. »Es gibt mir die größte Befriedigung, mit Verlaub zu sagen«, fuhr der edle Lord fort, »daß bei einer Zusammenarbeit wie der unseren alle uninteressante und unangenehme Alltagsarbeit von Ihnen erledigt wird.«
Parker knurrte wieder.
»Glauben Sie, daß Sie bei der Verhaftung Schwierigkeiten haben werden?« fragte Lord Peter.
Parker knurrte zum drittenmal.
»Sie haben doch wohl dafür gesorgt, daß die ganze Sache geheimgehalten wird?«
»Selbstverständlich.«
»Haben Sie die Leute im Armenhaus zum Schweigen verpflichtet?«
»Selbstverständlich.«
»Auch die Polizei?«
»Ja.«

»Sonst wäre wahrscheinlich niemand zu verhaften.«
»Mein lieber Wimsey, halten Sie mich für einen Dummkopf?«
»Eine solche Hoffnung hatte ich nicht.«
Parker knurrte zum letztenmal und ging.
Lord Peter ließ sich zu einer Durchsicht seines Dante nieder. Das brachte ihm keine Erquickung. Lord Peter wurde in seiner Laufbahn als Privatdetektiv durch seine Schulbildung gehemmt. Trotz Parkers Ermahnungen vermochte er sie nicht immer zu vergessen.
»Ich bin ein Amateur«, sagte Lord Peter.
Trotzdem faßte er, während er sich mit Dante beschäftigte, einen Entschluß.
Am Nachmittag begab er sich in die Harley Street. Dienstags und freitags hielt Sir Julian Freke hier von zwei bis vier Sprechstunde für Nervenkranke ab. Lord Peter läutete.
»Sind Sie angemeldet, Sir?« fragte der Diener, der die Tür öffnete.
»Nein«, antwortete Lord Peter, »aber wollen Sie bitte Sir Julian meine Karte geben? Ich halte es für möglich, daß er mich trotzdem empfangen wird.«
Er setzte sich in das wunderschöne Wartezimmer, das voller Leute war. Drei elegant gekleidete Damen unterhielten sich miteinander über Einkäufe und Dienstboten und liebkosten einen kleinen Griffon. Ein großer, bekümmert aussehender Mann, der allein in einem Winkel saß, blickte zwanzigmal in der Minute auf seine Uhr. Lord Peter kannte ihn vom Sehen. Es war Wintrington, ein Millionär, der vor ein paar Monaten einen Selbstmordversuch unternommen hatte. Er herrschte über die Finanzen von fünf Landstrichen, konnte aber seine Nerven nicht beherrschen. Die Finanzen von fünf Landstrichen lagen in Sir Julian Frekes kundigen Händen. Beim Kamin saß ein militärisch wirkender junger Mann von ungefähr Lord Peters Alter. Sein Gesicht war frühzeitig gefurcht und abgezehrt; er hielt sich kerzengerade, seine rastlosen Augen sprangen beim geringsten Geräusch in die betreffende Richtung. Auf dem Sofa hatte eine ältere Frau von bescheide-

nem Äußeren mit einem jungen Mädchen Platz genommen. Das Mädchen machte einen teilnahmslosen und unglücklichen Eindruck; der Blick der Frau verriet tiefe Zuneigung und von einer schüchternen Hoffnung gedämpfte Sorge. Neben Lord Peter war eine jüngere Frau mit einem kleinen Mädchen; bei beiden fielen Lord Peter die breiten Backenknochen und die schönen grauen, leicht geschlitzten Augen der Slawen auf. Das Kind, das sich unruhig umherbewegte, trat auf Lord Peters lackschuhbekleideten Zeh, und die Mutter ermahnte es auf französisch, ehe sie sich bei Lord Peter entschuldigte.

»*Mais je vous en prie*«, sagte er, »es macht nichts.«

»Sie ist nervös, *pauvre petite*«, sagte die junge Frau.

»Lassen Sie sie behandeln?«

»Ja. Er ist wundervoll, der Doktor. Stellen Sie sich vor, Monsieur, das arme Ding kann nicht vergessen, was es erlebt hat.« Sie beugte sich näher, damit das Kind sie nicht hörte. »Wir sind vor einem halben Jahr dem Hungertod in Rußland entronnen. Ich wage es Ihnen nicht zu erzählen – sie ist so hellhörig – und dann das Schreien, das Zittern, die Krämpfe – alles fängt wieder an. Wir waren Skelette, als wir hier ankamen – *mon dieu!* –, aber das ist jetzt besser. Schauen Sie, wie dünn sie ist; aber sie ist nicht verhungert. Sie wäre schon dicker, wenn die Nervosität sie nicht vom Essen abhalten würde. Wir Erwachsenen können vergessen – *enfin, on apprend à ne pas y penser* –, aber diese Kinder! Wenn man jung ist, *Monsieur, tout ça impressionne trop.*«

Lord Peter entrann der Knechtschaft der englischen guten Form und drückte sein Mitgefühl in der Sprache aus, die nicht zu Stummheit verurteilt ist.

»Es geht ihr aber schon viel, viel besser«, sagte die Mutter stolz, »der großartige Doktor wirkt Wunder.«

»*C'est un homme précieux*«, bemerkte Lord Peter.

»Ah, *Monsieur, c'est un saint qui opère des miracles! Nous prions pour lui, Natascha et moi, tous les jours. N'est-ce pas, chérie?* Und denken Sie, Monsieur, das tut er alles, *ce grand homme, cet homme illustre,* ganz unentgeltlich. Als wir herkamen, hatten wir nicht einmal Kleider am Leibe – wir waren ruiniert, ausgehungert. *Et avec ça que nous sommes de bonne famille – mais hélas! Monsieur, en Russie, comme vous savez, ça ne vous vaut que des insultes – des atrocités. Enfin!* Als der bedeutende Sir Julian uns sah, sagte er: ›Madame, Ihr Töchterchen ist für mich sehr interessant. Widersprechen Sie nicht. Ich behandle die Kleine umsonst – *pour ses beaux yeux*‹, *a-t-il ajouté en riant. Ah, Monsieur, c'est un saint, un véritable saint!* Und Natascha geht es schon viel, viel besser.«

»*Madame, je vous en félicite.*«

»Und Sie, Monsieur? Sie sind jung, kräftig, wohlaussehend – Sie haben auch ein Leiden? Es ist vielleicht noch vom Krieg?«

»Kleine Nachwirkungen eines Nervenzusammenbruches durch Verschüttung«, erklärte Lord Peter.

»Aha. So viele prächtige, tapfere junge Männer . . .«

»Sir Julian kann ein paar Minuten erübrigen, Mylord, wenn Sie jetzt kommen wollen«, sagte der Diener.

Lord Peter verbeugte sich vor seiner Nachbarin und ging durch das Wartezimmer. Als sich die Tür des Sprechzimmers hinter ihm schloß, mußte er daran denken, daß er einmal verkleidet das Zimmer eines deutschen Stabsoffiziers betreten hatte. Er wurde von demselben Gefühl überwältigt – von dem Gefühl, in einer Falle gefangen zu sein, und einem Gemisch von herausfordernder Tapferkeit und Scham.

Er hatte Sir Julian Freke mehrmals von weitem gesehen, doch nie von nahem. Während er nun sorgfältig und wahrheitsgetreu die Umstände seines letzten Nervenanfalls in allen Einzelheiten schilderte, betrachtete er den Mann, der da vor ihm saß. Der Mann war größer als er selbst, hatte ungeheuer breite Schultern, wunderschöne Hände, ein gutgeschnittenes, leidenschaftsloses, unmenschliches Gesicht mit fanatischen, zwingenden, hellblauen Augen zwischen dem rötlichen Gewirr von Haar und Bart. Es waren nicht die kühlen und gütigen Augen des Hausarztes, es waren die brütenden Augen des befeuerten Wissenschaftlers, die den andern durchbohrten.

»Na ja«, dachte Lord Peter, »ich brauche jedenfalls nicht ausführlich zu sein.«
»Ja«, sagte Sir Julian, »ja. Sie haben sich überarbeitet. Haben sich den Kopf überanstrengt. Ja. Vielleicht mehr als das – haben sich den Kopf verwirrt, wollen wir so sagen?«
»Ich sah mich vor einem sehr aufregenden Vorfall.«
»Ja. Unerwartet vielleicht.«
»Ganz unerwartet in der Tat.«
»Ja. Im Anschluß an eine Zeit geistiger und körperlicher Anspannung.«
»Je nun – vielleicht. Nichts Ungewöhnliches.«
»Ja. Dieser unerwartete Vorfall – betraf er Sie persönlich?«
»Er erforderte eine sofortige Entscheidung in bezug auf meine Handlungen – ja, in diesem Sinne war es gewiß etwas Persönliches.«
»Ach so. Sie mußten zweifellos eine Verantwortung auf sich nehmen.«
»Eine sehr ernste Verantwortung.«
»Betrifft sie außer Ihnen noch andere?«
»Sie betrifft einen Menschen ganz wesentlich und sehr viele andere indirekt.«
»Aha. Es war nachts. Saßen Sie im Dunkeln?«
»Zuerst nicht. Ich glaube, ich machte das Licht nachher aus.«
»Richtig – diese Handlung drängte sich Ihnen natürlich auf. Hatten Sie es warm?«
»Ich glaube, das Feuer war ausgegangen. Mein Diener sagte mir, meine Zähne hätten geklappert, als ich zu ihm kam.«
»Aha. Sie wohnen am Piccadilly?«
»Ja.«
»Da haben Sie manchmal nachts wohl starken Verkehrslärm.«
»Oh, häufig.«
»Ganz recht. Nun, dieser Entschluß, den Sie erwähnten – Sie waren zu einer Entscheidung gekommen.«
»Ja.«

»Sie waren aufgeregt?«
»O ja.«
»Sie hatten beschlossen, etwas zu unternehmen?«
»Ja.«
»Ja. Dazu gehörte vielleicht eine Zeit der Untätigkeit.«
»Verhältnismäßiger Untätigkeit – ja.«
»Der Spannung, können wir sagen?«
»Ja – entschieden der Spannung.«
»Möglicherweise der Gefahr?«
»Ich weiß nicht, ob ich damals daran dachte.«
»Nein – es ging um etwas, wobei Sie vielleicht gar nicht an sich selbst dachten.«
»Wenn Sie es so ausdrücken wollen.«
»Ganz recht. Ja. Hatten Sie diese Anfälle 1918 oft?«
»Ja - ich war einige Monate sehr krank.«
»Aha. Seitdem kamen sie weniger häufig?«
»Viel seltener.«
»Wann war der letzte?«
»Ungefähr vor neun Monaten.«
»Unter was für Umständen?«
»Ich sorgte mich wegen bestimmter Familienangelegenheiten. Es handelte sich darum, einige Anlagen zu entscheiden, und ich hatte eine große Verantwortung.«
»Aha. Sie waren voriges Jahr, glaube ich, an einer polizeilichen Untersuchung beteiligt?«
»Ja – an der Auffindung von Lord Attenburys Smaragdhalsband.«
»Das erforderte wohl starke geistige Tätigkeit?«
»Ich glaube, ja. Aber es machte mir viel Spaß.«
»Aha. Hatte die Lösung des Problems irgendwelche böse körperliche Folgen?«
»Nein.«
»Sie waren interessiert, aber nicht unglücklich?«
»Das stimmt.«
»Hatten Sie noch mit anderen Untersuchungen dieser Art zu tun?«
»Ja, mit unbedeutenden.«
»War das nachteilig für Ihre Gesundheit?«
»Kein bißchen. Im Gegenteil. Für mich bildeten diese Fälle

gewissermaßen eine Zerstreuung. Ich hatte gleich nach dem Krieg ein böses Erlebnis, wodurch die Sache für mich nicht besser wurde, müssen Sie wissen.«
»Oh! Sie sind nicht verheiratet?«
»Nein.«
»Aha. Gestatten Sie mir eine Untersuchung? Kommen Sie bitte etwas näher ans Licht. Ich möchte Ihre Augen sehen. Wer hat Sie bis jetzt behandelt?«
»Sir James Hodges.«
»Ach! Ja, sein Tod war ein trauriger Verlust für die Medizin. Ein wirklich großer Mann – ein echter Wissenschaftler. Ja. Danke. Jetzt möchte ich diese kleine Erfindung bei Ihnen ausprobieren.«
»Wozu?«
»Ich erfahre dadurch etwas über Ihre nervösen Reaktionen. Wollen Sie sich bitte hierhersetzen?«
Die Untersuchung, die nun folgte, war rein medizinischer Art. Als sie beendet war, sagte Sir Julian: »Also, Lord Peter, ich will Ihnen nun in ganz unfachmännischer Sprache Aufschluß geben ...«
»Danke«, sagte Peter, »das ist freundlich von Ihnen. Ich bin ein schrecklicher Trottel in bezug auf lange Wörter.«
»Lieben Sie private Theateraufführungen, Lord Peter?«
»Nicht besonders«, antwortete Peter, der ehrlich überrascht war. »In der Regel sind sie entsetzlich langweilig. Warum?«
»Ich dachte, Sie hätten vielleicht eine Vorliebe dafür«, sagte der Spezialist trocken. »Also. Sie wissen recht gut, daß die Anspannungen, denen Sie im Krieg ausgesetzt waren, ihre Spuren bei Ihnen zurückgelassen haben. Sie haben gewissermaßen alte Wunden in Ihrem Gehirn hinterlassen. Empfindungen, die Sie durch Ihre Nervenendungen aufnahmen, sandten Nachrichten zu Ihrem Gehirn und riefen dort kleine physische Veränderungen hervor – Veränderungen, die wir erst jetzt allmählich wahrnehmen können, und zwar nur mit den empfindlichsten Instrumenten. Diese Veränderungen bewirken ihrerseits Empfindungen, oder, genauer gesagt, diese Empfindungen sind die Bezeichnungen, die wir diesen Gewebeveränderungen geben, wenn

wir sie wahrnehmen. Wir nennen sie Schrecken, Angst, Verantwortungsgefühl und so weiter.«

»Ja, ich kann Ihnen folgen.«

»Sehr schön. Wenn Sie nun diese beschädigten Stellen in Ihrem Gehirn wieder reizen, besteht die Gefahr, daß Sie die alten Wunden aufreißen. Ich meine, wenn Sie Nervenempfindungen irgendwelcher Art haben, die jene Reaktionen hervorrufen, die wir Schrecken, Angst, Verantwortungsgefühl nennen, können sie, dem alten Kanal folgend, neue Störungen hervorrufen und ihrerseits physische Veränderungen bewirken, die wir bei den Namen nennen wollen, die Sie gewohnheitsmäßig damit verbinden – Angst vor deutschen Minen, Verantwortung für das Leben Ihrer Leute, angespannte Aufmerksamkeit und die Unfähigkeit, kleine Geräusche in dem übertönenden Gewehrfeuer zu unterscheiden.«

»Ich verstehe.«

»Diese Wirkung verstärkt sich durch außergewöhnliche Umstände, die andere vertraute körperliche Empfindungen hervorrufen – Nacht, Kälte oder starker Straßenlärm zum Beispiel.«

»Ja.«

»Die alten Wunden sind fast verheilt, aber nicht ganz. Die gewöhnliche Betätigung Ihrer geistigen Fähigkeiten hat keine schlechte Wirkung. Das ist nur der Fall, wenn Sie den verletzten Teil Ihres Gehirns reizen.«

»Ja, ich verstehe.«

»Das müssen Sie also vermeiden. Sie müssen lernen, verantwortungslos zu sein, Lord Peter.«

»Meine Freunde finden mich schon jetzt allzu verantwortungslos.«

»Das glaube ich gern. Eine empfindsame, nervöse Natur erscheint oft so wegen ihrer geistigen Gewandtheit.«

»Oh!«

»Ja. Ruht diese Verantwortung, von der Sie sprachen, immer noch auf Ihnen?«

»Ja.«

»Haben Sie die Handlung, zu der Sie sich entschlossen haben, noch nicht hinter sich gebracht?«

»Nein, noch nicht.«
»Fühlen Sie sich gezwungen, sie durchzuführen?«
»O ja – ich kann jetzt nicht mehr zurück.«
»Sie erwarten also weitere Anspannung?«
»Eine gewisse Menge.«
»Wird es noch viel länger dauern?«
»Jetzt nicht mehr sehr lange.«
»Oh! Ihre Nerven sind keineswegs so, wie sie sein sollten.«
»Nein?«
»Nein. Sie brauchen sich nicht zu beunruhigen; aber Sie müssen auf der Hut sein, während Sie unter dieser Spannung stehen, und hernach sollten Sie vollständig ausruhen. Wie wäre es mit einer Reise zum Mittelmeer oder zur Südsee oder sonstwohin?«
»Danke. Ich will es mir überlegen.«
»Damit Sie die augenblicklichen Schwierigkeiten überwinden, will ich Ihnen etwas zur Kräftigung Ihrer Nerven geben. Es wird Sie nicht auf die Dauer heilen, verstehen Sie, aber es wird Ihnen über die schlimme Zeit hinweghelfen. Ich werde Ihnen auch noch etwas verschreiben.«
»Vielen Dank.«
Sir Julian stand auf und ging in ein kleines Behandlungszimmer nebenan. Lord Peter sah ihn herumgehen – etwas auskochen und schreiben. Nach einer Weile kehrte Sir Julian mit einem Rezept und einer Spritze zurück.
»Hier ist das Rezept. Und jetzt – wenn Sie bitte Ihren Ärmel aufkrempeln wollen, es ist im Augenblick erledigt.«
Lord Peter krempelte folgsam den Ärmel auf. Sir Julian Freke suchte eine Stelle am Unterarm aus und rieb sie mit Jod ein.
»Was geben Sie mir da – etwas Gräßliches?«
Der Arzt lachte. »O nein.« Er klemmte ein Stückchen Fleisch zwischen Finger und Daumen. »Das haben Sie sicher schon früher bekommen.«
»O ja«, sagte Lord Peter. Wie gebannt beobachtete er die kühlen Finger und die sich stetig nähernde Nadel. »Ja, ich habe es schon früher bekommen – und wissen Sie, ich

habe es gar nicht gern.« Er hatte die rechte Hand gehoben, und sie packte das Handgelenk des Arztes wie ein Schraubstock.
Die Stille war erschreckend. Die blauen Augen zuckten nicht; sie blieben starr unter den schweren Lidern nach unten gerichtet. Dann hoben sich die Lider langsam; die grauen Augen trafen die blauen – kalt, stetig – und hielten sie fest.
Wenn Liebende einander umarmen, scheint es keinen Laut der Welt zu geben außer ihrem eigenen Atem. So atmeten die beiden Männer Aug in Auge.
»Wie Sie wollen, natürlich, Lord Peter«, sagte Sir Julian höflich.
»Ich bin leider ein dummer Esel«, antwortete Lord Peter. »Aber ich konnte diese kleinen Instrumente nie ertragen. Einmal stach bei mir eine Spritze daneben, und da erging es mir sehr schlecht. Sie machen mich ein bißchen nervös.«
»In diesem Fall ist es sicher besser, wenn Sie keine Spritze bekommen«, sagte Sir Julian. »Dadurch könnten gerade die Empfindungen geweckt werden, die wir vermeiden wollen. Nehmen Sie also das Mittel, das ich Ihnen verschrieben habe, und tun Sie alles, was in Ihren Kräften steht, um die augenblickliche Spannung möglichst zu vermindern.«
»O ja, ich werde es leichtnehmen, vielen Dank«, sagte Lord Peter. Er rollte seinen Ärmel ordentlich zurück. »Ich bin Ihnen sehr verbunden. Wenn es nicht besser wird, komme ich wieder.«
»Kommen Sie – kommen Sie«, antwortete Sir Julian munter. »Nur melden Sie sich das nächstemal bitte an. Ich bin jetzt ziemlich besetzt. Hoffentlich geht es Ihrer Frau Mutter gut. Ich sah sie neulich bei der gerichtlichen Untersuchung des Battersea-Falles. Sie hätten dabei sein sollen. Es hätte Sie sicher interessiert.«

12

Der böse, rauhe Nebel kratzte im Halse und trübte die Augen. Man sah die eigenen Füße nicht. Man stolperte über Gräber armer Leute.
Das Gefühl, das Parkers alter Regenmantel den Fingern vermittelte, war tröstlich. Man hatte den Mantel schon an schlimmeren Orten gefühlt. Man klammerte sich jetzt daran, aus Furcht, getrennt zu werden. Die Menschen, die sich vor einem bewegten, waren wie Gespenster.
»Vorsicht«, sagte eine tonlose Stimme aus der gelben Dunkelheit, »hier in der Nähe ist ein offenes Grab.«
Man wandte sich nach rechts und versank in einem frisch aufgeworfenen Erdhaufen.
»Aufgepaßt, alter Freund«, sagte Parker.
»Wo ist Lady Levy?«
»In der Leichenhalle; die Herzogin von Denver ist bei ihr. Ihre Mutter ist wundervoll, Peter.«
»Nicht wahr?« gab Lord Peter zurück.
Ein verschwommenes blaues Licht, das irgend jemand trug, winkte weiter vorn und stand still.
»Hier sind wir«, sagte eine Stimme.
Zwei dantesche Gestalten mit Heugabeln dräuten empor.
»Sind Sie fertig?« fragte jemand.
»Gleich, Sir.« Die Dämonen machten sich mit den Gabeln wieder an die Arbeit – nein, mit Schaufeln.
Jemand nieste. Parker erkannte den Niesenden und stellte ihn vor. »Mr. Levett vertritt das Innenministerium. Lord Peter Wimsey. Wir müssen um Entschuldigung bitten, daß wir Sie an einem solchen Tage hinausbemüht haben, Mr. Levett.«
»Das gehört zu meinem Tagewerk«, erwiderte Mr. Levett heiser. Er war bis zu den Augen eingemummt.
Viele Minuten das Geräusch der Schaufeln. Metallisches Klirren niedergeworfener Werkzeuge. Dämonen bückten sich und spannten sich an.
Ein schwarzbärtiges Gespenst tauchte auf und wurde als Leiter des Armenhauses vorgestellt.
»Eine sehr peinliche Sache, Lord Peter. Sie verzeihen mir

sicher, wenn ich hoffe, daß Sie und Mr. Parker sich irren.«
»Ich möchte es auch hoffen können.«
Etwas Schweres, das gehißt wurde, kam aus dem Boden.
»Langsam, Leute. Hierher. Könnt ihr sehen? Gebt auf die Gräber acht. Sie liegen hier dicht nebeneinander. Fertig?«
»Jawohl. Gehen Sie mit der Laterne voran. Wir können Ihnen folgen.«
Schwere, stampfende Schritte. Man mußte sich wieder an Parkers Regenmantel festhalten. »Sind Sie das, alter Freund? Oh, Verzeihung, Mr. Levett – ich dachte, Sie wären Parker.«
»Hallo, Wimsey – da sind Sie ja.«
Noch mehr Gräber. Ein Grabstein stand schief. Ein Sprung über den Rand des wild wachsenden Grases. Der Kies knirschte unter den Füßen.
»Hier, bitte, meine Herren. Passen Sie auf, wohin Sie treten.«
Die Leichenhalle. Rohe rote Ziegelsteine und zischende Gasflammen. Zwei Damen in Schwarz und Dr. Grimbold. Der Sarg wurde mit einem schweren Bums auf dem Tisch abgesetzt.
»Hast du deinen Schraubenzieher, Bill? Danke. Jetzt vorsichtig mit dem Stemmeisen. Dieses Holz ist nicht sehr fest, Sir.«
Mehrere lange Risse. Ein Schluchzen. Die Stimme der Herzogin, freundlich, aber bestimmt: »Still, Christine. Sie dürfen nicht weinen.«
Stimmengemurmel. Die danteschen Dämonen schlurften weg – gute, anständige Dämonen in Manchesteranzügen.
Dr. Grimbolds Stimme, kühl und unbeschwert wie im Sprechzimmer: »Jetzt – haben Sie die Lampe, Mr. Wingate? Danke. Ja, hier auf den Tisch bitte. Geben Sie acht, daß Sie den Arm nicht beugen, Mr. Levett. Es wäre besser, glaube ich, wenn Sie auf diese Seite kommen. Ja – ja – danke. So geht's ausgezeichnet.«
Plötzlich warf eine elektrische Lampe einen hellen Kreis über den Tisch. Dr. Grimbolds Bart und Brille wurden sichtbar. Mr. Levett putzte sich die Nase. Parker neigte sich näher. Der Leiter des Armenhauses spähte über seine

Schulter. Der übrige Raum lag in dem verzauberten Dämmerlicht der Gaslampen und des Nebels.
Gedämpftes Stimmengemurmel. Alle Köpfe beugten sich über die Arbeit.
Wieder Dr. Grimbold – jenseits des Lampenlichts.
»Wir möchten Ihnen keinen unnötigen Kummer bereiten, Lady Levy. Wenn Sie uns nur sagen wollen, worauf wir achten sollen ... Ja, ja, gewiß. Goldfüllung? Ja – im Unterkiefer der vorletzte rechts? Ja, keine Zahnlücke. Was für ein Muttermal? Ja – gerade über der linken Brust? Oh, Verzeihung, gerade darunter? Blinddarmoperation? Eine lange Narbe – ja – in der Mitte? Ja, ich verstehe – noch eine Narbe am Arm? Ach, ich weiß nicht, ob wir das feststellen können ... Ja, jede kleine konstitutionelle Schwäche, die möglicherweise ... O ja, Arthritis – ja, danke, Lady Levy, das ist ganz klar. Kommen Sie erst, wenn ich Sie darum bitte. Nun, Wingate.«
Eine Pause. Ein Gemurmel. »Gezogen? Nach dem Tod, meinen Sie – ja, das glaube ich auch. Wo ist Doktor Colegrove? Sie haben diesen Mann im Armenhaus behandelt? Erinnern Sie sich ...? Nein? Sind Sie ganz sicher? Es darf uns jetzt nämlich kein Irrtum unterlaufen. Nein, es liegen Gründe vor, warum Sir Julian nicht zugegen sein kann. Deshalb frage ich *Sie,* Doktor Colegrove. Halten Sie das Licht bitte etwas näher, Wingate. In diese elenden Gebäude dringt der Nebel so schnell ein. Ah! was halten Sie davon? Ja, ja, das ist ziemlich unmißverständlich, nicht? Wer hat den Kopf vorgenommen? Oh, Freke – natürlich. Ich wollte schon sagen, im St.-Lukas-Spital leistet man gute Arbeit. Schön, nicht wahr, Doktor Colegrove? Ein glänzender Chirurg – ich sah ihn einmal arbeiten. Ja, das ist's zweifellos. Haben Sie ein Tuch da, Sir? Danke. Über den Kopf bitte. Hier sollten wir auch noch eins haben. Nun, Lady Levy, möchte ich Sie ersuchen, sich die Narbe anzusehen, ob Sie sie erkennen. Ich bin überzeugt, daß Sie uns helfen werden, indem Sie die Fassung bewahren. Lassen Sie sich Zeit – Sie werden nur das sehen, was unbedingt nötig ist.«
»Lucy, bleiben Sie bei mir.«
»Ja, mein Herz.«

Am Tisch wurde eine Stelle frei. Das Lampenlicht fiel auf das weiße Haar der Herzogin.
»O ja – o ja! Nein, es ist kein Irrtum möglich. Da ist diese kleine ulkige Schleife in der Narbe. Ich habe sie oft gesehen. Ach, Lucy – Reuben!«
»Nur noch einen Augenblick, Lady Levy. Das Muttermal . . .«
»Ich . . . ich glaube – ja, das ist genau die Stelle.«
»Aha. Und die Narbe am Arm – war sie dreieckig, gerade über dem Ellbogen?«
»Ja, o ja.«
»Ist sie das?«
»Ja – ja . . .«
»Ich muß Sie endgültig fragen, Lady Levy. Können Sie nach diesen drei besonderen Kennzeichen den Toten als Ihren Gatten identifizieren?«
»Oh! Ich muß doch, nicht wahr? Kein anderer könnte sie an genau diesen Stellen haben. Es ist mein Mann. Es ist Reuben. Oh . . .«
»Ich danke Ihnen, Lady Levy. Sie waren sehr tapfer und hilfsbereit.«
»Aber – ich verstehe es immer noch nicht. Wie ist er hierhergekommen? Wer hat so etwas Schreckliches getan?«
»Still, meine Liebe«, sagte die Herzogin. »Der Mann wird bestraft werden.«
»Oh, aber – wie grausam! Der arme Reuben! Wer konnte ihm Böses wollen? Darf ich sein Gesicht sehen?«
»Nein, mein Herz«, sagte die Herzogin. »Das ist nicht möglich. Kommen Sie fort – Sie dürfen die Ärzte und die andern Leute nicht stören.«
»Nein, nein, sie waren alle so gut. Ach, Lucy!«
»Wir wollen heimfahren, Christine. Sie brauchen uns doch nicht mehr, Herr Doktor?«
»Nein, besten Dank, Durchlaucht«, antwortete Dr. Grimbold. »Wir sind Ihnen und Lady Levy sehr verbunden, daß Sie gekommen sind.«
Es entstand eine Pause, während die beiden Damen hinausgingen. Parker begleitete sie höflich zu ihrem wartenden Wagen.

Dann wieder Dr. Grimbold: »Ich glaube, Lord Peter Wimsey sollte es sehen – wie richtig seine Schlußfolgerungen waren – sehr schmerzlich, Lord Peter, vielleicht wollen Sie sich überzeugen. Ja, bei der Gerichtsverhandlung war ich verlegen – ja – Lady Levys bemerkenswert klare Aussage – ja, ein grauenvoller Fall – oh, da sind Sie ja, Mr. Parker – Sie und Lord Peter ganz und gar gerechtfertigt – verstehe ich recht? Wirklich? Ich kann es kaum glauben – ein so hervorragender Mann – wie Sie sagen, wenn ein bedeutender Kopf sich dem Verbrechen zuwendet – ja – schauen Sie! Wunderbare Arbeit – wunderbar – natürlich inzwischen etwas verwischt – aber die schönsten Schnitte – hier, sehen Sie, die linke Hemisphäre – und hier, durch das Corpus striatum – hier wieder – das ist die Spur der Beschädigung durch den Schlag – wundervoll – dachte es mir – sah ja die Wirkung des Schlages. Oh, ich möchte *sein* Gehirn sehen, Mr. Parker – und zu denken, daß . . . Himmel, Lord Peter, Sie ahnen ja nicht, was für einen Schlag Sie der ganzen medizinischen Welt damit versetzen – der ganzen zivilisierten Welt! Ach, mein lieber Sir! Wie können Sie mich darum bitten! Meine Lippen sind natürlich versiegelt – alle unsere Lippen sind versiegelt.«

Zurück über den Friedhof. Wieder Nebel und das Knirschen des Kieses.

»Sind Ihre Leute bereit, Charles?«

»Sie sind schon gegangen. Ich schickte sie hin, als ich Lady Levy zum Wagen brachte.«

»Wer ist bei ihnen?«

»Sugg.«

»Sugg?«

»Ja – der arme Kerl. Die Direktion hat ihm arg zugesetzt, weil er den Fall versiebt hat. Thipps' ganze Aussage betreffs des Nachtlokals hat sich bestätigt. Das Mädchen, dem er zu trinken gab, wurde gefunden und identifizierte ihn. So fand man die Indizien ungenügend und ließ Thipps und die Horrocks laufen. Sugg erhielt einen Verweis, er habe seine Befugnisse überschritten und solle seine Schritte besser überlegen. Das sollte er auch, aber er kann doch nichts dafür, daß er ein Dummkopf ist.

Er tat mir leid. Es wird ihm guttun, wenn er beim Schluß dabei ist. Wir beide, Peter, waren ja im Vorteil.«
»Ja. Na, es spielt keine Rolle. Wer auch hingeht, wird zu spät kommen. Ob Sugg oder ein anderer.«
Aber Sugg – und das war ein seltenes Erlebnis in seiner Laufbahn – kam rechtzeitig.

Parker und Lord Peter befanden sich in der Wohnung Piccadilly 110a. Lord Peter spielte Bach, und Parker las Origenes, als Sugg gemeldet wurde.
»Wir haben unsern Mann, Sir«, verkündete er.
»Großer Gott!« rief Lord Peter. »Lebendig?«
»Wir kamen gerade zur rechten Zeit, Mylord. Wir läuteten und gingen schnurstracks an seinem Diener vorbei ins Arbeitszimmer hinauf. Er saß dort und schrieb. Als wir eintraten, griff er nach seiner Spritze; aber wir waren zu flink für ihn, Mylord. Wir wollten ihn uns nicht durch die Finger schlüpfen lassen, nachdem es soweit war. Wir durchsuchten ihn und führten ihn ab.«
»Er ist also tatsächlich im Gefängnis?«
»O ja – in Sicherheit – mit zwei Wärtern, die aufpassen, daß er sich nicht umbringt.«
»Sie setzen mich in Erstaunen, Herr Inspektor. Trinken Sie etwas.«
»Danke sehr, Mylord. Ich muß sagen, ich bin Ihnen sehr dankbar – dieser Fall wurde eine ziemlich böse Sache für mich. Wenn ich grob zu Eurer Lordschaft war . . .«
»Oh, es ist gut, Herr Inspektor«, fiel Lord Peter hastig ein. »Ich weiß gar nicht, wie Sie damit hätten fertig werden sollen. Ich hatte das Glück, aus anderen Quellen allerlei zu erfahren.«
»Das sagte Freke auch.« Schon war der große Chirurg ein gewöhnlicher Verbrecher in den Augen des Inspektors – ein Mann ohne Titel und Rang. »Er hatte gerade ein volles Geständnis niedergeschrieben, als wir ihn fingen – es ist an Eure Lordschaft adressiert. Natürlich wird es die Polizei bekommen müssen; aber da er Ihnen geschrieben hat, brachte ich es her, damit Sie es zuerst sehen. Hier ist es.« Er händigte Lord Peter ein umfangreiches Schriftstück aus.

»Danke«, sagte Lord Peter. »Wollen Sie es hören, Charles?«
»Gern.«
Lord Peter las also vor.

13

Lieber Lord Peter,
als junger Mensch pflegte ich mit einem alten Freunde meines Vaters Schach zu spielen. Er war ein sehr schlechter und ein sehr langsamer Schachspieler, und er merkte nie, wenn ein Schachmatt unvermeidlich war, sondern bestand darauf, jeden Zug auszuspielen. Ich hatte nie Geduld für eine solche Einstellung, und ich will freimütig zugeben, daß Sie das Spiel gewonnen haben. Ich muß entweder zu Hause bleiben und mich hängen lassen oder ins Ausland fliehen und in untätiger und unsicherer Dunkelheit leben. Ich ziehe es vor, die Niederlage anzuerkennen.
Wenn Sie mein Buch über »Kriminelle Geistesgestörtheit« gelesen haben, werden Sie sich erinnern, daß ich folgendes schrieb: »In den meisten Fällen verrät sich der Verbrecher durch irgendeine Anomalie, die sich aus diesem pathologischen Zustand der Nervengewebe ergibt. Seine geistige Instabilität zeigt sich in verschiedenen Formen: In übertriebener Eitelkeit, die ihn dazu führt, mit seinen Taten zu prahlen; in unproportionierter Beurteilung der Missetat, herrührend von religiösem Wahn, so daß er zum Bekenntnis getrieben wird; in Egomanie, die Grauen oder Schuldbewußtsein hervorruft und ihn zu kopfloser Flucht treibt, wobei er nicht daran denkt, seine Spuren zu vertuschen; in leichtsinniger Vertrauensseligkeit, die zur Vernachlässigung der gewöhnlichsten Vorsichtsmaßnahmen führt, wie im Falle Henry Wainright, der die sterblichen Überreste der Ermordeten in der Obhut eines Knaben zurückließ, während er fortging, um ein Taxi zu holen; oder andererseits in einem nervösen Mißtrauen gegen Wahrnehmun-

gen in der Vergangenheit, das ihn veranlaßt, zum Schauplatz des Verbrechens zurückzukehren, weil er sich vergewissern will, daß er alle Spuren so sicher entfernt hat, *wie es seiner eigenen Beurteilung nach geschehen ist.* Ich zögere nicht, zu behaupten, daß ein geistig vollkommen gesunder Mensch, ungehemmt von religiösen oder anderen Wahnvorstellungen, sich immer vor jeglicher Entdeckung schützen könnte, vorausgesetzt, daß er das Verbrechen genügend überlegt hat und daß er nicht mit der Zeit knapp ist oder durch reinen Zufall in seinen Berechnungen gestört wird.«

Sie wissen ebenso wie ich, wie weit ich diese Behauptung in die Praxis umgesetzt habe. Die beiden Zufälle, die mich verraten haben, hätte ich keinesfalls voraussehen können. Der erste bestand darin, daß das Mädchen in der Battersea-Park Road Levy zufällig kannte, so daß sich ein Zusammenhang zwischen den beiden Rätseln denken ließ. Der zweite bestand darin, daß Thipps die Absicht hatte, am Dienstag morgen nach Denver zu fahren, so daß Ihre Mutter Ihnen von der Sache erzählen konnte, bevor die Leiche von der Polizei entfernt wurde, und sich aus dem, was sie von meiner persönlichen Vergangenheit wußte, ein Motiv für den Mord ergab. Hätte ich die Möglichkeit gehabt, diese beiden zufällig verzahnten Umstände zunichte zu machen, so maße ich mir an, zu sagen, daß Sie mich niemals verdächtigt hätten, vom genügenden Beweismaterial ganz zu schweigen.

Von allen Empfindungen des Menschen, Hunger und Angst vielleicht ausgenommen, ruft der sexuelle Appetit die stärksten und unter Umständen die hartnäckigsten Reaktionen hervor; ich glaube jedoch, daß ich mich nicht irre, wenn ich sage, daß zu der Zeit, als ich mein Buch schrieb, mein ursprünglich sinnlicher Impuls, Sir Reuben Levy zu töten, bereits durch meine Denkweise stark gemildert war. Zu der animalischen Lust des Tötens und dem primitiven menschlichen Verlangen nach Rache kam die rationale Absicht, meine eigenen Theorien zur Rechtfertigung vor mir selbst und vor der Welt wahrzumachen. Hätte sich alles so abgerollt, wie ich es plante, so hätte ich eine versie-

gelte Schilderung meines Erlebnisses bei der Bank von England hinterlegt und Anordnung gegeben, sie nach meinem Tode zu veröffentlichen. Da der Zufall die Vollständigkeit meiner Demonstration vereitelt hat, vertraue ich Ihnen die Schilderung an, da ich wohl mit Recht annehmen kann, daß Sie sich dafür interessieren werden, mit der Bitte, sie zur Rechtfertigung meines Rufes als Mediziner unter Wissenschaftlern bekannt zu machen.
Die wirklich wesentlichen Faktoren des Erfolgs sind bei jedem Unternehmen Geld und Gelegenheit, und in der Regel kann derjenige, der Geld zu erwerben versteht, sich auch Gelegenheit verschaffen. Im Anfang meiner Laufbahn hatte ich, obwohl ich recht wohlhabend war, keine unbedingte Gewalt über die Umstände. Deshalb widmete ich mich meinem Beruf und begnügte mich damit, mit Reuben Levy und seinen Angehörigen eine freundschaftliche Beziehung aufrechtzuerhalten. Dadurch konnte ich mit seinen Geldangelegenheiten und Interessen in Fühlung bleiben, so daß ich, wenn der Augenblick zum Handeln gekommen wäre, wissen würde, was für Waffen ich zu benutzen hatte.
Inzwischen beschäftigte ich mich fleißig mit Kriminologie in Literatur und Wirklichkeit – meine Arbeit über »Kriminelle Geistesgestörtheit« bildete ein Nebenprodukt dieser Tätigkeit – und sah, daß bei jedem Mord die Hauptschwierigkeit darin bestand, sich der Leiche zu entledigen. Als Arzt hatte ich tödliche Mittel stets zur Hand, und die Wahrscheinlichkeit war gering, daß ich in dieser Beziehung einen Fehler machen würde. Ebensowenig bestand die Wahrscheinlichkeit, daß ich mich infolge irgendwelcher Gewissensbisse verraten würde. Die einzige Schwierigkeit erhob sich in der Frage, jegliche Verbindung zwischen mir und der Leiche auszumerzen. Sie erinnern sich vielleicht, daß Michael Finsbury in Stevensons unterhaltsamem Roman sagt: »Was die Menschen an den Galgen liefert, das ist die unglückselige Sachlage der Schuld.« Es wurde mir klar, daß allein das Vorhandensein einer überflüssigen Leiche niemanden überführen könnte, vorausgesetzt, daß niemand in Verbindung mit ebendieser Lei-

che schuldig wäre. So kam mir der Gedanke ziemlich früh, die eine Leiche durch die andere zu ersetzen, obwohl ich damals noch nicht die leitende Stellung im St.-Lukas-Spital innehatte, die es mir später ermöglichte, Leichen auszusuchen und zu präparieren. Von da an achtete ich sorgsam auf alles Material, das zum Sezieren eingeliefert wurde.
Die Gelegenheit bot sich mir erst, als der Arzt des Chelsea-Armenhauses eine Woche vor dem Verschwinden Sir Reubens mir mitteilte, daß am Morgen ein unbekannter Landstreicher durch einen niederfallenden Gerüstteil verletzt worden sei und sehr interessante nervöse und zerebrale Reaktionen zeige. Ich ging hin und sah mir den Patienten an, und sogleich fiel mir die starke oberflächliche Ähnlichkeit mit Sir Reuben auf. Der Mann hatte einen schweren Schlag in den Nacken erlitten, der vierte und fünfte Halswirbel waren luxiert, das Rückenmark schwer verletzt. Es schien höchst unwahrscheinlich, daß der Mann jemals genesen könnte, weder geistig noch körperlich, und auf jeden Fall sprach nichts dafür, ein solch unnützes Dasein ewig zu verlängern. Er hatte sich offenbar bis vor kurzem gut ernähren können, da er in guter Verfassung war; aber der Zustand seiner Füße und seiner Kleider verriet, daß er arbeitslos war, und unter den gegenwärtigen Umständen würde er es wohl auch bleiben. Ich fand, daß er sich für meine Zwecke sehr gut eignete, und unverzüglich nahm ich an der Börse bestimmte Transaktionen vor, die ich schon im Kopf skizziert hatte. Die von dem Armenhausarzt erwähnten Reaktionen waren tatsächlich interessant, und ich beobachtete sie inzwischen sorgfältig und traf Vorsorge, daß der Tote ins Spital eingeliefert würde, sobald ich mit meinen Vorbereitungen fertig wäre.
Am Dienstag und Freitag dieser Woche traf ich mit verschiedenen Maklern private Vereinbarungen, die Aktien einer bestimmten peruanischen Ölgesellschaft zu kaufen, die fast Abfallpapier geworden waren. Dieser Teil meines Experiments kostete mich nicht viel; aber dadurch erweckte ich beträchtliche Neugier und auch eine leichte Aufregung. Ich achtete natürlich darauf, daß mein Name nicht genannt wurde. Am Samstag und Sonntag gab das

Befinden meines Patienten zu der Sorge Anlaß, daß er sterben könnte, bevor ich soweit war; aber mittels Einspritzungen konnte ich ihn am Leben erhalten, und am Sonntag abend zeigte er sogar unliebsame Symptome einer teilweisen Genesung.
Am Montag morgen stiegen die peruanischen Aktien. Offenbar ging das Gerücht um, daß jemand etwas wußte, und an diesem Tage war ich nicht der einzige Käufer. Ich kaufte noch zweihundert Aktien auf meinen eigenen Namen und überließ der Sache ihren Lauf. Mittags sorgte ich dafür, daß ich Levy zufällig an der Ecke des Bürgermeisteramtes traf. Er drückte (wie ich erwartet hatte) seine Verwunderung darüber aus, mich in diesem Teil von London zu sehen. Ich heuchelte Verlegenheit und schlug ihm vor, mit mir zu essen. Ich schleppte ihn zu einem etwas abgelegenen Lokal, bestellte dort guten Wein und trank davon so viel, daß er es zur Herbeiführung einer vertrauensseligen Stimmung genügend finden mußte. Ich fragte ihn, wie die Börse stünde. »Oh, recht gut«, sagte er mir, aber er schien etwas zweiflerisch und fragte mich, ob ich damit irgendwie zu tun hätte. Ich erklärte, ich spekulierte manchmal ein wenig, und ich hätte tatsächlich etwas Gutes getroffen. Ich blickte mich vorsorglich um und rückte mit dem Stuhl näher zu ihm heran.
»Sie wissen wohl nichts von dem peruanischen Öl, oder doch?« fragte er.
Ich setzte zum Reden an und schaute mich wieder um, beugte mich dann zu ihm vor und sagte leise: »O doch, aber ich möchte nicht, daß es sich herumspricht. Ich will nämlich einen kleinen Schnitt damit machen.«
»Aber ich dachte, das sei eine hohle Sache«, sagte er. »Die Gesellschaft hat seit zwanzig Jahren keine Dividenden mehr bezahlt.«
»Nein, sie hat nicht«, erwiderte ich, »aber sie wird. Ich bin von zuständiger Stelle unterrichtet.« Er sah nicht gerade überzeugt aus; ich leerte mein Glas und rückte genau an sein Ohr. »Hören Sie«, sagte ich, »ich verrate es nicht jedem; aber Ihnen und Christine gönne ich etwas Glück. Wissen Sie, ich habe ihr immer in meinem Herzen ein

Plätzchen bewahrt, seit der alten Zeit. Sie sind mir damals zuvorgekommen, und jetzt ist es an mir, für euch beide Kohlen aufs Feuer zu schaufeln.«

Ich war jetzt ein wenig aufgeregt, und er hielt mich für betrunken.

»Das ist sehr nett von Ihnen«, antwortete er, »aber ich bin ein vorsichtiger Mensch, wissen Sie, war ich von jeher. Ich hätte gern ein bißchen Beweise.« Er zog die Schultern in die Höhe und sah aus wie ein Pfandleiher.

»Ich will sie Ihnen geben«, sagte ich, »aber hier sind wir nicht sicher. Kommen Sie heute abend nach dem Nachtessen zu mir, dann zeige ich Ihnen den Bericht.«

»Wie haben Sie ihn bekommen?« fragte er.

»Das erzähle ich Ihnen heute abend«, erwiderte ich. »Kommen Sie nach dem Essen – jederzeit nach neun Uhr.«

»In die Harley Street?« fragte er, und ich merkte, daß er wirklich kommen wollte.

»Nein«, entgegnete ich, »nach Battersea – Prince of Wales Road. Ich habe noch im Spital zu tun. Lassen Sie aber keine Seele wissen, daß Sie zu mir kommen. Ich habe heute auf meinen eigenen Namen zweihundert Aktien gekauft, und bestimmt haben die Leute davon Wind bekommen. Wenn es bekannt wird, daß wir beide zusammenstecken, wird man etwas merken. Es ist sogar gefährlich, daß wir hier beisammensitzen.«

»Gut«, stimmte er zu, »ich werde keinem etwas sagen. Ich komme gegen neun. Sind Sie sicher, daß es eine gute Sache ist?«

»Es kann nicht schiefgehen«, versicherte ich ihm. Und das war mir ernst.

Danach trennten wir uns, und ich ging zum Armenhaus. Mein Patient war gegen elf Uhr gestorben. Ich war kurz nach dem Frühstück bei ihm gewesen, und es überraschte mich nicht. Ich erledigte die üblichen Formalitäten mit der Armenhaus-Behörde und traf die Vereinbarung, daß die Leiche gegen sieben Uhr im Spital abgeliefert werden sollte.

Am Nachmittag hatte ich keine Sprechstunde in der Harley Street. Ich besuchte einen alten Freund, der in der Nähe

vom Hyde Park wohnt. Er hatte im Sinn, eine Geschäftsreise nach Brighton zu machen. Ich trank mit ihm Tee und brachte ihn zum Victoria-Bahnhof, wo er um 17 Uhr 35 abfuhr. Als ich die Schranke verließ, kam mir der Gedanke, eine Abendzeitung zu kaufen, und mechanisch lenkte ich meine Schritte zum Kiosk. Die übliche Menge eilte zu den Vorortzügen, und ich geriet in einen Gegenstrom von Reisenden, die von der Untergrundbahn herkamen oder von allen Seiten zu dem 17-Uhr-45-Zug nach Battersea-Park und Wandsworth Common strebten. Unter einigen Püffen machte ich mich frei und fuhr in einem Taxi nach Hause, und erst als ich endlich im Wagen saß, entdeckte ich, daß sich ein goldgeränderter Kneifer an dem Astrachankragen meines Mantels verfangen hatte. Die Zeit von Viertel nach sechs bis sieben verbrachte ich damit, einen Schwindelbericht für Sir Reuben zusammenzubrauen.
Um sieben ging ich ins Spital hinüber, wo der Lastwagen des Armenhauses gerade mein Objekt an der Seitentür ablieferte. Ich ließ es gleich in den Seziersaal bringen und teilte dem Wärter, William Watts, mit, daß ich hier die ganze Nacht zu arbeiten gedächte. Ich sagte ihm, ich wollte die Leiche selbst vorbereiten – die Injizierung eines Konservierungsmittels hätte eine höchst unliebsame Komplikation ergeben. Ich schickte ihn an seine Arbeit, ging dann nach Hause und aß zu Nacht. Ich sagte meinem Diener, daß ich noch im Spital zu tun hätte, und daß er wie gewöhnlich um halb elf zu Bett gehen sollte, da ich nicht wüßte, ob es bei mir spät werden würde oder nicht. Er ist an meinen unregelmäßigen Stundenplan gewöhnt. Ich habe nur zwei Dienstboten in meiner Privatwohnung – den Diener und seine Frau, die für mich kocht. Die gröbere Hausarbeit wird von einer Putzfrau besorgt, die auswärts schläft. Das Schlafzimmer der Dienstboten ist im obersten Stock; es geht auf die Prince of Wales Road hinaus.
Sobald ich gegessen hatte, installierte ich mich in der Halle mit einigen Papieren. Mein Diener hatte um Viertel nach acht abgeräumt, und ich trug ihm auf, mir den Bartisch zu bringen. Dann schickte ich ihn hinunter. Levy läutete um zwanzig nach neun, und ich machte ihm selbst auf. Mein

Diener erschien am anderen Ende der Halle; aber ich rief ihm zu, ich brauchte ihn nicht, und er ging weg. Levy trug Smoking und Überzieher und hatte einen Schirm bei sich. »Oh, wie naß Sie sind!« sagte ich. »Wie sind Sie denn hergekommen?« – »Mit dem Omnibus«, sagte er, »und der dumme Schaffner vergaß, mich am Ende der Straße abzusetzen. Es regnete Katzen und Hunde, und es war stockdunkel – ich konnte nicht sehen, wo ich mich befand.«

Ich war froh, daß er kein Taxi genommen hatte; aber eigentlich hatte ich damit gerechnet. »Ihre Sparsamkeit wird noch einmal Ihr Tod sein«, sagte ich. Damit hatte ich recht; doch ich ahnte nicht, daß sie auch mein Tod sein sollte. Ich wiederhole: Das konnte ich nicht voraussehen.

Ich ließ ihn beim Kamin Platz nehmen und gab ihm einen Whisky. Er war in gehobener Stimmung wegen irgendeines argentinischen Geschäftes, das er am nächsten Tage tätigen wollte. Wir sprachen eine Viertelstunde über Börsengeschäfte, und dann fragte er: »Also, wie steht es nun mit Ihrem peruanischen Schwindel?«

»Es ist kein Schwindel«, antwortete ich. »Kommen Sie und schauen Sie selbst.«

Ich führte ihn ins Arbeitszimmer hinauf und schaltete das Mittellicht und die Schreibtischlampe ein. Ich wies ihm einen Stuhl am Tisch mit dem Rücken zum Feuer an und holte die Papiere, die ich gefälscht hatte, aus dem Safe. Er nahm sie und begann sie auf seine kurzsichtige Weise zu lesen, während ich für das Feuer sorgte. Sobald ich sah, daß sein Kopf eine günstige Stellung einnahm, schlug ich ihn kräftig mit dem Feuerhaken genau auf den vierten Halswirbel. Es war heikle Arbeit, die richtige Kraft zu berechnen, die nötig war, ihn zu töten, ohne die Haut zu verletzen, aber meine berufliche Erfahrung war mir von Nutzen. Er keuchte einmal laut und fiel geräuschlos über den Tisch. Ich legte den Feuerhaken fort und untersuchte Levy. Sein Hals war gebrochen, und er war tot. Ich trug ihn in mein Schlafzimmer und entkleidete ihn. Um zehn Minuten vor zehn war ich fertig. Ich legte ihn unter mein Bett, das schon für die Nacht zurechtgemacht war, und verbrannte die Papiere im Arbeitszimmer. Dann ging ich hinunter, nahm Levys Regenschirm und verließ das Haus durch die Hallentür, wobei ich »Gute Nacht« rief, laut genug, daß die Dienstboten im Erdgeschoß es hören konnten, falls sie lauschten. Ich ging schnell die Straße entlang, betrat das Spital durch die Nebentür und kehrte leise durch den Privatgang ins Haus zurück. Es wäre unangenehm gewesen, wenn mich jemand gesehen hätte; aber ich lehnte mich über die Hintertreppe und hörte die Köchin und ihren Mann immer noch in der Küche reden. Ich schlüpfte in die Halle, stellte den Schirm wieder in den Ständer, räumte die Papiere weg, ging ins Arbeitszimmer hinauf und läutete. Als der Diener erschien, trug ich ihm auf, alles abzuschließen außer der Privattür zum Spital. Ich wartete im Arbeitszimmer, bis er das getan hatte, und gegen halb elf hörte ich beide Dienstboten zu Bett gehen. Ich wartete noch eine Viertelstunde und begab mich dann in den Seziersaal hinüber. Ich schob einen der Rolltische durch den Gang zu meinem Privatgang und ging dann Levy holen. Es war mühsam, ihn hinunterzutragen, aber ich hatte ihn nicht im Erdgeschoß töten wollen, für den Fall, daß mein Diener die Neigung gehabt hätte, die Nase in die unteren Zimmer zu stecken, während ich aus dem Hause war. Zudem war das eine Kleinigkeit gegen das, was mir noch bevorstand. Ich legte Levy auf den Tisch, schob ihn ins Spital hinüber und vertauschte ihn mit meinem interessanten Armenhausinsassen. Es tat mir leid, daß ich darauf verzichten mußte, mir das Gehirn dieses Mannes anzusehen; aber ich konnte es mir nicht leisten, Verdacht zu erregen. Da es immer noch ziemlich früh war, schlug ich einige Minuten damit tot, Levy für die Sektion zu präparieren. Dann legte ich meinen Armenhäusler auf den Tisch und rollte ihn in die Wohnung hinüber. Es war jetzt fünf Minuten nach elf, und ich glaubte annehmen zu dürfen, daß die Dienstboten im Bett wären. Ich trug den Toten in mein Schlafzimmer. Er war ziemlich schwer, doch weniger als Levy, und durch meine Bergsteigerei wußte ich, wie man Menschenkörper trägt. Es ist eher eine Sache des richtigen Griffes als der Kraft, und ich bin auf jeden Fall für meine Größe sehr stark. Ich legte den Toten

ins Bett – nicht etwa, daß ich dachte, es könnte jemand während meiner Anwesenheit hereinschauen; aber wenn es doch dazu käme, sollte man annehmen, ich läge schlafend im Bett. Ich zog ihm die Decken etwas über den Kopf, entkleidete mich und zog Levys Sachen an, die mir zum Glück etwas zu groß waren, wobei ich nicht vergaß, seine Brille, die Uhr und andere Kleinigkeiten an mich zu nehmen. Kurz vor halb zwölf stand ich auf der Straße und hielt nach einem Taxi Ausschau. Die Leute begannen gerade aus dem Theater zurückzukommen, und ich ergatterte mit Leichtigkeit einen Wagen an der Ecke der Prince of Wales Road. Ich wies den Chauffeur an, mich zum Hyde Park Corner zu fahren. Dort stieg ich aus, gab ihm ein gutes Trinkgeld und bat ihn, mich in einer Stunde an derselben Stelle abzuholen. Er sagte mit einem verständnisvollen Grinsen zu, und ich ging zum Park Lane. Ich hatte meine eigenen Kleider in einem Koffer bei mir und trug meinen eigenen Mantel und Levys Schirm am Arm. Als ich zu Nummer 9a gelangte, brannte bei einigen oberen Fenstern Licht. Ich wäre fast zu früh gekommen, da Levy die Dienstboten ins Theater geschickt hatte. Ich wartete ein paar Minuten und hörte es Viertel nach zwölf schlagen. Die Lichter wurden kurz darauf gelöscht, und ich schloß mit Levys Schlüssel die Haustür auf.
Ursprünglich hatte ich beim Aushecken dieses Mordplans die Absicht gehabt, Levy aus dem Herren- oder dem Eßzimmer verschwinden zu lassen, wo nur seine Kleider vor dem Kamin zurückbleiben sollten. Aber der Zufall, daß ich von Lady Levys Abwesenheit von London erfahren hatte, machte eine noch irreführendere, wenn auch weniger angenehm phantastische Lösung möglich. Ich drehte in der Halle das Licht an, hängte Levys Mantel auf und stellte seinen Schirm in den Ständer. Mit lauten, schweren Schritten ging ich zum Schlafzimmer hinauf und schaltete oben das Licht aus. Ich kannte das Haus natürlich recht gut. Es bestand keine Aussicht, dem Diener in die Arme zu laufen. Levy war ein einfacher, altmodischer Mann, der gern alles selbst erledigte. Er machte seinem Diener wenig Arbeit und verlangte abends nie irgendwelche Dienste. Im

Schlafzimmer zog ich Levys Handschuhe aus und streifte Gummihandschuhe über, um keine sogenannten Fingerabdrücke zu hinterlassen. Da ich den Eindruck hervorrufen wollte, als wäre Levy auf gewöhnliche Weise zu Bett gegangen, legte ich mich einfach zu Bett. Die sicherste und simpelste Art und Weise, einen Anschein zu erwecken, besteht darin, die betreffende Sache zu tun. Zum Beispiel sieht ein Bett, das man mit den Händen zerknüllt hat, nie so aus wie ein Bett, in dem man geschlafen hat. Levys Haarbürste wagte ich natürlich nicht zu benutzen, da ich eine andere Haarfarbe habe; aber ich tat alles übrige. Ich nahm an, daß ein ordentlicher älterer Mann wie Levy seinem Diener die Schuhe bereitstellte, und ich hätte daraus auch ableiten sollen, daß er seine Kleider adrett zusammenlegte. Das war ein Fehler, aber ein unbedeutender. Eingedenk der wohlüberlegten kleinen Arbeit Mr. Bentleys hatte ich Levys Mund nach falschen Zähnen untersucht; aber er hatte kein Gebiß. Ich vergaß also nicht, seine Zahnbürste zu befeuchten.
Um ein Uhr stand ich auf und zog beim Schein meiner Taschenlampe meine eigenen Kleider an. Das Licht im Schlafzimmer wagte ich nicht anzumachen, da die Fenster nur leichte Jalousien hatten. Meine Schuhe und ein Paar alte Gummihandschuhe zog ich vor der Türe an. Auf der Treppe und in der Halle lag ein dicker türkischer Teppich, und ich befürchtete nicht, Spuren zu hinterlassen. Ich zögerte, ob ich die Haustür zuschlagen lassen sollte, beschloß jedoch, lieber den Schlüssel zu benutzen. (Er liegt jetzt in der Themse. Am nächsten Tage warf ich ihn über die Battersea-Brücke hinein.) Ich schlich leise hinunter und lauschte eine Weile mit dem Ohr am Briefkasten. Ich hörte einen Polizisten vorbeistapfen. Sobald sich seine Schritte in der Ferne verloren hatten, schlüpfte ich hinaus und schloß die Haustür vorsichtig. Dann ging ich schnell zu meinem Taxi. Mein Mantel bestand fast aus dem gleichen Stoff wie Levys, und ich hatte die Umsicht gehabt, meinen Zylinder in den Koffer zu packen. Ich hoffte, daß dem Chauffeur das Fehlen des Schirmes nicht auffallen würde. Zum Glück regnete es viel weniger stark, und

wenn er etwas merkte, so machte er jedenfalls keine Bemerkung. Ich bat ihn, bei Overstrand Mansions 50 zu halten; dort bezahlte ich ihn und stand unter dem Eingang, bis er weggefahren war. Dann eilte ich zu meiner eigenen Seitentür und ging hinein. Es war ungefähr Viertel vor zwei, und der schwierigere Teil meiner Aufgabe lag noch vor mir.

Als erstes machte ich mich daran, das Aussehen meines Objekts zu verändern, um jeden Hinweis auf Levy oder den Armenhäusler auszumerzen. Ich hielt nur eine oberflächliche Veränderung für nötig, da wenig Wahrscheinlichkeit bestand, daß nach dem Armenhäusler gefragt werden würde. Rasieren, Haarpflege und Maniküre schienen mir zu genügen, so daß mein stummer Helfershelfer als vornehme Persönlichkeit auftreten konnte. Seine Hände waren schon bei der Krankenpflege gewaschen worden; sie waren zwar schwielig, aber nicht verschmutzt. Ich war nicht imstande, die Arbeit so gründlich zu tun, wie ich gewollt hätte, weil die Zeit knapp wurde. Ich wußte, wie lange es dauern würde, ihn fortzuschaffen; ich befürchtete den Beginn der Totenstarre, die mir alles erschweren würde. Nachdem ich ihn zu meiner Zufriedenheit rasiert hatte, holte ich ein starkes Leintuch und zwei breite Bandagen, packte ihn sorgsam ein und stopfte ihn überall mit Watte aus, wo die Bandagen Schürfungen oder Quetschungen hervorrufen könnten.

Nun kam der kitzligste Punkt der ganzen Angelegenheit. Ich hatte mir schon gesagt, daß ich ihn am sichersten aus dem Hause schaffte, wenn ich den Weg übers Dach nahm. Wäre ich bei dem feuchten Wetter hinten durch den Garten hinausgegangen, so hätte ich eine katastrophale Spur hinterlassen. Mitten in der Nacht einen Toten über eine Vorstadtstraße zu tragen, lag wohl außerhalb des praktisch Möglichen. Auf dem Dach hingegen stand mir der auf dem Erdboden zu verräterische Regen als Freund bei.

Um zum Dach zu gelangen, mußte ich meine Last ins oberste Stockwerk hinauftragen, am Schlafzimmer meines Dienerehepaares vorbei, und ihn durch die Falltür im Dach des Abstellraumes hissen. Hätte es sich nur darum gehandelt, allein leise dort hinaufzugehen, so hätte ich keine Sorge gehabt, die Dienstboten zu wecken; aber mit einer schweren Bürde belastet war es schwieriger. Es mußte möglich sein, wenn der Diener und seine Frau fest schliefen; andernfalls bestand die Gefahr, daß sie meinen schweren Schritt auf der Treppe und das laute Öffnen der Falltür hörten. Auf den Zehenspitzen stieg ich die Treppe hinauf und lauschte an ihrer Tür. Zu meinem Ärger hörte ich den Mann knurren und etwas murmeln, als er sich im Bett umdrehte.

Ich blickte auf meine Uhr. Meine Vorbereitungen hatten fast eine Stunde in Anspruch genommen, und ich wagte nicht zu spät aufs Dach zu kommen. Ich beschloß, kühn zu sein und mir gleichzeitig ein Alibi zu verschaffen. Ohne Lärm zu vermeiden, ging ich ins Badezimmer, drehte das heiße und das kalte Wasser an und ließ es ablaufen.
Meine Angestellten hatten oft Gelegenheit gehabt, sich über meine Angewohnheit zu beklagen, daß ich zu allen möglichen Nachtstunden badete. Nicht nur stört die Nachfüllung der Zisterne alle Schläfer auf dieser Seite des Hauses, sondern die Wasserleitung gurgelt und ächzt auch infolge Altersschwäche. Zu meiner Freude machte sich das Leiden auch jetzt bemerkbar, und es gab ein Gedonner und Gezische wie in einem Bahnhof. Ich ließ dem Lärm fünf Minuten Zeit, und als ich ausgerechnet hatte, daß die Schläfer mich genügend verflucht und die Decke über den Kopf gezogen hätten, verminderte ich den Wasserstrom auf ein kleines Bächlein und verließ das Badezimmer, wobei ich darauf achtete, das Licht anzulassen und die Tür zu versperren. Dann holte ich meinen Armenhäusler und trug ihn so leise wie möglich hinauf.
Der Abstellraum ist eine kleine Mansarde gegenüber dem Dienstbotenzimmer und der Zisternenkammer. Er hat eine Falltür, zu der man über eine kurze Holzleiter gelangt. Ich stellte die Leiter auf, hob meinen Armenhäusler hinauf und kletterte ihm nach. Das Wasser strömte immer noch in die Zisterne mit einem Geräusch, als müßte sie eine Eisenkette verdauen, und der verminderte Abfluß im

Badezimmer ließ die Wasserleitung stöhnen. Ich brauchte nicht zu befürchten, daß andere Geräusche zu hören wären. Ich zog die Leiter nach mir aufs Dach heraus.
Zwischen meinem Haus und dem letzten in der Reihe der Queen Caroline Mansions ist nur knapp ein Meter Zwischenraum. Meine Leiter reichte gut hinüber. Ich band den Toten auf der Leiter fest und schob sie hinüber, bis das andere Ende auf dem Ausbau des Nachbarhauses ruhte. Dann nahm ich einen kurzen Anlauf auf dem Dach des Zisternenraumes und der Abstellkammer und landete sicher auf der anderen Seite. Das übrige war einfach. Ich trug meinen Armenhäusler über die flachen Dächer. Ich wollte ihn wie der Bucklige in der Geschichte durch einen Schornstein hinunterschicken. Auf halbem Wege fiel mir plötzlich ein, daß ich bei der Wohnung des kleinen Thipps sein mußte, und ich dachte an sein dummes Gesicht und sein albernes Gerede über Vivisektion. Ich stellte es mir lustig vor, mein Paket bei ihm abzuladen und zu schauen, was er damit anfangen würde. Ich legte mich nieder und spähte über die hintere Vormauer. Es war stockdunkel, und jetzt goß es auch wieder, und ich wagte es, meine Taschenlampe zu benutzen. Das war die einzige Unvorsichtigkeit, die ich beging, da ja die Möglichkeit bestand, von den gegenüberliegenden Häusern gesehen zu werden. Ein sekundenlanges Aufblitzen enthüllte mir, was ich kaum erhofft hatte – ein offenes Fenster gerade unter mir.
Ich kannte diese Wohnungen zur Genüge, um zu wissen, daß es entweder das Badezimmer oder die Küche war. Ich machte eine Schlinge in eine dritte Bandage, die ich mitgenommen hatte, und führte sie unter den Armen des Toten durch. Ich drehte die Bandage zu einem Seil zusammen und befestigte sie an dem Stützpfosten eines Schornsteins. Dann ließ ich unseren Freund baumeln. Mit Hilfe eines Abzugsrohres folgte ich ihm hinunter, und dann zog ich ihn bald durch Thipps' Badezimmerfenster.
Inzwischen hatte sich meine Eitelkeit gehoben, und ich gönnte mir einige Minuten, ihn hübsch hinzulegen und salonfähig zu machen. Ein plötzlicher Einfall ließ mich ihm den Kneifer verehren, den ich zufällig im Victoria-

Bahnhof aufgelesen hatte. Ich fand ihn in meiner Tasche, als ich nach einem Messer kramte, um einen Knoten aufzuknüpfen, und ich fand, daß der Kneifer seiner Erscheinung Vornehmheit verlieh, abgesehen davon, daß er noch mehr in die Irre führen mußte. Ich setzte ihm also den Kneifer auf, tilgte nach Möglichkeit alle Spuren meiner Anwesenheit und entfernte mich, wie ich gekommen war, mittels des Abzugsrohres und des Seiles.

Ich ging leise zurück, überquerte meine kleine Schlucht und trug meine Leiter und das Leintuch nach Hause. Mein lieber Helfershelfer begrüßte mich mit beruhigendem Gurgeln und Tosen. Ich machte auf der Treppe kein Geräusch. Da ich feststellte, daß ich nun dreiviertel Stunden gebadet hatte, stellte ich das Wasser ab und erlaubte meinen verdienstvollen Hausangestellten etwas Schlaf. Ich fand es auch an der Zeit, selbst zur Ruhe zu kommen.

Zuerst aber mußte ich noch ins Spital hinübergehen und dort alles sichern. Ich begann Levys Kopf zu präparieren. Zwanzig Minuten später hätte seine eigene Frau ihn nicht mehr erkannt. Ich kehrte zurück; meine nassen Gummihandschuhe und den Regenmantel ließ ich bei der Gartentür. Meine Hose trocknete ich am Gasofen in meinem Schlafzimmer und bürstete allen Schmutz und Ziegelsteinstaub ab. Den Bart meines Armenhäuslers verbrannte ich im Arbeitszimmer.

Ich schlief zwei Stunden, von fünf bis sieben; dann wurde ich wie üblich von meinem Diener geweckt. Ich entschuldigte mich, daß ich so spät und so lange gebadet hatte, und fügte hinzu, daß ich die Wasserleitung nachsehen lassen wollte.

Interessanterweise stellte ich fest, daß ich beim Frühstück besonders großen Hunger hatte, was beweist, daß die Nachtarbeit einen starken Kalorienverbrauch erfordert hatte. Danach ging ich hinüber, um meine Sektion fortzusetzen. Im Lauf des Vormittags erschien ein auffallend dickköpfiger Polizeiinspektor, um zu fragen, ob aus dem Spital eine Leiche geflüchtet sei. Ich ließ ihn zu mir in den Seziersaal kommen und hatte das Vergnügen, ihm die Arbeit zu zeigen, die ich gerade an Sir Reuben Levys Kopf

vollführte. Hernach begab ich mich mit ihm zu Thipps' Wohnung und konnte zu meiner Befriedigung feststellen, daß mein Armenhäusler sehr überzeugend aussah.
Sowie die Börse geöffnet wurde, rief ich meine verschiedenen Makler an, und mit einiger Umsicht konnte ich den größeren Teil meiner peruanischen Aktien zu einem besseren Kurs verkaufen. Gegen Ende des Tages aber wurde der Kauf infolge von Levys Tod etwas unbeständig, und zum Schluß hatte ich durch die Transaktion nicht mehr als zweihundert Pfund gewonnen.
In der Annahme, daß ich nun jeden Punkt klargestellt habe, der Ihnen vielleicht noch schleierhaft war, und mit Glückwünschen zu Ihrem Glück und Ihrem Scharfblick, die Sie in die Lage versetzten, mich zu schlagen, bin ich mit freundlichen Grüßen an Ihre Frau Mutter

Ihr ergebener
Julian Freke.

Nachschrift: Mein Testament ist gemacht; das St.-Lukas-Spital wird mein Vermögen erhalten, desgleichen meinen Körper zur Sektion. Ich bin überzeugt, daß mein Gehirn für die wissenschaftliche Welt von Interesse sein wird. Da ich von eigener Hand sterben werde, wird es wohl in dieser Beziehung einige Schwierigkeiten geben. Wollen Sie mir den Gefallen tun und, wenn Sie können, dafür sorgen, daß mein Gehirn bei der Leichenschau für die gerichtliche Untersuchung nicht durch einen ungeschickten Arzt beschädigt wird und daß mein Körper meinem Wunsch gemäß der Sektion zur Verfügung gestellt wird? Es wird Sie übrigens vielleicht interessieren, zu erfahren, daß ich mir über den Grund für Ihren heutigen Besuch in meiner Sprechstunde klar war. Er diente mir als Warnung, und ich handle dementsprechend. Obwohl es für mich katastrophale Folgen hat, freute es mich, zu merken, daß Sie meinen Mut und meine Intelligenz nicht unterschätzten, indem Sie die Injektion ablehnten. Hätten Sie sie zugelassen, so wären Sie natürlich nicht lebend nach Hause gekommen. In Ihrem Körper wäre keine Spur von der injizierten Lösung zurückgeblieben, die aus einem harmlosen

Strychninpräparat besteht, vermischt mit einem fast unbekannten Gift, dessen Vorhandensein sich heutzutage noch nicht nachweisen läßt. Es ist eine konzentrierte Lösung von Sn . . .

An dieser Stelle brach der Brief ab.
»Na, nun ist alles klar«, brummte Parker.
»Ist es nicht sonderbar?« sagte Lord Peter. »So kaltblütig, so gescheit – und dann konnte er nicht widerstehen, ein schriftliches Geständnis zu machen, um zu zeigen, wie geschickt er war und wie es ihm gelang, den Kopf aus der Schlinge zu ziehen.«
»Für uns ist das sehr angenehm«, lächelte Inspektor Sugg. »Zum Glück sind alle Verbrecher gleich.«
»Frekes Grabschrift«, bemerkte Parker, nachdem der Inspektor gegangen war. »Was nun, Peter?«
»Ich werde jetzt ein Souper geben«, erklärte Lord Peter, »und Mr. John P. Milligan samt seinem Sekretär und die Herren Crimplesham und Wicks einladen. Ich finde, sie verdienen es, weil sie Levy nicht ermordet haben.«
»Vergessen Sie aber Thipps und seine Mutter nicht«, mahnte Parker.
»Auf keinen Fall«, sagte Lord Peter, »würde ich mich des Vergnügens berauben, einige Stunden in Mrs. Thipps' Gesellschaft zu verbringen. Bunter!«
»Mylord?«
»Bitte den Napoleon-Kognak.«

Quellenvermerk